KB275291

우리 詩人의 彷徨과 探索

국학자료원

책머리에

文學을 修道의 方便으로

"사람이 천형의 고뇌 속에 산다는 일과 내 스스로가 그 으뜸에 들어 있으리라는 幻覺에 괴로워하면서 나는 종교와 애정과 문학의 언저리를 방황해 왔다. 삶의 모든 방편을 救援에의 追究로 생각하고 싶은 나에게, 내 문학에의 도전을 아무도 나의 修道로서 이해해 주는 사람이 없었기에 나는 文學에서도 修道에서도 늘 列外者였다.

그러나 나는 내가 겪은 모든 일이 실패했다는 假定을 세운다 하더라도 그리고 나를 지켜 준 모든 분들이 결국 실망하고 돌아서더라도 그들이 영원토록 나를 사랑 하리라는 신념을 나는 내가 아껴야 할 재산으로 알고 감사한다. 부모님, 배우자와 자식들, 스승과 제자들 그리고 착한 이웃들이 내 무형의 재산이다."

윗글은 『現代文學』誌를 통하여 評論으로 登壇했을 때의 薦了 所感이다. 『現代文學』1968년 12월 初回推薦과 70년 12월 完了 推薦을 거쳤으니, 그 세월을 헤아리면 서른 해를 훨씬 넘기었다.

文學과 修道를 동일시한 데에 그 분명한 이유가 있기는 하지만, 쓰고싶은 것이 많다고 생각되던 철없던 젊은날 이후, 나날이 더 쓸 것이 많은 것도 같고 정말 쓸 일은 하나도 없는 것 같은 생각이 순간마다 교차하는 날들을 살아 왔다. 추진과 반성이 팽팽하게 동반하며 집필의 손목을 잡을 때가 많았다. 그러면서 겨우 겨우 무언가를 쓰고 나면, 왜 매번 동일한 주제의 글들만 쓰냐고 몰아세우는 주변의 핀잔을 감수해야만 했다. 그러나 그 동일한 주제의 글들만이 바로 내가 생각하는 문학과 수도의 現住所임을 어찌하랴.

최근에 나는 정년퇴직을 앞두고 정리해야 할 일들이 山積한 가운데, 우선 詩에 대하여 쓴 글들을 詩를 쓰듯 담담한 마음으로 읽고 정리할 마음이 간절해졌다. 한 단계 삶의 旅程을 마치면서 뒷자리를 아름답게 정리정돈하려는 마음에서일 것이다.
그래서 이 글들은 지난 30여 년 간 써 온 詩人과 詩作品에 관한 글들이다.

　　제1부, 詩와 詩精神은, 1990년 4월에서 12월까지 「월간문학」에 揭載했던 詩評
　　　　들이다. 따라서 여기 수록된 시와 시인들이 반드시 최상의 시인들이었다
　　　　는 것은 아니다. 좋은 詩篇들이 있었다 하더라도 그것이 당시의 「월간문
　　　　학」에 揭載되지 않은 것은 평에 넣을 수 없었다.
　　제2부, 詩와 죽음意識은, 「죽음意識을 통해 본 素月과 萬海」라는 제목으로 1978
　　　　년에 발표된 내 博士學位論文을 1979년에 같은 제목으로 숙대출판부에
　　　　서 출간했던 것이고,
　　제3부, 詩와 宗敎는, 논문집에 수록된 글들이다.
　　　　구상론은 「효성여대 김영환총장 회갑기념논문집」(효성여자대학교,
　　　　1990.12. 1)에
　　　　김영랑론은 「韓國 代表詩 硏究 評說」(文學世界社, 1983.2. 15) 에
　　　　노천명론은 「아세아여성연구」22집(숙명여대 아세아여성문제연구소,
　　　　1983.12. 1)에
　　　　김요섭론, 김현승론, 윤동주론, 최민순론은 「월간문학」1983년 4, 5, 7월
　　　　호에
　　　　오구마 히데오는 「국어국문학」 제17호(1996년)에
　　　　정지용론은 구상, 최민순과 비교하여, 「한국문학에 나타난 가톨리시즘」
　　　　이란 제목으로 「서울대 구인환교수 회갑기념 논문집」(서울대학교,
　　　　1989.12. 1)에 게재하였었다.

　　　　"사물의 전 질서가 나를 고뇌의 감각으로 가득 채운다. 각다귀 한 마리에서 사후
　　　영생의 신비에 이르기까지 모든 것이 나에게는 불가사의하다. 특별하게 나 자신이
　　　더욱 그러하다. 무한으로 치닫는 내 슬픔을 하느님 이외에 누가 이해할 것인가?"

　　인간 존재의 유한성과 신의 존재를 동시에 인식했던 키에르케고르는 죽음과 함께
죽으며 살고, 살며 죽어 가는 인간의 탄식을 이렇게 표현했다. 가슴이 후련하게 내
가 하고 싶은 말을 대변해 준다고 생각된다.

　　사랑니가 아픈데도 뽑을 때의 아픔이 두려워 아직도 뽑지 못하고 있다. 죽는 일보
다 더 어려우랴 하는 마음을 지니고 내일은 치과에 가서 뽑을까 한다. 사랑니의 아
픔이 癌이라면, 그 癌에서 해방되기 위하여 뽑을 때의 아픔을 감수하면서라도 기어
이 뽑아 버릴 것이 아니겠는가?

　노인이 된다는 것은 퇴치할 수 없는 병이다. 암과의 투쟁보다도 치유가 불가능한 병이다.
　암은 투병하여 완치될 수도 있지만 늙는다는 것은 막을 수 없는 병이다.
　일이 쌓여도 정리되지 않은 채 시간이 흐르고
　아무리 작업을 해 보아도 능률이 나지 않고 진척이 없다.
　그러나 그것이 어찌 나만의 일이겠는가?
　어린이도 젊은이도 장년도 모두 곧 노인이 될 것임에랴?

　그러한 것을 미리 미리 알아듣고 겸허하면 지혜로운 사람이고, 그러할 일을 눈앞에 닥칠 때까지도 깨닫지 못하고 기고만장하면 참으로 불쌍한 사람이라는 것을, 나는 나의 후배와 제자들과 자식들에게 알아듣게 해 주고 싶다. 이 책에 수록된 글들은 모두 다 그런 내용을 담고 있다.

　　"어린아이로부터 노년까지의 전 생애는 또 다른 탄생을 위한 성장이다. 또 다른 시발이, 또 다른 상황의 신분이 우리를 기다린다. 종말이라 생각하여 네가 두려워한 그 날은 바로 영원 속에서의 탄생인 것이다. 잔치 자리에서 지정된 시간에 우아하게 물러나는 것이 손님된 사람의 의무이듯이 우리에게 주어진 임무를 수행하는 것은 우리에게 만족을 줄 뿐만 아니라 우리를 세상에 보내신 생명의 주인에게도 만족스러운 것이다."

　세네카의 말이다. 이 말을 알아듣기까지 나는 서른 세 해 修道를 거친 것 같다.
　필자는 지금 터널을 지나가고 있지만, 터널의 저편에는 반드시 빛이 있다는 것을 알고 가는 旅程이기에 소풍 가듯 그렇게 즐기며 가는 旅程이다.

　그런데도 이즈음에는 하늘을 우러러 부끄러움이 아주 심하다.
　더 이상 잃을 것이 아무것도 없는 사람이기를 소망하며 살아 왔다고 자부했는데, 요즈음은 침상에 들면 내가 세상에서 만나며 살아 온 사람들의 얼굴이 떠오른다.
　내 부모, 배우자, 형제 자매 그리고 내가 낳은 자식들과 그 후손들, 그리고 이웃과 제자들과 동료들...

　너무도 많은 빚을 지고 간다.
　사랑해 왔다고 생각했는데, 사랑만을 받았고
　나눔을 실천하며 살아온 줄 알았더니, 받기만 했고
　세월이 가면 갈수록 또 나의 죽음이 다가오면 다가올수록 부끄러움이 심하다.

나는 여기 이 글들을 기차 타러 갈 때 한 번쯤 읽으며 나와 담소하자고 청하는 마음으로 세상에서 만나고 가는 길벗들에게 부끄러운 미소로 건네 드린다.

너무 욕심들 내지 말고, 너무 무례하지 말고, 너무 악착스럽게 작은 일에서 이기려고만 하지말고, 항상 조금씩 양보하며 살자는 내용의 글들이기에, 후배와 제자들과 자식들에게 주려는 것이다.

한 번도 싸워 보지 않고 항상 미리 양보하며 지고 살아 온 어미요, 할미요, 스승이요, 동료요, 선배의 모습으로 남고 싶다.

2001년 여름방학이 끝나던 날
구기동 書齋에서 이인복

차 례

詩와 詩精神

詩와 詩精神

1. 하느님과 思無邪

오세영 · 주봉구 · 한풍작
전상렬 · 이우영 · 김동희 · 제해만

이 세상에 언제부터 언어가 쓰이기 시작했을까?

이러한 의문은 언제부터 인간이 인간다운 삶을 시작하였는가를 묻는 것과 같은 뜻을 지닐 것이다. 19세기 말엽까지만 하여도 언어의 기원에 관한 논문은 더 이상 접수하지 않는다는 회칙을 만들 만큼 언어학자들은 언어의 기원문제에 등을 돌리고 있었는데 요즈음에 와서는 언어의 기원에 관한 새로운 연구를 통하여 언어의 본질과 특성에 관해 깊이 있는 이해에 도달하리라는 희망을 다시 품기 시작하였다. 시의 기원도 언어의 기원과 맥이 닿지 않을까? 그래서 우리도 그들 언어학자들의 진부한 언어기원설을 돌이켜 보기로 한다.

언어의 기원을 추정하는 많은 가설 가운데 제의설(祭儀說) 또는 영가설(詠歌說, sing-song theory)이라 불리는 그럴듯한 이론이 있다. 원시인들이 산신에게 제사를 지낼 때나 귀신을 내쫓는 의식을 행할 때에 부르짖던 외마디 소리, 또는 노래 소리에서 언어가 나타나기 시작하였다는 설이다.

그러므로 언어의 출발점은 주문(呪文)이라고 하면 좋을 것이요, 조금 고상하게 표현한다면 기도(祈禱)의 원초적인 무엇이었다고 말할 수 있을지 모르겠다. 오토 예스페르센이라는 언어학자는 이렇게 말한다.

"언어는 인류가 사랑의 짝을 구하던 시기에 태어났다. 인류의 최초의 발언은 밤마다 고양이가 마루 위에서 짝을 부르며 우는 소리, 그리고 철새 나이팅게일의 선율적(旋律的)인 사랑의 노래에서 나왔을 것이라고 상상해 본다."

이것도 제의설 내지 영가설의 일종으로 받아들여지고 있는데, 우리는 여기에서 사랑의 짝을 구하던 시기라고 하는 비유적인 표현이 지니는 이중적 의미에 눈을 돌려야 한다.

사랑의 짝을 구하는 행위는 보기에 따라서 순수한 동물적 본능만을 나타내는 것이라고 할 수 있다. 그러나 비록 그러한 동물적 충동에서 출발하기는 했지만 동물의 세계에서는 볼 수 없는 질서의식 같은 것, 즉 어미와 자식을 구분한다든지 죽음현상을 신비롭게 받아들여 무덤을 만든다든지 하는 윤리적 의식이 싹튼 것을 전제로 해서 이야기하는 말이라고 보아야 할 것이다.

인류학자들의 말에 따르면 인류의 역사는 적어도 1백만 년은 넘으며 어쩌면 2백만 년이나 3백만 년까지 거슬러 올라갈지도 모른다고 한다. 그렇다면 언어의 역사도 그렇게 될 것이 아닌가? 그러나 인류학자들이 말하는 인류가 지금 우리가 가상하는, 사랑의 짝을 구하는 시기의 인류와 같은 것은 아니다. 곧바로 서서 걸으며 손으로 돌멩이를 깨뜨려 물건을 만들기 시작하였으나 그들이 어미와 자식을 구분하여 행동하고 사람이 죽으면 슬피 울며 장사지낼 줄을 아는 어느 시기부터 언어의 초기 형태가 사용되었을 터인데, 그러기 위하여서는 두뇌가 진화하여 그 용적이 1000cc 이상은 되어야 하고 무엇보다도 발성기관이 진화하여 다양한 소리를 만들어 낼 수 있는 형태를 갖추어야 한다. 그것은 성대(聲帶)가 목구멍 아래로 훨씬 쳐져 내려가서 구강(口腔)과 ㄱ자 모양으로 분리된 구조가 된 것을 말하는데, 적어도 이런 정도의 진화된 인류의 조상 호모 싸피엔스(homo sapiens)가 이 세상에 출현한 것은 50만년을 더 거슬러 올라갈 수는 없다고 한다.

그렇다면 어미가 죽어 울면서 무덤을 파고 사랑을 고백하기 위하여 목청을 가다듬는 시기라는 것은 50만 년 안팎의 어느 기간이었을 것이다. 그 무렵부터 인류의 생활은 이른바 협동과 질서가 요구되었고 무엇보다도 두려움에 대한 의식이 자리잡았을 것이 아닌가? 밤낮이 차례로 바뀌면서 봄, 여름, 가을, 겨울이 규칙적으로 반복되고 천둥, 번개가 치며 비, 바람, 눈보라가 회오리 치는 자연변화에서부터 질병과 죽음에 이르는 생명현상에 이르기까지 저들의 삶과 함께 전개되는 상당부분은 공포와 회의 요컨대 신비의 영역이었을 것이다. 그리하여 그들은 태양을 향하여, 먹구름을 향하여 외경의 심경을 지니고 자기들의 답답함과 두려움을 외마디 소리에 섞어 내뱉었을 것이다.

우리는 물론 언어의 발생과 발달이 인간의 공동생활 즉 사회생활의 복잡화에 따라 진행되었으리라는 합리적인 가설을 결코 외면하지 않는다. 그러나 앞에서 말한 이른바 제의설이 시의 발생을 설명하는 데에는 여전히 유효한 일면이 있음을 지적하고 싶다. 오늘날에 있어서도 그 아득한 옛날이나 다름없이 공포로부터의 해방을 간절한 소망으로 하는 시가 생산되고 있다는 사실을 주목할 필요가 있다. 두려움을 두렵다고 말하고, 바라는 바를 이루고 싶다고 말하는 것이 인간에게 있어서 가장 아름다운 정서적 평화를 약속하는 행위라면, 두려움을 벗어나고자 노래하고, 바라는 것을 얻고 싶다고 노래한 시는 어쩌면 인류학사에서 가장 오랜 수명을 자랑하는 분야가 아닐까 싶다.

그러면 두려움에서 벗어나고 바라는 바를 얻고 싶다고 말하고자 할 때에 그 외경과 신비의 대상은 무엇인가? 해와 달, 산과 바위들이 추상의 극치를 다한 자리에 무엇이 있는가? 오늘날 우리는 그것을 신(神)이라 하고 하느님이라 부른다. 우리가 주목한 것은 바로 이러한 하느님을 찾는 노래들이다. 현대의 문명은 나무와 구름과 바람, 새와 하늘과 시냇물이 옛날의 뇌성벽력이나 험한 준령보다도 어쩌면 더 무서운 하느님으로 변모하고 있는지 모른다. 인간과 벗하여 아름다운 삶의 터전을 꾸며주던 자연은 어느 틈엔가 개발과 공업화, 개척과 산업화라는 미명 하에 그것을 파괴하는 인간들에게 무서운 분노를 나타내기 시작하였기 때문이다. 이런 때에 구름과 바람, 하늘과 시냇물에 매달려 살려달라고 애원하는 노래가 아니 나올 수 없는 것이다.

오세영은 근자에 지속적으로 「그릇」 연작시를 쓰고 있는데, 이 '그릇'이야말로 능소능대하여, 식탁 위에 놓인 자그마한 간장 종지로부터 우리 삶의 터전인 땅덩어리 그리고 삼라만상을 포괄하는 광대무변의 우주에 이르기까지 확대 심화된다. 그것은 무엇인가를 그 안에 담는 우리의 가슴이요, 눈빛이기도 하다. 그래서 오세영의 「그릇」(51, 52, 53)은 한 떨기 튜립꽃, 글자가 채워지는 원고지, 가난한 이의 마음인 것이다. 그 가운데서 우리는 「그릇 52」에 주목한다.

> 내가 원고지의 빈 칸에
> ㄱ, ㄴ, ㄷ, ㄹ ......
> 글자를 뿌리듯
> 神은 밤하늘에
> 별들을 뿌린다.
> 빈 공간은 왜 두려운 것일까.
> 절대의 허무를
> 빛으로 메꾸려는 저,
> 神의
> 공간,
> 그러나 나는 그것을
> 말씀으로 채우려 한다.
> 내가 원고지의 빈 칸에
> ㄱ, ㄴ ,ㄷ, ㄹ....... 글자를 뿌릴 때
> 지상에 떨어지는 씨앗들은
> 꽃이 되고 풀이 되고 또
> 나무가 되지만
> 언제인가 그들 또한
> 빈 공간으로 되돌아간다.
> 나와 너의 먼 거리에서
> 流星의 불꽃으로 소멸하는
> 언어,
> 빛이 있으므로 神의 하늘에도
> 어둠은 있다.

—「그릇 52」 전문

그는 두려움과 소망을 원고지에 채우면서 외람되게도 하느님의 마음을 읽는다. 그러나 사실에 있어서 그것은 외람된 행위가 아니라 인간의 가장 원초적인 종교행위, 곧 하느님에게 자신을 들어 봉헌하는 제사를 바치는 것이다. 하느님의 우주창조에 경탄하며 한 시인의 언어조직이 그 우주창조를 찬양하는 보잘 것 없는 예물임을 밝힌다. 언어가 하느님에게 바치는 예물이면서 동시에 그것이 하느님의 또 다른 모습임에 놀라는 시인은 하느님도 빈 공간이 두려워 빛을 만들고 그리고 어둠을 감내할 수밖에 없다는 사실에 거듭 놀란다. 하느님도 허무를 두려워하고 아무 것도 아닌 것이 되어 빈 공간에 숨어 버렸을 때, 하느님의 그림자였던 시인의 언어도 유성의 불꽃이 지나간 밤하늘의 어둠 속으로 사라진다.

「그릇 52」는 인간이 하느님 앞에 서서 어떻게 하느님을 두려워할 것인가 그리고 무엇을 원한다고 빌어 볼 것인가를 생각하게 한다는 점에서 거듭하여 읽을 가치가 있는 작품이다.

하느님을 소재로 다루었다는 점으로 보면 朱奉求의 「默示」도 한 폭의 단아한 수채화라 할 수 있다.

비 온 뒤
바람 끝이 사나웠다.

구름 사이로
하늘이 칼날처럼 보였고
이승을 떠난 사람의 얼굴이
떠오르지 않았다.

소나무에 걸린
물방울이 나무째 쓰러지고

이승을 떠난 사람은
石門을 걸고
외면을 했다.

가고 오는 것도 없고
죽고 나는 것도 없고
없다 하는 말도 또한 없는 것이며........
독경 소리만 메아리쳤다.

이승을 떠난 사람의 허물이
타오르는 동안
멍에를 푼 소 한 마리
외양간을 벗어나고 있었다.

—「묵시」 전문

　이 세상을 살다가 육신이라는 옷을 벗어 던진 영혼 앞에서 존재의 자유가
얼마만큼 황홀한 것인가를 보여주고자 한 이 시는 불교에서 익숙하게 쓰는
윤회 환생의 이미지를 빌어 온 것이, 앞서 언급한 오세영의 「그릇52」와는
아주 다른 점이다.

　韓風作의 「광부일기 5」도 하느님을 찾는 시이다.

술 많이 마시면
하늘이 빙글빙글
내려온다.

아니면, 쓰러질 듯
내가 빙글빙글 돌아
하늘에 오른다.

어쨌든
나는 비틀거리며
하늘에 있다.

착하신
하느님 볼 수 없는
그 하늘에.

—「광부일기 5」 전문

　그러나 이 詩에서는 어째서 착하신 하느님을 하늘에서 볼 수 없는지 그
이유를 찾을 수가 없어 애석하다. '광부'는 鑛夫인 것 같은데 차라리 이 시
대에 그들은 狂夫일 수밖에 없어 술을 마셔야 한다는 전제가 마련되었더라

면 「광부일기 5」는 그렇게 간단한 소품으로는 끝나지 않았을 것이다.

일찍이 공자님은 "詩經에 나오는 삼백 편의 시들은 한 마디로 표현한다면 생각함에 있어 사악함이 없다는 것이다"라고 말씀하셨는데, 그 사악함이 없다는 것은 무엇일까? 너무나 오래된 얘기요, 누구나 시를 얘기하는 사람이면 수백 번, 수천 번 입에 담았을 법한 이 말은 과연 누구에게나 이해될 만큼 설명되었는지 궁금하다. 經典의 뜻풀이가 시대, 장소, 사람, 형편에 따라 농도를 달리하고 경중을 달리하여 재해석된다는 것쯤 모를 사람이 없을 것이지만 저 "생각함에 사악함이 없다(思無邪)"는 말도 시각을 달리하여 놓고 보면 의외의 엉뚱한 풀이가 나올 법한 경전의 한 구절이라고 생각된다. 사악함이 없다 하였으니 청아하다 할 수도 있고, 고상하다 할 수도 있으며, 담박하다 할 수도 있고, 정결하다 할 수도 있겠다. 요컨대 그것은 맑고 밝고 깨끗한 마음바탕을 전제로 한다. 여기에 연상되는 것이 "맑은 거울 같이 고요한 물"을 뜻하는 '명경지수' (明鏡止水)라는 낱말이다. 명경지수의 마음은 시를 쓰고자 하는 사람이라면 당연히 지녀야 할 기본자세이다. 격정과 분노를 노래한 시라 할지라도 그 시를 잉태하고 진술할 때의 마음밭은 의연히 명경지수의 한계를 벗어나지 않는다. 그런데 이 명경지수가 비추고 있는 명경지수 바깥에 존재하는 대상은 명경지수 안의 세계처럼 고요하고 담담하지만은 않다. 그 대상들은 난잡하거나 혼란스럽고, 시간과 공간의 제약을 받으며 끊임없이 변모를 거듭한다. 다시 말하면 대상들은 움직이는 것이요, 변하는 것이요, 유한한 것이다. 그러나 명경지수의 마음은 비록 그것이 변덕쟁이 시인의 마음 속에 있는 것이지만 시적 대상을 받아들이는 그 순간 순간에는 정지 된 것이요, 불변하는 것이요, 무한한 것이다. 무한대의 마음의 공간만이 유한한 물질계를 포용하고 포착한다. 명경지수의 마음밭이 위대한 것은 무한으로써 유한을 감싸는 것만이 아니다. 그것은 세상에서 통념적으로 다루는 아름다움과 추악함, 어여쁨과 못생김, 고움과 거칠음 따위의 분별을 초월한다. 다시 말하면 명경지수의 마음 안에서는 아름다움만 아름다운 것이 아니고, 추악함도 아름다우며, 과거의 아픔도 아름답고, 현재의 고통도 아름다울 수가 있다. 우리들의 범상한 눈으로 보면 더할 수 없이 일상적인 것이요, 시시해 보이던 것이 사진으로 찍어 놓고 보면 의외로 그럴듯해 보이는 수가 있다. 그러므로 명경지수로 바꾼 시인의 마음은 날카로운 안목을 지닌 사진기사의 눈이요, 카메라의 렌즈와 같은 것이다. 날카로운 안목이란 결국 인생을 관조할 만큼 성숙한 의식이요, 희로애락의 삶이 겹겹이 쌓인 고뇌의 지층 위에 초연하게 솟아오른 해탈의 마음이다. 적어도 시를 쓰는 마음이 위에서 이야기된 것과 같은 명경지수의 마음, 곧 사악함이 씻기어 없어진 마음이어야 한다는 것을 우리는 새삼스럽게 강조한다.

이렇게 해묵은 공자님의 사무사(思無邪)를 검토하고 났을 때, 우리에게 다가오는 시에 金尙烈의 「소문」과 「목소리」가 있다. 이 두 작품이 일차적인 모티브로 잡고 있는 것은 우리들의 청각기능이다. 그래서 '소리'라고 하는 낱말이 사용된다. 그렇지만 「소문」에서의 '소리'는 의미가 있는 소리, 곧 사건을 거느리고 있는 언어의 소리이고 「목소리」에서의 '소리'는 의미가 배제된 할머니의 음성이다. 그 '소리'가 어떻게 의미변화를 일으키는가 보자.

마실 앞 향나무 우물가에는
아낙네들의 입방아 찧는 소리
별의별 소문이 나돌았다.

터줏대감 아들은 고자라고
그 집 며느리 삼밭에서 나오더라고
소문이 그렇더라고

십리 밖 절간에서 누가 봤단다
담홍치마 노랑저고리 입었더란다
복사꽃 필 무렵이면 더욱 자자했다.

아랫마을에 밤마실 가서
소침쟁이 만나고 왔다고
헛소문도 자주자주 나돌았다.
무수골 옹달못 매래가 넘던 날

분이는 연자간에서 머슴과 만나고
터줏대감 며느리 난질가버린

오래 잊어버린 그 소문이여.

—「소문」 전문

문살에 붙은 유리조각에 반짝이던
햇살이 걷어가고 어스레 해거름
나를 부르시던 할매의 목소리

함지박에 무럭무럭 강냉이 삶아 놓고
놋양푼 가득히 범벅 쑤어놓고
풀먹인 삼베 고장바지 스치는 소리

쇠죽 바가지에 담아 실경 위에 얹어둔
분이 뽀오얀 간돔배기며
끼때마다 부르시던 그 목소리

손주들 따로 살고 목소리가 없는 요즘
끼니때가 되어도
잊어버린 그 모습이여.

—「목소리」 전문

「소문」에서의 '소리'는 아마도 시간상으로는 5, 60년쯤 거슬러 올라갈 과거의 것이고, 공간상으로는 백 리나 이백 리쯤, 현대화된 도시로부터는 떨어져있는, 산간 마을의 것일 듯 싶다. 이와 같은 시간적 공간적 좌표가 설정되었던 그 당시의 소리는 이른바 스캔들이라 불리는 비윤리성, 반사회성을 동반하고 있다. 그러나 바로 그 패륜으로 지탄받은 소리의 사건이 시 속의 화자를 통하여 '소문'으로 명명되는 순간, 그것은 비윤리성과 반사회성의 허물을 벗어버리고 오로지 한 여인의 너무나도 인간적인 몸짓으로 정당화된다. 아니 단순하게 정당화되는 것에 머무르지 않고 사건 당시의 손가락질과 수근거림이 얼마나 철없는 행위였던가 하고 뉘우치는 마음까지를 암시하고 있다. '의미 있는 소리'의 의미가 세월과 함께 재해석되는 동안 비윤리적 행위가 씻기고 닦이어 이제는 입방아 찧던 소리의 주인공들과 그 소리를 들으며 함께 통분, 개탄했던 시 속의 화자가 도리어 스스로의 잘못을 탓하고 있다. 명경지수의 마음밭을 통과한 사건이 사건 자체의 통속적 세속적 의미와는 무관하게, 그것이 어떻게 삽상(颯爽)한 경지의 아름다움으로 바뀌는가를 「소문」은 아주 잘 보여 준다.

한편 「목소리」에서의 '소리'는 추억의 심연 속에 가라앉아 있는 할머니의 목소리, 그 할머니가 입으셨던 바지고쟁이가 할머니의 움직임을 따라 만들어내던 스침 소리 등 지극히 단순한 물리적 음향에 관계되는 것들이다. 그러나 그런 '소리'에 대한 회상이 거듭되면서 그 소리는 이제 화자의 마음밭에 언어를 초월한 소리, 곧 의미가 없음으로 말미암아 더 많은 의미를 담게 된 소리로 변신하였다. 이와 같이 명경지수의 마음밭은 범상한 이 세상의 어떤 것으로도 의미심장한 초월의 세계를 만들어 낸다.

李宇榮의 「허드슨江 기슭에서」도 하찮은 이국적 풍경에서 새로운 의미를 만들어 낸 명경지수의 마음밭을 찾아낼 수 있다.

허드슨강 기슭에서
교포 한국인 할아버지를 만났다
38선 너머에 두고 온
고향을 낚는다고 했다.

아들도 며느리도
다 직장 보내고
할머니는 지난 여름
저승 보내고
기름 먹은 붕어나 낚는다고 했다.
서녘 하늘
바다 건너 두고 온 딸의 목소리
강가에나 오면 들을 수 있다고 했다.

아다지오조로 아다지오조로
물살에 밀리는 딸의 晉色을
노을 빗긴
허드슨강가에 오면 들을 수 있다고 했다.

허드슨강 기슭에서
교포 한국인 할아버지를
만났다.
뚝섬 나루터를 오가던 기억으로
은비늘 번쩍이는
서울을 낚는다고 했다.

—「허드슨강 기슭에서」 전문

고향을 그리워한다는, 어찌 보면 그저 그렇고 그런 정경 하나가 가슴을 후벼파는 페이소스의 마음밭을 일구어 내고 있다. 따라서 허드슨江의 기름 먹은 붕어는 은빛 번쩍이는 서울로 둔갑한다. 나날이 공해로 죽어간다고 탄식하는 서울 사람들의 서울은 아마도 기름 먹은 붕어 꼴로 보일 것이다. 그러나 고향에 두고 온 딸 생각에 무료함을 실어보내는 이민간 노인에게 있어서 서울은 은빛 번쩍이는 꿈의 세계이기만 하다. 외로운 노인의 마음을 읽을 줄 아는 명경지수의 마음만이 포착할 수 있는 경지이다.

金東姬의 「예언자」는 어린이들의 평범한 놀이를 통해 참다운 삶의 진리를 깨우치는 시인의 의식이 잘 드러난 작품이다.

세계의 한 땅에서 어린이들이 줄넘기를 합니다.
두 어린이가 마주 돌리는 줄넘기 속에서 많은 어린이들이 나란히
발을 맞추어 뜁니다. 숨을 맞추어 쉽니다.
세계의 땅은 어린이들의 줄넘기를 위하여 그의 모든 자리를 비워 줍니다.
어린이들은 한 사랑으로 뭉쳐져서 이 세계를 돌립니다.
세계는 한 사랑 안에서 돌아갑니다.
나무도 하늘도 구름도 꽃도 스쳐가는 잠자리도, 돌돌 한 사랑으로
돌아갑니다.

나그네가 바둑이를 데리고 나팔꽃을 따서 입에 물고 나팔을 불며 갑니다.
바둑이도 나팔꽃을 따서 입에 물고 나팔을 불며 갑니다.
대문과 대문 사이로 담장 사이로 걸어갑니다.
나그네의 파아란 나팔꽃에서 파아란 나팔이 울립니다.
바둑이의 빠알간 나팔꽃에서 빠알간 나팔이 울립니다.
"사랑하십시오, 서로 사랑하십시오.
사랑이 제일입니다
어린이들처럼 한 사랑으로 뭉치십시오."

—「예언자」 전문

　　어린이들의 줄넘기 놀이를 바라보면서 세계가 사랑으로 일치되기를 바라는 시인의 마음은 너무도 순수하고 동화적이다. 세계의 모든 어린이들처럼 세계의 모든 어른들이 한 사랑으로 뭉친다면 이 세상이 곧 천국인 것이다. 천국이란 어느 먼 곳에서 외따로 존재하는 것이 아니라 우리들의 삶 속에서 언제나 이루어질 수 있음을 이 시인은 가장 평범한 어조로 우리에게 말하고 있다.

　　諸海萬의 「마산에 가면, 아직」도 어느새 수십 년 전 과거로 흘러가 버린 역사적 현장을 명경지수의 마음눈으로 정지시켜 그려낸 한 폭의 그림이다.

마산에 가면, 아직
창포동이나 신마산 선창가에서
아낙들이 비릿한 바다 하나씩 머리에 이고 나올 테고
봄이불 어깨에 메고 내 하숙집 찾아오시던
아버지의 무명 옷깃 스치는 소리 들릴 테고
마산에 가면, 아직
국립요양소에 다니다가 폐결핵 얻어 죽은
미스 오의 뚫린 가슴 하얀 낮달로 떠 있을 테고
귀국 동포 마사코가 카페 부두에서
서툰 모국어로 동백아가씨를 부르고 있을 테고
마산에 가면, 아직
3. 15때 다친 다리 쩔룩이면서
클래스메이트 만길이 신문 수금 다니고 있을 테고
파출소 불지르다 잡혀 고문으로 실성해진

광규형 죽지 못하고 살아 있을 테고
마산에 가면, 아직
미소년 장호 용마공원 벤치에 앉아
수출공단 아가씨를 기약없이 기다리고 있을 테고
주일미사때마다 장미 안고 오던 데레사 누나의
오랜 기도도 끝이 나지 않았을 테고
마산에 가면, 아직
푸르디 푸른 태평양 기슭 떡갈잎만한 바다 위로
물새 한 마리 울음 울며 날 테고
빛바랜 시집 끼고 무학산 허리에 오르던
내 열입곱 나이도 키 낮은 풀꽃으로 피어 있을 테고
—「마산에 가면, 아직」전문

별것 아닌 일상적 형태가 역설적으로 미래를 설계하는 꿈을 만들어 내고 있다. 명경지수의 마력이 이렇게 위대하다. 자, 그래서 명경지수 내지는 사무사(思無邪)의 경지가 이 세상의 추악함, 더러움, 삐뚤어짐 등 온갖 잘못된 것들조차 아름다움으로 바꾸어 놓는다면, 그렇다면 시인은 부처님이거나 공자님이 되어야 하는 것이 아니냐고 하는 의문에 대해서도 우리는 생각을 정리해 두어야 한다. 간단하게 대답하라면 분명히 말한다. 그렇다. 시인은 부처님이고 공자님이다. 아니 시인은 하느님이다. 그러나 이 선언이 시의 세계 안에서만 유효하다는 것을 잊어서는 안 된다. 평범한 소시민 김 아무개, 박 아무개, 시장바닥에서 콩나물 값을 깎는 평범한 주부라도 시의 세계를 위하여 그 마음을 명경지수로 바꾸는 순간 그는 틀림없는 하느님이다. 그러므로 언어 조탁의 재능이 뛰어난 젊은 시인보다는 아직도 말 다듬기에 무언가 거칠다는 느낌이 드는 나이든 시인의 작품 속에서 우리는 세월을 견디어 낸 슬기의 편린들을 마음 푸근하게 접할 수가 있다.

그럼에도 불구하고 젊은 시인들에게서도 노숙한 경지의 말소리를 듣는 것이 불가능한 것은 아니다. 인간은 반드시 나이에 비례하여 경험을 축적하는 것이 아니기 때문이다. 스물 여섯 살에 죽은 시인 키이츠를 연구하느라고 칠십 평생을 다 보낸 로링스라는 교수가 죽을 때까지 하버드 대학에서 키이츠를 강의하느라 가쁜 숨을 몰아 쉬었음을 우리는 상기하여야 한다.

詩와 詩精神 23

2. 言語의 새로움과 精神의 새로움

문정희 · 도한호 · 성춘복 · 추은희 · 김춘수
황명 · 황금찬 · 마종기 · 도종환 · 정진규 · 채희문

조선 왕조의 관리등용제도에 과거시험이 있었는데, 이때에 詩를 짓도록 했다는 사실을 모르는 사람은 없을 것이다. 그러므로 옛날의 선비들은 누구나 글을 배우는 과정에서 詩 짓는 법을 배웠고, 벼슬길에 나아가서도 詩 짓기를 계속 했다. 말하자면 옛날의 지식인들은 詩人이 되는 것을 전제로 했던 사람들이라고 말해도 지나치지 않는다. 그만큼 詩는 지식인에게 있어서 일상적인 것이었고 친숙한 의사전달 방법의 하나였다. 물론 이렇게 말할 때의 '詩'라는 것은 時調나 歌詞와 같은 우리 문학 장르를 말하는 것이 아니라, 押韻 平仄의 규칙을 엄격하게 따지는 漢詩를 말하는 것임은 두 말할 필요도 없다. 어떤 글자가 平聲에 속하고 어떤 글자가 仄聲에 속하는지를 안다는 것은 마치 요즈음 영어 낱말에서 어디에 악센트가 놓이고 그것이 문장 속에서 어떤 고저장단에 맞추어 읽히는가를 아는 것처럼 일일이 기계적으로 암송해 두어야 하는 매우 번거로운 지식에 속하는 것이었다. 그럼에도 불구하고 우리의 조상들은 그 까다롭고 번거로운 漢詩를 훌륭하게 지었을 뿐만 아니라 그것으로 일상의 의사 전달까지도 능란하게 수행하였던 것이다. 그것은 또한 양반 사대부에만 국한된 것이 아니라 일부 양반집 여성과 기생에 이르기까지 즐기는 예술활동이요, 교양의 일부가 되어 있었다.

이러한 생각을 하면서 요즈음 우리 詩를 대하노라면 詩가 얼마나 대다수의 지식인 대중으로부터 멀어져 있는가 놀라게 된다. 그 멀어짐은 시 작품의 일반적인 수준까지도 떨어뜨려 놓은 결과가 된 듯 싶다. 한 가지 예로 가령 조선조 시대에는 중앙관서의 미관말직에 앉아 있는 벼슬아치라 할지라도 그는 당연히 紙筆墨硯을 옆에 놓고 그 까다로운 漢詩를 써 내려 갔는데,

지금의 공무원들은 어떠한가?

 벌써 여러 해가 지났는가 싶다. 6공화국 대통령 선거전 막바지에 이르렀을 때, 관훈클럽인가 하는 기자들의 모임에서 대통령 입후보자들을 한 사람씩 출연시켜 대화를 나눈 적이 있었다. 그때 어느 기자가 모 후보에게 취미 같은 것을 물으며 겸하여 문학에도 취미가 있는지, 그리고 외울 수 있는 詩가 있다면 한 수 암송해 달라는 짓궂은 요청을 했었다. 그런데 그 후보는 중학교 학생도 줄줄이 외우는 詩 한 수도 제대로 암송해 내지 못했다.

 이것은 어쩌면 우리 나라 정치풍토의 무교양성을 반영하는 하나의 증좌일 수도 있겠거니와, 어쨌든 우리 나라에서 詩의 수준을 높이는 문제와 詩의 즐김을 높이는 문제는 나라의 운명과도 맥이 닿는 것이라고 주장해 보고 싶다. 詩의 융성과 나라 발전의 상관성이라니, 너무 엉뚱한 발상이라고 웃지 말자.

 삶의 풍요로움이 재화의 넉넉함에 비례하는 것이 아니라는 것쯤은 알 때도 되었는데, 요즈음 우리 나라 형편을 바라보면 이 민족이 어떻게 되려고 이러는가 하는 근심을 아니할 수가 없다. 돈독에 오른 눈빛들이 재물을 찾아 번뜩인다. 그러한 눈빛들 사이에서 詩를 말한다는 것이 어쩐지 쑥스러운 일은 아닌가라고 말하고 싶은 시대에 우리는 살고 있다.

 근래에 문학지에 발표된 詩들을 읽어보면서 좋은 詩가 그렇게 많지 않음을 지적하는 것이 세상을 탓하는 넋두리로 바뀌고 말았지만, 詩라는 것이 언어의 새로움과 정신의 새로움을 추구하는 수련의 결과임을 강조해도 지나침이 없을 듯하다. 따라서 詩人은 새로운 언어와 새로운 정신을 찾아 끝없이 방황하는 고달픈 求道者일 수밖에 없다. 언어가 새로워도 정신이 신선하지 않으면 기교에 치우쳐 경망하고 공소하며, 정신이 새로워도 언어가 새롭지 않으면 사념에 파묻혀 난해하거나 혼란스럽게 된다. 언어와 정신의 조화는 쉽게 말하여 형식과 내용의 조화로서 詩에 국한된 문제가 아니라 예술 활동 전체에 걸치는 문제이지만, 특히 詩에서 더 크게 문제를 삼을 때에는 詩人이 진정으로 求道의 자세로 詩를 생각하고 詩를 썼느냐를 묻게 된다.

 앞에서 거창하게도 민족국가의 장래를 詩의 발전과 결부시키면서 필자는 오늘의 詩人들이 그저 말놀이(언어유희)에 흥미가 있어서 詩에 접근한 것인지, 아니면 주체할 수 없는 관념의 덩이를 詩로 표현해 보려 한 것인지도 아울러 비판해 보아야겠다고 생각했다. 말놀이 쪽이 일종의 낭만주의 성향이라면 관념 쪽은 일종의 이상주의 성향이겠는데, 불행인지 다행인지 그 두 방향 어느 성향의 詩人도 근래의 문학잡지에서는 발견되지 않았다. 이것은 물론 우리들 문학잡지가 나아가고자 하는 건실한 자세와도 관련되지만, 그토록 바람직한 방향 설정에도 불구하고 좋은 詩가 드물다는 것은 결국 詩人들이 지닌 求道的 열망의 부족을 드러내는 것이 아니고 무엇이겠는가?

이렇게 답답한 심정으로 책장을 넘기면서 그래도 필자의 눈길을 끈 몇 편의 詩들은 인생 경륜과 아울러 詩的 求道의 경륜을 말해 주는 詩들이었다.

문정희가 쓴 「여류 시인의 발」은 범상한 일상성이 어떻게 詩的 求道 行脚에 연결되는가를 아주 쉬운 말로 펼쳐 보이고 있다.

여학교 시절, 교내 백일장에서
처음 만난 여류시인 김선생님은
새 구두가 발을 뜯어먹었다고
다리를 절었지요.
여류시인의 발도
구두가 뜯어먹는구나
나는 슬펐지요.
나를 특기입학이나 시켜볼까 하고
학풍 좋다는 문과대학을
찾아다니던 선생님은
"나 지금 멘스야" 했지요.
여류시인도 멘스를 하는구나
나는 슬펐지요.
그후, 부군을 따라 잠시
미국을 가신 선생님은
"마늘을 까다가 네 생각나서
몇 자 쓴다"고 안부를 보냈지요.
여류시인도 마늘을 까는구나
나는 슬펐지요.

그런데 어제 외손자 보셨다는
소식 듣고
여류시인도 외손자를 보는구나
슬퍼서 전화드렸더니
"아기가 도룡뇽 새끼 같다"고
낄낄 웃었지요.
그 흔한 고독도 못 해 보고
그 흔한 연애도 못 해 보고
그 흔한 이혼도 못 해 보고
그 흔한 베스트셀러는 물론이요,
그 흔한 스캔들 하나, 그 흔한 민중 하나 못 해 본 여류시인 김선생님
항상, 낮은 목소리로 물맛 같은 시를
보일 듯 말 듯 쓰고 있는 분
나이들수록 그 분을 사랑하는 건
무슨 일일까요?

—「여류시인의 발」 전문

언어의 새로움이란 것이 특별히 조작된 기교가 아님을 알게 해 주는 작품이다. 기교를 부리지 않은 평범한 언어는 시인과 독자를 자연스레 일치시키는 도구가 되고, 그리하여 우리는 이 시인이 말하는 '여류시인 김선생님'의 꾸밈없는 모습과 만나게 된다. 선생님은 우리와 달리 仙界에 사는 분이라고 믿고 있다가 시장 바구니를 들고 오는 모습을 보고 실망을 금치 못했던 초등학교 시절, 선생님도 우리와 똑같은 사람이라는 사실이 왠지 슬펐던 그 시절의 감정을 되새기게 하는 작품이다.

또한 "항상 낮은 목소리로 물맛 같은 시를 쓰는 여류시인 김선생님"을 여학교 시절부터 배워 오고 있는 작중 화자의 모습에서 고독, 연애, 이혼, 베스트셀러, 스캔들, 민중과의 인연 없음이 오히려 참다운 인생일 수 있음을 깨닫는 정신의 새로움도 이 작품에서 발견하게 된다.

都漢鎬의 「작은 목사」도 평범한 언어로 정신의 새로움을 보여주고 있는 작품이다.

아침 예배에 참석해서
외래 강사의 설교를 듣는 동안
그가 국회의원 몇을 잘 알고 지내며
官界에도 꽤 발이 넓고
조찬기도회에서는 장관들과도
나란히 앉은 일이 있고
교통위반쯤 두려워하지 않고
남들이 그를 박사님 하고 부르기도 하며
저명한 한아무개 김아무개 목사와도 친분이 있고
많은 사람의 존경을 한 몸에 받는
교계의 거물임을 알았다.
그 사이 예수님은 작은 교회의
작은 목사를 찾아 떠나셨다.

— 「작은 목사」 전문

우리가 인간을 평가하는 기준은 눈에 보이는 모습을 통해서인 경우가 대부분이다. 즉 어느 만큼의 재산을 소유하고 있는가, 학벌이 어떠한가, 어떤 유력한 인물들과 알고 지내는가 하는 등등이 우리가 인간을 평가하는 기준이 되고 있다. 따라서 그의 내면이 얼마나 깊고 성실하며 인간다운 삶을 살고 있는가에 우리는 등한하기 쉽다. 그러나 예수님은 우리가 미처 보지 못하는 인간의 모습에 관심을 기울이고 그에게 애정어린 눈길을 보내신다.

이 詩에서 詩人이 강조하고 있는 것은 바로 그와 같은 예수님의 마음이다. 그러므로 이 詩는 예수님은 작은 교회의 작은 목사와 함께 계시지만, 그러한 사실을 깜빡깜빡 잊어버리는 우리의 일상을 평범하게 묘사하는 데 성공한 작품이다. 예수님이 진정으로 사랑하는 사람들이 누구인가를 이 詩人은 목청을 돋우지 않고도 충분히 전달하고 있다. 예수님이 작은 목사를 찾아가듯 詩神도 작고 겸허한 목소리의 詩를 찾을 것은 너무도 당연한 일이다.

성춘복의 「타령」은 일종의 求道頌이라고 불러야 더 좋을 작품이다.

천정 얕은 방에
작은 갓등 하나

뽀얀 불빛 아래 낮은 침상
구석자리에 몸을 뉜다
누가 알기나 하랴
늦게 돌아와
양말과 손수건 빨아 널고
외촘으로 드러눕는 이 자리
이른 새벽에 빠져나와
성그렇게 식어버린 구덕
온 몸 틀며 들여놓는 이 어둠도
하루치의 내 신세인 것을
온날 하릴없이 쏴다녀
콧등 이미 더러워지고
하루분의 고단을 문지르며
헌옷 가지와 썩어 낳노라면
천정 얕은 방
널마루로 깔리는 남자 하나
발가벗고 드러누운 곧은 신세가
환한 달빛으로 달린다

—「타령」 전문

한 사나이의 초라하고 지쳐빠진 하루생활이 정리되는 저녁 잠자리가 어떻게 처량한 것인가를 그야말로 타령조로 읊조리는데 그것은 詩行의 진행에 따라 누추하고 꾀죄죄한 몰골로 그려지는 것이 아니라 무언가 숨길 수 없는 神仙의 變身처럼 격앙된 심상을 떠올리게 한다. 진흙 물속을 말하면서 연꽃을 가리키는 수법이다.

따라서 '천정 얕은 방', '작은 갓등', '낮은 침상' 등의 표현에서 떠오르는 것은 결핍이 아니라 작고 아늑한 것의 충만함이다. 詩人의 의식은 그 작고 아늑한 공간에서 최대한의 충만으로 넘쳐 있다. 부족할 것이 없는 차고 넘침이다. 여기에 달빛이 가세한다. 그의 영혼과 육신은 함께 달빛에 젖어 환하게 빛나고 넘친다.

결국 타령 속의 비루한 삶의 현장은 詩의 聯이 바뀔 때마다 문틈으로 조금씩 달빛을 받아들이듯 우리의 의식을 점차 신선하게 해 주고 경건하게 하

다가, 끝 연 "천정 얕은 방 /널 마루로 깔리는 남자 하나 /발가벗고 드러누
운 곧은 신세가 /환한 달빛으로 달린다"에 이르러 환희의 달빛을 온 몸으로
받으며 부처로 바뀌는 한 求道者의 승천을 목도하게 한다. 정신의 새로움을
위하여 참선하듯 詩를 생각하는 사람이 아니라면 이런 「打令」은 쉽사리 읊
어지지 않을 것이다.

추은희의 「봄비였더라」도 정신의 새로움이 돋보이는 작품이다.

어줍잖은
기쁨 하나
찾느라고
하루를 휘젓고
가슴엔
하늘엔
비가 내려
더욱 어둡고
진종일
가슴에 달
기쁨의 등불 하나
찾느라고
진종일 헤매다
문득
저어기
무의의 작은 몸짓 하나
고개 내민
그 창밖에
내리는 비
그것이
어느새
봄비였더라.

—「봄비였더라」 전문

"진종일 가슴에 달 기쁨의 등불 하나 찾느라고 진종일 헤매며 사는" 우리의 일상 속에서, 어느날 문득 저기 고개 내민 창밖에 "내리는 비 그것이 어느새 봄비였더라"고 황홀해 하는 정신의 새로움을, 꾸밈도 기교도 없이 너무도 편안한 일상의 언어로 말함으로써 오히려 새로운 언어 미의 세계를 보여 주고 있다.

실상 우리가 추구하는 기쁨이란 것은 물질의 만족으로 인한 것, 자신의 소망이 성취됨으로 인한 것 등이 그 대부분이다. 그럼에도 불구하고 "창밖에 내리는 봄비"가 그 모든 기쁨을 초월하는 기쁨으로 시인에게 받아들여지고 있음에, 이 시인이 지닌 정신의 새로움을 발견하는 순수와 아름다움은 매우 값진 것으로 우리에게 轉移된다.

김춘수의 「處容斷章 第 3部 1」 첫머리 부분인 「메아리」는 언어의 새로움이 추구하는 독특한 경지로 우리를 이끌어 준다.

릴케의 悲歌를 읽는 동안
걷잡을 수 없이 눈물이 나더라는
일본의 어느 시인이 쓴 글을 읽은 일이 있다.
나도 릴케의 비가를
10번까지 다 읽어봤지만
어렵기만 하고 눈물은
나지 않았다.
일본어
번역으로 읽어서 그런가 하고
일본인 그 시인에게
당신은 독일어로
읽었는가고
물어보고 싶었으나 주소를 몰라
물어보지 못했다.
50년 전의 일이다.
엊그제께는
어떤 잡지를 뒤지다가
미국의 어느 문학 이론가가

모든 글읽기는 다 오독이다라고 한 글을 보고
나는 눈을 번쩍 떴다.
조금 뒤에 나는 한번 다시
눈을 번쩍 떴다.
오독이란 무엇일까 하고,
,표나 . 표가 먼저 오는 수도 있다.
,誤. 讀
그의 눈물과 나의 눈물은 그래서
같지 않다.
내가 보는 그의 눈물은
저녁에 지는 하얀 얼룩처럼
거짓말 같기만 하다. 혹은
도마 위에 놓인 참새 늑골에 붙은
(내가 먹을) 보얀 살점처럼.

—「메아리 1」 전문

우선 「메아리 1」은 언뜻 보면 평범한 산문을 적당하게 행만 나누어 나열한 것 같은 인상을 준다. 그러나 詩 읽기가 시인으로서도 얼마나 힘든 일인가를, 그리고 모국어가 아닌 경우에 가중되는 위험이 있음을 말하면서 정말로 글을 '바로 읽기' 위해 산문으로 가장한 수법은 평범 속의 비범만이 해내는 수법이라 할 수 있다. 그것은 '誤'와 '讀'이란 글자 앞에 각각 쉼표 ','와 마침표 '.'를 넣음으로써 그것이 "잘못 읽는 일"이 아니라 "잘못 읽지 않았으나 다시 살펴 읽는 일"이라는 숨은 의미를 생각하도록 유도한다. 정신의 새로움 쪽으로 말하면 「메아리 1」에서는 「메아리 3」에서처럼 民族愛의 化身이었던 단재 선생 같은 이를 말하지는 않았으나, 이미 눈물 한 방울도 모국어로 흘리는 눈물과 외국어로 흘리는 눈물이 어떻게 다른가를 얘기하고 있다. 도대체 외국어로 눈물을 흘리는 일이 새빨간 거짓말이요, 또 설사 한 방울쯤 흘릴 수 있었다 하더라도 그것은 참새 갈비뼈에 붙은 살점만큼의 가치밖에 없다고 시인은 주장한다.

같은 시인의 작품으로 정신의 새로움이 잘 드러나는 「메아리 3」을 한 편 더 살펴본다.

꿈이던가,
旅順 감옥에서
단재 선생을 뵈었다.
땅밑인데도
들창 곁에
벗나무가 한 그루
서 있었다.
벗나무는 가을이라 잎이 지고 있었다
조선 사람은 무정부주의자가 되어야 하네
되어야 하네 하시며
울고 계셨다.
단재 선생의 눈물은
발을 따뜻하게 해 주고 발을
시리게도 했다.
인왕산이 보이고
하늘이 등꽃빛이라고도 하셨다.
나는 그때
세다가야署
監房에 있었다.
땅밑인데도
들창 곁에 벗나무가 한 그루
서 있었다.
벗나무는 가을이라 잎이 지고 있었다.
나도 단재 선생처럼
한번
울어보고 싶었지만, 내 눈에는 아직
인왕산도 등꽃빛 하늘도
보이지가 않았다.

— 「메아리 3」 전문

앞의 경우와 상황은 다르지만, 여기에서도 詩人은 단재 선생처럼 눈물을 흘리지 못한다. "단재 선생의 눈물은 발을 따뜻하게 해 주고 발을 시리게도 했다"면서 民族愛를 말하려 했지만, 아주 조심스럽게 "꿈 속에서 만난 단

재"라고 전제하는 겸허는 시인이 직접 목청을 높여 정치, 경제의 일선에 설
수 없음을 밝히는 태도와 다른 것이 아니다.

황명의 「對話」도 역시 언어의 새로움을 평범한 형식적 변주를 통하여 성
취하였다는 점에서 주목된다.

> 앓던 이빨을 뽑고나서도 조금은 아쉬운 것은 오랜 시간 내 몸 안에
> 배어 있던 몸내음의 한 조각이 떨어져나갔다는 인식 때문, 소중했던 것은
> 언젠가는 떠난다. 집착의 여울을 건너서. 하지만, 이제는 조용히 솜을
> 물듯 입을 다물자. 입은 다물고 눈으로만 말하자. 그리고 한동안은 숨
> 쉬듯
> 코로 듣자. 단절의 의미. 그래도 풍치는 돌고.
>
> ―「對話 4」 전문

> 오로지 하나의 광맥만을 위하여 땀 흘리며 갱 속으로, 의식의 밑창으로
> 들어간다. 앞이 안 보인다. 어둡다. 조용하다. 이 어두움과 두려움을 캐내
> 야 한다. 뿌리째 밖으로 운반해야 한다. 어쩌다 네 줄기와 내 줄기가 맞닿
> 으면 그런 대로 스쳐가지. 아직은 빛이 없다. 암울의 연쇄. 그러나 틀림없
> 는 쇠파이프의 진동소리.
>
> ―「對話 5」 전문

「對話 4」, 「對話 5」가 각각 하나의 문단으로 산문적 외표를 보이지만 그
밀착된 詩行들은 밀착과는 정반대로 소원한 인간관계를 나타내는 대화의
본성을 역설적으로 드러내고 있다. 다시 말하면 산문적 겉모양과 詩的 파라
독스의 속뜻이 이들 대화가 만들어 낸 구조적 특성을 이루는 데 성공하였다
고 하겠다.

「對話 4」는 인간들이 아무리 많은 말을 나누어도 궁극적으로 전달해야
할 내밀한 언어는 끝내 찾지 못하는 괴로움을 묘사한다. 눈으로 말하고 코
로 듣는 공감각적 상황 내지는 神話的 構圖는 '단절의 의미'라는 말을 '소
통의 무의미'로 바꾸어 놓았을 때 그 문맥 속에서 제 모습의 일부를 드러낸
다. "소중했던 것은 언젠가는 떠난다"는 다소 교훈적인 표현은 우리가 삶에

서 겪게 되는 가장 본질적인 아픔이 무엇인가를 새삼 일깨워 준다.

「對話 5」는 가슴 속 깊은 곳에 감추어져 있는 참마음을 펼쳐 보이기 위하여 안간힘을 쓰는 發話者의 고뇌가 "땀 흘리며 의식의 갱 속으로, 의식의 밑창으로 들어간다"라 하여 鑛夫의 채탄작업에 비유되어 있다. 상대방으로부터 무언가 공통요소가 발견되어도 짐짓 그것을 빗겨가는 외로움까지도 놓치지 않는 세심함이 잘 드러난다.

이러한 대화의 어려움이 빚어내는 상황은 '암울의 연쇄'를 거꾸로 읽어 '명랑의 불연속'으로 풀이함으로써 대화에서 느끼는 절망의 순간 순간들이 간헐적인 희망의 진동소리로 바뀐다는 대목으로 유도된다. 무엇이 참인가? 인간들끼리의 대화에 단절감을 느끼는 암울함인가? 한 가닥 일치감을 발견하는 황홀함인가? 그러나, 이들 「對話 4」, 「對話 5」는 그 결론을 유보하고 있다.

그럼에도 불구하고 이들 두 편의 詩가 지니는 내용이 희망의 詩學으로 받아들여질 수 있는 것은 작품의 끝부분 때문이다. "그래도 풍차는 돌고"(「對話 4」)나 "그러나 틀림없는 쇠파이프의 진동소리"(「對話 5」)에서 발견하게 되는 것은 행위의 지속성이다. 다시 말하면 관계 개선과 대화의 재개를 위한 詩人의 노력이 끈질기게 지속되고 있는 점에서 우리는 희망적인 미래를 바라보게 되는 것이다.

황금찬의 「사랑을 위한 발라드」는 童話的 構圖를 전설로 승화시킨 정신의 새로움이 돋보이는 작품이다.

> 바다의 나뭇잎을 띄우고
> 그 위에 사랑의 집을 지으려네
> 크지도 않고
> 작지도 않은 사랑의 집
> 하루는 네가 집주인이 되고
> 어느날엔 내가
> 주인이 되리
> 사랑의 집에서

웃고 있는 태양과 이야기하는 달은
정다운 이웃이 되고
별과 구름은
손님으로 찾아주리
비가 오고 눈이 내려 쌓이고
바람에 물결이 출렁여도
우리들의 사랑의 집은
흔들리지 않으리라.
그 나라엔
법률의 나무와 범죄의 풀이
자라지 않고
천사의 시기도 없다네
말의 장미밭엔 계절이 없고
시간도 잠든 채 눈 뜨지 않는다오.
이제 우리의 집으로 가자
거기서 과거는 미래에 이야기하고
내일의 문은 오늘 열자
등불을 끄지 말아야 한다.
이 집마저 잃어버리고 나면
우리에게 무엇이 남을까?
슬픈 이야기
사랑하는 사람아,
어느날 나뭇잎에 지은 집이
문이 닫히거든 전설로 남게 하라.

—「사랑을 위한 발라드」 전문

　현실에 묶여 있는 우리들의 눈은 이와 같은 순수의 세계를 유약하다고만 여길는지 모른다. 쫓기듯 사는 일상에서 과연 우리는 태양과 달과 별, 그리고 나뭇잎에 스치는 바람에 얼마나 관심을 두고 있는가. 그것들은 그냥 삶의 주변에 흩어져 있는 사물이며 현상일 뿐이다. 우리의 삶은 그런 주변의 사물에 눈돌릴 겨를 없이 매순간 바쁘고, 각박한 세상에 살아남기 위해 남보다 앞서지 않으면 안 된다. 이런 상황일진대 "나뭇잎에 지은 사랑의 집" 따위는 어느 먼 전설의 한 토막이라면 어울릴 듯 싶다.

그러나 세상이 각박해지고 인정이 메마를수록 인간은 이런 동화의 세계를 꿈꾸게 마련이다. 그곳에는 현실의 상처를 싸매어 주는 꿈과 사랑이 가득하기 때문이다. 이 작품을 통해 우리는 "나뭇잎에 지은 집"이 만들어 내는 동화적 이미지 위에 우리가 추구하는 정신의 세계가 무중력의 상태로 무한정 포용됨을 본다. 시인이 찾는 세계가 궁극적으로 무엇인가? 도연명의 시에서는 그것이 桃花園記로 나타났고 이태백의 시에서는 양자강 속에 들어있는 月宮으로 나타났지만 황금찬의 시에서는 이 세상 어디에도 찾을 수 없는 "나뭇잎에 지은 집"으로 나타나고 있다. "슬픈 이야기 사랑하는 사람아, 어느 날 나뭇잎에 지은 집이 문이 닫히거든 전설로 남게 하라"라고 염원하는 시인의 그 집이 이 세상 어딘가에서 발견되었다고 하는 날, 시인은 입을 다물 것이고, "시간도 잠든 채 눈 뜨지 않는" 행복한 천국을 살게 되리라.

마종기의 「밤의 4 중주 외 5편」도 우리에게 아주 익숙한 7. 5조의 가락을 기본 율격으로 하면서도 전혀 그러한 전통적 율격에 얽매이지 않았음을 보였다는 점에서 언어의 새로움이 인정된다. 이들 작품 중 특히 필자의 눈길을 끈 것은 「요즈음의 건강법」이다.

> 한국의 시인이라고 기를 쓰는 내가
> 외국에 오래 사는 것도 참 꼴불견인데
> 의사랍시고 며칠 전 피검사를 하니까
> 내 핏속에 기름이 둥둥 떠다닌다네.
> 아마 내가 개 같이 욕심이 많은 탓이겠지.
> 남의 차지까지 다 빼앗아쥐고
> 그 기름을 줄줄 마셔댄 모양이지.
> 자식들이 아직 어린데 혹시 죽기라도 할까 봐
> 집에서는 갑자기 달걀도 걷어가고
> 쇠기름도 돼지기름도 다 걷어가지만,
> 내 건강, 내 섭생이야 내가 알지.
> 암, 내가 의사인데 내가 알지.
> 강원도 원주군, 아니면 명주군 이십리 밖,

충청도 논두렁 건너 실개천 근처쯤,
꽃이라도 갈아서 병원 한 칸 차려놓고
병이야 원래부터 하느님이 고치시는 것,
나는 옆에서 조수 노릇이나 종일 하다가
석양녘, 출출해질 때면 슬그머니 일어나
허름한 술집에 들러 소주 한 병을 까면
아, 기우는 해, 그네 탄 기분으로 흔들리면서,
오래 못 들었던 노랫가락 하나 흥얼대 보면
아무리 독한 욕심의 기름인들 당할까 보냐.
그 기름 다 토해 내서 기름진 땅을 만드는 거지.
                    (2연 생략)
목이 아프다, 서양의 큰 키들을 당해내려고
젊은 날 내내 목을 빼고 산 탓이겠지.
목이 아프면 목에도, 머리에도 기름이 고인대.
눈에도 기름이 고여 세상이 항상 희미하게 보이는군.
그래도 내 건강법은
내가 알지, 글쎄, 의사라니까.
옛날 친구들 졸라 어디 조용한 산간에 가서
봄 아지랑이 속에 묻혀 며칠 몸 녹이면 된다.
가을이라면,
보일 듯 말 듯한 코스모스 꽃판에 들어가
너도 나도 함께 은근히 목을 흔들어대면
물론이지, 눈도 밝아지고 목도, 머리도, 깨끗하게 되지.
암, 그래야 결국에는 꽃이 되든 물이 되든 하겠지.
암, 그래야 결국에는 구름이 되든 안개가 되든 하겠지.
                              ─「요즈음의 건강법」에서

　　「요즈음의 건강법」은 시를 위하여 새로운 언어, 새로운 기법, 새로운 소
재가 무슨 필요가 있느냐는 듯이 가장 일상적인 표정으로 일상적인 생활을
말하면서도 바로 그것이 언어와 정신의 새로움을 찾는 求道行脚임을 입증
하고 있는 작품이다.

　　미국에 아무리 오래 살아도 미국 사람이 될 수 없다는 것, 병이라고 하는
것은 신경질적인 반응을 보인다 해서 고쳐지는 것이 아니요, 오로지 하느님

이 주관하는 일이라는 것, 무엇보다도 외국생활에 익숙해질수록 고향이 그리워진다는 것, 그래서 이제는 고향의 가을 들판에 피어 있는 코스모스로 환생하거나 고향의 물, 고향의 구름이 되기를 겸허하게 생각해 본다는 것, 이런 것들을 아주 담담하게 노래한다.

그러나 이런 담담한 어조 속에서도 우리는 고국에 대한 시인의 그리움이 얼마나 간절한가를 넉넉히 짐작할 수 있다. 고향의 흙내음, 고향 들판에 피는 꽃들만 생각해도 가슴이 복받쳤을 시인의 감정이 연이 바뀔 때마다 더욱 생생하게 전달되어 오기 때문이다. 고향의 산천을 그리워하며 시인은 이렇게 읊조린다.

"목이 아프다. 서양의 큰 키들을 당해 내려고 젊은 날 내내 목을 빼고 산 탓이겠지. 옛날 (고향) 산길에 가서 봄 아지랑이 속에 묻혀 며칠 몸 녹이면, 목도 머리도 깨끗하게 되지."

우리는 마종기 시인의 나이가 知天命을 넘어섰음을 알고 있다. 그러나 耳順에 가깝다 하여 아무나 「요즈음의 건강법」을 말할 수 있는 것은 아니다. 거기에 정신의 새로움이 있는 것이다.

평범한 언어로 정신의 새로움을 드러낸 작품으로 또 하나 주목이 되는 것은 도종환의 「겨울 골짝에서」이다.

> 낮은 가지 끝에 내려도 아름답고
> 험한 산에 내려도 아름다운 새벽눈처럼
> 내 사랑도 당신 위에 그렇게 내리고 싶습니다.
> 밤을 새워 당신의 문을 두드리며 내린 뒤
> 당신 창 앞에 놓아두겠습니다.
> 여기서 거기까지 걸어간 내 마음의 발자국 그 위에 찍어
> 당신 창 앞에 이렇게 가득가득 쌓이는 마음을 모르시면
> 당신의 추녀 끝에서 줄줄이 녹아
> 고드름이 되어 당신에게 보여 주겠습니다.
> 그래도 당신이 바위처럼 돌아앉아 있으면
> 그래도 당신이 저녁산처럼 돌아앉아 있으면
> 바람을 등에 지고 벌판으로 돌아가겠습니다

당신을 사랑했노라는 몇 줄기 눈발 같은 소리가 되어
하늘과 벌판 사이로 떠돌며 돌아가겠습니다.
—「겨울 골짝에서」 전문

밤새도록 내려 쌓였던 눈이 찬란한 아침 햇살에 서서히 녹으면서 추녀 끝에 고드름을 만들고, 녹은 눈은 물이 되어 땅밑으로 스며드는 광경을 지켜보면서 시인은 순결하고 지극한 사랑의 노래를 읊는다.

눈이 주는 의미는 대체로 순결한 그것이지만, 특히 이 작품에서 시인이 말하는 '새벽눈'은 그런 순결함에 한층 더한 무게를 얹고 있는 느낌이다.

"밤을 새워 당신의 문을 두드리며" 내리는 눈은 지극한 애모와 간절한 그리움의 결정체로 시인에게 인식되고 있기 때문이다. 그러나 그러한 애모와 그리움이 상대방에게 받아들여지지 않는다 해도 그는 "당신을 사랑했노라는 몇줄기 눈발 같은 소리가 되어 하늘과 벌판 사이로 떠돌며 돌아가겠습니다." 하고 말함으로써 자신의 감정까지도 사랑의 징표로 지니고 떠날 것을 다짐한다. 순리를 거스르지 않는 물의 흐름이야말로 가장 지극한 사랑의 마음, 모든 것을 포용하는 너그러움의 극치일 것이다.

밤새 내려 쌓인 새벽 눈을 보며 사랑의 순결함과 지극함을 노래하는 詩人에게서 정신의 새로움을 발견하게 되는 것은 이런 이유에서이다.

정진규의 「몸 詩 13」은 준엄한 자기 성찰이 불러일으키는 정신의 새로움이 돋보인다.

나의 불면증은
그렇게 대단한 이유를 갖고 있지 못하다.
하도 잠이 아니와서 따져 보았더니
하도 잠이 아니와서
창문의 커튼을 열고 보았더니
하얗게 내리고 있는 눈!
눈을 예감하였기 때문도 아니었다.
눈보다 내가
순결치 못하였기 때문도 아니었다.
이미 그런 말을 할 처지도 아니었다 나는

이 나라 이 땅이란 말로 시작하는
그런 걱정을 할만한 처지도 아니었다. 나는
매우 私的이었다.
아직 갚지 못한 상업은행의 利子와
아직 보내지 못한 딸애의 학비와
그런 것에 지나지 않았으며
있다면
내 몸의 무게가
내 생각의 무게보다도
내 느낌의 무게보다도
늘 가볍다는 걸
내가 알고 있는 것뿐이었다.
세상을
누를 수 없다는 걸
돋아나오는 풀잎 하나도 누를 수 없다는 걸
내가 알고 있는 것뿐이었다.

—「몸 詩 13」전문

이 작품에서 시인은 곤고한 생활에 쫓기며 사는 동안 스스로가 얼마나 철저한 현실인이 되어 버렸는가를 회의하고 있다. 창 밖으로 흰눈이 내리고 있음에도 그 아름다움을 느끼지 못한 채 갖가지 걱정거리에 싸여 잠을 이루지 못하고 뒤척거리는 자신의 모습을 회의적인 눈으로 그려 낸다. 그럼에도 불구하고 이 詩에서 분명히 드러나는 것은 詩人의 살아 있는 정신이다. "내 몸의 무게가 내 생각의 무게보다도 내 느낌의 무게보다도 늘 가볍다는 걸" 알고 있는 詩人의 정신이다. 아무리 생활에 쫓기며 현실인으로 살고 있다 하더라도 그의 의식은 순수함으로 충만되어 있다. 그러므로 그가 세상을 누를 수 없고 돋아 나오는 풀잎 하나도 누를 수 없는 것은 그의 순수한 의식이 육체를 지배하고 있기 때문이다. 지탱하기 어려운 삶의 무게를 순수한 정신의 힘으로 짊어지려는 시인의 자세가 돋보이는 작품이다.

채희문의 「비밀 만들기 4」는 사물의 존재 의의를 현상을 통해서가 아니라 본질을 통해서 추구하려는 정신의 새로움이 잘 드러난 작품이다.

그대의
보이지 않는 것을
만나리.
말해지지 않는 것을
그리워하리.
만져지지 않는 것을 간직하리.
꽃이파리에도, 열매알 속에도
저 地心 깊숙한 흙의 살 속에서도
물은 있으되 보이지 않듯
세상은 보이는 것보다
보이지 않는 것이 더
많고 많은 거
그래서 앞으로 난
그대의 살갗 밖으로 선뜻 드러낸 것보다는
보이지 않는
속 깊은 뜻의 은밀한 존재들을
그들의 미세한
살림 사정들을
더 소중하게 여기리
더욱 그리워하리
더 더욱 사랑하리.

— 「비밀 만들기 4」 전문

있는 그대로의 모습이라고 말할 때 우리는 흔히 외양의 관찰에 의해 얻어진 현상적인 결과만을 지칭하기 쉽다. 그러나 우리의 눈이 관찰해 낸 현상이라는 것이 얼마나 거리가 먼 것인가를 영국의 유명한 철학자 버트란트 럿셀은 「Appearance and Reality」라는 글에서 이미 분명히 지적한 바 있다.

생명이 있는 모든 생명체들은 단순한 외양의 결과만으로는 해명될 수 없는 너무도 복잡미묘한 신비를 스스로의 내부에 지니고 있다. 사유의 능력이 없는 식물이나 곤충이나 하등동물조차도 생명이 있음으로 하여 그 자체가 신비로운 존재라고 말할 수 있다면, 하물며 사유함을 특성으로 삼는 인간의 경우야 더 말할 나위가 없을 것이다.

「비밀 만들기 4」는 바로 이런 내용을 詩의 주제로 삼고 있다. 보이지 않는 것, 말해지지 않는 것에 대해 관심을 기울이고 그런 것들을 더 소중하게 여기고 사랑하겠다고 시인은 말한다. 항상 생각은 하면서도 실행하기 어려운 문제에 깊은 관심을 기울임으로써 정신의 새로움을 일깨워 주는데 한 몫을 하고 있는 작품이다.

이상으로 근래에 발표된 작품 중에서 언어의 새로움과 정신의 새로움이 돋보이는 작품들을 몇 편 살펴 보았다. 언어예술이라는 관점에서 볼 때, 詩에서 언어의 문제는 소홀히 취급될 수 없으며, 또한 그것이 시인의 정신적 산물이라는 관점에서 볼 때, 詩는 또한 정신의 문제를 소홀히 할 수 없을 것이다. 새로운 언어로 쓰여진 詩, 새로운 정신으로 창조된 詩에 관심을 기울이는 연유가 바로 여기에 있다.

3. 깨어 있음과 비어 있음

이영춘 · 채수영 · 이광석 · 이광규 · 김종철
강순미 · 김정화 · 정대구 · 김후란 · 윤희선

詩人이란 어떤 사람들인가? 詩人의 존재를 大衆은 어떻게 바라보고 있으며 또한 詩人들 스스로는 자신을 어떻게 생각하고 있는 것일까?

과연 詩人은 있어도 그만, 없어도 그만인 그저 무해무독한 사람들인가?

세상살이를 오로지 공리적인 관점에서 보려는 사람들에게 있어서 그러한 견해가 결코 잘못이라고는 말할 수 없을지 모른다. 그러나 실제에 있어서 詩人은 시대의 기쁨과 설움, 환희와 고뇌를 한 몸에 지니고 사는 한 시대의 슬기요, 시대 정신의 정수라 할 수 있다.

그런데 문제는 詩人들 스스로가 그러한 自己認識을 얼마나 절실하게 확신하며 사느냐 하는 것이다. 어쩌면 오늘의 시인이 이 땅에서 제대로 이해되지 않는다는 것과 詩人들 스스로가 시대의 슬기임을 확신하지 않는다는 것은 정비례의 관계를 이루는 것인지 모르겠다.

그렇다면 시인들이 이 시대의 슬기이기 위하여 어떤 자세, 어떤 정신을 지니고 있어야 하는가? 다시 말하면 어떻게 함으로써 시대를 지키고 이끌어 가는 슬기의 화신일 수 있는가? 이 해답을 찾기 위해서 우리는 잠시 『논어』에 있는 공자님 말씀을 들을 필요가 있다.

공자님은 어느날 제자들에게 묻는다.

"너희들은 왜 詩를 배우지 않느냐? 詩는 착한 마음을 우러나게 하며 굳센 의지를 지니게 한다. 詩를 읽으면 풍속의 순후하고 소박함을 살펴볼 수 있고, 詩를 더불어 감상함으로써 평화롭게 살 수 있지 않느냐? 詩는 가깝게로는 부모를 섬기는 일로부터 멀리는 나라와 민족을 지키는 일, 그리고 새와 짐승, 풀과 나무의 이름을 많이 알 수 있는 일까지 詩가 생활에 주는 이로움이 얼마나 큰 것이냐?"(論語 「陽貨篇」)

이기주의와 공리주의에 익숙한 현대인들은 공자님이 말씀하신 詩의 효용론에 접하면서 의외의 표정을 지을지 모른다. 그러나 공자님은 삶의 현장에서 살아가는 방법과 목적을 깨우치는 필수 과목이 詩임을 누누이 역설하시었다.

이로 미루어 볼 때 詩는 크게 보아 두 가지 중요한 교육적 기능을 감당한다. 그 하나는 사람으로 하여금 바깥 세상을 통효하게 알아서 대인관계가 원만하고 사회봉사가 철저하게 시행되도록 하는 것이요, 다른 하나는 스스로의 성품을 온유하게 교환하여 누구에게나 사랑 받으며 스스로도 達人의 경지에 도달할 수 있도록 하는 것이다.

그러면 생각을 정리해 보자. 詩를 공부함으로써 세상을 보는 안목이 높아지고 達人의 경지에 도달할 수 있다고 한다면, 詩를 만들어내는 詩人은 어떤 사람이어야 하겠는가? 그 해답은 너무나 자명한 것이다. 詩人이 스스로 맑은 정신의 소유자가 아니라면 어떻게 詩를 읽는 이들로 하여금 맑은 정신의 소유자가 되게 하겠는가? 또 詩人이 스스로 達人의 경지에 있지 아니하고 어떻게 독자로 하여금 達人의 길을 걷게 할 수 있을 것인가?

여기에서 우리는 詩人이 지녀야 할 두 가지의 정신상태 내지는 마음상태를 손꼽게 된다. 하나는 세상을 바르게 보는 정신의 눈빛이요, 또 하나는 스스로의 삶을 티 없이 맑게 하는 고운 마음밭이다. 이것들을 우리는 여기에서 '깨어 있음' 과 '비어 있음' 이라는 용어로 묶어 보고자 한다. '깨어 있음' 은 앞서는 일이요, 날카로움이며, 밖을 향한 나아감의 자세이다. '비어 있음' 은 낮추는 일이요 부드러움이며, 안으로 향한 다스림의 자세이다. 詩人은 모름지기 이 두 가지를 본성으로 지니고 있어야 하며, 비판의 자세와 구도의 자세를 서로 보완시키며 끊임없이 자신을 바로 세우기 위해 노력하는 詩를 써야 할 것이다. 이런 안목으로 '깨어 있음' 과 '비어 있음' 의 詩를 찾는 讀者의 눈에 다음과 같은 몇 편의 詩가 눈에 띄었다.

李榮春의 연작시 「대지의 노래」 중 여섯 번째 詩 「면사무소 앞」은 '깨어 있음' 이라고 하는 詩人의 의식작용이 어떤 양상으로 시작되는가를 보여 주는 詩로 주목된다.

> 시골 면사무소 앞길에서
> 우리가 아버지를 불러세웠을 때
> 아버지는 양심을 들킨 듯
> 누우런 각봉투를 뒤로 돌리며
> 바튼 기침으로 눈빛을 감추고 있었다.
>
> 호기심에 찬 우리들은
> 아버지 등뒤로 돌아가
> 지폐를 찾듯 각봉투를 들여다보고
> 아버지는 나른나른한
> 10원짜리 지폐 한 장씩을 나누어주었다.
>
> 아버지가 쫓겨가듯
> 면사무소 담모퉁이를 돌아가고 있을 때
> 어머니가 훠이훠이 울부짖으며
> 달려오는 것을 보고서야
> 우리는 그것이 세 평도 못되는
> 땅문서란 것을 알았다.
>
> 우리들 입에 들었던 사탕은
> 금세 모래알로 씹히었고
> 우리들 입은 커다란 사막이 되어
> 아버지가 절름거리며 그 위로 걸어가고 있었다.

—「면사무소 앞」 전문

    가난했던 우리들 모두의 어린 시절, 아버지는 땅문서를 들고 나가고 어머니는 울부짖으며 아버지의 뒤를 쫓아간다. 이것은 난봉꾼 아버지가 노름 빚을 갚기 위해 땅문서를 훔쳐 내가는 장면이 아니다. 자신의 힘으로는 어떻게도 할 수 없는 거대한 역사의 물결이 땅문서를 훑어가는 장면인 것이다. 일제치하에서 우리는 야금야금 땅을 빼앗겼고, 결국은 북간도로 시베리아로 유랑의 길을 떠났었다. 해방이 되고 6. 25란 전쟁을 치르고, 근대화 바람인지 공업화 바람인지가 불었다. 어쩔 수 없이 손바닥만한 땅뙈기를 팔고 무작정 서울로 올라온 시골 사람들이 서울 변두리 산 마을에 달동네라는 판자촌을 만들었다. 이 詩는 이러한 우리 나라 농민이 겪었던 근대사와 현대사를 조금도 목청을 높이지 않고, 어린 시절 사탕 먹기의 시각에서 다룬다. 이러한 역사의식이 다름 아닌 '깨어 있음'의 시발점이다. "우리들 입에 들었던 사탕은 금세 모래알로 씹히었고 우리들 입은 커다란 사막이 되어 아버지가 절름거리며 그 위로 걸어가고 있었다." 라는 말은 사실에 있어서는 과거를 회상하는 현재의 시점이다. 그러니까 입에 물은 사탕은 나이 50이 되어 어린 시절을 회상하는 지금 이 순간에 씹히고 있는 것이다. 물론 절름거리며 걸어가는 것은 옛날 아버지가 아니라 아버지가 된 詩人의 모습이며, 민족의 모습이며, 민족이 걸어가고 있는 역사의 모습이다.

　蔡洙永의 「다시 無無無無無無無」(그림자 17)는 제목부터가 '비어 있음'을 연상시키는 것으로, 자기성찰을 어떤 방식으로 추진함으로써 '비어 있음'에 접근할 수 있는가를 보여 주는 詩이다.

　　　야간기차에는
　　　하나의 티켓으로 두 사람이 타고 간다.
　　　눈치 빠른 여객전무가
　　　잡아내지 못하는 때마다
　　　또 다른 나와 득의(得意)로운 이야기를 나눈다.
　　　차창 이쪽과 저쪽 사이
　　　무임승차로 히히덕거리며
　　　쫓아오는 사람
　　　내 손짓과 눈짓을 복제하고
　　　목청까지 가져가고서도
　　　곁으로 들어오지 못해
　　　끝내 허덕이는 아슬한 그림자
　　　손을 내밀어 불러들이려 해도
　　　허공 손짓만 바람을 가리고
　　　이쪽 불빛과
　　　저쪽 어둠 사이

아득한 강물로 흐르는 숙제만
미궁의 별로 솟구치고
머무는 곳이 없는 속력 앞에
다가오지 못하는 그리움
바라보는 일로 함께 가는
우린
어디로 가는가

—「다시 無無無無無無無」 전문

　자기 존재의 현실적 실체를 거부하지 않으면서 자기 존재의 비움과 낮음을 시도하는 방식이 얼마나 되는지를 우리는 알 수 없다. 그런데 이「그림자 17」에서는 야간 열차를 타고 가면서 어둠 때문에 거울 기능을 하는 창 밖의 자기 모습으로 형상화된다. 그것은 손짓, 눈짓, 목청을 모두 복제하면서도 끝내 현실세계의 참여를 거절당한다. 그러나 詩人이 의식하고 있는 것은 오히려 유리창 너머에서 허덕이며 쫓아오는 그림자 쪽이지 현실세계가 아니다. 우리가 가는 길은 끝내 어둠 저쪽의 그림자가 가고 있는 바로 그것임을 詩人은 너무나 잘 알고 있기 때문이다. 그렇지만 詩人은 그 사실을 짐짓 모르는 척 "이쪽 불빛과 저쪽 어둠 사이 아득한 강물로 흐르는 숙제만 미궁의 별로 솟구치고 머무는 것이 없는 속력 앞에 다가오지 못하는 그리움, 바라보는 일로 함께 가는 우린 어디로 가는가" 하고 겸허하게 의문 부호를 찍고 있다. 자기 존재에 대한 탐구가 섣불리 결론에 이를 수 없음을 깨닫게 하는 작품이다.

　李光碩의 「라면 한 그릇」은 詩人의 '깨어 있음' 이 얼마만큼 철저하고 날카로우며 동시에 얼마만큼 순수하고 처절해야 하는가를 보여 준다.

너는 절망에 익숙한 잡초다.
연탄불 위에서, 떨리는 젓가락 끝에서, 허기진 위 속에서
죽은 氣를 펴게 하고, 구겨진 자존심 일어나게 하는, 끈끈한 질경이다.
日常의 난파 당한 희망을 예인하는
한 끼의 실낱 같은 암울한 쉼표다.

너는 한 마리 새다.
어떤 종교보다도, 어떤 위안의 말씀보다도, 어떤 정치가의 헤픈
약속보다도
가장 정직한 품삯의 눈금이다.
가장 절제된, 쪼개고 또 쪼갠 월급봉투의 진솔한 화음이다.
이 겨울 차가운 하늘을 하강하는
순백의 눈먼 새다.

너는 한 잔의 막소주다.
어떤 수입 양주보다도 폭탄주보다도,
더 강도 높은 이 시대의 뜨거운 분노다.
진하디 진한 노동의 혼불 속에서 막 건져낸 맑고 고운 숨利다.
이 땅의 위태로운 자유와 평화를 지켜 주는, 힘없고 가난한 사람들의
서러운 자존심이다.

너는 어머니의 초상화다.
지금도 고향 아랫목에 묻혀 있을
보릿고개 긴긴 해거름을 지우던 어머니의 마른 눈물이다.
우리들 유년의 들판에 부활해 오는
한 묶음의 티풀이다. 청보리다.
어젯밤 포장마차에서 만난
잠 못 이뤄 보채는 고향의 강물소리다.

—「라면 한 그릇」전문

　소재를 선택함에 있어서 그토록 평범한 것일 수 없는 것임에도 詩 전편을
단도직입적인 의인법과 단순 은유로 묘사하여, 하고 싶은 이야기를 그렇게
다양하게 토설하였다는 것은 놀라운 詩的 기법이 아닐 수 없다. 이처럼 간
명한 은유가 함축적인 의미를 지닐 수 있는 비결은 오로지 '깨어 있음'의
정신상태에 말미암는다. 우리는 항용 "지옥에서 신음하는 영혼이 한 명이
라도 있는 한 나는 천당에 가지 않겠다."고 선언한 지장보살의 말을 인용하
면서도 그것이 우리에게 공의로운 사회의 실현을 위해 '깨어 있음'을 촉구
하는 명령임을 잊는 때가 있다. 그것은 단지 지장보살 같은 초월자에게만
해당되는 것이요, 우리들에게도 역시 부과된 사명임은 망각하려 한다. 그런

데 「라면 한 그릇」의 詩人은 20세기 현대사를 꾸미고 있는 한국사람들에게 라면 한 그릇에 담긴 '없는 자' 의 비통이 '있는 자' 의 "깨어있지 않음"에 연유하는 것이 아닌가 묻고 있다. 분명히 사회정의는 실현되어야 하고 그것은 '있는 자' 의 각성과 '없는 자' 의 분발이 조화를 이루어야 가능한 것이다. 그런데 만일 '없는 자' 의 분발이 분노와 항거로 바뀌면 그것은 프롤레타리아의 혁명을 유발한다. 이 불행한 사태는 인류문화가 만들어 낸 가장 어리석은 사건이었음이 이미 소련과 동부 유럽 지역에서 밝혀지고 있거니와, 이러한 사실이 널리 알려지고 있는 오늘날, 詩人이 '없는 자' 의 설움을 어떻게 대상화해야 하느냐 하는 문제를 「라면 한 그릇」은 명쾌하게 보여 준다. 고통과 설움, 좌절과 비원을 모두 아름다운 정서적 충족감으로 바꾸어 놓는다. 슬프지만 분노하지 않고 아프지만 절규하지 않는다. 은유를 사용하지만 직설적인 진술보다도 명료하고 사실적이다.

네 연으로 구성되었으니 기승전결로 나누어 보는 것이 편하겠는데 각 연은 대체로 또다시 기승전결의 네 개 문장으로 되어 있다. 제 1연은 잡초, 질경이, 쉼표, 제 2연은 새, 눈금, 화음, 새, 제 3연은 막소주, 분노, 사리, 자존심, 제 4연은 초상화, 눈물, 티풀, 청보리, 강물소리를 서술어로 하고 있다. 그러나 각 연이 숨기고 있는 참 의미는 문장 끄트머리에 서술어로 놓인 명사들이 아니라 관형형이나 목적어 같은 것으로 슬쩍 끼어들어 있는 명사들로 보는 것이 더 좋을 듯 싶다.

즉 제 1연에서는 "희망을 예인하는", 제 2연에서는 "가장 절제된", 제 3연에는 "자유와 평화를 지켜주는", 제 4연에서는 "부활해 오는. . . . .고향"에 초점을 맞출 수 있을 것이다. 그러면 희망, 절제, 자유와 평화, 부활해 오는 고향 같은 것들이 각 연의 의미요, 더 나아가 라면 한 그릇이 상징하고 추구하는 진면목이라 생각된다. 그렇다. 「라면 한 그릇」은 우리 현대인들에게 희망이요, 절제요, 자유와 평화요, 부활해 오는 고향이다. "죽은 氣 펴게 하고 구겨진 자존심을 일어나게 하는 끈끈한 질경이다."

李光圭의 「오솔길」은 한 사람 詩人의 마음이 어느 정도까지 맑고 깨끗하여야 세상의 집념에서 벗어날 수 있는가를 구체적으로 보여 준 작품이다.

지장보살 앞에 놓인
亡者들의 사진
내 또래도 눈에 띄고
젊은 얼굴도 더러 있다.
나도 꽤 오래 살았구나
손주의 운동화 빌려 신고
절을 찾아온 할머니들과
중년 등산객들 틈에 끼어 서서
冥府殿을 기웃거린다.
어둑한 침묵의 한 구석에
목탄과 福錢函
주민등록증과 돈지갑이 들어 있는
바른 쪽 속주머니를 지나
갈빗대 밑에서
뜨끔거리며 자라는 죽음
어버이를 잃거나
자식을 낳거나
먹고 마시고 즐기며
五十年을 어질러 놓은 자리
서둘러 대충대충 치우려 해도
이제는 빠듯한 시간이다.
아무도 눈치채지 못하게
슬픔의 배낭 조금씩 줄이고
그림자 슬며시 숲속에 남겨 두고
일찍 어둡는 산길
혼자서 총총히
떠나야겠구나.

—「오솔길」 전문

일찍이 증자는 "장차 한 마리 새가 죽음에 임박하여 그 울음이 아름답게 구슬프며, 장차 사람이 죽음에 가까워서는 하는 말마다 아름답고 착하다"고 했다. 바로 이러한 마음의 경지가 '비어 있음'의 극치점이라 하겠는데 「오솔길」은 이 '비어 있음'의 경지가 나이 50을 넘어 가슴 속에 죽음을 기르는 순간에 와서야 도달하는 것이었음을 고백하고 있다. 그러나 이 詩에서 우리가 짚고 넘어가야 할 것은 "바른 쪽 속주머니를 지나 갈빗대 밑에서 뜨끔거리며 자라는 죽음"이 현실적으로 시한부 인생을 선고받은 특정한 질병만을 그려낸 것이라고 생각해서는 안 된다는 점이다. 우리의 깨달음이 구체적이고 현실적인 사건을 통하여 찾아오는 것은 틀림없는 사실이지만 이 詩에서 "뜨끔거리며 자라는 죽음"은 한 생애 전반을 통하여 지속적으로 쌓아온 모든 죽음의 총화이며 그러한 의식의 총집합이다. 그러한 의식의 쌓임을 거쳐 '비어 있음'은 한 詩人의 가슴에 서서히 그 공간을 넓히게 되는 것이며 드디어 현실적인 죽음 뒤에도 '비어 있음'의 공간은 지속적으로 주위사람들에게 전이되어 가는 것이다. 만일에 그 "뜨끔거리며 자라는 죽음"을 詩人의 개인적인 사건으로 읽는 독자는 이 詩의 마지막 부분에서 詩人의 고독함을 묘사한 대목 "일찍 어둡는 산길 혼자서 총총히 떠나야겠구나"를 정말로 외롭게 떠나는 것으로 오해할 수 있다. 그러나 이처럼 훌훌 모든 것을 벗어던진 詩人의 미래는 바로 지금부터 혼자가 아니라 여럿임을 알아야 하겠다. '비어 있음'의 모든 詩人, 모든 구도자에게는 반드시 이웃이 있어 외롭지 않다.

김종철의 「心法」은 '비어 있음'으로 접근하는 또 다른 양상을 보여 준다.

        1
    오늘은 어머니 사십구제다.
    염불로 어머니 영혼을 불러내고
    목욕을 시켜주었다.
    저녁 무렵 어머니는 종이배를 타고
    반야바라밀다 강을 건너갔다.
    이를 본 적은 없었지만
    아무도 이를 부인하는 형제는 없었다.
    보이지 않는 것은 보이지 않는 것끼리
    나란히 서 있었다.
    우리 사남매는 이제야
    어머니 한 분씩을 각자 모실 수 있었다

2
나는 어머니를 엄마라고 부른다.
사십이 넘도록 엄마라고 불러
아내에게 핀잔을 들었지만
어머니는 싫지 않으신 듯 빙그레 웃으셨다.
오늘은 어머니 영정을 들여다보며
엄마 엄마, 엄마 하고 불러 보았다.
그래 그래, 엄마 하면 밥 주고
엄마, 하면 업어 주고 씻겨 주고
아아, 엄마 하면,
그 부름이 세상에서 가장 짧고 아름다운
기도인 것을 이제야 깨닫다니!
내 몸뚱이 모든 것이 당신 것밖에 없다니!

—「心法」 전문

　앞서 살펴본 김광규의 「오솔길」이 자신의 죽음 연습으로부터 '비어 있음'에 돌아가는 것임에 반하여 김종철의 「心法」은 어머니의 죽음을 지켜봄으로부터 얻게 되는 깨달음의 양상이다. 이 깨달음은 두 가지 새로운 인식의 변화를 동반한다. 첫째는 어머니를 모시는 일이 어머니의 생전에는 육신이 거처한 하나의 공간에서만 가능한 것이었는데 돌아가시고 나니까 모든 형제들이 어디에서나 모실 수 있게 되었다는 공간적 해방 인식이요, 둘째는 '엄마'라는 한 마디의 단어가 이 세상에서 가장 짧고 아름다운 기도임을 깨달았다는 언어적 해방 인식이다. 이 언어적 해방 인식이야말로 '비어 있음'이 누리는 가장 고차원적 행복의 한 가지 항목이다. '엄마'라는 한 마디 말로 가장 완벽한 기도를 할 수 있었으므로 그는 드디어 엄마와 일체가 되는 경지에 도달하는 것이다. 모든 완벽한 기도는 이처럼 대개는 한 마디의 명사일 수가 있다. 그리고 드디어는 그 한 마디도 지워 버린 백지의 공간에서 '비어 있음'의 궁극적인 해탈상태에 이른다.

　康順美의 「燒紙」는 시인의 의식이 '비어 있음'의 상태를 추구하는 작품으로 주목된다.

향을 태운다
나를 태운다
가느다란 쑥빛 향내는 나의
棺이다
火葬되는 내 모습을 본다
향내가 방 안 가득 퍼지고
나는 점점 향내로 떠오른다.
素服한 종이 위에
낮게 낮게 떠 있다
燒紙를 올린다.

—「燒紙」 전문

이와 같은 의식의 상황을 우리는 누구나 체험하였을 것이다. 누군가를 향한 간절한 그리움이 더 이상 견딜 수 없을 정도로 충만되어졌을 때 깨끗한 백지 위에 까만 글씨로 그 감정을 적어나가다 보면, 어느 사이엔가 타오를 것 같은 뜨거운 감정이 사그라지면서 머릿속이 텅 비어오는 것을 느끼게 된다. 백지 위에 적혀진 까만 글씨, 그것이 곧 감정의 분비물이기 때문에 자신 안에는 더 이상 감정의 찌꺼기가 남아 있지 않은 까닭이다. 그래서 밤 새워 쓴 그것을 새벽녘에 태울 때, 놀랍도록 감정은 가라앉고 수선스럽던 머릿속이 정리되면서 의식이 점차 투명하게 밝아지는 것을 느끼게 된다. 경우가 좀 다르긴 하지만 鳶에다 자신의 소망을 담아 높이 높이 하늘로 올리는 행위도 이런 의식작용의 하나로 이해될 수 있을 것이다.

이런 맥락에서 볼 때, 이 詩에서 燒紙로 태워지는 것은 詩人의 의식이다. 간절한 소망이나 청원이 한 장의 종이에 담겨 태워질 때, 그의 의식도 함께 탄다. 그래서 詩人은 "火葬되는 내 모습을 본다"고 말한다.

燒紙와 함께 타오른 염원이 방안 가득 향내로 퍼지면서 그의 의식은 점차 투명하게 비어간다. "나는 점점 향내로 떠오른다"고 말함은 이런 까닭이다.

김정화의 「공상」에도 '비어 있음'을 추구하는 詩人의 의식이 드러나 있다.

날개가 있다면
온 몸을 자유롭게 흔들며
하늘로 올라가고 싶다

올라갈수록
내가 살아 왔던 모든 것에서
멀어져가고

미움도 시기도
투쟁도 없이

내가 하는 말과
그들이 내게 하는 말
들리지 않는 곳까지

나는 얼마나 오랫동안
날개를 움직일 수 있을까?

—「공상」전문

　날개를 갖고 싶다는 것은 오래 전부터 인간이 지녀온 꿈이다. 자유의 상징인 날개를 갖게 된다면 인간은 아마도 하늘 끝까지 날아가 볼 것이다. 인간 세계로부터 자유로와 하늘에 닿고 싶은 욕망을 어찌할 수 없을 것이기에, 이 시는 바로 이와 같은 의식에서부터 출발한 작품이다. 그런데 이 시인이 날개를 갖고 싶은 이유는 하늘로 올라가고 싶은 욕망 때문에서가 아니라 스스로 "미움도 시기도 투쟁도 없이" 자유로운 의식을 지니고 싶기 때문이다. 따라서 시인이 날개를 달고 올라가고 싶은 곳은 "내가 하는 말과 그들이 내게 하는 말이 들리지 않는 곳"이다. 그곳이야말로 시인의 의식이 완전한 '비어 있음'의 상태에 도달한 지점일 것이다. 그러나 시인은 "나는 얼마나 오랫동안 날개를 움직일 수 있을까?" 하는 의문을 제기함으로써, 날개가 있다한들 그런 곳까지 이르기가 과연 가능하겠는가 하는 회의적인 태도를 보인다. 인간관계에서 빚어지는 미움이나 시기, 투쟁 따위가 얼마나 깊은 것인지 넉넉히 짐작할 수 있다.

정대구의 「폭포 앞에서」는 시인의 깨어 있는 의식이 잘 드러난 작품이다.

폭포 앞에서 정신이 번쩍 든다
벼랑 끝에서 떨어지는 폭포
정신의 맨 마지막 별이 보인다

통곡의 흰 몽둥이
넓은 소리와 넓은 빛을 빨아들인
통곡의 하얀 몽둥이로 나를 내리친다.
지금까지 우유부단했던 나를

두려움도 망설임도 떨림도
어떠한 느낌도 생각도 없이 핑계도 없이
죽음으로써 다시 삶을 껴안는
곧게 떨어지는 행위만 있을 뿐인 것을

폭포 앞에서 정신이 번쩍 든다
벼랑 끝에서 떨어지는 폭포
정신의 맨 밑바닥 별이 보인다.

—「폭포 앞에서」 전문

수직으로 떨어지는 폭포를 보며 詩人은 경탄하기에 앞서 새로운 깨달음을 얻는다. "죽음으로써 다시 삶을 껴안는" 그 행위야말로 영원한 삶의 몸짓이 아닐까. "두려움도 망설임도 떨림도 어떠한 느낌도 생각도 없이 핑계도 없이" 곧게 떨어지는 수직의 낙하, 떨어져 부서짐으로써 새로운 생명에 닿아 영원의 바다로 나아가는 폭포는 이 시인에게 정신적 각성의 계기를 제공해 준다. 그리하여 "벼랑 끝에서 떨어지는 폭포"를 볼 때 그는 "정신의 맨 밑바닥 별"을 본다. 그의 의식은 폭포의 떨어짐을 본 후 새롭게 깨어난 것이다. 죽음이 곧 삶이라는 것을, 곧게 떨어져 한 번 죽는다는 것은 영원한 생명을 얻는 것과 다름이 아니라는 것을. 이런 깨달음은 우리로 하여금 삶에 임하는 자세를 더욱 진지하게 해 준다.

김후란의 「바람 속에」도 '깨어 있음' 이라는 주제를 살펴볼 수 있는 작품
이다.

> 바람 속에
> 내일을 기다리며 산다.
>
> 꽃망울 터지는 소리
> 기다리며 산다.
>
> 어딘가에 버려둔
> 녹슨 언어를 찾아내어
>
> 젖은 모래로
> 닦고 또 닦아
> 銀絲로 엮은 노래
> 투명한 아침이 오기까지
>
> 한 줄기 옛 옷자락
> 힘있게 잡고 있다.
>
> —「바람 속에」 전문

바람 속에 내일을 기다리는 마음, 꽃망울 터지는 소리를 기다리는 마음,
버려진 녹슨 언어를 찾아내어 닦고 또 닦아 銀絲로 엮은 노래를 짓는 마음
등은 누구나 흔히 지닐 수 있는 것이 아니다. 깨어 내일을 기다리는 사람에
게만 가능할 것이다.

의식이 깨어있지 않다면 어떻게 절망 속에서 희망을 기대할 수 있는가?
"한 줄기 옛 옷자락 힘있게 잡고 있는" 시인의 의식은 절망 속에서 희망을
기대하는 깨어있음의 상태이다. 이 작품이 '깨어 있음' 이라는 주제 하에
살펴질 수 있는 것은 이 때문이다.

윤희선의 「무의식 속의 절망」은 삶의 매순간을 깨어있는 의식으로 맞으
려는 시인의 의지가 잘 드러나는 작품이다.

기실 생명 있는 모든 것은
세상에 태어나는 순간에
사형을 언도 받은 것이어서
다만 그 집행이 지금껏 연기되고
있을 뿐 언제 죽을지 모르는
사형수에게 무슨 즐거움이
있으랴

누구나 빙산의 일각엔
행복의 색깔로 장식하고 있지만
숨어 있는 빙산의 큰 덩어리인 무의식의
가슴엔 하늘만한 洞空이
늘 뚫려 있어
메울 길 없는 동공이 있어

神을 만들고
神을 죽이고
절망을 죽이고

불야성의 도심지 구석구석엔
걸레조각처럼 널브러진
목숨이여 목숨이여
어디에선가
실하게 들려오는 소리는
희미하게 가스렌지 닦는 소리
사람마다 마음의 거울
닦는 소리
드디어, 아, 드디어
절망을 죽이는 소리.

— 「무의식 속의 절망」 전문

인간의 삶은 태어나는 순간부터 죽음을 향해 나아가는 여정이지만, 대부분의 인간은 사는 동안 그 사실을 잊어 버린다. 때때로 그런 깨달음에 도달했다 하더라도 서둘러 그 생각을 뇌리에서 떨쳐버리고자 애쓰면서 자기만은 유한한 존재의 대열에서 이탈시키고 싶어한다.

죽음이라는 것은 그래서 인간 조건에서 볼 때 가장 최악의 극복할 수 없는 장애물인 것처럼 보인다. 그러면, 인간에게 필연적으로 부과된 죽음이라는 장애물에 대해 우리는 어떤 태도를 취하여야 할 것인가? 그것이 회피할 수 없는 장애물이라면 우리는 그 장애물까지도 삶의 이름으로 받아들여야 한다.

위의 작품은 이와 같이 의식에 바탕을 두고 있다. 죽음이란 삶의 여정에서 최후로 만나는 얼굴이므로 그것과 대면하기까지 성실하게 살겠다는 것이 시인의 의지이다. 이 詩의 끝 부분에서 볼 수 있듯이 "어디에선가 실하게 들려오는 소리, 희미하게 가스레인지 닦는 소리, 사람마다 마음의 거울 닦는 소리" 는 다름이 아닌 충실한 삶의 소리이자 몸짓인 것이다. '깨어 있음' 과 '비어 있음' 은 우리가 모두 추구해야 할 의식의 상태이다. 그러나 진정한 깨어 있음, 진정한 비어 있음의 상태에 도달하기는, 그리 쉬운 일이 아닐 것이다.

위의 작품들은 이런 점에서 주목되는 바가 크다.

4. 詩人들의 방황과 意識의 自由

김경린 · 유경환 · 심우천 · 박이도 · 조병화
김윤완 · 이상호 · 이옥희 · 최도선 · 김영은 · 차옥혜

韓國 詩人의 典型的인 모습을 그리라고 한다면 우리는 어떤 人物을 상정하게 될까? 누구나 한 번쯤, 아니 오랫동안 생각해 본 문제이지만 선뜻 대답하기 어려운 과제가 아닐 수 없다. 어림잡아 수천 명에 이르는 現在의 具體的 人物이 앞을 가리는 것이 그 어려움의 첫 번째 조건이요, 詩人의 社會的 · 文化的 기능이 대단히 위축되어 있다는 현실이 추상적일 수밖에 없는 詩人 自體의 이미지를 그리기 힘들게 하는 것이 어려움의 둘째 조건이다. 그럼에도 불구하고 더듬거리며 그려 낼 수 있는 전형적인 詩人의 모습이 아주 없는 것은 아니어서 그 모습의 뿌리를 우리 나라 근대시의 발생 초기인 20세기 초반, 식민지 시대의 나라 잃은 지식인들에게서 발견한다. 그들은 역사를 만들어 가는 선도세력일 수 없었고, 社會의 前面에서 책임 있는 발언을 할 수 있는 처지가 아니었다. 그늘진 구석에 쪼그리고 앉아서 祖國의 광복을 염원하며 항거의 詩를 쓰거나, 詩人은 짐짓 현실을 벗어나서 유유자적하는 것이라고 스스로를 최면에 걸어놓고 人情의 아름다움에서 위로를 찾는 참선의 詩를 쓰는 것이 日帝 植民地 치하의 詩人들이었다. (여기에서 우리는 자의건 타의건 日帝에 협력했던 詩人들의 不幸한 履歷에 대해서는 철저히 외면하기로 하자.)

이와 같은 精神的 유산은 20세기 후반기에 와서도 면면한 전통을 유지해 왔다고 생각된다. 그러므로 오늘의 詩人들도 여전히 역사의 前面에 나서는 先導的 현실참여의 무리에는 포함되지 않는 것 같다.

국회의원이나 장관, 정부 부처의 고급관리로 일하며 나라 살림에 이렇다 저렇다 말할 처지에 있었던 詩人이 없지 않으며, 별로 돈 걱정을 하지 않아

도 되는 社會의 중견 내지는 고급 社員인 詩人이 또한 없지도 않다. 中·高等學校나 大學의 강단에서 문학을 강의하는 詩人들 또한 상당한 숫자에 이르고 있다. 그러나 그들의 精神的 故鄕은 어디까지나 가난한 植民地 知識人의 고뇌와 방황에 뿌리를 두고 있다. 그것은 詩人의 本質이 기독교 성서의 표현을 빌어 말한다면 "마음이 가난한 자" 에서만 찾을 수 있을 것이기 때문이다.

가령 이런 人物을 상정해 보면 어떨까? 大學을 다니기는 했으나 끝내 졸업을 하지 못했으며, 就職을 해 본 적은 있으나 한두 해를 차분히 한 자리에 앉아있지도 못했고, 결혼하여 아들, 딸을 두기는 했으나 自己 아내를 번듯하게 차려 입혀 놓고 동부인하여 나설 처지에 있지 않은 사람. (여류 시인일 경우에는 조금 사정이 다르겠다.) 굳이 구체적인 인물을 대라고 한다면 시인으로 천상병이나 김수영 같은 사람, 아마 이런 사람이 엇비슷이 韓國 詩人의 전형적 이미지에 걸맞지 않을까 싶다.

이렇게 이야기가 전개되고 보니 韓國 詩人의 전형적인 모습이 결국은 보편적인 詩人의 본질론에 접맥된다는 느낌이 든다. 그렇다면 한국 시인들은 시인으로서의 참모습을 갖추었다고 말할 수 있고, 적어도 詩를 위하여 즐겁게 그리고 참담한 노력으로 "마음이 가난한 자"가 된 사람들이라 할 수 있다.

이때에 詩를 위하여 "마음이 가난한 자" 가 취해야 할 가장 원초적인 자세는 무엇일까? 이것은 우리가 궁구해야 할 다음 번의 과제이다. 우리는 이 물음에 대한 해답을 '意識의 自由'라고 말해 보고 싶다. 거리낄 것이 없는 생각, 행동, 그리고 말은 詩人이 누리는 축복이요 곧 '意識의 自由' 이다.

참으로 우연치 않은 일이라 하겠는데 요즈음의 詩를 읽으며 느낀 점은 대부분의 시인들이 '意識의 自由' 를 얻기 위하여 몸부림을 하고 있다는 것이었다. 그 몸부림은 詩의 內面世界에서 詩人이 보다 자유로운 意識을 확보하기 위하여 그가 지니고 있는 육체를 어떻게 하면 가볍게 가지는가 하는 것으로 나타나고 있다. 아마도 意識을 간직하고 있는 시인의 肉體, 아니 인간의 肉體가 통째로 意識化하고 더 나아가 그 육체의 중량감을 덜어 버림으로써 '意識의 自由' 가 확보된다고 생각하고 있는 것으로 이해된다.

'手印' 이란 산스크리트 말로는 무드라(mudra)라고 하는 것으로 우리말로 풀이하면 손갖춤이라 할 수 있는 것인데, 부처나 보살이 스스로 깨달아 몸에 지니고 있는 眞理나 誓願을 밖으로 표시하기 위하여 열 손가락으로 만들어 내는 여러 가지 表象을 가리키는 말이다. 그러므로 수인은 지극히 상징적인 의미를 지닐 수밖에 없는 것이다. 이때에 다섯 손가락은 새끼손가락으로부터 각각 차례로 땅, 물, 불, 바람, 하늘을 나타낸다. 엄지손가락이 상징하는 하늘은 가장 완전한 자유의 경지이며 새끼손가락이 상징하는 땅은 구체적으로 실존하는 인간의 현실이 되는 셈이다. 그리고 왼손은 고요함, 부드러움, 말없음을 표상하는 '定'을 뜻하고, 오른손은 슬기로움, 날카로움, 꿰뚫어 봄을 표상하는 '慧'를 뜻한다고 한다. 이 定과 慧야말로 詩人의 참모습과도 통하는 것이다. 어떤 詩人이, 가령 앞에서 말한 마음이 가난한 어느 한국 시인이, 겉보기에는 어눌하고 수더분하고 천진스럽기 한이 없는데, 기실 그 詩人의 붓끝은 매섭고 짜며 칼날 같은 눈빛으로 세상을 꿰뚫어 본다면 그 詩人은 '意識의 自由'를 표상하는 그 나름의 '手印'을 지으며 定과 慧를 갖추고 한국 사람의 삶과 꿈을 아름답게 노래할 것이 아니겠는가. 앞에서도 말한 바와 같이 요즈음의 詩人들은 약속이나 한 듯이 엄지와 장지를 맞붙이거나 엄지와 장지를 맞붙여 수인을 만들면서 불, 바람, 하늘 쪽으로 意識을 자유롭게 하고자 하였다. 물론 그 의식의 가벼움은 相對概念으로서의 무거움을 동반하거나 전제로 하는 가벼움이었는데, 意識의 가벼움과 무거움을 대비함으로써 시의 이미지를 변화있게 구성한 작품들도 눈에 띈다.

　먼저 몸무게를 줄이듯 가벼움을 추구한 詩들은 다음과 같다.

　金璟麟의 「오늘만은 바람 때문에」를 본다.

　　바람이 불기만 하면
　　금세라도 흔들릴 것만 같은 고층 건물들이
　　손뼉처럼 일어서는 거리에
　　일방통행 차선만을 향해 달리는
　　당신은 오직 직사광선이 그리워서인지
　　아니면
　　무심코 입을 벌린 채 말없는 맨홀에서

취기마저 풍기는 빌딩의 그늘 속에
아직도
부채인간처럼 살고 있는 당신과 나는
정녕 사랑과 생존을 위해
발자국만을 새겨놓기 위해
무작정 달리기를 해야 하는 것인지
아무리
하이텍이 날로 가슴을 적셔오고
부가가치가 눈앞에 반짝인다 하여도
항시 바람이 스치고 지나가는 거리에
나도 또한 오늘만은
당신을 향하는
바람이고 싶은 하루이기도 한데.

—「오늘만은 바람 때문에」 전문

　"바람이 불기만 하면 금세라도 흔들릴 것만 같은 고층건물들"이라는 첫 마디에서부터 詩人이 지닌 의식의 자유로움이 드러난다.
　"부채인간처럼 살고 있는 당신과 나"라는 구절도 같은 의미로 해석될 수 있겠는데, 이 작품의 끝에서 詩人은 "나도 또한 오늘만은 당신을 향하는 바람이고 싶은 하루이기도 한데"라고 말함으로써, 詩人이 현실로부터의 초월과 자유에 얼마나 목말라하는가를 드러내고 있다.

　유경환의 「솔개」와 「발자국 소리」는 '새'와 '바람소리'를 통해 현대인이 지닌 공허감을 그리고 있다.

높은 하늘에
외로움을 도는 새
기죽지 넓게 펼수록
외로움 커진다
내 가슴에 패인 골짜기들
한적한 고원.

—「솔개」 전문

뒷결
겨울 나무에
감기고 감기는 바람소리
이 새벽녘까지 몇 번 감겼는지
바람소리 그리운 귀
기다림만 담는다.

— 「발자국 소리」 전문

여기에서 '새'와 '바람소리'는 시인의 의식을 대변하는 대명사이다. 「솔개」에서 "기쭉지 넓게 펼수록" 커지는 외로움이란 곧 "내 가슴에 패인" 한적한 고원이다. 시인의 가슴에 있는 외로움의 빈 터가 솔개의 날개에 비유되고 있다.

「발자국 소리」에서는 겨울 나무에 감기는 바람소리가 기다림의 발자국 소리로 형상화되었다. 현대인이 지니고 있는 공허감이 두 편의 소품에 잘 드러나 있다고 하겠다.

심우천의 「우리」에서는 意識의 가벼움이 '새'로 묘사되었다.

나는 어디를 가나
당신 마음 속에 노예로 있다.

나는 어디에서나
당신의 憐憫 속에 한 가득 재가 된다.

당신의 물보라빛 여울을 건너
푸른 공기를 가르는 파랑새가 된다.

삶이 종말을 고하여도
영혼의 영원한 輪回 속에
너와 내가 아닌 우리가 되어
어릴 적 고향에서
대자연을 경작하는

村夫이고 싶다.

어머니의 젖줄 같은 흙내음 속
영원한 무덤 속에서
언제나 童話를 엮어 가는
詩人이고 싶다.

나는 언제나 당신 마음 속에서
노를 젓고
당신은 항상 내 심장 속에서 깃을
터는
작은 한 마리의 불새.

우리는 영원히 늙지 않는
철 없는
소꿉동무인 것을....
—「우리」 전문

당신 안에서 나는 파랑새가 되고, 당신은 내 앞에서 불새가 된다고 시인은 말한다. "너와 내가 아닌 우리"가 서로의 가슴에 가장 가벼운 새로 남아 있다는 것에서 시인이 지닌 의식의 자유로움을 찾아볼 수 있다.

朴利道의 「내 영혼이 풀밭에 누워」에는 의식의 자유로움을 꿈꾸는 시인의 의지가 직설적으로 표현되어 있다.

그림자처럼
풀밭에 누워 잠들고 싶어요.
그림 같이
몸무게를 빼어 버리고
그냥 날고 싶어요

코에 스미는 향기
자연의 생명을

바람처럼 느끼고 싶어요.
흐르는 물소리 같이
숨쉬고 싶어요.

먼 바다를 건너오는
풍금소리 같은
이 크나큰 속삭임
귓볼을 간지럽히는
음악이예요.

쏴 밀려오는
파도소리에 올라
풍선처럼 높이높이 뜨고 싶어요.
내 영혼이 돌아가
편히 쉴 그런 자유의 나라로
물새가 날 듯
그냥 날고 싶어요.

—「내 영혼이 풀밭에 누워」 전문

이 詩에는 의식의 자유와 행동의 자유를 함께 추구하는 시인의 의지가 잘 드러나 있다. "그림 같이 몸무게를 빼어버리고 그냥 날고 싶어요" 라고 함으로써 의식뿐 아니라 행동까지도 자유롭고 싶다는 염원을 시인은 분명하게 드러내고 있기 때문이다.

"풍선처럼 높이높이 뜨고 싶어요"라든가 "물새가 날 듯 그냥 날고 싶어요"라는 표현에서 시인이 의식과 행동의 자유를 얼마나 치열하게 갈망하고 있는지 알 수 있다.

자유롭고 싶다는 것은 누구나 지니는 소망이지만 이 詩에 드러난 자유로움에의 추구는 그 직설적인 표현으로 하여 더욱 강렬한 인상을 풍겨준다.

조병화의 「노인들의 풍경」을 본다.

생식을 마친 노인들이
가벼운 몸으로
이 세상을 먼지처럼
떠다닌다.

이 세상에 무엇
떨어뜨린 것은 없나 하고

뒤리벙, 뒤리벙,
주위 사방을 살피며

젊은 사람들의 물결 속에서
생식의 푸른 물결 속에서

1미터, 혹은 2미터 쯤
떨어져서

이 세상하곤 아주 떨어져서.

—「노인들의 풍경」 전문

여기에서 시인은 "생식을 마친 노인들이 가벼운 몸으로 이 세상을 먼지처럼 떠다닌다"고 단도직입적인 묘사를 하여 人生이 원칙적으로 意識의 自由에 뿌리를 두고 있음을 밝힌다. 그것은 허탈도 아니요 선망도 아니며 미련은 더더구나 아니다. 원래가 인생은 '가벼움 또는 자유로움'에서 출발하였다는 사실을 일깨워 준다. 이런 사실에 대한 깨달음이 詩의 주제를 이루면서, "가벼운 몸으로 이 세상을 먼지처럼" 떠다니는 노인들의 모습이 "이 세상하곤 아주 떨어져서" 있는 것으로 묘사됨으로써 의식의 자유로움을 추구하는 시인의 의지를 잘 드러내고 있다.

金允院의 「모를 일 12」는 가벼움의 이미지를 역설적으로 활용하여 현대 사회의 어두움을 고발한다.

우리 동네 제비는 강남에 가지 않는다.
다른 동네 제비들은 가을이 되기도 전에
남루한 계절을 벗어던지고
봄부터 준비한 여비를 챙겨 강남으로 줄행랑을 치는데
우리 동네 제비는
날개만 아프고 경비만 낭비하며 소득도 없는
강남엔 무엇하러 가느냐며
개구리나 뱀처럼 땅 속 깊이 굴을 파고
굴 속에 엎으러져 겨울을 난다.
다른 동네 제비들이 강남으로 떠나고나면 우리 동네 제비들은
빈 제비집을 털어 식량이든 귀중품이든 닥치는 대로 도둑질해
재산만 불리는데
겨우내 굴 속에 처박혀 노략질로 살만 피둥피둥 찌는데
다른 동네 제비들은 수천 수만 리 창공을 날며
비바람에 시달리고
배고파 허기에 떨다가
수만 리길 노독에 **뼈빠**지게 신음하며
떼지어 날며 집단의 이해와 협동과
가슴 조이는 기막힌 사랑의 낭만도 체험하지만
그렇게 모진 고뇌와 갈등과 사랑을 경험하며 한 마리의 제비로
성숙하지만
굴 속에 숨어 도둑질로 재산만 불리고
겨우내 살만 쪄 하늘을 나는 기능마저 상실하고도
재산만 많으면 최고라고 큰소리쳐대는
우리 동네 제비의 마음은 모를 일이여.
참으로 모를 일이여.

—「모를 일 12」 전문

　　강남에 가지 않는 제비의 마음은 '모를 일' 이다. 날아가는 것이 그의 본
능이어야 하지만, "날개만 아프고 경비만 낭비하며 소득도 없는 강남엔 무
엇하러 가느냐"며 굴 속에서 겨울을 나는 동안 온갖 노략질로 살만 피둥피
둥 찌는 제비. 그 제비의 속마음을 시인은 알 수가 없다. 그래서 시인은
"겨우내 살만 쪄 하늘을 나는 기능마저 상실하고도 재산만 많으면 최고라

고 큰소리쳐대는 우리 동네 제비의 마음은 모를 일이여 참으로 모를 일이여"라는 끝 구절에서 가벼움이야말로 얼마나 값진 것인가를 힘주어 강조한다.

　　李尙鎬의 「아버지가 없다 3」에도 가벼움의 이미지가 나타나 있다.

　　　한 여자를 만나고부터
　　　나는 눈물 많이 간직한
　　　구름이 되어
　　　이상한 하늘을
　　　떠돌아다녔다.

　　　될 수 있는 대로 멀리
　　　아버지가 거느린 들판으로부터 멀리
　　　벗어난다고 생각한 것이 그만
　　　돌이킬 수 없는 곳까지
　　　오고 말았다.

　　　이제 나는
　　　아무리 크게 소리질러도
　　　아버지에게 갈 수가 없다.
　　　꿈속같이
　　　마음대로 몸이 말을 듣지 않았다.

　　　아버지의 아버지가 물려준
　　　그 들판에 오래 서서
　　　아버지는 나를 부르건만
　　　나는 이상한 구름이 되어
　　　하늘을 떠돌고 있었다.

　　　아 그런데 나는
　　　정말로 내가 생각하는 그 하늘에는
　　　가지 못했다. 아무리 올라가도

내 머리는 줄곧
아버지가 서 있는
들판으로 향하고 있었다.

—「아버지가 없다 3」 전문

　이 詩에는 가벼움의 이미지가 '구름'으로 표현되고 있는데 그 구름은 아무리 자유롭고자 하여도 자유로울 수 없는 自意識을 나타내어 다른 詩에서 볼 수 있는 것과는 구별되는 가벼움의 이미지를 창출하고 있다. 말하자면 이 詩는 자유로움의 한계 또는 자유로움의 범위를 보여 주었다는 점에서 주목된다.
　한편 意識의 自由를 가벼움의 이미지와는 정반대되는 무거움 쪽에서 추구하려 한 詩들도 몇 편 보였다. 가벼움의 추구가 좌절되었음을 노래하였다는 점에서 가벼움을 향한 詩와 나란히 논의되어야 할 것들이다.

　李玉熙의 「不在」를 본다.

갑자기
사물 앞에 서는 것이 두렵다.
사람과 사람 사이
그 앞에 서는 것은 더욱 두렵다
한정없이 축소되는 내 영역
내가 내 안에 갇혀
하얗게 질식하는 시간
의식은 깊은 구렁 속으로
스멀스멀 가라앉는다.

아 – 끝없이 침잠해 버리는 무서움?!

내 평생 탐해서 소유한 적 없고
어느 한 쪽 소속되어진 적 없으면서
늘 부족한 듯 목마르게 느껴지는 共存
편협한 自己愛 탓일까.

-어처구니 없어라

"存在하는 것은 반드시 消滅해 버리는 덧없음"
―「不在」전문

　존재에 대한 사색이 이 詩의 주제인데, 맨 마지막에 표현되어 있듯이 "存在하는 것은 반드시 消滅해 버리는 덧없음" 이라는 사실이다.
　여기에서 시인은 "내가 내 안에 갇혀 하얗게 질식하는 시간, 의식은 깊은 수렁 속으로 스멀스멀 가라앉는다"고 노래하면서 결국 그 가라앉음을 '존재의 소멸' 이라는 가벼움 또는 덧없음에 연결시키고 있다.

　崔度善의「영웅시대」는 의식의 무거움을 넘어서려는 시인의 의지가 표출된 작품이다.

아래로 아래로 내려 앉는 건
어둠이라 했다.

어둠은
이제 더 추락할 곳이 없어
지하로 내려가
스탠드바 조명에 맞아
시멘트 바닥만 쓸고 다녔다.

바람에 찢기어
이곳까지 이주해 온
어느날
어둠은
네온싸인 언저리를 더듬거리다가
세종로 네거리에서 발돋움하는

어쩌면 그것은
가슴에 영웅을 달고픈

위험한
광란의 몸짓인 것을.

—「영웅시대」 전문

　이 작품에서 시인은 "아래로 아래로 내려가는 건 어둠이라 했다"고 첫머리 말을 시작하였으나 그 가라앉음이 결국은 사회적으로 가볍고자 하는 영웅의식의 몸부림임을 고백한다.

　땅과 하늘 사이에는 물과 바람이 있다. 詩人이 추구하는 理想이 어디에 있건 그 理想을 그려내는 이미지로서 물과 바람, 그리고 하늘과 땅은 가벼움과 무거움 사이에 단계적인 차원의 세계를 表象하는 元素일 법하다. 그러한 의미에서 바슐라르의 이론이 재조명될 수도 있을 것이다. 意識의 上昇을 통하여 가벼움을 추구하거나 意識의 下降을 통하여 무거움을 추구하거나 간에 詩人이 최후로 얻고자 원하는 것은 意識으로부터 벗어나는 완전한 無我의 自由 곧 解脫일 것이다. 그러나 완전한 해탈에서는 詩조차도 없어져 버릴 터이니, 그러므로 우리는 가벼움과 무거움의 이미지 사이에서 우리의 고뇌와 방황을 이야기해 주는 詩人에게 다시금 우리의 눈길을 돌리게 된다.

　김영은의 「나 버리기」가 이런 관점에서 이야기될 수 있는 작품이다.

　　1.
바다로 갔다
잔인하게 가슴만 갉아대는 나를
깡마른 몸에 머리만 큰 나를
손 낚아채고 끌고 갔다

지독한 안개 속에서
손을 놓아 버리고
돌아서서 뛰었다

나는 가벼워지고 싶었다

별이 되고 싶었다
새가 되고 싶었다

바다는 하얗게 눈을 흘기며
짠바람으로
한 대 내 뺨을 후려쳤다

다시 짊어져야 하는 나의 무게
너무 무겁다

2
강으로 갔다
많은 별들이 빠져 있다
그 속에
내가 빠트린 별
아, 내가 빠트린 별
아득히 떨고 있는 별의 목소리

모른 체 돌아섰다
비겁한 나
발걸음이 무겁다

─「나 버리기」전문

가볍고자 몸부림치지만 결국 인간의 무게 때문에 무거움을 감내할 수밖에 없는 나의 한계성을 잘 나타낸 작품이다.
"나는 가벼워지고 싶었다. 별이 되고 싶었다. 새가 되고 싶었다"고 하면서 "다시 짊어져야 하는 나의 무게가 너무 무겁다" 고 말하는 대목에서 시인이 느끼는 현실의 무게를 짐작할 수 있다.
강 속에 빠뜨린 별이란 시인이 지녔던 理想일 것인데, 그것을 보고도 모른 체 돌아서야 하는 무거운 발걸음은 그가 지닌 삶의 무게가 얼마나 큰 것인지를 짐작하게 해 준다.

차옥혜의 「북」은 하늘과 땅 사이로부터 벗어나고 싶은 인간의 욕구, 인간의 관계를 북을 대입시켜 묘사한 작품이다.

머리채는 하늘에 잡히고
발목은 땅에 묻혀
빛과 어둠의 채찍을 번갈아 맞으며
둥둥둥 울고 있는 북아.
뿌리쳐라.
하늘과 땅을 뿌리쳐
네 뜻대로 굴러
네 울음 울어라.

— 「북」 전문

"하늘과 땅을 뿌리쳐 네 뜻대로 굴러 네 울음 울어라"는 얼마나 처절한 발버둥의 묘사인가? 가벼움과 무거움의 중간에서 끝내 가벼울 수도 무거울 수도 없는 물, 불, 바람의 윤회를 거듭하면서 인간은 울면서 굴러가는 북, 그리고 북소리임을 이 詩는 아프게 말해 준다.
　같은 시인의 작품 「산다는 것은」은 인생이 가벼움으로 가는 길과 무거움으로 가는 길의 반복임을 말한다.

산다는 것은
먼지가 쌓이는 일이다
먼지를 털어내는 일이다.

산다는 것은
진구렁을 헤매는 일이다.
진구렁을 벗어나는 일이다.

산다는 것은
물이 되어 스며드는 일이다.
물이 되어 씻어내며 흘러가는 일이다.

— 「산다는 것은」 전문

“인생이란 어떤 것이었느뇨?” 하고 하느님이 묻는다면 詩人은 이 詩를 나직나직 읊을 것이다. 그의 詩集 『비로 오는 그 사람』과 함께 기억해야 할 시편들이다.

산다는 것을 “먼지가 쌓이는 일, 먼지를 털어내는 일”, “진구렁을 헤매는 일, 진구렁을 벗어나는 일”, “물이 되어 스며드는 일, 물이 되어 씻어내며 흘러가는 일”로 정의함으로써 인생이란 그와 같은 양극단을 오가는 것임을 강조한다.

‘意識의 自由’를 찾아가기 위해 가벼움과 무거움의 이미지를 왕복하는 것이 詩人들의 멍에라고 한다면 위에 언급한 詩人들의 詩 속에서 참으로 바보스럽고 성실하게 그 멍에를 짊어지고 살아가는 詩人들의 모습을 볼 수 있음은 흐뭇한 일이다.

5. 超越意志의 案內者

이광분 · 임보 · 문인수 · 박재삼
황동규 · 오세영 · 김추인 · 유제하 · 홍윤기

우리는 왜 詩를 읽는가? 이 바보스럽고 기초적인 물음을 풀기 위해서 우리는 다람쥐가 쳇바퀴 굴리듯 하는 일상의 굴레로부터 잠시 벗어날 필요가 있다. 길고 지루한 장마 끝에 모처럼 맑고 푸른 하늘을 보여 주는 일요일 아침을 맞이하였다고 생각해 보자. 도시생활을 하는 대부분의 소시민들은 그들이 자유업에 종사하거나 월급쟁이거나 아침 일찍 이른 시간에 일어나 아침밥을 먹는 둥 마는 둥 하고 서둘러 교통지옥의 시내를 통과하느라 한두 시간을 허비한 뒤에 일터에 이른다. 영업장을 정리하거나 상사의 눈치를 살피기 위해 등줄기에 흐른 땀을 식힐 겨를이 없이, 자신도 모르게 일과를 마친 저녁, 뒷골이 뻣뻣하고 코가 맥맥한 것을 느낀다. 감기 기운이 있는 것이 분명하지만 아프다는 말을 꺼낼 처지가 못 된다. 아랫 사람에게건 동년배에게건 꾀병을 앓는 체 한다는 인상을 주고 싶지 않으므로 마음에도 없는 일과 후의 대포집 순례에까지 참석해야 한다. 적당히 눈치를 보다가 도망쳐 나왔으나 결국 집에 들어온 시간은 자정이 가까운 무렵이다. 아내의 눈총을 받으며 잠자리에 든 그날 밤, 드디어 신열이 오르고 헛소리까지 지르는 몸살을 앓는다. 이틀이나 사흘쯤 결근을 할 수밖에 없고, 새로운 기분으로 출근을 한 것은 토요일이다. 어물쩍 하루해를 기다리며 조심조심 주말을 넘기고 나니, 마침 쾌청한 일요일 아침이 된 것이다.

이때에 우리가 취할 수 있는 행동 양상에는 어떤 것이 있을까? 첫째, 가족과 함께 가까운 소풍을 떠난다. 둘째, 오랫동안 뵙지 못한 부모님을 만나러 시골에 간다. 셋째, 세상이 떠들썩하게 좋다고 소문난 영화를 보기로 작정한다. 넷째, 늘 나가던 본당이 아닌 다른 교회나 성당을 찾기로 한다. 그 교회의 목사나 신부의 말씀이 감동적이었다는 친구의 말이 생각난 것이다. 이외에도 이와 비슷한 일요일의 스케줄을 얼마든지 잡아 볼 수 있다.

그렇다면 이러한 모든 행동 양상들이 공통으로 갖고 있는 특성은 무엇일까? 그것은 우선 일상으로부터의 벗어남이다. 다시 말하면 쳇바퀴 돌기 같은 반복적인 생활 양상을 뛰어넘는 일이다. 그 다음으로는 새로운 경험을 만남이다. 그 경험은 생활인이 일상적 삶을 영위하기 위한 보편적 행위, 예컨대 돈벌이가 되는 일 같은 것과는 직접적인 관계를 맺지 않는다.

지난 겨울보다 노쇠하신 어머님을 뵐 때, 감동적인 영화를 감상하면서, 또 특별한 느낌을 주는 이웃 교회의 예배나 미사에서 우리는 세속적인 소시민의 영악한 마음을 떨쳐버린다. 우리는 마음 속으로, 아니 가족의 마음을 읽으며 몇 번이나 흥이 나서 이렇게 말하리라. "여보, 오늘 우리 여기 오길 잘했지?"

시를 읽는 것은 이런 것이다. 생활에 찌든 소시민이 경쾌한 기분으로 찾아나선 일요일의 나들이 같은 것이다. 일상으로부터 벗어나 새로운 경험으로 우리의 영혼을 살찌우는 일이다. 이것을 위하여 시인은 시를 쓰고 우리는 시를 읽는다. 육신을 건강하게 유지하기 위하여 밥을 먹듯이, 그리고 정신을 건전하게 활용하기 위하여 지식을 쌓듯이 우리의 영혼도 신선하게 가꾸려면 신선한 들판, 향기로운 꽃들을 필요로 한다. 그러므로 시는 반드시 우리 영혼의 찌든 때를 닦아 주는 향기로운 꽃과 같은 것이어야 한다.

그런데 문제는 그 꽃이 허공에 떠 있는 환상의 신기루로서가 아니라, 만지면 잡히고 꺾이면 꺾이는 실체로서의 꽃이어야 한다는 것이다. 현실 속에 존재하면서 현실을 벗어날 수 있는 것! 분명 이 세상에 속해 있는데, 어느덧 이 세상을 뛰어넘는 자리에 올라서는 것! 이러한 특성을 지닌 꽃이 우리가 사랑해 마지 않는 아름다운 시이다. 우리는 이 특성을 超越意志라는 말로 바꾸어 보자. 고전적 인식론이나 또는 기독교 신학에서 흔히 善 또는 神이라고 부르는 것의 본성을 超越이라고 하였으므로 超越意志는 善으로의 무한한 접근이거나 神에게로 나아가려는 발돋움이라고 말할 수 있으리라.

시의 언어가 따로 마련된 특수언어를 표현매체로 삼는 것이 아니라, 평범한 일상의 언어로 표현하고자 한다는 점에서 현실에 뿌리를 내린 것이요,

그러나 시의 진술이 일상언어의 진술로 해석되는 것이 아니라, 이른바 擬似陳述이라 하여 시의 세계가 허용하는 독자적인 문법으로 풀이된다는 점에서 현실을 벗어나는 것이다. 이렇게 현실로부터 벗어나려는 표현 논리 속에 超越意志라고 하는 매우 굵은 가닥의 뿌리가 뻗어 있다. 이 超越意志는 속세를 뛰어넘으려 하는 인간적인 발돋움, 또는 아우성을 일단 긍정하지만 그러나 거기에 한계가 있음을 일깨운다. 어디부터가 허황한 욕망이요, 잘못된 욕심인가를 擬似陳述의 문법으로 슬며시 알리고자 한다. 이렇게 하여 시를 통해서 그 전에는 생각해 보지도 않은 놀라운 경험을 하게 된다. 그것은 어느 순간 유명한 설교자의 한 마디로부터 大悟覺醒하는 충격과도 같은 것이다. 물론 그 설교자의 말씀은 과거에도 수십 번, 수백 번 들었을 법한 성경 구절을 기본골격으로 하는 말씀이었고, 가슴을 치는 시 구절은 옛날 어느 땐가 비슷한 표현을 몇 번이고 읽었다는 생각을 할 수도 있다. 超越意志를 가르치는 시는 결코 특별한 妙方을 쓰지 않는다. 정말로 이름난 名醫는 처방이 좋은 것이 아니라 환자의 영혼과 일치된 마음으로 아픔을 위로한다. 초월의지는 이렇듯 名醫의 순박한 위로 같은 것을 통하여 우리들 평범한 인간에게 평범하기는 커녕 비천하다고 말할 자격도 없는 것이라는 自己極小化의 境地를 알게 한다. 自身의 존재가 작아지면 작아질수록 영혼은 맑고 밝고 자유로움을 느낀다. 이러한 초월의지의 안내자들을 만나보기로 하자.

이광분의 「사랑중 1」과 「사랑중 4」는 세속적인 인간의 삶에서 죽기 살기로 추구했던 것들이 그렇게 가치가 있었는가를 되돌아보게 하는 반문의 목소리를 담고 있다.

돌아오는 길엔 비가 내렸다.
하늘은 여전히 찌푸린 채
아직 산과 들에도 새싹은 돋지 않았다

무엇 하나 희망적인 것이 없는
죽어 있는 아스팔트
그 위를 최고의 속도로 달리다

그렇지 이건 위반이야 깨닫는 순간
그건 또 왜 이렇게
허망하게 맥 빠지는 일인지
살고 싶고 죽고 싶고 그런 걸 떠나서
법규고 위반이고 그런 것도 떠나서
붕―날라
어느 산 모퉁이나 들판에 처박힐
쓸쓸한 모습도 떠나서
라디오에선 슬픈 女歌手의 슬픈 목소리
나처럼 안경을 쓰고 PARDONNE MOI
조용한 산장에서 커피를 마셨거나
한 마디 말없이 그냥 돌아왔거나
여가수는 쉬지 않고 PARDONNE MOI

―「사랑중 1」 전문

마지막 잔은 비우지 않고 일어섰다.

영화관에서 끝이라는 자막을 보며
부시시 일어나던 인간들이 눈물겨워
견딜 수 없게 쓸쓸하여
그 후 나는 기도했다.
빈 잔을 두고 떠나지 않기를
영화가 끝난 뒤의 허전함처럼
넘치던 잔의 흔적도 거품처럼
꺼지고 마는 것
바닥까지 드러난 잔은 캄캄하다
마지막 잔을 비우지 않고 일어서는
법을 익히기까지
난 너무 배 고팠다.

―「사랑중 4」 전문

  "죽어있는 아스팔트 그 위를 최고의 속도로 달리다, 그렇지 이건 위반이
야 깨닫는 순간, 그건 또 왜 그렇게 허망하게 맥 빠지는 일인지" 라고 말하
면서 깨달음을 객관화하는 보다 윗자리의 깨달음이 연달아 있음을 우리에

게 일러 준다. 그리고 인간들이 인간에게 궁극적으로 남기고 가야 할 말이 있다면 그것은 슬픈 여가수가 잔잔하게 호소하는 "빠르돈네 모아"라는 한 마디에 있다는 것이다. 즉, 관습적 인사말인 "실례합니다", "미안합니다"가 아니라 "(우리 삶 전체를)용서해 주십시오"라고 끊임없이 자기 성찰을 지속하는 사람만이 초월의지를 키우는 작은 사람임을 말해 준다.

「사랑중 4」 역시 세상에 대해서, 삶에 대해서 온통 송구하고 황감함을 나타내는 겸손의 행위를 "마지막 잔을 비우지 않기"로 하면 어떻겠느냐고 제의한다. 그러나 여기에는 무서운 역설이 감추어져 있다. 바닥까지 드러나 캄캄하게 된 마지막 잔의 허전함이 곧 인생임을 알지 못하고 무언가를 세상에 남기려고 애쓰는 人間事의 하찮음을 반어적 수법으로 비꼬는 것이 「사랑중 4」의 논리이기 때문이다. 다른 한편 無爲에 그치는 인생임을 알기 때문에 오히려 마지막 잔처럼 세상에 무엇인가를 남기려 하는 그 안간힘을 다시 한번 객관화함으로써 노력하는 인생의 초월의지를 나타내고자 하였다.

林步의 「눈」은 인간의 무한한 욕망이 어떤 종말에 이르는가를 생각하게 하는 시이다.

솜털처럼 고운 눈이 한 나절쯤 내렸을 때 세상은 온통 환희의 축복 속에
잠긴 듯했다. 앙상했던 마른 나뭇가지, 무딘 장독대, 거칠었던 지붕들이
흰꽃 너울을 쓰고 생명을 지닌 것들보다도 더 맑고 싱싱하게
살아 움직이는 것 같았다. 어린 아이들은 개들과 뒹굴면서 눈사람을 만들고
평소 어지러져 있던 어른들도 해동의 햇살처럼 환하게 피어나고 있었다.
모르는 사람들끼리도 서로 눈인사를 주고받으며 즐겁게 거리를 오고갔다.
말하자면 지극히 가볍고 부드러운 하찮은 눈송이들이 겨우 몇 시간만에
이 세상을 천국의 문턱으로 만들어 놓은 셈이다.

그러나 솜털처럼 그렇게 고운 눈이 한 사나흘 내렸을 때 세상은 그렇게
즐겁지만은 않았다. 백년 묵은 푸른 소나무 가지들이 눈의 무게에
견디다 못하여 부러져 내리고 비닐하우스 지붕들이 주저 앉았다. 도로가
막혀 차들이 움직이지 못하고 신문과 방송은 종일 눈의 횡포를 떠들어
대고만 있었다. 어른들은 걱정스러운 눈으로 하늘을 바라보며 아이들을
방속에 가둬 놓고 밖에 내놓질 않았다.

그런데 솜털처럼 고운 그 눈이 한 보름쯤 또 내렸을 때 세상은 마침내
눈의 지옥이 되고 말았다. 눈은 이 지상을 한 스무 자쯤 깊이 덮고
사람들은 두더지처럼 눈 속에 묻혀서 허둥댔다. 전원도 끊어지고 연료도
바닥이 나고 식량도 다 떨어져 버린 무덤처럼 어둡고 추운 방 속에 갇혀서
가끔 산계곡을 밀어내리는 천둥보다 사나운 눈사태의 포효를 들으며
사람들은 눈을 다시 생각하게 되었다. 그렇게도 부드러운 눈이
이 세상에서 가장 무섭고 그렇게도 하얀 눈이 이 세상을 가장 어둡게
하는 것을 비로소 깨닫게 되었다. 그리고 사람들은 드디어 무릎을
꿇고 눈을 감았다.

— 「눈」 전문

「눈」에서는 몇 시간의 降雪이 이 세상을 천국의 문턱으로 안내하는 듯 하
더니 사흘쯤의 降雪은 人間을 공포로 몰아 넣고, 다시 보름쯤 더 눈이 내린
뒤에는 그것이 죽음의 傳令使임을 깨닫고 무릎 꿇고 눈 감으며 모든 것을
포기하게 된다는 인간의 한계를 힘주어 노래한다. 명예와 돈과 권세 그 어
느 것인들 임보가 노래하는 '눈'이 아니라 할 것인가? 이 세상에서 우리들
이 정신없이 찾아 헤매는 보물들은 부족한 듯, 아니 한참 모자라게 가졌을
때에만 천국의 문턱을 느낄 뿐이라고 일러 준다. 그러므로 우리는 모든 것
내어 던지고 포기할 때에만 오히려 온 세상을 얻는 것인데 이것 역시 우리
들 미련한 중생에게는 하찮은 말장난으로만 들릴 뿐이다.

문인수의 「세상 모든 길은 집으로 간다」는 우리들이 겸손하게 초월의지
를 키우려면 어떤 修行이 필요한 것인지 그 수행방법의 한 가지를 일러 주
었다는 점에서 주목된다.

길이 막히거든 노숙을 해 봐라

달빛 아래
나무의 낯선 이파리들이 눈앞을 저어가면서 가장
먼 별들이 귓전으로 가슴 속으로 스며 내리면서 풀벌레
소리들 무수히 번져 에워싸면서
그대 겨드랑이에다가 하염없이 짜넣는

그 달빛이 무엇이 되는지

팔 벌리고 누우면 허수아비 같고
돌아누우면 좀 춥고
몸 웅크리면 섬같이 되어서

날고 싶을 것이다.

달빛 아래
그 어디로 길이 열리는지
먼 타관으로 가서 노숙을 해 봐라.
— 「세상 모든 길은 집으로 간다」 전문

"달빛 아래 그 어디로 길이 열리는지 먼 타관으로 가서 노숙을 해 봐라"
라고 시인은 명령한다. 인생이 뜻 같지 않음이 안타까울 때 누구든 젊은 시
절에 한두 번쯤 실습을 아니한 것은 아니로되 그것 가지고는 아직 부족하니
재삼 재사 해 보라는 명령이다. "길이 막히거든 노숙을 해 봐라" 라는 명령
앞에서, 내 몸뚱이까지 포기했을 때에야 온 세상이 내 것임을 알게 된다는
종교적 해탈의 경지가 내 겨드랑이로 달빛처럼 스며드는 것을 느낀다.

朴在森의 「無題」는 젊은 날의 철없는 객기와 만용이 형편없이 무능하고
무력한 것임을 타이르는 노래이다.

새는 마음대로 하늘을 날 것 같지만
자세히 보게,
그것도 한정이 있지
결국은 죽지가 처지고 마네.

저 넓고도 눈부신
바다의 물결을 헤쳐
너는 원대로 가고 싶지만
어딘가에서 허망하게 막히고 마는
이 빤한 것을 알면서도

그러나 움직이는 기쁨에
이 짓을 그만둘 수 없네.

아, 이것을 보면,
무엇보다도 요긴한 것은
어떠한 종교의 가르침에 앞서
자기가 살아 있는
이 세상에서만
가장 귀한
그 아름다움을 느낄 따름인가 보다.

—「無題」 전문

　세상 물정 모르는 어린 손자의 떼거지를 보면서 할아버지가 추연히 뒷짐을 지고 서 계신 것 같은 담담한 타이름은 인간의 한계를 겸손하게 받아들이라는 말씀 이외에 다른 것이 아니다. 그러나 허망한 줄을 알면서도 그 뻔한 짓을 아름다움이라고 규정하는 것을 잊지 않는다. 인간적 한계 그 자체에도 긍정하면서 그 한계를 뛰어넘으려는 무모함도 긍정하는 兩是論의 모순 속에 시인의 달인다운 경지가 보인다.

　黃東奎의 「이사」는 "해 있을 동안의 스물한 편의 노래" 라는 큰 제목으로 발표를 시작한 연작시의 첫 번째 작품이다.

　　1
　이삿짐 센터의 62세 노인,
　술 없이는 힘 못 쓰는
　그러나 아직 얼굴 고운,
　(내 그 나이에 그만큼 깨끗할까?)
　피아노 밑에 혼자 들어가
　힘을 쓴다.
　아 힘이 보인다,
　힘이 일어선다,
　환해지는 그의 근육!
　날 흐려 켜논 거실 등불들이 일순 광도를 줄인다.

떨리며 춤추는 피아노의 무게.

어느새 곤돌라에 실려 있는 피아노.

2
같은 아파트 같은 동에 같은 무렵 이사 오신
아버님은 자리 채 잡으시기 전 낙상하시고
며칠 누워 계신 아버님은
유언으로 나에게
당신의 교회에 나가라고 하셨다.
(저 放言 칸타타, 할렐루야!)
"저는 무종교인입니다.
앞으로 혹시 예수 믿더라도
무교회인일 겁니다."
어머님이 우셨다.
동생들 앞에서
나는 피아노 밑에 들어가 있었다.

피아노가 꿈쩍 않아!

3
이사하고 오랜만에 나들이를 한다.
지난해 큰 눈에

강릉 북쪽의 모습이 바뀌어 있었다.
눈무게 못 이긴 길가의 많은 나무들이
火木으로 잘리어 쌓여 있었다.
지난 가을 솎아내어
공간 균형 잃고 채 찾지 못했던 친구의 솔밭은
전멸!

무연히 공터에 서 있는 친구 곁에서
혹시 나에겐 새로 속아낸 자리 없나
마음 속을 이리저리 살펴보았다.

4

자꾸 잊어버린다.
성경과 불경, 그리고 정감록까지 뒤섞여서
행복이 불행보다 더 날나리로 들린다.
오는 길에 잠시 오대산에 들른다.

하늘 향해 일제히 꽃잎 치켜드는
진보라빛 얼레지꽃들이 때 일러 꽃잎 펴지 않아
꽃 안의 예쁜 무늬 보지 못하고
이파리 무늬만 본다.
적멸보궁 앞 왕철쭉 두 그루는
아직 겨울나무.
그러나 뭔가 다르다.
아, 부러진 나무들이 없구나.
내놓고 편안한 저 물소리.
내리기 시작하는 간질이는 이슬비를
준비해간 우산 펴지 않고 맞으며
조용히 下山한다.

— 「이사」 전문

　이 시는 우선 「이사」라고 하는 일상적 삶의 풍경묘사로부터 선문답의 화
두를 꺼낸다. 이삿짐 센터의 막일을 하는 62세 노인을 보면서 작품 속의 주
인공은 "나도 그 나이에 그만큼 깨끗할까?" 하고 자문의 반성을 시도한다.
깨끗하게 늙고 싶다, 건강하고 싶다와 같은 가장 초보적인 인간 욕구가 첫
번째 연에서 제시된다. 생명의 아름다움이 전제되지 않는 인생에는 어떠한
가치도 부여할 수 없음을 논리적으로 따지는 과정이다. 둘째 연에서는 한
단계 차원을 높인다. 인간의 사회적 윤리적 제약들을 점검하는 일이다. 여
기에서 자애와 효도로 표상되는 부모와 자식이 같은 마음을 가졌으면서도
삶의 양식이 다름으로 말미암아 대화가 통하지 않는 현실적인 비극에 대해
생각해 보고자 제의한다. 효도하고 싶으나 효도가 되지 않는 아이러니, 철
저한 신앙인이 되고 싶으나 신앙을 지키기에는 너무도 순박성을 잃은 현대
인의 고뇌를 어머님의 고뇌로 나타낸다. 셋째 연에서는 일상으로부터의 탈

피를 감행한다. 하루 밤이나 이틀 밤쯤 서울을 떠나는 나들이, 거기에서 시인이 만나는 것은 개발이란 이름으로 옛 모습을 잃은 자연이 아니라 성숙이란 이름 밑에 본래의 자신을 잃고 있는 불안한 자화상이다. 우리들이 나이 들어간다 하여 항상 나이에 걸맞는 속차림이 유지되는 것은 아니다. "공간 균형 잃고 채 찾지 못했던 친구의 솔밭은 전멸"이라는 시 구절은 "공간 균형 잃고 채 찾지 못했던 내 영혼의 솔밭은 전멸" 이라고 읽어야 할 것 같다. 친구의 산에서 준엄한 자기 비판으로 시인의 발걸음은 비틀거린다. 제 4연에서 시인은 "적멸보궁 앞마당의 왕철쭉 두 그루" 와 대결한다. 종교라는 것이 일정한 제도의 틀 속에 갇힌 채 그 종교가 본래 목적했던 행복은 가짜가 아니겠는가 하는 회의에 빠져서 순진한 마음으로 외우고 있던 성경 구절과 불경 구절이 가물가물 잊혀진다고 고백한다. 이것은 기성 종교의 융통성 없는 도그마 때문에 아름다운 성경 구절이나 불경 구절을 잊어 버리고 싶다는 선언이다. 그리고 왕철쭉 나무 잎새에서 완전함을 발견한다. "내놓고 편안한 저 물소리"에서 또 완전한 성경과 불경이 내비친다. 침묵으로 의연한 자연을 배우며 거기에 감복하고 순응한다는 의식절차로 "준비해 간 우산 펴지 않고 이슬비를 맞으며 조용히 하산"한다. 이러한 자연과의 합일의식을 통하여 시인의 모든 세속적인 욕망은 새로운 차원에서 성취된다. 이러한 방법만이 이 세상 사람들을 초월의지로 승화시키는 것은 아니지만, 이러한 방법이 가능하다는 점에서 「이사」는 우리에게 경이롭다. 神話的 기법으로 문장이 매끄럽지 않게 된 것은 시인이 일부러 의도한 것인 듯 싶고, 거두절미의 느낌표에는 뜻대로 되지 않는 현실의 부조리가 투영되어 있다.

오세영의 「그릇 70」은 비누의 생리를 통하여 인간관계의 새로움을 발견하는 작품이다.

<blockquote>
비누는
스스로 풀어질 줄 안다.
자신을 허물어야 결국 남도
허물어짐을 아는 까닭에
오래될수록 굳는
</blockquote>

옷의 때
세탁이든 세수든
굳어버린 이념은

유액질의 부드러운 애무로써만
풀어진다.

섬세한 감정의 올을 하나씩 붙들고
전신으로 애무하는 비누
그 사랑의 *妙藥*.

비누는 결코
자신을 고집하지 않는 까닭에
이념보다 큰 사랑을 안는다.

—「그릇 70」 전문

스스로를 버린 다음에야 보다 큰 것을 얻게 된다는 사실을 시인은 비누의 생리를 통해 재인식한다.

비누는 풀어져 없어지는 것을 그 사명으로 한다. 빨래를 하든 세수를 하든 비누를 매개로 사용했을 때 우리는 더러움을 말끔히 씻어낼 수 있다.

이와 같은 비누의 생리를 우리가 모든 인간관계에 응용한다면 뻑뻑하고 삐그덕거리는 마찰음이 들리지 않을 것이다. 풀어 없어짐으로써 "섬세한 감정의 올을 하나씩 붙들고 전신으로 애무하는 비누"의 행위는 기실 완벽한 자포자기이지만, 이념으로써 "자신을 고집하지 않은 까닭에 이념보다 큰 사랑을 안는다"는 사실을 우리는 알게 된다.

김추인의 「서울 아리랑-산행」은 자연 질서 속에서 '나' 라는 존재의 하찮음을 겸손하게 고백한다.

내가 비탈에 서서
올라오는 사람을 보고 있다.
내려가는 사람을 보고 있다.

크나 작으나
비비고 기대어
볕살 나누어 트고 사는
나무들을 보고 있다.
집을 이루어 사는 산을 보고 있다.

저어기 산 아래도 뵌다.
올려다보기만도 아질아질
길길이 키를 재던 도시의 숲

청사도 고가도 멀리서는
모두 자금자금 낮추 서 있다.
막내의 그림지도 숙제처럼
얼마나 조그맣고 유쾌한지

일목요연한 질서가
갈 곳으로 가고 올 곳으로 오고 있다.

비탈에 서서
자갈처럼 풀잎처럼
내가 사소해지고 있다
나 밖에서 나를 바라보고 있다.
아아주 조그마한
서울과 나와
내 손등 위의 개미 한 마리.

—「서울 아리랑—산행」 전문

　높은 산에 올라가 아래를 내려다 본 사람은 알 것이다. 저 멀리 아래에서 서로 더 차지하기 위해 아등바등거리는 삶의 현장이 이쪽에서 보기에 얼마나 우스꽝스런 어린아이들의 소꿉놀음 같은 것인가를.

　가물가물한 모습으로 비치는 삶의 자리에 어떤 격렬한 애증이 엇갈리고 있는가를 짐작하기는 어렵다. 다만 "일목요연한 질서가 갈 곳으로 가고 올 곳으로 오고" 있는 신비를 체득하여 그 거대한 우주의 질서 속에서 "내가 사소해지고 있음"을 실감할 뿐이다.

따라서 "서울과 나와 내 손등 위의 개미 한 마리"는 똑같은 무게를 지닌 것으로 시인에게 받아들여진다. 산 위에서 내려다보는 서울이라는 도시나, 그 안에 살고 있는 시인 자신이나 아울러 지금 시인의 손등 위에 놓인 개미 한 마리나 모두 그 나름대로 우주를 이루는 하나의 사물이며 존재들이기 때문이다.

柳齊夏의 「狂人日記 20-復活祭」는 죽음을 초월하여 되살아오는 영혼을 노래한 작품이다.

> 하늘 한쪽이 내려와 내 가슴을 헤치더니 스무 해 잠든 당신 불꽃으로
> 일으킨다.
>
> 빈 가슴 그 깊은 곳에 파편으로 박힌 당신
>
> 생각에 켜켜로 앉은 먼지를 털어내자 그리움이 알알들이 파르르
> 쏟아진다. 촉촉한 당신 목소리도 파도처럼 밀려온다.
>
> 몇 겁을 더 죽어야
> 오늘이 태어날까.
> 불기둥 구름기둥이 내 전신을 휘감아도
> 당신이 있는 자리마다
> 다 오늘이게 하소서.
>
> — 「狂人日記 20-復活祭」전문

여기에서 詩人이 "몇 겁을 더 죽어야 오늘이 태어날까"라고 말하는 것은 죽은 영혼이 이승에서 새로운 삶을 얻어 누릴 것을 기대하는 까닭이다.

따라서 "당신이 있는 자리마다 다 오늘이게 하소서"라는 기도는 새로이 맞게 될 삶에 대한 시인의 염원이라고 하겠다.

洪潤基의 「江이여」는 강물의 영원한 흐름과 그 포용력을 노래한 詩이다.

누가 그대더러 오랜 날의 아픔을
굽이굽이 감돌며 씹어 삼킨다 하랴.
또한 누가 당신에게
오만한 운명의 몸부림을 뒤따라
넘실댄다고 나무랄 것인가.
어제까지 텅 비었던
뼈저린 역사의 空洞을
사랑으로 뻐근하게 적시기 위하여
비로소 강물은 흐르기 시작했다.
슬퍼 마라. 기뻐 소리치지도 말라
강은 저렇게 다만 도도하게
두 팔을 맘껏 벌려서
기슭으로 숨죽이고 돌아앉은
산들을 살포시 어루만지며
살내음도 물씬한 겨드랑이로
다시금 뿌듯이 껴안으며
神의 두루마기 자락을
길게 끌고 간다 간다.
살아서 번쩍이는 목청으로, 강이여.

—「江이여」 전문

　모든 것에 거슬림 없이 아래로만 흐르는 물은 옛날부터 인간에게 겸손과
순응의 미덕을 가르쳐 왔다. 또한 모든 것을 감싸안으면서도 어느 容器에나
담겨지길 주저하지 않는 물의 생리는 인간관계에서 우리가 처신할 바를 가
르치는 본보기가 되기도 했다.

　역사의 회오리에 초연한 채, 문명의 폭력을 넘어서서 강물은 흐른다. "뼈
저린 역사의 空洞을 사랑으로 벌려서" 만물을 뻐근하게 적시기 위하여 강
물은 흐른다. "두 팔을 맘껏 벌려서" 만물을 껴안으며 흐른다. 그런데 여기
에서 詩人은 강물을 "신의 두루마기 자락"에 비유하고 있다. 강물은 모든
것을 포용하고 사랑하고 모든 것과 함께 있는 영원 무궁한 존재인 神의 모
습을 닮았다는 것이다. 강물의 영원성과 포용력에서 神의 모습을 발견하는
시인의 눈길이 돋보인다.

　이상의 여러 작품은 영혼의 순수함과 자유로움을 추구하는 초월의지의
산물이라는 점에서 주목되는 바가 있다.

6. 숨결 넣기와 아파하기

고　원 · 고영조 · 구경서 · 최연홍
김춘만 · 안도현 · 강경주 · 권천학

詩를 쓰는 사람, 詩를 읽는 사람, 詩를 사랑하는 사람의 마음 바탕은 어떤 것인가를 나는 가끔 생각한다. 후기 산업사회니 정보화 시대니 하는 말이 자주 등장하면서 능률과 편의성만 따지려는 세상이 무언가 마땅치 못해 보이기 때문인 듯하다. 詩를 좋아한다는 것은 분명히 기능주의적이고 편의주의적인 생각이나 생활방식과는 거리가 있을 것이기 때문이다. 詩가 무엇이기에 詩를 좋아하고 詩와 더불어 한 세상을 살고자 하는가? 최근 내 경험으로는 詩의 본질이 '神秘' 또는 '靈異' 라는 생각을 하게 되었다. 전에는 『三國遺事』를 읽으면서 그 神異의 사건들이 천년 전 또는 천오백 년 전에 있었던 순박한 우리 조상들의 아름다운 마음에서 생성된 이야기려니 했는데, 놀랍게도 일천오백년 전의 神靈한 사건들은 첨단과학의 성과를 자랑하는 오늘 이 순간에도 여전히 우리들 주위에 우리와 함께 일어나고 있음을 깨달은 것이다. 진실로 놀라운 경험이요, 새로운 눈뜸이었다.

神異에 관련하여 나의 시어머님 이야기를 하고 싶다. 세상의 고부들처럼 우리도 애증이 엇갈리는 복잡한 감정으로 살았다. 마음 깊은 곳에서는 상대방을 사랑하고 이해하면서도 현실적인 생활에서는 제대로 전달되지 않았다. 그런데 시어머님의 屍身 앞에 꿇어 엎드린 순간부터 지나간 30년의 세월이 자그마한 공간으로 응축되는 듯하더니 드디어는 돌아가시기 전에 잡았던 가랑잎 같은 손바닥의 감촉이 되어 내 가슴에 자리잡았다. 그것을 그리움이라 할지 애석함이라 할지 또는 悔恨이라 할지 꼬집어 표현하기는 어려우나 그것은 순결과 통하는 정서임이 분명했고, 살아계시던 때에 품었던 섭섭함의 찌꺼기 같은 것은 전혀 있어본 적도 없었다는 느낌을 갖게 되었다.

　죽음에 이르는 사람들의 마음이 깨끗해진다는 얘기를 많이 들어 왔지만, 죽음을 바라보는 사람의 마음도 깨끗해진다는 것의 인식은 또 하나의 경이로운 체험이었다. 어쩐 일인지 감사해야 할 추억만 기억되는 것이다.

　장례를 치른 사흘 뒤, 三虞祭 날을 맞아 집안 식구들이 시어머님의 산소에 모였을 때, 나는 돌아가신 분과 우리들 살아 있는 식구 한 사람 한 사람 사이에 서로 서로 그 전보다도 더욱 아름다운 靈魂의 交通이 이루어질 것을 갈망하는 기도를 드렸다. 그때 우리들은 모두 육신의 무게를 벗어던지고 영혼으로만 남아 이야기를 나누는 듯한 신선한 감동으로 충만했다. 그것이 오후 2시 30분 경이었다. 그리고 바로 그 시간쯤의 일이었다고 한다. 집에 돌아오니 집을 지켜준 사람이 아주 신기한 이야기를 해 주었다.

　"아마 두 시 반쯤 됐을 거예요. 방문이고 창문이고 다 닫혀 있어서 들어올 데가 없는데 어디선가 참새보다 조금 더 큰 하얀 새 한 마리가 집안에 들어왔어요. 부리는 빨갛고 꼬리부분은 공작새처럼 무지개 색깔이 나는 새였어요. 한참을 집안에서 또 밖에서 날더니 멀리 하늘 위로 날아갔어요."

　나는 참새보다 조금 더 큰 하얀 새가 이 세상에 있는 새인지 아닌지를 확인하고 싶은 생각이 없다. 그것이 현실이 아니라 환영이 아니었는가도 따지고 싶지도 않다. 내 소망은 그 새가 나의 기도에 감응한 시어머님의 靈魂이었으리라고 믿고 싶은 것이다. 이러한 믿음이 다름아닌 詩人의 感性世界일 듯하다. 詩人의 詩 속에는 그런 '靈異'와 '神秘'가 있다.

　'靈異'와 '神秘'는 원래 인간의 몫이 아니었다. 글자 그대로 神靈의 것이요, 하느님의 것이다. 그래서 우리들 인간에게는 異彩롭고 秘密스러워 보인다. 그러나 하느님의 자비는 人間들도 하느님의 몫을 얼마간 넘겨다볼 수 있도록 배려하는데, 그것은 이 세상에도 하느님의 心性을 닮은 대단히 바보스런 부류의 사람 무리를 허용하신 일이었다. 이 천진스런 사람들이 다름아닌 詩人들이다. 다시 말하면 詩人들은 그런 사람들이어야만 한다.

　詩人들은 다분히 내성적인 性格의 소유자들로서 고독을 즐기며 꿈을 쫓는 낭만주의자들이다. 그들은 言語가 있은 연후에 事物이 존대한다고 믿는 고집을 지니고 하느님의 자비로운 마음이 되어 언어를 사랑한다. 따라서 그들의 언어가 '靈異'와 '神秘'를 만들어 내기까지 한다.

詩人이 하느님을 닮았다고 하는 것은 얼마나 감격스런 일인가? 詩人들이 아니었다면 하느님이 흘리는 눈물을 인간의 언어가 어떻게 묘사할 것이며 하느님이 만드신 삼라만상의 목소리를 인간의 귀가 어떻게 들을 수 있겠는가?

이렇게 하여 造物主로부터 宇宙 創造의 秘義를 어깨 너머로 傳受받은 詩人들은 조심스럽게 하느님의 心情을 인간의 세계에 전달하는 어설픈 傳令使 노릇을 하는 것이다. 이때 詩人들이 쓰는 수단, 그것은 하느님이 이 세상 만물에 대하여 행하신 두 가지의 창조사업과 맥락을 같이 한다. 편의상 기독교의 사유방식을 따라 표현하면 첫째는 "숨결 불어넣기"이고, 둘째는 잘못하는 일을 보고 "아파하기"이다. 앞의 일은 최초의 생명 창조의 사건이요, 뒤의 일은 인간에게 삶의 방법을 일러 주며 가슴 아파하신 사건이다.

"야훼 하느님께서 진흙으로 사람을 빚어 만드시고 코에 입김을 불어넣으시니, 사람이 숨을 쉬었다." (창세기 2장 7절) 이렇게 하느님이 사람을 만드신 것처럼 詩人들은 이 세상 모든 사물에 숨결을 불어넣어 생명을 갖게 한다. 自然의 人格化요, 萬象의 生命化 作業이다. 詩的 技巧에서 의인법이라 하는 것은 즉 '事物의 人格化' 로써 하느님 창조 사업의 模寫行爲이다.

"너는 흙에서 난 몸이니, 흙으로 돌아가기까지 이마에 땀을 흘려야 낟알을 얻어 먹으리라. 너는 먼지이니 먼지로 돌아가리라."(창세기 4장 19절)

하느님이 인간에게 이렇게 살아가는 방식을 일러주면서 에덴 동산에서 인간을 내쫓으실 때에 그 마음이 편안하셨을까? 너무도 인간적인 하느님은 가슴이 찢어지는 아픔을 겪었을 것이다. 詩人도 하느님처럼 인간의 삶을 바라보며 아파한다.

우리가 몇 편의 詩를 '숨결 넣기'와 '아파하기'의 두 가지 視點으로 읽어 보려는 까닭은 어서 어서 우리 나라의 詩人들이 하느님처럼 존중되기를 바라는 마음, 그리고 詩人들 스스로 하느님처럼 자비로워지기를 念願해서이다.

먼저 '숨결 넣기' 계열의 시들을 살펴 보기로 한다.

高遠의 「구름 울음」을 첫머리로 한 시편들은 시인이 자연과 더불어 어떻게 사랑의 교감을 이루어 가는지 밝혀 준다.

바다 고기
떠도는 섬을 따라
흐르다가 쉬다가
구름
구름
구구한
그림자 울음.

본적도 현주소도 버리고
시름시름
제 모습도 버리고
지금은 울음의 메아리.

설움 조용히
높이 떠오르면
서름한 대로 더 밝은 빛깔로

울음 부드럽게 정답게
퍼져
번진다.

―「구름 울음」 전문

이 작품에서 시인은 우리 주위의 無情物들이 情感을 지닌 生命體가 되는
것을 前提로 한다. 바닷가 하늘에 흐르는 구름 한 점이 詩人의 눈빛을 거쳐
"本籍도 現住所도 버리고 시름시름 제 모습도 버리고 지금은 울음의 메아
리로" 변신하여 고달픈 현대인의 意識의 殘骸로 변한다. 선택된 낱말들이
너무도 정갈하게 갈고 닦이어서 슬픔을 말하면서도 오히려 그 "울음이 부
드럽고 정답게 번진다."

高永祚의 「두엄」, 「거울」, 「말뚝 2」 등 一聯의 詩篇들도 物象으로서의 "두
엄더미, 거울조각, 말뚝"이 아니라 희로애락에 울고 웃는 인생 경륜의 道士
들이다.

절망이
한 줄기 빛으로 되기까지
더 큰 절망이 필요하다는 것을
풀들은 베어져서
높다란 두엄더미로 쌓여 있을 때
알 것이다.
발가락 오그린 영혼들
바람에 이리저리 흩날려서
명치를 짚는
긴 악몽으로 떠돌 때
몇 차례 분뇨를 퍼붓고
비에 젖어
마침내 완전한 어둠 속에 던져지면
늦은 가을
매달리지 않고 떨어지는
과일처럼
돌연히 절망하던 잎들도
부드러운 한 줌 퇴비로
스스로 썩어갈 것이다.
깊은 수렁에서
떨어진 밀알을 싹틔우는
저 아름다운
죽음.

—「두엄」 전문

누가 누구를
버릴 수 있다고 할 것인가.
깨어진 거울은
버려지지 않고
詩가 된다.
한 조각의 편린마다
각기 다른 물상을 비추는
한 행의 언어
낡은 벽면을 지키며

오랜 세월을 걸려 있던
우리의 安住는
어리석었다.
스스로 거울이기를 포기하며
어느날 바싹 깨어져서
찬란한 형상을 이루는
저 아름다운
分裂,
깨어지지 않고는
누구도 이룰 수 없는
완전한 無秩序.

—「거울」 전문

늘 떠났고
언제나 낯설음에 빠져 있다.
발바닥이 땅에 닿지 않는
고층 아파트
담뱃갑으로 접어 띄운 비행기는
날면서 뒤뚱거리고
대기 속에 둥둥
무중력으로 나는 떠 있다.
뿌리 없이
한 묶음의 욕망을 등에 지고
수없는 산과 강을 떠돌았던 것은
얼마나 어리석었던가.
그렇다.
크든 작든
말뚝은 어딘가 박혀 있을 때만
말뚝이 된다.
땅 위에 내려앉는 저
반짝이는
銀紙 비행기와 같이.

—「말뚝 2」 전문

먼저 「두엄」을 보면 완전한 절망, 완전한 암흑을 체험하지 아니하고 새 生命을 잉태할 수 없음을 두엄더미가 우리에게 일러 줄 때, 우리들 인간이 두엄만도 못한 生命임을 알아들어야 한다는 것이 이 작품에서 시인이 말하고자 하는 진의라고 하겠다.

"깊은 수렁에서 떨어진 밀알을 싹틔우는 저 아름다운 죽음"이라는 끝 구절에서는 죽음으로써만이 새로운 생명을 잉태할 수 있기에 죽음을 '아름다운' 것으로 표현한 시인의 의도를 찾아볼 수 있다.

새로이 태어나는 생명도 아름답고 귀하지만, 그 생명을 잉태하기 위해 어둠 속에 묻혀 온전히 자기를 희생하는 죽음이야말로 더욱 값지고 아름답다고 하겠다.

다음으로 「거울」은 타성에 젖어 있는 인간의 삶에 하나의 파문을 던짐으로써 새로운 의식의 깨달음에 이를 것을 촉구하는 내용이다. 스스로 완전함을 자랑하며 낡은 壁面에서 타성에 젖은 生活에 安住하던 거울 조각이 어느 순간 깨어져 수십 개의 分身으로 再生하면서 이 世上을 역동적으로 파악하는 순간적 感動에 몸서리칠 때 우리들 人間이 얼마나 外形上의 完全함에 전전긍긍했었는가를 부끄러워하게 될 것이다.

깨어지려는 용기가 없이 인간은 한 걸음도 앞으로 나아갈 수 없다. 깨어짐으로써만 새로운 의식에 도달할 수 있음을 시인은 이렇게 말하고 있다. "깨어지지 않고는 누구도 이룰 수 없는 완전한 무질서".

「말뚝 2」는 어느 집 울타리 밖에 송아지를 묶어 놓은 그런 물건으로서의 말뚝이 아니라, '말뚝'이 表象하는 추상개념으로서의 '말뚝'이다.

"발바닥이 땅에 닿지 않는 고층 아파트"에 살면서 시인은 땅에 늘 매여 있는 말뚝을 생각한다. 여기에서 말뚝이 표상하는 것은 물론 그의 뿌리, 그의 고향이다.

"뿌리 없이 한 묶음의 욕망을 등에 지고 수없는 산과 강을 떠돌았던" 자신의 삶에 회의를 느낄 때, 시인은 문득 땅에 묶여진 말뚝이 되고 싶은 것이다.

구경서의 「소나무 : 12-輪廻」는 소나무를 사람의 형상에 비유한 작품이다.

어느
날의 기억에는
소나무는 사람을 닮았고
사람은 소나무를 닮았네.

두 팔은 가지요
다리는 뿌리
머리는 항상 해를 받들었네.
저승에서 보았던
바로
그 소나무
…… 꼭 닮았네.

바람이 부는 날이면
늘씬한 몸매
龍으로 날았고
鶴으로도 날았고
혼신의 몸짓
엊그제는
바라춤으로 재를 올렸네.
彼岸의 蓮꽃
기억 속의
그
사람
이승에서는
…… 바람이었네.

—「소나무 : 12-輪廻」 전문

　이 작품에서 시인은 소나무와 그리운 사람을 오버랩시키는 영상 기법을 써서 소나무로 하여금 "혼신의 몸짓으로 바라춤"을 추도록 還生시킨다. 바람이 불 때마다 춤을 추기 때문에 바람 역시 저 세상의 연꽃이 되어 윤회의 수레바퀴를 굴리는 그리운 사람의 이름이 된다.

　　최연홍의 「봄비」는 "워싱턴 문인회 첫 '문학의 저녁'에 낭독한 즉흥시"라
는 부제가 말해 주듯이 異國의 하늘에 내리는 봄비를 보면서 쓴 詩이다.

　　　뻐꾸기 울음 사이로 내리는 비야.
　　　메마른 세상을
　　　알맞게 젖게 해 주는 비야.
　　　밖의 세계가 젖는지도 모른 채
　　　안에서 새들의 음성만
　　　귀 기울이고 있었구나.

　　　뿌리만 아니라
　　　가지들도
　　　꽃들도
　　　잎들도
　　　젖어야지.
　　　사막의 건조함에도
　　　촉촉이 젖어드는 은밀함.

　　　향기도 없이 순으로만 피어나는
　　　방안의 꽃도 물기가 필요하다.
　　　지금
　　　봄비엔 산성이 높다.
　　　진달래가 이른 봄의 여왕이 되도록

　　　진달래를 사랑하는 한국인의 마음을
　　　젖게 하는 봄비야.
　　　빗속에서 우리들은 모여
　　　빗방울 하나하나에
　　　한국어를 집어넣고 있다.
　　　아주 은밀하게

—「봄비」 전문

　　시인은 母國語에 굶주린 해외동포들이 무심하게 내리는 봄비에도 한국말
로 의견 교환을 하고 싶게 하는 感性的 渴症을 노래한다. "빗방울 하나 하나

에 韓國語를 집어넣고 있다. 아주 은밀하게"라고 끝맺은 結句에서 빗방울
은 드디어 한국어를 알아듣는 한국인이 됨을 알 수 있다. 빗방울 소리조차
한국어로 듣고 싶어하는 해외 동포들의 모국어에 대한 갈증이 생생하게 표
현된 작품이다.
　김춘만의 「쇠스랑」은 오랜 세월 동안 길들여져 온 쇠스랑에서 어떤 인간
적인 정다움까지 느끼는 시인의 심정이 진솔하게 드러난 작품이다.

　　　한 자 길이로
　　　시퍼렇게 날 섰던 쇠스랑
　　　그렇게 줄어든 것을
　　　찬찬히 살피어 본다.
　　　참 아름답다.
　　　일부러 갈아댄 것도 아닌데
　　　땅과 오래 부비고 나면
　　　발등을 스쳐도 그만일 만큼
　　　작아지는구나.
　　　다정해지는구나.

　　　한창 때는 참나무 뿌리도 뽑아내고
　　　수렁배미 논 바닥도 갈라치며
　　　장정의 손아귀에서 숨도 안 차더니
　　　오래뜰 강아지 똥을 치우는구나
　　　꼿꼿하신 일흔 다섯
　　　아버님과도 정겨웁다.

— 「쇠스랑」 전문

　無心하게 보아 넘기면 전혀 쓸모가 없는 쇳조각으로 보일지도 모르는 시
골집 마당 귀퉁이에 버려진 듯 세워져 있는 쇠스랑을, 일흔 다섯의 아버지
손에 들려줌으로써 그것이 혼을 지닌 아버지의 분신이 되어 아버지와 동일
화하는 경지에 이르도록 하고 있다. "꼿꼿하신 일흔 다섯 아버님과도 정겨
웁다"라는 끝 구절은 쇠스랑과 아버지를 동일시하는 시인의 태도를 분명히
드러내 준다. 그러므로 "한자 길이로 시퍼렇게 날섰던 쇠스랑 그렇게 줄어

든 것을 찬찬히 살피어 본다”라는 첫 구절도 결코 쇠스랑 얘기가 아니고 아름다우신 아버지 바로 그 분을 찬양하는 것임을 알 수 있다. 人間과의 同一化 技法을 통해서도 숨결 넣기의 의인법이 쓰일 수 있음을 보이는 좋은 예이다.

다음은 ‘아파하기’ 계열의 시편들이다.

흔히 詩人들을 일컬어 바람소리에도 놀라고 구름조각을 보고도 눈물을 흘리는 感性的 사람들로 말하거니와 詩人들이 눈물을 흘리고 우는 것은 결코 단순한 感傷이 아니다. 적어도 그들은 造物主의 慈悲를 가름할 만큼 깊이 있는 人間 통찰을 거친 뒤에, 보통 사람들이 세파에 부대껴 무감각해지는 그런 순간, 삶의 편린들 속에 숨겨져 있는 눈물을 찾아내는 것이다.

나태주의 「오후의 인생」은 자기 삶의 진실을 고백한 작품으로 돋보인다.

> 세상에 와서 내가
> 한 일이라곤 고작
> 글 몇 줄 쓴 일밖에 없는데
> 공연스레
> 하얀 종이만 함부로
> 후질러 놓고 말았구려.
>
> 세상에 와서 내가
> 한 일이라곤 고작
> 그대 좋아한 일밖에 없는데
> 공연스레
> 그대 고운 마음만
> 아프게 만들고 말았구려.
>
> 어느날 찬 물에 손을
> 씻다가 본
> 손에 묻은 파아란 잉크빛
> 그 번져나가는 슬픔을 보면서.

―「오후의 인생」 전문

이 작품을 통해 시인은 人間의 平靜心이 얼마만큼 성숙하여야 自身의 생
애에 대하여 준열하게 나무랄 수 있는가를 보여 주고 있다. 自己自身의 생
애를 아파하는 일은 그리 쉬운 일이 아니기 때문이다. 그러나 웬일인가? 실
수 투성이의 인생을 고백하는 이 詩人의 '아파하기'를 읽으면서 우리의 마
음이 "손에 묻은 파아란 잉크빛"처럼 鮮明히 밝아오는 까닭은 무엇일까?

안도현의 「연애편지」는 젊은 시절의 꿈과 낭만, 그리고 순결과 정의로움
에 대한 향수를 일으키는 작품이다.

스무살 안팎에는 누구나 한번쯤 연애 편지를 썼었지.
말로는 다 못할 그리움이여.
무엇인가 보여 주고 싶은 외로움이 있던 시절 말이야.
틀린 글자가 없나 수없이 되읽어 보며
펜을 꼭꼭 눌러 백지 위에 썼었지.
끝도 없는 열망을 쓰고 지우고 하다 보면
어느 날은 새벽빛이 이마를 밝히고
그때까지 사랑의 감동으로 출렁이던 몸과 마음은
종이 구겨지는 소리를 내며 무너져내리곤 했었지.
그러나 꿈 속에서도 썼었지.
사랑을 위해서라면
모든 것을 잃어도 괜찮다고.
그런데 친구, 생각해 보세.
그 연애 편지 쓰던 밤을 잃어버리고
학교를 졸업하고 타협을 배우고
결혼을 하면서 안락을, 승진을 위해 굴종을 익히면서
삶을 진정 사랑하였노라 말하겠는가.
민중이며 정치며 통일은 지겨워
증권과 부동산과 승용차 이야기가 좋고
나 하나를 위해서라면
이 세상이야 썩어도 좋다고 생각하면서
친구, 누구보다 깨끗하게 살았노라 말하겠는가.
스무살 안팎에 쓰던 연애 편지는 그렇지 않았다네.
남을 위해서 자신을 버릴 줄 아는 게

사랑이라고 썼었다네.
집안에 도둑이 들면 물리쳐 싸우는 게
사랑이라고 썼었다네.
가진 건 없어도 더러운 말은 않는 게
사랑이라고 썼었다네.
사랑은 기다리는 게 아니라
한 발자국씩 찾으러 떠나는 거라고
그 뜨거운 연애 편지에는 지금도 쓰여 있다네.
—「연애 편지」 전문

　詩人 자신의 삶을 돌아보며, 젊은 시절의 순수함이 나이를 들어가면서 어떤 모습으로 타락하였고, 그것을 지금 왜 가슴 아파하는가를 고백한다. 이 세상에 연애편지가 존재하는 한, 인생의 타락과 멸망은 유보되리라는 희망이 이 詩句의 어느 행간엔가 숨겨져 있는 것 같아 다시금 소리를 내어 읽게 된다. "가진 것 없어도 더러운 밥은 먹지 않는 게 사랑이라고 썼었다네"라고.

　강경주의 「광고시대」는 막다른 골목으로 몰리는 현대문명의 벼랑 끝에서 詩人이 절규할 수 있는 반어법이 무엇인가를 보여 주는 작품이다.

텔레비전 광고를 보다가 문득
흑인보다 검은 얼굴의 노예 한 사람 사고 싶어졌습니다.
코를 뚫고 사지마다 사슬을 채워
땅 끝에서 땅 끝까지 끌고 다니고 싶어졌습니다.
뼛속까지 파고드는 채찍도 하나 사고 싶어졌습니다.

신문마다 가득 실린 부동산 광고를 보다가 문득
서해바다 가운데 꿈 같은 무인도 하나 사고 싶어졌습니다.
고통의 희망의 모든 내 슬픔의 핵폐기물을
꼭 꼭 파묻어 놓은 무인도 하나 사고 싶어졌습니다.
나는 내 피를 팔고 싶습니다.
헐값에라도 내 죄를 팔고 싶습니다.

낮잠을 자다 희미하게
라디오 광고를 들었습니다.
영원히 잠들지 않고 깨어 있는 약
영원히 잠들어 깨지 않는 약
두 가지 약을 한꺼번에 사고 싶어졌습니다.
텔레비전을 보고
신문을 읽으면서
라디오 광고를 듣습니다.
내 육체와 정신 어느 한구석에도 없는 것이 없습니다.
어느 것 하나도 빈틈이 없습니다.
광고는 매일매일 살아남습니다.

—「광고시대」 전문

　겉보기에는 조금도 괴로워하지 않고 이른바 '아파하기'의 내색을 드러내지 않았다는 점이 주목된다. 그래서 우리는 이 詩를 읽으면서 詩人의 아픔과 우리 시대 현대 문명 전체가 지닌 아픔의 깊이를 실감하는 것이다.
　"영원히 잠들지 않고 깨어 있는 약, 영원히 잠들어 깨지 않는 약"을 선전하는 라디오의 광고를 들으며 두 가지 약을 한꺼번에 사고 싶다고 시인은 생각한다. 문명이라는 거대한 사슬에 얽힌 인간의 모순덩어리 삶을 그대로 대변하고 있다 하겠다.

　權千鶴의 「지게꾼의 노을」은 庶民的인 삶의 고뇌를 노래하면서 人生의 보편적 가련함을 드러내고자 한 작품이다.

입은 옷
벗어 빨 줄 아는 나이가 되면서
져다 버린 시절들이
통증으로 남는 뼈마디.

과중한 잠에 눌려
등허리는 닳아지고
완강하던 어깨마저 내려앉아

눈시울이 뜨겁다.

드난살이에 서러운 육신
아직도 등짐이 버거운데
푸석이는 바람소리 들으며
일어서야 하는 나날

후미진 내 삶의 어느 골목쯤,
스산한 체온 실어 저린
낡은 뼈마디 잠재울
집 한 채 마련할까.

불혹 던져 담은 바작 위에서
노을 욱신거리는 오십견.

—「지게꾼의 노을」 전문

이제는 民俗 博物館의 진열장 안에서나 마음놓고 바라보게 된 '지게'이지만 대부분 40대 이상의 한국 사람들은 '지게'에 얽힌 애환을 몽고 반점처럼 우리들의 살갗 어느 곳에 감추어 두고 있을 것이다. 따라서 서민들 삶의 생활수단인 지게가, 그 쓰라리고 오욕된 삶의 시간만큼 닳아지고 헤진 채 그들의 어깨 위에 아직도 얹혀 있음을 우리는 본다. 삶의 고뇌란 어깨 위에 얹힌 지게의 무게 같은 것이 아닐까.

崔銀河의「내 한 친구」는 친구의 근황을 담담한 남의 이야기로 일관하고 있는 작품이다.

하냥 별 말이 없는 그는
상당히 굽은 등허리로
오뉴월에도 추월 느끼는 모습이다.
그와 만나면 나까지 말수를 잃으면서
돌아갈 시간을 잊어먹곤 한다.
그의 시선은 초점을 잃고

마주 바라보는 적이 없이
거의 한눈을 팔고 있는 편이다.
지난 겨울 한참은 행방불명이더니
한 달포 강원도 산등성일 타박이며 돌다가 정좌하고
태백산과 설악 대청봉을
들여마시느라 그랬노라며
또 미안을 끼쳤단 말 잊지 않았다.
그는 답장 쓸 줄을 몰랐고
오랜만에 만나는 인사더라도
반가움이 얼른 뜨이질 않고
웃음을 내비치는 일이 없다.
어쩌다 술자리에서
먼저 곯아떨어지고
이튿날은 여느 때처럼 귀찮다는 정색일 뿐이다.
그간 어떻게 지냈느냐는 안부엔
멀건히 하늘 쳐다보며
그저 탈 없었다는 눈치로
자기는 언제나 허허로운 행색이지만
그림자 지울 자린 바로 봐뒀단다.

—「내 한 친구」 전문

이 작품에서 시인의 태도는 남의 이야기하듯 한다는 표현의 견본을 보여
주고 있는 느낌이다. 그런데 거기에 그 친구에 대한 詩人의 애틋한 사랑이
노골적으로 표출되고 드디어는 그것이 인간 일반에 대한 애정으로 승화한
다. 하느님이 사람에게 연민의 정을 느끼는 것이 어떤 색깔인가를 짐작할
듯 싶다.

곽진구의 「사는 연습」도 우리로 하여금 하느님의 人間에 대한 연민에 대
하여 생각하게 하는 작품이다.

밤새 붉혀진 아내와 아이들의 눈 속으로
피곤한 해 하나가 동틀 줄을 모른다.
아침 밥상 위에 떠다니는

참지 못할 속쓰림과 공복
한 덩이

아내는 하루 분의 꿈을
밥그릇에 꾹꾹 눌러담아
내 앞에 밀어 놓는다.

수저를 들고
별 수 없이, 아 별 수 없이 나는
하루분의 평화를 그 속에 예약한다.

밥상 너머 짠지 같은 가계부를 쓰는
아내의 곁에
아침의 한쪽이 쓸쓸해 보이고

눈치 없이
나는 용병처럼 문을 나선다.

어젯밤의 취기가 아직은 다행스럽다.

—「사는 연습」 전문

　"밥상 너머 짠지 같은 가계부를 쓰는 아내", 그런 아내를 뒤로 하고 "눈치 없이 용병처럼 문을 나서"는 '나'는 가장 평범한 아내요, 남편이요, 어머니며 아버지이다. 그리고 이것이 우리 사회를 이끌어 가는 대다수 가정의 모습일 것이다. 전날 저녁의 과음으로 인해 아침 밥상머리에서 "참지 못할 쓰라림과 공복 한 덩이"를 가슴 가득 느끼는 남편이나 "하루 분의 꿈을 밥그릇에 꾹꾹 눌러담아" 남편 앞에 내미는 아내는 전혀 낯설지 않은 우리들의 모습이기 때문이다.

　자기 생활의 한심스러움을 이렇듯 의젓하게 詩로써 고백할 수 있으니, 그래도 그러한 詩人들이 하느님의 형상대로 창조되었음을 우리는 감사하며 위로삼을 것인가? 아니면 왜 우리 인간이 이렇듯 처절하게 아파하기를 계속하느냐고 하느님에게 대들 것인가? 아마 詩人들은 이 문제를 가지고도 한참 더 고민하며 살아야 할 것이다.

7. 세 가지 類型의 故鄕 이미지

전정자 · 황동규 · 황금찬 · 홍우계 · 김연동
함동선 · 강남주 · 이 탄 · 홍윤기 · 변재열

아주 무식한 사람의 말이라면 처음부터 묵살해 버리기가 쉽지만, 전문직에 종사하는 교양인이고 게다가 자연과학 계통의 박사학위를 가진 분이 詩에 대하여 다음과 같은 질문을 할 때에, 우리는 무슨 말을 해야 할 것인가?

"요즈음 문학잡지에 실리는 시를 읽으면 도무지 무슨 소리를 하는지 알 수가 없어요. 그렇게 알 수 없는 유희가 왜 필요한 것인지 모르겠단 말예요. 차라리 대중가요의 노랫말이 더 아름다운 詩처럼 생각될 때가 있거든요. 먼 훗날에는 요즈음 그렇게 많이 출판되는 시집들보다는 대중가요 가사집이 연구대상이 될는지도 알 수 없겠어요. 알기 쉽고 또 즉시 마음에 와 닿는 것이 좋은 거 아니예요? 무식해서 이런 소리를 하는지 모르겠으니 한 말씀 알기 쉽게 가르쳐 주시구려."

참으로 대답하기 난감한 질문이 아닐 수 없다. 그러나 우리들은 이런 질문에 대해 섣불리 입을 열어서는 안 될 것이다. 그것은 무엇보다도 질문하는 이의 윤리적 자세 때문이다. 일찍이 공자님은 군자의 언행에 기본이 되는 사항으로 다음과 같은 가르침을 주신 적이 있다.

"군자는 알지 못하는 분야에 대하여는 조심하여 말하기를 보류해 두는 것이니라."

모르는 분야에 대하여는 겸허한 자세로 배우기를 청할지언정 어줍지 않게 아는 척을 하며 비아냥거리는 투로 말참견을 하는 것이 아니라는 가르침인 것이다. 그런데 詩에 관한 저 자연과학도의 힐난에는 "나도 詩를 조금은 아는데 어디 그걸 詩라고 쓴단 말이요? 대답 좀 들읍시다."라고 책망하는 의도가 숨겨져 있다. 따라서 그러한 질문에 우리는 빙긋이 웃으며 대답을 보류한다. 이 세상에는 편견과 아집으로 뭉쳐 있는 전문지식인들이 많이 있다. 자기가 알고 있는 것 이외의 것들은 잘못된 것이라는 생각으로 세상 만물을 판단한다. 그러한 태도로 어떻게 고등교육을 받으며 전문가 노릇을 하는지 의심스럽다. 그러나 돌이켜보면 우리는 누구나 조금씩 그러한 아집과 편견을 가지고 있다. 문제는 다른 사람들은 어떨지 몰라도 나만은 아집과 편견이 없으려니 착각을 하고 있다는 사실이다.

한참 젊은 시절에 우리는 자기도취에 빠져서 자기가 관심을 두지 않는 분야를 백안시했던 부끄러운 추억들을 지니고 있다. 가령 "정치학도 학문인가? 文, 史, 哲이 학문이지. 세상 돌아가는 것 눈치껏 해설하면서 권력 가진 사람의 논리를 세워 주는 것 아냐?" 한다던가, "무엇 때문에 가수가 되는지 모르겠어. 밤낮 똑같은 노래를 계속 불러대니 싫증도 안 날까?" 라고 겁도 없이 다른 사람의 학문이나 예술세계를 매도한 경험이 있을 것이다. 생각할수록 등골에 식은땀이 흐르는 행태와 생각을 해 오며 우리는 조금씩 나이를 먹어왔다.

그러나 다시 한번 냉정하게 생각해 보면 문외한의 비난이 결코 옳은 것은 아니지만, 曲學阿世하는 정치학도가 있기 때문에 정치학 자체가 부정적으로 평가되는 것이며, 타성에 젖어 노래부르는 가수가 있기 때문에 가수직이 부정적인 생각으로 비치게 되는 것이다. 이러한 생각은 두말할 것도 없이 비난을 받는 쪽이 자성의 자세로 냉엄하게 스스로를 점검했을 때 얻게 되는 값진 결론이다.

그러면 이제 우리는 오늘의 우리 詩에 불평을 털어놓았던 저 자연과학도의 발언에 귀를 기울여 보기로 하자. 비록 우리가 그러한 힐난에 대해 즉각적인 대답은 유보할 수가 있으나 끝내 침묵을 지킬 수는 없기 때문이다.

과연 오늘날 우리 詩人들은 대중 가요의 노랫말만도 못한 詩를 쓰면서 자기도 알 수 없는 언어 유희에 빠져 있는 것은 아닌가? 언어 유희라는 말은 詩가 나타내고자 하는 뜻이 무엇인가를 찾아내지 못하였다는 말이겠고, 가슴에 와 닿지 않는다는 말은 간혹 이해가 되는 詩들이 없지는 않지만 감동을 주지 못한다는 뜻이라 하겠다. 이러한 사람들에게 詩人이 高踏的인 자세로 "세상이 전문화되었으니 詩도 그것을 즐기고 이해하는 사람이 제한되는 것 아니겠소? 우리는 우리의 詩를 이해하고 좋아하는 사람만 상대할 것이오."라고 폐쇄적인 絶交宣言을 해서는 안 될 것이다. 어정쩡한 수준이기는 하지만 詩를 사랑하고자 하는 기본자세는 확립되어 있는 사람들에게 우리 詩人들은 친절하고도 겸허하게 아집과 편견을 벗어던지고 이렇게 말문을 열어야 하리라.

"詩는 이 세상에 팽배해 있는 고정관념이나 기존질서의 편에 붙어 있는 아집과 편견을 깨뜨리는 언어 작업입니다. 그런데 언어로 언어질서를 파괴해야 하는 모순을 극복해야만 하거든요. 무슨 말이냐구요? 이렇게 바꾸어 말해 볼까요? 詩는 일상언어의 논리나 문법으로 쓰여지는 것이 아니라 흔히 '이미지'라고 부르는 心像의 논리, 心像의 文法으로 쓰여지는 것이예요. 그래서 擬似陳述이라 하지 않습니까? 극단적으로 말하면 누군가 이 세상에서 한번쯤 써먹었던 표현은 결코 사용할 수 없는 데가 詩의 세계라고 할 수 있지요. 그리고 心像은 시시각각으로 변하는 인간의 감정만큼이나 다양하고 무한하지만 이해하려고만 들면 그렇게 어려운 것도 아니랍니다. 논리로 써는 잡히지 않으니 감성으로 잡히는 가슴속의 그림을 남이 써 보지 않은 문장으로 꾸민 것이니까요. 모른다고만 하지 말고, 일상의 文法을 뒤집어엎으면서 마음 내키는 대로 읽으며 상상력을 동원해 보세요. 그러면 詩가 수줍은 처녀처럼 다소곳이 당신 앞에 고개를 떨구고 있을 것입니다."

이렇게 말한다고 해서 이해하지 못하던 詩를 갑자기 알게 되지는 않겠지만 詩를 보는 자세에는 변화가 생길지도 모른다. 詩에 대한 몰이해를 心像의 측면에서 접근시키면 어떨까 하는 생각을 가다듬으며 몇 편의 詩를 읽으니 우연치 않게도 '고향' 이미지가 두드러지게 드러남을 발견하였다.

이미지로서의 고향을 유형별로 나누자면 대체로 크게 세 가지로 갈라 볼 수 있다. 첫째는 普遍心像으로서의 고향이요, 둘째는 集團心像으로서의 고향이며, 셋째는 個人心像으로서의 고향이다.

故鄕이 인류 보편의 心像으로 확대될 때 그것은 밤나무골이나 모래내 따위의 작은 마을을 가리키는 공간개념은 아니다. 모든 人間들이 人間으로 태어나지 않을 수 없었던 절대적이요 本質的인 원인, 그것이 곧 인류 보편의 故鄕 이미지이다. 따라서 그것은 '하느님'일 수도 있고 '自然'일 수도 있으며 혹은 '죽음'이나 '저승'일 수도 있다. 그리고 어떤 경우엔 '사랑'이기도 하고 또 '男子'나 '女子'이기도 한 것이다. 集團心像으로서의 故鄉은 그 집단이 무엇이냐에 따라 다시 세분되겠지만, 民族 單位의 차원, 특히 우리 배달민족의 차원에서라면 우선은 韓半島를 中心으로 하는 동북 아시아 땅덩어리일 것이고, 그 땅덩어리에 얽힌 반만 년 역사의 토막들이 모두 우리 민족의 고향 심상을 구성할 것이다. 마지막으로 개인 심상의 고향은 국어사전에 설명된 구체적인 지명으로서의 공간이다. 그러나 그것이 무슨 面, 무슨 里, 무슨 洞里라는 공간으로만 존재하는 것은 아니고, 그러한 공간을 배경으로 했던 어떤 개인의 사건과 엉켜 있다는 점도 고려해야 한다.

그러면 이제 인류 보편의 고향 이미지를 떠올리게 하는 작품부터 살펴 보기로 하자.

전정자의 「전화」는 현대시가 결코 어렵게 읽히는 것도 아니고 또 길게 써야만 하는 것도 아님을 보여 준다. 그리고 단 아홉 줄밖에 안 되는 짧은 외형적 구조 속에 그렇게도 많은 사연이 담겨 있음을 주목하게 한다.

> 그에게 전화를 걸 때는 아주 오랫동안 받지 않아도
> 나는 기다리고 있다. 참을성 있게
> 왜냐하면 난 그를 알고 있기 때문이다.
> 휠체어를 타고 전화기 앞에 오는 데
> 시간이 오래 걸린다는 것을.
> 하느님은 내게 전화를 걸어
> 수화기를 든 채,
> 오래오래 기다려 주고 있다.
> 나의 영혼이 장애자라는 것 때문에

—「전화」 전문

「전화」에서 시인은 인간이 본질적으로 하느님 앞에 장애자임을 선언한다.

하느님 곧 인류의 진짜 고향 안에서는 인간이 전혀 장애자가 아니었는데, 고향을 떠난 후로 어딘가 한 쪽의 기능을 상실하고 나머지 부분으로 안간힘을 쓰며 고향으로 돌아가기 위하여 애쓰는 갸륵한 인간의 모습을 노래하고 있다. 그러나 이 詩에서 우리는 읽어야 한다. 하느님이 우리에게 전화를 걸

고 있다는 사실조차 모르고 있다는 것을. 그것은 인류가 애초부터 고향에
있었다는 사실을 모르고 살아가고 있음을 뜻하는 것이기도 하다. 다시 말하
면, 낙원으로의 回歸를 꿈꾸는 인간이 우선 알아 두어야 할 것은 하느님은
언제나 인간에게 신호를 보내고 있지만, 현세의 온갖 욕망들로 눈이 어두워
영혼이 상한 인간들은 이 신호를 알아듣지 못한다는 사실이다.
　이 작품이 특히 돋보이는 것은 간결한 詩行 속에 그렇게도 의미 깊은 내
용을 적절한 비유로써 형상화하는 데 성공하였기 때문이다.

　황동규의 「五色에서」는 인간의 원천적인 고향이 무엇인가를 아는 사람,
예컨대 한 명의 시인이 삶의 마무리를 어떻게 해야 고향을 아는 사람다운
삶인가를 말한다.

　　地球가 손 내밀어 소매 넌짓 당길 때
　　어느 봄 저녁 설악산 五色쯤에서
　　민박하다 뜨고 싶다.
　　경주 南山 한 모퉁이
　　김시습 숨어 살던 골짜기도 좋지만,
　　봄꽃 어둡고 민박도 없어.

　　물찬 개울 건너 등성이에는
　　밤새 살 씻긴 참나무 싸리나무 사이로
　　산벚꽃 꿈꾸듯 피어 있고
　　그 앞엔 복사꽃 신새벽빛
　　발밑에는 길섶 레이스(lace) 하얀 조팝꽃.

　　민박집 입구에서
　　방금 친구 車에 밟힌 벌레가 신선하게 꿈틀댄다.
　　꿈틀대는 것이 별나게 환한 이 저녁
　　민박집 마당에는
　　저 세상 꽃처럼 핀 鮮紅색 개복사나무.
　　섬돌 위엔
　　보이지 않는 신발 한 켤레.

산벚꽃 城 너머론
신발 신고 뜬 구름 한 조각.

—「五色에서」 전문

　우리 한국 사람들은 흔히 五福이라 하여 壽, 富, 貴, 攸好德, 考終命을 손
꼽아 왔는데 그 중에서 考終命이라 하는 것은 살 만큼 오래 살다가 자손들
이 지켜보는 가운데 편안하게 침상에 누워 세속적인 유언을 하고 흐느끼는
자손의 울음소리를 가물가물 귓가에 들으며 臥席終身하는 것을 뜻한다. 그
러나 이「五色에서」는 雲水行脚으로 휘적휘적 산천을 유람하다가 민박하는
시골집 방구석에서 자는 듯 꿈꾸듯 고향으로 돌아가고 싶다고 말을 한다.
쉽게 말하면 客死를 하겠다는 것인데 이 객사가 얼마나 숭엄하고 아름다운
지를 산벚꽃, 복사꽃, 개복사나무 같은 것으로 가려 놓았다. 시인이 된다고
하는 것이 해탈한 禪僧이 되고자 하는 것이며 동시에 한 조각 구름처럼 부
담 없이 떠도는 神仙임을 모르는 사람은 이 詩를 읽으면서 하염없이 서글플
것이지만, 그러나 그 서글픔 속에서도 잔잔하게 다가오는 기쁨을 느낄 것이
다. 적어도 인생이 신발 신고 떠 있는 한 조각 구름이라는 것만은 깨달을 것
이기 때문이다. 그렇다. 시인은 모름지기 오색 약수터, 민박집 비슷한 곳에
서 객사를 하여야 한다. 그러나 우리는 조심할 일이다. 그 객사는 사실로서
의 객사가 아니라, '이미지'로서의 객사이므로 우리의 정신, 우리의 영혼이
끊임없이 방황하면서 고향으로 접근하는 길목에 앉아 쉬고 있는 장면을 그
려내는 것으로 일단은 이 詩 읽기를 멈추어야 한다. 내일 당장 객사한 어느
시인의 이야기가 신문에 실린다 하여 그가 "五色쯤에서 민박하다 뜬 초인"으
로 생각한다면 그것은 정말 개그맨의 익살 한 토막처럼 웃기는 장면이 된다.

　황금찬의 「새야」는 자유로움을 추구하는 인간의 보편적 심성이 새를 통
해 표출된 작품이다.

새야!
날아라.
날아 올라라.

네겐 날개가 있다.
네가 앉은 나뭇가지에서
날개를 펴라.
지금 네가 앉은 나무로 기어오르는
몇 마리의 개미와 거미들
그리고 바람
그것들은 너의 적이 아니다.
지금 너의 공포의 대상은
붉은 혀를 널름거리며 기어오르는
하와를 유혹하던 그 후예들이다.
새야!
네겐 날개가 있다.
너를 파멸시키고 있는 것은
날개를 잊고 있는 너의 의식이다.
지금이다. 날아라.
네겐 하늘도 소유할 자유가 있다.
나뭇가지와 파충류는
너를 결박하지 못한다.
너를 결박하는 것은
바로 너의 마음이다.
이 시대의 새야 날아라.
너를 억압하는 마음과 의식에서
힘차게 벗어나라.
창공은 너의 날개를 기다린다.

—「새야」 전문

　인간이 날개를 갖기 원하는 이유는 자유로움에의 끝없는 갈망 때문이다. 그래서 푸른 창공을 향해 마음껏 날아오르는 새는 인간에게 자유의 대명사로 여겨져 왔다. 땅에만 매어 있어야 하는 운명이고 보니 神이 지배하는 듯한 하늘 꼭대기에 대한 궁금증은 날이 갈수록 더하여 급기야 바벨탑으로 하늘에 오르고자 하는 어리석음까지 노출시키어 징벌을 받고 말았지만, 그럼에도 불구하고 하늘로 날아오르고 싶은 인간의 욕망은 여전하다. 어쩌면 인간은 살아있는 한 이 날개의 꿈을 버리지 못할 것이다.

위의 시 「새야」는 자유를 추구하는 인간의 의식이 새의 날개에 비유된 작품이다. 인간이 자유롭지 못한 이유는 날개가 없다는 물리적 조건의 제약 때문이 아니라 "너를 억압하는 마음과 의식" 때문이라고 시인은 말한다. 결국 시인은 여기에서, 새가 그 날개로 인해 자유로이 푸른 하늘로 날아가듯이 인간은 그 마음과 의식으로 인해 새에 못지 않게 자유를 누릴 수 있음을 강조하였다고 하겠다.

두 번째로 한국 사람의 공통 심상으로서의 고향을 노래한 詩로 홍우계의 「작은삼촌 오른손 집게손가락」을 먼저 살펴보기로 한다. 홍우계의 「작은삼촌 오른손 집게손가락」은 6.25라는 민족적 수난을 겪은 한 가정의 비극을 파노라마로 펼쳐 보인다.

마당가에 녹두가 저 혼자 파닥 뛸 때
목을 늘인 삼촌......쭈그려 앉고....
깨물고 눈감은....할아버지...가
시퍼런 작두날 사이에 두고...
섰을 때...꽃이 피었다 지고
진 꽃이 다시 피는 때
작두날이 지나고...
떨어져나간 손가락이 꼬물거릴 때...
앞뒤로 산에는 먼 구구새 울음
남은 마디 끝에서 날개를 펴는
구구새 구구새 구구새 구구새
솟았다가 스미고 다시 솟았다가 스며
그 아버지의 아버지의 아버지의..까지 갔다가 내려온
뒤,
의용군 가 소식 없는 큰삼촌의
할아버지 어깨에 업혀 있더니
어느새 시퍼런 작두날 위에서 춤을 추고 있었다.
저혼자 툭툭 튀는 봉숭아 아래서
내 누이가 진 꽃을 줍고 있을 때

—「새야」 전문

잡다하고 자질구레한 사연을 줄임표 '…'로 생략하면서 어느새 40년을 흘러간 역사의 고향이 지금도 우리의 가슴에 시퍼런 작두날로 살아 있음을 일깨운다. 어물어물하는 사이에 피난 못간 고향집에서 큰삼촌은 인민군에게 의용군으로 붙잡혀갔다. 그것으로 큰삼촌이 이 세상에 살아 있었다는 추억의 필름은 끊겨 버린다. 세월이 흐르고 작은삼촌이 이번에는 국군으로 징집될 나이가 되었다. 할아버지는 작은삼촌의 오른손 집게손가락을 시퍼런 작두날 위에 올려놓게 한다. 방아쇠를 당길 때 꼭 쓰이는 오른손 집게손가락이 없는 사람은 군인이 될 수 없다는 것을 할아버지도 작은삼촌도 모르지 않는다. 1950년대 한국의 모든 할아버지, 모든 작은삼촌은 이 시에서처럼 죄를 지으며 조국과 민족을 사랑하였다.

그것이 거짓말이 아닌 줄을 언제쯤이나 알 수 있을까? "저 혼자 톡톡 튀는 봉숭아 아래서 내 누이가 진 꽃을 줍고 있을 때"쯤일까?

金演東의 「동해」도 민족의 아픔인 6.25를 주제로 하고 있다.

> 단절된 아픔을 딛고 꿈을 긷던 우리들 품,
> 이념의 치장 같은 녹슨 철망 앞에
> 현란히 맞아야 할 아침
> 피 묻은 해가 뜬다.
>
> 계시 그 돌을 들어 釘을 놓아 보거라,
> 굽은 척추 어디쯤, 미망의 길을 가다
> 절망한 새 한 마리도
> 愁心 끝을 마감하고…
>
> 묵언의 반 세기를 접고 사는 시간 속에
> 피곤한 저 하늘을 묵도하듯 지켜섰던
> 철마도 관절을 풀고
> 푸른 눈을 뜰 것이다.

—「동해」 전문

휴전이라는 이름으로 남과 북이 갈리고 건너지 못하는 땅에 금이 그어졌

다. 그래서 "이념의 치장 같은 녹슨 철망"은 민족의 아픔을 생생히 증언하
며 오늘도 그렇게 남북을 가로막고 있다. 동서가 화해하고 얼었던 땅이 해
빙의 때를 맞은 지금, 유독 우리만 갈라진 채 등을 맞대고 있다. 이러한 사
실을 두고 시인은 마지막 연에서 새로운 희망을 우리에게 제시한다. "묵언
의 반 세기를 접고 가는 시간 속에 피곤한 저 하늘을 묵도하듯 지켜섰던 철
마도 관절을 풀고 푸른 눈을 뜰 것이다"라고. 머지 않아 남과 북이 서로 화
해의 손을 맞잡을 것을 바라보는 것이다.

함동선의 「休戰線」도 위의 작품과 같은 맥락에서 이해된다.

6.25 동란은
골짜기를 꽉 채우고 미끄러지는 바람에
온몸의 신경이 끊어지는 소리이었다.
피난길은
죽그릇에 달이 떠
뱃속까지 얼어들게
불 꺼진 밤이었다.
소와 돼지 아니 나무들도
수백만의 사람들이 숨을 거두는 걸
지켜보았다.
형님께서 낯선 사람의 총에 쓰러지던 날만 해도
그렇지 그날따라 비바람이 몹시 불더구나
아니 총소리이었던 게야.
그 총소리가 난
구술고개엔
엉겅퀴가 피었더군. 오 우리 마을에
지천으로 피던 꽃이어야.
미나리아재비 달맞이꽃 초롱꽃 도라지 도라지 백도라지
어릴 때 기억들의 그 길은
캄캄한 어둠 속으로 끝없이 길게 이어진
돌자갈밭이었는데
그믐께의 달은 술주정꾼이나 도둑놈이 본다더니
나는 홀로 떨어져 홀로 잠이 깨어

늙은이 무릎 세우듯 고집부리고 있는
휴전선을 드나들어도
발병이 나질 않는다

—「休戰線」 전문

'이산 가족 찾기' TV 프로를 시청했던 사람은 알 것이다. 몇 십 년이 지난 지금도 피난길에 헤어진 가족을 잊지 못해 소식을 기다린다며 애타게 호소하던 사람들의 수효가 얼마나 되는지를. 지금은 마음대로 갈 수 없는 북녘 땅을 바라보며 그곳에 두고 온 가족 생각에 눈물짓는 사람들이 얼마나 많은가.

이 비극의 증인인 '休戰線' 을 사이에 두고 시인은 갈 수 없는 땅에 대한 그리움을 노래한다. 그리움에 사무쳐 그의 영혼은 끝없이 휴전선을 넘나들 수 없다.

"휴전선을 드나들어도 발병이 나질 않는다"는 끝 구절은 그래서 읽는 이로 하여금 더욱 더 시인이 지닌 애달픔에 깊이 젖어들게 한다.

姜南周의 「지리산을 보며 흘리는 눈물」도 민족의 상처가 주제를 이루고 있는 작품이다.

섬진강 가에 앉아 지리산을 본다.
개울에서 흘러내리는
선혈을 보면서 눈물을 흘린다.
시온은 아무데도 없었다면서
이스라엘 사람이 흘리던 눈물이
지금은
지리산 산록의 강변에서 흘러내리고 있다.
피 흘리던 사람은
모두들 어디론가 가고 없다.
탄환 박혔던 나무도
이제는 흔적을 지우며 섰다.
바람에 흔들리며 섰다.
철없는 세대는 자라고 자라서

입으로만 비극을 말하고 있다.
이제 피해자와 가해자는
한 세대 저쪽으로 갔거나
아니면 죽거나 또 늙거나
증인 없는 세대 저쪽으로 밀려나고 있다.
다만
희미해져 가는 아픈 기억이
아픔을 참지 못하고 강가에 앉아
지리산을 보며
개울에서 흘러내리는
선혈을 보며
눈물을 흘리고 있다.

—「지리산을 보며 흘리는 눈물」 전문

길게 설명을 하지 않아도 우리는 안다. 지리산과 우리 민족이 얼마나 깊은 상처의 피흘림으로 맺어져 있는지를.

이념의 불화산이 터지고 좌우의 충돌이 피바다를 이루며 계곡을 흘러내리던 그 소용돌이 속에서, 지리산 깊고 깊은 가슴이 얼마나 진한 보랏빛으로 멍들었는가를, 계곡 물 흐르는 대로 지리산에 배인 수많은 사람들의 피도 흘러 지금은 그 핏자국 잘 보이지 않으나, 역사의 場을 들출 때마다 계곡을 흥건히 적시는 핏물을 우리는 똑똑히 볼 수 있다. 피의 현장인 지리산을 보면서 역사를 되새기는 시인의 눈에 눈물이 고이는 것은 이런 이유 때문이다.

李炭의 「지하철은 달린다」는 변해 버린 풍경에 대한 향수가 민족통일이라는 커다란 주제로 이어진 작품이다.

낙엽 옆으로 여름 나비가 날아간다.
참새가 대추나무 옆으로 날아든다.
어른들이 느티나무 옆에서 장기를 둔다.
오후의 풍경이 눈에 선한데
지하철이 달린다.

지하도 입구에는 나무나 참새들이 보이지 않는다.
달리는 사람들, 오직 사람들뿐이다.

당신과 내가
눈을 마주하고 서 있다.
지하철은 달리는데
아무 소식이 없다. 음악 같은
소리마저 없다.

당신과 나
마음의 문을 열어 당신을
잠재운다.

당신이 곧 내가 아니면
지하철은 우습게 달리는 꼴이 된다.
생각할수록, 우리의
통일도 매한가지일 것이다.

—「지하철은 달린다」 전문

옛날에는 서울 근교의 한적한 곳이었던 어느 마을 동구 밖 느티나무 근처에서 이야기를 시작한다. 그 곳은 아마 그 시인의 고향이었을 것이다. 지금은 거기가 지하철을 타러 내려가는 지하도 입구. 참새 한 마리 보이지 않고 오가는 사람들로 북적대고 있다. 지하철 안에서 '나' 는 나의 분신인 '당신'이 유리창 구실을 하는 창유리 바깥에 밀폐되어 있는 것을 발견한다. 그리고 그 갈라져 있는 '나' 의 두 쪽이 만나지 못하는 것처럼 지금 통일을 갈망하는 남북한이 그렇게 지하철의 어느 어두운 지점을 달려가고 있다고 노래한다. 한적하던 고향마을 동구 밖을 민족사의 방향을 가늠하는 시발점으로 삼은 이 시인의 기법이 놀랍다. 민족의 고향을 이처럼 역사 의식과 함께 숨쉬며 비탄과 소망을 함께 토해 낸다.

끝으로 개인 차원의 단순한 고향 이미지를 노래한 詩로는 홍윤기의 「北風」과 변재열의 「빈 자리」가 주목된다.

홍윤기의 「北風」은 사춘기 시절 그 투박한 사투리 속에 갈피갈피 서려 있
는 섬세한 연애감정, 친구의 우정을 묘사한다.

차가운 겨울바람 몰아치면 떠오르는 내 소년의 벗
된 평안도 사투리의 그 녀석과
서로는 곱은 손 호호 불며
곧잘 겨울 밤길 걸었다네.
야, 전차 타고 가자.
네레 미천?
두 덩거당인데 던타레 와타니.
그럼 그냥 걷자.
네레 어제 어데 갔던?
가긴 어딜가.
네레 기체니레 만났디?
야, 어서 군밤이나 먹어.

우리는 킬킬 웃으며
볼 때리는 겨울바람 속에
군밤을 씹으며 걸었다.
지금도 北風 몰아칠 때면
가슴 속에 살아나는 소년의 겨울
서로는 난리통에 뿔뿔이 흩어진 채 아직 소식 모르는
된 평안도 사투리가 구수하던 투박한 말투의
그 얼굴 그리고 따스운 그 미소.

—「북풍」 전문

특별히 운율을 따져 다듬으려고 하지 않은 것 자체가 평안도 사투리를 반
영하는 기법이 된다. 그러나 이것은 반드시 특정한 평안도 사람의 가슴 저미
는 추억담만은 아니다. 이 詩를 읽으면서 우리는 평안도 대신에 충청도나 전
라도로 바꾸어 읽으며 거기에 맞는 사투리를 만들어 낼 수 있기 때문이다.
　고향의 정겨움이 그대로 느껴지는 투박한 사투리는 어느 사이에 우리를
고향마을 토담집으로 이끌어 간다.

변재열의 「빈 자리」는 개인의 특정한 고향 이미지가 한 사람의 '빈 가슴'으로 형상화된 작품이다.

> 갯마을 포구에
> 꽃은 피었다 지는데…
>
> 나의 빈 자리엔 너의 바다가 펼치고
> 나의 빈 자리엔 너의 바람이 스치고
> 나의 빈 자리엔 너의 침묵이 흐르고
> 나의 빈 자리엔 너의 향기가 맴돌고
> 나의 빈 자리엔 너의 밝음이 머물고
> 나의 빈 자리엔 너의 입술이 영글고
>
> 자리마다 언제나 넌
> 덩그마니 새벽을 맞는 달맞이꽃
> 허공엔 아스라이
> 노오란 물결이 일고
>
> 네가 다문 입술엔 언제나 빈 자리
> 네가 없는 밝음엔 언제나 빈 자리
> 네가 뿜는 향기엔 언제나 빈 자리
> 네가 얻는 침묵엔 언제나 빈 자리
> 네가 후린 바람엔 언제나 빈 자리
> 네가 그린 바다엔 언제나 빈 자리
>
> 자리마다 언제나 넌
> 나의 빈 자리
> 알 수 없는 먼 바다
> 향내 벙긋 손짓하는 해당화
> 갯마을 포구에
> 꽃은 피었다 지는데…

—「빈자리」 전문

이 詩에 나타나는 가슴 속 사념들은 물론 어느 바닷가 해당화 피는 마을

을 배경으로 한다. 기하학적인 대칭구조를 사용하여 詩를 지나치게 공식적
인 기법으로 처리한 것이 교과서 읽는 초등학생의 목소리 같기도 하지만 고
향 이미지가 얼마나 다양하게 변용될 수 있는가를 보여준 점에서는 아주 좋
은 詩라고 하겠다.

　이상으로 고향 이미지가 드러난 몇 편의 시를 살펴보았다. '고향'이라는
하나의 낱말이 詩人들에게 얼마만큼 다채롭게 詩的 충동을 자극하는가를
배운 것은 이들의 詩를 읽으면서 얻는 값진 수확이다.

8. 象徵을 찾아나선 외로운 放浪者

강계순 · 조영수 · 도한호 · 金　鐘 · 송수권
홍우계 · 이윤학 · 손진은 · 정연휘 · 조병화

　現代社會에서 詩人이 자리잡고 있는 位相은 어떤 것인가? 그러한 위상으로부터 어떤 社會的 寄與가 가능한 것인가?

　이런 問題를 풀어보기 위해서 우리는 하나의 便法을 생각할 수 있다. 즉 우리 나라의 전통적인 家庭을 想定하는 것이다. 三代로 이루어진 한 家族을 생각해 보자. 연세 드신 老父母님이 계시고 중 · 고등학교와 大學에 다니는 아들, 딸을 둔 50 전후의 장년이 그 집안의 家長이다. 집안 식구의 총 인원은 여섯이나 일곱쯤 될 것이다. 이럴 경우에 늙으신 부모님은 작은 아파트를 마련하여 따로 사시는 것이 오늘날 한국 중류사회의 일반적인 모습이지만, 그렇다고 해서 그 노부모님이 그 집안의 식구가 아니라고 하는 철저한 핵가족 개념은 아직 우리 사회에서 용납되지 않는 것 같다. 그것은 삼사십 년 전이나 그보다 조금 더 이른 시기에 三代가 한 집안에 모여 살고, 뒤채 사랑방에 할아버지가 거처하시던 모습의 변이형태라고 해석할 수 있다. 家父長的 權威가 다 사라져 버리기는 했지만 아직은 사랑방 할아버지의 헛기침이 그 집안의 체면을 유지하는 정도는 된다고 想定해 보자. 그리고 이런 집안의 할아버지나 할머니쯤 되는 것이 現代社會에서 詩人이 처한 위치에 對比되는 것이 아닐까? 生活一線에서 물러났다는 것, 經濟的 實權을 행사하지 못한다는 것, 그래서 모든 생활현장으로부터 벗어나 超然했다 할 수도 있고 疎外됐다 할 수도 있는 자리에 한 집안의 노인들이 엉거주춤한 상태로 살아 있듯이, 우리 사회에서 詩人들은 그렇게 生活一線의 자리를 빼앗기고 歷史 現場의 뒤안길에 밀려나 있는 것은 아닐까?

　이렇게 이야기를 전개하고 보니 詩人의 처지가 대단히 민망하고 딱해 보이지만 세상일이 그러한 표면현상으로 전부 이해 해명될 수는 없다. 세상 살림을 주관하는 임금은 哲人이어야 한다거나 聖者여야 한다는 理想論이 인류 역사의 초창기부터 끊임없이 논의되었으나 지금까지 세상살림을 주관하는 임금이나 대통령은 權道와 覇道의 第一人者들이었지 순수한 의미에서 王道의 第一人者는 없었던 것 아니냐는 점을 생각해 볼 필요가 있다. 다시 말하여 詩人들은 언제나 人類歷史의 뒤안길을 살아온 그늘 속의 人物임이 틀림없지만 그늘 속에 있기 때문에 오히려 인류의 정신적 보물을 바르게 지키고 찾아내는 일을 할 수 있었다고 생각된다. 평상시에는 뒤채 사랑방에 칩거하는 노인들이요, 高麗葬을 당할 뻔했던 소외의 대상들이었지만, 인간사에 커다란 위기가 닥쳐왔을 때, 세상 사람들은 허겁지겁 골방 구석의 노인을 찾아가 무릎을 꿇거나 高麗葬을 지낸 산 속의 움막으로 잊혀졌던 노인들을 찾아간다. 그러면 그 까닭은 무엇인가?

첫째로, 그들은 가난하기 때문이다. 둘째로, 그들은 무력하기 때문이다. 셋째로, 그들은 고독하기 때문이다.

가난함과 무력함과 고독함, 이런 것들은 모두 세상 사람들이 벗어나고자 발버둥치는 혐오의 대상이겠지만 그러나 詩人들은 한 집안의 사랑방 노인들처럼 그것을 오히려 찾아 즐긴다. 배부를 때의 포만감으로 정신적 깊이를 요구하는 사색이 가능한가를 생각해 보자. 주머니에 돈이 얼마쯤 들어있는가를 생각하면서 동시에 늦가을 새벽길에 낙엽 밟는 산책이 어울리는 일이겠는가를 생각해 보자. 질탕한 잔치자리, 취기 어린 눈빛으로 담소를 즐기는 대화에서 인류의 장래를 예견하는 고뇌 어린 예지가 번득일 것인가를 생각해 보자. 그러므로 가난함과 무력함과 고독함은 아무것도 할 수 없기 때문에 자유롭고, 자유롭기 때문에 모든 것을 가능하게 하는 언어로의 집중이 이루어지며, 거기에서 삶의 指標로서의 말씀 곧 詩의 탄생이 나타나는 것이다.

삶의 指標라고 할 때에 우리는 功利的이고 實用主義的인 관점의 教訓이나 名言같은 것을 연상할지 모르지만 '말씀'으로서의 삶의 지표는 차라리 '상징'이라고 해야 올바른 表現이 될 것 같다. 詩人은 한 時代의 象徵을 만들어 가는 사랑방 노인이다. 사랑방의 노인이 그 집안의 상징이듯, 詩人은 어쩌면 한 시대의 정신, 한 시대의 양심, 한 시대의 흐름을 지키는 상징적인

존재요, 또한 言語를 통하여 그 시대의 상징을 만들어 가는 精神的 방랑자
이다. 詩人은 가난함과 무력함과 고독함을 자처하고 생활의 현장에서 벗어
나 있기 때문에 비록 고독하기는 하지만 세상 돌아가는 것을 멀찌감치에서
여유를 가지고 바라볼 수 있는 객관성을 얻는다. 그러나 그들의 언어는 역
시 현실을 떠나 있다. 그것은 마치 수만 년 아니 수십만 년 물길에 씻기고
씻겨 자연의 힘으로 자연스럽게 탁마된 한 덩이의 아름다운 壽石처럼 감상
자의 마음을 황홀과 찬탄에 이르게 하되, 흥분보다는 靜寂을, 분노보다는
淸淨心을 갖게 한다. 그러한 점에서 詩人은 壽石을 찾아다니는 壽石家에 비
유됨직하다. 하나의 돌덩이가 우리들이 聯想해 낼 수 있는 어떠한 다른 事
物과 매우 흡사하다고 해서, 다시 말하여 세상 이야기를 암묵적으로 전해
준다 하여 우리가 그 돌을 사랑하는 것이지만, 우리는 돌이 여전히 그리고
영원히 돌의 본성을 잃지 않는다는 그 경외로운 능력 때문에 사랑하는 것이
다. 이 경외로운 능력이 다름 아닌 돌의 상징성이다. 詩人의 詩도 壽石家에
의해 발견된 돌과 같이 언제나 언어 자체의 본성을 유지하면서 엄청난 분량
의 세속적 담화를 제공한다. 물론 그 담화의 핵심은 詩의 본성을 벗어나지
않기 때문에 우리는 그것을 상징이라는 말로 감싸 왔었다. 우리는 언제나
詩를 읽으며, 그 詩가 말하고자 하는 상징 때문에 경건해졌으며, 또한 세속
에 지친 몸과 마음이 위로를 얻을 수가 있었다.

상징은 具體的이고 직설적으로 言表되면 이미 상징이 아니다. 상징은 단
순해야 한다. 상징은 힘이 있어야 한다. 상징은 존재해야 한다. 그것은 어쩌
면 머무르지 않고 時代를 따라 흘러가는 것으로 파악되어야 할 것이다. 그
것은 무엇인가를 우리에게 말하고 있어야 하지만 그러나 그 말이 고정불변
의 관념으로 굳어 있어서는 안 된다. 언제나 자유로운 세계로 뻗어나갈 수
있는 새로운 의미의 영역이 열려 있는 개방된 집이어야 한다. 이러한 의미
에서 詩人은 비록 가난하고 무력하고 고독하기는 하지만 이 세상에서 존중
되고 사랑 받는 뒤채 사랑방의 노인들이다. 그리고 수석을 찾아내어 넌지시
응접실 탁자 위에 올려 놓는 무언의 壽石家들이다. 그 무언의 언어에서 상
징의 言語를 찾는 것은 詩를 읽는 이들이 누리는 淨福이요, 기쁨이다. 사랑
방 노인을 존경하여 모시는 뼈대있는 집안의 후손들처럼...

이제 詩에서 어떠한 상징이 感知되는가를 살펴보자.

강계순의 「해바라기」는 한 생명체로서의 해바라기를 묘사한 작품이다.

여름은 참으로 위대했습니다.
확신에 차서 바라보던 하늘
뒤집히는 폭풍에도
세상 쩍쩍 갈라놓는 서슬 푸른 번개에도
꺾이지 않고 한 치 두 치 곧게 자라나
온 여름 금빛으로 불타던 사랑.

몇 차례 된 소나기 들이붓고
지친 날개 후줄근히 젖는 가을 으스름
힘주고 버텨 온 허리와
팔 다리
빛나는 이름 지켜보던 꼿꼿한 목뼈
맥빠져 단번에 풀썩 주저앉고
온몸 군데군데 꺼뭇꺼뭇
반점 드러내고 있나니,

무엇이던가
더 우러를 하늘도 없이 날은 저물고
한 생애 땀 흘리며 돌고 돌면서
오직 한 가지 열망 한 가지 꿈
한 여름 뙤약볕 속의 전결투구는,
숯으로 타서 땅에 떨어져
이윽고 사람의 발길에 밟히거나
뿌리째 뽑혀
낯선 두엄더미 섞이고 혹은
사람의 식도 안에 들어 앉아 떠도는
몇 방울의 기름밖에 되지 못할
온 날의 비애
그 집중은.

—「해바라기」 전문

「해바라기」가 우리에게 전하는 일상적인 의미는 그것이 지닌 向日性으로부터 돌출된 것이었다. 그 向日性이 긍정적으로 평가될 때에는 忠君之情에 연결되었고, 부정적으로 평가될 때에는 勸力志向의 인물에 비견되었다. 그 어떤 경우이건 「해바라기」는 인간 삶의 특정 단면을 문제삼아 왔다고 말할 수 있다. 그런데 강계순의 「해바라기」에서는 '해바라기'라는 一年草가 人生 全般을 조감할 수 있는 對應物로 浮上한다. 확신에 차서 바라보던 理想世界, 금빛으로 불타던 젊은 時節의 熱情, 힘주고 버텨온 自尊心, 빛나는 理想을 지키려던 意志, 그러나 꺼뭇꺼뭇 반점을 드러낸 老境, 오직 한 가지 꿈이 있다면 "몇 방울의 기름이 되어" 다른 사람의 食道 안에서 새로운 에너지의 資源으로 還生하는 것이라고 인생을 관조한다. 짐짓 그것이 悲哀라고 말하지만 집중하는 비애이기 때문에 현실적인 비애가 아니라 해탈의 비애요, 초월의 비애다. 세상에서 비애라고 말하기 때문에 그 낱말을 빌어 썼을 뿐, 그것은 오히려 열정이요, 꿈이요, 집중이라고 표현하는 것이 더 좋을 것이라는 말이다. 해바라기를 悲哀로 表象한 점과 그 비애라는 逆說的 표현으로부터 인류 보편의 運命을 긍정적이고 적극적인 자세로 풀이하려는 意志가 돋보인다는 점에서 이 詩는 '해바라기'를 그린 靜物畵가 아니라 '해바라기'를 빌어 人類史를 압축하는 파노라마가 되게 하였다.

다음으로 조영수의 「술맛 나는 날」을 보자.

가을이 가슴에 먼저 와 있다는
그를 만났다.
모시적삼 속 때타지 않은
그의 여자를 훔쳐보았다.
스스로 떨군 낙엽은 불질러놓고
유서 없는 정사를 꿈꾸기도 했단다.
참으로 오랜만에 술맛 나는 날이었다.

소슬대문 빗장 여는 소리로 웃는
그를 만났다.
말꼬리보다 더 나긋한

그의 화냥기를 훔쳐보았다.
술 따르며 치마 걷는 게 한 박자였다는 젊음과
유서 긴 동반자살을 꿈꾸기도 했단다.
참으로 오랜만에 술맛 나는 날이었다.

—「술맛 나는 날」 전문

이 詩는 表面構造만을 놓고 볼 때에는 마음에 맞는 친구를 만나서 그가 가끔 찾아가는 어느 방석집 구석방에서 활달하게 얘기가 통하는 그 방석집 마담과 기분 좋게 술을 마셨다는 閑談 한 토막으로 보면 족할 것이다. 그러나 桃源境의 하루살이가 우리가 사는 이승의 百年은 넘나든다는 것을 생각할 때, 그리고 요즈음의 술자리가 대개 利權을 위해서, 아첨하기 위해서, 혹은 스트레스를 풀거나 울분을 토하려고 마련되는 자리인 점을 생각할 때, 정말로 순수하게 술맛 나는 한 판의 술자리는 요즘의 세상에서는 결코 흔한 일이 아니다. 따라서 이 詩에 등장하는 세 사람, '나'(이 詩를 읊는 사람), '그', '그녀'는 이승에서 쉽게 만날 수 있는 사람들이 아니며, 그 술자리는 하루 저녁 서너 시간 네댓 시간이 아니고, 또 그 술자리는 결코 이 세상일 수 없다. 그 분위기를 지배하던 대화의 내용들은 '遺書', '情死', '화냥기' 같은 非道德的이고 低質의 人生을 풍기지만 한 꺼풀만 벗기면 그 저질 속에서 소박하고 천진스러우며 솔직하고 순수한 인간의 진면목이 발견될 것이다. 인간의 행복이 僞善을 통하여서는 결코 찾아오지 않는다는 것을 이 詩는 말해 준다.

도한호의 「겨울이 오면」은 인간에 대한 따스한 애정이 묘사된 작품이다.

토요일 오후에 아파트 난간에 서 있는데
제니퍼가 아래로 지나간다
시월이 가까워오니 땅의 열기도 식고
북쪽과 서쪽으로부터 바람도 분다.
이백년생 참나무가 잘려나간 자리는
허전해도, 이쪽에서 내다보는
저쪽은 언제나 아름답다.

광장 앞뒤에 상수리 나무들은
겉보기엔 푸르지만 얕은 바람에도
갈색의 잎새들이 우수수 떨어지고
세상만사를 등진 듯 차분하게 서 있는
은행나무들도 실은 진작부터 겨울차비를
하고 있는 눈치였다. 하지만
제니퍼의 옷차림은 아직 한 여름이다.
그 동안 나는 그녀가 예쁜 줄도
모르고 한 지붕 아래 살았다.
이제 가을이 더 깊어지면, 무성하던
잎사귀들은 모두 땅으로 내려앉고
쉬일라가 맨발로 다니던
작은 꽃밭에는 무서리가 내리며
사람들은 모두 문을 닫고 칩거하리라
봄이 올 때까지는 제니퍼도 못 보리라.

―「겨울이 오면」 전문

詩의 話者는 '제니퍼'로 불려진 異國名의 女人, 그 딸일 듯 싶은 '쉬일라'라는 小女를 사랑한다. 좀더 분명하게 말한다면 사랑하고 있다는 사실조차 모르고 살아왔다고 고백한다. 우리는 이 詩를 읽으면서 아주 엉뚱한 연상을 하게 된다. 가령 "철들자 망령 난다"는 우리 속담이라든가 임종의 순간에 大悟覺醒하는 불목하니의 극적인 變身같은 것들이다. 모든 日常과 平凡의 연속 끝에 드디어 人生의 終着驛을 바라보게 되었는데, 자신도 모르는 사이 '제니퍼'라 부르는 女人, '쉬일라'라 부르는 소녀가 자기 생애의 全意味라고 깨닫는 것이다. 현실세계에서는 그들이 이 시를 읊은 話者의 이웃집 여인일 수도 있고, 이 시가 表面的으로 暗示하는 바와 같이 話者의 아내요, 딸일 수도 있다. 그러나 이 詩의 眞髓는 제나퍼와 쉬일라가 사랑하는 사람이라는 것을 깨닫는 순간, 話者가 그들로부터 斷絕된다는 人生의 비극성이다.

이상 세 편의 詩에서 공통으로 추구하고 있는 것은 '참사랑'이 무엇인가를 진지하게 물으며 그려내고자 하였다는 것이다. 불교에서는 이것을 '眞人'이라 하였거니와, 이들 세 편의 詩가 '眞人' 云云하는 說法風의 냄새를 전혀 풍기지 않으면서, 마치 서로 다른 形象의 壽石 세 점이 이상하게도 공통의 감동을 전해주는 것처럼 이 세 편의 시도 우리에게 공통의 핵심 주제를 생각하게 한다. 그것이 바로 '참사랑'의 상징에 통할 수 있겠다는 것이다.

詩를 修道의 方便으로 삼는 사람에게 있어서 詩의 象徵性은 佛家의 話頭처럼 매력이 있다. 話頭(公案)를 詩의 관점에서 말한다면 고차원의 隱喩가 만들어 내는 象徵의 體系化라고 할 수 있을 것 같은데, 그러한 화두를 다루는 분위기를 金鐘의 「눈 오는 山寺에서」를 통해 맛볼 수 있었다.

1.

개울물 소리도 멎은 밤, 눈오는 소리는 山蘭 피는 소리보다 곱다.
이따금 純白의 선율로 내리는 눈이 법당 앞 댓돌 위로 소복소복
쌓이고, 스산히 씻기는 바람소리는 귀를 더욱 맑게 한다.
극락전을 돌아 동백 터지는 소리가 맑게 들리고 心中에 구겨넣은
번뇌가 저절로 터져 한 장의 백지로 흘러내린다.

2.

가벼워진 마음에도 눈이 내린다. 그지없이 평온한 般若經이 빛나고
가슴속 하나의 길이 뚫리는 지금, 내가 가 닿아야 할 見性의 풀꽃은
손가락 끝마다 숯불처럼 뜨겁다. 五欲에 후득후득 떨어져나간
저 산 아래로 내가 버린 발자국 소리가 하얗게 빛나고,
깊이 잠든 중생의 꿈이 西域을 돌아 저마다 부처님의 얼굴로 내려온다.

3.

곱게 단 동정 끝에 떠오르는 미소는 마음 속을 스쳐 어디로 가는가.
놋주전자에서 밤새 설설 끓은 솔잎 茶는 그대로 공양으로 올라가고,
이따금 떨어지는 正一品이다. 뜰 아래로 내려와
한 모금 축이는 입술에 스스로 感電되는 悟道, 아 이 순간,
마음에 남은 한 장의 백지마저 날아가 버리고 빈 공간으로 차오르는
법열의 눈만이 하염없이, 하염없이 내린다.

여기에서는 山寺에 내리는 '눈'이 '참사랑'의 化身으로 象徵化한다.
'눈'은 그 본래의 모습대로 만상을 하얗게 표백시키면서 아울러 이 시인으로 하여금 깨우침의 경지에 이르게 하는 話頭로서의 역할까지 담당한다.

　　송수권의 「묵시」는 '제비'라는 매개물을 통해 시인이 어떤 깨달음에 이르는 내용이다.

　　　단숨에 내린 오백 미리의 폭우가
　　　한강 유역을 강타하던 날
　　　어느 창공에서 바람에 할퀴었는지
　　　날개죽지 부러진 제비 한 마리가
　　　남쪽 하늘로 비껴 날다 내 서재에 들었다.
　　　상한 피 뚝뚝 흐르는 부위에다
　　　소염제를 바르고 옥도정기를 바르고
　　　이틀 후 맑은 창공을 향하여 날려보냈다.
　　　제비 간 쪽 무심히 바라보다 내 마음 속
　　　캄캄한 뇌성벽력이 치고 있음을 알았다.
　　　내일은 헌 옷가지 구멍난 담요 몇 장
　　　마다리 푸대에 쌓아
　　　지붕 뚫린 가까운 양로원에라도 가 보아야겠다.

—「啓示」 전문

　'제비'라는 媒介體가 삶의 방향을 제시하는 말씀의 傳令使 노릇을 한다. 제비가 날아간 창공에 '참사랑'의 그림자가 얼비쳤다고나 할까?

　　시인은 제비가 떠난 다음 문득 마음 깊은 속에서 "캄캄한 뇌성벽력이 치고 있음을" 알게 된다. 상하고 허약한 육신을 이끌고 삶의 끝자리에서 신음하는 노인들을 찾아 양로원에 다녀와야 한다는, 마치 계시와 같은 내면의 소리를 그는 들었던 것이다.

　　이 작품이 특별히 주목되는 것은, 상한 제비를 치료해 준 뒤 그 제비가 박씨를 물고 올 것을 기대하는 것이 아니라, 자신의 손길을 필요로 하는 사람들이 많이 있다는 사실을 시인이 깨닫게 되기 때문이다.

　　이 혼란의 시대, 암담한 현실 속에서 모든 사람들이 醉生夢死의 幻覺으로 어질어질 비틀거리는데 그래도 몇 명의 詩人들이 뒤채 사랑방에서 '에헴, 에헴' 권위를 상실한 헛기침을 해 가면서 '참사랑'의 갈 길을 그려내고자 한다는 것은 세상이 결코 완전히 焦土化하는 멸망의 길은 걷지 않으리라는 한 가닥 희망을 품게 한다. 그것은 詩人들이 미래의 세계보다 앞서서 세상

을 위해 울기 때문이기도 한데, 그것은 홍우계의 「이무기」, 「눈물바위」 같
은 것만 보아도 금방 알 수 있다.

아이를 많이 유산시킨 처녀는
빈들빈들 비늘이 돋아서
깊은 물에 혼자서 문 닫고 들어가
차마 온몸을 돌로 문지르는
뱀이 되고
백년 떨군 고개로도 비늘이 돋아
이무기가 되어서
사내가 야속한 그믐밤마다
난잎같이 참하던 눈썹을 들어
둠벙이 넘치도록 밤새 울었다.
아름드리 흉악한 버드나무 아래에
명주실 한 타래가 들어간다는 둠벙이
초하루 아침마다 끓어넘쳤다.

—「이무기」 전문

고깔봉 너머에는
사철 혼자 우는 바위가 있어요.
야트막한 엄니
형을 닮기도 한 바위가
먼먼날 전날부터 혼자 서 있지요.
아지랑이만 보아도 눈물이 나고
잊었던 神들의 얘기에는
온통 눈이 짓무르는 이 짐승은
무엇이었는지, 무슨 죄인지 몰라
자다 깨다 고적할 때 찾아서 가면
실없는 웃음 끝에 숨겨놨던 슬픔까지
다 찾아 울어 주는 바위가 있어요.
하늘의 끝 章까지 다 잃고 온 바위라서
다 알면서 다 알면서 말은 못하고
혼자 알고 철철 우는 바위가 있어요.

고깔봉 너머에는
내 울음을 울어 주는 바위가 있어요.
—「눈물바위」 전문

그러니까 우리가 詩를 읽으며, 마치 壽石을 감상할 때처럼 마음 속에 깊은 위로를 얻는 까닭은 詩人들이 흘리는 그 처절한 눈물 때문이다. 상징으로 감싸고 은유로 연막을 치면서 스스로는 이 세상의 낙오자임을 자처하는 詩人들이 있기 때문이다.

이무기의 한을 혼자 느끼는 사람들, 세상의 슬픔을 혼자 울어 주는 눈물바위와 같은 사람들, 이런 사람들이 있기에 세상은 淨化되는 것이다.

이윤학의 「포근한 거름」은 '거름' 이 지니는 상징적 의미가 강하게 표출된 작품이다.

네가 커 오면
나는 저 밑둥 잘린 벼포기로 번쩍 일어날 것이다.
결빙의 순간들을, 무논에 갇혀 얼음을 뚫고
푸른 고개 내밀 거다. 나의 빈자리 메울 네가 커 오면
너를 부둥키는 거름이 될 거다. 겨울 땅거미 속으로 어두워
갈수록 그리운 너는 나의 튼튼한 뿌리, 빈 들, 흔들리는
기억 속의 빈 들, 나를 키워준 빈 들…

나는 포근한 거름이 될 거다 얼어붙은 땅 나는 별처럼
많은 눈을 뜰 거다 하여, 그리운 그리운 나의 뿌리에게로
—「포근한 거름」 전문

거름은 어두운 땅 속에 묻힌 채 새 생명을 싹틔울 봄을 기다리다가, 얼어붙은 땅이 포근한 바람에 풀릴 무렵 제 본분을 다하려는 듯 열심히 땅 위로 새 생명을 키워 낸다. 그럼으로써 거름은 새로운 탄생을 하는 것이다.

이 작품은 이와 같은 거름의 역할을 대단히 구체적이면서 또한 상징적으로 그려 내고 있다. 특히, "나는 포근한 거름이 될 거다. 얼어붙은 땅 나는 별처럼 많은 눈을 뜰 거다. 하여, 그리운 그리운 나의 뿌리에게로"라는 마

지막 두 구절에는 새로운 생명을 싹틔우려 애쓰는 거름의 모양이 생생하게
묘사되어 있다.

  손진은의 「어느 생애」는 가녀린 풀꽃 한 송이에서도 생명의 고귀함을 발
견해야 함을 강조한 작품이다.

  한 농부가 논을 갈아엎는다.
  머얼리서 물무늬 얼비치며 다가오는 소의 그림자
  빠른 걸음으로 무논을 쟁기가 가로 질러가고
  순간, 소리의 여울 이루어 반란하는 개구리 울음
  나는 숨죽여 지켜본다.
  휘뚝휘뚝 지나가는 쟁깃날 너머로
  분홍빛 등불을 켜든 풀꽃의 섬뜩한 아름다움이
  머리 잘린 채 넘어지고
  누군가, 떠올릴 수 없는 빛나는 한 생애가
  흙속으로 빠져들어가는 것을
  몇 바지게나 될 것인지
  그들 죽음 안타까워 더욱 거세어지는 개구리 울음
  개구리 울음이
  넘어지는 풀꽃의 혼 이끌고
  봄 하룻날
  풀꽃의 혼, 개구리 울음, 내 슬픔이 다 슬려
  아지랑이로 떠돌고 있는 것을.
                              —「어느 생애」 전문

  농부가 논을 갈아엎을 때, 그 흙더미에 여린 풀꽃들이 쓰러져 묻히는 것
을 시인은 바라보고 있다. 농부의 쟁기질은 풀꽃의 입장에서 볼 때 막강한
권력이다. 저항이 있을 수 없는, 일방적인 파괴의 힘이다. 여린 풀꽃은 무자
비한 쟁기질에 모두 쓰러진다. 그 풀꽃의 죽음을 애도하는 개구리의 울음도
절대 권력의 휘두름 – 쟁기질을 멈추게 할 수는 없다. 울어주는 것만이 그
가 할 수 있는 행위의 전부이다.
  이 詩에 등장하는 농부, 쟁기질, 풀꽃 개구리의 울음은 특정한 시대상황

과 연결시키거나 혹은 지배 피지배의 관계 속에서 풀이되어도 얼마든지 이
야기가 전개될 수 있다. 그러나 그 해석 범위를 좁혀 이 詩에서 제시되는 상
황으로만 작품을 보아도 이 詩가 생명의 고귀함을 강조하고 있다는 사실은
충분히 알 수 있다. 말 못하는 여린 풀꽃 한 송이일지라도 그 존재의 귀함을
알아야 하고, 살아 있는 생명체는 어떤 경우라도 그 가치를 인정받아 마땅
하다는 것을 우리로 하여금 깨닫게 하여 주는 작품이다.
  정연휘의 「묵시록 : 3」은 마른 풀의 삶을 통해 끈질긴 생명의 원리를 추
구한 작품이다.

    흔들리며 일어서는 마른 들꽃들
    시린 마음은 시린 마음을
    시린 몸은 시린 몸을 얼싸안고
    엄동설한을 떨고 있다.
    찬바람이 빈 들판에서
    짓밟으며 마른 들풀을 사열하고 있다.

    여린 마음, 마른 온 몸
    짓밟고 짓뭉개일수록
    빳빳이 고개 치켜들고
    흔들리며 일어서는 마른 들풀들

    찬바람이 빈 들판에서
    언 몸을 쌩쌩 매질하고 있다.
    마른 들풀에 매섭게 매섭게 매질을 하고 있다.
    자유는 명령에 따라 흔들리고

    이 악몽의 긴 겨울, 시린 마음 시린 마음을
    시린 몸 시린 몸을 얼싸안고
    짓밟고 짓뭉개일수록
    빳빳이 고개 치켜들고 일어서는
    흔들리며 일제히 일어서는 마른 들풀들
— 「묵시록 : 3」 전문

엄동설한에 찬바람을 맞으며 빈 들판에 서있는 나무는 혹독한 시련의 한 계절 동안 인내로 자신의 생명을 지킬 것이다. 쓰러지지 않으려고 "빳빳이 고개 치켜들고" 빈 들판을 바라볼 것이다. 그의 존재를 시련에 몰아넣는 찬 바람에게 굴복하지 않고 "빳빳이 고개 치켜" 드는 마른 풀의 곧음에서 결연한 태도까지 엿볼 수 있다. 살기 위해 죽기를 각오하는 태도이다. 이 詩에서 "짓밟고 짓뭉개일수록 빳빳이 고개 치켜들고 일어서는" 마른 풀은 끈질긴 인내와 自存으로 자기 삶을 지켜나가려는 모든 생명 있는 것들의 대명사라 하겠다.

산다는 것은 試鍊과의 무한한 투쟁이지만, 그것은 결국 살아 왔음을 증거하는 행위이기도 하다. 이 詩人은 시련에 굴복하지 않는 마른 풀을 통해 삶에 대한 인간의 끈질긴 집념과 인내를 탐구하고 있다.

조병화의 「집」은 인생의 황혼 길에 접어든 시인의 애상적 감정이 '집'이라는 보금자리에 대한 상념을 통해 표출된 작품이다.

> 어느 해는 저 도토리나무 높은 가지에
> 한 쌍의 노란 꾀꼬리가 둥지를 틀고
> 부지런히 날아들면서
> 알을 낳고, 새끼를 치고,
> 어디로인지 날아가 버리고
> 빈 둥지만 바람에 출렁거리더니
>
> 또 어느 해는 산까치가 소식 모르게
> 둥지를 틀고, 나뭇잎에 숨어서
> 알을 낳고 새끼를 치고,
> 나무꼭대기 언저리에서 날아가 버리고
> 빈 둥지만이 가지에 남아서
> 바람에 바람에 휘청거리더니
>
> 아, 나도 어느새 그러한 세월
> 머지 않아 이 집을 비워두고 떠나게 되려니
> 비울 이 집은

바람을 어떻게 견디려나.

봄, 여름, 가을, 겨울.

—「집」 전문

집은 삶의 보금자리이며 안식처이다. 피로해진 몸과 마음을 담을 수 있는 안락한 곳이다. 비바람과 눈보라로부터 우리를 보호해 주고, 편안하고 따스한 잠자리에서 쉴 수 있게 해 주는 것이 집이다. 그래서 살아 있는 동안 우리는 집을 떠나지 않는다. 그러나 우리는 언젠가는 우리가 머물던 집을 영영 떠나가야 한다. 우리에게 포근함을 안겨 주던 가구들과 우리의 정신을 빛내 주던 서가의 책들, 온갖 추억이 담긴 자질구레한 장식품을 젖은 눈으로 바라보면서.

위의 詩에서 시인은 바로 그러한 떠남을 미리 예상하고 있다. 새가 둥지를 떠나가듯 집을 떠나가야 할 때가 머지 않았다고 생각하는 것이다.

그래서 이러한 감정에는 다분히 애상적인 그림자가 끼어들게 마련이다. 특히 "머지 않아 이 집을 비워두고 떠나게 되려니 비울 이 집은 바람을 어떻게 견디려나"라는 구절에는 시인의 애상적인 감정이 숨김없이 드러나 있다.

9. 歷史와 超歷史의 課題-時間과 空間

장　호·신동춘·정대구·김정아·이운용
김광규·유희옥·김종철·추은희·도숙자

　동양의 옛 성현들이 以文載道를 글짓기의 지상과제로 내세웠을 때, 그분들이 생각했던 '道'라는 것을 현대의 안목으로 풀이한다면 무엇이라 할 것인가? 그것은 高踏的인 道德君子의 판에 박힌 규범 같은 것은 아니었을 터이고, 또 老子가 말하는 바와 같이, 말로 나타낼 수 있을 때에는 이미 道라 할 수 없다고 한, 투명한 관념으로 남아 있지도 않을 듯 싶다. 어떤 형식으로든 말로 표현되어야 하고 삶의 양상으로 존재할 것이기 때문이다. 편의상 우리는 그것을 생생한 삶의 현장에서 걸어가야 할 좌표 같은 것으로 규정해 보자.

　"어떻게 사느냐? 왜 사느냐? 삶의 자취는 의미가 있는 것이냐?" 이런 류의 물음을 스스로에게 끝없이 반복하면서 한 詩人의 아름다운 서정에 매료되어 있던 시절, 나는 그 詩人과 시장에서 저녁 찬거리를 사곤 하였었다. 그 때 나를 당혹하게 했던 것은 그 시인이 콩나물 장수로부터 한 줌의 콩나물을 더 받아내기 위하여 입씨름을 하던 것이었다. "어쩌나! 윤동주를 말하면서 눈물을 글썽이던 저 분이....." 하면서 나는 놀랍고 당황하였다. 비단결 같은 말씨와 고운 목소리가 콩나물 한 줌을 위해 음성을 높인다는 것은 도무지 이해가 되지 않는 것이었다. 이러한 의문을 품고 몇 해가 지나갔는지 모른다. 초등학교에 처음 입학한 어린이가 자기 선생님은 화장실도 안 가고 밥도 먹지 않는 神仙쯤으로 알던 시절이 있는 것처럼 나도 詩人은 일상생활과는 전혀 무관한 仙鶴道人쯤으로 생각했던 것이다. 그러다가 다음과 같은 이야기를 접하게 되었었다.

어느 도량(度量)에서 큰 재를 지낸 뒤에 시줏돈을 분배하게 되었다. 평소에 재물에 대하여는 아무런 관심도 보이지 않던 禪僧 한 분이 어째서 자기 몫은 주지 않느냐고 노발대발하는 것이었다. 원래 재물에 대하여는 초연했던 스님이므로 그 스님 몫을 전혀 생각하지 않았던 터라 모두 당황하여 나누어 가졌던 돈을 거두어 모으고 다시 분배를 하게 되었다. 세속사에 워낙 무심하던 스님이 돈을 받아 챙기는 모습은 참으로 볼만한 것이어서, 누가 빼앗아갈까 염려하듯 저고리 안주머니에 쑤셔 넣더라는 것이다. 그러나 그 돈이 며칠 뒤에 그 스님의 손에서 어떻게 쓰여졌는가를 확인하는 일은 그리 어려운 일이 아니었다. 그 스님이 다녀간 화장실에서 휴지 대신 사용한 지폐 몇 장이 변기통 속에 버려져 있고 빨래감으로 내놓은 그 스님의 저고리 안에는 꼬깃꼬깃 접혀진 채, 나머지 돈이 고스란히 들어 있었기 때문이었다.

이 이야기를 들었을 때의 충격을 나는 잊을 수 없다. 여러 해 동안 눈을 찌푸리며 다니다가 생전 처음으로 안경을 맞추어 쓰고 산천을 바라볼 때의 감회 같은 것이 내 가슴을 채웠던 것 같다. 그리고 나는 시인과 콩나물 장수를 생각해 내었다. 그 무렵부터였으리라. 세속에 묻혀 살면서 철저하게 세속적인 행동양태를 보일 수 있는 사람만이 세속을 완전히 벗어날 수도 있다는 것을 나는 드디어 생각해 내었다. 바로 이러한 세속과 탈속의 모순이 모순으로 이해되지 않는 자리에 詩가 설 수 있다는 것은 두 말할 필요도 없다. 시는 고뇌에 몸부림치는 인간의 현실을 노래하지 않을 수 없는 것이며, 동시에 이슬 한 방울 받아먹고도 천년을 살 수 있는 봉황의 울음을 무지개 빛으로 채색할 수도 있다. 수천 년을 유유히 흐르는 長江大河와 같은 인간의 삶을 가까이에서 들여다보면 오막살이 구석에 쉬파리 앉아 있고 먼지 쌓인 식탁이 보이지만, 멀찌감치서 바라다보면, 만리장성이 용트림하여 하늘을 향해 날아오르는 것처럼 황홀하게 보이기도 한다.

그래서 우리가 以文載道를 고전적 차원에서 풀어 내놓고 생각해 볼 경우, 그 道는 두 가지 관점으로 이해될 수 있을 것 같다. 그 하나는 인간을 역사 안의 존재로 규정하면서 인간의 조건을 탐색하는 것이요, 다른 하나는 역사 밖의 존재로 규정하면서 인간의 문제들을 궁리하는 것이다. 이 때에 역사를 구성하는 중요한 兩大 軸이 있다. 그것은 곧 시간과 공간일 것이다. 만일에 詩가 세속의 안팎을 자유롭게 노래하는 언어로써 세속과 탈속의 모순을 아름답게 극복하는 인간 정신의 窮極點(오메가 점)이라면 그리고 '세속'이라는 낱말을 다시 '역사'라는 낱말로 바꾸어 볼 수가 있는 것이라고 한다면, 詩는 결국 시간과 공간의 문제를, 역사의 안팎을 드나들며 자유롭게 밝히는 것이라고 말할 수 있을 것이다.

근자에 어느 원로 詩人은 요즈음의 문학인들이 존재의 망각 속에 있으면서 어떻게 문학을 할 수 있겠느냐고 개탄하였다. 살아 생전에는 禁治産者로 법적 처리가 되었고 『악의 꽃』이란 시집으로 말미암아 풍기문란죄로 재판을 받은 바 있는 프랑스의 시인 보들레르는 겉보기에는 그처럼 비사회적이요, 부도덕한 인간으로 보였지만, 그의 斷想集 『벌거숭이 마음』에서는 인간의 존재론적 의문에 대해 피를 말리는 고뇌를 토로하였음을 상기시켰다. 그때에 보들레르를 사로잡은 의문은 다음과 같은 것들이었다. 첫째, "우리의 죽은 벗들은 지금 어느 곳에 있을까?" 둘째, "무엇 때문에 우리는 여기 사는가?" 셋째, "우리는 어느 곳에서 왔느냐?" 이러한 의문들은 내 어린 시절 개똥철학의 과제, "어떻게 사느냐? 왜 사느냐? 삶의 자취는 의미가 있는 것이냐?"와 엇비슷하게 잘 통하는 것 같다.

그래서 우리의 관심은 또다시 시간과 공간의 문제로 집약된다. 시간과 공간이 역사 안에서는 잡다한 세속에 연결되지만 일단 역사를 꿰뚫고 나가면 (그 다음에도 시간과 공간이라는 낱말로 얘기가 가능한 것인지는 알 수 없으나) 그 시간과 공간은 인간 존재에 관한 形而上學的 의문에 대해 한 줄기 빛을 던져 줄는지도 모르겠다.

이런 맥락에서 볼 때 시에서 시간과 공간을 문제삼는다는 것은 대단히 의미 있는 일이다. 존재 망각의 시대에, 적어도 우리 시인들만은 외롭게 깨어 있어야 할 사람들이기 때문이다.

草湖의 「東京 까마귀」 연작시는, 그 長型의 형식적 특성을 통하여 서사적 구도를 짜놓고, 그 속에서 역사 서술과는 전혀 다른 시점에서 시간과 공간을 접목시킨다.

중학교에 입학한 지 얼마 안 된 어느 날,
몇 안 되는 일본 아이들을 내어쫓더니
우리들 조선인 아이들만 앉혀 놓고

시험지 크기의 인쇄물을 여러 장 겹쳐 노나주었다.
가로되 '지능 검사'.

(2연 생략)

나중에 알고 보니, 그것이
"조선인은 교활하고 간사한데다
의타심이 많아 파당짓기를 좋아하고…"

나중에 알고 보니,
까마귀의 손으로 미리 마련된
조선인의 민족성이 그렇게 먹칠되어 있었다.

일본아이 문부성 교과서의
미국의 '독립' 이
어째서 조선총독부 편찬 우리들 세계사 교과서에는
미국의 '건국' 으로 박혀 나와 있는가
알지 못해 하던 나이,

춘사월, 무지개 서는 내 중학생
가슴의 새 단추 구멍에서는
푸른 하늘이 내다보이지 않았다.

까마귀 날개에 가려
세계가 내다보이지 않았다.
오늘은 워싱턴, 제퍼슨 대통령 기념관 뜨락,
2차대전 후 일본정부가 죄갚음으로 갖다 심었다는
질펀하게 피어나는 사꾸라꽃 그늘에 앉아
질펀한 평화를 즐기는 미국인들 틈에 끼어,

반 세기 전의 조선아이에게
사꾸라는 까마귀
잊힐 리가 있는가.

포토맥 강물 위를 날으는 흰 갈매기의 날개짓이
자꾸 까마귀로 헛보여
눈을 비빈다.
                          — 「사꾸라는 까마귀－동경 까마귀 30」에서

한반도를 빤히 쳐다보는
일본 큐슈 북단 바닷가에
나무 한 그루가 아홉 토막으로 잘리어
나뒹굴고 있습니다.

정확하게는 福崗市東區名島 一丁目 27番地
이름하여 '돛대 바위'

"전설에 의하면 神功皇后가 三韓出兵 때
타고 간 배의 돛대가 화석이 된 것"이라는 겁니다.

그리고 그것이 지금도 "그때 그 모습을 그려보여 주듯이
놓여 있다"는 겁니다.

그래서 한반도는 그날 이후
일본 것이라는 거지요.
(중략)
明治維新을 이룬 皇國史觀 무리들이
어거지로 엮어놓은 그 '전설'이 증손자
고손자로까지 뻗어내리고 있는 겁니다.

천둥번개가 쳐서
그 생각을 아홉 번씩이나 찍어
아홉 토막으로 잘라놓았는데도
까마귀는 여태도 그 꿈에서 헤어나지 못합니다.

아무리 생각해도
가엾은 것은 까마귀의 새끼들입니다.
                    —「돛대바위—동경 까마귀 31」에서

「동경 까마귀 30」은 미국의 워싱턴 포토맥 江가에 있는 제퍼슨 대통령 기념관에 앉아서 반세기 전의 일제 통치를 점검하는 내용이다.

기구한 역사에 짓눌렸던 시인의 직접체험이 반추되면서, 과거와 현재가 시인의 의식 속에서 혼돈스럽게 뒤섞인다.

"포토맥 강물 위를 나는 흰 갈매기의 날갯짓이 자꾸 까마귀로 헛보여 눈을 비빈다"는 끝 구절을 음미해 보면 시인의 현재 심정을 충분히 짐작할 수 있다.

「동경 까마귀 31」은 일본 큐슈 북단 바닷가, 돛대 바위라 하는 곳에서 일천 오백 년 전의 일본 역사를 점검하는 내용이다. 과거, 현재, 미래와 같은 낱말로 편의상 구분되는 토막들이 어떻게 자유롭게 결합하는가를 이해하면서 동시에 우리는 역사가 인간의 존재론적 명제 앞에 본질적으로 초라할 수밖에 없을 것이라는 또 다른 얘기를 듣게 된다. 언뜻 보면 詩 속의 話者는 韓日關係史의 일본측 서술태도에 대해 뜨거운 분노를 펼치는 것처럼 보인다. 그러나 궁극적으로는 거짓말을 꾸미는 역사 서술이 연민의 대상임을 알린다. 「돛대바위—동경 까마귀 31」의 마지막 구절을 다시 읽어 보자. "아무리 생각해도 가엾은 것은 까마귀의 새끼들"이다.

신동춘의 「어둠 한 줌」은 공간을 의식의 대상으로 삼았다는 점에서 주목된다.

누구에겐가 용서를 빌어야 할 것 같은 밤에 버릇처럼 외어 온 염불을
송두리째 삼켜 버리고 어둠 한 줌 덤으로 꿀꺽 소리내어 먹어 버렸지.
어둠 몇 줌 솜사탕 핥듯이 혀끝으로 녹여 보아도 어둠은 좀체로
축나지 않으니 나는 다시 어둠에 갇힌 囚人. 어둠에서 어둠으로
어둠을 져나르는 너의 종.
허나 어둠을 어둠인 줄 알아 주었을 때 비로소 어둠은 자리를 뜨고

꺾인 빗살의 허리가 서서히 펴지기 시작하고 그때쯤 東窓이 흐지부지
밝아오고 있었다.

―「어둠 한 줌」 전문

인간의 교만은 어둠에 직면하여 이까짓 어둠쯤 솜사탕 핥듯이 혀끝으로
녹여 꿀꺽 삼켜 버리겠다고 한다. 그러나 종당에는, 어둠에 굴복하여 자신
을 내어 맡길 때에 어둠이 슬며시 물러서 준다는 것을 노래한다. 자연과 시
간과 공간에 대해서 우리가 취할 바를 일깨운 노래이다.

정대구의 「캐비넷」은 공간개념을 '캐비넷'이라는 물건에 결부시키면서
그 물건이 지니는 공간적 기능을 寓話的 수법 내지는 擬人法으로 해부해 내
고 있다.

> 그녀를 비워 냈다 치자.
> 내 몸집은 빈 캐비넷
> 비우고 또 비워서
> 빈 캐비넷, 그렇지만 그 속에
> 슬픈 공기는 맴돌아
> 어떤 내용물로도 그 속을
> 대신 채울 수는 없어.
> 그것은 슬픔을 또 한번
> 폭발시키는 일
> 안돼 그렇게는 안돼.
> 차라리 텅 빈 채로 나뒹굴어
> 녹슬어 쓰라린 상흔을
> 혼자서 맴돌아.

―「캐비넷」 전문

그가 일상사를 부드럽고 훈훈한 인간미로 노래했던 과거의 시풍에서 이
처럼 특정한 대상물을 집요하게 파고드는 수법으로 詩風을 바꾸어 가는 이
유가 어디에 있는지는 좀더 두고 볼 일이지만 아마도 이들 일련의 시에서
우리는 현대문명에 대한 詩人의 고뇌를 읽어낼 수도 있을 듯하다. '캐비넷'

이란 낱말과 물건이 우리 사회에 널리 알려진 것은 1950년대와 1960년대에
걸친다. 우리 사회의 산업구조가 공업화, 기계화 쪽으로 기울면서 철제 캐
비넷은 사무실의 서류함으로의 기능보다는 언덕배기 판자촌의 장롱 구실을
더 많이 하는 듯 싶었다. 철제 캐비넷이 달동네 골목길에 나뒹굴게 된 이유
가 거기에 있다. 詩人의 눈에 그 캐비넷이 잡힌 것이다. 인류의 문명을 해석
하는 방법에는, 자연공간을 어떤 재료로 어떻게 구획 짓고 수용하느냐 하는
관점도 있을 수 있겠는데, 철제 캐비넷이 장롱 구실을 하다가 달동네 쓰레
기로 나뒹굴 때, 그것이 우리에게 무슨 말을 하고자 하는가를 詩人은 전달
하고 싶었던 것이다. 공간이 우리에게 주는 의미가 얼마만큼 심각한가를 이
제부터라도 깊이 생각하여야겠다.

　김정아의「칠성무당벌레와 시이소오」는 지구 공간을 통째로 문제삼았다
는 점이 우리를 놀라게 한다.

　　　칠성무당벌레 한 마리
　　　혼자 시이소오를 탄다.
　　　한 마리 벌레의 무게로 누르고 앉은
　　　세상의 한쪽 끝에서
　　　고개 젖혀 바라보는 저쪽 세상
　　　가 보고 싶은 곳
　　　가서 날아보고 싶은 곳
　　　칠성무늬 갑옷 속에
　　　날개를 감춘 채
　　　비탈길 기어 오르며
　　　진드기며 개미들의 성가심을 물리치고
　　　날아오르는 정점에 닿는 순간
　　　낮았던 한쪽 세상이 벌떡 일어서며
　　　가장 낮은 바닥에 머물러 있음.
　　　벌레의 무게로 내려 앉음.

　　　하늘 바라보는 일이 잦다.

벌레가 되고 싶다.
한 마리 칠성무당벌레가 되어
가을 들판
떨어진 낙엽 위에서 날아오르는
날며 내려다보고 싶은 세상
벌레보다도 작아진 세상을 보고 싶다
—「칠성무당벌레와 시이소오」 전문

　먼저 詩人의 의식은 칠성무당벌레의 눈(眼) 속으로 들어간다. 그리고 사람보다 수만 배 작은 벌레가 되어 그 벌레보다도 작아진 이 세상 땅덩이를 내려다보고 싶다고 외친다. 인간의 의식이 얼마나 자유로울 수 있는지, 그래서 지구 공간조차 벌레보다 작은 것으로 이해함으로써 두 가지의 역설적 詩의 진리를 말하고자 한다. 그 하나는 인간의 高貴함이요, 다른 하나는 인간의 矮小함이다. 한 마리의 무당벌레를 통해 이 같은 의식을 도출해 내기란 그리 쉬운 일이 아닐 것이다.

　이운용의 「시간 여행」은 나이 들어감에 따라 의식의 관점이 얼마나 놀랍도록 확대되는가를 다루고 있다.

나이를 먹으면
시간이 보인다.

전에는 영원 밖에 펄럭이던
청춘의 깃발도
토막난 시간의 틈새에 끼어
가시나무처럼 눈에
아프게 찔린다.

늦가을 저녁 햇살을 타는 날벌레들이
그냥 스쳐만 가던 시간을 물고
이제는 잠깐씩 날개를 멈춘
언덕 위에

아까운 것들이 아깝게 남아
푸른 손짓이 멀다.

어찌 살다가
한 가닥 잘못 뽑아 홀맺힌 타래실처럼
시간의 처음과 끝을 풀지 못해
헝클어진 삶이
아직도 영 서툴다.
나이를 먹으면
눈물의 그늘도 보인다.

—「시간 여행」 전문

    지난날에 대한 悔恨과 憐憫이 현재에도 살아 숨쉰다. 과거에 대한 평가가 그렇게 날카롭다면 현재의 시간 처리는 제대로 되어야 할 것이 아닌가? 그러나 詩人은 현재라고 해서 시간의 운용이 만족스러운 것이 아님을 한탄한다. 그래도 "나이를 먹으면 눈물의 그늘도 보인다"고 하는 작은 긍지만은 양보하지 않는다. 앞으로 그 시간은 '나이' 를 넘어서는 시간으로 확산될 것이고 그때에 인간의 존재론적 고뇌들이 다시 한번 시간을 타고 흐르며 재해석될 것이다. 물론 이 「시간 여행」이 성숙한 삶을 추구하는 密度 있는 人生 抒情임을 전제로 하는 말이다.

    김광규의 「달력」은 간결하고도 직설적으로 삶의 진실에 다가서고 있다. 시원하고 또 명쾌한 작품이다.

TV 드라마에는 말할 나위도 없고
꾸며낸 이야기가 모두 싫어졌다.
억지로 만든 유행가처럼 뻔한
거짓말을 늘어놓는 글도 넌더리가 난다.
차라리 골목길을 가득 채운
꼬마들의 시끄러운 다툼질과
참새들의 지저귐 또는
한밤중 개 짖는 소리가 마음에 든다.

가장 정직한 것은 벽에 걸린 달력이고.

　인간의 모든 작위적인 행동을 정면으로 공격하는 그 용기는 속된 말로 웬만큼 득도한 경지가 아니라면 안 되는 일이다. 그래서 꾸며낸 이야기, 거짓말의 글 조각을 부정한다. 그런 다음, 우리에게 남는 것은 무엇인가? 있는 그대로의 자연 현상뿐이다. 골목길 꼬마들의 다툼질, 참새들의 지저귐, 한밤중의 개짖는 소리가 겨우겨우 살아남는다. 그 살아남는 것들을 관통하는 공통 요소로 시간 개념의 '달력'에 주목한 것은 詩人의 당연한 귀결점이다. 이때에 우리는 이 詩人이 시간의 흐름만이 진실을 가르친다는 낡은 덕목에 안주하려고 이 글을 쓴 것이 아님을 깨달아야 한다. "내가 하는 모든 이야기는 거짓말이다." 하는 명제가 살아남기 위하여 그 명제는 거짓말이 될 수 없는 것처럼, 김광규의 「달력」은 "거짓말을 늘어 놓는 글"이 아님을 우리는 알아야 하는데, 그러한 이해가 따르지 않더라도 거짓말하는 요즈음의 글을 詩人은 고발하고 싶었을 것이기 때문이다.

　柳熙玉의 「유월 뻐꾸기」는 현대 한국사에서 유월이라는 시간 속에 한 가정의 구성원들이 어떻게 뻐꾸기의 魂으로 바뀌어 갔는가를 노래한다.

　　그해, 아버지는
　　세상이 왜 이리 덥느냐며
　　솜이불을 덮으셨고
　　어머니는
　　애성받친 메아리만 삼키며
　　산으로 들로 휘젓고 다니셨다.

　　끝내
　　형은
　　피다 그친 꽃잎 그대로
　　아카시아 우거진 무너미 계곡에서
　　일곱 개의 총알이 박힌 채

한 마리 뻐꾸기가 되어

아버지는
시신에 박힌 총알을 빼내시고
칼 끝에 묻어난 시혈을 삼켜
피멍진 가슴 쥐어뜯으며 속울음만 꾹꾹 울다가
그 이듬, 이듬해에 또
한 마리 뻐꾸기가 되어

홀로 남은 어머니는
영영 치유하지 못할 가슴 앓이
등피만 닦다가
(다시는 울지 말아야제, 다시는 울지 말아야제)
한 맺힌 통일을 노래하다 또다시
한 마리 뻐꾸기가 되어
오늘도 저렇게 가시나무 가지에 앉아
뻐꾹뻐꾹 달무리를 짓는다.

— 「유월 뻐꾸기」 전문

　시간이란 한번 흐르면 결코 다시는 돌아오지 않는 일회적인 것인데 우리 인간들은 그것을 순환개념으로 바꾸어 토막 쳐 놓는다. 여기에서 봄, 여름, 가을, 겨울이 생기고 밤낮이 생긴다. 유월 달이 생기는 것, 20세기, 21세기가 생기는 것도 마찬가지다. 한번 흐르고 그만인 시간이라면 유월 뻐꾸기가 작년에도 울고 금년에도 또 울 수 없을 것이다. 그런데 어찌하여 형님 뻐꾸기는 해마다 유월이면 찾아와 울더니 아버지 뻐꾸기와 어머니 뻐꾸기까지 만들어냈는가를 따져 묻는다. 이 詩人의 물음에, 이 시인과 같은 시대, 같은 시간을 누리고 있는 우리들은 무엇이라 대답할 것인가? 시간이 도대체 우리에게 무엇인가를 시원스럽게 대답할 수 없는 우리들은 이 해답을 유보할 수 없다. 그 해답이 유보되어 있는 동안 유월 뻐꾸기는 내년에도 내명년에도 우리들 가슴 속에서 달무리를 지으며 울 것이다.

김종철의 「청개구리」는 어머니의 유해를 바다에 뿌린 아들의 심정이 청
개구리의 울음으로 비유된 작품이다.

어머니 유해를 먼 바다에 뿌렸다.
당신 생전에 물 맑고 경치 좋은 곳
산화처로 정해 주길 원했다.
그런데 이게 어찌 된 일인가.
비 오고 바람 불어 파도 높은 날
이토록 잠 못 이루는 나는 누구인가.
저 놈은 청개구리 같다고
평소 못마땅해 하셨던 어머니가
어째서 나에게만 임종 보여 주시고
마지막 눈물 거두게 하셨는지 모르지만
당신 유언대로 물명산을 찾았는데
오늘같이 비만 오면 제 어미 무덤 떠내려간다고
자지러지게 우는 청개구리가
이 밤 내 베개맡에 다 모였으니 이를 어쩌나.
한번만 더, 돼지 발톱 어긋나듯
당신 뜻에 어긋났더라면
비 오고 바람 부는 날
이처럼 청개구리가 되어 울지 않아도 될 것을.

—「청개구리」 전문

돌아간 어머니가 잠들고 싶어하던 곳은 바다였다. 그래서 아들은 어머니
의 소원대로 그 유해를 바다에 뿌렸다.

그러나 비가 오는 날이면 그는 청개구리의 울음소리를 베개맡에서 듣는
다. 어머니의 마지막 소망을 곧이곧대로 실행한 것이 혹시 청개구리와 같은
행위가 아니었는가 하는 생각이 들기 때문이다.

어머니의 유해를 바다에 뿌린 아들이 청개구리의 울음을 끝까지 울어야
하는 운명임을 이 詩人은 끝 연에서 분명히 밝히고 있다.

추은희의 「打令 : 1」은 과거라는 시간 속으로 흘러 들어가는 시인의 의식

을 보여 주고 있다.

설거지 그릇에
손 담그면
늘 누군가
불현듯 생각나는
이 버릇

오늘은
어릴 적 긴 골목길
돌고 돌며
내 유년의 날
달려오고
비가 내려
하늘은 어둡고
가슴
채워지지 않는
이런 날은
쌓였던 먼지
털어내며
쓸어내며
나를 본다.

그래도
빈 가슴
어쩔 수 없는
이런 날은

고운 등불
하나씩 켜놓고
하나씩의
그리움
가슴에 달아 본다.

— 「打令 : 1」 전문

유년시절만큼 인간의 생애에서 꿈과 행복이 넘치는 시간은 거의 없을 것이다. 모든 것이 아름답고 꿈으로 가득차 있으며, 세상은 온통 초록빛이거나 분홍빛 혹은 연보라빛으로 덮인 시간들, 친구들과 마음껏 뛰어놀다 해질 무렵에야 집으로 돌아오면, 어머니는 따뜻한 물로 목욕을 시켜 주고 새 옷을 갈아입히고 맛난 저녁상을 차려 준다. 어머니가 들려 주는 백설공주 이야기를 들으며 잠이 들면, 꿈 속에서 아이는 백설공주가 되어 별을 타고 하늘나라를 날아다닌다. 세상에서 가장 귀한 어머니의 아이, 그래서 아이는 세상에서 가장 행복한 사람이 된다.

어른이 되어 유년시절의 꿈과 행복을 회상할 때마다 우리는 자신에게서 떠나가 버린 유년의 꿈과 행복에 더없는 그리움을 느끼게 된다. 그래서 시인은 "고운 등불 하나씩의 그리움 가슴에 달아 본다"고 말한다. 잃어버린 시간에 대한 그리움을 잔잔히 불러일으키는 詩이다.

도숙자의 「공」은 '공' 이라고 하는 하나의 물체에 대한 사색의 詩인데, 그것을 공간의 개념 속에서 풀이해 내고 있음이 주목된다.

밖으로 밀어내는
팽팽한 적의가
어디 한 군데 모난 데도
금간 데도 없는
완벽한 입체 속에 갇혀
끊임없는 몸부림으로 살아 있다.
일어서라 일어서라.
환청은 어지러워도
스스로 직립할 수 없는
중심을 쓰러뜨려
바닥에서 바닥으로 구른다.
짓밟고 누를수록
둥글게 다져진 의식이
어두운 기억을 밟고
튀어오른다.
바늘구멍만큼도

내다볼 수 없는 저 눈부신 세상
방향도 모르고
떨어지는 포물선 끝에서
비로소 제 목숨의 무게를 느끼는
안으로 조여오는
질긴 껍데기의 탄력에
깊이 멍든
한 덩어리의 바람.

—「공」 전문

　바람이 팽팽하게 들어간 둥근 공은 그 내부 공간만이 그가 차지하는 전부이다. 그는 "완벽한 입체 속에 갇혀" 있으며 따라서 "스스로 직립할 수 없는" 존재이다.

　그러나 무엇보다도 그가 자신의 한계를 절감하는 경우는 "바늘구멍만큼도 내다볼 수 없는 저 눈부신 세상"을 생각할 때이다. 세상은 그에게 있어 영원한 그리움의 대상이자 살아서는 끝내 바라볼 수 없는 피안이다.

　'공'에 대한 시인의 사색은 인간생명의 한계에 대한 인식으로까지 이어질 수 있다. 인간이 지닌 목숨의 한계라는 것도 개별적으로 볼 때 바람이 들어간 공의 상태와 별 다를 바 없을 것이기 때문이다.

　내부 공간적 한계를 지닌 물체로 '공'을 파악하면서도 그것을 인간의 생명과 연결시킬 수 있는 가능성을 제시하였다는 점에서 이 詩는 주목되는 바가 있다.

　이상으로 시간과 공간의 문제를 집중적으로 추구한 몇 편의 詩들을 살펴보았다. 이 두 가지를 함께 다룬 작품이 필자의 눈에 띄지 않았음이 애석한 일이나, 앞으로 이것을 다루는 시편들이 분명히 나타날 것이라 믿는다.

詩와 죽음 意識

죽음 意識을 통해 본 素月과 萬海

I. 책 머리에

오랜 역사와 깊은 문화의 뿌리를 가진 민족의 탁월성은 어디에 있는가? 이 물음에 직접적인 대답을 하기 전에 먼저 다음과 같은 상상을 해 보기로 한다.

여기 몇 년을 묵었는지 알 수 없는 한 그루 喬木이 있다. 오랜 풍상과 벽력에 시달려 몇 줄기 나뭇가지만이 남아있을 뿐 아름드리 등걸은 꺼멓게 그을고 표피는 두꺼우나 거의가 떨어져 나가고 없다. 겉보기에는 나무 등걸의 구석마다 죽음의 그림자가 어른거린다.

그러나 그 喬木은 나뭇잎 무성했던 지난날의 영화를 땅 속 깊이 감추고 우리가 상상도 할 수 없는 먼 地心에까지 그 뿌리를 뻗으며 살았다. 그리고 그 나뭇뿌리의 어느 한 끄트머리에서 가냘픈 새싹이 솟아나와 비바람을 견디며 재생의 분출을 시작하였다. 本體는 썩어서 흔적도 찾아볼 수 없지만 새로운 토양에 다시 뿌리를 내린 그 喬木의 분신은 드디어 하늘을 향해 뻗어 오르기 시작하였다.

역사와 전통을 자랑하는 문화민족의 탁월성은 바로 이러한 喬木의 생명력과 흡사하다. 필자가 이 비유를 책머리에 제시하는 이유는 우리나라 현대문학의 출발이 바로 이러한 喬木의 분신처럼 과거 역사의 뿌리와 緣脈이 닿는 자리에서 태동하였기 때문이다. 한국사의 과거에는 분명히 한 喬木의 殞命 같은 것이 존재했었다. 1910년의 조선왕조 몰락이 그것이다.

그러나 죽은 듯이 보였던 喬木의 뿌리 한 끝에서 새 생명이 다시 성장하고 있었음을, 오늘날의 한국인이면 누구나 알고 있다. 3·1운동이 그것이다.

그리고 3·1운동으로 표면화된 새 역사의 싹은 모든 분야에 걸쳐서 완전히 다시 시작하는 모습으로 나타났다.

피에 젖었던 우리 민족의 이 부르짖음이 얼마나 거족적이고 광범한 것이었는가 하는 문제는 그 동안 사학자의 연구가 자세하게 밝혀 준 바 있다.

그 연구에 따르면 1919년 3월 1일부터 그 해 4월 30일까지 두 달 동안 전국의 방방곡곡에서 하루도 거르지 않고 발생한 독립 만세의 시위군중이 200만을 넘었고, 參集 횟수는 1,500여 회에 이르렀다. 그토록 광범위한 운동이었음에도 불구하고 3월 1일에 이 독립운동이 발생하기 전까지는 치밀한 헌병 경찰망을 갖고 있던 일제로서도 그 기미조차 몰랐다고 한다. 이 점이야말로 3·1운동을 민족정신사의 가장 위대한 정점으로 생각하게 하는 이유가 된다.

이러한 3·1운동의 정신사적 위대성이 문학에 투영되었을 때 그것은 직접·간접으로 문학의 형식적 주제와 소재의 면에서 무시할 수 없는 토양이 되었다.

素月에게 있어서는 보다 전통적인 정한을 탐구하는 詩世界의 素地가 되었으며 萬海에게서는 詩作의 직접적인 원동력으로 작용했다.

이 두 시인을 말하지 아니하고는 다음 시대의 문학을 말할 수 없고, 과거 문학과의 맥락도 논의할 수 없다. 그래서 어떤 한국의 文學史書도 이 두 詩人을 빼놓지 않고 다루어 온다.

그러나 그들을 놓치지 않고 소중하게 다루었다고 하여서 그들에 대한 연구가 완결되었다고 말할 수는 없다. 그러므로 韓國詩文學史에 있어서의 그들의 위치를 보다 정확하게 파악하려는 의지는 바로 한국문학을 사랑하고 연구하는 첫 발자욱이 되리라 믿는다.

II. 죽음 意識을 통해 본 素月과 萬海

본고는 1920년대 韓國詩文學史에서 빼놓을 수 없는 두 詩人, 素月 金廷湜과 萬海 韓龍雲의 詩文學的 특성을 밝혀 보려는 의도로 쓰여졌다. 필자가 소월과 만해의 시문학에 대하여 각별한 관심을 가지게 된 데에는 다음과 같은 몇 가지 이유가 있다.

첫째로 그들의 詩文學的 활동 年代가 1920년대에 치중된 데 있다. 韓國 詩文學史에 있어서 1920년대의 중요성은 많은 文學史家들이 주목하여 온 바와 같이 한국현대시문학의 기점이 된다는 의미에 대응한다. 그리하여 1920년대 한국의 詩文學을 이해함은 곧 韓國現代詩文學의 淵源을 이해함 이 된다.

이 시대의 詩文學的 특이성을 굳이 정치·사회사적 측면과 관련을 짓는 다면 1894년의 갑오경장, 1910년의 조선왕조의 몰락, 그리고 1919년의 3· 1운동 등에 이어지는 일련의 역사적 사건들과의 상관관계가 검토되어야 할 것이다.

1894년의 갑오경장이 詩文學史와 관련을 맺을 경우, 그것은 우리 민족의 傳承詩歌文藝가 서구적 문학관에 의해 재조명 받았음을 뜻한다. 이 때의 傳 承詩歌는 時調·歌詞·巫歌·民謠 등 이었는데, 이러한 詩歌 장르는 새로 운 서구문예의 충격에 의하여 그 자체의 형식에는 큰 변화를 일으키지 않았 으나 내용면에 있어서는 이른바 개화의식을 담은 開化歌詞 또는 開化民謠 를 산출하였다. 한편 19세기 말엽에 나타난 창가와 1900년대에 창작된 신 체시는 새로운 시가의 선구적 구실은 하였으나 본격적인 면에서 볼 때 과도 기적인 성격을 지닌 데 불과하였다. 唱歌는 4·4조로 구성된 전통가사의 변종이거나 이른바 7·5조라는 일본식 율조의 수용이었기 때문에 그 생명 이 길 수가 없었고, 신체시는 六堂 崔南善에 의하여 시도되었으나, 자유시 의 초기 형태로서 3·1운동을 고비로 종식을 고하였다. 그러는 동안 1910 년대의 『학지광』과 『태서문예신보』 등 서구문예에 민감한 신문·잡지가 줄 기차게 나와 새로운 시대감각에 맞추려는 성향을 드러낸다. 그러나 1919년 3·1운동 전까지의 문학활동은 새로 시작한 일제 식민지통치의 무단정책으 로 인해 그다지 활발한 것이 될 수도 없었고 또 문학을 통한 민족문화의 건 설이라는 문학인의 의식이 확립된 것도 아니었다. 한편 3·1운동은 민족과 국가에 대한 의식을 강화시키고 더 나아가 민족문화와 잃어버린 국권회복 의 의욕을 촉발시킨 계기가 되기도 하였다. 물론 이 시기에 약간 완화된 일 제의 식민정책이 민족문화의 건설에 결과적으로 보탬이 된 점을 들 수도 있으나, 근본적으로는 당시 지식인의 각성된 의식이 현대적 안목의 민족문화를 이루는 주축이 되었다. 그리하여 1920년대는 의식사적 관점에 있어서나 시문학사적 관점에 있어서나 명실공히 현대를 장식하는 첫머리가 되었다. 다시 말하여 1920년대 시문학의 특성을 파악한다는 것은 한국 현대시문학사가 어떻게 시작되었는가를 이해하는 길잡이가 되게 한다.

두 번째로 1920년대 詩人 가운데에서 소월과 만해를 선택한 데에도 그럴 만한 이유가 있다.

이 시대에 활약한 시인은 상당수에 이른다. 그러나 그들의 업적이 남김없이 오늘날에 와서도 詩史的 관점에서 기억되는 것은 아니다. 그럼에도 불구하고 지금까지의 文學史家들이 예외없이 거론하여 온 詩人 중에서 가장 중시한 이는 소월과 만해이다. 그러나 필자가 이 두 시인만을 본고의 대상으로 하는 이유는 이들의 시작품이 한결같이 종래의 문학사가들에 의하여 높이 평가되고 또 현대시사의 첫머리에 얹힌다는 연대기적 특성에만 있는 것은 아니며, 아득한 고전으로부터 이어져 내려오는 한국문학의 전통에 이들의 작품이 현저한 맥점을 형성하였다는 점에 있다.

한국의 시문학에서 소월과 만해를 거론할 때에는 대개 六堂과 金億이 언급된다. 그런데 육당이나 김억이 1920년대 이후부터 본격적으로 논의되는 현대시사에서 제외되거나 가볍게 다루어지는 이유는 육당의 경우, 그가 본질적으로 순수시인이 아니었고 여명기의 과도적 詩作으로 끝났기 때문이다. 또 김억의 경우, 그가 형성한 시적 이미지의 구조가 스스로의 각고로써 이루어낸 것이라기 보다는 개화가사, 창가, 신체시 풍에서 멀지 않은 타인의 인습적 감정에 보다 많이 의존하고 있다는 점이다.

그러나 소월은 당대 시인들이 襲用한 모든 공통분모격의 일상적 요소에 역사적 전통과 개인적 창의의 조화를 이루었다. 이러한 점이 필자로 하여금 소월을 1920년대의 대표적인 시인으로 선택하게 하였다.

한편 만해의 경우는 소월과는 대조적인 관점에서 주목된다. 그는 육당보다 연상이었으므로 그가 1920년대에 와서야 詩史上의 인물로 논의된다고 하면 실로 晩成의 詩人임을 알 수 있다. 그는 40대의 장년에 이르러서야 일련의 시작을 발표하였을 뿐더러 그 과정이 당시의 문단과는 관련 없이 진행되었고, 시적 수련의 진행 역시 그 연원이 보다 고전적인 전통, 즉 漢詩文學과 접맥되고 있었음이 주목된다. 그럼에도 불구하고 그의 시적 이미지는 역시 창의적이었다. 그는 형식과 내용에 있어서 함께 산문성을 최초로 추구하였을 뿐만 아니라, 만해 특유의 은유로써 자신의 시세계를 확립하였다. 이러한 詩史的 업적은 그와 동년배인 육당이나 춘원의 어느 누구도 성취하지 못한 점이었다.

이상에서 언급된 소월과 만해의 특색을 요약해 본다면, 결국 그들의 시세계는 한국문학의 깊은 전통에 뿌리를 내리고 그러한 역사적 배경 속에서 그들만이 갖고 있는 독특한 개성적 표현방법을 확립함으로써 또 하나의 새 전통을 수립하였다는 점에서 일치되는 詩史的 특성을 지닌다고 본다. 때문에 필자는 그들 詩世界의 규명이 곧 韓國現代詩史의 始源에 대한 해명이 되리라고 생각하게 된 것이다.

지금까지 소월과 만해의 시에 대하여는 동시대의 다른 어느 시인보다도 많은 연구업적이 나왔다. 소월의 경우, 그의 요절은 상당히 이른 시기부터 소월시 연구를 가능하게 하였다. 그리하여 1930년대에 나온 소월의 行狀과 추억을 담은 김억의 평문은 소월에 관한 최초의 구체적인 평설이 되었다.[1] 앞에서도 언급된 바와 같이 素月詩가 지니는 한국시문학의 傳統性과 先驅性 그리고 소월 특유의 참신성으로 하여 그러한 특질을 해명해 보려는 욕구가 소월시에 대한 연구를 자극했던 것인 바, 그럼에도 불구하고 아직까지 소월에 대한 전면적이고 본격적인 연구가 완결된 것은 아니다.

현재까지 소월시에 대한 접근은 크게 나누어 세 가지 방향으로 진행되었다. 그 첫째는 소월시의 의미구조를 해명함으로써 그 시의 끈질긴 대중적 생명력을 풀어보자는 것이며[2] 둘째는 소월시 율격의 정체가 무엇인가 하는

---

1) 金億은 素月과 친분이 두터웠던 그의 恩師로서 素月 연구의 선도적 역할을 담당하였다. 「素月의 行狀」(「新東亞」, 1931.1)과 「素月의 追憶」(「博文」, 8號, 1939) 같은 글은 그 좋은 예이다.
2) 이 분야의 연구업적으로 기억되는 몇 가지를 摘出하면 다음과 같다.
　　金東里, 「靑山과의 거리」, 「文學과 人間」(白民出版社, 1948)
　　元亨甲, 「素月과 詩의 서정성」, (「현대문학」, 1960. 12)
　　柳宗鎬, 「한국의 파세틱스」(「현대문학」, 1960, 12)
　　梁濰圭, 「素月詩의 고찰」(「국어국문학」, 31호, 1966)
　　金禹昌, 「韓國詩의 형이상학」(「현대」, 1968. 7)

시형식상의 특질을 밝혀 보려는 것이었고[3] 셋째는 소월의 생애와 시와의
함수관계를 풀어보려는 전기적 기록들이다.[4] 물론 이들 세 가지 계열이 상
보관계를 가진 것이기 때문에 논자에 따라서 위의 세 가지 방법을 부분적으
로 종합하려고 한 최근의 논고가 없는 것은 아니다.[5] 그러나 아직도 소월시
에 관한 총제적인 해명이 이루어졌다고는 볼 수 없다. 본고는 이러한 일환
의 연구에 다소나마 보탬이 되고자 하는 소망에서 출발하였다.

그러므로 본고는 종래의 업적들에서 어느 한 쪽에 편중되어 논의되었던
경향을 가능한 한 止揚하였다. 따라서 본고에서는 소월시의 의미구조가 그
율격과 어떻게 조화되었고 또 그것이 소월의 어떠한 수사적 기교에 의해 성
공을 거두었는지, 그리고 더 나아가 그의 시적 특성이 素月의 生涯와 어떻
게 관계되는가 하는 문제들을 총괄하여 해명하려고 하였다.

만해의 시문학에 대한 관심은 소월의 경우보다 훨씬 늦게 시작되었다. 물
론 그가 소월보다 오래 살았고 독립투사로서의 威光이 승려나 시인으로서의
그의 업적을 간과하게 하는 요인이 되었을지도 모르지만, 만해에 대한 가장
깊은 관심을 구체적인 논고로 발표한 이는 趙芝薰이었다.[6] 그리고 그의 문하
에서 수학한 朴魯埻 · 印權煥에 의해 만해에 관한 보다 詳論된 연구가 나왔

<hr>

徐廷柱, 「金素月과 그의 詩」, 『韓國의 現代詩』(一志社, 1969)

朴斗鎭, 「金素月의 詩」, 『韓國現代詩論』(一潮閣, 1973)

3) 주 2)가 주로 평론에 치우친데 반하여 이 분야는 논문으로 씌여진 것이 특색이며 다음과 같
은 것을 적출할 수 있다.

金春洙, 「素月詩의 行과 聯」, (『現代文學』, 1960. 12)

金昔研, 「素月詩의 韻律硏究」, (『서울대 교양과정부 論文集』 1輯, 1967)

金守業, 「素月詩의 律的 把握」, (『常山 李在秀博士 還歷紀念論文集』, 1972)

鄭漢模, 「우리에게 있어서 傳統이란 무엇인가」, (『心象』 4권 10호, 1976)

金大幸, 『韓國詩歌構成硏究』(삼영사, 1976)

趙東一, 「現代詩에 나타난 傳統的 律格의 繼承」(『아세아연구 12호』, 1976)

4) 金永三, 『素月正傳』(成文閣, 1961)

桂熙永, 『素月選集』(章文閣, 1970)

5) 崔東鎬, 「素月詩의 內面的 變形과 調律의 意味」, (『語文論集』 17집, 高麗大學校 國語國文學
硏究會 1976)

成基玉, 「素月詩의 律格的 位相」(『冠岳語文硏究』 2집, 서울대학교 國語國文學科, 1977)

6) 趙芝薰, 「民族主義者 韓龍雲」(『思潮』, 1958. 10)

7) 朴魯埻 · 印權煥, 『韓龍雲 硏究』(通文館, 1960)

다.[7] 그러나 이 연구는 만해의 문학적 업적의 규모와 문학사적 의의를 강조하는 데 그쳤다. 그 뒤 만해에 대한 관심은 문학이 사회의식의 투철한 반영이어야 한다는 주장에 근거하여 그를 위대한 傳統詩人이요 市民詩人이라고 命名한, 만해 연구의 또 다른 방법론이 白樂晴에 의해서 제시되었다.[8] 한편 만해의 업적을 推仰하는 인사들에 의하여 전집간행이 준비되는 동안 『나라사랑』 2輯(1971)이 최초의 만해특집을 펴냈고, 『문학사상』(1973.1)이 두 번째의 만해특집을 마련하였다. 그리고 1973년에 드디어 한용운전집이 출간되었다. 이때부터 만해의 시문학은 본격적인 연구대상이 되어 왔다.

만해의 시는 漢詩와 時調를 포함한다면 상당한 분량이요, 또 그에 대한 접근방법도 다양할 수밖에 없을 것이지만, 현재 만해의 시라고 할 때에는 대개 그의 전작시집 『님의 沈默』에 국한된다. 이 『님의 침묵』은 두 가지 방향에서 연구가 진행되었다. 하나는 『님의 침묵』 속에 있는 작품에 대한 개별적 의미의 해설이요[9], 또 하나는 『님의 침묵』에 나타난 수사적 기법에 대한 탐구였다.[10]

본고는 기왕의 업적을 토대로 하여 만해시의 특질을 해명하고자 한다. 소월시를 검토할 때와 마찬가지로 필자는 만해의 생애와 작품 간의 유기적 상관성에 유의하면서 만해시의 의미구조와 시형식 및 언어논리의 특이성이 어떤 것인가를 밝혀 보려 한다.

특히 본고에서 이 두 작가를 함께 다룬 것은 다음과 같은 이들의 상관성에 연유한다.

같은 시대를 살았다는 역사적 동일성은 그들이 詩를 만들어 내는 과정에 여러 가지 동질적 요소를 갖추게 하였다. 그 동질적 요소는 그들로 하여금 시의 주체로 '님'[11]을 설정하고 그 '님'을 정면으로 드러내면서 '님'과 자신

---

8) 白樂晴, 「市民文學論」, (『創作과 批評』 14호, 1967)
9) 송 욱, 『님의 沈默 全篇解說』(과학사, 1974)
10) 吳世英, 「沈默하는 님의 逆說」, (『국어국문학』, 65 · 66호, 1974)
　　金載弘, 「萬海 想像力의 원리와 그 實體化 過程의 分析」, (『국어국문학』 67호, 1975)
11) 현행 철자법에 따르면 '임'으로 표기되어야 한다. 그러나 本稿에서는 素月과 萬海의 표기 방법을 따라 '님'을 準用한다.

과의 관계 해명을 통하여 자신의 시세계를 구축하게 하였다. 그래서 그들의 '님'은 어느 시대 어느 사회에서나 시인이면 누구나 추구하고 갈망하는 그러한 '님'이기 보다는 3·1운동 뒤에 새로이 의식하게 된 우리 민족의 역사적 현실과 더 긴밀히 연결된 '님'으로 이해되어 왔다.

그러나 그러한 시대의 현실에 대처하는 그들의 반응은 같은 것이 아니었음을 그들의 詩世界는 입증해 준다.

그들은 똑같이 '님'을 노래하면서 성격이 다른 '님'을 노래했으며, 똑같이 '죽음'을 노래하면서 의미가 다른 '죽음'을 생각하였다. 또한 그들은 새 시대를 여는 그들의 詩가 과거의 詩와 다른 점이 있어야 한다는 의식과 의욕에 있어서는 같은 태도를 취하였으면서, 그것을 실제로 작품에 구체화시키는 데 있어서는 역시 서로의 견해를 달리 하였다. 소월과 만해는 똑같이 한국어를 보다 높은 차원의 문학어로 성장시켰다. 그러나 한국어의 아름다움을 찾아내는 기법에 있어서도 그들은 서로 다른 방법을 사용하였다.[12]

이러한 것들은 그들을 개별적으로 검토했을 때에는 뚜렷하게 드러나지 않는다. 개별적인 사례를 따로 따로 분석 검토하고 그 두 시인을 비교 연구하여 다시 종합할 때에만 그 개별적인 사례의 특이성이 드러난다는 것을, 소월과 만해를 비교함으로써 실증하려는 것이다.[13]

작가와 작품은 언제나 비평가나 문학 연구가에게 침묵을 지킨다. 그 침묵은 마치 만해의 『님의 침묵』이나 소월의 『진달래꽃』처럼 보다 많은 언어를 감추고 있으면서 작가의 영혼을 꿰뚫어 볼 수 있는 사람에게만 그 내면의 진실을 조금씩 열어 보인다.

그리하여 문학이해에 관한 한, 완벽함이란 기대할 수 없다. 작가나 작품

---

12) 어떤 언어가 文學語로서 훌륭하냐 훌륭하지 않으냐 하는 문제는 특히 詩의 형식론과 결부되었을 때는 그 언어가 지니는 언어학적 논의를 수반해야 할 것이다. 즉 音韻論的 形態論的 統辭論的 특질이 詩를 형성할 때 좋은 조건이 되느냐 아니 되느냐 같은 것이 검토되어야 한다. 그러나 본고에서는 한국어의 언어학적 조명은 고려하지 않았다.

13) 이것이 곧 본고의 제목에 「對比硏究를 중심으로」라는 구절을 삽입한 이유이다. 제2장과 제3장은 素月과 萬海를 각각 개별적으로 검토했으나 그것은 종국적으로는 대비고찰을 위한 先須課業으로 진행되었다.

은 언제나 새로운 각도에서의 접근을 기다리고 있다.

이 글은 이러한 소월과 만해의 기다림에 대한 하나의 성실한 대답이고자 한다.

그러므로 본고의 방법론적 특성은 다음과 같이 요약될 수 있다.

① 시작품에 대한 세 가지 방향의 조명이다. 그 첫째는 시형식, 즉 정형시냐 산문시냐 하는 가장 외형적인 논의이고, 두 번째는 시문장의 언어논리가 어떤 모형에 근거하고 있느냐 하는 수사적 기법에 관한 논의이며, 세 번째는 위의 두가지 외형적 조건을 갖추고 선택된 시어들이 그 시의 문맥 속에서 실질적으로 어떤 의미를 구축하게 되었느냐 하는 詩內容 내지 思想에 대한 본질적인 규명이라고 할 수 있다. 결국 이것은 작품 자체에 토대를 둔 구조적 분석이다.

② 위에서 밝혀진 詩語의 의미들이 시인들의 생애와는 어떤 관계 속에서 해명되어야 할 것인가를 검토하였다. 즉, 작품과 작자와의 관계를 풀어 보려는 것이다. 한 때 이 방면의 고찰은 작품연구의 본질적인 부분이 아니라고 하는 뉴크리티시즘의 견해로 저해된 때도 있었다. 그러나 필자는 오히려 비본질적인 周邊探索으로부터 소월과 만해의 작품에 대한 논의의 실마리를 풀어 나갔다. 이러한 고찰의 결론에서 필자는 소월이나 만해가 추구했던 시세계에서 공통적으로 문제되는 '님' 과 '죽음' 의 정체를 파악할 수 있었다.

본고를 진행하는 동안 소월의 작품으로는 1939년판 賣文社의 『진달래꽃』과 1962년판 正音社의 『定本素月詩集』을 기본텍스트로 삼았고, 만해의 작품으로는 1926년판 안동서관의 『님의 침묵』과 1973년판 신구문화사의 『韓龍雲全集』을 기본텍스트로 삼았다.

III. 素月 金廷湜

1. 文學史上의 位置

韓國史의 흐름에서 20세기 초반은 우리에게 가장 철저히 오욕과 고뇌를 맛보게 하였다. 그 기간에 우리 민족이 겪은 수난은 오늘에까지도 정신적으로 또 문화적으로 커다란 영향을 끼쳐왔다. 이러한 시기에 소월 김정식은 태어나서 33년이라는 짧은 기간을 살고 갔다. 1902년에서 1934년에 걸친 그의 생애는 그리하여 늘 '비극적'이라는 관형어에 의하여 설명되었다. 그러나 이 경우, 소월의 생애가 비극적이라는 말은 반드시 우리 민족이 경험한 역사적 수난과 관련을 맺는 것은 아니지만, 소월의 작품이 세상의 주목을 받게 되면서, 애석하게 요절한 그의 생애가 은연 중 역사의 비극에 결부되기 시작하였다.[14]

여기에 의견을 달리하는 필자는 소월의 생애와 작품을 통해 그가 정당하게 누려야 할 문학사상의 위치를 밝혀 보고자 한다.

소월이 살았던 시기에 이미 소월시의 탁월성은 주로 그 언어 형식인 민요조의 정형률과, 한국적 정서가 담긴 고유어 사용이라는 사실이 강조되면서 평가되었었다.[15] 그리고 그러한 소월의 특이성은 西歐的 象徵詩에 젖어 있었던 1920년대의 문단에 있어서 하나의 놀라운 이변이었다.

다음 글은 그 동안의 사정을 잘 말해 준다.

> 상징시 일변도에 젖었던 김억이 이러한 상징시 번역을 스스로 부정하고 정반대의 민요조 창작시에로 방향전환하게 되는 것은 1925년 무렵인데 그 모티베이션이 무엇인가를 밝히는 일이야 말로 김소월의 존재와 밀접히 관계된다. 그것은 단일 전통세계관의 붕괴가 식민지 지식인의 허무주의를 초래하게 된 정신사적 관계에 직결되는 것이며 현실적 순간적 체험으로서의 파악 방법이라는 詩 장르의 선택이 개인의 기질을 초월하는 역사적 제약성임을 재확인하는 것에 깊이 관련지어진다.[16]

그러므로 소월의 詩史的 位置는 얼마나 철저하게 한국적인 시를 시도하여 썼느냐 하는 것에 집약될 수 있다. 그러나 이렇게 간명하게 내리고 있는 결론 과정에서도 몇 가지의 오해 요소가 드러난다.

그 첫째는, 소월의 民謠調에 대해서이다.

그 동안의 시문학 연구는 다분히 비교문학적 방법론에 치우쳐 왔었다. 그

---

14) 洪曉民, 「素月의 藝術的 限界」(「新文藝」 8월호, 1959), p.43.
15) 金 億, 「素月의 追憶」, 「素月詩抄」(博文出版社, 1939)
16) 金允植, 「植民地의 虛無主義와 시의 선택」, (「문학사상」, 5월호, 1973), pp.283-284.

래서 소월의 詩型에는 일본시의 리듬과 관련지어진 7·5조라는 명칭이 부담없이 주어져 왔다.[17]

두 번째는 소월이 추구했던 '님'이 조국의 역사적 문맥에서 파악된다고 하여, 시대를 아파하는 역사의식의 표출양식으로 해석하는 견해이다.[18]

세 번째는, 그의 시세계가 그려 내고 있는 情恨이 女性偏向과 관련 지어진다는 해석이다.[19]

필자는 이러한 몇 가지 견해를 詩人이 살고 간 시대의 역사적 조명으로 파악하기에 앞서 그 시인이 겪었던 보다 개인적인 성장 환경으로부터 찾아보고자 한다.

한 詩人의 삶과 生涯를 헤쳐냄에 있어서는 상반되는 여러 입장이 있을 수 있다.

가령 萬海의 경우라면 그의 사생활 환경을 연구 검토한다는 것이 素月의 경우보다 절실하지 않을 수 있다. 왜냐 하면, 개인생활을 우선하여, 한 가정의 安逸을 국가 사회의 장래보다 앞세우는 사람의 性向과, 그러한 개인적 차원을 완전히 도외시하고 超個人的 公生活을 앞세우는 사람의 두 가지로 인간의 생활과 氣質은 나누어지기 때문이다.

여기에서 素月은 앞의 성향을 가졌다고 보는 것이 필자의 생각이다.

이러한 판단이 옳으냐 옳지 않으냐 하는 문제는 소월의 작품을 바르게 파악하느냐 혹은 파악하지 못하느냐 하는 중대한 열쇠가 된다. 그러나 兩者擇一을 할 경우에 모험은 불가피한 것이며, 가령 두 가지 중 하나의 방법으로 작품의 세계가 전혀 해명되지 않았다고 할 경우에 다시 원점으로 돌아가 새로운 시도를 해본다는 각오로 우선 필자는 소월의 生長過程을 통해 그의 詩가 어떻게 창작되어졌는가를 밝혀보고자 한다.

素月의 詩가 그의 생존시대를 벗어나 새롭게 빛을 보기 시작한 것은 8·15 해방 뒤로 作故詩人에 대한 연구가 본격화하고[20] 또 1950년대를 전후하

---

17) 위의 책. p.285.

18) 文德守,「素月에 있어서의 "임, 自然, 鄕愁"」,「국문학 논문선 9」(민중서관, 1977), p.158.

19) 鄭漢模,「近代民謠詩와 두 詩人」,「국문학논문선 9」, p.43.

20) 그 대표적인 예로 金東理의 「靑山과의 거리」를 들 수 있다. 그가 이 논문을 발표한 이후부터 素月詩는 전면적으로 재인식되기 시작하였다. (「文學과 人間」, 白民文化社 刊, 1948)

여 현대시의 난해성 문제가 고조되었을 때, 그 알아듣기 힘든 難解詩에 대한 반성 내지는 반작용으로, 아름다운 한국어를 구사한 素月詩에 새로운 관심의 시각을 돌린 때부터라고 생각된다. 그리하여 素月에 대한 관심은 급격히 높아졌으며 이에 따라 素月의 傳記的인 연구가 나타났다.[21]

　물론 그의 그러한 傳記를 완전히 신빙할 수는 없으나 적어도 素月의 성격과 사상을 이룬 主要因子들을 추출해 낼 수는 있으리라고 본다.

　그러면 그들 傳記的인 자료에서 의미를 부여할 수 있는 요소는 무엇인가?

　소월의 초기작품들이 그의 오산학교 시절에 창작되었다는 것이 사실인한, 그 작품의 배경이 되고 있는 것은 두말할 필요도 없이 그가 자라난 어린시절이며, 또한 어린 시절의 그에게 정신적으로 영향을 준 가정생활이라고아니 할 수 없다.

　그 가정생활에서 우리는 다음의 세 가지를 素月이 그의 詩를 이룩한 중요한 生成因子로 찾아낼 수가 있다. 첫째는 그의 숙모 桂熙永이고, 둘째는 그의 아버지 金性燾이며, 셋째는 그가 자란 平安道의 山川이다.

　첫째, 소월의 숙모 계희영은 소월의 나이 네 살때부터 그가 五山學校를다니던 무렵까지 10여 년간 소월과 한 집에서 살면서 소월에게 문학적 소양을 쌓게 한 사람이다. 소월보다 12년 연장이었다고 하는데 우리나라 고전소설들을 항상 소월에게 들려 주었다. 계희영은 소월의 의식 속에서 한국문학의 전통성으로 變容된다. 소월의 특성으로 지적되는 전통적 율조는 곧 숙모에게서 들은 고전소설의 율조에서 胚胎된 것이다. 문학에서 내용이 유리된채 형식만 전수된다는 것을 생각할 수 없다면 소월의 시 속에 나타나는 정서의 어떤 부분은 분명히 숙모로부터 들은 우리 나라 고전소설에서 緣由되었음을 또한 알 수 있다.[22]

---

21) 그 대표적인 것으로 金永三의 「素月正傳」(1961)과 桂熙永 編著 「素月選集」(1970)을 들 수있다.

22) 金永三, 「素月正傳」, p.52 참조.

둘째, 소월의 아버지 金性燾는 그가 태어나서 얼마 안 되었을 때 당시 京釜線 鐵道를 부설하던 일본인들에게 몰매를 맞아 정신이상을 일으켜 평생 가족에게 근심을 끼치며 집안에 감금되다시피 하여 살았다. 자라나는 동안 소월이 지켜보지 않을 수 없었던 실성한 아버지의 불행한 모습은 소월의 감성을 숙명적인 비애와 한으로 몰고 갔다. 그러므로 결국 소월에게 있어서 아버지는 죽음의 실체와도 같은 존재였다. 소월의 시에 나타나는 한과 죽음의 이미지들은 평생 폐인으로 생존해야 했던 아버지의 생애와 깊이 연관되지 않을 수 없다.[23]

세 번째, 소월이 생장한 평안도의 산천은 소월의 정감이 서식하는 온상이었다. 감수성이 예민한 소년 시절의 고향산천은 단순한 地名에도 무한한 정감이 깃들게 마련이다. 소월이 시 속에서 이러한 지명을 사용했을 때 우리가 그것을 저항 없이 받아들이는 까닭은 그 지명이 아무리 구체성을 寧邊 藥山이나 朔州龜城일지라도 독자들에게는 그들의 고향인 충청도나 경상도의 지명과 동일한 한국인 공통의 정서적 반응을 발생시키기 때문이다. 따라서 소월의 고향산천은 한국인의 고향산천으로 확대된다. 그 지명은 오랜 농경생활방식을 통하여 삶의 터전이 된 고향산천을 벗어나서는 살 수 없다는 한국인의 정착의식과 결부된다. 그러나 한국의 근대화는 정착된 농경생활에만 머무를 수 없게 하였고 더구나 일제의 식민지 수탈은 많은 한국농민을 실향의 나그네로 만들었다. 이와 같은 시대환경 속에서 素月詩의 地名은 韓國人의 감정 속에 뿌리깊이 박힌 歸巢本能을 자극하는 원천이 된다.

위의 세 항목을 요약하면 다음과 같다.

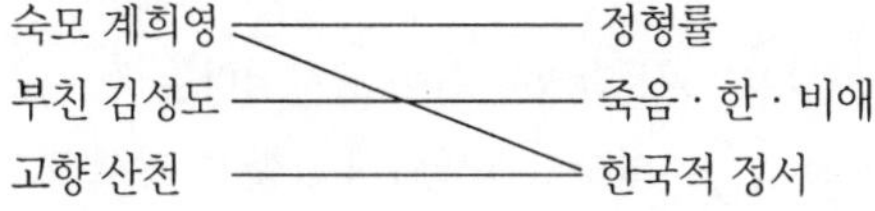

이와 같이 소월의 傳記들을 바탕으로 하여, 소월문학의 특성들을 그의 생

---

23) 위의 책. pp.30-45. 참조.

장과정에 깊이 영향을 준 위의 두 사람과 자연 환경과의 함수 관계에서 찾아볼 수 있다면, 지금까지 소월에 대하여 언급해 온 것 가운데 몇 가지는 부득이 재검토되지 않을 수 없다.

그 첫 번째는 소위 7·5조라는 소월 시형식에 대한 견해이다. 7·5조라는 명칭은 분명히 개화 이후 들어온 日本詩의 律調이다. 그것은 六堂 이후 唱歌類에서 고정된 율조가 되어 우리나라 문학에 수용되었다. 그러나 위에서 살펴본 바와 같이 素月은 그의 숙모로부터 4·4조의 판소리계 고전소설의 율조를 어려서부터 익혀 왔다. 그리고 또 金億의 영향으로 다시 7·5조에 접한다. 이 때에 소월이 택했던 방법은 외형상 7·5조로 보일 수 있는 문장구조에 전통적인 가락인 4·4조의 호흡을 융합시키는 것이었다. 그러므로 소월의 정형성을 그 詩文章의 글자 수에 이끌리어 7·5조라는 용어로 고정시켜야 할 필요가 있는 것이냐 하는 의문을 품게 된다. 그러나 분명한 것은 소월의 詩形式을 무엇이라고 命名하건 그것은 定型律에 근거하고 있다는 사실이다.

이에 관해 근래에 와서 그 정형률이 패배적 감상주의를 내용으로 한다고 언급하거나,[24] 식민지 지식인의 허무주의를 초래하게 된 것이라고 언급한 경우를[25] 본다. 이러한 논조는 形式 즉 思想이라는 觀念에 一致하는 것으로서, 과연 이 논조에 수긍할 것인가 하는 의문을 갖는다. 물론 형식이 사상을 반영한다는 상호의존관계 자체에는 반대할 수 없으나, 그래도 다음의 문제는 논의되어야 하겠다.

① 문학의 형식과 사상이 서로 주고받는 영향에는 한계가 있다는 것

② 시의 원초적인 출발점에는 그 정형성이 무엇보다도 중요한 요소였다는 것

③ 현대에도 정형시는 새로운 사상 감정을 담아 표현된다는 것

그렇다면 소월시를 패배적 감상주의라고 못박아서 말할 수 없고 또한 식민지 지식인의 허무주의라는 표현을 붙이는 것에도 무리가 있음을 발견한다.

---

24) 鄭玄宗, 「詩의 리듬과 意味」, 「文學思想」, 1973.5월호, p.291.
25) 金允植, 「植民地의 虛無主義와 詩의 選擇」, 「文學思想」, 1973. 5월호, pp.283-284.

1920년대에 새롭게 대두된 민요조 논의는 오히려 민족정신의 고양과 연관되어 있었으므로[26] 그것을 허무주의라는 부정적 관점에서만 논할 수는 없다.

소월시에 대한 또 다른 오해는 그의 정형률이 여성주의라고 하는 견해에도 있다.[27] 정형률이 융통성 없는 글자 수의 제약을 받을 때 그러한 폐쇄적 기질을 여성적이라고 지적한 것이라면, 어째서 폐쇄성이 곧 여성성이라고 말할 수 있다는 것인지를 문제 삼을 수밖에 없는 일이다. 또 소월의 리듬은, 특히 후론하고자 하는 소월의 대표시에 있어서는, 그 리듬이 일반적으로 규정할 수 있는 단순한 정형률만이 아니라는 것을 이해하여야 한다. 만일 정형률이 여성주의라면 고대시가의 모든 시는 여성주의에서 왔고 또 비정형인 산문은 남성주의를 뜻한다는 위험한 도식주의에 떨어지고 만다.

문제 제기가 필요한 또 하나의 사항은, 소월 시가 모두 "여성의 처지에서 노래하고 있어"서 여성편향을 나타내는 페미니떼의 소산이라는 여성주의론이다.[28] 시의 내용이 이별이나 애정이나 향수를 담고 있기 때문에 그렇다는 것인데, 그러나 이별의 서글픔은 여성만의 전유물이 아니다. 만일 이별의 哀恨이 여성의 전유물이라면 남성에게는 감정 가운데 애수가 없다는 논리를 세워야 한다. 이것은 위험한 형식논리에서 온 말이다. 남성은 喜怒哀樂愛惡慾이 전혀 표면화하지 않는 군자이어야 한다는 가부장적 유학사상이 여기에 감추어져 있다. 남녀의 이별에서 여성만이 떠나는 님을 그리워하는 수동적 위치에 서야 한다는 전제 때문에 페미니떼의 가설을 설정한 것으로 보인다. 물론 전통적 한국의 정한은 여성의 수동성을 다분히 나타내고 있지만, 그렇다고 그것을 여성의 본질적 특질로 삼는다는 것은 있을 수 없으며, 오히려 '受動的 偏向性'이라는 용어로 바꾸는 것이 옳을 것 같다.

요컨대 소월은 女性偏向이나 虛無主義가 아니라, 性을 초월한 人間 心性의 가장 순수한 감정 상태를 素月流로 변형된 定型 律調에 담은, 1920년대의 純粹 抒情詩人이다.

---

26) 梁柱東, 「文壇展望」, 『朝鮮文壇』 4집 2호, 1927.

27) 鄭玄宗, 「詩의 리듬과 意味」, 『文學思想』, 1975. 5월호, p.289-291 참조.

28) 鄭漢模, 「近代民謠詩와 두 詩人」, 『國文學論文選 9』(民衆書館, 1977), p.43.

2. '과거의 님'과 사회의식의 결핍

『진달래 꽃』(1939년판)에는 다음 10 편의 詩가 '님에게' 라는 큰 제목 속에 묶여 있다.

「먼 後日」, 「풀따기」, 「바다」, 「山 우에서」, 「옛 이야기」, 「님의 노래」, 「失題」, 「님의 말씀」, 「님에게」, 「마른 江 두덕에서」

이들 詩 가운데서 「바다」, 「실제」, 「마른 강 두덕에서」의 세 작품을 제외하고 다른 시들에서는 '님' 이 예외없이 노래 부르는 작자와 이별한 상태에 있다. 그러므로 소월은 존재하지 않는 '님' 을 그리워하면서 시를 '님' 에게 바치고 있는 셈이다. 이러한 상황은 소월이 이별을 소재로 하여 지은 모든 시에 적용되는 기본모형이다. 그리하여 흔히 소월을 일컬어 '이별한 님', '과거의 님' 을 노래한 시인이라 부른다.[29] 그러면 그 '님' 은 과연 누구인가?

소월에게 詩人으로서의 素養을 길러준 그의 숙모 계희영 여사의 말을 빌리면 '님' 이 이렇게 풀이되어 있다.

> 그의 시에 나오는 대명사 '사람', '님' 은 때로는 나라를 의미했고, 때로는
> 시를 뜻했으며 넓은 의미에서는 온세계 여성을 상징했다고 할 수 있다.[30]

또 文德守는 다음과 같이 말하고 있다.

> 그러나 소월이 읊은 임의 상실은 조국의 상실이라는 일제치하의 역사
> 적 문맥 속에 놓으면 개인적 측면을 떠나서 우리 민족의 역사적, 현실적
> 의미를 띠게 된다. 임의 상실과 조국의 상실이 반드시 일치한다 할 수 없
> 을지 모르나, 적어도 임의 상실의 현실적 원인이 조국의 상실에 있다고 할
> 수는 있다. 그렇다면 소월에 있어서의 임의 상실, 임의 정체, 그 존재 또는
> 당위성은 한갓 허상이나 감정이 아니라 역사적 리얼리티를 띠고 나타나는
> 것이다.[31]

---

29) 趙東一, 「金素月. 李相和. 韓龍雲의 님」, 『文學과 知性』(1976 여름호 참조.)

30) 桂熙永, 『素月選集』(章文閣, 1970), p.226.

31) 文德守, 「素月에 있어서의 "임, 自然, 鄕愁"」, 『國文學論文選 9』(民衆書館, 1977), p.158.

우리는 위의 두 가지 논술을 토대로 하여 소월의 님이 어떤 것으로 설정
되어 있는지를 알 수 있다. 앞의 이야기를 충실하게 받아들이면 결국 소월
의 '님'은 아무것도 아닌 것이 되어 버린다. 모든 것이 다 될 수 있는 '님'이
라면 그것은 아무것도 될 수 없는 '님'이라는 뜻도 되기 때문이다. 나중의
말에서는 소월의 '님'을 보다 조국에 접근시키려는 의도를 발견하다. 그리
고 이 주장을 보다 충실히 논증하기 위하여 역사적 리얼리티라는 개념을 또
만들고 있다. 그러면 소월의 '님'에게서 우리는 정말로 역사적 리얼리티를
발견하는가? 이 물음에 긍정적인 대답을 하려면 적어도 소월의 인생행적에
서 거기에 맞는 행위가 발견되거나 또는 그의 詩에서 역사의식을 찾아낼 수
있어야 할 것이다.

그러나 소월의 짧은 생애는 생존의 방편을 얻기 위해 東京商大에 지망했
다가 실패한 뒤로 실의의 날을 보내며 취직해 보려고 애썼다는 사실, 그리
고 그 뒤에는 자기 몫의 토지를 처분하여 南市(처가의 고향)로 옮겨가 동아
일보 지국을 경영했다는 평범한 시민의 자취 이외에 별다른 모습을 발견할
수 없다.

한편 그의 작품 속에 행여 그의 역사의식이 나타난 구절이 발견된다면 우
리는 그것을 근거로 하여 소월의 역사의식 또는 시대감각을 '님'에게 결부
시켜 볼 수도 있을 것이다. 역사의식이나 시대감각에 관련하여 이야기할 수
있는 시를 억지로 뽑아 낸다면 일단 다음 두 편의 시가 거론된다.

「바라건대는 우리에게 우리의 보습 대일 땅이 있었더면」과 「상쾌한 아
침」이 그것이다.

위의 두 시는 소월의 작품 가운데서는 秀作에 속하지 않는 것으로 앞의
詩는 火田民을 묘사한 것이고, 뒤의 詩 역시 新開地에서의 農耕의 꿈을 그
린 敍景的 內容의 詩이다.

김윤식은 「나무리벌 노래」를 지적하여 다음과 같이 민족주의적 이념의
표출이라고 말하였다.

이 시는 비교적 소월의 후기작품에 나타나는 민족주의적 이념이 표출된 것 중의 하나이다. 문전옥답을 뺏기고 유랑하는 서민의 서정이 소월류의 7·5조의 기본운율로 작품화되어 있다. 그런데 지명이 그의 시에서는 유달리 유니크한 곳으로 되어 있다. 그가 지명에다 시적 생명을 부여하는 비밀은 어디서 연유하는 것인가? 근본적인 점은 그 시의 주조가 토착적 이미지라는 데 있다. 적어도 소월은 역사의식과 관련된 토착인 것이다. 곧 그것은 민족의 심연, 더 자세히는 민족의 심층심리에 직결되어 있으며 이 점이 소월시의 본질이라 본다.[32]

위의 논술은 소월이 즐겨 쓰는 地名이 어떻게 독자에게 보편성을 가지고 나타나느냐 하는 문제에 대하여는 좋은 해답을 주고 있다. 그런데 민족의 심층심리와 토착적 이미지가 결합하여 역사의식에 관계하고 더 나아가 거기에 유랑의 이미지가 복합했을 때 민족주의적 이념이 표출되었다고 논리를 비약시킨 점은 다시 생각해 보아야 할 문제인 듯 싶다.

현대에 있어서도 과거의 정착된 농경생활에 대한 애수 어린 동경을 노래한 토착적이고 과거지향적인 시가 얼마든지 창작되고 있는데 그렇다면 그러한 토착적이고 과거지향적인 작품들에도 '역사의식과 민족주의' 라는 표제를 붙일 것인가?

현대인이 고향을 상실했다고 했을 때 그것을 온전히 사회적 변화와의 함수관계로써만 해명하려고 하는 것이 편파적이고 불완전한 해석이 되듯이 1920년대의 流浪과 鄕愁를 온전히 농토 잃은 식민지 상황과의 함수관계로써만 해명하는 것 역시 편파적이거나 불완전한 확대 해석의 우려를 지니는 것이다. 素月詩에 있어서 특정한 지명은 오히려 그 특정의 지명을 통해 그 의미를 추상화함으로써 독자에게 임의로 자기가 상상하는 지명의 대명사처럼 느끼게 하여 '인간의 귀소본능' 같은 것을 자극한다는 감성적 측면에서 논의되어야 할 것이다.

이렇게 보면 민족의 심층심리에 직결돼 있다는 위의 견해는 보다 일반화하여 인간의 심층심리라는 표현으로 바꾸어야 더 좋을 듯하다. 다시 말하자면 소월시는 인간의 본성에 관련하는 보다 심리학적 측면으로 파악하여야

---

32) 金允植, 『韓國近代文學의 理解』(一志社, 1973) pp.252-253 참조.

지 인간사회에 관련하는 역사적 내지 사회적 측면으로만 파악할 수 없겠다는 결론에 이른다. 만일 이러한 詩들에 역사의식이 들어 있다고 한다면 「제이·엠·에스」라는 시를 思想詩라고 생각한다는 논리를 허락하게 된다. 왜냐 하면, 그 詩는 그의 恩師 曹晩植 선생에 대한 그리움을 읊은 詩이므로 조만식선생의 사상이 곧 그 시에 들어 있다는 확대 해석을 용인하게 될 것이기 때문이다. 素月詩 158편을 대상으로 분석한 바에 의하면 소월의 詩에는 명랑하고 쾌활한 느낌을 노래한 시가 「들놀이」와 「밭고랑 위에서」 뿐이고 그 외에는 모두 哀恨을 기저에 깔고 있다. 그 애환은 온전히 이별과 향수와 방랑에 의한 것인데 거기에서 시대를 아파하는 역사감각의 요소를 발견하기는 어렵다. 다시 말하면 이별과 향수와 방랑은 반드시 시대의 역사적 상황에 의하여서만 만들어지는 것은 아님을 주의할 필요가 있다.

우리가 素月의 詩에 傾倒하여 그의 시를 사랑하는 까닭은 그의 시 속에서 얻을 수 있는 절묘한 抒情性에 있는 것이지 시대의식에 있는 것이 결코 아니다. 그 서정은 애환의 정서를 바탕으로 한다. 그 정서를 나타내는 수단으로 그는 이미 가버리고 현재에 없는 '님'을 만들어 놓고 그 '님'을 그리워하는 상황을 그가 살던 地名과 物像을 동원하여 노래하였을 뿐이다. 설사 소월의 님이 소월의 경험한 바 어떤 특정인물이라 할지라도 그의 시 속에서 그 개별성을 버리고 완벽하게 抽象化된 槪念으로 나타나 있다.

따라서 소월의 '님'은 온전히 애환의 정서를 불러 일으키는 하나의 미학적 개념으로 꾸며진 허구의 대상일 뿐이다.

앞에 인용한 문덕수의 글에서도 "님이 한갓 허상이나 감정이 아니"라고 말하여 허상이나 감정일 수도 있다는 가능성을 역설적으로 증명한다. 우리는 식민지시대에 쓰여진 작품이라 하여 그것을 모두 식민지 시대상황과의 공식적 대응관계에서 해석하는 태도를 삼가야 한다.

소월의 시는 소월 생존시대의 역사적 문맥을 떠나서 먼 후대에까지 변치 않는 인간의 보편적 감정으로서의 애환을 노래한 것으로 인식할 때에 그 작품의 가치가 더 큰 것이며 그 생명이 또한 영속적이다. 또 '님'을 미학적으로 假想하고 그 님을 對象化하여 인간의 정한을 묘사하는데 성공하였다는 점에서 소월의 시적 神秘性은 더욱 확대된다.

그러므로 소월의 '님'은 순전히 실제에 있어서는 한 번도 존재했던 적이 없는 환상적 존재로서 소월과 독자에게 과거의 '님'으로 示顯하며, 또 소월에게서는 역사의식이 문제되는 것이 아니라 인간 심성이 도달할 수 있는 가장 심오한 상태에서의 애환이라는 근원적 정서가 문제되는 천성적 시인이다. 이러한 주장은 소월이 「詩魂」에서 스스로 밝힌 바 있는 그의 시관에 의하여 분명하게 증명된다.

3. 「詩魂」에 나타난 文學思想

대개 詩人이나 作家로서 자기 작품에 대한 이론적 평설을 쓰는 일은 드물다. 그런데 소월은 한국 시문학의 초창기에 해당하는 1920년대에 자신의 詩論을 피력하였다. 『개벽』 1925년 5월호에 「詩魂」이라 題한 글이 바로 그것이다.

이제 이 글을 좀 더 자세하게 조목별로 검토하여 그의 작품을 이해하는 관문의 하나로 삼고자 한다.

소월이 이 글을 쓰게 된 동기는 그의 은사 金億이 素月詩를 평한 것에 대한 불만 때문이었음이 그 글에 밝혀져 있다. 그러니까 이것은 김억의 견해에 대한 反論으로 쓰여진 것이다. 내용은 크게 보아 두 부문으로 나뉜다. 전반부는 「詩魂」에 대한 논설이고 후반부는 자기 시에 대한 옹호 내지 변명이다.

이것을 다시 가르면 다음과 같이 네 문단으로 구분된다.

① 詩魂의 發生條件
② 詩魂의 定義
③ 詩批評의 至難性
④ 金億의 素月觀에 대한 反論

이 네 부분을 차례로 검토해 보기로 한다.

① 「詩魂」의 발생조건

적어도 평범한 가운데서는 物의 정체를 보지 못하며 습관적 행위에서

는 진리를 보다 더 발견할 수 없는 것이 가장 어질다고 하는 우리 사람의
일입니다.

이 첫 구절은 소월이 시인으로서 시적 감수성을 어떻게 얻느냐는 물음에
대하여 스스로 해답을 하고 나온 말이다. 일상적인 것을 배격하고 무엇인가
비범한 상태 곧 시를 유발하는 특수한 외적 조건을 설정한다는 것을 밝히는
그의 견해이다. 시를 왜 쓰느냐고 물었을 때 소월은 '물의 정체를 보고 진리
를 찾기 위하여서다' 라고 그의 대답을 이 첫 대목에서 밝히는 것이다. 그리
고 그는 계속하여 낮보다는 밤, 또는 새벽에, 별이며 달빛을 보고, 감정의
움직임을 맛본다고 주장한다. 그것은 '애처롭고 애틋한 것' 이어야 하며 그
것에 대한 우리의 정서는 '가련한 두 줄기 눈물' 로 표현되어야 할 것을 그
는 강조한다.

이에 대하여 송욱은 그의 『詩學評傳』에서 다음과 같이 論評하였다.

> 그는 우선 도시보다는 전원을, 밝음보다는 어두움을, 그리고 문명보다
> 는 자연을 더욱 존중한다. 그러나 오늘날 시인은 이와 반대의 태도나 주장
> 을 가져야 마땅할 것이다. 소월의 태도는 실상 이조시대에 시조를 쓴 사람
> 들이 지닌 심정을 그대로 드러내고 있다. 우리 나라가 개화기를 겪으며 이
> 룩된 도시 문화 혹은 도시의 생활을 배경으로 하는 소재를 그는 시의 테에
> 마로부터 제거하고 있다.[33]

이렇게 말하면서 송욱은 소월이 유럽 근대시의 시초에 해당되는 양상에
대비하여 정반대의 의식을 가졌다고 지적하였다. 그리고 이것은 소월이 지
닌 동양적 정서의 전통을 이어받은 것이지만 그것은 '東洋傳統의 精華가
아니라 야윈 일면' 이라고 비판한다.

이 견해는 분명히 일면의 타당성을 갖는다. 더구나 그렇게 되지 않을 수
없었던 이유가 소월이 생존했던 시대환경에 연유하고 있다는 사실 또한 우
리는 인정하지 않을 수 없다. 그러나 이상과 같은 반서구적 동양전통, 좀더
제한하여 말한다면 반서구적 한국전통을 소월에게 존재하는 그의 한계성으

---

33) 송 욱, 『詩學評傳』(一潮閣, 1963), pp.136-137.

로 간주하고 그로부터 보다 폭넓은 詩意識을 요구할 것이 아니라, 오히려 그것을 소월의 독자적인 특성으로 취급하고 그 특이성을 긍정적으로 볼 수 있다고 생각한다. 왜냐하면 소월이 구축한 미학은 적막과 고독, 슬픔과 어두움, 그리고 더 나아가 죽음을 의식함에 이르러서만 가능한 것이었기 때문이다. 다시 시구를 읽어 보자.

> 홀로 잠들기가 참말 외로와요
> 밤에만 사무치도록 그리워 와요
> 이리도 무던히
> 아주 얼굴조차 잊힐 듯해요
>
> 벌써 해가 지고 어둡는데요.
> 이곳은 仁川에 濟物浦, 이름난 곳
> 부슬부슬 오는 비에 밤이 더디고
> 바다 바람이 춥기만 합니다.
>
> ―「밤」

> 이 세상 산다는 것, 나 도무지 모르갔네.
> 어데서 예 왔는고, 죽어 어찌 된 것인고,
> 도무지 이 모르는 데서 어째 이러는가 합니다.
>
> ―「生과 돈과 死」

만일 소월에게서 위의 시구가 보이는 특성을 약화시키면 소월의 시가 갖는 존재이유가 없어져 버린다. 그리하여 소월이 그의 영혼에 강한 진동이 일어나서 맑은 반향과 공명을 일으키는 시각은 오직 그가 위에서 말한 비탄과 애수와 암흑에 처하였을 때라고 그의 「詩魂」은 말해준다. 이것은 소월이 다음 단계에서 개진하려는 '詩魂'의 所在條件을 제시한 것이다. 바꾸어 말하면 소월은 자신의 시적 상상력을 암흑과 소외에 두고 있다고 요약할 수 있다. 그 암흑과 소외는 조선왕조의 江湖詩人들이 지녔던 시적 감수성과 같은 것이었으며, 그러한 선조들의 시적 상상력과 동일한 軌跡을 따르는 것이었다. 따라서 소월은 한국적 전통의 일면을, 비록 그것이 전근대적이기는 하지만, 매우 충실하게 계승하고 있는 셈이다. 한 시인의 시적 상상력은 독

특한 편향성을 갖는다. 그 편향을 우리가 시인의 개성이라고 말할 수 있다
면 소월의 개성은 한국적 정서의 중요한 하나의 맥락인 '슬픔과 외로움과
정한'에서 발견하는 것이다.

한 편의 시는 통일된 詩的 心像이 언어로 구현된 것이라고 생각할 경우에
그 심상을 생성하기 위한 심리적 지적 욕구가 충족되려면 소월은 부단히 슬
픔과 외로움의 경지에 빠져 들지 않으면 아니 되었다. 또 그렇게 하여 쓰여진
시는 그것이 훌륭한 작품이라면 독자에게도 슬픔과 외로움을 유발하는 것이
라고 소월은 믿고 있었음을 소월의 「詩魂」 그 첫째 문단에서 파악할 수 있다.

② '詩魂'의 定義

앞에서 소월은 영혼이 감동하는 조건을 제시하였다. 그것은 전통적인 한
국인의 정한에서만 가능한 것이라고 스스로 제한하였음을 밝혔다. 그러면
그러한 영혼이 감동하는 것을 무엇이라고 하는가? 소월은 그것을 '詩魂'이
라는 말로 표현한다.

> 그러한 우리의 영혼이 우리의 가장 이상적 미의 옷을 입고, 완전한 운
> 율의 발걸음으로 微妙한 절조의 풍경 많은 길 우에 情調의 불붙는 산마루
> 로 향하여 혹은 말의 아름다운 샘물에 心想의 적은 배를 젓기도 하며……
> 卽興의 드레박을 드놓기도 할 때에는 이곳 이르는 바 詩魂으로 그 순간에
> 顯現되는 것입니다.
> 그러한 우리의 詩魂은 물론 경우에 따라 大小深淺을 自在變換하는 것
> 도 아닌 동시에 시간과 空間을 超越한 存在입니다.

여기에서는 대단히 중요한 단어 '詩魂'이란 용어가 발견된다. 이 '시혼'
을 손쉽게 대체할 수 있는 말로는 바로 앞 절에서 사용한 바 있는 '시적 상
상력'(poetic imagination)을 생각해 볼 수 있다. 다음 구절을 보면 그 의
미가 더욱 명확해진다.

> 영혼은 절대로 완전한 영원의 존재이며 불변의 成形입니다. (그런데) 예
> 술로 표현된 영혼은 그 자신의 예술에서, 사업 행적으로 표현된 영혼은 그
> 자신의 사업과 행적에서, 그의 첫 형체로 끝까지 남아 있는 것입니다.

첫 번째 인용문의 문맥을 보면 '시혼'은 영혼이 이상적 미의 옷을 입고 언어화하게 되는데 일단 언어로 나타나면 시요, 시로 나타나기 전의 감정과 사고의 복합적인 작용이 '시혼'이라는 것이므로 소월은 '시적 상상력'이란 말을 '시혼'으로 표현하였음이 분명하다고 생각된다.

그리고 두 번째 인용문은 '시혼'과 영혼의 동일성 및 그 영원 불변성을 강조한다. 그러면 소월은 詩와 詩魂을, 외형적 육체 및 행동을 포함한 전체로서의 인간과 그 인간 내부의 영혼에 대비시키고 있음에 틀림없다. 그러나 그 문체의 번다한 수식과 비유로 인하여 이러한 논리가 명백하게 드러나 있지는 못하며, 또 영혼과 시혼을 엄격하게 구별짓지 못한 흠이 없지 않다. 이 점을 송욱은 다음과 같이 지적하였다.

소월은 영혼과 시혼을 구별하려 들지 않는다. 이런 태도는 우선 미의식이 뚜렷하지 못한 데서 우러나는 것이며, 시인은 무엇보다도 먼저 시작품을 '만드는 사람'이라는 의식이 박약할 뿐더러 技術의 중요함을 깨닫지 못한 징조라 아니할 수 없다. …… 또한 소월이 생각하는 바와 같은 詩魂을 시인만이 가지고 있다고 주장할 아무런 근거도 없다. '영원불변'의 詩魂을 가지고도 詩를 쓰지 않는 사람이 상상조차 할 수 없을 만큼 많았을 것이 아닌가![34]

여기에서 송욱이 지적하고자 했던 것은, "시혼과 영혼은 무엇이 다르다는 것을 왜 밝히지 못하느냐?" 그리고 "시혼이 어디 시인의 전유물이냐?" 하는 두 가지이다.

그런데 영혼과 시혼을 구별하지 않으려 한 것은 그 두 개가 모두 외형을 갖추지 않은 불가시적 존재라고 하는 공통성 때문이었으리라고 생각할 수 있다. 그리고 시혼이 시인만이 가진 전유물이 아니라고 하는 반박에도 논의의 여지가 있을 수 있겠다. 즉 소월은 "영혼의 이상적인 옷을 입고, 완전한 운율의 발걸음으로 心想의 배를 젓고 即興의 드레박을 드놓는다."고 표명함으로써 詩的 想像力이 발동하는 과정을 비유로 묘사하고 있다. 이 때에 그 시적 상상력(그 문맥에서는 시혼)이 시로 나타나는 것이라고 하였지 그

것 자체가 詩라고 말하지는 않았다. 그러므로 素月은 詩作上의 技巧를 인정하였다고 보이며 시혼만 가지고 시를 쓸 수 있다고 단정한 것은 아니다. 그리고 시혼이건 영혼이건 시를 지을 수 있는 능력을 논할 때 그것은 詩創作을 행한 詩人을 전제로 하는 것이라는 점도 역시 인정하여야 할 것으로 생각된다. 또 그 문맥에서 소월이 주장한 바 시혼의 영원불변성은 특정한 시인의 시적 상상력이 자기 나름의 일정한 자극 하에서, 그 시인의 세계관을 형성하기 위한 불변의 특질이라고 해석하는 것이 오히려 좋으리라고 생각된다.

③ 詩批評의 至難性

오늘날의 詩評論은 '인간정신은 곧 언어' 라는 상징주의 철학에 바탕을 두고 있다. 인간의 사고는 그 대부분을 언어 사용능력에 의존하고 있으며 그 언어사용능력이란 다름 아닌 상징화의 능력이라고 하는 신칸트주의[35]의 이론은 문학을 이해하는 데 과거와는 아주 다른 태도를 취하게 하였다. 즉 문학을 이해하는데 상징적 성격을 당연한 것으로 받아들이게 되었고 시가 상징적으로 될수록 언어의 본질에 충실한 언어예술로 생각되었다. 그리하여 시에 나타난 극히 단순한 이미지일지라도 그것은 스스로 존재하는 독자적 대상으로서의 상징이지 다른 사물의 記號的 指示體系로 안주할 수는 없게 된다.

이와 같은 문학관에 따른다면 시작품은 너무도 다양하게 그 형식과 내용을 분리할 수 없는 통일체로 인식해야 하며, 따라서 시의 이해 내지 비평이라는 것은 시 속에 구축된 이미지가 어떻게 구체적 외계의 실상을 빌어 쓰여졌으면서 그 실상과 동떨어져서 독립한 존재로 있는가, 그리고 시인의 특유한 감성과 세계관을 어떻게 반영하는가를 설명하여야 한다.

그렇기 때문에 오늘날의 시비평은 언어 자체의 본질문제에 깊이 관여하게 되었고 과거처럼 형식과 내용에 의한 이분법에 의해 형식은 형식대로 따로 논하고 내용은 마치 외계에 따로 존재하는 의미를 전달한 것으로 분리하려는 도식적인 설명을 배격하게 되었다. 물론 문학의 언어가 일상의 언어를

---

35) 그 중의 일례가 Ernest Cassirer 의 象徵主義哲學이다. 그의 저서 「人間論」(Essay on Man) 은 이 문제를 다루고 있다.

그대로 사용하고 있는 만큼 의미전달의 지시적 기능을 전적으로 배격하고
완전자유의 실재가 되어 일상과는 유리된 상태에서 독자적 의미작용을 할
수 있는 것은 아니지만, 적어도 그러한 일상성으로부터, 즉 일상적 의미기
능으로부터 벗어나려는 것은 틀림없는 사실이다. 말하자면, 시의 언어는 그
자체가 절대성을 갖는 존재이고자 한다. 곧 시의 언어는 시인의 시적 상상
력의 언어화이기 때문이다. 시는 언어의 옷을 입기는 했으나 그 순수한 상
징성은 그대로 시인의 의식세계가 분출하는 비언어적 상상력 자체로 항상
복귀하려 한다. 시에 관한 이와 같은 이해는 일찍이 소월이 그의 직관으로
터득했었으리라고 이해된다.

> 시작에도 역시 시혼 자신의 변환으로 말미암아 시작에 異同이 생기며
> 優劣이 나타나는 것이 아니라 그 시대며 그 사회와 또는 당시 情境의 여하
> 에 의하여 작자의 心靈上에 무시로 나타나는 陰影의 현상이 變換되는 데
> 지나지 못하는 것입니다. …… 음영없는 물체가 어디 있겠습니까? 나는
> 존재에는 반드시 음영이 따른다고 생각합니다. 다만 같은 물체일지라도
> 공간과 시간의 여하에 의하여 그 음영에 光度의 强弱만은 있을 것입니다.
> 곧 음영에 그 深淺은 있을지라도 음영이 없다고는 할 수 없는 것입니다.

이 글은 詩魂의 불변성을 강조하고 그 시혼의 음영이 작품에 나타난다고
말한다. 그 음영은 바로 오늘날의 '詩的 心象'에 대응시키면 좋을 용어라
하겠다. 그는 이미 詩에 있어서 형식과 내용이 분리될 수 없다는 것을 알 수
있었고 詩가 오로지 陰影으로 이루어지는 언어적 사물이라는 생각에 그가
도달하지 않았다면 이러한 글을 쓸 수가 없었을 것이다.

> 그러면 詩魂은 본래가 영혼 그것인 동시에 자체의 변환은 절대로 없는
> 것이며 같은 한 사람의 시혼에서 창조되어 나오는 詩作의 우열은 詩魂自
> 體에 있는 것이 아니오, 그 음영의 변환에 있는 것이며 또는 그 음영을 보
> 는 玩賞者 각자의 정당한 심미적 안목에서 판별되는 것이라고 합니다.

여기에서 쓰인 '詩魂'을 '詩的 想像力'으로, 그리고 '陰影'을 '心象'으로
대체시키면 다음과 같은 글이 된다.

그러면 시적 상상력은 본래가 시인이 지닌 영혼으로서 심상 결합의 생
산능력이므로 그것이 변환한다는 것은 절대로 있을 수 없는 것이며 그러
한 시적 상상력이 시작품으로 언어화하였을 때에 그 작품의 우열은 상상
력의 문제가 아니라 작품에 나타난 심상의 변모에 있는 문제요, 감상자가
그 심상을 어떠한 미적 안목으로 바라보느냐 하는 관점에 있는 것이라고
합니다.

素月의 詩觀은 이와 같이 오늘날의 詩論이 설명하는 시의 원리를 소월 특
유의 표현방법으로 말하였던 것이라고 볼 수 있다. 물론 소월이 살던 당대
에는 우리 나라에 이렇다 할 시론이 존재하지도 못했고 또 그것을 생각할 만
한 단계에 있지도 못하였다. 그래서 소월도 직관으로 알고 있는 그의 시관을
「詩魂」 속에 개진하기는 하였지만 그러한 陰影, 즉 心象을 어떻게 바르게 이
해하고 접근하느냐 하는 문제에는 언급을 할 수 없었다. 그래서 그는,

그러면 시작의 가치여부는 적어도 그 시작에 나타난 음영의 가치여부
일 것입니다. 그러나 그 음영의 가치여부를 식별하기는, 곧 시작을 비평하
기는 至難의 일인 줄로 생각합니다.

라고 하여 詩批評의 至難性을 고백하고 말았다.

④ 金億의 素月觀에 대한 反論
이 마지막 문단에 이르면 소월과 김억은 그 사제간의 돈독한 신의에도 불
구하고 이론적 대립을 나타낸다. 「詩魂」에 나타나 있는 소월의 항의는 다음
과 같다.

나의 애모하는 師匠 金億씨가 拙作 「님의 노래」를 평하심에 "너무도 맑
아 밑까지 들여다 보이는 시다. 그 시혼 자체가 너무 얕다." 하시고, 다시
拙作 「자나 깨나 앉으나 서나」를 평하심에 "시혼과 시상과 리듬이 보조를
가즉히 하여 걸어 나아가는 아름다운 시다."라고 하셨다. 여기에 대하여
나도 첫째로 같은 한 사람의 시혼 자체가 같은 한 사람의 시작에서 금시에
얕아졌다 깊어졌다 할 수 없다는 것과, 또는 詩作마다 새로이 별다른 詩魂
이 생기는 것이 아니라는 것을 좀더 분명히 하기 위하여 누구의 것보다도

자신이 제일 잘 알 수 있는 자신의 시작에 대한 씨의 비평 일절을 일년 세
월이 지난 지금에 비로소 다시 끌어 내다 쓰는 것이며, 둘째로 두 개의 졸
작이 모두 다 그에 나타난 陰影의 점에 있어서도 역시 각개 특유의 미를
가지고 있다고 하려함입니다.

이 구절은 일차적으로 김억이 용어에 대한 개념 규정을 잘못 설정했음에
대하여 소월이 반론하는 것이라고 보아야 한다. 소월은 시혼을 시적 상상력
이란 용어로 일관되게 바꾸어 쓸 수 있도록 논지를 전개시키고 있음에 반하
여 김억은 시혼에 대치할 만한 논리적 개념을 따로 마련하지 않았다. 굳이
바꾸어 말하면 시의 주제라고 할 수 있겠는데, 그렇게 되면 이미 소월이 말
하는 시혼과 김억이 말한 시혼은 같은 자리에서 논의될 수 없게 된다. 그들
은 결국 서로 다른 언어를 말하고 있었던 것과 마찬가지이다.

다음으로 소월이 김억에게 대항한 것은 소월시에 대한 김억의 비평이 근
본적으로 잘못되어 있다는 데 있다. 송욱이 지적한 바에 따르면[36] 「님의 노
래」와 「자나 깨나 앉으나 서나」는 둘 다 소월의 詩 중에서도 훌륭한 것이 못
되며, 오늘날의 입장에서 따져 볼 때 문제로 삼을 만한 詩가 아니라 하였다.
이것은 김억에 대한 소월의 항거가 부당한 것이 아니었음을 대변해 준다.

이로써 소월의 「詩魂」을 4분하여 항목별로 검토하였다.

1920년대의 시인으로 이만큼 뚜렷한 시혼을 세울 수 있었다는 것 역시
소월을 1920년대의 대표시인으로 인정하게 하는 한 이유가 될 수 있다.
비록 많은 작품은 아니지만 소월의 佳篇들은 모두 소월 자신이 가졌던 詩
魂의 陰影들을 오늘날의 독자와 평자들에게 완벽히 전달해 주고 있기 때
문이다.

4. 民謠調에 대한 論議

作故한 詩人의 詩集이 끊임없이 간행될 경우에 그 이유는 대체로 그 작품
이 어떠한 이유에서든지 새로운 세대에 迎合할 수 있는 普遍性을 가지고 있
기 때문이다. 소월의 시에 있어서 그러한 보편성은 어디에 근거하는가? 지

---

36) 송 욱, 앞의 책, p.142.

금까지 소월의 시만큼 여러 형태의 시집이 간행된 예는 없다.[37] 많은 간행을
가능케 한 이유가 포괄적으로 표현하여 작품의 보편성이라고 말할 수 있다
면 그 구체적 내용은 무엇인지 생각해 볼 필요가 있다. 우선 제일 먼저 떠오
르는 이유는 작품의 이해가 쉽기 때문이다. 쉽다는 말은 그 내용이 萬人共
有의 정서에 근거하였다는 점과 그 내용을 읊어 가는 언어가 소박하다는 두
가지 의미를 포함한다. 1930년대 이래에 나타난 主知主義的인 詩들, 그리
고 1950년대 이후에 계속되는 難解한 現代詩에 비하면 소월의 시는 참으로
平易하다. 그 平易性을 두드러지게 특징 짓는 요소의 하나는 傳統的 律調라
고 생각된다. 이 율조는 民謠調라고 불린다.

　이 '民謠調' 라는 말은 상당히 含蓄的인 의미를 지닌다. 이 말의 外表的
의미는 물론 소월의 시가 지닌 형식상의 율조라 하겠으나 이보다 더 중요한
것은 그의 민요조가 갖는 내용상의 특징이다. 그것은 바로 소월이 전통적
韓國情緖를 詩의 素材로 삼았다는 점이다.

　'民謠' 라는 말이 이미 전래하는 민족정서를 담은 노래라는 뜻을 담고 있
거니와 소월은 그의 시에 이러한 傳來的 요소를 끊임없이 끌어들이고 있다.
그러면 이러한 관점에 서서 논의될 수 있는 작품을 예로 들어 소월의 시가
가진 민요적 특성들을 밝혀 보기로 한다.

　① 첫째로 소월은 자기 자신의 고유한 시적 상상력을 발동하기 이전에 이
미 민중 사이에 퍼져 있는 노래 속에서 자신의 시적 상상력과 합치되는 것

---

37) 素月에 대한 집중적인 관심은 1959년 『新文藝』 8월호에 素月특집을 마련하였다. 여기에서
　　金南祚는 「素月詩全集의 刊行濫發은 遺憾」이라는 글을 통하여 당시 저작권의 연고자가 없
　　었던 素月詩集을 마구 찍어내는 것을 출판계의 비리라고 지적한 바 있다. 그럼에도 불구하
　　고 1960년 이후에 간행된 시집이 많다.
　　『못잊어』(省文社, 1961), 『님의 마음』(眞文出版社, 1964), 『그리워』(榮文閣, 1967), 『그리운
　　님 못잊어』(글벗집, 1967), 『山새가 운다』(韓林社, 1968), 『예전엔 미쳐 몰랐어요』(翰林出
　　版社, 1968), 『山有花』(仁荷出版社, 1970), 『초혼』(仁荷出版社, 1970), 『금잔디』(文昌社,
　　1971), 『님과 벗에게』(文昌社, 1971), 『素月詩集』(崇藝文化社, 1972), 『못잊어』(成功文化社,
　　1972), 『옷과 밥과 자유』(民音社, 1973), 『함박눈』(文元閣, 1974), 『김소월 시』(汎韓書籍,
　　1975), 『素月의 名詩』(翰林出版社, 1975), 『진달래꽃』(三中堂文庫, 1975), 『못잊어』(世宗閣,
　　1975), 『진달래』(興文圖書, 1976), 『산유화』(惠園文化社, 1977), 『그리워』(書林文化社,
　　1977), 『永遠한 素月의 名詩』(惠園文化社, 1977)

들을 찾아 개작한다. 소월의 용어를 빌리면 민중의 노래 속에서 자기 자신의 시혼과 그 음영을 동시에 발견하고 그것에 심취하여 충실한 감상자의 자세로부터 작가로 변신하는 것이다. 여기에 해당되는 시로 우리는 「팔벼개 노래」와 「巷傳哀唱 명주딸기」를 손꼽을 수 있다.

「팔벼개 노래」는 그의 나이 23세, 갑자년(1924년)에 그가 영변에 갔을 때 한 기생이 읊은 노래를 그 기생에게 기록하게 하여 그것을 발표한다는 해설을 덧붙이고 있는, 일종의 기생 잡가이다. 엄격하게 말하면 소월의 창작시는 아니라고 할지 모르나 소월의 시혼을 자극하고 그 음영에 합치되어 소월이 자신의 명예를 걸고 문학계에 소개한 작품이므로 상당부분 자구의 수정은 불가피했을 것이다. 다음은 그 작품과 해설의 일단이다.

> 첫날의 길동무
> 만나기 쉬운가
> 가다가 만나서
> 길동무 되지요
>
> 날 긇다 말아라
> 家長님만 님이랴
> 오다가다 만나도
> 정붙이면 님이지
> (후략)

─ 「팔벼개 노래」

(전략) 이윽고 밤이 깊어 돌아갈 지음에 다시 이르되 妓名은 채란이로라 하였더니라. 이 팔벼개 노래 調는 채란이가 부르던 노래니 내가 영변을 떠날 임시하여 그의 親手로써 기록하여 가지고 돌아왔음이라. (중략) 다만 지금도 매양 내 잠 아니 오는 긴 밤에와 나 홀로 거닐으는 감도는 들길에서 가만히 이 노래를 읊으면 스스로 금치 못할 가련한 느낌이 있음을 취하였을 뿐이라, 이에 그래도 내어 버리랴 버리지 못하고 이 노래를 세상에 전하노니 지금 이 자리에 지내간 그 옛날 일을 다시 한 번 끌어내어 생각하지 아니치 못하여 하노라.

소월의 이 고백은 소월의 詩魂과 그 陰影의 震源地를 스스로 밝힌 결과가 되었다. 이「팔벼개 노래」의 시구 이미지는 이별의 서글픔과 유랑의 쓰라림을 하소연하는 女心이라는 것을 반증한다.「팔벼개 노래」는 이러한 관점에서 재음미되고 평가되어야 할 작품이다.

다음으로 〈巷傳哀唱 명주딸기〉 역시 소월의 한국적 전통지향의 면모를 밝히는 또 하나의 귀중한 작품이다. 이것도「팔벼개 노래」를 얻은 1924년에 발표한 작품으로 이미 그 제목에서 순수 작품이 아님을 밝히고 있다. 즉 '巷傳哀唱'이라는 명사가 관형격으로 붙어 명주딸기를 수식하고 있다. 따라서 이 작품도 소월의 손에 수정·개작되었으나 그 근본은 평안도 지역에서 불려지던 민요라고 보는 데 무리가 없을 줄 안다.

> 1. 딸기 딸기 명주딸기 집집이 다 자란 딸아기,
>   딸기 딸기는 다 익었네 내일은 열하루 시집갈 날.
>
>   일모청산 날 저문다 월출동정에 달이 솟네
>   오호로 배띄어라 범너도 임싣고 떠나간 길
>
>   노던 볕에 오는 비는 숙낭자의 눈물이라.
>   어얼시구 밤이 간다 내일은 열하루 시집갈 날.
>
> 2. 흰꽃 흰꽃 흰 나비와 흰 이마 흰 눈물 검은 머리,
>   흰꽃 흰꽃 나붓는데 흰 이마 눈물 검은 머리.
>
> 3. 메에서 보면 바닥이 좋고 바닥에서는 메가 좋고,
>   온듸 간듸 좋아도 어이다 내 집을 지어 둘고.
>
> 4. 있다고 있는 척 못할 일이 없다고 부러워 안할 일이,
>   세상에 못난이 없는 것이 저 잘난 성수에 살아보리.
>
> 5. 죽어간 임을 임이래야 뚫어진 신짝을 신이래야,
>   앞 남산에 불탄 등걸 잎 뛰던 자국에 좀이 드네.
>
> —「巷傳哀唱 명주딸기」

　다섯 절로 나누어진 全詩는 제1부만 1연이 2행으로 된 3연의 시이고 나머지는 각기 1연씩으로 되어 있다.

　그런데 각 절 사이에 일관된 주제를 찾기 힘든 점으로 보아 동일한 가락에 각기 비슷한 주제의 歌詞들을 노래로 불렀을 가능성을 보인다.

　이 외에도 소월의 순수창작을 의심케 하는 시에 「넝쿨타령」이 있다. 시행의 중간에 歌唱되지 않으면 그 효과가 살아나지 않을 '에헤요, 에헤야' 같은 무의미한 후렴구가 삽입되어 있다. 다음은 「넝쿨타령」의 마지막 연이다.

　　박넝쿨이 어헤요 벋을적만 같아서는 온 세상을 어리얼시 뒤엎을 것 같
　더니만,
　　초가 삼간 다 못 덮고 에헤요 에헤야
　　둥글박만 댕글이 달리더라 에헤요 달리더라.

　이와같이 소월은 시세계가 전통적 민요가락과 그 속에 담긴 哀傷에 깊이 침잠되어 있음을 스스로 증명하고 있다. 그런데 흥미롭게도 소월 자신은 民謠詩人이라 불리는 것을 극히 혐오했었다.

　　……소월이 자신은 어떤 이유인지 모르거니와 민요시인으로 자기를 부
　르는 것을 싫어하여 시인이면 시인이라 불러 주기를 바라던 것이외다.[38]

　그 이유를 경솔하게 추단할 수는 없으나 소월의 生存 當年에 일반문인들이 가지고 있던 민요에 대한 개념이 소월의 그것과 차이를 드러내고 있는데 대한 불만 때문이었으리라고 추단하게 된다. 소월은 자신의 시가 통념적인 4·4조라는 민요의 범주 속에 일괄될 것을 싫어하여 굳이 민요시인으로가 아니라 그냥 시인으로 불려지기를 바랐었다. 그러나 이 말을 다시 바꾸어 보면 소월의 시는 민요적인 것을 벗어나서는 존재할 수 없었다는 반증이 된다. 또 소월이란 이름 앞에서 관형격으로 따라다닌 '민요'라는 말은 오히려 한국의 종래 민요가 4·4조의 율조에만 국한시킬 일이 아니라 차라리 '전통적 언어미학'이라는 말로 대치되는 성격의 말임을 김억은 잘 입증해 준 바 있다.

---

38) 김억, 「素月의 追憶」, 『素月詩集』(正音社, 1962), p.310.

그 당시로 말하면 모두다 외국어식 언어사용에 열중하여 조선말다운 조선말을 사용치 못하던 때에 소월이는 순수한 조선말을 부뜰어다가 생명 있는 그대로 자기의 시상표현에 사용하였던 것이외다. 아마 이 점에서는 그때의 어떤 시인이든지 소월이에게 훨씬 밎지 못하던 것인 줄 압니다.[39]

그러므로 소월은 철저하게 민요적인 환경과 분위기 속에서 그의 시혼을 다듬고 음영을 작품으로 만들었다 하겠다.

② 소월이 민요적 시관에 투철했던 두 번째의 증거는 그가 즐겨 쓴 詩語 속에서 찾을 수 있다. 그의 시어들은 할 수만 있다면 민족의 전통적 정서가 깃든 고유한 어휘들을 재생시키는 것이었다. 경우에 따라서는 단 한 마디의 단어에서도 오랜 민족의 역사를 투시해 보는 일이 가능하다. 그러한 말에는 이른바 民俗을 반영하는 다음과 같은 것들이 있다.

시집와서 삼년	「無心」
초파일 날, 그네	「널」
春香과 李道令	「춘향과 이도령」
草家三間	「넝쿨타령」
성황당	「물마름」
江南	「제비」
연분홍 저고리	「將別里」
花紋席 돗자리	「팔벼개 노래」
놋燭臺	「팔벼개 노래」
거문고	「팔벼개 노래」
길어둔 독엣 물	「님의 말씀」
仙女	「마른江 두덕에서」
幽靈	「悅樂」
황燭불, 첫날밤	「黃燭불」
짚신에 감발하고	「두 사람」
九重宮闕, 龍女	「愛慕」
紙鳶	「紙鳶」
香爐	「서름의 덩이」

---

39) 김억, 위의 글, p.310.

丹靑의 紅門   「旅愁一」
대보름 달맞이   「달맞이」

이러한 단어들은 단 한두 마디 속에 긴 사연을 담고 있다.

즉 이들 단어의 내포적 의미는 민족의 역사와 함께 묶인 풍부하고 심화된 의미의 집합들이다. 詩에서 詩語가 지녀야 할 가장 긴요한 속성이 이 內包意味의 확산인데 소월의 이상과 같은 표현은 독자들로 하여금 이들 몇몇 단어의 제시만으로 그들이 살고 있는 정한의 설화 속에 빠져 들게 한다.

그러나 素月은 여기에 머물지 않고 많은 한국의 地名들을 詩 속에 쓰고 있다. 그의 시에 나타난 지명들은 다음과 같다.

往十里, 天安   「往十里」
定州, 郭山   「길」
三水甲山   「山」
寧邊 藥山   「진달래꽃」
大同江   「將別里」
西道, 南浦, 晋州   「팔벼개 노래」
仁川 濟物浦   「밤」
平壤   「不稱錘杯」
서울   「서울밤」
豆滿江   「물마름」
漢江水   「돈타령」

이들 지명은 단순한 하나의 外延的 의미로서 그 지역을 가리키는 것이 아니라 그 지명이 가지고 있는 긴 역사성을 동시에 우리에게 보여 준다. 그리하여 지명이 가지는 내포의미는 그대로 민족사의 일부분을 이루기에 족한 것이 된다. 소월이 지명을 쓰는 목적이 바로 그러한 단어가 지닌 전통적 내포의미 때문임은 물론이다. 다음에 「往十里」를 예로 든다.

비가 온다.
오누나.
오는 비는

올지라도 한 닷새 왔으면 좋지.
여드레 스무날엔
온다고 하고
초하루 朔望이면 간다고 했지.
가도 가도 往十里 비가 오네.

웬걸, 저 새야.
울랴거던
往十里 건너가서 울어나 다고,
비 맞아 나른해서 벌새가 운다.

天安에 삼거리 실버들도
촉촉히 젖어서 늘어졌다네.

비가 와도 한닷새 왔으면 좋지
구름도 산마루에 걸려서 운다.

　위 詩에는 '왕십리'가 두 번, '천안'이 한 번 나오는데, 이 詩를 단순한 일상언어적 차원의 문법구조에서 파악한다면 '왕십리'나 '천안'이라는 地名이 등장해야 할 논리적 필연성이 있는 것은 아니다. 첫 번째의 '왕십리'는 엄격한 의미에서 지명이 아니라 의미중첩의 기능으로 가지고 있는 것이며, 두 번째의 '왕십리'는 역시 실존하는 지명으로서의 '왕십리'가 아니라, 추상적 개념 공간으로서 작자에게 슬픔의 感情移入을 수행하는 벌새에게 슬픔의 유보를 간망하기 위한 하나의 상상지역이다. 그리고 마지막 연에 가서 나오는 '천안'은 비로소 실버들 늘어진 삼거리의 지명 '천안'이다. 그러나 이 '천안'도 현실 속의 '천안'이 아니라, 이별의 회한이 얽힌 전설 속의 '천안'이다. 이렇게 보면 이들 地名은 하나도 단순한 지명이 아니고 역사와 전설을 배경으로 가지고 있는 길고 많은 의미의 응축이라는 결론에 이른다. 素月이 地名을 즐겨 쓴 이유는 여기에 있었다고 그의 詩를 재음미하는 것이 옳겠다.

③ 세 번째로 필자는 소월의 민요조가 전설의 민요화에서 왔다고 하는 관점에서 소월시의 민요적 특성을 언급하고자 한다. 이에 관하여서는 김억이 「소월시의 추억」이라는 글에서 「접동새」를 예로 들어, "말할 것도 없이 이 詩는 詩材를 전설에서 가져다가 詩作[40]"한 것이라 하였다.

(前略)
옛날 우리 나라
먼 뒷쪽에
진두강 가람까에 살던 누나는
의붓 어미 시샘에 죽었습니다.

누나라 불러 보랴
오 불설워
시샘에 몸이 죽은 우리 누나는
죽어서 접동새가 되었습니다.

아홉이나 남아되는 오랍동생은
죽어서도 못잊어 참아 못잊어
夜三更 남 다 자는 아닌 밤중에
이산 저산 옮아가며 슬피 웁니다.

위 시를 읽어보면 소월은 전설을 담을 수 있는 그릇으로서 민요를 채택하고 있다. 그러면 어째서 소월은 민요와 전설을 동일화 하였는가? 다시 말하면 민요 속에 전설을 집어 넣으려 하였는가? 이 의문은 민요의 특성이 무엇인가를 밝힘으로써 해명이 된다. 흔히 허버트 리드의 『英詩의 발자취』를 인용하여 민요가 공동체적 성격을 지니고 계승된 이유를 다음과 같이 몇 가지로 요약한다.

첫째, 서술의 선명한 직접성(a clean directness of narrative)
둘째, 寫實的인 명확성(the definitness)

---

40) 김억, 위의 글, p.305.

셋째, 초자연적 요소(a supernatural element)

넷째, 불행하고도 비극적인 사랑의 심각한 哀恨(deep complaint of unhappy, tragic love)[41]

민요가 가지는 이상의 네 가지 특성 가운데에서 전설과 공유할 수 있는 요소는 셋째 번과 넷째 번이다. 이 두 가지는 궁극적으로는 죽음을 둘러싼 인생의 비극성에 근거한다. 「접동새」는 바로 그러한 요소를 그대로 반영한다. 즉 의붓어미 시샘에 죽은 누나의 혼이 접동새로 변신하였다는 환생의 기록은 초자연적인 요소와 비극적 인생을 그대로 대변해 준다. 만일 민요적인 것에서 죽음을 동반하는 인생의 비극이 결여되었었다면 소월은 민요조를 자기 시의 형식으로 삼지 않았을지도 모른다. 원래 우리나라 민요는 소위 內房謠라고 하는 女性謠를 근간으로 한다. 그리고 그 女性謠는 다시 사랑 노래와 시집살이 노래가 대부분으로 슬픔과 한탄을 담지 않은 것이 없다. 그러면 소월의 이와같은 전통민요와의 紐帶가 얼마나 새로운 명제와 방법을 발견하였는가 하는 점이 소월시에 대한 역사적 의의를 평가하는 초점이 될 것이다.[42]

이 문제를 검토하기 위하여 밑의 작품을 살펴보기로 한다.

> 바드득 이를 갈고
> 죽어 볼까요.
> 窓가에 아롱아롱
> 달이 비친다.
>
> 눈물은 새우잠의
> 팔굽 벼개요.
> 봄꿩은 잠이 없어

---

41) H. Read, 『Phases of English poetry』(1928) pp.15-16. 鄭漢模, 「근대민요시와 두 시인」, 『國文學 論文選 9』(민중서관, 1977)
　　鄭漢模는 넷째 항목의 '사랑'을 '인생'으로 바꾸어 생각하였다. 적절한 수정이었다고 생각하여 필자도 그에 동조한다.
42) 鄭漢模, 위의 글, p.37.

밤에 와 운다.

두둥달이 벼개는
어디 갔는고
언제는 둘이 자던 벼개 머리에
'죽자 사자' 언약도 하여 보았지

봄메의 멧기슭에
우는 접동도
내 사랑 내 사랑
좋이 울것다.

두둥달이 벼개는
어디 갔는고
窓가에 아롱아롱
달이 비친다.

—「원앙침」

　이 작품 내의 주인공은 청상과부이다. 여생을 홀로 살아갈 외로운 여인이다. 그는 창가에 달빛이 어리는 初更, 문득 죽음의 유감을 걷잡을 수 없다. 이미 두둥달이 鴛鴦枕은 임을 사별한 후 다시 사용할 생각을 않고 장롱 속 깊숙이 감추어 두었다. 그것을 꺼내 놓으면 슬픔만 더할 것이기 때문이다. 접동새 울음 소리가 들린다. 임의 魂靈인가? 원혼이 변해서 되었다는 접동새의 울음을 임의 음성인 양 새겨 보며 앞으로 살아 갈 생애를 곰곰 궁리한다.

　대체로 이러한 내용을 압축하고 있는 이 시는 마지막 연의 4행을 모두 앞에 나온 1연과 3연에서 각각 하나씩 뽑아다 씀으로써 이 시가 제시하는 이미지의 무한반복을 노리고 있다. 여기에서 우리가 주목해야 할 사실은 우리 나라에 예로부터 있어 왔고 또 소월의 당대 그리고 오늘날에 있어서까지 어디에나 있을 법한 이름없는 凡婦의 슬픈 사연을 소월이 대변한다는 데 있다. 그는 항상 자기 개인의 경험적 사례보다 민중에게 익숙한 소재 속에서

자신의 시적 상상력을 발동시킨다. 이에 대하여 鄭漢模는 다음과 같이 설명한다.[43]

민요와 소월의 시와의 관계를 우선 그 근사치에서 찾아보면…… "채워지지 않는 사랑과 그리움, 그리고 그 別離의 애환"이 그 모티이브가 되고 있다. 그러한 정감을 개인적인 입지에서 노래하고 있으면서도 주관적인 감상에 떨어지지 않고 이를 극복하고 있는 성공적인 작품들이 적지 않다. …… 민요의 경우에도 주관적인 감상이 아니고 충분히 객관화된 정감의 노래여야만 공동체에 널리 채용되고 그만한 보편성을 갖게 되는 것이다.

요컨대 소월시의 특성은 '불행하고도 비극적인 사랑과 생활의 哀恨'이 깃든 민요적 요소를 민요조의 가락에 객관화시키는 수법을 발휘한 데 있었다고 말할 수 있다. 이 때에 끊임없이 소월을 따라다닌 또 하나 창작의 역동적인 인자가 죽음의식이었음을 다음 장에서 詳論하고자 한다.

5. 미학적 개념으로서의 죽음

본장은 소월시의 특질을 주로 주제면에서 탐구하고자 할 때 우선적으로 문제되는 '죽음'을 다룬다.

19세인 1920년대부터 작품을 발표하기 시작했던 소월이 33세이던 1934년에 음독 자살로 타계한 사실로 미루어 본다면, 그는 '죽음'을 심각하게 의식했던 시인임을 인정할 수 있다.

이 사실을 증명하기 위하여 그의 시에서 '죽음' 내지 '죽는다'를 직접 사용한 시편의 제목들을 열거해 보기로 한다.[44]

개여울의 노래/ 원앙침/ 진달래꽃/ 접동새/ 님의 말씀/ 비난수하는 맘/ 찬 저녁/ 초혼/ 무덤/ 훗길/부부/ 구름/ 해가 산마루에 저물어도/ 失題/ 담배/ 어버이/ 비단 안개/ 기억/ 후살이/ 몹쓸 꿈/ 여자의 냄새/ 안해 몸/ 서울 밤/ 꿈(A)/ 默念/ 바리운 몸/ 꿈(B)/ 生과 死/ 漁人/ 오는 봄/ 물마름/

---

43) 앞의 글, p.43.
44) 본고의 대본은 1962년 正音社 간행의 『定本 素月詩集』이다. 여기에는 漢詩 飜譯 6首를 제외하고 158편이 수록되어 있다.

旅愁 1/ 금잔디/ 달맞이/ 富貴功名/ 첫 치마/ 사노라면 사람은 죽는 것을/ 하다 못해 죽어 달래가 옳나/ 희망/ 나는 세상 모르고 살았노라/ 信仰/ 生과 돈과 死/ 제이·엠·에스/ 故鄕/ 義와 正義心/ 빚/ 巷傳哀唱 명주딸기/ 節制/ 꿈자리

　이상의 49편은 『定本 素月詩集』 대본에 실린 총 158편 중 32%에 해당한다. 소월은 이렇게 많은 시에서 '죽음'이라는 단어를 직접적으로 사용하고 있다. 그리고 여기에다 "서산에는 해진다고"(「가는길」), "석양이 산머리 넘어가고"(「집생각」), "산에는 꽃지네 꽃이 지네"(「산유화」), "잎들만 시들더라"(「넝쿨타령」) 등을 '죽음'의 영상들로 간주해 볼 경우에 이같은 표현이 나타나 있는 詩는 80편에 이르고 이것은 158편 중 50%에 해당한다. 素月이 얼마나 깊이 죽음을 의식하면서 두려움 없는 친근감을 가지고 끊임없이 죽음을 생각하였는가를 알 수 있다.
　이미 앞에서 밝힌 바와 같이 소월은 그가 남긴 유일한 詩論인 「詩魂」에서 詩가 생성될 수 있는 근원이 詩魂에 있음을 말하고 그것은 보다 죽음에 접근하고 있어야 한다고 강조하였다. 시인이 시를 쓸 수 있는 심성이 日常的인 것으로부터의 탈피에서 시작한다는 것은 분명한 사실이지만 그것이 반드시 죽음에 연관되어야 할 필연적인 이유가 있는 것은 아니다. 그러나 素月은 그의 「詩魂」에서 詩의 본거지가 분명히 죽음과의 연계로 이루어진다고 밝힌다.

　　우리는 삶을 좀 더 멀리한 죽엄에 가까운 산마루에 섰어야 비로소 삶의 아름다운 빨래한 옷 이 생명의 봄 두던에 나붓기는 것을 볼 수도 있읍니다. …… 밝음을 지어버린 어두움의 골방에 서며 삶에서는 좀더 돌아앉은 죽엄의 새벽빛을 받는 바라지 우에서야 비로소 보기도 하며 느끼기도 한다는 말입니다. 우리에게는 우리의 몸보다도 맘보다도 더욱 우리에게 각자의 그림자 같이 가깝고 각자에게 있는 그림자 같이 반듯한 각자의 영혼이 있읍니다.

　이 논조로 볼 때는 소월의 시적 충동은 죽음의식을 동반할 것을 요구한다. 그는 明快하게 일상과 비상의 양분된 의식 세계를 설정한 뒤에 詩의 세계가 비상에 속하는 것임을 역설하였다. 이제 그의 「詩魂」에서 언급한 양분

된 두 개의 세계를 순차적으로 보이면 다음과 같다.

日常의 세계	詩魂의 세계
낮	밤
도회(人爲)	시골(自然)
日常	非常
밝음	어두움
煩雜	寂寞, 孤獨
陸地	바다
生時(生活)	꿈(意識)
삶	죽음
肉身	靈魂

위의 표는 소월의 작가의식 곧 시정신이 죽음 의식을 동반한 시혼의 세계
에 있음을 말하여 준다. 또 그가 구사한 시어들이 모두 이 詩魂의 세계에 속
한 것임을 밝혀준다.

시의 과학성을 주장한 김기림의 詩論에 따르면 시는 '과거의 시' 와 '새로
운 시' 로 나뉘고 그 차이점은 다음과 같다.[45]

과거의 시	새로운 시
獨斷的	批判的
形而上學的(哲學的)	形而下學的(卽物的)
局部的	全體的
瞬間的	經過的
感性의 偏重	知性의 綜合
唯心的	唯物的
想像的	構成的
自己中心的	客觀的

---

45) 김기림, 「詩의 모더니티」, 『詩論』(1936), p.115.

소월의 시를 金起林의 이론에 대비시키면 소월의 시가 '과거의 시'에 해당된다는 것을 알 수 있다. 그리고 소월의 시혼이 나타난 소박한 二元論的 世界觀을 이해하고 나면 그가 추구하는 '님'이 어떤 것인가를 쉽게 찾아낼 수 있고 또 그의 시가 가지는 특이성의 근본이 어디에 연유하는가도 알게 된다. 이러한 이원적 세계관은 자연스럽게 '삶의 인식'을 그것에 對蹠的으로 존재하는 죽음으로부터 파악하게 하였을 것이다. 말하자면 소월이 죽음에 주목한 이유는 죽음이 바로 삶을 알게 하는 방편일 수 있었기 때문이다. 그는 또한 '죽음'과 매우 유사한 생존상태의 의식으로서 '꿈'에 주목한다. 그는 '꿈'이야말로 故人을 만나는 유일한 수단이며 "영혼은 心想의 배(船)요 추억의 수레"라고 말한다.

그러므로 그의 시세계는 필연코 과거지향적인 영혼의 세계이어야만 했고 그것을 구체화시킨 것이 가람이요 산이요 달이요 별이며 고향이었다. 즉 그것은 죽음을 암시하는 자연이었다. 영혼은 바로 그러한 자연과 유사한 것이기 때문이다. 그래서 소월은 그의 詩魂의 세계를 총괄하는 存在者를 詩 속에서 '님'이라 부른 것이다. 그렇기 때문에 그의 '님'은 비현실적일 수밖에 없으며 나아가서 '죽음'에 연결될 수밖에 없었다.

또한 소월은 일상생활에서조차 죽음을 매우 빈번히 화제에 올려 놓았다. 素月이 죽은 후 金億은 「素月의 追憶」[46]이라는 글에서 소월 자신의 편지를 인용하며 소월이 죽음타령을 많이 하였다는 것을 밝혔다. 먼저 소월은 김억에게 보낸 서한에서 다음과 같이 죽음에의 집착을 말한다.

> 요전 호 삼천리에 이러한 절구가 있었습니다. 生也一片浮雲起 死也一片浮雲滅, 浮雲自體本無質 生死去來亦如是. 저는 지금 이렇게 생각합니다. 초조하지 말자고. 초조하지 말자고, 그러하 옵는데 ……오늘밤 ……옛날 소설에 어느 여자 다리 난간에 기대어서서 흐득흐득 울며 死의 유혹에 박덕한 신세를 구슬프게도 울던 그 달빛 그 月色. 月色이 白晝와 지지 않게 밝사옵니다. 오늘이 열사흗날. 저는 한 千年 만에 先祖의 무덤을 찾아 明日 故鄉 郭山으로 뵈오러 가려 하옵니다.

---

46) 朝鮮中央日報, 1935년 1월 14일자.

이 무렵 소월은 그 자신이 죽음의 유혹에서 벗어나지 못하고 고뇌하던 때임을 이 편지는 소상하게 알려준다.

다음은 「素月의 追憶」끝부분에서 김억이 소월의 죽음에 관하여 언급한 구절이다.

언제든지 素月이 生死에 대하야 이야기하던 것을 생각하면 그의 夭折은 楮多病의 그것이라기보다도 夭折을 意味하는 무슨 前兆가 아니었든가 하는 생각도 없지 아니하외다. 生死에 대하여는 素月로서 自己다운 무슨 確信이 있는 듯이 조금도 두려워할 것 아니라는 듯한 태도로 이야기하던 것을 나는 이날 와서는 도리어 혼자로서 이상히 생각지 아니할 수가 없는 일이외다.

이 정도라면 소월을 일컬어 죽음의 시인이라 해서 무리가 아님을 알 수 있다. 그의 죽음이 비록 현실적인 사업의 실패와 관련되어 있다고 할지라도 그의 의식은 실제 자연스럽게 죽음에 접근하여 있었다. 이 의식이 바로 그의 시혼이었음은 앞에서 이미 밝힌 바 있다. 이렇게 볼 때에 소월이 그의 시에서 죽음을 빈번하게 내세운 것은 너무도 당연한 결과였고 더 나아가 소월의 죽음의식은 그가 시혼을 감동시켜 그 陰影을 출산해 내는 生成因子였다고 말할 수 있다. 桂熙永 編著의 『素月傳記』에 따르면 다음과 같이 素月詩의 배경에는 대개 한 인물의 죽음이 숨겨져 있다.[47]

「진달래 꽃」: 소월의 외숙부의 죽음
「초혼」: 소월의 친구 상섭의 죽음
「옛이야기」: 소월의 南山학교 친구, 상린의 죽음

이와 같이 소월은 그의 인생경험에서 죽음을 당면할 때마다 그러한 타인의 사례를 자신의 시세계에 받아 들여 그것을 시화함으로써 그의 창작의욕을 성장시켰으리라고 생각된다. 죽음에 의해서 싹튼 소월의 창작의욕은 점차 소월에게 죽음에 관한 特異美學을 성숙시켰다. 「失題」, 「비난수하는 맘」에는 "결국 인간은 죽는 것"이라고 하는 철학적 명제가 나타나 있고, 「悅

---

47) 桂熙永 編著, 『素月選集』(章文閣, 1970), pp.232-256.

樂」에서는 '죽음' 을 그 제목이 지시하듯이 '悅樂' 이란 어휘로 극단적인 미화를 하였으며, 또 「찬 저녁」에서는 죽음이 현실보다 더욱 가깝게 느껴진다는 것을 표현하고 있고, 「무덤」에서는 죽음이 자기 자신과 밀착되어 있다는 것을 노래한다. 또 「부부」에서는 "죽어서도 함께 묻히자"고 말하여 죽음 자체를 두려움 없는 상황으로 설정하였고, 「여자의 냄새」에서는 죽음을 극도로 찬미하여, 죽음의 냄새가 좋다고 함으로써 죽음이라는 현상을 감각적 대상으로 구체화하기조차 한다. 말하자면 죽음은 소월의 정신적인 동반자였다.

이상에서 말한 것을 한 마디로 요약하면 소월은 삶을 이해하는 認識論的 道具로서 죽음을 의식하였다고 할 수 있다. 따라서 素月은 현실적으로는 죽음을 매우 친숙한 同伴者로 생각하게 되었으며 詩를 지을 때에는 詩的 想像力을 불러일으키는 美學的 槪念이 되었다.

필자는 이미 앞에서 타인의 죽음을 순화하고 미화함으로써 생성된 시에 대해서 언급하였으므로 이제는 그가 현실적으로 죽음을 어떻게 친숙하게 느꼈는가를 알아낼 수 있는 몇 편의 시를 읽어 보기로 한다. 다음은 「생과 사」의 일절이다.

> 살았대나 죽었대나 같은 말을 가지고
> 사람은 살아서 늙어서야 죽나니,
> 그러하면 그 역시 그럴듯도 한 일을,
> 하필로 내 몸이라 그 무엇이 어째서
> 오늘도 산마루에 올라서서 우느냐.

죽음에 의해서 밝혀질 수 있는 삶의 가치는 소월로 하여금 生死一如를 노래하게까지 한다. 그러나 죽음에 친숙하면 친숙할수록 그것이 타인의 것이 아닌 자신의 것일 때, 두렵지는 않지만 슬프다고 하는 인간의 본질적인 감정은 숨기지 못하고 있다. 그리하여 「黃燭불」에 이르면 죽음의 의미는 허무로 바뀌기도 한다.

> 우리 사람들
> 첫날밤은 꿈 속으로 보내고
> 죽음은 조는 동안에 와서 별 좋은 일도 없이 스러지고 말아라.

이러한 시들은 모두 그가 사업에 실패하고 失意에 차 있을 때의 것들이다. 그 실의는 죽음에 대한 事實的 衝動을 가져오기 쉬운 心理狀態에 이른다. 그리하여 그는 결국 自殺의 誘惑을 물리치지 못하고 마는데 그러한 氣味가 이미 「어버이」, 「記憶」, 「愛慕」 등의 시에 反映되어 있다.

「어버이」에서는 "죽지 못해 산다는 말이 있나니, 바이 죽지 못할 것도 아니지마는"이라 하여 自殺의 가능성을 노래하였고, 「記憶」에서는 "시커먼 머릿길은 번쩍어리며, 다시금 하로밤의 식는 강물을 ……"이라 하여 投身自殺의 광경을 描寫하고 있다. 한편 「節制」같은 데서는 "죽자면 모르지만 命 아닌데 죽을 것가" 하여 自殺衝動을 억제한 노래를 남기기도 하였다. 소월은 죽음을 너무나 친숙하게 생각하였고 또 죽음을 항상 詩的 想像力의 原動力으로 삼았었으므로, 그러한 美意識은 결국 현실적인 생활과 결부되었을 때 사실상의 自殺을 招來했던 것이다. 필연코 소월의 죽음은 쇼펜하우어의 말대로 하나의 實驗이었으나 실로 그것은 어리석은 실험이었다.[48]

6. 素月 代表詩의 共通特質

지금까지의 서술로 소월을 이해하기 위한 기초조사를 끝낸다. 그리고 소월의 전 작품을 總覽해 보면서 다시 한 번 다음과 같은 질문을 제기해 본다.

도대체 무엇 때문에 소월의 시를 탁월하다 하는가?

그의 시가 모두 그렇게 훌륭한 것인가?[49]

필자는 소월을 보다 체계적으로 이해하기 위하여 전체의 작품을 편의상 다음과 같은 세 개의 詩群으로 나누어 다시 검토하기로 한다.

---

48) 쇼펜하우어의 자살론은 인간의 자유의지가 자살을 선택할 수 있는 특권에 대하여 찬양하고 있으나 그 결과는 어리석은 것이라고 못박으며 다음과 같이 자살론을 끝맺고 있다. 자살은 또 일종의 실험이며, 인간이 자연을 향해 그것을 부과하며 그것에 대한 답안을 강요하려고 하는 일종의 질문인 것이다. 그 질문에서 말한다. "인간의 의식과 생존은 죽음에 의해서 무슨 변화를 받을 것인가? 그러나 이 실험은 극히 어리석은 짓이다. 왜냐하면 질문한 의식과 해답을 기다리는 의식과의 동일성은 죽음에 의해서 잃어버리고 말기 때문이다." 쇼펜하우어, 元昌樺 譯, 『죽음의 哲學』(同學社, 1960), p.12 참조.

49) 본고의 대본은 正音社간행 『定本素月詩集』(1962년)이며 여기에는 158편이 수록되어 있다. 현재까지 素月이 발표한 詩는 200여 편으로 알려져 있다.

제1詩群은 이른바 소월의 대표작으로 필자가 선정한 시들이다. 여기에는 「가는 길」, 「往十里」, 「길」, 「山」, 「진달래꽃」, 「접동새」, 「산유화」, 「먼 후일」, 「招魂」, 「못잊어」, 「예전에 미쳐 몰랐어요」, 「엄마야 누나야」, 「금잔디」의 13편을 포함시켰다. 이 시들은 소월의 대표시로서 많이 읽히는 시들이다.

제2詩群은 이른바 제1시군들에 비해서 그 작품 수준이 떨어지기는 하지만 소월의 현실생활이나 그의 사상을 이해하는 데 열쇠가 되는 시들이다. 여기에는 앞에서 인용되었던 시들 「鴛鴦枕」, 「춘향과 이도령」, 「팔벼개 노래」, 「넝쿨타령」, 「님의 말씀」, 「님에게」, 「悅樂」, 「부부」, 「여자의 냄새」 등이 포함된다. 이 두 번째의 시군을 소월 이해에 도움을 주는 시로 생각해 볼 수 있다.

제3詩群은 앞에 언급한 두 개의 시군에 비하여 별로 주목을 받지 못하고 따라서 별로 읽히지 않는 시들을 포함한다. 여기에는 3·4행 또는 5·6행에 불과한 아주 짧은 시들이 포함된다.

이상의 세 시군들은 질적 수준에 의해 시의 등차를 두고자 한 것은 아니지만 결과적으로는 시의 등급이 설정된 것처럼 보인다. 그러나 이것은 불가피한 일이다. 한 명의 시인이 탁월하다 하여 그의 모든 시가 일정한 수준의 秀作일 수는 없다. 아무리 훌륭한 詩人일지라도 翌作段階의 작품이 있게 마련이며 또한 시인 자신이 가장 자랑스러워하는 좋은 시가 있게 마련이다.

따라서 위의 세 가지 분류 중에서 제3시군은 소월의 수작들은 아니다. 특히 몇 줄 안 되는 短詩들은 소월이 詩的 斷想들을 미처 完美하게 가다듬지 못하고 적어 놓은 것처럼 보인다. 아마 소월이 좀더 오래 살아서 좀더 圓熟한 詩人으로 성장한 뒤에 그것을 다시 정리할 기회가 있었다면 그 가운데에서 얼마나 많은 名篇들이 또 생산되었을는지 모를 일이다. 이러한 短詩에는 다음과 같은 것들이 있다.

「맘 켱기는 날」, 「개아미」, 「제비」, 「부헝새」, 「萬里城」, 「樹芽」, 「옛날」,

「깊이 믿던 心誠」, 「꿈」, 「님과 벗」, 「紙鳶」, 「오시는 눈」, 「서름의 덩이」, 「樂天」, 「바람과 봄」, 「눈」, 「깊고 깊은 언약」, 「붉은 潮水」, 「生과 死」, 「千里萬里」, 「漁人」, 「남의 나라 땅」, 「月色」, 「귀뚜라미」, 「旅愁1」

이들 短詩들은 소월의 詩作科程에서 한 편의 詩가 형성되는 첫 단계를 보여준다. 그러니까 이것들은 未完成의 시들이다. 결국 제3시군은 소월의 대표시가 되게 하기 위하여 밑거름이 되어 주었다는 존재의미를 갖는 셈이다.

그러면 제2시군의 존재가치에 대해서 생각해 보기로 한다.

앞에 언급한 바와 같이 그것들은 소월의 인간과 사상을 이해하는 關鍵들로서의 가치를 지닌다.

부룩스(Brooks)와 워렌(Warren)의 다음 말은 제2시군의 존재가치를 상기시킨다.

> 우리는 왜 시의 生成過程에 관심해야 하는가? 歷史家와 傳記作家는 가능한 한 열심히 詩 속에 부각된 자료들, 예컨데 시인의 개인적인 경험 혹은 관찰, 그리고 그 當代의 時代思潮들에 關心한다. 또 심리학자는 그 詩를 제공케 한 정신적인 창작 과정에 관심한다. 그러나 그들은 시의 質的 水準에 대하여서는 관심하지 않는다. 그의 관심한 바로는 나쁜 시도 역시 좋은 시만큼이나 필요한 것이다. 그러나 우리의 當面課題는 저 역사가나 심리학자의 태도와는 다르다. 우리는 原則的으로 詩의 성격 및 그 質에 관심한다.[50]

우리의 작업은 분명히 소월의 名篇들이 지닌 文學史的 價値에 집중적인 관심을 기울인다. 그러나 그것을 증명하기 위해서 우리는 부단히 歷史家와 心理學者의 입장을 취하게 된다. 이 경우에 소월의 작품에서 필요로 하는 것은 제2시군들이다. 여기 속하는 시편들은 부룩스와 워렌이 말한 바처럼 반드시 나쁜 시이어야 할 이유는 없다. 소월의 경우에 있어서는 오히려 일정한 수준을 보여 준 시들이다. 그런데 제2시군의 시들은 앞의 장에서 민요조 및 죽음의식을 논의할 때에 대개 인용되었으므로 여기서는 다시 언급하

---

50) Brooks & Warren, 『Understanding Poetry』(Holt, Rinehart and Winston, 1960), pp.514-515.

지 않는다.

그러면 이제 제1시군의 시들이 왜 훌륭한 시로 평가받는가를 증명해야
할 단계에 이르렀다. 소월이 우리 詩文學史에서 不朽의 榮譽를 지니는 까닭
은 제2시군이나 제3시군의 詩人으로서가 아니라 제1시군의 作者로서이다.

그러면 무엇 때문에 그 시편들을 탁월하다고 하는가?

앞장에서 이미 밝힌 것으로만 재론한다면 韓國의 傳統的인 律調로 人間
普遍의 情恨을 노래하였기 때문이라고 정리할 수 있다. 그러나 그것은 소월
을 이야기하려고 할 때에는 하나의 必要條件에 지나지 않는다. 전통적 율조
는 소월만의 專有物이 아니었으며 보편적인 정한 역시 소월만이 지니고 있
었던 것은 아니었다. 그러면 무엇이 소월의 대표시를 대표시로 만든 특성이
라 할 수 있는가?

필자는 이것을 증명하기 위하여 서로 기능적 관련을 가지는 세 가지 단계
의 評價基準을 마련한다.

　　　첫째 : 詩의 形式
　　　둘째 : 修辭的 技巧
　　　셋째 : 意味機能

첫 번째는 순수히 형식에 대한 것이며 두 번째는 형식과 내용이 함께 작
용하는 것이며 세 번째는 오직 내용상의 문제점을 평가의 기준으로 삼았다.
필자는 이 기준을 통하여 형식으로부터 내용의 문제까지 順次的으로 例證
해 보기로 한다.

첫째, 위에 열거한 대표시들은 모두 전통적인 4·4조의 율격을 바탕으로
하고 있다. 이것은 자수에 이끌리어 흔히 7·5조라는 용어로 통설화되어
있다. 그러나 12자 내외로 이루어진 2행 또는 3행의 詩句들은 傳統的 韓國
詩歌, 예컨데 歌辭나 時調가 가졌던 3·4조 또는 4·4조로서 四音步를 한
단위로 하고 一音步가 氣節上의 等時性을 이루는 율격(리듬)과 동일선상에
놓이는 것이므로 특별히 7·5조라는 새로운 용어를 固着시킬 필요가 없다

고 생각된다. 이 문제에 대하여서는 지금까지 많은 논문이 발표되었고 또 필자의 주된 관심이 아니므로 여기서는 그 요지만 밝혀둔다.[51]

다만 이 氣節上의 等時性을 유지한다는 형식상의 특질은 등시성이란 용어가 나타내 주는 또다른 일면인 反復性이라고 하겠다. 그러나 소월은 한 음보가 시간상으로 일정하게 읽혀진다는 단일한 반복만을 꾀한 것은 아니었다. 음보와 음보 사이에 頭韻, 中節韻, 疊韻 등을 자유롭게 구사함으로써 押韻法에 있어서도 탁월한 재능을 발휘하였다. 이제 논의의 대상으로 삼은 名篇의 어느 부분을 뽑아 보아도 풍부한 押韻은 우리로 하여금 무의식 중에 그 시들을 暗誦하도록 유도한다. 음절단위로서의 韻만 반복되는 것이 아니라 한 음보 전체가 하나의 단어나 어구가 되어 그것이 전부 반복되는 경우도 얼마든지 있다. 이렇게 되면 그 반복성은 더 나아가 단순성과 평이성을 동반하게 된다. 동요나 민요에서처럼 단순성과 평이성은 독자가 부담없이 친근감을 갖게 되는 요소이다. 소월시의 장점은 바로 이와 같은 특성들을 그 형식을 통해서 나타내고 있다는 것이다. 다시 요약해 말하면 4음보 4·4조의 定型的 율격을 기반으로 반복성, 단순성, 평이성을 통하여 독자에게 친근감을 준다.

둘째로 수사적 기법의 문제를 생각해 본다.

소월이 즐겨 사용한 표현기교는 反語法이었다. 그의 손꼽히는 詩에는 어느 것이나 이 反語가 자극성을 띠고 나타난다. 다음에 실례를 몇 개 들어본다.

그립다
말을 할까
하니 그리워

—「가는 길」

'그립다' 는 작자의 감정은 이미 전제된 것이다. 그러나 문맥을 표면적으

---

51) 金昔姸, 「素月詩의 韻律分析」, 『教養學部論文集 제1집』(서울대학교, 1969) 참조.
　　金大幸, 『韓國詩歌構造研究』(三英社, 1976).

로만 해석할 경우에 " '그립다'는 말을 입으로 발설하고 나니까 정말로 그
리워진다."는 뜻으로 풀이하게 된다. 그렇다면 '그립다'고 처음 말한 것은
거짓말이란 의미를 갖는다. 그러나 이 詩를 읽는 독자는 아무도 처음의 '그
립다'를 거짓말로 생각치 않는다.

> 사나이 속이라 잊으련만
> 십오년 정분을 못 잊겠네

　사나이이기 때문에 잊을 수 있는 정분을 잊을 수 없다고 고백함으로써 실
제에 있어서는 잊을 수밖에 없다는 현실적인 사정과의 괴리를 "못잊겠네"
라는 한 마디로 함축하고 있다. 여기에서 잊어도 잊지 않는 것이라는 矛盾
感情을 나타내고 있다.

> 나보기가 역겨워
> 가실 때에는
> 죽어도 아니 눈물 흘리우리다.
>
> 　　　　　　　　　　　　　　　　　　—「진달래꽃」

　죽어도 눈물을 흘리지 않겠다는 의지적인 발언과 실질적 감정 사이의 모
순을 독자는 明快하게 파악한다. 이 「진달래꽃」에 대하여 金宇鍾은 다음과
같이 소월은 反語法의 名手라고 말하였다.

> 　그러한 체념의식이나 寬容的인 성격은 누구나 인내할 수 있을 정도의
> 이별의 슬픔이 크지 않은데서 나타난 것이 아니라 오히려 최고조에 달한
> 비애가 거꾸로 표현된 것이라고 보아야 할 것이다. 그런데 그 슬픔을 슬픔
> 대로 표현하지 않고 오히려 아름다운 送別詩로, 더구나 유쾌한 리듬으로
> 표현해 나갔으니, 이별의 시인 김소월은 또한 아이러니의 명수라고 아니
> 부를 수 없다.[52]

　이와 같은 소월의 반어는 다행스럽게도 한국인이 지닌 기질적인 표현관

---

52) 김우종, 『作家論』(同和文化社, 1973), p.169.

습에 일치되는 것이다. 성찬을 차린 잔치상을 앞에 놓고 주인은 손님에게 "잡수실 것도 없는 소찬입니다만"이라고 겸양한다. '네'라고 긍정해야 할 경우에 정중하게 "아닙니다"라고 짐짓 겸손되게 대답한다. 이러한 반어법 은 한국인이 사용하는 話術의 본질처럼 생각되어 오고 있다. 그런데 소월은 이러한 표현기법을 자기 시의 基本模型으로 설정하였다. 그렇기 때문에 소 월의 시를 읽는 독자는 무의식중에 소월의 반어법을 소월시의 수법으로 깨 닫지 아니하고 친숙한 자기 감정으로 받아들이게 된다.

먼 훗날 당신이 찾으시면
그 때에 내 말이 '잊었노라.'

당신이 속으로 나무리면
무척 그리다가 '잊었노라.'

그래도 당신이 나무리면
믿기지 않아서 '잊었노라.'

오늘도 어제도 아니잊고
먼훗날 그 때에 '잊었노라.'

—「먼 후일」

여기에 네 번씩이나 반복된 詩句 '잊었노라'도 역시 영원히 잊지 않겠다 는 의지와 盟誓의 반어적 표현임은 두말할 필요가 없다. 우리는 부정적인 표현이 두 번 반복되었을 때 그것은 否定의 否定을 나타내어 다시 肯定을 뜻할 수도 있다는 사실을 안다. 그런데 「먼 후일」에서는 '잊었노라'가 네 번씩이나 쓰였다. 그리하여 이것은 완전히 그 반대의 의미를 나타낸다. 여 기에서 반복을 거듭하는 수사법이 단어의 의미를 漸次 深化시켜 言表되지 않은 內包意味를 담게 하고 있는 것을 발견한다.

다음으로 수사적 기법에 관련하여 한 가지 더 지적할 사항은 소월이 운율 을 맞추기 위하여 조사에 특별한 정성을 기울였다는 사실이다. 특히 대표시 의 경우에 있어서는 그것이 성공적으로 이루어져 있다. 때로 그것은 일상언어에서는 전혀 사용하지 않는 비정상적인 표현이기도 하지만 소월의 시구 속에서 오히려 그 변형의 묘미를 발휘한다.

어서 따라오라고 따라 가자고/흘러도 연달아 흐릅디다려.
— 「가는 길」

초하루 삭망이면 간다고 했지/가도 가도 왕십리 비가 오네.
— 「왕십리」

갈래 갈래 갈림길/길이라도/내게 바이/갈 길은 하나 없소.
— 「길」

不歸 不歸 다시 不歸/삼수갑산에 다시 不歸
— 「산」

나 보기가 역겨워/ 가실 때에는/죽어도 아니 눈물 흘리우리다.
— 「진달래꽃」

접동 접동 아우래비 접동
— 「접동새」

산에는 꽃 피네/꽃이 피네/갈 봄 여름없이/꽃이 피네.
— 「산유화」

그래도 당신이 나무리면/믿기지 않아서 잊었노라.
— 「먼 후일」

떨어져 나가 앉은 산 우에서/나는 그대의 이름을 부르노라
— 「초혼」

못잊어 생각이 나겠지요/그런대로 세월만 가라시구료
— 「못잊어」

이제금 저달이 서름인 줄을/예전에 미처 몰랐어요.
— 「예전엔 미처 몰랐어요」

위의 구절은 소월의 대표시 중에서 散見되는 몇 구절을 뽑은 것이다. 밑줄 친 부분에서 풍기는 비정상적인 표현의 묘미를 검토해 보기로 한다.

'흐릅디다려'는 '흐릅디다 그려'에서 '그'가 탈락되었으면서도 '−려' 하나가 훌륭하게 그 전체의 기능을 대신한다.

'왕십리'는 이 구절에서 지명을 나타내는 명사로 쓰인 것이 아니라 '또 가도'라는 부사적인 기능을 遂行한다.

'내게'의 '게'는 與格助詞이다. 그러나 이 문맥에서는 그 與格이 정확하게 主格助詞의 기능을 한다.

'내게'가 정당문법으로 바르게 쓰인 것이라면 '갈 길은'은 '갈 길이'로 표현을 바꾸지 않으면 안 된다.

'不歸'는 漢字語이다. 그러나 國語文脈 속에 자연스럽게 사용될 수 있는 正常的인 漢字語도 아니다. 그러면서도 이 구절에서는 그 音相的 特異性과 의미가 일종의 신비감까지를 자아내면서 성공적으로 쓰인다. 土俗的이고 쉬운 고유어를 찾아 쓰려고 애쓴 소월이지만 이 '不歸'라는 한자어는 그 破格性으로 하여 더욱 의미를 강화시킨다. '아니 눈물 흘리우리다'는 전혀 현대문법에서 용납되지 않는다. '아니' 다음에는 동사나 형용사가 연결되어야 함에도 불구하고 여기에서는 '눈물'이란 명사가 가로막고 있다. 그래서 결국 '눈물을 아니 흘리우리다'로 바꾸어 놓아야 정상의 문장이 된다.

'아우래비'는 '아홉+오래비'라는 두 개 명사를 복합할 때 '홉'을 제거해 버린 일종의 混淆法을 구사한 표현인데 'ㅎ', 'ㅂ' 등, 부드럽지 못한 발음을 제외하고 '아우래비'라는 유연한 발음의 단어를 생성해 내었다.

'갈 봄 여름없이'에서도 계절의 순차를 따라서 '봄 여름 가을없이'라고 하지 않고 '갈 봄 여름'이라고 배열하여 계절은 엇바뀌었으나 발음은 音步 間의 균형을 유지할 수 있게 하였다.

'믿기지'는 아마 사투리일 것이다. '믿다'의 피동형은 '믿어지다'이지만 여기에서는 被動補助語幹으로 '기'를 사용하여 '믿기'라는 語形을 만들었다.

'떨어져 나가 앉은 산'은 산이 다른 자연 경관과 별도로 존재한다는 것이 아니라, 作者의 의식이 떨어져나가 앉아 있다는 표명이라 생각된다. 사물의 묘사가 곧 의식의 묘사로 변한 것이다.

'가라시구려'는 '가라고 하시구려'에서 중간의 '-고 하-'를 과감하게 생략한 것이다.

'저 달이 서름인 줄은'에서 우리는 소월의 은유법을 발견한다. '달이 서름이다'라는 문장은 그 주어와 서술어 사이에 생략된 명제를 단정케 한다. ① 달이 떠 있다 ② 그 달을 보았다 ③ 그리고 나는 서러웠다라는 세 개의 문장이 하나로 묶인 것이다.

이와 같은 수사적 기법은 사실상 詩人의 專權이라고 할 수 있다. 위에 쓰인 수법을 보면 省略, 品詞轉用, 故意誤用, 非正常漢字語, 混淆, 隱喻 등이 다양하게 구사되어 있다. 이러한 용례에 일관되게 흐르는 기법은 정상문법에서 벗어나 있는 것이라고 할 수 있으나, 그 일탈 또한 시인의 특권이다. 그런데 그것이 시인의 특권이라 하여 어느 詩人이고 그것을 활용하지는 못한다. 가장 평이하고 쉬운 언어를 잘 쓰는 素月이 썼기 때문에 그것은 꿰맨 자리 없는 천사의 옷처럼 아름다운 名詩가 될 수 있었다.

세 번째로 관심을 끄는 것은 素月詩의 意味機能이다. 필자는 앞 절에서 누차에 걸쳐 그의 정형적인 율조의 단순성과 반복성과 평이성이 意外의 意味深化를 가져온다는 점에 주목하였었다. 진실로 完美하게 이루어진 詩라면 詩가 지니는 본성 때문에 이미 그 단순성이 표면적 單純을 넘어선다. 그 이유는 詩의 形成過程을 언급한 다음 구절에서도 확인된다.

> 어떤 이가 나에게 묻되 "시는 어떻게 지어지는 것이냐"하므로 내가 이에 응답하여 말하였다. 인생이 고요한 것은 하늘이 준 본래의 性이 그러하기 때문이다. 그런데 그 性이 사물을 보고 느끼어 움직이니 이것은 性이 하고자 하는 것이다. 대저 하고자 하는 바가 있은 즉 생각함이 없을 수 없고, 생각하는 바가 있은 즉 말이 없을 수 없고 말이 있은 즉 그 말을 다하지 못하여 탄식과 영탄을 발하게 되며 그러고도 나머지는 자연의 음향과 절주가 나타나지 않을 수 없게 된다. 이것이 詩가 만들어지는 까닭이다.
>
> 或有問於子曰 詩何爲而作也 子應之曰 人生而靜 天之性也 感於物而動性之欲也 夫旣有欲矣則不能無思 旣有思矣則不能無言 旣有言矣則言之所

不能盡而發於咨嗟詠嘆之餘者 必有自然之音響節奏而不能已焉 此詩之所以
作也[53]

이 말에 따르면 시로 표현된 언어는 이미 일상의 언어로서는 표현할 수
없는 정감을 영탄으로 발하고 난 뒤에 다시 형식을 빌어 나타난 것이기 때
문에 필연적으로 내용이 심화되지 않을 수 없다.

崔載瑞의 다음 말은 반복되는 운율이 어떻게 의미심화에 기여하는가를
설명해 준다.

> 운율은 독자의 호기심을 자극하고는 만족시키고, 이러한 동일한 과정
> 을 되풀이한다. 한 개의 박자는 그 자체로서 뚜렷한 의식의 대상이 되기에
> 는 너무도 미약하지만 그것이 계속해서 되풀이 될 때에는 그 축적된 힘으
> 로 말미암아 상당히 큰 심리적 효과를 빚어 낸다. (중략) 이렇게 운율로 말
> 미암아 각성되는 감정과 주의에 대해서 시는 만족을 주어야 하는데 그 양
> 식은 물론 法의 내용이다.[54]

여기에 이르러 소월시가 지니는 내용이 어떻게 그의 律調들과 조화를 이
루었는지에 대하여 언급할 수 있을 것이다. 소월시의 내용은 죽음을 그 저
변에 반영하고 있는 이별과 향수와 방랑이라는 어휘들로 요약될 수 있다.
다시 말하면 流轉하는 인생이 堪耐해야 하는 서글픔이다. 인연을 맺었던 사
람과의 깊은 애정은 전제된 사실이기는 하지만 이미 그 사랑의 실체를 현실
속에서는 찾을 수 없게 된다. 여기에서 싹트는 기본감정은 '슬픔'이다. 그
러나 '슬픔'의 의미망 속에서 소월은 시적 상상력을 발동하여 이별과 향수
와 방랑을 노래한다. 그러면 소월은 그 이별과 향수와 방랑을 어떻게 표현
했는가? 소월시를 접할 때 우리가 느끼는 감동은 그의 시어들이 哀愁를 자
아내는 사건들을 말하고 있으면서도 가능한 한 그 律調의 具體相을 밝히지
않으려 하는 점이다.

그립다
말을 할까

---

53) 朱熹의 詩傳集註序.
54) 崔載瑞, 『文學原論』(春潮社, 1957), p.191.

하니 그리워

그냥 갈까
그래도
다시 더 한 번……

저 산에도 까마귀, 들에 까마귀,
서산에는 해진다고
지저귑니다.

앞 강물, 뒷 강물,
흐르는 물은
어서 따라 오라고 따라 가자고
흘러도 연달아 흐릅디다려.

—「가는 길」

「가는 길」에서는 '그립다'는 기본감정의 反語的인 표현 뒤에 단지 까마귀가 지저귀고 강물이 흐른다는 辭緣이 첨가되어 있을 뿐인데 까마귀의 지저귐과 강물의 흐름이 우리의 의식 속에 그리움의 감정을 심화시킨다. 이때에 우리는 疊用된 단어 '까마귀'와 '강물'이 한 번 사용되었을 때와 두 번 사용되었을 때의 기능이 다르다는 것을 발견한다. 즉 반복에 의해 內包意味가 漸次로 작자가 의도하는 방향으로 가동된다는 사실을 확인한다.

비가 온다
오누나
오는 비는
올지라도 한 닷새 왔으면 좋지.

여드레 스무날엔
온다고 하고
초하루 삭망이면 간다고 했지.
가도가도 왕십리 비가 오네.

웬걸, 저 새야
울랴거던
왕십리 건너가서 울어나다고
비 맞아 나른해서 벌새가 운다.

천안에 삼거리 실버들도
촉촉히 젖어서 늘어졌다네.
비가 와도 한 닷새 왔으면 좋지.
구름도 산마루에 걸려서 운다.

—「왕십리」

「왕십리」에서는 '비가 온다'는 사실을 묘사한 전 2연과 '벌새가 운다', '구름도 운다'는 후 2연으로 구성되었다. 이 시의 정점은 "구름도 산마루에 걸려서 운다"는 마지막 행에 있다. 이 때에 '운다'는 행위가 '벌새'의 행위에서 구름의 행위로 그것도 非感情的 자연현상인 구름에 결부시킴으로써 울음의 감정이 심화되고 작자의 심경을 객관화하는 妙案에 성공하고 있다. 말하자면 소월에게 있어서 일정한 단어의 반복은 韻律的 效果에 그치는 것이 아니라 의미를 확대하고 심화하는 이중의 효과를 거두는 것이다. 더구나 이 「왕십리」에서 '운다'라고 하는 3, 4연의 마지막 단어는 그 맨 첫줄의 '비가 온다'에 나타난 '온다'라는 동사와 모음 하나를 차이점으로 서로 대응하여, '운다'의 의미 속에 '온다'를 포함하고 '온다'의 의미 속에 '운다'를 포함하는 의미의 交互作用까지를 발생시키고 있다.

어제도 하로밤
나그네 집에
까마귀 가왁가왁 울며 새었소.

오늘은
또 몇 십리
어디로 갈까.

산으로 올라갈까

들로 갈까
오라는 곳이 없어 나는 못가오.

말마소 내 집도
정주 곽산
차 가고 배 가는 곳이라오.

여보소 공중에
저 기러기
열 십자 복판에 내가 섰소.

갈래갈래 갈린 길
길이라도
내게 바이 갈길은 하나 없소.

「길」은 소월이 즐겨 쓰는 '오다', '가다' 의 단어 중에서 '가다' 의 의미가 어떻게 추상화되었는지를 설명해 준다.

위 시에서 '가다' 의 개념은 분명하게 두 가지로 분류된다. 그 하나는 현실적인 행위로서 목적지를 향한 단순한 동작이고, 또 하나는 산도 들도 고향도 아닌 곳, 그러나 인생이 분명코 도달해야 하는 행위, 곧 총체적인 개념으로서의 삶의 양식을 뜻한다. 따라서 그의 시 「길」은 '삶의 길', 곧 '인생 행로' 를 뜻한다. 그러나 소월의 장점은 그러한 형이상학적인 물음을 무식한 촌부라도 알아들을 수 있는 참으로 평범한 말로 표현하였다는 데 있다.

산새도 오리나무
우에서 운다
산새는 왜 우노, 시메산골
嶺넘어 갈라고 그래서 울지.

눈은 나리네, 와서 덮히네.
오늘도 하룻길
칠팔십리
돌아서서 육십리는 가기도 했소.

불귀, 불귀, 다시 불귀,
삼수갑산 다시 불귀,
사나이 속이라 잊으련만,
십오년 정분을 못 잊겠네.

산에는 오는 눈, 들에는 녹는 눈.
산새도 오리나무
우에서 운다.
삼수갑산 가는 길은 고개의 길.

—「산」

「산」에서도 소월이 추구하는 '가다' 의 의미는 계속하여 실질적 동작과 추상적 행위의 이중구조를 유지한다. 여기에는 눈 내리는 삼수갑산 峻嶺을, 오리나무에 앉아 울고 있는 산새를 뒤로 하고 걸어가는 한 나그네가 그려지고 있다. 이 나그네가 걷는 고갯길은 불귀의 길인 줄 알면서 걸어가야 하는 길이다. 그리하여 이 길은 단순한 고갯길이 아니라 '인생의 길' 이라는 형이상학적인 길을 또 하나의 의미로 重疊시키고 있다. 그러면 삼수갑산도 단순한 지명이 아니라 조선왕조 때에 유배지로 쓰였던 역사적 의미를 수용하고 더 나아가 죽음에 이르는 곳, 즉 不歸之地라는 뜻에 도달한다. 이 때에 칠팔십 리 혹은 육십 리라는 里數는 칠팔십 년 혹은 육십 년이라는 인생의 수명을 암시할 수 있게 되고 '불귀, 불귀' 라는 한자어구는 산새의 울음을 擬聲化하여 인생의 행로를 묘사한 弔歌의 歌詞로까지 그 의미를 확대할 수 있다.

이렇게 볼 때에 소월이 그의 대표시에서 사용한 시어의 의미는 다양하게 확대되거나 상징화한다고 말할 수 있다. 童詩처럼 보이는 「엄마야 누나야」조차도 그 詩語의 의미는 독자에게 언제나 열려진 개념으로 작용한다. 다시 말하면 엄마나 누나가 반드시 엄마나 누나라는 특정의 여성일 필요가 없으며 누구든지 사랑하는 사람, 함께 살고 싶은 사람을 부르는 보통명사의 기능이 된다는 뜻이다. 소월의 시 가운데에서 이상에 논술한 바와 같은 의미의 확대와 추상화가 가장 뚜렷하게 나타난 시는 「산유화」이다. 이에 대해서는 다음 절에서 논하고자 한다.

　　그리고 여기서는 제1시군에 속하는 시가 거기에 속하지 않는 다른 시와
비교했을 때 어떤 차이를 드러내는지 살펴보기로 한다.
　　먼저 「진달래꽃」과 「님의 말씀」을 비교해 본다.

　　　나 보기가 역겨워
　　　가실 때에는
　　　말없이 고히 보내드리우리다.

　　　영변에 약산
　　　진달래꽃
　　　아름따다 가실 길에 뿌리우리다.

　　　가시는 걸음걸음
　　　놓인 그 꽃을
　　　사뿐히 즈려밟고 가시옵소서.

　　　나 보기가 역겨워
　　　가실 때에는
　　　죽어도 아니 눈물 흘리오리다.

—「진달래꽃」

　　　세월이 물과같이 흐른 두달은
　　　길어둔 독엣 물도 찌었지마는
　　　가면서 함께가자 하던 말씀은
　　　살아서 살을 맞는 표적이외다.

　　　봄풀은 봄이 되면 돋아나지만,
　　　나무는 밑그루를 꺾은 셈이요.
　　　새라면 두 쭉지가 상한 셈이라
　　　내 몸에 꽃필 날은 다시 없구나.

　　　밤마다 닭소래라 날이 첫時면
　　　당신의 넋맞이로 나가 볼 때요.

그믐에 지는 달이 산에 걸리면
당신의 길신가리 차릴 때외다.

세월은 물과 같이 흘러가지만
가면서 함께 가자 하던 말씀은
당신을 아주 잊던 말씀이지만,
죽기 전 또 못 잊을 말씀이외다.

—「님의 말씀」

이들 두 시는 다같이 이별하는 님을 그리워하는 심경을 시의 主調로 삼고 있다. 두 시에는 똑같은 定型律이 쓰이고 있다. 그럼에도 불구하고 「님의 말씀」을 읽을 때에는 「진달래꽃」을 읽을 때에 느낄 수 있는 감회에 이르지 않는다. 위에 언급된 소월 대표시의 共通性 중 어느 것이 빠져 있는 것일까? 첫째로 단순한 단어나 어구가 만들어 내는 반복 표현이 발견되지 않는다. 또 "살아서 살을 맞는 표적이외다" 같은 직접적인 진술이 의미의 深化 擴大를 가로막고 있다. 그래서 진술된 내용 이외의 시적 心象이 발생되지 않는다. 그것은 시가 아니라 일상적인 발언이기 때문에 散文의 기능을 가질 뿐 시적 효과가 생기지 않기 때문이다.

「먼 후일」과 「님에게」를 비교해도 같은 결론에 이른다.

먼 훗날 당신이 찾으시면
그때에 내말이 '잊었노라.'

당신이 속으로 나무리면
'무척 그리다가 잊었노라.'

그래도 당신이 나무리면
'믿기지 않아서 잊었노라.'

오늘도 어제도 아니 잊고
먼 훗날 그 때에 '잊었노라.'

—「먼 후일」

詩와 죽음 意識 219

한때는 많은 날을 당신 생각에
밤까지 새운 일도 없지 않지만
아직도 때마다는 당신 생각에
추거운 벼갯가의 꿈은 있지만

낯모를 딴 세상의 네길거리에
애달피 날저무는 갓스물이요
캄캄한 어두운 밤 들에 헤매도
당신은 잊어버린 설음이외다

당신을 생각하면 지금이라도
비오는 모래밭에 오는 눈물의
추거운 벼갯가의 꿈은 있지만
당신은 잊어버린 설음이외다

— 「님에게」

　연정을 읊은 공통의 시상이지만 「먼 후일」에서 사용된 단순어 반복미가
「님에게」에서는 보이지 않는다. 오히려 「님에게」에서는 산문적인 辭說이
님에 대한 그리움을 평면적인 것으로 만들어 버린다.

　이상에 논술한 바를 요약하면 소월 대표시의 공통 특질은 다음과 같다.
① 전통적 율조와 전통적 情恨에 떠나간 님과 죽음의 이미지가 동반되어
　　있다.
② 정형률을 바탕으로 한 반복성이 있는데 그 반복성은 단순성과 평이성
　　을 동반한다.
③ 수사적 기법으로 아이러니가 두드러지며 일상의 언어 논리에서 탈피
　　한 표현 기교를 사용한다.
④ 율조의 반복 및 어구의 반복이 의미를 심화시키므로, 따라서 詩 전체
　　가 만인공통의 보편감정으로 추상화된다.

　그런데 여기에서 너무도 당연한 것이지만 분명히 강조해야 할 점은 이러

한 조건들이 상호유기적 관련을 가진다는 사실이다.

장미꽃이 아름답다고 하여 그 꽃잎을 하나하나 떼어 내서 아름답게 평면적으로 배열해 놓았다고 생각해 볼 경우 그것은 한송이 꽃으로 존재했던 입체미를 완전히 실상하고 만다. 그러므로 우리가 위에서 열거한 소월시의 장점들은 (물론 소월시에만 적용되는 것은 두말할 필요도 없으려니와) 그것들이 상호보완하여 조화를 이루어야만 한다는 것을 전제로 한다. 다시 말하면 소월 대표시의 공통 특성들은 그것이 전체로서 조화되었을 때 名詩를 이루는 것이고 그 개별적 조건이 곧 명시의 조건이 아니라는 것 역시 소월의 시가 가지고 있는 특성이라 할 수 있다.

7. 「산유화」의 추상성

지금까지 소월 대표시의 공통 특성을 논하면서 그 시들이 만인 공통의 보편감정으로 의미가 확대되었음을 지적하였다. 그러면 그러한 의미의 확대, 즉 의미의 추상화가 가장 원숙하게 나타난 시로 무엇을 손꼽을 수 있는가? 필자는 이에 이르러 소월시의 정상에 위치하는 「산유화」에 주목하게 된다. 앞 절에 이어 「산유화」를 분석해 봄으로써 지금까지의 논증을 더 확실히 해 보고자 한다.

具常은 이 「산유화」를 人生詩라고 말하고 산을 세상에, 꽃이나 새를 인간에, 그리고 '피고 지는' 것을 '살고 죽는다' 는 어휘로 바꿈으로써 이 시를 소월이 지닌 人生觀의 縮圖로 풀이하였다.

산에는 꽃 피네.
꽃이 피네.
갈 봄 여름 없이
꽃이 피네.

산에
산에
피는 꽃은
저만치 혼자서 피어 있네.

산에서 우는 적은 새요.
꽃이 좋아
산에서
사노라네.

산에서 꽃지네.
꽃이 지네.
갈 봄 여름 없이
꽃이 지네.

이 시를 具常은 다음과 같이 해석한다.

　이 시는 먼저 인간과 자연을 한 차원에서 보는 동양적 사유를 전제로 하고 음미해야지 그렇지 않고 오직 표현된 자연의 서경으로만 해석한다면 '산에 계절마다 꽃이 피고 진다는 것이 무슨 새삼스러운 감동이냐?' 고 반문을 자아낼 것입니다. …… (中略) …… 즉, 「산유화」는 앞에서 음미한 대로 먼저 존재의 단절과 거리를 지적한 다음, 한편 인간의 공동 의식을 제시하고 나서는 '세상에서는 사람이 죽네/사람이 죽네/갈 봄 여름 없이/ 사람이 죽네' 하고 노래의 끝을 맺음으로써, 모든 존재의 무상한 歸依를 說破하는 것입니다.[55]

이러한 해석이 가능한 이유는 자연의 서경을 인간의 생사에 결부시켰던 소월의 詩魂에 대한 이해 없이는 불가능했으리라고 생각된다.

애초에 이 「산유화」가 소월시의 대표작으로 손꼽히게 된 것은 김동리의 「청산과의 거리」라고 하는 제목의 金素月論이 있고부터였다. 이 글에서 김동리는 제 2연의 끝행에 나오는 단어 '저만치' 라는 부사에 초점을 맞추었다.

　'저만치' 는 대체 무엇을 음미하는 것일까? 이것이 어떤 거리를 의미하는 것임은 더 말할 여지가 없으나, 이 거리는 대체 어디서 어디까지며 무엇에서 무엇까지란 뜻인가?

---

55) 具常, 『宇宙人과 하모니카』(康美文化社, 1977), pp.48-52.

이러한 전제로부터 시작하여 소월의 '님'을 밝히는 다음 대목에서 '저만치'는 다음과 같이 해석되었다.

> 인간 전체가 찾는 임의 이름은 '自然 혹은 神' 이외에 아무것도 있을 수 없었던 것이다. 그러나 소월은 玉女나 金女로서 메꾸어지지 않는 그의 情恨의 究竟이 '自然 혹은 神'을 찾고 있다는 것을 꿈에도 생각할 수 없었던 것이다.
>
> '산에 산에 피는 꽃은 저만치 혼자서 피어 있네!' 할 때에 그는 그 山이 무엇인지를 몰랐으며 다만 그 청산과 자기와의 거리를 '저만치'라고 손가락질로 가리킬 수 있었던 것 뿐이다.[56]

그러나 거리를 지칭하는 것으로 해석된 위의 입장에 상태 내지 정황으로 보고자 하는 견해와 다시 그것을 詩的 앰비귀이티로 처리하여야 마땅하다고 하는 辨證法的 통합론이 나왔다.

즉, 東里式 해석과 그에 맞서는 해석을 아울러 포괄하고자 할 때 곧 우리는 한 형태 속에서 두 가지 이상의 의미를 시인함으로서, 하나의 형태 F에 두 가지 이상의 M을 설정한다는 것이다.

$$
\begin{array}{lll}
 & \text{M1(저기 저쪽)} \dots\dots\dots\dots & \text{거리} \\
\text{F(저만치)} & \text{M2(저렇게)} \dots\dots\dots\dots & \text{상태} \\
 & \text{M3(저와 같은)} \dots\dots\dots\dots & \text{정황[57]}
\end{array}
$$

「산유화」가 이렇듯 논란의 초점이 된 이유는 그 작품이 지니는 높은 상징성에 말미암는다. 詩가 지니는 시적 언어의 특질을 「산유화」는 擴大化시켜 놓고 있기 때문이다.

그러면 시적 언어의 특질은 무엇인가? 두 가지만 지적해 본다.

첫째, 시는 일상언어가 추구하는 外延的 意味를 극도로 배제하고 內包的 意味를 확대시키면서 그 기능을 遂行하고자 한다.

둘째, 시는 본질적으로 역설적인 언어이므로 언어를 통해 언어를 제거함으로써 스스로 언어가 아닌 독립적 事物이고자 한다. 다시 말하면 '象徵'으

---

56) 金東里, 「靑山과의 거리」, 『文學과 人間』(白民文化社, 1948).
57) 金容稷, 「素月詩와 앰비귀이티」, 『韓國文學의 批評的 省察』(民音社, 1974).

로 事物化하려고 한다.[58]

　그러므로 소월의 「산유화」는 우리가 감각할 수 있는 현실세계의 대상물이기보다는 소월의 의식세계가 전개하는 하나의 순수 이미지이고자 하는 것이다. 그것은 우리의 視覺을 자극할 수 있는 경험적 존재로서의 꽃이 아니라 소월의 시혼이 숨쉬고 있는 꿈의 세계에서 우리의 의식이 만나기를 기다리는 절대적 존재로서의 꽃이라고 보아야 한다.

　이렇게 볼 때 소월은 1920년대에서는 전혀 상상할 수 없었던 언어미학을 가진 시인으로서 시적 언어가 가지는 특성을 완전히 체득하고 있었다 할 수 있다. 이러한 사실을 소월이 이론적으로 알고 있었느냐 없었느냐는 문제가 되지 않는다. 그의 작가정신이, 어느 정도까지 시어가 순수한 상징으로 飛上하면서 사물화할 수 있는 것인가를 감지했을 때, 그것을 의식의 세계로 표출해 낼 수 있다면, 시인으로서의 사명은 끝나는 것이기 때문이다.

　문제는 이러한 작품이 1920년대의 소월에게서 생성되었다고 하는 시문학사적 사실에 있다.

　그리고 또 하나 간과할 수 없는 것은 「산유화」를 抽象本質의 象徵形態로 표현할 수 있었던 이유가, 소월이 그의 作詩過程에서 일상과 현실을 부정하고 끊임없는 추상화 노력을 경주하였기 때문이라는 점이다.[59]

　소월은 분명히 "죽음에 가까이 있을 때에 명징한 思考로써 삶의 아름다움을 인식한다"(詩魂)고 고백하였다.

　즉, 시혼은 영혼의 세계이며 동시에 죽음과도 통하는 꿈의 세계라는 대전제를 소월이 설정하지 않았었다면 「산유화」에 나타난 초현실적 추상화, 언어로부터 벗어난 언어로서의 象徵化가 형성될 수 없었으리라고 생각된다.

　따라서, 이 시에 나타나는 '산'은 소월이 民俗的 內包意味를 갖는 많은 地名들을 완전히 추상화하면서 찾아낸 純粹槪念이다. 즉, 소월시에 나타난 그 많은 지명들이 점차 추상화되어 「산유화」에 이르러서는 '山'이라는 극

---

58) 이러한 詩論은 무수히 많이 있으나 국내에서 간행된 논문으로 朴異汶과 李商燮의 글이 있다.
　　朴異汶, 「詩的 言語」, 「문학과 지성」, (1974, 여름호)/ 李商燮, 「絕對的 心象」, 「말의 秩序」(민음사, 1976)
59) 金敎善, 「素月의 山有花 小考」, 「崇田語文學 3호」, 1974.

단으로 추상화된 개념으로 변했음을 알 수 있다. 다시 말하면 「산유화」의
'산'은 구체성을 띤 地名들이 모두 그 具體性을 버리고 차원을 높인 상징으
로 응축된 다음에 나타난 한 音節의 單語라고 볼 수 있다.

A————————►B————————►C

모든 실제의 地名 → 몇 개의 山名   → 한 음절의 單語 '山'

많은 詩   →「길」,「산」,「진달래꽃」,→「山有花」

또 이렇게 표현할 수도 있다.

대동강
두만강   정주곽산
한강수   → 영변약산   → 산
인천   삼수갑산
서울
제물포

말하자면 素月의 詩는 「山有花」를 정점으로 하고, 그 「山有花」의 '山'을
생성하기 위하여 다른 詩들이 준비되었다고 볼 수 있다는 말이다.
더구나 앞에서 보인 B와 C의 「山有花」가 生成 發表된 연대의 先後關係는
필자의 立論을 뒷받침해 준다.

B「진달래꽃」   1922년 『開闢』 7월
 「山」   1923년 『開闢』 10월
 「길」   ?
C「山有花」   1924년 『靈臺』

素月正傳을 쓴 金永三은 「山有花」에 대하여 이렇게 말한다.

그리하여 山에 관한 최고의 관념상에 떠오른 비범한 인식에서 …… 무
르익은 관조에서 터득한, 결국엔 인생에서 패한 설음의 덩이를 승화시켜,

비범하고 노련한 수법으로 우수한 최대의 걸작을 짓게 된 것이다.[60]

素月의 「山有花」는 삶과 죽음과의 거리에 놓인 하나의 人生詩로서의 의미를 보여 준다. 물론 「山有花」 자체는 필자의 해석과는 별도로 '저만치' 떨어져서 하나의 言語的 事物로 존재하는 것이지만, 그것이 독자들의 의식 및 비평의 차원으로 가까이 다가올 때, 그 안의 '저만치' 라는 부사는 素月이 의식했던 삶과 죽음의 거리로, 素月과 죽음과의 거리로, 그리고 그 때의 상태와 정황으로 우리 독자들에게 친숙해진다.

이상의 論述을 통하여 우리는 素月이 1920년대의 抒情詩人으로서 뚜렷한 위치를 차지하였다는 점과, 그의 업적이 현대 한국 서정시의 전통을 세우는데 크게 공헌하였다는 점을 확인할 수 있었다.

Ⅳ. 만해 한용운

1. 문학사상의 위치

시인으로서의 萬海 韓龍雲을 논하려 함에 있어, 당면하게 되는 최초의 곤혹은 그가 단순한 시인으로 그치는 인물이 아니라는 데 있다. 단순한 시인으로서 그의 문학에 접근하면 그 이해가 불충분함은 물론 그 접근이 불가능하다. 만해문학의 특징에 대한 연구는 바로 이러한 사실에서부터 출발되어야 한다.

> 만해 한용운 선생은 근대 한국이 낳은 高士였다. 선생은 愛國志士요 佛學의 碩德이며, 문단의 巨擘이었다. 선생의 진면목은 이 세가지 면을 아울러 보지 않고는 얻을 수 없는 것이다.[61]

이러한 사실은 여러 학자들에 의해서 거듭 인정되어 왔다.
독립운동가로서 그리고 詩人으로서 그는 그 어느 한 가지만으로도 우리

---

60) 金永三, 「素月正傳」(成文閣, 1961), p.254.
61) 趙芝薰, 「民族主義者 韓龍雲」, 「思潮」, 1958. 10.

근대사에서 잊을 수 없는 업적을 남겼으나, 그를 이해하는 가장 온당한 길은, 독립투사와 禪僧과 詩人을 통합하는 근대 한국의 사상가로서 파악하는 태도에 있다고 생각한다.

그러나 본고는 만해의 문학만을 다루고자 하는 것이 그 목적이므로 그의 독립운동이나 佛僧으로서의 활약과 사상은 어디까지나 문학을 이해하고 설명하는 데 도움이 되는 한계 내에서만 다루려 한다.

만해가 지닌 시문학사상의 위치를 생각함에 있어서 첫째로 논의해야 할 것은 그가 개화기 이래 움트기 시작한 새로운 近代 詩文學史에 있어 최초로 산문시를 시도하여 쓴 인물이라는 점이다.

아직도 대부분의 韓國文學史가 朱耀翰이 『창조』誌에 발표한 「불노리」를 최초의 한국 근대시로 기록하면서 "주요한의 문학사적 위치를 밝히는 것은 時調라는 정형시의 파괴와 새로운 형태의 詩의 발견이라는 명제를 밝히는 것과 맞먹는다"[62]라고, 그가 최초의 자유시 내지는 산문시를 썼다고 이야기하고 있으나, 이러한 論調는 만해를 바르게 이해함으로써 극복되어야 한다는 또 하나의 제안이 지난 수 년 동안 文學史家들의 관심을 모아왔었다. 필자는 그 한국 최초의 散文詩[63]를 지은 영예가 만해에게로 돌아가야 한다는 후자의 주장에 동조하고자 한다. 이러한 이론의 제기는 삼 단계에 걸쳐 진행되어 왔다.

제일 첫 번째 단계는 한용운의 행적을 연대순으로 추적하여 면밀한 자료 조사를 시도했던 朴魯埻. 印權煥의 『韓龍雲研究』(1960년)이었다.[64] 여기서 만해는 1918년에 이미 『惟心』이라는 불교 잡지에 「心」이라는 산문시를 발표하였다는 사실이 밝혀졌다. 이것은 주요한의 「불노리」에 비하면 정확하게 一年이 앞서는 것이다. 실상 『惟心』에는 「心」 이외에도 「처음에 씀」, 「惟心序詩」 등이 산문의 형식으로 발표되어 있다. 다음에 인용하는 「처음에 씀」은 『惟心』 1호의 卷頭言이다.

---

62) 金允植 · 김현, 『韓國文學史』(民音社, 1973), p.128.

63) 자유시와 산문시에 대한 정의는 동일한 것이 아니다. 그러나 필자는 여기에서 詩의 정형성의 탈피가 궁극적으로 산문화라는 점에 근거하여 그 둘을 아울러 표시할 때에는 '산문시'라는 말만 쓰기로 한다.

64) 朴魯埻 · 印權煥, 『韓龍雲研究』(1960), pp.127-129.

배를 띄우는 흐름은 그 근원이 멀도다.

송이 큰 꽃나무는 그 뿌리가 깊도다.

가벼이 날으는 떨어진 잎새야

가을 바람이 굳셈이랴, 서리 아래에 푸르다고 구태어 묻지 마라.

그대(竹)의 가운데는 무슨 걸림도 없느니라.

美의 音보다도 妙한 소리 거친 물결에 돛대가 낳다.

보느냐, 샛별 같은 너의 눈으로 천만의 障碍를 타파하고 大洋에 도착하는 得意의 波를

보이리라 宇宙의 神秘

들리리라 萬有의 妙音

가자, 가자, 沙漠도 아닌 , 氷海도 아닌 우리의 故園, 아니 가면 뉘라서 보랴. 한송이 두송이 피는 梅花.

바로 이와 같은 형태의 글들이 더욱 整齊되었을 때에 『님의 沈默』의 시 88편이 만들어진 것임을 인정할 수 있다.

두 번째의 단계는 韓龍雲의 역사의식을 검증함으로써 얻어 낸 결론이다. 즉, 만해는 진정한 의미에서 1920년대를 전후하여 가장 먼저 시민의식을 지니고 시민문학을 창도하였다는 白樂晴의 說이다. 백낙청은 그의 「市民文學論」에서 다음과 같이 주장하였다.

우리의 현대문학을 3.1운동의 시민의식을 중심으로 재평가할 때 우리는 몇 가지 엄연한 사실을 인정하지 않을 수 없을 듯하다. 우선 시문학의 업적 중 굉장히 큰 부분이 그 발표 연대야 어찌 됐든 3.1운동 때 이미 成年期에 달했던 文人들에 의해 씌여졌다는 점이 눈을 끈다. '님의 침묵' 의 詩人은 33인의 한 사람이었다. (중략) 문학사에서 최초와 최후를, 적어도 앞과 뒤를 가리는 것은 생략할 수 없는 작업이다. 그럴수록 더욱 그것은 정당한 문학관, 정당한 시민의식에 의해 수행되어야 한다. 그렇게 볼 때 시로서의 「불놀이」나 그것을 실은 동인지 『創造』 전체가 한국에서 본격적인 문학의 시발점으로 과대 평가되어 있음을 지적하지 않을 수 없다.(중략) 詩의 분야에서 이 시대의 진정한 수확을 간추린다면 만해 한용운의 시 집단 한권, 「빼앗긴 들에도 봄은 오는가」를 부른 이상화, 민요시인 소월의 몇몇편, 그리고 약간 뒤의 일이지만 陸史의 단편적인 활동이 있는 정도다.

그 중 작품의 양으로나 질로나 또 그의 작품발표가 창조보다 한해 앞선
『惟心』지에서 비롯한다는 시기적인 순위로나, 한용운은 한국 최초의 근대
시인이요, 3.1운동이 낳은 최대의 시민시인이라 할 수 있다. 그러한 만해
가 동시에 옛 한국 마지막의 위대한 전통시인이었다는 사실은 그만이 누
릴 영예이자, 전통의 계승을 바라는 우리들 모두의 행운이다.[65]

이렇게 논증한 백낙청은 만해의 시가 불교개혁이나 독립운동과 뗄 수 없
는 관계를 가지고 지나간 시대의 전통 위에 새 시대건설이라는 뚜렷한 역사
의식 하에서 시를 썼다고 강조하였다. 이것은 만해의 문학을 이해하기 위해
서 뿐만 아니라 한국문학사 전반에 대한 새로운 반성자료로서 우리의 주목
을 끈다.

세 번째 단계는 廉武雄이 그의 『님이 침묵하는 시대』(1971)에서 만해가
그 당시의 소위 문단이라는 것과 아무런 관련을 가지지 않았기 때문에 오히
려 제한된 율조를 탈피한 최초의 근대시인이 될 수 있었음을 언급한 것이
다. 이 글은 앞서 백낙청이 주장한 내용을 좀 더 확대한 것이기는 하나 특히
만해의 非文壇的 성격이 만해로 하여금 새로운 문학의 시대를 열게 하였다
는 데 초점이 맞추어져 있다.

만해가 다만 문학에만 국한된 인물이 아니었다는 사실, 낭만주의니 퇴
폐주의니 하는 공허한 문예사조들과 무연한 입장에 있었고, 흔한 동인지
들의 구성원이 되지 않았었다는 사실은 그의 문학을 낮게 평가할 이유가
되지 않는다. (중략) 우리가 만해에게서 얻을 수 있는 경우는 허다하게 많
지만 그 중에는 그가 단순한 문단적 시인이 아니었다는 사실도 포함되어
야 할 것이다. 만해는 문단적 제한이 바로 식민주의적 제한임을 느끼고 이
를 처음부터 거절함으로써 한국의 신문학이 매여있는 왜소성과 지방주의
에서 멀리 벗어날 수 있었다.[66]

이상으로 1960년부터 1972에 이르기까지 3차에 걸쳐 書誌學的 年代記的

---

65) 백낙청, 「시민문학론」, 『창작과 비평』 14호(1969, 여름호), pp.484-493 참조.
66) 廉武雄, 「님이 沈默하는 시대」, 『나라 사랑』 제2집, pp.71-74 참조. 이 글은 「萬海 韓龍雲
　　론」, 『創作과 批評』 26권(1972)에도 수록되어 있다.

관점, 意識史 思想史的 관점 및 脫文壇的 문학사 기술의 관점으로 한용운이 현대한국문학에서 최초로 散文律調의 시를 썼다는 사실을 논증하였다.[67]

여기에 한 가지 덧붙인다면 대단히 상징적인 사항으로서 만해의 연령이 주목되어야 하리라고 생각한다. 만해는 1920년을 전후하여 시를 쓴 어느 작가보다도 年上이었다.

출생 연대순으로 당시 작가들을 살펴보면 다음과 같다.[68]

韓龍雲	1879년생
崔南善	1890년생
李光洙	1892년생
金 億	1893년생
吳相淳	1894년생
朱耀翰	1900년생
李相和	1901년생
朴鐘和	1901년생
金素月	1902년생

만해의 출생연대는 김소월보다 23년이 앞서고 있으며 이른바 신문학의 개척자라고 불리는 최남선이나 이광수보다 10년 이상의 연장임을 보여준다.

이러한 연령상의 격차는 그대로 한용운이 지나간 시대와 보다 굳은 유대와 결속으로 이어져 있으면서 그 유대와 결속을 통해 전통의식을 수립해 주었음을 암시해 준다. 최남선과 이광수가 다같이 일제 말기에 지조를 굽힘으로써 그들의 문학적 업적에 스스로 흠집을 낸 것을 감안해 본다면 이러한 연령의 차이가 단순한 연령으로서의 의미를 넘어선다는 사실을 인정하게 된다.

따라서 만해가 그의 시를 본격적으로 착수한 1918년 이후는 그의 40대에

---

67) 이 확증은 현재 인정되면서도 문학사의 기술이 여전히 萬海를 1920년대에 와서야 다루는 이유는 단순히 종래의 문학사를 무의식적으로 답습하는 결과일 것이다. 그것은 하루 바삐 시정되어야 마땅하다.

68) 이 연대는 『國語國文學大辭典』(서울大 東亞文化研究所編,. 新丘文化社)에 의함.

해당하는 시기로서 다른 시인들이 활발하게 시를 쓴 연령과는 대체로 20년을 웃돌고 있다. 이것은 만해의 詩가 결코 감상이나 主情的인 분위기에서 시를 쓴 것이 아님을 입증해 준다. 일부 시인의 경우에 있어서는 詩作을 하다가도 감정이 메말라서 시작을 중단하는 40대에 이르러 만해가 시를 쓰기 시작하였다는 것은 만해의 시가 그만큼 깊이 있는 의미를 내포할 수 있었을 가능성을 말해 준다. 그 깊이는 바로 만해 시문학의 생명으로서 그의 佛敎思想과 獨立理念이 詩 속에 융합될 수 있는 근거가 되었었다. 이렇게 본다면 만해의 사상적 깊이가 그의 연령과 긴밀한 상관관계를 가지는 것임을 알 수 있다.

그리하여 우리가 만해로 하여금 우리 근대시문학의 새로운 장을 열어준 시인으로 새로이 평가될 것을 강조하는 이유로서 그의 연령과의 관련을 언급하는 일이 결코 무의미하지는 않으리라는 것을 필자는 주장하는 바이다.

2. 萬海의 文學思想

앞 장에서는 만해가 40대의 장년기에 이르러 우리 문학사에서 최초로 산문율의 시를 쓰기 시작했음을 밝혔다.

이제 만해의 시집 『님의 沈默』을 이해하는 또 하나의 기초작업으로 그의 문학사상을 정리하는 것이 당연한 순서일 것 같다. 특별히 문학사상이라고 할 것이 아니라 만해의 사상 일반을 총체적으로 논해야 할 것이지만, 우리는 되도록 문학과 관련된 부분에만 주목하기로 한다.

먼저, 그의 언어관을 살펴본다.

만해는 연보[69]에 의하면 일찍이 나이 아홉 살에 『西廂記』를 독파하고 『痛鑑』을 해득했으며 『書經』의 시 삼백수를 통달하였다. 이와 같은 한문학적 전통은 만해의 사상이 그대로 조선조 문인 학자들의 의식세계와 연맥이 닿음을 뜻하는 것이다.

이러한 만해가 문필활동을 본격적으로 시작한 시기는 1910년 3월, 『朝鮮佛敎維新論』을 완성하는 때부터이다. 이 글은 만해가 품은 불교개혁의 이

---

69) 崔凡述 所收, 『韓龍雲全集』(新丘文化社) 참조.

상론으로서 그의 불교사상의 압권인데, 序는 純 漢文이고, 그 이하는 口訣吐가 붙은 한문으로 되어 있다. 이때까지 그는 불교의 대중화를 꿈꾸고 있으면서도 그러한 대중화가 언어와 어떤 관계에 있는지를 명확하게 이해한 것으로 보이지는 않는다. 그 무렵 그는 상당량의 한시를 지었다.[70] 그리고나서 뒤미쳐 국치의 비운을 맛본다. 이 무렵에 이르러 독립투사로서의 만해가 구체화되기 시작하여 1911년 만주 지역에 망명, 유랑하고 돌아온 뒤로, 불경의 대중화를 위해 불교 대전의 편찬 사업에 착수한다. 바로 이 때부터가 만해의 새로운 언어관이 정립되는 시기이다.

1914년에 간행한 『불교대전』은 아직 한문투가 남아 있기는 하지만, 『朝鮮佛敎維新論』에 비하면 훨씬 많이 口訣吐가 붙고 漢文句를 더 많이 분절하여 문장구조가 국어에 접근하고 있다. 이러한 문장은 1917년의 『精選講義菜根譚』에 답습되고 드디어 1918년 『惟心』誌를 발간하기에 이르러 언문일치의 문장에 도달한다.[71]

그렇다면 만해의 언어관은 불교이론의 실용주의적 대중화 운동과 表裏의 관계를 가진다고 볼 수 있다. 그리고 그것이 독립운동과 병행하는 민족주의와 결부되었을 때 뚜렷하게 언문일치의 사상에 도달했으며 그 구체적 表現이 『님의 沈默』으로 대표된다고 볼 수 있다.

그러면 우선 만해의 민족주의적 언어관과 불교대중화와의 상관성을 입증해 주는 직접적인 자료에는 어떤 것이 있는지를 몇 개 예시해 보기로 한다.

첫째, 譯經의 필요성을 역설한 논설과 그에 관련된 기록을 들 수 있다. 「朝鮮佛敎改革案」 중 제 5조항 經論의 번역에는 다음과 같이 그의 言語文字觀이 나타나 있다.

언어와 문학의 意義는 사람과 사람 사이에 서로의 의사를 이해하고 인
식하게 하는데에 그 필요와 가치가 있는 것이다. 의미와 형상이 다른, 외

---

70) 『韓龍雲全集』卷1 漢詩集 參照.

71) 물론 그 후에도 「十玄談註解」나 「乾鳳寺 及 乾鳳寺末寺事蹟」과 같은 저술에 있어서는 여전히 한문을 애용하고 있었고 또 계속 漢詩를 기회 있을 때마다 짓고 있다. 이것은 그의 大衆化意識과는 관계가 없었던 것이므로 言語觀의 변천과는 별도로 다루어야 한다.

국의 언어나 외국의 문자를 능히 자국인에게 일반적으로 보급시킬 수는
없는 것이요, 변천이 현수한 고대의 언문으로 능히 현대인에게 보편적으
로 이해시킬 수 없는 것이다. 그뿐 아니라 같은 언어와 문자라 할지라도
그 구성의 평이와 난삽을 따라서 보급의 지체가 심히 큰 것이다. (중략) 현
금에 있어서 불교를 선포하려면 평이한 한글(혹은 鮮漢互用文)로 번역, 편
찬, 창작 등을 勵行하지 않으면 안된다.[72]

이상과 같은 만해의 언어문자관은 개화기 이래 싹튼 선구적 지식인들이
공통으로 가졌던 견해로서 周時經과 그의 문하에서 공부한 당대 국문학자
들의 주장과 합치한다. 명확한 역사의식과 시대감각으로 민족의 장래를 근
심하던 만해에게 있어서는 특별히 놀라운 착상이나 주장이라고 볼 수는 없
는 것이지만 그것이 불교의 대중화에 직결되어 있다는 점을 우리는 주목해
보아야 한다. 여기에 관련된 그의 글을 일별하면 다음과 같다.

「譯經의 急務」(『佛教新』 제3집 1937.5)
「國寶的 한글 經板의 發見經路」(『佛教』 87호 1931.9)
「한글經 印出을 마치고(『불교』 103호 1933.1)

둘째, 譯經事業과 뗄 수 없는 것에 한글에 대한 관심이 있다. 불경의 대중
화에 가장 크게 기여할 수 있는 길은 두말할 것도 없이 한글 보급에 있는 것
이기 때문이다.

그래서 만해는 그의 민족주의가 싹튼 1910년대 이후부터는 계속하여 한
글에 대한 깊은 애착을 나타냈다. 대표적인 예는 1926년 12월 7일 동아일
보 지상에 발표한 「가갸날에 대하여」이다. '가갸날' 은 朝鮮語學會가 한글
반포 8회갑(480주년) 기념식을 베푼 1926년 11월 4일(음력 9월 29일)로 소
급되는 '한글날' 의 前 名稱인데 만해는 이에 대해 신문지상에 자신의 所懷
를 발표하고 있다. 특히 이 글에는 다음과 같은 산문시가 첨부되어 있어 그
의 민족주의가 한글과 어떻게 밀착되어 있는지를 보여 준다.

아아 가갸날
참되고 어질고 아름다와요

---

72) 『韓龍雲全集』, 卷2, p.166.

祝日 祭日
데이 씨즌 이 위에
가갸날이 왔어요 가갸날
끝없는 바다에 쑥 솟아오르는 해처럼
힘있고 빛나고 뚜렷한 가갸날
(후략)

위의 시는 만해에게 있어 '가갸날'에 대한 기쁨과 놀라움이 얼마나 컸던 가를 잘 말해 준다. 그리하여 만해는 한글날 제정같은 행사적인 것에만 만 족하지 않고 「한글 맞춤법 통일안의 보급 방법」(『한글』 2권 1호(1933.4))같 은 구체적인 실천 방안에 대해서조차 一家見을 가지고 그 소신을 실행에 옮 겼다.

셋째, 만해는 언어의 표현가치가 본질적으로 하나의 방편에 불과한 상징 체계임을 일찍이 터득하고 있었다. 이 점은 그가 大乘禪에 通曉한 지식을 갖춘 佛僧이었기 때문에 쉽게 성취할 수 있었던 이점이었다.

> 不立文字가 見性成佛의 한 길이라면 不離文字는 性의 圓成인 동시에 度生의 大用이 되는 것이다. (중략) 이렇게 보는 자는 능히 色에서 空을 보 고 空에서 色을 볼지니, 다시 말하면 禪을 얻을지니, 禪을 위하여 글을 쓰 는 자는 마땅히 이렇게 쓸 것이요, 禪을 위한 글을 읽는 자는 마땅히 이렇 게 읽을지니라.　　　　　　　　　　　　　(『禪苑』 제4호(1935.10.15))[73]

이 논법을 따르면 인간은 부득이 언어로부터 출발하여 도에 접근하는 것 이요, 그 다음에 言外에 또 言이 있으며 그것이 오히려 우리가 말하고자 하 는 것임을 역설한다. 따라서, 의사소통의 수단이 오로지 언어문자라는 고착 된 관념에서 벗어나 언어가 잠시 방편이 되었다가 다시 언어가 없고자 할 때에 비로소 처음에 쓰였던 방편의 언어가 제대로 기능을 발휘한 셈이 되며 그런 뒤에 그 언어는 이미 언어의 모습을 감추고 있다는 것이다. 여기에서 부득이 언어를 사용할 때에 逆說의 論理가 발생하게 된다. 필경 이와 같은 언어관은 시의 근본적인 기교를 형성하고 있는 것이므로 『님의 沈默』은 이

---

73) 『韓龍雲全集』, 卷2, pp.305-306.

와 같은 방법을 이해하지 않으면 바로 파악되지 않는다.

그러나 여기서 확인하여야 하는 것은 만해가 확고한 신념으로 언어의 우선적인 방편의 기능을 인정하였다는 점이다. 그 뒤에 그것이 역설의 논리로 발전하는데 이에 대하여서는 뒷장에서 다시 상론하고자 한다.

이와 같이 만해는 언어, 문자에 대한 뚜렷한 신념을 가지고 있었던 만큼, 문학에 대하여서도 분명한 소신이 있었으리라는 것을 짐작할 수 있다. 그러면 다음에는 그의 문학관의 일단을 살펴보기로 한다.

다음은 『尋牛莊漫筆』에 나오는 「文藝小言」의 결론 부분이다. 거기에는 문학이란 용어를 人文學을 중심한 학문 일반에 총괄하여 쓰고 있음이 나타나 있다.

> 文理가 있는 文字로서의 구성은 다 문학이다. 그러므로 종교·철학·과학·經史·子傳·시·소설·百家語 등 내지 尋常覺喧의 서한문까지도 장단 우열을 물론하고 모두가 문학에 속하는 것이다.[74]

이 글을 통해서 우리는 만해가 매사를 거시적으로 바라보고 가능한 한 모든 것을 총괄하는 태도를 견지하고 있음을 보게 된다. 그는 문학을 몇몇 문학장르에만 국한시키는 소아병적 구분을 지양하고 폭넓은 사상적 문필과 동양전래의 문학양식을 과감하게 포섭하는 대범한 영역을 문학으로 규정한다. 그의 이와 같은 문학관은 그가 행한 오늘날의 개념으로서의 문학활동을 결코 문단적인 제약에 두게 하지 않았고 따라서 스스로 문인이라는 의식조차도 가지려 하지 않게 하였다. 문학을 하면서도 문인이라는 의식을 초월할 수 있었던 그의 禪的 행위는 그렇기 때문에 『님의 沈默』과 같은 문학을 낳게 하였다. 가령 만해는 필요하다고 생각될 때에는 언제라도 또 어떤 형식의 글이라도 서슴지 않고 썼다. 그것이 문학 활동을 하는 것이냐 아니냐는 그가 집착하는 문제 밖의 일이었다. 그래서 그는 소설에도 손을 대게 되어 『黑風』(1935), 『薄命』(1938)과 같은 신문연재의 장편을 쓰고 未發表遺作으로 「죽음」이란 중편을 썼으며, 연재하다가 중단된 『後悔』, 『鐵血美人』, 『삼국지』 등을 집필했다. 그러나 그는 다만 글을 썼을 뿐이요, 그것이 문인들

---

74) 『韓龍雲全集』, 卷1, p.196.

이 생각하는 바의 문학활동을 한다는 言辭는 한 번도 그의 입에 올리지 않았다. 『黑風』을 쓰기 전에 발표한 만해의 글에 이런 구절이 있다.

> 나는 소설을 쓸 소질이 있는 사람도 아니요, 또 나는 소설가가 되고 싶어 애쓰는 사람도 아니올시다. (중략) 오직 나로서 평소부터 여러분께 대하여 한 번 알리었으면 하던 그것을 알리게 된 데 지나지 않습니다.[75]

이것이 만해가 소설에 대해 언급한 요지이다. 소설에 대해 특출한 재능이 있지 않음을 인정하면서도 필요한 때에는 서슴없이 붓을 잡는 求道者的 태도, 이것이 만해 문학관의 진수이다. 그러나 이와 같은 대중적 계몽주의적 문학관의 소유자인 만해로서도 시를 사랑하고 즐기는 것에 대해서는 어느 정도의 자부심을 가지고 있었다는 사실을 발견하게 된다.

漢詩 「自笑詩癖」[76]에는 이러한 만해의 심리가 잘 반영되어 있다.

> 自笑詩癖
> 詩瘦太甚反奪人
> 紅顔減肉口無珍
> 自說吾輩出世俗
> 可憐聲病失靑春
>
> 스스로 시 좋아함을 웃노라.[77]
> 시 짓는 즐거움에 몸은 야위고,
> 홍안에 살빠지고 입맛도 잃었네.
> 세속을 떠났노라 스스로 자랑하나,
> 가련쿠나 시로 하여 청춘 잃었네.

이 시의 창작 연대를 정확히 想考할 길이 없어 자세하지는 않으나 세속을 떠났다 하여 승려가 된 뒤임을 밝히고 청춘을 잃었다고 언급한 점으로 보아 대개 30대 후반으로 추정되는데 문제는 비록 '自笑詩癖'이라 하여 자괴의 심경을 읊었다고는 하나 그것은 일종의 반어법이고 스스로 詩才가 있음을

---

75) 朝鮮日報, 1935. 4. 8., 作者의 말.
76) 『韓龍雲全集』, 卷1, p.119.
77) 筆者의 拙譯임.

밝히고 있는 것이라고 보인다. 이러한 능력은 결국 3 · 1운동을 지낸 뒤에
『님의 沈默』으로 결실되지 않을 수 없게 하였다.

3. 불교사상과 민족사상

『님의 沈默』 한권을 바르게 이해하려는 기초작업으로서 우리는 그의 문
학사적 위치와 문학사상을 앞에서 검토하였다. 그러면 이제는 그가 지닌 불
교사상과 민족사상의 성숙과정을 생각해 보기로 한다. 불승으로서 불교의
현대화와 대중화를 위해 여러 가지 사업을 펼친 것은 만해의 문학을 이야기
할 때 전제 중의 전제라고 할 수 있다. 특히 『佛敎大典』을 편찬함에 이르러
서는 그의 학식이 얼마나 심오했는지를 단적으로 표명해 준다.

그런데 민족사상의 측면에서 보면 만해가 처음부터 열렬한 민족주의자요
독립투사였던 것은 아니다. 승려가 된 후 그는 1908년 30세에 일본에 건너
가 약 반년간 巡遊하고 돌아왔다. 그 기간에 동경 曹洞宗大學에서 불교와
서양철학을 청강하였음을 보면 그 때에는 아직 排日 精神이 싹트지 않았다
고 보아야 한다. 비록 그 때가 國恥 이전이라고는 하지만 이미 乙巳保護條
約이 성립된 뒤이고 海牙密使事件이 발생하는 등 국운이 風前燈火였던 시
대인데 만해는 일본을 찾아가 그들의 문물을 관찰하였던 것이다. 이것을 敵
情을 살핀 것이라고 해석할 수는 없다.

더구나 만해는 1910년 국치를 전후하여 僧侶娶妻 問題에 관한 건의를 당
국에 제출하여 불교계에 물의를 일으켰는데, 그 1차는 中樞院議長 金允植
앞으로 낸 中樞院 獻議書이고, 2차는 합방 직후에 統監子爵寺內正毅 앞으
로 낸 統監府建白書이다.[78]

倭말을 지껄이는 사람과는 상종도 하지 않은 말년의 만해를 생각한다면
그 불법적인 敵盜에게 불교개혁을 바라는 건의를 한다는 것은 상상조차 할
수 없는 처사로 보인다.

이로 미루어 보면 1910년에 있어서 만해의 의식은 어떻게 하면 조선불교
를 유신할 것인가 하는 불교개혁의 열의에 불타 있었지 그것이 독립사상으

---

78) 『韓龍雲全集』, 卷2. pp.120-121.

로 발전하지 않았었음을 보여 준다. 그러나 이러한 상태는 해인사 주지였던 친일파 승려 李晦光 일당의 음모를 분쇄하는 운동을 전개하면서부터 憂國情念으로 變換된다.

李晦光은 1908년 圓宗宗務院이란 기관을 설립하고 거기에서 大宗正이 되었던 인물로, 國恥 이후 일본에 가서 1910년 10월 6일에 일본의 曹洞宗과 聯合同盟條約을 체결하고 돌아왔다. 거기에 나타난 6개 조항을 보면 누구라도 그것이 조선불교를 일본의 曹洞宗에 예속시키려는 僞計라는 것을 알 수 있다. 그것은 불교의 乙巳保護條約에 해당하는 것이었으므로 자나 깨나 조선불교의 혁신을 생각하던 만해에게 烈火와 같은 분노를 폭발시켰다. 그리하여 韓日合邦 직후 만주 일대의 독립투사들을 돌아보고 온 만해는 그 다음해 1911년 1월 15일에 동지들을 모아 順天 松廣寺에서 僧侶大會를 개최하고 李晦光을 宗門亂賊으로 규탄하여 그의 흉계를 타파하였다.

그 뒤 만해는 계속하여 전국 각처를 순회하며 강연을 열어 조선불교의 자주화를 부르짖고 대중불교 운동의 선봉이 되어 활약한다. 『朝鮮佛敎維新論』(1913), 『佛敎大典』(1914)의 간행은 모두 이 시기 만해의 不離文字하려는 신념의 소산이었다.

이와 같이 대중불교운동을 하는 도중 1917년 12월 3일 밤, 만해는 坐禪을 하다가 문득 깨달은 바 있어 「悟道頌」 1首를 얻게 되는데 만해의 모든 사상이 확고하게 정립되는 시기가 이 때인 것으로 보인다. 「悟道頌」은 다음과 같다.

丁巳十二月三日夜十時頃坐禪中忽聞風打墜物聲疑情頓釋仍得一詩
男兒到處是故鄕
幾人長在客愁中
一聲喝破三千界
雪裡桃花偏偏紅[79]

丁巳年 十二月 三日 밤 坐禪 중에 갑자기 바람이 불어 무슨 물건이 떨어

---

79) 『韓龍雲全集』, 卷1., p.172.

지는 소리를 듣고 의심하던 마음이 씻은 듯 풀렸다. 그래서 시 한수를 얻었다.

> 사나이 이르는 곳은 어디나 고향인데
> 그 몇 명이나 객수 중에 긴 세월 괴로웠나
> 한마디 소리쳐 우주를 뒤흔드니
> 눈 속에 복사꽃이 붉게 붉게 흩날리네

이 시는 만해를 이해함에 있어 대단히 상징적인 의미를 갖는다.

그것은 지금까지 불확정이었던 그의 조선 불교의 이상과 조선 민족의 이상, 그리고 그의 시문학적 이상이 하나로 합일되었음을 선언하는 시적 표현이기 때문이다.

이 시에서 '고향'은 불교가 추구하는 바 眞如涅槃의 세계이며 완전한 이상향이다. 다시 말하면 진리 그 자체이다. 그런데 그것은 우리가 살고 있는 현실 이외에 아무것도 아님을 역설한다. 그러니까 식민지 한국은 바로 本源的인 道의 근거지이므로 그것은 자유와 평등의 낙원으로 수정되지 않으면 안된다. 이러한 민족국가를 위한 자주독립의 사상을 '男兒到處是故鄕'이란 구절이 담고 있다. 그리고 '幾人長在客愁中'에서 '客愁'는 고뇌에서 헤어나지 못하는 중생의 迷妄이요 無明의 상태를 비유한다. 만해 자신도 지금까지 이와 같은 미망과 무명에서 벗어나지 못하였음을 고백하고 있는 셈이다. 그러나 오랜 坐禪과 刻苦 끝에, 그러한 修道의 논리적 단계로서가 아니라 무의식적인 禪의 妙理로써 온 세계가 뒤바뀌는 소리가 들린 것이다. '一聲喝破三千界'에서 '一聲'은 바람이 불어 물건이 떨어지는 심상한 物聲에 불과한 것이었지만 그러한 소리로 하여 酷寒暴雪 속에서도 점점이 붉은 도화꽃이 산야에 어우러져 피는 것이다. '雪裡桃花偏偏紅'은 말하자면 植民地의 桎梏 속에서 자유와 독립의 前兆를 예감한다는 선언이다.

그리하여 만해는 분연히 독립투사로서의 새로운 변신을 하는데, 실은 이미 그의 體內에 형성되어 있던 독립투혼이 구체화되어 외표된 것이다.

위와 같은 과정을 이러한 시의 형태로 표현함으로써 만해는 佛敎改革의 禪僧과 民族獨立의 鬪士와 言語美學의 詩人이라는 서로 다른 개념의 三位

一體를 완성한다.

여기에 이르러 비로소 우리는 시집 『님의 沈默』의 前身으로서 『朝鮮佛敎維新論』과 3·1운동의 이론적 해설서인 「朝鮮獨立理由書」를 검토할 意義를 발견한다. 그러나 이 두 개의 논문을 장황하게 거론할 여유가 없다. 다만 그 요점만을 간략하게 정리해 보기로 한다.

만해의 『朝鮮佛敎維新論』은 1910년에 집필되었고 1913년에 책자로 간행되었다. 이 글에서 개진한 그의 주장은 평생토록 그가 몸소 실천하면서 애썼던 이상으로 서문과 17장에 달하는 긴 논문으로 구성되어 있다. 그 중에서 우리의 관심을 모으는 다음 구절을 인용해 본다.

> 그리고 천당 지옥의 주장과 不生不滅의 말이 있기는 하나 그 취지인 즉 다른 종교와 다르다. 무엇이 다른가. 경에 이르기를 '지옥과 천당이 다 淨土가 된다' 하셨고 또, '중생의 마음이 보살의 정토' 라 하셨다. 이것으로 미루어 생각하면 불교에서 말하는 천당은 상식으로 생각되는 그런 천당이 아니라 자기 마음 속에 건설되는 천당이며 지옥도 죽어서 간다는 그런 뜻의 지옥이 아님을 알 수 있다.[80]

여기에서 만해는 불교가 '마음의 종교' 요, '깨달음의 종교' 이며, '철학하는 지혜의 종교' 임을 말하고, 천당과 지옥은 마음 속에 있는 것이며 영생은 곧 생사를 초탈하는 깨달음에 있다고 말한다.

또 이어서 만해는 불교가 현세와 내세에 이르기까지 인류의 발전에 기여할 수 있는 가장 알맞은 종교로서 그 중심 사상은 모든 인류의 평등을 실현하며 또한 그들을 구원하는 종교라고 강조하였다. 이러한 불교의 평등주의와 救世主義가 현실사회에 적용될 때 그것은 대중불교 내지 대승불교가 된다.

따라서 山寺에 칩거하며 염불만 외는 積弊투성이의 舊態依然한 불교의 현상으로는 위와 같은 이념을 성취하지 못한다고 보았기 때문에 만해는 적극적인 布敎論과 승려와 사찰의 재정비를 부르짓는다.

그의 적극성은 이 『朝鮮佛敎維新論』의 서론에서 '謀事在我요 成事亦在我' 라고 하는 입론에 잘 나타나 있다. 『朝鮮佛敎維新論』은 만해의 이와같은

---

80) 『韓龍雲全集』, 卷2, p.137.

自力的 眞理具現의 집념에서 생산되었다.

만해의 민족사상은 이미 이회광 일파의 친일행동을 분쇄하기 시작한 때로부터 구체화되었는데 그것을 이론적으로 확립한 글이 3·1운동 직후의 『朝鮮獨立理由書』 또는 『朝鮮獨立의 書』이다.

만해는 애초의 3·1운동을 謀事하면서 독립선언문도 자기가 쓰고 싶었으나 그것이 六堂 崔南善에게 넘어가자 그는 「公約三章」을 뒤에 붙여 3·1운동의 행동강령을 확립하였다. 그리고 결국 만해는 옥중에서 자기자신의 논리에 따라 독립운동의 이유를 서면으로 작성하기에 이른 것이다.

그 글은 너무도 유명하여 逐條할 필요조차 없는 것이지만 여기 그 개요를 摘出하여 만해 민족사상의 한 면을 살피기로 한다. 그 구성은 다음과 같다.

    1. 槪論
    2. 朝鮮獨立宣言의 動機
      1) 朝鮮民族의 實力
      2) 世界大勢의 變遷
      3) 民族自決條件
    3. 朝鮮獨立宣言의 理由
      1) 民族自存性
      2) 祖國思想
      3) 自由主義
      4) 對世界의 義務
    4. 朝鮮總督政策에 대하야
    5. 朝鮮獨立의 自信

1항의 개론에서 만해는 먼저 자유와 평화야말로 전인류의 발전하는 문명사회가 가장 필요로 하는 바라고 역설한다. 그리고 그의 현실은 정의와 인도에 의해 성취될 것임을 주장한다.

> 자유는 萬有의 생명이요, 평화는 인생의 행복이라. (중략) 고로 자유를 득하기 위하야는 생명을 鴻毛視하고 평화를 保하기 위하여는 희생을 甘飴嘗하나니 此는 인생의 권리인 동시에 또한 의무일지로다. 그러나 자유의 公例는 人의 자유를 侵치 아니함으로 한계를 삼나니, 침략적 자유는 沒平

和의 야만자유가 되며 평화의 정신은 평등에 存하니 평등은 자유의 相敵
을 謂함이라. 고로 위압적 평화는 굴욕이 될 뿐이니 眞自由는 반드시 평화
를 伴할지라. 자유여 평화여 全人類의 요구일지로다.[81]

여기에서 언급된 자유와 평등의 개념은 만해가 이미 10년 전 『朝鮮佛敎
維新論』에서 그의 불교관을 논할 때 밝힌 것으로 이 글에서는 그것이 '평
화'의 개념에 융합되어 심화되어 있다. 더 나아가 일본의 위장된 평화론으
로 한일합방이 이루어진 것을 통박하면서 진정한 평화는 정의와 인도에 근
거할 것을 주장하였다.

그리하여 만해는 진정한 평화주의가 각 민족의 독립자결에 의해 공존함
으로써 실현될 것을 믿고 조선독립선언의 기치를 들게 되었음을 그 동기와
이유로 나누어서 개진하였다.

이러한 논조를 미루어 보면 만해는 근본적으로 총독에 의한 식민 통치를
부정하고 있다. 이것이야말로 만해가 그 당시 우리나라의 역사적 현실을 가
장 정확하게 파악하고 있었음을 나타내는 것이다. 일제의 무단정치가 가혹
하기 때문에 그것을 공격하는 것이 아니라, 아무리 선정을 베푼다 할지라도
우리 민족의 자존권, 자결권, 자주권을 침해하기 때문에 총독식민정치가 성
립될 수 없다는 투철한 역사의식은 만해가 지닌 민족사상의 가장 고매한 점
이었다.

이러한 정신적 기반을 가지고 있었기 때문에 그는 옥중에서 재판을 받을
때에도 가장 의연한 태도를 지킬 수 있었다. 도대체 만해는 그 재판 자체를
인정하지 않았다. 그래서 삼년간의 옥고를 치르면서 '①변호사를 대지 말
것 ②사식을 취하지 말 것 ③보석을 요구하지 말 것'이라는 세 가지 옥중신
조를 끝까지 지킬 수 있었다.[82]

여기에 한 가지 더 첨부할 것은 만해의 이상과 같은 냉철한 역사인식에
의한 민족독립사상이 궁극적으로는 그가 지닌 불교신앙과 합치되는 낙관주
의에 의해 밑받침되어 있다는 사실이다. 불교가 맹목적 신앙이 아니라 철학

---

81) 『韓用雲全集』, 卷1
82) 정광호, 「民族的 愛國志士로 본 萬海」, 『나라사랑』第2집, (1971), p.56 참조.

하는 자세로서의 지혜와 깨달음의 종교이기 때문에 신앙하였듯이, 민족과 국가는 그러한 깨달음을 현실적으로 체감하는 원초적인 근거로서 중요시되었던 것이다.

또한 부처님의 淨土가 다름 아닌 현세 자체에 실현될 수 있다는 신념은 세계사의 발전이 현실적으로 온 인류의 평화실현에 있다는 신념과 결합함으로써, 민족의 독립을 위한 투쟁의 정당한 이론적 근거를 마련한다.

다시 말하면 인류의 미래가 대단히 희망적이라는 낙관주의를 밑받침으로 하여 그의 독립사상은 형성되었다. 그리하여 한 번 결정한 민족독립의 투지는 만해로 하여금 죽을 때까지 추호도 변함없는 신념이 되게 하였다. 여기에 이르러 조선불교의 개혁과 조선민족의 독립은 완전히 동질적인 것으로 만해의 生活 속에 融合되어 그의 시집 『님의 沈默』을 낳게 하는 生成因子가 된다.

4. 『님의 沈默』과 『十玄談註解』와의 관계

지금까지 우리는 만해의 『님의 沈默』에 접근하기 위하여 몇 개의 기초작업을 하여 왔다.

그것은 한 명의 시인과 그 작품을 이해하는 수단으로서는 너무나 迂廻的이라고 느낄는지 모른다. 그러나 필자는 이 시집을 펼치기 전에 다시 한 번 앞에서 이야기해 온 사항들과 아울러 만해가 이 시집을 쓰게 되었던 시간적 공간적 상황을 조금만 더 살펴보기로 한다.

만해는 1922년 3월, 3년간의 옥고를 치르고 세상에 나온다. 그로부터 다시 3년 1925년 8월 百潭寺에서 『님의 沈默』을 탈고하기까지 만해는 강연과 言論으로 독립사상을 고취하고 불교의 대중화를 위해 바쁘게 일한다. 出獄 이후 만해가 『님의 沈默』을 간행하기까지의 중요한 행적은 다음과 같다.[83]

        1922년(44세)
         3월 : 3년의 옥고를 마치고 나옴
         5월 : '鐵窓哲學' 강연

---

83) 『韓龍雲全集』, 卷6, 年譜 參照.

10월 : 천도교 회관에서 독립사상 강연
1923년(45세)
　1월 : 「朝鮮及 朝鮮人의 煩悶」을 동아일보에 발표
　2월 : 朝鮮物産獎勵運動을 적극 지원
　4월 : 民立大學 設立運動을 지원하여 「自助」라는 제목으로 강연
1924년(46세)
　10월 : 미발표소설 「죽음」 탈고
1925년(47세)
　6월 : 五歲庵에서 『十玄談註解』 탈고
　8월 : 백담사에서 『님의 침묵』 탈고
1926년(48세)
　5월 : 『十玄談註解』와 『님의 沈默』 발행

　이 연보를 보면 만해의 『님의 沈默』은 1922년 3월 이후부터 1925년 8월까지 약 3년 반의 기간 중에 쓰여진 것임을 알 수 있다. 그런데 그 기간 중에 만해는 『十玄談註解』라는 禪話·偈頌集의 註解書를 함께 진행시키고 있었다.

　이것은 범연한 문제가 아니다. 하나의 시집 88편에 달하는 일관된 주제의 시작품이, 동시에 다른 작품과 함께 집필이 진행될 때에, 그 두 작품 사이에 존재하는 관계가 어떤 점에서이건 밀접하게 이어져 있을 것임은 의심할 수 없기 때문이다.

　여기에서 필자는 『님의 침묵』이 본질적으로 禪話偈頌的인 성격을 가지는 것임을 확신하게 된다. 설사 『十玄談註解』와의 연관성을 무시한다고 하더라도 『님의 沈默』이 禪話偈頌的 성격을 가졌다는 추론을 얻어내기는 어렵지 않다. 만해가 평생을 몸바쳐 大乘禪宗의 대중화를 위해 애썼으므로 그러한 대승선종의 宗旨를 발견한다는 것은 쉬운 일이다.

　그러나 실제에 있어서 『十玄談註解』와 『님의 沈默』의 탈고 및 간행의 동시성은 그 두 저작의 동질성을 이미 공표하고 있는 것이나 다름없다. 『十玄談註解』는 1925년 여름을 오세암에서 지내면서 그 여름 한철에 완성한 것이다. 만해 자신은 그 序에서 다음과 같이 적고 있다.

　내가 을축년 여름을 오세암에서 지낼 적에 우연히 십현담을 읽었다. 십
현담은 同安 常察禪師가 지은 禪話로 글이 비록 평이하나 뜻이 심오한 데
가 있어 처음 배우는 이는 그윽한 뜻을 엿보기 어렵다. 原註가 있으나 누
가 붙였는지 알 수 없고 또 悅卿註가 있는데 열경이란 매월 김시습의 字이
다. 매월이 세상을 피해서 산에 들어가 중 옷을 입고 오세암에 머물 때에
지은 것이다. 두 주석을 가지고 원문의 뜻을 해석하는데는 충분하나 말 밖
에 포함되어 있는 뜻을 밝힘에서는 더러 나의 소견과 다른 바가 있었다.
대저 매월이 지키는 바의 지조는 세상과 서로 용납되지 않아 雲林에 落拓
하여 때로는 원숭이와 같이 때로는 학과 같이 하기도 하며 마침내 당세에
굴하지 않고 스스로 천하 만세에 몸을 결백케 하였으니 그 뜻은 괴로웠고
그 정은 비분함이 있었다. 또한 梅月도 십현담을 오세암에서 주해했고 나
도 또한 오세암에서 悅卿의 주해를 읽었다. 사람들이 접한 지는 수백 년이
지났건만 그 느끼는 바는 오히려 새롭구나. 이에 십현담을 주해한다.[84]

　매월당 김시습의 처지와 만해 자신의 처지를 비교하면서 만해는 차라리
매월당 당대의 시대적 상황이 부러웠을 것이다. 그때는 민족이 국권을 잃고
나라없는 유랑인이 되어 학정에 시달리지는 않았었다. 그리하여 만해는 자
신이 처한 그 불우한 시대의 불쌍한 대중들을 위하여 자신이 앞으로 해야할
일에 또 어떤 방법이 있을까를 생각하게 되었을 것이다.

　이에 이르러 만해는 불교 대중화의 집념과 망국의 한을 씻어내는 조국광
복에의 기대를 그의 詩才에 용해하여 한 권의 시집을 묶고자 하는데까지 그
의 생각을 발전시켰을 것이다.

　바꾸어 말하면 십현담을 주해하는 과정에서 그 感興을 천부적인 시재로
표현하게 되는데 그것은 어차피 일반대중과는 유리된 한문표현임을 깨닫고
그것을 더욱 쉬운 한글로 표현하는 것이 좋겠다고 느꼈을 것이다.

　그래서 만해는 『十玄談註解』에서 자신의 시재를 검토하는 한편 자신의
시적 욕구가 조국의 현실을 鳥瞰했을 때 흘러나오게 되는 禪話의 시편들을
순 한글로 지어 한 편 한 편 모아 갔을 것이다.

　이렇게 생각해 볼 때 『님의 沈默』의 시편들이 만들어진 기간은 1925년
오세암에서 십현담을 짓던 여름 두 달(5월과 6월)과 그 뒤 백담사에서 『님

---

84) 『韓龍雲全集』, 卷3, p.335.

의 沈默」을 탈고하는 두 달(7월과 8월)을 합쳐 넉 달 동안으로 집중된다.[85] 물론 그 이전부터 몇 편의 시를 산발적으로 지어왔을 가능성을 전혀 배제할 수는 없다. 왜냐하면, 1924년 10월에 탈고한 것으로 되어 있는 중편소설 「죽음」에 이미 『님의 沈默』 속에 넣어도 좋을 「자유」라는 시가 삽입되어 있기 때문이다. 그러나 시집 『님의 沈默』을 위한 본격적인 작업기간은 1925년 여름에 국한된다.

결국 필자는 『님의 沈默』을 쓰게 한 가장 직접적인 동기를 『十玄談註解』에 의한 시적 衝動이라고 결론짓지 않을 수 없다. 『十玄談註解』에 나타나는 만해의 시적 충동을 몇 구절 살펴보기로 한다.[86]

畵蛇已失 添足何爲
그림뱀이 그 본성을 이미 잃으니,
발을 그려 붙인들 무슨 소용 있느뇨?

脂粉滿地 世無傾城
화장품이 이 세상에 가득하거니,
성 기울일 미인이 어디에 있나?

網盡桃花武陵春
漁郎依舊到仙源
무릉의 봄 감추려 복사꽃을 건졌으나,
고기잡이 여전히 仙源까지 찾아왔네.
初擬萬事到夜定
其奈閒愁入夢多
봄이 오면 만사가 안정될 줄 알았더니
어쩐 일로 한가한 수심 꿈 속에 많을까?

위에 인용한 시구들은 십현담 원문에 대한 '批'로 쓰여진 것이다. 그 원문은 十門(十章)으로 나뉘어졌고 각 문마다 八句의 偈頌이 들어 있으므로 도합 십팔구로 되어 있는데 그 제목이 되는 門題와 句偈에 만해는 일일이

85) 『韓龍雲全集』, 卷6, 年譜 參照.
86) 『韓龍雲全集』, 卷3, pp.336-339.

批와 註를 붙였다. 註는 산문으로 된 해설이요 批는 그 원문의 내용을 만해 나름의 評釋을 감흥으로 표현한 單句 또는 對句의 詩로 나타낸 것이다. 즉 시를 시로 評定하였다고 볼 수 있다.

이와 같이 詩를 통하여 禪家의 사상을 논하면서 만해는 그것을 일반 대중에게 보다 알기 쉽게 표현할 방법을 생각하게 되었으리라는 것은 너무도 자연스런 推量이다. 더구나 십현담이 80句偈로 된 점과 『님의 沈默』이 88편으로 만들어진 점은 언어 형태의 차이에 따른 서로간의 장단을 제외한다면 그것 역시 일맥상통하는 구성이라 아니할 수 없다.

요컨대 만해는 1925년 여름에 십현담을 주해할 기회를 당하여 그 심오한 大乘禪宗의 불교교리를 가장 쉬운 표현으로 일반대중에게 알리고 싶은 충동을 받았고 그것이 3 · 1운동의 옥고를 치르고 나온 만해의 암울한 심경에 투사되어 그의 독립정신과 민족애에 여과되면서 그가 지닌 특출한 詩才의 힘을 얻어 나타난 것이 詩集 『님의 沈默』이라고 할 수 있다.

따라서 『님의 沈默』은 만해가 그 때까지 살아 오면서 著作活動을 한 모든 것의 詩化였다. 그러므로 거기에는 『朝鮮佛敎維新論』과 『佛敎大典』, 그리고 『十玄談』이 들어 있으며 또한 『朝鮮獨立의 書』가 용해되어 있다고 말할 수 있다.

5. '님'의 實體

『님의 沈默』을 펼치면 서시 「군말」을 접하게 된다. 만해는 이 시집을 編撰하는 목적과, 시의 주체를 이루고 있는 '님'이 어떠한 존재인가를 이 시 속에서 해명한다.

> 님만 님이 아니라 긔룬 것은 다 님이다. 중생이 석가의 님이라면, 철학은 칸트의 님이다. 장미화의 님이 봄비라면 맛치니의 님은 이태리다. 님은 내가 사랑할 뿐만 아니라 나를 사랑하느니라.
>
> 연애가 자유라면 님도 자유일 것이다. 그러나 너희는 이름 좋은 자유의 알뜰한 구속을 받지 않느냐. 너에게도 님이 있느냐. 있다면 님이 아니라 너의 그림자니라. 나는 해저문 벌판에서 돌아가는 길을 잃고 헤매는 어린 양이 기루어서 이 시를 쓴다.

이 글을 문맥상의 논리에 따라 읽을 경우 님의 일반적 속성은 '긔룬 것'[87]
이며 이 시집에서의 기본대상으로서의 '님'의 의미는 "해저문 벌판에서 돌
아가는 길을 잃고 헤매는 어린 양"으로 제한하고 있음을 볼 수 있다.

그러면 그 '님'은 누구인가?

만해의 시집 『님의 沈默』이 일견하여 침묵하는 님과의 대화라는 것은 누
구나 쉽게 말하는 사실이다. '님'이 나타내는 바 지시대상이 표면적으로 바
뀌어 가기는 하지만 88편 가운데 어느 것 하나도 대화의 형식을 취하지 않
은 것이 없으며 그 대화에서 聽者의 위치에 서는 것은 '당신, 님, 너, 애인,
그, 그대' 등으로 다양하게 호칭된다. 그 분포는,

당신	39편
님	36편
너	2편
그	2편
그대	2편
애인	1편
무호칭	6편이다.

그러나 이 6편의 무호칭조차도 종결어미는 '해요, 합니다' 등 높임의 형
태를 취하고 있어서 '당신' 또는 '님'이 생략되었다고 볼 수 있다. 오직 예
외가 있다면 「금강산」과 「두견새」뿐이지만 이것 역시 擬人化한 것으로서
의 대화를 이루고 있다. 따라서 많은 사람들이 이 만해의 '님'을 두고 그 실
체가 과연 무엇인가 혹은 누구인가 하는 문제를 논해 왔다. 지극히 당연할
듯 싶은 '님'의 개념이지만, 그것은 다음과 같은 4단계로 이해의 과정을 정
리해 볼 수 있다.

---

87) '긔루다'는 송욱 교수의 해설에 따르면 '그립다'를 뜻하는 萬海의 사투리로 되어 있고 백
   낙청의 시민문학론에는 '기리다'로 바꾸어 쓰고 있다. 현재로서 뚜렷한 증거가 없어 그 정
   확한 뜻을 決定하기는 어려운 처지에 있다. 詩를 보다 훌륭하게 감상하려는 욕심에서라면
   위의 두 뜻을 모두 합치는 것이 이상적일 터이지만 그것은 어디까지나 해석상의 문제이고
   原意는 暫定的인 채 있는 셈이다.

첫째는 독립투사인 만해의 민족사상만을 지나치게 의식한 나머지 만해의 '님'은 오직 '조국'이라고 제한한 견해이다.

> 그의 임은 佛陀도 異性도 아닌 바로 일제에 빼앗긴 조국이었다.[88]

이 견해는 너무도 소박하여 특별히 논거할 여지가 없다.

두 번째는 님이 여전히 민족과 조국이기는 하지만 그것이 점차 확대될 수 있음을 인정한 중도적인 견해이다.

> 용운의 '님'은 누가 뭐라해도 '조국' 바로 그것이었다. 온 세상 사람이 '님'을 사랑하며 '님'의 행복을 사랑하기를 희원하던 용운의 '님'은 다름 아닌 '조국' 바로 그것이었다. (중략) 용운에게 있어서 '님'은 하나의 종교 이기도 했다. 그 종교로서의 '님'은 언제나 용운으로 하여금 자기를 기다 리게 하였고, 또 갈망하도록 요구하는 절대적인 존재였다.[89]

> '임'이라는 너울을 쓴 것, 그것은 조국만이 아니라 佛일 수도 있고 뺏긴 채 학대 받으며 사는 인류의 처참한 운명의 무궁함을 상징한 것일 수도 있 다.[90]

여기에서는 '님'이 조국이라는 강한 신념을 벗어나지 못하는 단계에서 님의 의미가 확산될 수 있는 가능성을 열어놓고 있다.

세 번째는 대부분의 논자들이 공통적으로 인식하고 있는 것으로 만해의 님을 多義的으로 해석하는 견해이다.

> 이 시인의 '님'이 민족과 국가로 발전한 것은 '민족'의 언어의미에 확 대를 가져온 커다란 수확이라 아니할 수 없다. (중략) 그러나 용운의 시에 결함이 없는 것은 아니다. 원인은 님=조국=민족=佛이라는 카테고리를 설

---

88) 鄭泰榕, 「現代詩人研究」(其三), 「現代文學」, (1957. 5.), p.192.
89) 朴魯埻, 「韓龍雲의 님의 沈默」, 「思想界」(1967. 1.), p.94. p.96.
90) 張文平, 「韓龍雲의 님」, 「現代文學」, (1962. 4.), p.92.

정하고 직접으로 감각할 수 있는 육체를 抽象美로 그렸으며 더욱이 언어
와 문자를 빼앗기던 시대에 『님의 沈默』이 발간되기 위해서는 남녀관계의
이색적인 헌신과 사랑의 실체를 허공을 향해 구가할 수 밖에 없었던 이유
로 하여 사랑의 대상은 그림자로 존재한다는 사실이다. 이러함에도 불구
하고 민족의 비극적 현실 속에서 詩人이 상징하고자 한 숱한 한국에의 사
랑은 언어의 相對性을 넘어 絶對에로 이르는 도정의 告白이다.[91]

    '님'은 어떤 때는 佛陀도 되고 자연도 되고 일제에 빼앗긴 조국도 되었
다. '님'이 가지는 상징적 의미는 그만치 형이상학적 다양한 신비성을 띠
우고 있었다.[92]

    님은 우리가 사랑하고 찬송해야 할 모든 대상과 깨달음을 뜻한다.[93]

    님이란 애인이요 불교의 진리 그 자체이며 한국 사람 전체를 뜻한다.
그렇다. 이 시집의 주제는 이 나라에 살고 있는 모든 사람이다. 중생이
다.[94]

    남녀간 사랑의 상대가 님이지만 그것이 정치적 독립과 자유에 대한 사
랑, 종교적 진리에 대한 사랑으로 이어지지 않는다면 '이름좋은 자유'의
'알뜰한 구속'일 따름이요, 조국만을 '님'으로 기리고 연애의 님과 부처
의 존재를 기리지 못하는 것은 정말 사랑이기보다 국수주의적 편견이고
아집이며, 초월적 진리만을 숭상하고 우리의 개인 생활·사회 생활·역사
생활에 내재하는 불성을 섬기며 키우려고 않는 것은 독단으로서의 종교
내지 '민중의 아편'으로서의 종교로 떨어지고 마는 것이다.[95]

위의 세 사람은 님에 대한 이해의 깊이와 방식에 있어서 다소간의 차이는
있으나 모두 '님'의 지시 대상이 최소한 세 가지, 애인·민족·佛로 분화될
수 있음을 말하고 있다. 그 가운데서 그 '님'의 지시 개념이 항상 종합된 상
태, 즉 총체적인 의미로 파악되는 것만이 '님'에 대한 올바른 이해라고 주

91) 金永琪, 「님과의 對話(萬海韓龍雲論)」, 『現代文學』 (1965. 12.), pp.55-56.
92) 趙演鉉, 『韓國現代文學史』(人間社, 1961), p.597.
93) 송 욱, 『님의 沈默』전편 해설 (科學社, 1974), p.18.
94) 송 욱, 「詩人韓龍雲의 세계」, 『韓龍雲全集』 卷1. 1973. p.20.
95) 白樂晴, 「市民文學論」, 『創作과 批評』(1969년 여름호), pp.490-491 참조.

장하는 후자들의 견해가 가장 '님'을 포괄적으로 온당하게 설명하고 있다고 볼 수 있다.

네 번째로는 위의 세 번째 견해의 일부분을 좀 더 심화하는 것으로 '생명적인 근원'[96] 또는 열반의 경지에 들게 하는 참다운 我, 즉 '無我'[97]로 보는 견해이다. 이러한 생각들은 '님'을 佛陀로부터 더욱 발전시켜 불타가 가르친 깨달음의 경지에서 '님'의 존재를 찾아보자고 하는 견해라고 할 수 있다.

그러나, 만해의 '님'은 그러한 불교적 구도의 과정에서 상정할 수 있는 요소가 많기는 하지만 오직 그러한 깨달음의 경지 일변도에 머무는 획일적인 것으로 파악하기에는 나머지의 폭이 아직도 여운을 끌고 있다. 가령 뒤에 다시 언급되겠지만 「당신을 보았습니다」, 「논개의 애인이 되어서 그의 廟에」, 「당신의 편지」, 「桂月香에게」 같은 것은 분명히 깨달음의 방향보다는 대사회적인 의식이 더 강하게 작용하고 있음을 볼 수 있기 때문이다.

여기에서 필자는 '님'의 실체가 위에 언급한 네 가지 개념들을 모두 총괄하는 종합체로 파악하는 것이 좋으리라는 생각에 도달한다. 즉 애인과 민족과 불타와 무아의 종합체를 생각하게 된다. 물론 엄격하게 말한다면 무아는 이미 불타가 안주하고 있는 경지이므로 불타와 無我는 의미상의 중복을 일으키고 있지만 여기에서 불타라고 할 때에는 인간 석가모니라는 外延的 지시대상으로 그뜻을 제한시키고 無我는 純粹 超越的 존재로서 불교도들이 추구하는 自在한 경지를 나타내는 것으로 볼 수 있다.

그러면 이제 '님'의 개념은 좀 더 과감하게 止揚될 수 있다. 즉, '님'이란 어떤 대상이나 경지가 아니라 차라리 그러한 것을 깨달을 수 있는 인식론적 근원인 '心'이 될 수 있다는 보다 진보적인 견해이다.

애초의 '님'은 애인이었다. 애인이라고 할 때 그것은 서로 사랑하는 선남선녀들이 상호간의 상대를 지칭하는 개별적인 연인이요, 혹은 봉건군주시

---

96) 金澤東, 『韓國近代詩人研究 1』(一潮閣, 1974), pp.57-58.
97) 吳世榮, 「萬海詩의 逆說研究」, 『국어국문학』65·66호(1974).

대의 군주라는 충성의 대상이었다.[98] 그 뒤 그것은 민족으로 발전하였다. 그 것은 전근대의 군주가 역사의 변천으로 인해 민주주의적 개념으로 비인격화하면서 형성된 정치적·사회적·문화적 공동운명체로 변신한 것이다.

거기에 다시 그 공동운명체의 현실적 생활근거지인 국토를 의미하게 되었고 또 그 국토를 先須條件으로 가지는 공동운명체의 주관개념으로서 국가를 지칭하기도 한다.

끝으로 님은 부처가 되었다. 그것은 이미 국토나 국가가 지시하는 구체적 실상을 떠난다. 또한 불교신앙의 宗主요 또 그러한 신앙상의 방편으로 신앙받는 인간 석가모니도 물론 부처이지만 그 부처가 가르친 바 가장 이상적 존재 내지 상황을 의미하는 부처가 된다. 곧 無我이다.

그러한 초월적 경지를 가능하게 하는 인식론적 근거는 부처님의 가르친 바를 따라 표현한다는 '마음 心'이라는 것으로 귀착된다. 이것을 좀더 수식하여 말할 때 "佛性을 지닌 마음" 내지는 "佛性을 추구하는 마음"이라고 할 수 있다. 그 속에 '無我'가 있다. 결국 만해의 '님'은 만해의 마음에 있으며 그것은 '님'이 안주하는 현실적 공간(肉身)으로부터 超越的인 空間槪念으로 승화하게 되어 '님'과 '마음'의 일체화가 이루어진다.

만해는 일찍이 『惟心』誌에 발표한 詩「心」에서 '心'의 자유자재함과 主客 混融의 실체임을 다음과 같이 역설하였다.

心은 心이니라.
心만 心이 아니라 非心도 心이니
心外에는 物도 無하니라.
生도 心이요 死도 心이니라.
무궁화도 心이요 장미화도 心이니라.
好漢도 心이요 賤丈夫도 心이니라. (중략)
心은 何時라도 何事何物에라도 心自體 뿐이니라.
心은 絕對이며 自由의 萬能이니라.

여기에 이르러 우리는 만해의 '님'이 무엇인가를 보다 완전하게 설명할

---

98) 이 부분에 관하여는 金永琪가 그의 평론 「님과의 對話」(『現代文學』1969.12)에서 님의 계보를 역사적으로 추적하고 있다.

수 있게 된다. 즉 만해의 '님'은 실체와 실상으로서의 연인이며 민중이며 조국이며 또 부처님이요 그가 가르친 진리의 모든 것, 그 최고의 경지, '무아'인 동시에 이러한 모든 것을 자유자재로 통합하고 왕래할 수 있는 인식의 주체로서의 마음이어야 한다는 것이다.

만해는 다음과 같이 말하였다.

> 자유라는 것은 신체만을 가리킨 것이 아니요, 육체와 정신을 통괄 주재하는 '心'을 가리키는 말이다. 그렇다고 육체는 자아가 아니라는 것은 아니다. 心이 자아인 이상, 그 자아는 무한적으로 확대 外延할 수 있으니 왼손의 안전을 위하여 오른손을 단절하는 때에는 왼손이 자아가 되는 것이요, 가족을 위하여 신체의 일부를 희생하는 때에는 가족이 자아가 되는 것이요, 국가 사회를 위하여 자기를 희생하는 때에는 국가 사회가 자아가 되는 것이다. (중략) 그러면 자아라는 것은 유한적이 아니며 상대적이 아니라 실로 無限我·絶對我가 되는 것이다.
>
> 이상의 말한 바와 같이 無限我·絶對我가 있다면 어떠한 방식으로 이 無限의 自我, 絶對의 自我를 실현할 수 있을까가 다음의 문제일 것이다. 이 것은 外求하는 것이 아니요 內需하는 것이니 이러한 無限我 絶對我는 形이나 境에 있는 것이 아니요, 다만 '心'에 있는 까닭이다. … (중략) … 一切衆生이 同一佛性이요 無量遠劫이 즉 이 一念이니 '心'에 있어서는 人我가 없고 三世가 없으니 이것이 곧 無限의 自我이며 絶對의 自我이다.[99]

이 '마음'의 존재를 부정하면 위에서 말한 각각 다른 차원의 님의 실체들은 서로 유리된 채 전혀 상통할 수 없는 개별적인 대상으로 남게 되어 만해의 『님의 沈默』은 그야말로 우리에게 침묵을 지키며 아무것도 말하지 못한다. 왜냐하면, 애인이며 민족이며 부처와 같은 객체가 그 객체를 사랑하여 마지 않는 주체(한용운 그리고 그의 마음)를 상대적인 관점에서 님으로 설정하지 않을 때 그것은 이미 객체일 수 없기 때문이다.

만해의 '님'은 圓融無碍하고 融通自在하는 만해 자신의 마음을 주축으로 하여 연인과 민족과 부처님과 무아를 순환한다. 순환의 원리를 詩에서 찾자면 「最初의 님」을 예로 들 수 있다. 「最初의 님」에서는 님과의 이별을 소재

---

99) 「禪과 自我」, 『韓龍雲全集』, 卷2, pp.321-322.

로 하여 순환의 원리를 말한다.

> 맨첨에 만난 님과 님은 누구이며 어느 때인가요.
> 맨첨에 이별한 님과 님은 누구이며 어느 때인가요.
> 맨첨에 만난 님과 님이 맨첨으로 이별하였읍니까? 다른 님과 님이 맨첨
> 으로 이별하였읍니까?
>
> 나는 맨첨에 만난 님과 님이 맨첨으로 이별한 줄로 압니다.
> 만나고 이별이 없는 것은 님이 아니라 나입니다.
> 이별하고 만나지 않는 것은 님이 아니라 길가는 사람입니다.
> 우리들은 님에 대하여 만날 때에 이별을 염려하고, 이별할 때에 만남을
> 기약합니다.
> 그것은 맨첨에 만난 님과 님이 다시 이별한 遺傳性의 흔적입니다.
> 〈후략〉

이러한 순환의 원리로 볼 때에 『님의 沈默』은 송욱이 말한 것처럼 '사랑의 證道歌' [100]이다.

그리고 만해가 스스로에게 다짐한 禪話偈頌이며 그가 사랑하는 민중들, 조국을 잃고 방황하는 민중들에게 들려주는 禪話偈頌이다. 다시 바꾸어 말하면 『님의 沈默』은 만해 자신의 求道頌이며 만해가 濟度하기를 바라는 민중들에게 알려주는 求道頌이다.

6. 『님의 沈默』이 보여 주는 '침묵'의 論理性

시집 『님의 沈默』은 첫 번째에 나오는 시 「님의 沈默」을 중심으로 하고 나머지 87편이 유기적으로 연결되어 있는 연작물로 파악할 때에 완전한 이해에 도달한다. 「十玄談」의 80偈頌처럼 단계적 발전을 보이는 구성을 의도적으로 나타내지 않은 이유는 만해가 이 시집을 불교교리에 아직 어두운 일반 대중을 위해 쓰고 있기 때문이다. 그리하여 시 「님의 沈默」은 이 詩集의 첫머리에 놓이어 만해가 말하고자 하는 핵심을 노래한다.

---

100) 송 욱, 『님의 沈默』 전편 해설, p.20, p.443

님은 갔읍니다. 아아, 사랑하는 나의 님은 갔읍니다.

푸른 산빛을 깨치고 단풍나무 숲을 향하여 난 작은 길을 걸어서 차마 떨치고 갔읍니다.

황금의 꽃같이 굳고 빛나던 옛 맹세는 차디찬 티끌이 되어서 한숨의 미풍에 날아갔읍니다.

날카로운 첫 키스의 추억은 나의 운명의 지침을 돌려 놓고 뒷걸음쳐서 사라졌읍니다.

나는 향기로운 님의 말소리에 귀먹고 꽃다운 님의 얼굴에 눈멀었읍니다.

사랑도 사람의 일이라 만날 때 떠날 것을 염려하고 경계하지 아니한 것은 아니지만, 이별은 뜻밖의 일이 되고 놀란 가슴은 새로운 슬픔에 터집니다.

그러나 이별을 쓸데없는 눈물의 源泉으로 만들고 마는 것은 스스로 사랑을 깨치는 것인 줄 아는 까닭에 걷잡을 수 없는 슬픔의 힘을 옮겨서 새 희망의 정수배기에 들어부었읍니다.

우리는 만날 때에 떠날 것을 염려하는 것과 같이 떠날 때에 다시 만날 것을 믿읍니다.

아아, 님은 갔지마는 나는 님을 보내지 아니하였읍니다.

제 곡조를 못이기는 사랑의 노래는 님의 沈默을 휩싸고 돕니다.

전장에서 우리는 '님의 실체'에 대하여 검토하였으므로 여기서는 이 「님의 沈默」을 중심으로 '침묵'의 의미를 검토하고자 한다.

이미 우리는 이 노래가 禪話의 기법으로 전개되어 있음을 알고 있다. '침묵'이 순수하게 직설적인 의미로 서술되었다면 아마 「님의 沈默」에는 제목만 남아 있고 행간의 언어가 생략된 공백을 우리에게 보여주어야 할 것이다. 그러나 詩의 언어가 가지는 특성은 언어가 없고자 하여 언어의 존재를 부각시키는 모순을 본령으로 삼고 있다. 따라서, 「님의 沈默」은 침묵하는 님을 대상으로 삼은 작자의 일방적인 辭說이 제목에 대응하여 전개된다. 즉, '님의 沈默 = 나의 辭說'이라는 등식을 성립시킨다. 그러면 '沈默=辭說'이라는 모순의 등식화를 우리는 어떻게 보다 쉽게 설명할 수 있느냐 하는 문제에 부딪친다. 이에 대하여 즉각적으로 연상되는 것은 佛敎經典들이 보여 주고 있는 보편화된 逆說의 論理이다. 例證을 들자면 무수히 많으나 만해가 만년에 번역을 시도하였다가 완성을 보지 못한 「維摩詰所說經」에서 역설적 표현의 실례를 하나만 든다.

문수사리가 이미 그 집에 들매 그 집이 비어 모든 있는 것이 없고 홀로 한 평상에 누움을 본지라. 이 때에 유마힐이 말씀하시되 잘 왔도다. 문수사리여. 오는 相이 없이 오고 보는 相이 없이 보는도다. 문수사리가 말씀하시되 이같은지라 거사여 만약 왔다하여도 다시 온 것이 아니며, 만약 간다하여도 다시 간 것이 아니니 무슨 까닭입니까? 오는 바는 쫓아오는 바가 없고 가는 자는 이르는 바가 없으며, 가히 본다는 바도 다시 가히 봄이 아니니 이것은 그만 둘지어다.[101]

윗 글에서 '왔다 하여도 다시 온 것이 아니며' 라고 법의 특성을 설하는 논리는 그대로 『님의 沈默』에서 "아아 님은 갔지마는 나는 님을 보내지 아니 하였읍니다"라는 구절로 표현되고 있다.

다음 詩句들에도 逆說은 시적 표현의 효과를 위해 적절히 구사되어 있다.

離別은 美의 創造입니다. ....美는 離別의 創造입니다.
　　　　　　　　　　　　　　　　　—「離別은 美의 創造」

타고 남은 재가 다시 기름이 됩니다.
　　　　　　　　　　　　　　　　　—「알 수 없어요」

사랑을 사랑이라고 하면 벌써 사랑은 아닙니다.
　　　　　　　　　　　　　　　　　—「사랑의 存在」

사랑의 속박은 스스로 얽어매는 것이 풀어주는 것입니다,
千秋에 죽지 않는 論介여, 하루도 살 수 없는 論介여.
　　　　　　　　　　　　　—「論介의 愛人이 되어서 그의 廟에」

이와 같은 만해의 逆說에 대하여 金禹昌은 이렇게 말한다.

이 詩集의 근본 양식은 存在와 不在의 逆說的 相互作用이다. 「님의 沈

---

101) 『韓龍雲全集』, 卷3, p.303.

默」에 있어서 진리는 不在로서만 존재한다. 이 책에 실린 시편들은 이 근
본 逆說이 짜내는 여러 관계를 이야기한다.[102]

위의 역설을 同一과 *矛盾*을 융합한 논리[103]라고 부르건 또는 深層逆說
(depth paradox)[104]의 하나인 *存在論的 逆說*(ontological paradox)이라고
부르건 그것은 詩集 『님의 沈默』 전편에 흐르는 기본적인 表現論理를 형성
한다.

만일에 우리가 이러한 역설의 구조를 바로 이해하지 못한다면 만해의 시
는 전혀 이해할 수 없는 形而上學的 詩가 되어 버린다.

따라서, 우리는 『님의 沈默』의 어느 구절을 대하건 거기에 어떻게 逆說이
작용하고 있는가를 살펴야 한다. 그러한 역설에 대한 바른 이해는 곧 『님의
沈默』이 言說로서 나타내고자 하는 세계를 올바르게 알려 준다.

그러면 왜 만해는 詩를 씀에 있어 이러한 역설을 택하였는가? 그것은 두
말할 것도 없이 초월적인 진리가 논리적 언어의 한계를 넘어서기 때문이다.
그리고 만해가 살던 당시의 사회적 현실은 매우 아이러니컬하게도 順理의
언어, 直說法의 평이한 표현을 받아들이지 못하는 시대였기 때문이다.

그는 이미 1910년과 1919년에 각각 『朝鮮佛敎維新論』과 『朝鮮獨立의 書』
를 논리적인 직설법의 언어로 발표한 바 있었다. 그후 만해는 옥고를 치르
고 나와서도 여전히 동분서주 그 직설법의 강연으로 민중을 계도하기에 여
념이 없었다.

그러나 그 모든 것이 뜻대로 되는 것이 아니었다. 그러다가 1925년 한여
름 동안을 五歲庵에서 참선할 기회를 얻었다. 이때에 「十玄談」을 주해하며
그의 뇌리에 떠오른 것은 그가 가지고 있는 그 천부의 詩才를 그가 추구하
는 사업의 일환으로 쓰고 싶다는 착상이었다. 그러므로 만해가 그 禪話의
역설적인 언어로 그의 사상을 시화한 것은 모든 민중을 향하여 모두 알아듣
는 가장 쉬운 한국시를 택하되, 다시 눈 있는 자 보고 귀 있는 자 들으라는

---

102) 金禹昌, 「궁핍한 時代의 詩人」, 『文學思想』(1973. 1.)
103) 송 욱, 『님의 沈默』 전편 해설, pp.398-401.
104) Philip Wheelwright, 『The Buring Fountain』(Indiana University press, 1968),
   pp.96-98 참조./ 吳世榮, 「萬海詩의 逆說研究」, 『國語國文學』66·67호 참조.

심경으로, 마치 부처님이 語不成說을 염화시중하였을 때에 오직 迦葉 한 사람이 알아듣고 빙긋이 웃듯이 그러한 가섭을 찾고 기다리는 심정으로 그는 자신의 사상을 逆說의 언어로 詩化하였으리라 생각된다.

> 또 방편이 없는 지혜는 얽힘이요 방편이 있는 지혜는 풀림이며 지혜가 없는 방편은 얽힘이요 지혜가 있는 방편은 풀림이다.[105]

방편과 지혜를 있는대로 활용하는 것, 그것이 만해의 이상이요 참다운 해탈의 길이기도 하였으므로 만해는 자신의 詩才로 心의 궁극, 조국의 미래, 열반의 경지를 역설에 담아서 노래하고자 하였을 것이며, 지금도 그의 '沈默'은 언제라도 雄辯이 되어서 독자가 法悅에 젖기를 기다리고 있으리라 생각된다.

7. 「님의 沈默」의 散文精神

『님의 沈默』이 역설을 기본적인 언어논리로 채택하였음에도 불구하고 그것은 우리에게 비교적 쉽게 이해될 수 있을 뿐 아니라 깊은 감명을 준다. 그 이유 중의 하나는 『님의 沈默』이 산문형식을 택하였기 때문이다. 詩라고 하면 흔히 정형의 율격을 토대로 하여 형식미를 구축하려 하기 때문에 자칫하면 부자연스런 언어 조작을 감수하게 마련이지만 산문으로 바꾸면 이러한 위험은 사라져 버린다.

만해는 사실상 漢詩와 時調에 通曉한 시인이었다. 그 한시와 시조는 두말할 필요도 없이 정제된 정형미를 자랑으로 하는 詩型이다. 따라서, 만해는 定型의 시를 어떻게 생산하는 것인지 또 그 어려움과 이점, 作詩상의 즐거움이 무엇인지를 잘 알고 있었다. 『님의 沈默』을 구상하고 집필하고 정리하면서 동시에 진행하였던 『十玄談註解』에서도 만해는 批를 詩로 표현하면서 시가 갖는 定型美를 보여주었다.

그럼에도 불구하고 만해는 『님의 침묵』을 산문적인 律調로 썼다. 이미 1918년 『惟心』誌에 발표한 몇 편의 시가 산문으로 되어 있는 것을 보아 만

---

105) 『韓龍雲全集』, 卷3, p.310.

해는 시가 산문의 형식을 취할 때의 이점을 깊이 통찰하고 있었던 것으로
보인다. 그러면 그 이점은 무엇인가?

문학은 신념과 처지와 교양의 정도가 다른 한 사람 한 사람의 구체적인
독자를 통하여 비로소 읽혀지고 해석될 때 문학인 것이다. 작가들은 자기
자신만의 고상한 취미를 살리기 위하여 작품을 쓰는 것이 아니라, 독자와
의 연관성에서 작품을 제작하고 있는 것이다. 또, 작가가 아무리 작품을
상상의 소산이라고 주장해도, 작가와 그의 상상도 일차적으로는 시대와
사회속에서 문제되므로 그것과의 교섭없이 있을 수도 없다. 작가의 상상
은 작품을 제작하는 기술적 구성과 주제가 되는 내용을 결정하고 형상화
하는 데 작용하면서 사회성과 시대성을 동시에 내포한다.[106]

이상의 논술을 받아들일 때 우리는 『님의 沈默』이 그의 「군말」에서 밝
히고 있듯이, 암담한 식민지 시대에 뚜렷한 미래상 없이 괴로워하는 조선
의 중생들(해저문 벌판에서 돌아가는 길을 잃고 헤매는 어린 양)을 향해
쓰여진 것이라는 사실을 다시 한 번 상기할 필요가 있으며, 그러면 만해
가 『님의 沈默』을 왜 산문의 형식으로 결정하였는지도 자명해진다. 만해
는 민중이 보다 쉽게 접근할 수 있는 언어형식을 택함으로써 당시의 사회
를 깊이 아파하고 그러한 자신의 신념을 말하고 싶었던 것이다. 그것은
이미 타성화되어 있는 재래의 시형으로서는 새로운 시대에 합당한 사상
과 이미지를 담을 수 없다고 하는 만해의 시대의식, 역사의식의 결과가
아닐 수 없다.[107]
여기에서 필자는 만해를 어떻게 보아야 할 것인가를 보다 뚜렷하게 밝
힐 필요가 있다고 느낀다. 앞에서 누누히 언급한 바이지만 만해는 大乘禪
宗의 僧侶요 민족운동의 투사요 격높은 시인을 겸하고 있는 인물임을 인
정하였다. 그리고 이들 세 가지 특성이 서로를 보완하는 관계에 있음을
말하여 왔다. 그러나 그 세 가지 요소는 엄격한 等位가 있음을 지금껏 간
과하였다. 그 세 가지 요소는 다음과 같은 기하학적 도형으로 상정될 수
있다.

---

106) 申東旭, 「文學과 環境」, 『韓國現代文學論』(博英社, 1969), pp.53-54.
107) 金允植 · 김현, 『韓國文學史』(민음사, 1973), p.144 참조.

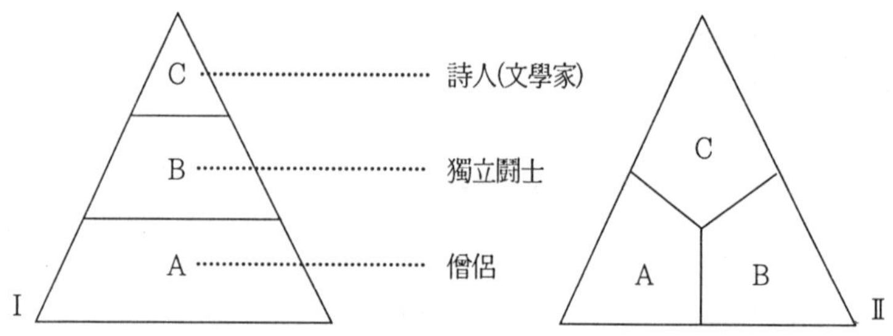

　말하자면 종래에 만해의 인간적 특성을 말할 때에는 Ⅱ圖가 보여 주는 바와 같은 三者의 대등한 결합체를 생각하였던 것이지만, 실제의 生活年條에 있어서나 만해 자신이 스스로 의식하고 있었을 자신의 인간상에 있어서는 Ⅰ圖와 같은 구조를 만들지 않으면 아니 되겠다. 그렇다고 하여 시인으로서 만해의 위치가 조금도 손상되지 않음은 물론이다.

　이 Ⅰ圖는 『님의 沈默』 속에 반영된 시대의식과 사회의식의 심도를 상징적으로 나타내 준다. 그것은 독립투사로서의 생애와 대응한다. 그러나 만해는 무엇보다도 궁극적으로 승려였다. 그의 사상은 완전 무결하게 불교적이었다. 그 불교사상 속에서 민족사상도 나온 것이요, 또한 시적 영감도 생성되었다. 따라서, Ⅰ圖가 나타내 주는 바를 따라 『님의 沈默』을 생각해 보면 그 속에 들어있는 시의 주제들이 어떤 비중으로 상호연관을 맺고 있는지도 쉽게 推量할 수 있게 된다. 그리고 한편 『님의 沈默』이 산문의 율조를 취하게 된 이유도 명백히 드러나게 된다. 즉, 불교사상의 대중화를 위한 염원과 자유와 독립을 획득한 민족을 보고 싶다는 염원이 詩文學作品의 형태를 필연적으로 散文化하였다.

　그러면 그러한 시가 추구했던 산문정신은 무엇이었던가? 그것은 시대를 아파하는 시편들 속에 드러나 있다. 『님의 沈默』 전편 가운데서 보다 표면적으로 애국을 노래한 몇 편의 시들은 더욱 더 만해의 산문정신을 유감없이 나타내 준다. 「당신을 보았읍니다」, 「논개의 애인이 되어서 그의 廟에」, 「당신의 편지」, 「桂月香에게」 등이 그러한 시이다.

　조금만 유의하여 읽으면 「참말인가요」, 「타골의 시를 읽고」 같은 시들에도 만해의 산문정신이 유감없이 드러나 있음을 발견한다.

「참말인가요」에는 '당신을 나에게서 빼앗아 간 사람들이 당신을 보고 그대는 님이 없다고 하였다지요' 라는 구절이 있는데, 이 구절은 '당신' 이 조국 내지 민족을 뜻하는 하나의 개인으로 의인화되어 있다. 즉, 일제는 '대한제국' 이란 영혼에게 "네가 국민이 어디 있느냐, 너는 의지할 데 없는 孤魂이다"라고 말했다는 뜻으로 풀이된다. 그리하여 그 마지막 행에서 "많지 않은 나의 피를 더운 눈물에 섞어서 피에 목마른 그들의 칼에 뿌리고 '이것이 님의 님' 이라고 울음 섞어서 말하겠습니다"라는 피와 눈물의 항쟁을 맹세하게 된다.

「타골의 시를 읽고」는 제목이 뜻하는 바와 같이 타골 시의 비평인데 타골 시에 나타난 순수한 영적 상태에 대한 동경과 갈망, 즉 순수 초월적인 경지에의 추구는 '백골의 입술에 입맞추는 것' 이며 '황금의 노래로 무덤에 그물 치는 행위' 에 불과하다고 꾸짖는다. 그리고 차라리 무덤에 피묻은 깃대를 세우는 것이 옳지 않느냐고 준열하게 충고한다.

만해는 타골의 시편을 실로 정당하게 평가하였다. 사실 그 당시 인도의 장래를 두고 타골과 간디는 항상 상대방의 對英觀을 불만족스럽게 여겨 왔었다. 그들 사이의 굳은 동료의식과 우정에도 불구하고 간디는 간디대로 타골은 非鬪爭的 태도를 공격했었고 타골은 타골대로 간디의 無抵抗運動을 달갑게 여기지 않았었다.[108]

여기에서 만해의 사람됨이 발견된다. 만해는 타골과 간디를 한몸에 지니고 그 두 사람이 지니고 있는 사상적 체계를 초극하여 보다 좋은 차원에서 조화를 꾀하고 있다. 그리하여 만해를 평한 다음과 같은 표현은 전적인 공감을 자아내게 한다.

> 만해는 사상, 행동, 예술, 이 모든 면에서 절세에 천재라고 말할 수밖에 없다. 세계에서 그와 비슷한 인물이 있는 것일까? 간디가 그와 같은가? 간디는 독립투사였지만 시인은 아니었다. 타고르가 그와 비슷한가? 타고르는 시인이지만 독립투사는 아니었다. 그러면 만해는 간디와 타고르를 합쳐 놓은 것과 비슷한 인물인가? 설령 간디와 타고르를 합쳐 보아도 「佛教

---

108) Krishna Kripalani, 「Rabindranath Tagore, a biography」(Oxford University press, London, 1962) 참조.

大典」의 저자와 같은 碩學이 나오지 않음은 어쩔 수 없는 노릇이다. 만해 자신이 『님의 沈默』에서 타고르를, 詩 한편을 통하여, 간단하게 비판할 수 있었던 것도 아마 이 때문이리라.[109]

그러면 만해의 散文精神이 추구하는 역사의식, 시대감각이 지극히 선명하게 드러난 「당신을 보았읍니다」를 더 검토해 보기로 한다.

> 당신이 가신 뒤로 나는 당신을 보았읍니다.
> 까닭은 당신을 위하느니보다 나를 위함이 많읍니다,
> 나는 갈고 심을 땅이 없으므로 추수가 없읍니다.
> 저녁거리가 없어서 조나 감자를 꾸러 이웃집에 갔더니 주인은 '거지는 인격이 없다. 인격이 없는 사람은 생명이 없다. 너를 도와주는 것은 죄악이다' 고 말하였읍니다.
> 그말을 듣고 돌아 나올 때에 쏟아지는 눈물 속에서 당신을 보았읍니다.
>
> 나는 집도 없고 다른 까닭을 겸하여 民籍이 없읍니다.
> '민적 없는 자는 인권이 없다. 인권이 없는 너에게 무슨 정조냐.' 하고 능욕하려는 장군이 있었읍니다.
> 그를 항거한 뒤에 남에게 대한 격분이 스스로의 슬픔으로 화하는 찰나에 당신을 보았읍니다.
> 아아, 온갖 윤리, 도덕, 법률은 칼과 황금을 제사지내는 연기인 줄을 알았읍니다. 영원의 사랑을 받을까 인간 역사의 첫 페이지에 잉크칠을 할까 술을 마실까 망설일 때에 당신을 보았읍니다.

위의 시를 읽으면 그 안의 '당신' 은 틀림없이 비민족적 요소의 어떤 것도 될 수 없다는 것을 알 수 있다. 이 시는 분명히 현실적으로 생존하는 자아를 의식하는 것으로부터 시의 발단을 삼는다. 즉, '나' 의 현실 상황 때문에 당신을 잊을 수가 없다고 말한다. 이 때의 '당신' 은 주권 당당한 평화로운 조국이 포함되어 있지 않으면 안된다. '갈고 심을 땅이 없어서 먹을 것이 없다' 는 구차스러우리만큼 사실적인 표현은 바로 산문정신의 핵심을 이루고 있는 전면적 진실의 과감한 노출이다.

---

109) 송 욱, 「詩人 韓龍雲의 世界」, 『韓龍雲全集』, 卷1, 1973, p.22.

전면적 진실이란 인간의 감정이 아무리 극단적인 희노애락에 빠져 있을 때라도 가장 기본적인 생존 조건, 즉 배고프면 먹고 피곤하면 쉬고, 졸리면 잠을 자야 하는 따위에서 벗어날 수 없음을 뜻한다.[110]

이러한 전면적 진실을 정당화하기 위하여서는 현실을 냉철하게 관찰하고 그 결과를 다시 한 번 냉엄하게 비판하여야 한다. 그래서 만해는 조나 감자를 이웃집에 꾸러 갔다가 受侮를 받고 돌아오는 장면을 놓치지 않고 묘사하였다. 그리고 정조가 필요없다고 능욕하려는 장군에게는 마땅히 항거해야 한다고 역설한다. 이것은 바로 일제에 대한 준엄한 판결이다.

그러므로 이 시는 '사회적 역사적 정의에 비추어 현실을 보았을 때 느낄 수 있는 의분의 불기둥'[111]이며 비판정신의 발현이다. 그 비판은 '아아, 온갖 윤리, 도덕, 법률은 칼과 황금을 제사지내는 연기인 줄을 알았읍니다.' 의 한 마디로 요약된다.

이 시의 마지막 구절은 만해 자신의 모습이 세 가지 방면에서 파악된다는 것을 스스로 증명한다. '영원의 사랑을 받는다' 는 말을 절대의 경지에 이른다는 뜻이니 그가 大禪師라는 표명이요, '인간역사의 첫 페이지에 잉크칠을 한다' 는 말은 새로운 조국의 역사를 시작하는 3·1 운동에 참여하고 그 운동을 지속한다는 뜻이니 그가 독립투사라는 표명이며, '술을 마신다' 는 말은 문학한다는 뜻으로 그가 詩人 作家임을 밝히고 있는 셈이다.

이 어구에 대하여 金禹昌은 '초월의 세계로의 은퇴, 역사의 장의 철저한 否定, 자포자기' 라는 세 가지로 해석하였다.[112] 이 경우에 '초월의 세계로의 은퇴' 는 양보할 수 있는 해석이 될 수 있으나 그 뒤의 두 가지는 앞의 것과 모순되어 용납할 수 없는 것으로 보인다. 그 詩 全篇이 준엄한 현실비판을 목적으로 한 것이고 그 마지막 행이 만해 자신의 인간상을 나열한 것으로 보아야 당연한 것이라면 역사에 대한 전면 부정이나 자포자기는 부당한 해석이다.

---

110) 柳宗鎬, 「散文精神考」, 「現代文學」, 1958. 9.
111) 송 욱, 「詩學評傳」(一潮閣, 1963), p.312.
112) 金禹昌, 「궁핍한 時代의 詩人」, 「文學思想」, 1973. 1. 참조.

만해는 아무리 역설의 논리로 시를 구성하고는 있으나 역사 부정과 현실적 자아 상실을 통해서 眞空 妙有의 세계로 들어가려 하지는 않았다.

그의 만해에 대한 전반적인 이해는 타당한 것이었으나 이 부분만은 의심의 여지가 있다. 왜냐하면, 만해에게 주어지는 문학적 업적의 영예가 있다면 아마도 그 비중의 상당량은 그의 시 「당신을 보았읍니다」에서 나타난 바와 같은 그의 투철한 산문정신에 있을 것으로 보이기 때문이다.

8. 죽음을 超克하여 간 노래

만해는 「禪과 人生」에서 禪機를 논하면서 다음과 같은 例話를 인용한다.

> 중국의 黃山谷은 당시의 禪學으로 유명한 晦堂禪師를 찾아보고 법을 물었다. 晦堂禪師는 곤하면 잠자고 목마르면 차 마시는 등의 심상한 말로 대답하였다. 황산곡은 晦堂禪師에게 法을 물을 때 물론 기이한 말을 들을 줄로 기대하였다가 심상한 말로 대답함을 듣고는 마침내 의심을 내어서 법을 묻기를 더욱 심각하게 하였다. 그런데 법을 물을 때마다 晦堂禪師는 "내가 네게 숨김이 없다"는 말로 대답할 뿐이다. 그후 늦은 봄 어느 날이었다. 晦堂禪師는 황산곡과 동반하여 길을 가다가 木犀花가 만개하여 그 향기가 사람을 엄습함을 알았다. 晦堂禪師가 황산곡에게 묻되 "네가 木犀香을 듣느냐?" 황산곡이 대답하되 "듣느니라". 晦堂禪師가 말하되 "내가 네게 숨김이 없다." 하니 황산곡이 言下에 깨달았다. 그것은 과연 어떠한 경지이냐?.[113]

이것은 禪機가 우연한 경우에 평범한 현상을 경험하면서 형성되며 그로 말미암아 悟道하게 되는 인연을 설명한 글이다. 여기에서 우리가 놓치지 말고 지나가야 할 것은 법이니 진리니 하는 일견하여 우리로서는 접근하기 어려운 것이, 사실에 있어서는 지극히 평범한 일상사 속에 감추어져 있다는 점이요, 그것은 항시 너무나 평범하기 때문에 오히려 지나쳐 버리게 된다는 사실이다. 이제 우리가 만해의 詩集을 이해하려 함

---

113) 『韓龍雲全集』, 卷2., p.316/「禪과 人生」,「불교」92호, 1932. 2.

에 있어서도 황산곡의 경우에서처럼 범상한 사항에 근거하여 어떻게 하면 그 시집 내용의 전모를 밝히는 계기를 모색하느냐이다. 이제 木犀花의 향기와 같은 것을 『님의 沈默』에서 찾아보기 위하여 시집의 전부를 목차의 순서대로 배열하고 그것을 두 가지 방법으로 정리해 보고자 한다.

그 첫째는 가장 빈번하게 나타나는 詩語로서 내용상의 핵심에 관여하였을 듯 싶은 것이 무엇인가를 찾는 일이고, 둘째는 하나의 詩篇을 간단하게 압축하였을 때에 그것을 하나의 문장으로 표현한다면 어떻게 나낼 수 있을 것인가를 찾아보는 일이다. 전자는 시를 이해하는데 필수적이 될만한 열쇠의 단어를 찾는 작업이며, 후자는 각 시들의 命題文을 형성해 보는 일이다. 전자에서 무작위적으로 뽑아지는 어휘가 '이별, 사랑, 죽음, 눈물, 생명, 영원, 비밀, 자유' 등인데 그 중에서 가장 많은 빈도를 보이는 것이 '이별'과 '사랑'과 '죽음'이다. 이미 詩集의 제목이 제시하는 바, '님'과 '침묵'이라는 두 개의 단어는 前章에서 정리하였으므로 그것을 다시 여기에서 언급하지 않는다면 그 다음으로는 '이별'과 '사랑'과 '죽음'이 『님의 침묵』 속에 나타난 作詩의 기본인자들임을 알 수 있다.

그것은 마치 釋迦가 참담한 修道 끝에 覺者의 경지에 오르게 된 基本因子로서 四苦(生老病死)를 설정한 것에 대응하는 것이며 황산곡의 '木犀花의 香氣' 같은 것이라 생각된다. 그러면 황산곡에게 晦堂禪師가 던졌던 무심한 一句, 그러나 결과적으로 황산곡으로 하여금 법의 실상을 느끼게끔 하였던 得意의 一句 '네가 木犀香을 듣느냐?' 라는 말에 해당되는 것은 각 詩篇들의 命題文이라고 볼 수 있다. 이와 같은 방법으로 『님의 沈默』이라는 全 詩篇들 속에서 그 자체가 드러내고 있는 참 모습을 밝혀 보고자 한다. 그러면 『님의 沈默』 90편 (「군말」과 「讀者에게」를 포함)을 순서대로 하여, 첫째 난에는 詩 題目을, 둘째 난에는 기본단어를, 셋째 난에는 그 命題文을 간추려 적기로 한다.

○ 군말		
1. 님의 沈默	이별, 사랑	나는 님을 사랑하지만 님을 보냈습니다.
2. 이별은 미의 창조	이별, 죽음	나는 이별과 죽음을 통해서 다시 소생합니다.
3. 알 수 없어요	타고 남은 재(죽음)	나는 타고 남은 재가 다시 기름이 된다고 믿습니다.
4. 나는 잊고져	죽음	나는 님을 잊기가 괴롭습니다.
5. 가지 마셔요	사랑, 죽음, 이별 (가지 마셔요)	나는 殉死하려는 나의 님에게 存續을 간청합니다.
6. 고적한 밤	죽음, 사랑, 이별(그림자를 감추었습니다.)	나는 내 님의 죽음을 사랑의 情死로 봅니다.
7. 나의 길	죽음	나는 님께서 삶과 죽음의 길을 주었다고 생각합니다.
8. 꿈 깨고서	사랑, 이별(도로 갑니다.)	내가 님 사랑함보다 님이 나 사랑하는 것이 더 큽니다.
9. 예술가	사랑	나는 당신 집 뜰에 있는 작은 돌 하나도 소중해 합니다.
10. 이별	이별, 죽음, 사랑	나는 죽음으로 사랑을 바꾸고자 합니다.
11. 길이 막혀	(님찾아 生死 超越)	나는 님께서 길이 막혀 못 오심을 애석해 합니다.
12. 自由貞操	사랑	나는 님을 기다리면서 괴로움을 먹고 살이 찝니다.
13. 하나가 되어 주셔요	사랑	나는 님이 주시는 고통을 사랑하겠습니다.
14. 나룻배와 행인	이별(가십니다) 죽음(낡아 갑니다)	나는 당신을 기다리면서 날마다 낡아 갑니다.
15. 차라리	죽음	나는 님을 기다립니다.
16. 나의 노래	사랑	나는 나의 노래가 님에게 들린다고 생각합니다.
17. 당신이 아니더면	죽음	나는 곧 당신이니까 당신 때문이라면 죽어도 좋습니다.
18. 잠 없는 꿈	이별	나는 잠 없는 꿈 속에서 님을 만났습니다.

19. 生命	죽음, 사랑	나는 님을 위해 殉死하겠습니다.
20. 사랑의 측량	죽음, 사랑, 이별(가신 뒤로)	나는 사람이 멀어진다고 사랑도 멀어진다 생각지 않습니다.
21. 진주	사랑(나의 치마를 걷어 주셨어요)	나는 님에게 진주를 드렸습니다.
22. 슬픔의 三昧	죽음, 사랑	나의 팔은 그대 사랑의 분신이니 어서 와 안기셔요.
23. 의심하지 마셔요	사랑, 죽음, 이별	나는 처음 마음을 변치 않습니다.
24. 당신은	죽음, 사랑, 이별(떨어진 도화가 날아서 님의 입술을 스칠 때)	님은 웃기만 하시는데, 나는 울고 싶었습니다.
25. 幸福	사랑	나는 당신을 사랑합니다.
26. 錯認	죽음, 사랑, 이별	나는 높은데 계시는 님이 내려오시기를 기다립니다.
27. 밤은 고요하고	사랑, 죽음(화롯불은 꺼져서 찬 재가)	나는 그를 사랑하는 마음은 식지 않습니다.
28. 秘密		나의 비밀은 모두 님에게 전달됩니다.
29. 사랑의 存在	사랑	나와 님만이 사랑의 존재와 비밀을 압니다.
30. 꿈과 근심		나의 꿈은 님을 만날 때에는 아주 짧습니다.
31. 葡萄酒		나는 내 눈물의 포도주를 당신께 드립니다.
32. 誹謗	죽음	당신이 어떤 비방을 받아도 나는 오해하지 않아요.
33. ?	죽음	나는 님의 발자취 소리에 놀라 깨어 밖을 내다봅니다.
34. 님의 손길	사랑	나는 님의 사랑이 뜨거우나 그 손길을 차겁다고 느낍니다.
35. 海棠花		나는 님을 기다립니다.
36. 당신을 보았읍니다.	사랑, 이별, 죽음(가신 뒤로)	나는 죽음과도 같은 고통 속에서 당신을 보았습니다.
37. 비		나는 당신에게 가고자 합니다.

38. 服從	사랑	나는 당신에게만 복종합니다.
39. 참와주서요	죽음, 이별, 사랑	나와 당신이 하나가 되도록 하여 주십시오.
40. 어느 것이 참이냐	사랑, 이별	나의 애간장이 끊어집니다.
41. 情天恨海	사랑(情)	나는 님에게만 안기리라.
42. 첫 키스	사랑	보면서 나를 못보는 체하지 마셔요.
43. 禪師의 說法	사랑, 죽음	나는 사랑의 속박이 곧 풀어 주는 것임을 압니다.
44. 그를 보내며	이별(그는 간다)	나의 님은 멀어질수록 나에게 가까워집니다.
45. 金剛山		나는 나의 님이 어디서 무얼 하는지 알고 기다립니다.
46. 님의 얼굴		나는 님의 그림자입니다.
47. 심은 버들	이별(가실 때에)	님을 보낸 恨이 커집니다.
48. 낙원은 가시 덤불	죽음	나는 님을 떠났지마는 행복합니다.
49. 참말인가요	죽음, 이별 (당신을 빼앗아 간)	나는 님의 님입니다.
50. 꽃이 먼저 알아		
51. 讚頌	사랑	나의 님은 자비의 보살이 되옵소서.
52. 論介의 愛人이 되어서 그 의 廟에	죽음, 사랑, 이별 (그대도 없는)	나는 詩人으로 論介의 愛人이 됩니다.
53. 후회	사랑, 이별(가신뒤에)	당신이 계실 때에 더 잘해 드리지 못하여 죄송합니다.
54. 사랑하는 까닭	사랑, 죽음, 이별 (당신을 가다림)	내 죽음마저를 사랑하는 당신을 사랑합니다.
55. 당신의 편지	이별(언제 오신다는 말은 없고)	언제 오신다는 기약없는 당신의 편지를 봅니다.
56. 거짓 이별	이별, 죽음, 사랑	나는 님과 거짓 이별한 것입니다.
57. 꿈이라면	사랑, 不滅(죽음의 克服)	나는 사랑의 꿈에서 不滅을 얻겠습니다.
58. 달을 보며	사랑, 이별 (당신이 그립습니다)	당신의 얼굴이 달이기에 내 얼굴도 달이 됩니다.
59. 因果律	이별	나는 당신만을 기다립니다.

60.잠꼬대	사랑, 죽음	사랑의 눈물이 베개를 적십니다.
61. 桂月香에게	죽음, 사랑	시인은 그대의 죽은 그림자를 노래합니다.
62. 滿足		
63. 反比例		나에게 있어 당신의 그림자는 光明입니다.
64. 눈물	사랑	나는 사랑의 세계를 완성하고 싶습니다.
65. 어데라도		나는 당신을 찾습니다.
66. 떠날 때의 님의 얼굴	사랑, 이별	나는 님의 얼굴을 나의 눈에 새기겠습니다.
67. 최초의 님	이별	님께서 나를 만나는 날은 언제입니까?
68. 두견새		
69. 나의 꿈		나는 귀뚜라미가 되어서 당신 책상 곁에 가 울겠습니다.
70. 우는 때		나는 많이 울었습니다.
71. 타골의 詩를 읽고	죽음, 사랑	나는 그대 노래를 들을 때에 부끄럽습니다.
72. 繡의 비밀		나는 늘 님만 생각합니다.
73. 사랑의 불	사랑	合流가 된 우리 둘의 눈물을 그대 가슴에 뿌려 주리라.
74. 사랑을 사랑하여요	사랑	나는 님의 사랑을 사랑합니다.
75. 버리지 아니하면		나는 당신의 고락을 같이 하겠습니다.
76. 당신이 가신 때	이별	나는 영원의 시간에서 당신 가신 때를 끊어 내겠습니다.
77. 요술	이별, 사랑	나는 당신 구두의 단추가 되겠습니다.
78. 당신의 마음		나는 님의 마음을 보았습니다.
79. 여름밤이 길어요	사랑	나는 긴 밤을 베어서 一千도막에 내겠습니다.
80. 명상	사랑	나는 님을 위해 돌아왔습니다.
81. 七夕	사랑	나는 가지 않겠습니다.

82. 生의 예술	사랑(情, 熱)	님이 주시는 한숨과 눈물은 生의 예술입니다.
83. 꽃싸움		나는 당신에게 우승의 상을 달라고 조르겠습니다. 아니 오십니까?
84. 거문고 탈 때		
85. 오서요	죽음, 사랑, 이별(기다림)	당신은 오실 때가 되었으니 나는 나비가 되어서 당신 숨은 꽃 위에 앉겠습니다.
86. 쾌락		
87. 苦待	이별(기다림)	나는 당신을 기다리겠습니다.
88. 사랑의 끝판	사랑	홰를 탄 닭은 날개를 움직이고 마구에 매인 말은 굽을 칩니다.예, 예, 가요. 이제 곧 가요.
○ 讀者에게		

먼저 둘째 난의 基本詩語들을 검토해 보기로 한다. 어떤 단어부터 논의하건 그것들은 상호관련을 가지고 연계되겠지만 쓰여진 빈도수가 가장 많은 것부터 이야기 한다면 그 첫 번째가 '사랑'이다. 萬海가 소위 詩의 창작욕구를 발동시키는 최초의 인자로 '사랑'을 택했을 때 그것은 詩가 인간의 감성에 기초한다는 극히 상식적인 원리에 착안하고 있음을 보이는 것이다.

'사랑'은 인류사에 있어 문학작품이 존속하는 한 끊임없이 추구되고 구명되고 묘사되고 예찬되어야 할 문학의 자료이며 대상이다. 그런데 그것은 반드시 상대적인 두 존재의 관계가 설정되지 않으면 안된다. 여기에서 萬海는 作者 또는 話者로서의 '나'와 '님'의 관계가 이미 사랑으로 묶여 있었다는 절대적인 전제를 세워 놓고 있다. 「군말」에서 '나'는 '어린 양을 사랑한다'고 선언하고 있다. 그리고 '님'의 실체가 이미 앞서 논의된 바처럼 다양한 대상으로 확산되어 있으므로 여기서는 '사랑' 자체에만 관심을 기울여 본다. 『님의 沈默』에는 '사랑'이란 단어로 제목을 삼은 詩가 「사랑의 測量」, 「사랑의 存在」, 「사랑하는 까닭」, 「사랑의 불」, 「사랑을 사랑하여요」, 「사랑의 끝판」 등 6편이 있다.

그 사랑은 어떤 것인가? 다음 구절이 (번호는 詩集 『님의 沈默』의 제목순

임) 그 '사랑'의 성격을 말해 준다.

> 20. 당신과 나의 거리가 멀면 사랑의 量이 많고 거리가 가까우면 사랑
>   의 量이 적을 것입니다. 그런데 적은 사랑은 나를 웃기더니 많은 사
>   랑은 나를 울립니다.

> 29. 사랑을 사랑이라고 하면 벌써 사랑은 아닙니다.

> 54. 당신은 나의 白髮도 사랑하는 까닭입니다. 당신은 나의 눈물도 사
>   랑하는 까닭입니다. 당신은 나의 죽음도 사랑하는 까닭입니다.

> 73. 남들이 볼 수 없는 그대네의 가슴 속에도 애태우는 사랑의 불꽃이
>   거꾸로 타 들어가는 것을 나는 본다.

> 74. 만일 어여쁜 얼굴만을 사랑한다면 왜 나의 벼갯모에 달을 수놓지
>   않고 별을 수놓아요.

> 88. 내가 님의 꾸지람을 듣기로 무엇이 싫겠습니까? 다만 님의 거문고
>   줄이 緩急을 잃을까 저허합니다.

이상은 6개의 詩에서 몇 줄씩 뽑은 것이다. 우리가 쉽게 생각하는 긍정적
인 면이 아니라 부정적인 면이 더욱 강조되어 있다. 진실의 실재가 어디에
있는가를 萬海는 이 몇 줄의 사랑노래에서 담담하게 노래한다.
　위의 詩句들은 다음과 같이 요약될 수 있다.

> 20. 사랑은 이별하여 서로 떨어졌을 때 확인된다.
> 29. 사랑은 言表해서는 이미 사랑이 아니다.
> 30. 사랑은 괴롭고 슬픈 것에 더욱 관심을 기울인다.
> 73. 사랑은 가슴 속으로 태우는 것이다.
> 74. 사랑은 부족하고 결함이 있는 것을 오히려 더 찬미한다.
> 88. 사랑은 희생과 봉사로 이루어진다.

이렇게 정리하고 보니 『님의 沈默』이 곧 佛典의 변형이라는 생각을 하게

된다.

　물론, 위의 詩句들은 거의 직설적인 표현으로 되어 있어서 그것 자체만을 분리시켜 놓고 보면 설교를 듣는 듯한 느낌을 받을 우려가 없지 않지만, 그러나 萬海는 이러한 내용들을 사랑하는 연인을 그리워하는 상황을 설정하여 연애시의 형식으로 표현함으로써 설교적인 乾燥味를 씻어내고 있다.

　다음으로 萬海가 詩的 상상력을 일으키는 두 번째의 단어, '죽음' 에 관해 살펴 보기로 한다. 88편 가운데 직접 '죽음' 또는 '죽다(死)' 의 활용형이 나오는 詩는 24편이고, 죽음의 이미지가 분명하게 드러난 것은 그보다 훨씬 많다. '죽음' 이야말로 사랑에 못지 않게, 아니 오히려 더 萬海를 詩的 열정에 불태우게 했던 요소라 할 수 있다. 그 이유가 무엇일까? 그것은 「님의 沈默」의 첫 행이 잘 말하여 준다.

　　님은 갔습니다. 아아, 사랑하는 나의 님은 갔습니다.

　이것은 님과의 이별을 슬퍼하는 것이라고 표면적으로만 해석하기보다 '님은 죽었습니다. 아아, 사랑하는 나의 님은 죽었습니다.' 라고 하는 극단적인 해석도 가능케 한다. 그리고 이러한 죽음을 초극하기 위하여 전 詩篇이 쓰여졌다고 생각할 경우에, 그 詩가 제대로 해석되기 때문이다. 그러면 '죽음' 이란 단어를 쓰고 있는 詩行에서 죽음이 어떤 것으로 파악되어야 하는지를 알아보기로 한다.

　　6. 宇宙는 죽음인가요, 人生은 눈물인가요. 人生이 눈물이면 죽음은 사
　　　랑인가요.

　　17. 그러나 늙고 병들고 죽기까지라도 당신 때문이라면 나는 싫지 않아
　　　요. 나에게 생명을 주든지 죽음을 주든지 당신의 뜻대로만 하세요.

　　22. 하늘의 푸른 빛과 같이 깨끗한 죽음은 群動을 淨化합니다. 죽음은
　　　기러기 털보다도 가벼웁게 여기고 가슴에서 타오르는 불꽃을 어름
　　　처럼 마시는 사랑의 狂人이여.

23. 당신의 명령이라면 生命의 옷까지도 벗겠습니다.

24. 죽은 줄 알았던 매화나무 가지에 구슬 같은 꽃방울을 맺혀주는 쇠
    잔한 눈 위에 가만히 오는 봄기운은 아름답기도 합니다.

85. 죽음은 虛無와 萬能이 하나입니다.
    죽음의 사랑은 無限인 同時에 無窮입니다.
    죽음의 앞에는 군함과 砲臺가 티끌이 됩니다.
    죽음의 앞에는 강자와 약자가 벗이 됩니다.

　이상 몇 개의 詩에서 죽음에 대하여 언급한 것을 추려 보았다. 이것들을
다시 간추려 정리하면 다음과 같이 바꿔 놓을 수 있다.

 6. 宇宙의 모든 可視的 現象은 죽음을 갖는다. 따라서, 우리는 죽음조
    차도 사랑해야 한다.

17. 죽음은 님께서 主管하시는 것이므로 님을 위하여서는 기꺼이 죽음
    을 받아야 한다.

22. 죽음은 衆生의 濟度를 위하여 사용되어야 하고 그럴 경우 죽음은
    鴻毛처럼 여겨야 한다.

23. 죽음은 님의 命令에 따라 成就되어야 한다.

48. 죽음은 반드시 생명과 連結된다. 즉, 죽음은 반드시 超克되는 것
    이다.

85. 죽음은 모든 萬象을 平等하게 한다.

　이러한 해석은 앞서 '사랑'의 경우처럼 불교적인 죽음의 정의를 보여준
다. 항상 들어왔고, 또 이성은 그것을 정당하게 인식하면서도 실제에 있어
利他的 관점에서 죽음을 鴻毛같이 여긴다는 일이 그렇게 쉽지 않다는 것을
사람이면 누구나 다 잘 알고 있다.

萬海는 이토록 尋常한 진리를 『님의 沈默』에 서술했을 뿐이다. 그러나 단순히 詩的인 서술에 끝났다면, 萬海에게 있어서 '죽음'은 아무런 의미도 없는 口頭禪이었을 것이다.

그런데 萬海는 이 詩 속에서 언급한 모든 사항들을 그의 인생에서 실제로 증거해 보였기 때문에 그의 죽음관이 정당한 예우를 받는다. 실상 萬海는 자신의 실질적인 인생을 이 『님의 沈默』에서 언어로 증거하였다고 말하는 것이 적절할는지 모른다. 바꾸어 말하면 萬海는 자신의 죽음관을 인생에서 실천하면서 그것을 글로 표현하였다고 말할 수 있다는 뜻이다. 이것이야말로 萬海로 하여금 오늘날 우리가 이해하는 萬海로 존재하게 한 이유인 바 혹자는 그것을 '超悲劇性'[114]이라는 말로 설명하기도 하였고, 또 혹자는 '消滅'[115]이라는 용어로 설명하려고 하였다.

그러나 그렇게 특이한 용어를 새롭게 제정할 필요가 없다. 단지 萬海의 인생을 인생답게 하고, 문학 특히 詩를 詩답게 한 것은 '죽음'에 대한 정당한 인식과 실천이었으며 그 위대성은 그러한 '죽음의 超克'이라고 말하는 것으로 충분하리라 여겨진다.

'죽음'을 '사랑'과 함께 그의 창작활동의 기본인자로 삼은 예는 그의 소설에서도 傍證을 잡을 수 있다. 소설 『죽음』은 처음부터 끝까지 죽음의 파노라마를 제시하고 있다. 『죽음』에 나오는 중요 등장인물은 어머니, 아버지 최씨, 남편 김종철, 그 친구 상훈, 주인공 영옥과 영옥을 짝사랑하는 경성신문사 주인 정성열 등 여섯 사람인데, 그들은 차례로 죽는다. 그들의 죽음은 무명한 현세에서 인간들이 미처 다 깨닫지 못하는 업보와 인과에 의해 허망하게 인생을 끝마치는 것으로 그려져 있으나 인간이 궁극적으로 죽는 것이라는 진리를 현상으로 제시하고 있다. 물론 그들의 죽음은 반드시 저속한 것이건 고귀한 것이건 누군가를 위하고 구원보필한다는 사랑의 의미가 함께 작용하고 있다. 『黑風』, 『薄命』도 예외 없이 '죽음'과 '사랑'을 다루고 있다.[116]

---

114) 金容稷, 「悲劇的 狀況 속의 超悲劇性」, 『韓國文學의 批評的 省察』(民音社, 1974), pp.249-269 참조.

115) 金載弘, 「萬海想像力의 原理와 그 實體化過程의 分析」, 『국어국문학』67호, pp.47-73 참조.

116) 이 외에도 萬海가 어떻게 '죽음'을 심각하게 생각하였는가, 그리고 그것의 超克을 위해 궁리하였는가는 그의 글 속에서 얼마든지 더 열거할 수 있다. 가령 尋牛莊散詩 속에 수록

이로 미루어 볼 때 萬海는 사랑과 죽음의 문제를 해명하기 위하여 詩를 썼다고 말할 수 있다. '죽음'이 개입되지 않는 문제라면 萬海는 전혀 창작욕구를 일으키지 않았다고 말해도 좋을 정도이다. 인간조건에서 절대로 피할 수 없는 죽음이라는 한계상황을 萬海는 어떻게 하여서든지 극명하게 대중들에게 이야기하고 싶었다. 단순히 그 자체를 순순히 받아들이라는 소극적 관점에서 이야기하는 것이 아니라, 보다 적극적으로 초극할 수 있는 능력을 일깨우기 위해서 萬海는 거듭 죽음의 문제로 대중들(독자들)을 몰고 간다.

그러면 그 죽음은 어떻게 극복되는가? 다음의 문답을 인용해 본다.

> **문** : 先生은 '死'를 피하고 싶거나 '死'를 두렵게 생각하지 않습니까?
> **답** : 아니오, 色卽是空이니까 산대도 죽는대도 별로 두렵거나 피하고 싶은 생각이 없습니다.
> **문** : 그러니 결국 인생은 死後에 어떻게 됩니까? 우리들은 일단 죽으면 어떻게 되어집니까?
> **답** : 일체 佛性으로 돌아갈 뿐이지요.[117]

이 글은 "인생은 死後에 어떻게 되나?" 하는 잡지사의 기자 질문에 萬海가 대답한 내용의 일부이다. 여기서 萬海는 '佛性'이라는 말로 죽음의 귀결점을 풀고 있는데 그것이 詩에서는 '이별'이라는 단어를 도입함으로써 해결된다.

'이별'은 『님의 沈默』 전편에 흐르고 있는 기본상황이다. 앞서 인용한 詩 「님의 沈默」의 첫 행이 표면적으로는 이별의 상황을 제시하고 그것이 죽음과도 같은 고통임을 동시에 암시한다고 언급하였다. 그러면 '이별'이란 무엇인가? 이것이 萬海의 詩에서 세 번째로 논의되어야 할 단어이다.

詩集 『님의 沈默』에는 '이별'이란 단어가 그 제목에 들어 있는 세 편의 시가 있다. 그것들은 반드시 죽음과 사랑의 관계 속에서 설명된다. 차례대로 검토해 보기로 한다.

된 「葐草」도 萬海가 죽음을 천착하는 증거로 예시될 만한 것이다. 『韓龍雲全集』, 卷1, p.84 참조.

117) 『韓龍雲全集』, 卷2, p.290, 『三千里』 1권 8호, 1929.8.

2. 이별의 美는 아침의 바탕(質) 없는 黃金과 밤의 올(糸) 없는 검은 비
    단과 죽음 없는 永遠의 生命과 시들지 않는 하늘의 푸른 꽃에도 없습
    니다.
    님이여, 이별이 아니면 나는 눈물에서 죽었다가 웃음에서 다시 살아
    날 수 없습니다. 오 오, 이별이여 美는 이별의 창조입니다.

여기에 나오는 '이별'을 宋稶은 간명하게 '禪定'이라고 규정함으로써
'美의 창조'라고 표현된 예술적 은유를 불교 용어로 바꾸고 있다.[118]
    그리하여 萬海는 다시 '이별'이라는 변화상을 통하여 '禪定'으로 독자를
이끌어 들인다.

    (전략)
    참보다는 참인 님의 사랑엔 죽음보다도 이별이 훨씬 위대하다.
    죽음이 한 방울의 찬 이슬이라면 이별은 일천 줄기의 꽃비다.
    죽음이 밝은 별이라면 이별은 거룩한 太陽이다.
    生命보다 사랑하는 愛人을 사랑하기 위하여는 죽을 수가 없는 것이다.
    (중략)
    아아 진정한 愛人을 사랑함에는 죽음은 칼을 주는 것이요, 이별은 꽃을
주는 것이다.
    아아 이별의 눈물은 眞이요 善이요 美다.
    아아 이별의 눈물은 釋迦요 모세요 짠다크다.

'離別'을 詩로 논술한 듯싶은 30행이나 되는 긴 詩에서 '이별'은 假幻의
변화상으로 느껴질 때에 꽃이거나 금방울로 보일 수도 있겠으며, 또 이별의
눈물은 저주의 마니주요, 거짓의 水晶이 됨직도 하다. 그러나 이별은 죽음
으로 사랑을 바꾸지 않기 위해서 그리고 참사랑을 참되게 하기 위하여서는
죽음을 넘어서는 이별을 찬양해야 한다고 말한다.[119]
    죽음이 찬 이슬일 때 이별은 꽃비가 되고, 죽음이 밝은 별일 때 이별은 거
룩한 태양에 비유된다. 그리하여 '이별'은 드디어 眞善美의 무형한 心의 體

---

118) 송 욱, 『님의 沈默』 전편 해설, pp.27-28 참조.
119) 가령 「참어주세요」에서는 '님이여 이별을 참을 수가 없거든 나의 죽음을 참어주세요.'라
    고 노래하고 있어서 죽음보다는 이별을 선택하여야 하는 당위성을 강조하기도 하였다.

相으로 돌아가고 다시 석가와 모세와 잔 다르크가 된다.

여기에서 조국의 정통을 고수하려는 민족정신, 역사의식, 현실감각의 화신 잔 다르크를 언급하고 있음에 주의해야 한다. 萬海는 항상 현세와 내세를 다른 것으로 보지 않고 똑같이 생각하고 있음을 나타내고 있기 때문이다.[120]

> 56. 이른바 거짓 이별이 언제든지 우리에게서 떠날 줄만은 알아요.
> 　　그러나 한 손으로 이별을 가지고 가는 날은 또 한손으로 죽음을 가
> 　　지고 가요.

이별이 죽음을 넘어서는 하나의 방편임은 앞의 詩 「이별」에서 분명하게 강조되었다. 그런데 여기에 와서 '이별'은 다시 거짓이라고 말한다. 萬海의 역설을 이해하지 못하는 사람에게 이 말은 모순처럼 보이고 당혹감을 느끼게 될 것이다. 그러나 言說 자체가 한갓 방편임을 상기할 필요가 있다. 그리고 일상의 언어로 때로는 초월의 경지를 나타내고 때로는 假幻의 현세를 나타낸다고 생각한다면 '거짓 이별'이라 할 때 그것은 죽음을 극복하려는 방편이었고 윗시의 마지막 행에 나오는 이별과 죽음의 同時到來는 현세에서 우리가 제한된 안목으로 보는 편의상의 현상으로 파악하면 될 것이다.

그러면 이제 '사랑'과 '죽음'과 '이별'의 삼자관계가 다음과 같이 요약될 수 있다.

Ⅰ. 나는 님을 사랑한다.
Ⅱ. 그런데 님이 죽었으므로 나도 죽을 수밖에 없다.

假幻의 世界

Ⅲ. 그러나 죽음보다는 이별을 선택한다.
Ⅳ. 이별은 님과의 다시 만남을 전제로 한다.

超越의 心性

---

120) 앞에서 인용한 「三千里」誌의 死後觀 문답에 다음 구절이 보인다.
　　문 : 선생은 이 현세를 더 값있게 생각합니까? 내세를 더 값있게 생각합니까?
　　답 : 가치의 등차를 말할 수 없습니다. 이미 佛性에서 볼 때엔 모두 같은 것이니까.
「韓龍雲全集」, 卷2, p.290 참조.

Ⅴ. 그리하여 님과 나의 사랑은 성취된다.

寂滅의 세계
(님임과 나의 合一)

　여기에서 사랑하고 죽는다(Ⅰ,Ⅱ)는 현실적 차원과, 죽기보다 이별을 선택하여 님을 기다린다(Ⅲ,Ⅳ)는 禪定의 상태 곧 심성적 차원은, 님과 나와의 합일이라는 心性 自體로 돌아감으로써, 역설적으로 사랑의 성취를 구가한다. 이렇게 볼 때 '사랑'과 '죽음'과 '이별'에서 '이별'은 '사랑'과 '죽음'을 辨證法的으로 止揚하는 기막힌 방편임을 깨닫게 된다.

　이상에서 논술된 사실을 다시 제2란에 쓰인 각 詩의 命題文을 통하여 살펴보기로 한다. 이 때에 우리가 『님의 沈默』 90편이 모두 순서대로 정교하게 논리적 맥락을 가지고 있다고 말하기는 힘든 것이지만, 그것을 편의상 10등분하고, 그 각 단락이 9편의 시로 형성되었다고 가정해 볼 때에 그 10개의 단락들이 '나와 님의 관계'를 논리적 순서대로 서술하고 있음을 발견하게 된다. 다음과 같이 표를 만들어 본다.

단계	시 번 호	나와 님의 關係
	○ 군 말	
Ⅰ	1-8	나를 떠나시는 님 (1)(5)
Ⅱ	9-17	나에게 죽음을 보내시는 님 (14)(17)
Ⅲ	18-26	높은 곳에서 웃고만 계시는 님 (24)(26)
Ⅳ	27-35	나의 비밀을 알고 계시는 님 (28)
Ⅴ	36-44	나에게 문득 보이면서 가까와 오시는 님 (36)(44)
Ⅵ	45-53	나 속에 계시는 님 (46)(49)
Ⅶ	54-62	거짓으로 떠나 계시는 님 (56)
Ⅷ	63-71	"나를 보느냐"고 물으시는 님 (65)
Ⅸ	72-80	더욱 가까이 다가오는 님 (78)
Ⅹ	81-88	마중을 받으시는 님 (88)
	○ 讀者에게	

위의 표는 특별히 보충 설명이 필요 없을 정도로 간추려져 있다. 번호는
『님의 沈默』 詩題目의 순서이다. 그러나 여기서 주목을 끌고 있는 15편 이
외의 詩라 하여 도외시해도 좋다거나 이러한 論理的 순서에 완전히 무관한
것은 아니다. 단지 이 15편이 두드러지게 '님과 나의 관계'를 명쾌하게 밝
혀 주고 있기 때문에 표 속에 넣은 것이다.

흔히 萬海의 詩는 한 개의 초점을 중심으로 회전한다고 말하여 왔다. 그
리고 모든 생각과 연상과 이미지와 서술들은 그 초점에서 출발하여 그 초점
으로 돌아오는데 그것이 바로 '님'이라고 말해 왔다.[121] 그러나 아직까지 그
초점이 어떻게 회전하고 있는지에 대해 구체적으로 찾아본 사람이 없었다.
필자의 작업은 이러한 육감적 발언에 실증을 제시하려는 것이다.

(1)에서 님은 나를 떠나가신다. (5)에서 떠나시지 말 것을 애원하지만 소
용이 없다. 이 I단계에서 나는 님을 끔찍이 사랑하였었다는 사실을 님과의
이별을 통해 새삼스럽게 깨닫는다. 여기서부터 잃어버린 님을 찾는 힘겨운
여로가 전개된다.

(14)에서 원래 님은 나를 발판으로 하여 성숙하였음을 말한다. 그러나 떠
나버린 님을 기다리며 나는 매일 매일 죽어간다.

(17)에서 나는 님으로 하여 죽게 되어도 좋다고 선언한다. 결국 이 II단계
는 님께서 나에게 죽음을 맛보게 하신 것이다. 죽음을 경험하지 않고 님을
기다릴 수도 만날 수도 없다는 역설이 여기에 숨겨져 있다.

(24)에서 나는 과거에 님이 늘 웃으시기만 하던 것을 회상한다. 그러나
그것은 현재에도 그대로 계속되고 있다. (26)에서는 그러한 님이 이미 지금
은 높은 곳에 계시다는 것을 알게 된다. 이 III단계에서 님은 나보다 얼마나
훌륭하고 아름다운 분인가를 말하여 준다. 나의 矮小性과 님의 위대성이 대
조를 이룬다.

(28)에서 그처럼 위대한 님은 나의 비밀을 속속들이 알고 있다. 이 IV단
계는 님이 나를 주재하시는 주인임을 거듭 확인시킨다.

(36)에서 나는 무서운 고통과 질곡에서 문득 님을 보게 된다. 그리고 (44)
에서 님이 멀리 계시다고 생각할수록 점점 내게 가까이 계심을 느낀다. 이

---

121) 염무웅, 「님이 침묵하는 時代」, 『나라 사랑』 제2집, 1972, p.74.

Ⅴ단계는 님을 찾는 나의 공부가 어느정도 틀이 잡혔음을 암시한다.

그리하여 (46)에서 나는 님이 바로 내 안에 있다는 사실을 깨닫고 놀란다. 즉 내가 님의 그림자라는 사실을 알게 된다.

(49)에서 내가 비로소 님의 님이라는 자신감을 갖는다. 지금까지는 님만 나의 님이었고, 나는 님의 님이라는 점을 깨닫지 못하고 있었다. 자아를 객관화하고 다시 님에게 대응시키는 놀라운 발전이 이 Ⅵ단계에서 이루어진다. 여기에서 님과 나의 합일 가능성이 이루어진다.

(56)에서 그 동안 님이 나를 떠났던 것은 하나의 방편이었음을 말한다. 이 Ⅶ단계는 이별이 이제는 문제되지 않는 단계에 올라 있음을 보인다.

(65)에서 나는 이제 언제고 어디에서고 님을 감지한다. 님은 마치 내 옆에서 "네가 나를 보느냐?"고 물으시는 것 같다. 이 Ⅷ단계는 님이 나에게 가까이 있다는 것을 느끼기는 하나, 아직 님을 만날 때가 언제인지 초조해 하는 단계이다.

(78)에서 나는 님을 볼 뿐 아니라 어쩌면 님의 마음까지 볼 수 있겠다고 자신에 넘쳐 있다. 이것이 Ⅸ단계로 내가 님을 만나는 시각이 다가오고 있음을 아는 단계이다.

그리고 마지막 (88)에 이르러 나는 거의 내 앞에 다가선 님을 느끼고 이제는 참을 수 없어, 지금까지 님이 오실 것을 기다리고 있던 수동적인 상태에서 내가 직접 님을 찾아나서는 능동적인 자세로 옮겨간다. "오세요, 오세요." 하던 고뇌의 외침은 "네, 네 가요, 이제 곧 가요." 하는 자발적인 행동의 단계로 비상한다. 그리하여 이 단계에 이르면 '사랑'과 '죽음'과 '이별'을 거치면서 참고 기다려 온 '나'의 가슴에서 간망의 하소연이 사라지고 굳은 의지를 드러내는 終結語法이 쓰이게 된다.

다시 말하면 "나는 당신에게 우승의 상을 달라고 조르겠습니다. 아니 오겠습니까?"(83), 또 "당신이 오실 때가 되었으니 나는 나비가 되어서 당신 숨은 꽃 위에 앉겠습니다."(85)라는 과감한 요청, 그리고 님과의 굳은 결합의지를 보인다.

이상의 논술을 통하여 '님과 나'의 관계가 어떻게 점진적으로 합일의 경지 곧 禪定의 궁극상태로 돌입하여 갔는가를 추측해 볼 수 있었다. 물론 이러한 진전의 중간에 님에 대한 애타는 기다림의 表白이 끊임없이 나타나는 것은 말할 것도 없다.

그러나 命題文으로부터 뽑아낸 '님과 나'와의 관계는 참으로 단계적인 진전의 합일 과정임을 보여 주었다. 그리고 이것은 『님의 沈默』이 『十玄談』을 註解하는 것과 같은 시기에 진행되었음을 생각할 때에 그 단계가 『十玄談』의 점진적 단계와 무관하다고는 말할 수 없다.

『十玄談』은 다음과 같은 열 개의 제목으로 되어 있다.

1. 心印 (마음의 모습)
2. 祖意 (祖師의 뜻)
3. 玄機 (玄玄한 기틀)
4. 塵異 (티끌은 다른가?)
5. 演敎 (가르침을 폄)
6. 達本 (根本에 도달함)
7. 破還鄕 (還鄕도 打破함)
8. 轉位 (位가 올라감)
9. 廻機 (기틀을 돌이킴)
10. 一色 (한 빛)

물론 『十玄談』은 心體의 본질을 꿰뚫기 위해 수행하는 禪定의 단계만을 노래한 것이요, 『님의 沈默』은 보다 대중적으로, 그리고 역사의식에 의거한 현실감각을 투영한 작품이므로 그 성격과 범위에 차이를 갖고 있다. 그러나 禪定의 과정 하나만은 『十玄談』과 『님의 沈默』이 공통되는 것이므로 이들 양자의 구도 과정은 얼마든지 동일 차원에서 논의할 수 있는 것으로 보인다.

한편 『님의 沈默』을 십단계로 구분한 필자의 방법론은 萬海가 만년에 몸담고 있던 그의 寓居 '尋牛莊'이란 명칭과도 연관시켜 볼 수 있다. 萬海는 그의 집을 尋牛莊이라고 명명한 이유를 「尋牛莊說」에서 개진하였다.[122] 거

---

122) 「尋牛莊說」, 『韓谷雲全集』, 卷1. pp.228-236.

기에서 佛經 속에 나타난 소의 비유의 중요성을 말하면서 宋廓庵師遠의 十
牛圖頌을 소개하고 자신의 次韻까지 싣고 있다. 이것 역시 修心見性의 修心
見生의 차례를, 尋牛·見跡·見牛·得牛·牧牛·騎牛歸家·忘牛存人·人
牛俱忘·返本還元·人廓垂手의 십 단계로 구분한 것이다. 修心見性에 次序
와 단계가 있을진대, 그것이 십 단계이건 십 이단계이건 그 단계의 수가 문
제되는 것이 아니라 단계를 설정하고 그에 정진하는 것이 보다 중요한 수행
의 태도일 것이다.

그렇다면 萬海가 『님의 沈默』에서 구도를 목적하고 發心修行하여 결국
득도하게 되는 과정을 암암리에 일반대중에게 홍포하려고 하였을 때 차서
를 따라 그 득도과정을 배열했을 것임은 능히 짐작하고도 남을 일이다. 따
라서, 필자는 「十牛圖頌」과 「十玄談」을 즐기던 萬海임을 고려하여 『님의 沈
默』에도 十等의 次序를 만들어 풀이하였다.

이상의 논술을 통하여 우리는 萬海가 1920년대의 사상시인으로서, 궁극
적으로는 인류의 구원을 목적으로 하는 민족애의 실천을 위해 『님의 沈默』
을 발표하였다는 점을 「十玄談 註解」와의 관련성을 통해 지적하였고, 그의
詩形式이 現代 散文律調의 詩를 전통으로 확립하는 데 크게 기여하였음을
확인하였다.

V. 소월과 만해의 비교적 고찰

이상으로 우리는 소월과 만해의 시세계를 검토하여 보았다. 두 사람이 똑
같이 '님' 을 찾으며 '죽음' 의 문제로부터 시적 상상력을 발동하여 시를 썼
기 때문에 외견상 상당히 많은 공통성이 있을 것처럼 생각된다.

그러나 실제에 있어서는 두 사람의 시세계가 서로 다른 양상을 보인다.
그렇다면 그 이유는 무엇인가? 그리고 그들의 공통점과 차이점은 무엇인
가? 그들이 후대의 한국시에 어떤 전통을 수립하였는가? 이러한 문제들은
바로 1920년대를 대표할 수 있는 시와 한국 시문학사를 정당하게 이해한다
는 견지에서 아무리 논의되어도 지나침이 없다고 생각한다.

필자는 처음부터 소월과 만해가 고유한 詩史的 중요성 때문에 그들에게 각별한 관심을 기울였었다. 그리하여 자료를 수집하고 旣存硏究作業들을 점검하면서 지금까지 간과해 왔던 사실에서 새로운 것들을 찾아낼 수 있었다. 그리고 그 硏究成果는 그들 두 시인의 특성들을 각기 특색 있는 관점으로 밝혀내고는 있지만, 그들 두 시인의 진면목이 무엇인가 가려져 있다는 인상을 지울 수가 없었다.

그리하여 필자는 소월과 만해를 한 명의 '시인'이라고 하는 고정관념에서 떠나 전인적인 관점에서 파악하려고 노력하였다. 이 때에 그들에 관한 전기적인 자료가 보다 중요하게 부각되었다. 그 결과 소월의 유년시절은 그의 시문학을 형성한 중요한 토양이었고 만해의 승려생활은 또한 만해의 시문학의 본원적 바탕임을 발견할 수 있었다. 그러나 시인의 생애가 곧 문학작품일 수는 없는 것이므로 작품 자체에 대한 구조적인 분석을 통해서 그들의 생애가 마련한 문학적 토양과의 함수관계를 증명하였다.

이러한 검토 과정에서 소월은 사회적으로 볼 때에는 범상한 인간에 불과하였으나, 그가 시를 위해 쏟은 정성은 시가 그의 종교로까지 승화할 수 있다고 생각하게 되었다.

한편 만해는 철두철미하게 대승불교의 선승이라고 이해할 때에만 그의 독립투사로서의 존재와 시인으로서의 업적이 바르게 평가된다는 것을 밝혀내었다. 만일 만해에게서 불교를 뽑아낸다면, 그리고 그의 민족주의 사상까지도 뽑아낸다면, 필경 그의 詩는 그가 『님의 沈默』 跋文에서 독자에게 언명한 바와 같이 '늦은 봄 꽃수풀 속의 마른 국화잎' 같은 작품이 되었으리라는 가정도 할 수 있게 한다.

소월과 만해는 사회적 문화적 배경을 달리하는 시인들이었다.

소월이 평범한 개인생활로 시종하였다면 만해는 대선사요, 독립투사로서 公生活에 몸바치었고, 소월이 평안도 사람으로 신교육을 받았는데 반하여 만해는 20여년이나 年長인 충청도 사람으로 舊式 學問의 修學이 있었을 뿐이었다. 한편 소월은 종교가 없는 상태에서 사업의 실패가 원인의 하나가 되어 자살로 요절하였고 만해는 오로지 민족 국가만을 생각하는 대승적 독립투사였으나 天壽를 누리어 終命하였다. 이러한 차이는 그들의 시에 그대로 님을 표상하고 죽음을 노래하는 데 드러나게 되어 그들의 시의 면모를 뚜렷이 하였으며, 이렇게 각자의 독특한 자기세계의 형성은 그들이 개척한 언어미학에 의해 후대문학의 대종을 이루었다.

다시 말하면 소월과 만해는 이제 한국시문학사에서 없어서는 안될 시인이 되었다. 살아온 환경이 달랐고 시에 접근하는 태도가 근본적으로 달랐음에도 불구하고 그들이 세운 전통은 후세의 시인들에게 끝없이 풍부한 자양을 제공해 주고 있다.

그러면 소월과 만해의 문학특질에 있어서 同一 視覺으로 대비검토될 수 있는 素材, 詩形態 및 修辭的 技法 등에 관하여 논의하기로 한다.

1. '님'과 '죽음'

먼저 '님'의 문제부터 살펴보자. 소월과 만해는 그 당대의 다른 시인들과 마찬가지로 그들의 시를 '님'에게 바치고 있다. 그러면 '님'이라고 대상화된 그 객체는 소월과 만해에게 있어서 동일한 것일 법도 하다.

소월은 『定本 素月詩集』에 수록된 158편의 시 중에서 65편의 시 속에 '님, 그대, 당신, 너' 등을 쓰고 있으며 만해는 시집 자체를 『님의 沈默』이라 題하였다.

그러나 그들의 님은 각각 다르다. 이 문제에 관하여는 1920年代 詩에서 '님'이 지니는 특수성과 작품 자체의 엄격한 분석을 토대로 하여 결론을 내는 것이 타당하다는 주장 하에 조동일이 시도한 연구가 있다. 거기에서 素月과 萬海의 님은 다음과 같이 요약되었다.

> '님'이 과거에만 존재했고 미래에는 존재할 수 없다고 보는 김소월은 분명히 복고적인 의식을 가지고 있다. …… 이런 사람은 자기 시대의 불행을 뼈저리게 인식하지만 불행을 극복하려는 의지는 가지지 못하고 비애의 나른한 감정으로 독자를 무기력하게 만든다. (중략) 한용운은 과거의 님을 생각하면서 회고적인 감정에 사로잡히지 않고, 현재의 님이 없다고 해서 절망에 주저앉지 않는다. 과거의 님을 현재의 님으로 만들고 현재의 님을 미래의 님으로 만들 수 있다고 믿는 점에서는 희망적이다.[123]

---

123) 조동일, 「金素月·李相和·韓龍雲의 님」, 『文學과 知性』, 1976, 여름호

윗글은 소월의 님이 과거지향적이고, 만해의 님이 미래지향적이라는 뜻으로 압축할 수 있다. 아마도 이러한 결론은 앞으로도 그 기본 대의에 있어서 별로 수정할 것이 없을는지 모른다. 그렇다고 하여 소월과 만해의 '님'에 대한 추구가 멈추어질 수는 없다.

조동일의 위와 같은 결론은 '님'이 지닌 시간성에 근거하여 도출해 낸 결론이었다.

필자는 다시 '님'이 지닌 인물성과 공간성에 근거하여 그들 양자의 '님'이 어떻게 다른가를 알아보기로 한다.

전술한 바와 같이 소월의 '님'은 정한을 유발하는 미학적 개념이었으므로 그가 즐겨 사용한 지명은 하나의 '님' 구성분자로 취급될 수 있다.

그런데 만해는 단지 세 군데의 지역명을 사용하고 있는 바, 그 중 강남 矗石樓, 대동강 모란봉은 각각 임진란에 전공을 세운 논개, 계월향을 언급하기 위하여서였다. 소월처럼 그 지명 자체에서 우러나오는 정서적 의미를 지명에다 의존하고 있지는 않다. 이것은 소월의 시에 있어서 주조를 이루는 것 중의 하나인 '향수'의 대상물로서의 '님'이 고국산천에 서려 있는 정령 내지 그 산천과 합일된 자연과 같은 것이라면 만해의 님은 지리적 공간적 개념을 초월한 '님'이라는 뜻을 갖는다. 그리고 만해가 공간개념의 단어를 쓸 때에는 다음과 같이 屬格隱喩에 의해 그 공간개념이 단순히 공간이 아니라 추상화된 다른 의미를 원용하는 수단으로 사용되었다.

죽음의 靑山	「가지마세요」
靑春의 曠野	「슬픔의 三昧」
情하늘 恨바다	「情天恨海」
歡喜의 樂園	「樂園은 가시덤풀에서」

그리고 '그 나라는 국경이 없습니다. 壽命은 시간이 아닙니다.'(「사람의 존재」)라는 구절에서 볼 수 있듯이 만해는 시간이나 공간에 구애되는 님을 노래하지 않았다.

이미 만해의 '님'이 禪定에서 파악되는 '心'의 다양한 변화상이면서 동시에 寂滅空임을 논의했으므로 그 變換自在의 體相을 더 이상 云謂할 필요가 없는 것이지만 가령 백보를 양보하여 소월과 만해의 '님'이 구체적 인물의 누구가 될 수 있느냐고 할 때에, 소월의 '님'은 「춘향과 이도령」, 「옛동무」, 「엄마야 누나야」가 될 수가 있다. 그리고 「南怡將軍」을 '님'으로 가질 수가 있으나 그것은 승리의 님이 아닌 패배의 님이요, 운명을 초극한 의지의 님이 아니라 薄命에 시름짓는 哀恨의 님이다.

소월의 「물마름」은 바로 그러한 것을 잘 말해 준다.

그 곳이 어디드냐 남이장군이
말멕여 물찌었던 푸른 강물이
지금에 다시 흘러 뚝을 넘치는
천백리 두만강이 예서 백십리
......중략......
그 누가 생각하랴 삼백년래에
참아 받지 다 못할 한과 侮辱을
못이겨 칼을 잡고 일어섰다가
人力의 다함에서 스러진 줄을

그러나 한편 만해의 님은 최소한 「논개」와 「계월향」에게서 출발하고 있다.

현실상황에서 가능한 극대치의 역량을 발휘하여 운명을 딛고 일어설 뿐 아니라 그것이 개인의 욕구를 충족시키기보다는 민족과 국가를 구원하는 역사적 운명에 도전하는 님, 이것이 만해에게서 발견되는 가장 下位의 '님'이다.

그리고 만해는 이 '님'을 더욱 고차원의 '님'으로 승화시킨다.

이러한 결론은 소월과 만해의 문체상의 특질을 가지고도 말할 수 있다. 소월과 만해는 각각 다음과 같은 존비법의 종결어미를 그들의 시에 사용하고 있다.[124]

---

124) 素月은 「定本素月詩集」(1962, 正音社)을 썼고, 萬海는 「님의 沈默」(1926, 安東西館)을 대본으로 하였다. 하나의 詩篇에 두가지 이상의 어미가 보일 때에는 그 詩의 내용과 체재상 대표가 될 만한 것 하나를 택하였다.

	素月	萬海
해라	92	7
하게	13	
하오	5	
해요	13	3
합니다요	1	
합니다	19	78
하외다	3	
하옵니다	1	
(없는 것)	11	
계	158	88

이 尊卑法의 종결어미는 화자와 청자 간의 대응관계가 성립되었을 때에 나타나는 양상의 하나이다. 그래서 시를 읽을 때에는 다음의 삼각관계를 상정할 수 있다.

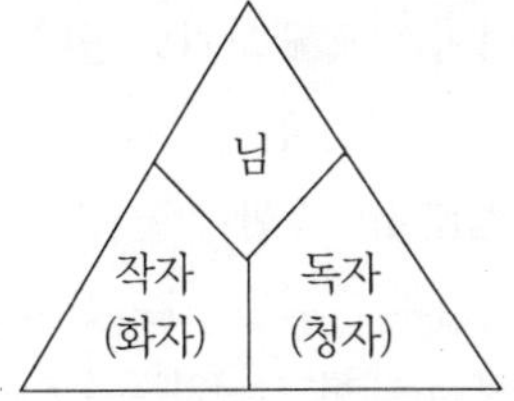

소월과 만해는 이 삼각관계에서 님과 독자를 시 속에 의식하고 그 시행의 종결어미를 결정하려고 하였을 것이다. 또 그들이 님을 추구하는 자세를 분명하게 지니고 있었다면 그 님에 대한 애정과 존경의 마음은 자연히 님에게 쓰여야 마땅할 종결어미, 예컨대 '합니다' 형을 독자에게 말하는 실제 詩의 문맥 속에 사용했을 것이다.

이 때에 만해는 독자들을 길 잃은 어린 양에 대비시키면서 그 시집의 맨 끝에 "독자여, 나는 시인으로 여러분 앞에 보이는 것을 부끄러워 합니다." 라고 정중한 존칭어미를 사용함으로써 독자와 님과의 합일을 도모하고 있음에 반하여, 소월은 '해라체' 로부터 명사로 끝내어 종결어미가 없는 것에 이르기까지 9종을 사용하고 있고 '해라체' 가 압도적으로 많은 비중을 보이고 있다.

여기에서 우리는 소월이 님을 독자와의 관련을 짓지 않고 '이미 가버린 님'에게 대화 내지는 독백의 형식으로 시를 생성하였다고 생각할 수밖에 없다.

물론 만해의 『님의 沈默』은 일관된 주제와 목적의식하에 비교적 단기간에 걸쳐 완성된 시집이고, 소월의 것은 그러한 일관성을 갖고 시집이 처음부터 용이주도하게 쓰여진 것이 아니라는 사실을 고려하여야 할 것이다.

그러나 소월에게서 아홉 개의 존비법의 종결어미가 나타난다는 것은 그의 시가 그만큼 산만하다는 것을 시인하게 한다. 다시 말하여 소월의 님은 정한을 남긴 과거의 님이요, 보다 개인적인 님으로서 고향산천과 같은 지명을 통하여 추상화되는 미학적 개념의 님인 반면에, 만해의 님은 희망을 심어주는 초시간적인 영원의 님이며 보다 민족적이요, 사회적인 님으로서 종국에는 寂滅空에 이르는 '心'으로까지 확대되는 종교적 개념의 님이다.

다음으로 '죽음'에 대하여 비교해 보기로 한다. 이에 관하여는 이미 앞에서 충분히 다루었으므로 여기서는 간단히 두 시인의 죽음의식이 어떻게 차이지는가에 대하여서만 언급하기로 한다.

죽음에 관한 소월과 만해의 거리는 '生者必滅'을 운명으로 받아들이는 무종교인과, '死卽離別'로서 재회가 기약된다고 믿는 大乘佛敎 사이의 거리이다.

지금까지 소월이 종교적으로 어떤 견해와 주장을 가졌었느냐 하는 것은 밝혀진 바가 없다. 추측컨대 전통적 한국 가정의 통례대로라면 儒佛꼍合의 민속신앙을 가지고 있는 것으로 생각되며 엄격한 의미에서 무종교라 할 수 있다.

그의 詩篇을 통해서 추리하자면 특별히 종교적 취향을 나타낸 것으로는 「信仰」, 「해넘어 가기 전 한참은」, 「合掌」, 「默念」 정도를 들 수 있을 뿐이다. 그 詩篇들 속에 민속신앙 내지 종교적인 일면을 지닌 단어로 쓰인 것은 '大刹', '呪文', '城隍堂', '넋', '靈', '天堂'이 있을 뿐인데 이것 역시 그 詩文脈上에 있어 특별한 신앙의 입장에서 쓰인 것이 아니다. 「合掌」, 「默

念」은 감상적 내용의 시일 뿐이고, 「해넘어 가기 전 한참은」에서는 석양의
아름다움에 자극된 소월의 미의식이 무의식적으로 죽음의 영상을 몰고 와
서 염불을 외우며 인생을 관조하겠다는 매우 초보적인 발상을 나타내고 있
으며 「信仰」에서는 이미 의욕적인 삶을 상실한 인생의 황혼에서 우러나는
막연한 종교심을 노래하고 있다. 「信仰」의 마지막 구절을 옮겨 보자.

> 그러하면 목숨의 봄 두던의
> 살음을 감사하는 높은 가지
> 잊었던 眞理의 몽어리에 잎은 피며
> 신앙의 불 붙는 고은 잔디
> 그대의 헐벗은 靈을 싸덮으리

이 구절은 '신앙의 불붙는 고은 잔디가 헐벗은 영을 싸덮은' 하나의 조출
한 무덤을 연상시킨다. 결국 소월은 죽음을 공포의 대상으로서가 아니라,
누구나 맞아야 하는 동반자적인 친숙한 감정으로 미화시켰으나, 그것은 곧
체념을 수반하게 되며 완전한 종말을 의미할 수밖에 없게 된다.

한편 만해는 죽음이 모든 만상의 한 변화상이며 죽음이야말로 어디에나
언제나 편재하는 것이지만 그것은 '이별'이라는 개념으로 置換함으로써 실
로 가볍게 초극되며 기다림과 희망의 대상이 될 수 있었던 것이다.

그러므로 소월과 만해가 또한 함께 이별을 시의 주제로 삼았으되 소월의
'이별'은 비탄과 체념의 종말이지만 만해의 '이별'은 희망을 지닌 재상봉
의 기약이 된다. 확립된 종교의 有無가 동일한 題材를 다루는 두 시인에게
서 이렇게 커다란 간격을 만들어 놓았다.

2. 새로운 詩型의 摸索

앞에서 '님'과 '죽음'이라는 내용상의 문제를 중심으로 소월과 만해를
비교하였다. 이제는 시형의 문제를 중심으로 살펴보고자 한다.

주지하는 바와 같이 1920년대라고 하면 그 때의 우리 시문학은 무엇이건
새로운 시형의 정립이 초미의 급선무였다. 시형으로서는 時調와 唱밖에 모
르는 형편에서 그것을 벗어나야 하는 책임이 당대 문인들에게 지워져 있었

다. 그러나 많은 시인들은 소위 문단이라는 테두리에서 외국의 시문학 경향을 무비판적으로 도입하였다. 역사적 필연성에 의하여 사회의 변천과 병행해서 발생되었던 서구 문예사조들이 한꺼번에 밀어 닥쳐서 동일한 시대에 서로 상이한 문예사조와 주의들이 잡다하게 복합적으로 橫行 亂舞하였다.

바로 이 시기에 소월과 만해가 시문학 활동을 하는데 두 사람 모두 이른바 문단과의 교섭을 전혀 문제도 삼지 않고 작품 자체에만 열중하였다. 그러면서 소월과 만해는 각자가 자기 시의 형태를 어느 것으로 정할 것인가를 고심하였다.

그들은 물론 외국시에 대해 민감하였다. 가령 만해는 「타골의 詩를 읽고」라는 시까지 보여 주고 있는 만큼 그가 타골을 어느 정도 알고 있었느냐의 문제는 언급할 필요조차 없는 것이지만 소월도 「꿈자리」, 「깊은 구멍」의 2편은 산문의 형태를 취하고 있으며, 또한 그것은 타골에서 영향받았음이 논의된 바도 있다.[125] 그러나 소월의 이러한 작품들은 그의 시의 주류에서 본다면 극단적인 예외에 속하는 것으로 그야말로 시험작의 의미를 띠는 것에 불과하다. 그리고 소월은 끊임없이 자기류의 시형을 찾아 나갔다. 그 결과 소월의 특성은 민요조에 있게 되었다. 더구나 소월이 정력을 쏟아 고심했던 定型律은 자수만 맞춘 것이 아니라 시행과 자수에 변조를 가능하게 한 소월류의 음보율격을 창안하는데 이른다.

> 그의 상당수의 시가 7·5조를 따르고 있지만, 그의 대표적인 작품이라고 할 수 있는 「산유화」, 「진달래꽃」, 「초혼」, 「왕십리」, 「접동새」 등은 7·5조를 대담하게 변조시킨 것들이다. (중략) 이 리듬의 재구성은 김소월이 리듬을 자수율로 생각하지 않고 호흡기관과 밀접한 관계를 가진 것으로 파악한 것을 드러낸다.[126]

이러한 논평은 김소월 개인의 공로로 그치는 것이 아니라, 그것이 그 후의 시인들에게 하나의 垂範이 되어 한국시의 전통을 확립하였다는 데서 그

---

125) 金容稷, 「韓國現代詩에 미친 Rabindranath Tagore의 영향」, 『亞細亞研究 41』, 1971.3
     참조.
126) 金允植·김현, 『韓國文學史』(民音社, 1973), pp.144-145.

詩史的 의의가 확대된다.

한편 만해는 문답에 유사한 산문 율조의 시에 관심을 기울이고, 또 이것을 완벽한 자기류의 시형으로 확립하였다. 이 경우 타골의 영향을 전혀 배제할 수는 없으나 만해가 타골의 시정신을 별로 탐탁하게 여기지 않은 것으로 보아[127] 결과적으로 타골과 만해가 비슷한 산문시를 가지게는 되었지만, 만해의 그것은 역사의식을 지닌 산문정신의 표현도구로서의 시였다. 따라서 타골의 산문시와는 그 성격을 크게 달리한다고 볼 수 있다.

그리하여 소월과 만해는, 소월이 민요조의 현대시인으로서, 만해가 산문적 율조로 시작한 최초의 시인으로서, 새로운 현대시의 역사를 창조한 役軍으로 우리 시문학사에 있어 기억할 인물들이 되었다.

3. 表現技法上의 特色

그러나 그들이 민중의 시인으로 영원히 추앙받으리라는 이유는 새로운 詩型을 탐색하고 또 그것에 성공을 거두었기 때문만은 아니었다.

거기에는 표현기법과 결부된 시어의 문제가 있다. 소월과 만해는 시형의 재정립에 대해 관심을 기울인 것 이상으로 詩語에 대해 고심하였다. 그리하여 민중이 공감하고 사랑할 것으로서 소월이 찾아낸 것은 諷刺的 反語法 곧 아이러니라는 것이었다. 「鴛鴦枕」을 一例로 소월의 아이러니를 다시 확인해 본다.

> 바드득 이를 갈고
> 죽어 볼까요
> 창가에 아롱 아롱
> 달이 비친다.

이 시에는 처절하리만큼 비극적인 상황이 단 한 마디로 표현되어 있다. 그런데 그 묘미는 '죽어볼까요' 한 마디가 풍기는 아이러니에 있다. 우선 '죽을까요' 가 아닌 '죽어볼까요' 로 표현하여 '죽다' 의 의미를 '죽어보다'

---

127) 「타골의 詩를 읽고」에서는 타골이 형이상학적 님만 찬미하고, 시민의식이 전혀 나타나 있지 않았음을 萬海가 비판하고 있다.

로 함으로써 살벌한 감정의 시위를 둔화시켰다. 그것은 '죽어보겠다'는 의지미래도 아니요, '죽어봅시다'라는 청유도 아니다. 그렇다고 '죽어볼까' 하는 자문의 모습도 아니다. '-ㄹ까요'는 話者와 聽者가 '우리'라는 공동체 속에 함께 묶여 있으면서도 그 속에서 화자로부터 분화된 화자 외의 청자에게 청유하는 미묘한 상황을 제시하는 어미이다. 그러므로 이 시에서 소월은 "나는 죽어야 하겠지요, 그렇지 않아요?" 하는 하소연을 하는 셈이다. 죽기는 죽어야 하지만 지금 죽을 수도 없고 죽어야 하는 사정을 말이나 한 다음에 죽어도 죽겠다는 긴 사연을 함축하고 있다.

소월의 매력은 이렇게 독자로 하여금 작자의 감정 속에 자신도 모르게 끌려 들어가게 하는 데 있다. 그러니까 소월의 슬픔은 민중의 슬픔으로 바뀐다. 그것이 오직 '~까요' 한 마디에 아이러니로 숨겨져 있다. 그러니까 소월은 가슴을 비수로 찌르면서도 표면으론 의젓해 하는, 한국인에게 존재하는 행동의 아이러니를 언어의 아이러니로 바꾸어 놓았던 것이다.

그러한 인종과 체면의 기질적 전통은 멀리 「처용가」로부터 고려가요 「가시리」를 거쳐 조선조의 諦念과 寬容의 詩歌文學을 거쳐 온 것이기도 하다. 흔히 소월의 시가 人口에 膾炙된다고 일컬어지는 데에는 이상과 같은 소월의 수법이 한국인의 감정 구조의 핵심을 꿰뚫고 지나가기 때문이다.

그러면 소월의 아이러니에 대응하는 만해의 표현기법은 무엇인가? 그것은 만해의 禪師的 氣風을 드러내는 파라독스의 수사학이다.[128]

여기에서 反語(irony)와 逆說(paradox)의 차이를 잠시 살펴볼 필요가 있겠다.

반어는 초기 희랍 喜劇에 고정적으로 나오는 인물 에이론(Eiron)의 행동과 말버릇에 붙였던 에이로네이아(Eironeia)라는 말에 기원한다. 그는 과장을 통한 속임수로 목적을 달성하려는 허풍쟁이 알라존(Alazon)과 늘 맞서는 인물로 등장하였다. 에이론은 패배자요, 작고 연약했지만 재치가 있고 꾀가 많았다. 그래서 그는 자기의 지식과 힘을 겉으로는 감추면서 자기의 재능을 발휘하여 약자를 괴롭히는 알라존을 언제나 딛고 일어서는 승리자

---

128) 萬海의 파라독스에 대하여는 전 장에서 충분히 언급했으므로 여기서는 생략한다.

가 되었다. '아이러니'라는 용어는 언제나 이와같은 기본내용을 핵심의미로 보유한다. 그리하여 이 용어가 어법의 한가지 형식을 뜻하게 되었을 때 '아이러니'로 쓰인 단어는 의도적이거나 무의도적이거나 간에 그 말을 듣는 사람이나 그 말에 관여된 사람에게 모순의 의미를 나타낸다.[129]

역설(paradox)은 'para'(옆에 있는, 평행하는)와 'doxos'(생각하다)라는 희랍어에 기원하는 것으로 외견상 자체 모순 또는 부조리를 나타내어 이미 잘 알려진 사항을 증명하는 진술방식이다. 이러한 진술을 기대하지 않은 상황에서 갑자기 주의를 환기시킴으로써 진술된 내용의 효과를 배가한다.

이렇게 볼 때에 '아이러니'나 '파라독스'는 다 같이, 언표된 의미와 독자나 청자가 받아 들이는 실질 의미 사이에 모순이 있다는 형식 논리상의 공통점이 지적될 수 있다.

그러나 이 두 가지는 엄연히 구별되어진다.

즉, 역설에 있어서는 화자나 작자의 태도가 공명정대하다는 점이고 반어에서는 그렇지 못하다는 점이다.[130]

소월과 만해의 시구를 예로 들어 반어와 역설의 전형적인 차이를 밝혀 보면 다음과 같이 정리된다.

> 나 보기가 역겨워 가실 때에는
> 죽어도 아니 눈물 흘리우리다.
>
> —「진달래꽃」

> 아아 님은 갔지마는
> 나는 님을 보내지 아니하였습니다
>
> —「님의 침묵」

먼저 인용된 소월의 시구에서는 화자의 진정이 감추어져 있다. 여기서 눈물을 흘리지 않겠다는 화자의 의지는 일종의 가식임이 드러난다.

---

129) Shipley, Joseph, T. 「Dictionary of World Literary Terms」, 1970 Irony항 참조
130) 논자에 따라서는 반어(irony)속에 역설(pradox)을 포함시키는 경우가 있다.
　　金烈圭, 「슬픔과 찬미의 아이러니」, 「文學思想」, 1975. 1월호 참조.

한편, 뒤에 인용된 만해의 시구에서는 화자는 절대로 거짓말을 하는 것이 아니다. 모순된 두 개의 명제가 모두 진실스럽다는 것을 청자에게 충분히 이해시킨다.

소월과 만해의 수사법인 반어와 역설의 차이를 정의하면서 새롭게 발견하게 되는 사실이 있다.

즉, 소월은 반어의 수법을 중심으로 한 詩作의 技巧를 익히기 위하여 부단히 刻苦勉勵하였다는 점이다. 다시 말하면 소월은 시를 완성시키기 위해 심혈을 기울인 조탁의 세월을 보냈다. 그러나 만해는 逆說을 詩的 技巧로 채택하기 위해 고생하지는 않았다. 만해가 몸 담고 있는 불교가 이미 커다란 역설의 집이었기 때문이다. 즉, 불교의 妙諦를 깨닫는 과정에서 자연스럽게 체득된 역설의 논리는 만해가 시를 짓는 데 아무런 저항이나 노고 없이 그대로 받아들여졌을 것이다.

환언하면 만해는 불교라는 심오한 역설의 이론적 연수를 거쳐서 시인이라는 의식보다는 승려라는 의식 속에서 시를 썼음에 반하여 소월은 시 자체를 종교로 삼음으로써 시의 표현 구도의 하나로 반어라는 수법을 마련하기까지 의식적으로 또는 무의식적으로 끊임없는 노력을 기울였다는 이야기가 된다.

그러므로 순전히 '시인다움' 이라는 관점에서 본다면 소월이 만해에 비하여 보다 더 '생애의 천성을 타고나서 또 시작 수업을 한 시인' 이며 만해는 참으로 우연히 '불교가 만들어 냄으로써 시인이 된 행운을 누리는 사람' 이라 표현할 수도 있다.

그리하여 소월은 아이러니로 자신의 감정을 즉각적으로 민중에게 이입하였고 만해는 파라독스로 자신의 사상과 행동을 서서히 민중에게 이입하였다. 두 사람이 서로 출발점은 달랐으나 우리 詩文學史에 끼친 공헌은 같은 것이었고 또 그것은 그대로 우리 詩文學의 典範을 삼게 하였다. 그리하여 소월은 감정의 시인으로, 그리고 만해는 사상의 시인으로, 우리 詩史에 大宗을 이루었다.

본고에서 논의한 바를 토대로 하여 소월과 만해 시문학의 공통점과 차이점을 표로 만들어 보이면 다음과 같다. 이 표에서 왼쪽에 비교의 제목으로 설정된 항목이 공통점이요 그 세부성이 곧 차이점이 된다.

共通點 \ 詩人		소월	만해
形式面	새로운 詩型의 摸索	전래적 민요조 정형시	산문적 율조의 시
	修辭的인 特徵	反語(irony)	逆說(paradox)
內容面	이별	체념 情恨의 表白	相逢에의 기약 求道的인 영가
	죽음	미학적 개념으로서의 同伴者	초극해야 할 假幻的 현상
	님	미학적 개념으로서의 對象 이별한 님	涅槃의 세계로 유도하는 길잡이 미래의 님 초시간적 초공간적 존재로서의 '心'
		개인적인 님	사회적인 님
詩史的 위치	민중의 시인	형식이 중시되는 시인 情感의 시인 민중에게 感情移入 느끼게 하는 시 抒情的인 시인 비극적 정한의 시인	내용이 중시되는 시인 瞑想의 시인 민중에게 思惟移入 생각하게 하는 시 思想的인 시인 구도적 희망의 시인

V. 結論

이상으로 1920년대 韓國詩文學의 쌍벽인 소월과 만해의 문학 세계에 대한 연구를 일단 정리해 보았다.

이제 본고에서 논의된 사항들을 차례대로 간추려 본다.

1. 소월이 韓國現代詩文學史上 초기의 서정시인으로 손꼽히는 이유는 그의 詩가 서구적 상징시의 모방에 급급하던 1920년대 당시의 문단풍토에서 의연히 전통적 민요조의 정형률과 전통적 정서인 情恨과 悲哀를 素月 특유

의 수사적 기교로 심화하였기 때문이다. 그런데 그러한 素月의 특징은 그의 성장기에 그가 체험한 개인생활환경에서 배태한 것으로 추정하였다.

민요조의 정형률은 素月에게 한국고전문학의 전통적 율조를 가르쳐 준 그의 숙모 桂熙永에게서 암시받은 면이 적지 않으며, 정한과 비애 그리고 죽음의 이미지는 실성한 채 폐인으로 살고 있었던 그의 부친 그리고 그가 살던 故鄕山川에 대응되는 면이 없지 않았다. 素月 특유의 수사적 기교만은 순수하게 소월의 독창적인 영역으로 해석될 수 있다.

2. 식민지시대의 작품을 식민지라는 시대상황에 지나치게 밀착시켜서 해석하는 것이 지금까지의 통념이었다. 그러한 통념에 바탕을 두고 素月의 詩를 볼 때에 그의 '님'은 민족을 표상한 것이거나 역사적 리얼리티를 반영한 것으로 파악되었다. 그러나 필자는 素月이 오히려 역사를 뛰어 넘는 인간의 보편적 심성을 노래하였다고 보았다. 따라서, 素月이 노래한 '님'은 비록 그 '님'이 작자와 함께 현존하고 있다 할지라도 결국은 손에 닿지 않고 접근할 수 없는 과거적인 '님'으로 추상화된다. 그리고 그 추상화는 항상 哀恨이라는 정서적 감흥을 유발시키는 미학적 개념이 되기 위한 것임을 논증하였다. 결국 소월에게서는 민족의식이나 역사의식같은 것을 구체화시킬 수 있는 작품이 존재하지 않으며 그의 '님'은 현실성이나 미래적인 요소를 전연 지니지 않은 것은 아니지만 과거적인 농도가 짙기 때문에 그러한 과거에 대한 집착 어린 상념은 소월의 미학적 개념을 구성하는 기본요소라 할 수 있다. 그 미학적 개념으로부터 소월이 즐겨하는 애환의 정서가 나오게 된다.

3. 소월의 詩文學觀이 나타나 있는 유일한 詩論인 「詩魂」을 분석 검토하여 다음과 같은 사실을 확인하였다.

첫째, 소월은 적막과 고독, 슬픔과 어두움, 그리고 더 나아가 죽음에 가까이 하였을 때에만 미의 구축이 가능하다. 즉, 소월의 미의식은 동양적 정서 특히 조선조시대의 江湖美人들이 지녔던 批判的 감수성을 나타낸다.

둘째, 소월이 지닌 비판적 감수성을 토대로 한 「詩魂」은 「시적 상상력」이란

現代詩學의 용어로 바꿀 수 있는 것이며 따라서, '詩'는 詩魂이 理想的 美의 옷을 입고 언어화한 것이라는 소월의 논조가 그 나름의 타당성을 지닌다.

셋째, 素月은 詩魂이 이상적인 美의 옷을 입을 때 詩의 陰影이 작품이 되어 나타난다고 말하였다. 이때의 '陰影'은 現代詩學의 용어로 '詩的 心象'에 대응하는 것인데 詩의 성패 여부는 바로 '陰影'의 가치에 달린 것임을 말하였다. 그러나 소월은 陰影의 가치 여하를 식별할 수 없다고 하여 詩的 心象에 대한 조직적이고 체계적인 이해에의 접근을 포기하였다. 이 점은 소월의 결함으로 지적하지 않을 수 없다.

넷째, 金億은 소월이 설정한 「詩魂」에 대한 개념을 작자의 의도와는 달리 사용함으로써 소월의 반박을 받게 되었다.

4. 소월의 시가 많은 독자에게 항구히 감동을 주는 이유를 그의 시가 지니고 있는 민요적 특성에서 찾아보고자 하여 그 특성의 요인들을 다음과 같이 세 가지 방면으로 검토하였다. 여기에서 律調에 대한 검토를 따로 논의하지는 않았다.

첫째, 소월은 자기자신의 고유한 시적 상상력을 발동하기 이전에 이미 민중 사이에 유포되어 있는 노래 속에서 자신의 시적 상상력과 합치되는 것을 찾아 그것을 소재로 詩作하였으며, 철저하게 전통적인 언어 미학적인 환경과 분위기 속에서 시혼을 다듬고 그 음영을 작품 속에 반영하였다.

둘째, 소월은 그의 투철한 민요조 詩觀에 의해서 민족의 전통적 정서가 깃든 고유어와 지명들을 詩語로 선택하였다. 이러한 詩語가 지니고 있는 내포적 의미는 민족의 전통 및 역사와 함께 융합된 풍부하고 심화된 의미의 응결체이다.

셋째, 소월의 민요조에는 전설의 민요화라는 특성이 포함된다. 소월이 민요와 전설을 그의 시 속에 투입한 이유는 죽음을 둘러싼 인생의 비극이 민요와 전설에 전통적 특성으로 공유되어 있기 때문이다.

5. 소월이 즐겨 사용한 동사 시어에는 '울다·가다·죽다' 등이 있다. 이 가운데서 죽음의식을 나타낸 것으로 보이는 '죽음' 또는 '죽는다'는 단어

를 집중적으로 검토하였다. 『定本 素月詩集』에는 158편의 시가 수록되어 있는데 그중에 '죽음',' 죽는다' 같은 단어를 직접 사용한 시는 49편이고 '죽음' 映像이 간접적으로 드러나 있는 시는 80편이나 된다. 「詩魂」에서 소월은 시의 생성인자로서 죽음에 대해 언급하고 있다. 다시 말하면 죽음 의식은 시적 상상력을 불러 일으키어 시적 심상을 산출해 내는 중요 인자임을 강조하였다. 이 사실은 소월의 숙모인 桂熙永 編著의 『素月傳記』에도 명시되어 있다.

한편 金億도, 素月이 일상생활에서 항상 번번히 죽음을 화제에 올렸다고 증언하였다. 이러한 사실로 미루어 볼 때 소월은 죽음이라는 현상을 감각적 대상으로 구체화하여 삶을 이해하는 認識論的 道具로 의식하였고 현실적으로는 그의 시적 상상력을 유발시키는 미학적 개념으로서 그의 친숙한 동반자 구실을 하게 하였다. 이 동반자는 마침내 사업에 실패하고 실의에 빠진 소월에게 부단한 자살충동을 느끼게 하였음을 소월이 33세의 젊은 나이에 스스로 목숨을 끊은 사실에서도 추론할 수 있다.

6. 소월 시 중에서 가장 많이 읽히는 시 13편을 골라 그 시들이 人口에 膾炙되는 이유를 밝혔다. 필자는 소월 시를 모두 세개의 詩群으로 분류하고 그 가운데서 소위 대표시라 손꼽히는 13편을 제1시군으로 하여 그것들을 다음의 세 가지 방향에서 검토하였다.

첫째, 소월시는 전통적 율조인 4·4조를 외형상 7·5조로 보이는 자수 속에 교묘하게 배합하여 소월 특유의 音步調 律格을 창안하였다. 그런데 이러한 律格의 반복성이 단순성과 평이성을 동반하여 누구에게나 쉽게 접근하고 암송할 수 있게 하였다.

둘째, 소월의 수사적 기법에서 가장 두드러진 것은 반어법(irony)이다. 이 반어법을 근간으로 하여 일상의 언어 논리를 벗어난 표현기교를 통해 시적 긴박감을 자아내는 소월 특유의 표현술이 그의 제1그룹의 시에는 반드시 발견된다.

셋째, 소월의 시어가 지니는 의미 기능은 고도의 추상성을 갖는다. 그러한 의미의 추상화 내지는 심화는 律調와 語句의 反復에 말미암는데, 이러한 반복이 소월의 시어가 지니는 의미를 만인공통의 보편감정으로 승화시키기 때문에 결국에 가서는 그의 시가 모든 사람에게 자신의 감정으로 받아들여지게 된다.

이상의 세 가지 조건들이 소월시 속에서 전체적으로 결합되었을 때 그의 대표적인 시들이 산출되었음을 논증하였다.

7. 의미의 추상화가 가장 원숙하게 이루어져 만인공통의 보편감정으로 확산될 수 있는 소월의 대표작이 「山有花」이다. 따라서, 「山有花」는 자연 서경의 시가 아니라 人生詩로 볼 수 있다. 즉, 「山有花」는 生者必滅의 死生觀이 높은 차원의 상징으로 응축되어 나타난 시임을 추론하였다.

8. 한국 현대 시문학사의 시점을 1920년대로 잡을 때 최초로 산문적 율조의 시를 쓴 시인으로는 마땅히 한용운이 손꼽혀져야 함을 세 가지 관점에서 확인하였다. 이 사실은 이미 만해를 연구한 기존 업적에도 나타나 있는 것으로 그 첫째는 만해가 이미 1918년에 『惟心』誌를 간행하면서 「心」, 「처음에 씀」, 「惟心 序詩」 등 산문 율조의 시를 발표한 점이요, 둘째는 만해에게 와서야 비로소 현대를 살아가는 한국인의 뚜렷한 역사의식 내지 시민의식이 발견된다는 점이며 셋째는 만해의 詩文學作品이 당시의 문단과 관련 없이 이루어졌다 하여 만해를 언제까지나 文學史의 이방인이나 列外者로 놓아 둘 수 없다는 견해였다.

9. 만해의 文學思想은 만해가 불교이론의 실용주의적 대중화 운동의 선봉자라는 점을 깨달을 때에 비로소 파악될 수 있음을 논의하였다. 言文一致를 주장하는 만해의 言語文字觀이 확립된 시기는 그의 민족사상이 확고해지는 1910년대 후반이다. 이와 같은 만해의 言語文字觀은 譯經의 필요성을 역설한 글과, 한글에 대한 관심, 그리고 언어의 표현가치가 본질적으로 하나의 방편에 불과한 상징체계임을 터득한 사실에서 확인된다. 이러한 方便論은 그가 문학을 보는 기본적인 사상이 되었다. 따라서, 不離文字하여 대중을 계도하겠다는 그의 염원은 『님의 沈默』을 집필하는 사상적 근거를 이룬다.

10. 만해의 불교사상과 민족사상을 그의 『朝鮮佛敎維新論』과 『朝鮮獨立理由書』를 중심으로 살펴보았다. 知行一如의 경지에 있었던 만해는 佛敎維新을 위해 행동과 이론의 양면으로 활약하였음이 입증되었다. 1908년의 日本佛敎界巡遊, 1910년의 李晦光 일파에 대한 규탄, 1913년의 『朝鮮佛敎維新論』발행, 1914년의 『佛敎大典』 간행은 모두 불교중흥을 위한 행동인과 이론가로서 만해가 이룩한 자취이다.

그 후 1917년에 「悟道頌」을 지을 무렵 만해의 행동범위가 불교만을 위한 것이 아니라 민족의 구원을 열망하는 독립운동가로서의 모습도 갖추게 되어 그의 활동무대가 넓어진다.

민족주의자로서의 면모는 3·1운동 때에 선포한 「獨立宣言文」말미에 '公約三章'을 첨부하고 33인의 한 사람으로 투옥됨으로써 구체화된다. 그는 다시 옥중에서 『朝鮮獨立理由書』를 써서 독립운동에 있어서도 이론과 실천으로 양면의 완벽성을 보여준다. 그리하여 조선불교의 개혁과 조선민족의 독립은 완전히 동질적인 것으로 만해의 생활 속에 융합하여 그의 詩集 『님의 沈默』을 낳는 生成因子가 되었다.

11. 『님의 沈默』을 낳게 한 또 하나의 인자로서 『十玄談註解』와의 관계가 논증되었다. 만해는 3년의 옥고를 치른 후, 세상에 나와 1925년 6월에 『十玄談註解』를 탈고한다. 그것은 禪話偈頌集으로서 10문으로 나뉘어 있고 각 문마다 8구의 偈頌이 들어 있어 모두 80句偈로 되어 있다. 평생을 大乘禪宗의 대중화를 위해 몸바쳐온 만해가 『十玄談』을 읽고 註解하면서 자신의 禪話偈頌을 한글 詩篇으로 지어보려는 욕구가 일어났을 것임을 필자는 추론한다. 이 때에 만해는 그의 시적 욕구를 조국의 현실에 조응시키면서 심오한 大乘禪宗의 불교교리를 가장 평이한 산문율조의 시에 담아 일반대중에게 알리려 하여 『님의 沈默』이 집필되었다.

12. 만해의 '님'은 '일제에 빼앗긴 조국', '종교', '불교의 진리', '민족과 국가', '한국사람 전체', '중생', '생명적인 근원', '열반의 경지', '참다운 我', '無我' 등으로 논증되어 왔다. 여기에 필자는 이보다 한 단계 더 지양

된 태도에서 위의 모든 것을 종합한 존재로서의 인식의 주체 '마음=心'을 '님'으로 보자는 견해를 설정해 보았다. 왜냐하면, 만해의 지론과 같이 이 '마음'의 존재를 부정하면 위에서 말한 모든 차원의 '님'의 실체가 서로 遊離된 채 전혀 상통할 수 없는 개별적 대상으로 남게 되어 『님의 沈默』은 그 야말로 우리에게 '침묵'을 지키면서 아무말도 전해주지 못하기 때문이다.

13. 『님의 沈默』에 나타난 언어논리가 역설로 구성되어 있음을 논증하였다. 이에 대해서는 이미 많은 논설들이 있어 왔거니와 필자는 『님의 沈默』이 곧 님을 연모해 마지않는 '나'의 辭說임을 전제로 하고 그러한 역설이 다름 아닌 『十玄談註解』에도 나타나 있는 불교의 기본적인 표현방식이기 때문에 만해는 이러한 언어논리를 시적 기교로 받아들인 것이 아니라 불교의 어법을 기교없이 襲用한 태도의 산물임을 검토하였다. 그렇기때문에 그의 시가 지니는 역설의 수사법은 佛經이 지닌 역설적 특성을 내포하고 있음도 밝혔다.

14. 『님의 沈默』이 逆說의 論理를 가지면서도 散文律로 구성된 이유가 만해의 투철한 시대의식에 있음을 밝혔다. 만해가 『님의 沈默』을 쓴 이유는 암담한 식민지시대에 뚜렷한 미래상 없이 괴로와하는 조선의 중생들을 위해 쓰여진 것이기 때문에 민중이 보다 쉽게 접근할 수 있는 언어형식을 택함으로써 시대를 아파하는 만해의 심경이 이해되기를 간망하였다. 그것이 산문의 형태로 『님의 沈默』을 쓰게 한 중요한 이유로 지적되었다. 그리하여 만해는 靈的 狀態에 대한 동경과 갈망 뿐인 타골의 詩를 '白骨의 입술에 입 맞추는 것'이라 하여 시대를 아파하는 산문 정신의 결핍을 비판한다. 이러한 시대의식 역사의식이 극히 선명하게 드러난 詩로「당신을 보았습니다」가 대표적인데, 이 속의 '당신'은 民族的 요소가 가장 두드러지게 표출된 개념임을 논증하였다.

15. 『님의 沈默』 전편이 단일한 논리적 체계 하에 죽음을 초극하여 간 노래임을 논의하였다. 만해는 죽음을 극복할 수 있는 길을 '사랑'과 '죽음'과

‘이별’의 단계로 노래하였다. 괴롭고 슬픈 것, 부족하고 결함이 있는 것에게 주는 희생과 봉사가 ‘사랑’임을 노래했으며, 중생의 제도를 위해 ‘죽음’을 鴻毛視하여야 한다는 불교적 死觀이 노래되었다. 그리고 마지막으로 ‘죽음’을 초극하는 것이 ‘이별’이라고 말하여, 이별은 사랑과 죽음을 변증법적으로 지양하는 방편임을 밝혔다.

또, 『님의 沈默』은 죽음을 초극하기 위하여 이별한 님을 찾아 가는 구도의 과정을 『十玄談』에서와 같이 십 단계로 설정하여 노래한 것임을 검토하였다. 이러한 작업을 통하여 만해가 암암리에 구도를 목적으로 하고 發心修行하여 득도하는 과정을 『님의 沈默』 속에서 나타내려 하였을 것임을 추론하였다.

본고를 끝마침에 있어 다음과 같은 사항이 거듭 확인되어야 한다.

그것은 1920년대의 韓國詩를 논할 때 누구보다도 소월과 만해만은 반드시 언급되어야 한다는 사실이다.

그 이유는 어느 시대이고 詩가 그 당대를 대변하는 민족의 언어라고 할 경우에 민족이 말하고 싶은 것을 소월과 만해는 자기 나름으로 표출하였기 때문이다.

다시 말하면 1920년대 시대상은 素月流로 표현되든가 萬海流로 표현되든가 하는 양자택일의 길만이 당시 우리 민족의 역사 앞에 허용된 한계였다고 볼 수 있기 때문이다.

그 시대는 정치·경제·사회·문화 등 모든 면에서 과거의 전통을 벗어나 어떠한 모습이건 새로운 것으로 지향해야 하는 시기였고 또 유사 이래 최초로 국권을 잃은 민족의 수난기였다.

이러한 상황에 대처하는 방법에는 크게 두 가지가 있을 수 있다.

하나는 정면으로 대결하는 것이요, 다른 하나는 의식적이나 무의식적으로 그 상황 자체를 망각하는 것이다. 전자는 現實參與的이 될 수밖에 없고 후자는 藝術至上的이 될 수밖에 없다.

이 두 가지 길을 소월과 만해는 각각 대표한다.

그래서 소월은 미학적 개념으로서의 대상인 ‘죽음’과 ‘님’을 노래하는

情恨의 詩人이 되었고, 만해는 涅槃의 세계로 인도하는 길잡이인 '죽음'과 '님'을 노래하는 求道的 희망의 詩人이 되었다.

즉, 소월과 만해가 이룬 詩의 總和는 당시 민족의 언어가 詩化될 수 있는 필연적 귀결점이었다.

그리하여 소월·만해의 문학적 특성의 종합과 발전은 그들의 뒤를 잇는 문학인의 지속적 과제가 되었다.

그러나 아직도 여전히 소월과 만해의 작품세계는 더 많은 이야기를 감춘 채 침묵하고 있다. 그것은 필자를 포함하여 이 분야에 관심을 둔 모든 분들에게 남겨진 과제이다.

詩와 宗教

具常—救贖的 價值 志向의 世界

1. 序 言

> 물에 빠진 자는 헤엄을 잘 친다든가 못 친다든가는 문제가 아니다. 어찌해서든지 헤어서 살아 나와야 한다. 저 각오, 저 결심으로 나는 남은 생애 시를 써야 한다.[1]

이것은 具常이 인간으로서 시인으로서 어떻게 살아야 할 것인가를 단도직입적으로 밝힌 글인데, 詩의 創作이 곧 生死의 문제와 직결되어 있는 것으로 미루어 보아, 대단히 긴장감을 유발하는 발언이라 아니할 수 없다. 따라서 구상이 스스로 이런 고백을 하지 않을 수 없었던 這間의 상황을 먼저 살펴보는 것이 바른 순서일 것 같다.

> 내 일찍 열 다섯에 가톨릭 수도원에 入山하였다가 삼 년만에 환속해 버리고… (중략) 이러한 내가 제2의 인생방법으로 대치시킨 것이 문학이요 詩였다. 그래서 나의 시란 머무르고 휘이지 못한 나의 정신이 각박한 나의 인생 도정 속에서 운명과 대결하는 咆哮요, 그 불꽃이요, 또 객혈이기도 하다.[2]

> 나의 歷程이나 內情을 모르는 사람들은 나의 인생이 순풍에 돛단 귀공자나 행운아로 안다. 아마 나의 인상만을 가지고는 獄苦를 겪었다든가, 공산 감옥을 탈출했다든가, 해방전 일본 유학도 밀항을 한 험난한 이력의 소

---

1) 구상, 「나와 詩의 精進度」, 「구상문학선」 (성바오로출판사, 1983), p.354.
2) 구상, 「나의 人生行脚記」, 「永遠 속의 오늘」 (중앙출판공사, 1975), p.44

유자라면 믿지 않을 것이요, 또 固疾인 폐결핵으로 30여년간을 4,5차나 재발하여 각혈하고 폐수술도 두 번이나 한 투병자라면 꾸며대는 줄 알 것이다. (중략) 더욱이나 나의 문필행위도 나의 인생 역정처럼 순탄치는 않아서 8·15 직후 원산서 「凝香」이란 동인시집을 낸 것이 문제되어… (중략) 필화를 입었는가 하면… (중략) 이렇듯 나의 문필은 언제나 나의 실존적 삶이나 그 자세와 직결되어 있으며 또 나의 문학정신의 지표와 긍지로 삼고 있다.[3]

윗글들을 통해서 보면, 具常의 삶은 우선 외부적인 조건에서 순탄치 못했던 것으로 보인다. 그 중에서도, "제2의 인생방법으로 대치시킨 詩"로 인해 필화를 입고 원산을 탈출하여 死線을 넘어왔던 일은 그의 파란만장한 생애의 제1차적 사건임과 동시에, "그날 내가 원산 거리와 골목을 지향 없이 헤매며 치르던 남모르는 정신적 고통과 신음은 영원히 잊을 수가 없다"[4]고 具常 자신이 회고할 만치, 그것은 그의 생애를 통틀어 가장 고통스러웠던 必死의 몸부림이었던 것 같다. 어머니와 아내와 형님 神父와 정든 땅을 뒤에 남기고 具常이 원산을 탈출했을 때, 그에게 남은 것은 오직 詩였으며 詩만이 그 삶의 전부였다고 그는 고백하는 것이다.

따라서, 具常이 선택한 詩는 곧 그의 삶 자체이며, "나 개인적으로는 인간적 신념이나 그 운명의 결단에 대한 시련을 일찌감치 치름으로써 문학적 이념이나 그 자세에 있어 對社會的인 모순과 갈등을 딛고서라도 文學 本領으로 일관해 보겠다는 지향을 갖게"[5] 해 주었던 것이다.

本稿에서는 具常이 삶의 이유로써 선택한 그의 詩作品 중에서 특히 참회의식이 드러나는 詩, 그리고 참회의 결과로써 주어지는 구원에 관련된 詩篇들을 살펴보고자 한다. 그럼으로써, "우리 시인도 바삐 자기의 형성된 주체를 立像하여 世界史的 또는 人類的 救濟의 豫知者로서 그 면목을 具顯해야 할 것"[6]이라고 역설한 具常의 詩人的 使命의 발자취를 더듬어 보기로 하겠다.

---

3) 구상, 「具, 不具의 辯」, 「永遠속의 오늘」, pp.55-58.
4) 구상, 「詩集 「凝香」 필화사건 顚末記」, 「구상문학선」, p.405.
5) 구상, 앞의 글, p.408.
6) 구상, 「우리 시의 이념과 방법」, 「沈言浮言」 (민중서관, 1961), p.82.

2. 참회와 희생의 救贖的 價値 志向

具常의 수상집인 『沈言浮語』의 跋文에서 高銀은 具常의 詩世界에 대해 다음과 같이 말하고 있다.

> 그의 시에 浮沈하는 莊重을 돌아보아도, 貫流하고 있는 인생의 운명을 정서로 應感하는 昇華的 작용은 그 宗敎 享受의 救贖 救濟의 절감으로부터 나와, 자기의 己를 버리고 他我의 我를 택하여 자아로 삼는 그것이다.[7]

高銀이 지적하였듯이, 具常의 시는 자기의 己를 버리고 救贖的 價値의 삶에 이르고자 하는 自己犧牲으로부터 비롯된다. 詩人으로서는 아직 초년생에 지나지 않던 시절의 具常에게, "필화로 인한 탈출"이라는 최대의 시련을 안겨주었던 문제작 「黎明圖」를 보면, 이미 詩人의 출발기부터 그의 의식 저변에 깔려 있는 그리스도적 自己犧牲과 救贖的 가치 志向의 자세를 찾아볼 수 있다.

필자는 전에 「崔玟順의 靈性主義」[8]와 또 「한국문학에 나타난 가톨리시즘」[9]이란 글을 발표한 바 있다. 이 두 논문에서 필자는 가톨릭 문학의 定義에 접근해 보고자 노력한 정성이 있었으므로 具常의 詩世界를 말함에 있어서도 반드시 이 두 논문이 진술의 전제가 되어야 할 것 같다.

필자는 「崔玟順의 靈性主義」에서 가톨릭 문학을 이렇게 정의해 보았다.

> 가톨릭 신자인 시인이 쓴 시이면 모두 가톨릭 문학의 범주에 들어가는 것이 아니다. 가톨릭 신자인 소설가가 쓴 소설이면 모두 가톨릭 문학의 범주에 들어가는 것도 아니다.
>
> 가톨릭 문학은 가톨릭을 프로테스트하면서 분열된 프로테스탄트를 향하여, 가톨릭 護敎와 크리스찬 신앙인의 일치를 지향케 해 주는 내용, 프로테스탄트가 비난하는 성모신심의 당위성을 인식시켜 주는 내용, 가톨릭만이 지닌 告解와 聖體와 神品과 堅振 등, 7聖事의 신비를 통한 인류구원

---

7) 구상, 『沈言浮言』, 跋文, p.295.

8) 이인복, 「최민순의 靈性主義」, 『韓國文學과 基督敎思想』(우진출판사, 1987), pp.196-241.

9) 이인복, 「한국문학에 나타난 가톨리시즘」, 『雲堂 丘人煥先生 華甲記念 論文集』(도서출판 한샘, 1989), pp.245-265.

의 길을 증거하는 내용, 하느님 성령의 해방과 자유와 평화 등, 영성적·
내적·육체적 치유의 신비를 깨닫게 하는 내용, 사탄의 인간 억압을 무찌
를 수 있는 능력이 구세주 그리스도께서 주시는 靈藥임을 설파하는 내용,
악과 부정과 타락으로 치닫기 쉬운 이승의 인간을 끊임없이 하느님께로
回頭시켜 무한의 선의와 정의감과 聖性을 계도하는 내용이, 예술적 언어
미의 표현기교에 담겨 생명적 존재로 창조될 때, 우리는 비로소 가톨릭 문
학을 운운할 수 있을 것이다. (중략) 가톨릭 문학은 善을 지향하는 소극적
인 기독교 정신에 머무르는 것이 아니라, 가톨릭이 인류구원의 하느님 이
념이요 원칙이요 봉사의 길임을 강조하는 적극적 가톨리시즘을 통해 영원
초월자의 實在를 可視的 文學 藝術形式에 담아 표현함이 가톨릭 문학이
며, 따라서 가톨릭 문인은 神에게 자아를 봉헌하는 司祭的 자세로서만 생
성가능한 세계이다[10]

또 「한국문학에 나타난 가톨리시즘」에서는 가톨릭 문학이라는 같은 내용
을 이렇게 다른 말로 정의해 보았다.

가톨릭 문학은 예술의 일반적 기능인 쾌락보다는 지식을, 그리고 지식
보다는 생명 진화의 힘을 추구한다. 떼이야르 드 샤르뎅은 인간 생명의 목
적을 하느님 닮기에 두고, 하느님을 닮은 진화의 극치점에 도달한 인간을
그리스도라 하였으며, 따라서 인생의 목적은 그리스도 닮기 곧 생명의 진
화에 있다는 논리를 전개하였다. 진화의 힘은 자아를 변모 발전 상승시켜
이웃까지도 변모 개선하게 하는 영혼개조의 힘이다. 그러므로 희망적인
상황에서는 물론 고통과 죽음의 상황에서도 하느님의 뜻과 섭리를 깨달아
신앙이 주는 행복과 기쁨을 누리고, 그리스도께서 걸으신 救贖的 價値의
生死觀을 지니고 그 실천적 힘을 받아 자아와 이웃 공동생명체의 변모 발
전에 공헌하는 사람을 우리는 진화인이라고 말할 수 있다. 진화인은 개인
주의와 육체적 욕구와 세속주의를 극복한 자유인이고 하느님과의 관계를
사랑과 신뢰의 터전 위에 두고 사는 치유 받은 사람이다. 그렇다면 치유
받고 진화된 자유인의 모습을 추구하도록 자아와 이웃을 감동·개선하게
하는 내용을 예술적 언어표현의 그릇에 담은 문학의 한 영역을 가톨릭 문
학이라고 정의할 수 있다.[11]

---

10) 이인복, 「崔玟順의 靈性主義」, 위의 책, pp.240-241.
11) 이인복, 「한국문학에 나타난 가톨리시즘」, 위의 책, pp.246-247.

이제 이러한 정의를 논거로 하여 具常의「黎明圖」를 그리스도적 自己犧牲
과 救贖的 價値 志向이라는 차원에서 살펴보도록 하자.

> 동이 트는 하늘에
> 까마귀 날아
> 밤과 새벽이 갈릴 무렵이면
> 카스바마냥 수상한 이 거리는
> 기인 그림자 배회하는 무서운
> 골목……
>
> 이윽고
> 북이 울자
> 원한에 이끼 낀 성문이 삐개지고
> 구렁이 잔등같이 독이 서린 한길 위로
> 횃불을 든 시빌이
> 깨어라!
> 외치며 白馬를 달려
>
> 말굽소리
> 말굽소리
> 창칼 부닥치어
> 殺氣를 띠고
> 백성들의 아우성
> 또한 凄然한데
>
> 떠오는 태양 함께
> 피 토하고
> 죽어가는 사나이의 미소가
> 곱다.

—「黎明圖」전문

이 시는 具常이 원산에 있을 당시 『凝香』이라는 同人詩集에 「길」등 몇몇
작품과 함께 발표했다가 '북조선 문학예술 총동맹 상임위원회'로부터 회의

적, 퇴폐적, 절망적, 반동적 경향의 詩라는 규탄 결정서를 받았던 문제작 중의 하나이다.[12]

이 시에 대해 具常은 "당시 남북을 막론하고 시인들은 해방찬가에 취해 있을 때 나의 시인적 豫知랄까 감촉은 이 여명이 결코 단순한 축복이 아니라 여러 가지 불길한 조짐과 그 시련으로 가득 차 있다는 실감이"[13] 나서 이 시를 쓰게 되었다고 하면서, "북한의 이 새로운 암흑사태를 구출하는 길은 어떤 또 하나의 새 힘이 나타나야 할 것이고, 그런 大光復의 날을 위하여 자신은 희생자가 되리라는 그러한 염원에서"[14] 이 시를 쓰게 되었다고 덧붙이고 있다.

이 시에서, "깨어라"고 외치며 白馬를 타고 달리는 횃불을 든 시빌은 결국 떠오르는 태양과 함께 피 토하고 죽어가는 사나이와 同格의 인물이며, 그것은 곧 具常이 원하는 바 그 자신의 모습이다.

그리하여, "깨어라"고 외치는 豫言者로서의 모습과, 피 토하고 죽어가는 犧牲者로서의 모습이 그 이후 세상을 살아가는 具常의 詩的 自我임과 동시에 그 삶의 방향을 규정짓는 지침이 된다. 그리하여 이 詩는 "그가 시인이자 예언자적 지성에만 멈추지 않고, 나아가 가장 본래적인 의미의 자기희생을 안고 있음에서 특정적이다"[15]라는 평가를 받기도 하였다.

그런데, 이 詩에 묘사된 "죽어가는 사나이"의 모습에 주목해 보면 具常이 원하는 바 自己犧牲이란 救贖的 價値의 救援을 전제로 한 것이었음을 쉽게 파악할 수 있다. 왜냐 하면, 그 사나이는 "떠오르는 태양"과 함께 죽는 것으로 묘사되어 있기 때문이다. "밤과 새벽이 갈릴 무렵"의 수상한 거리, 아직 어둠이 빛을 차단하고 있는, "기인 그림자 배회하는 무서운 골목"에 찬란한 태양이 떠오를 때, 사나이는 죽어간다. "찬란한 태양"으로 표상되는 빛과 구원이 자기 죽음의 댓가인 것이다. 그래서 죽어가는 사나이의 미소는 고웁다.

그리고 이러한 사나이의 모습은 "아버지, 제 영혼을 아버지 손에 맡깁니

<hr>

12) 구상, 「詩集 『凝香』 필화사건 顚末記」 p.406.
13) 구상, 위의 글, p.399.
14) 구상, 위의 글, p.401.
15) 김윤식, 『한국근대문학사상비판』 (일지사, 1980), p.305.

다!"(루가복음 23 : 46)하고, 아프지만 평화롭고 곱게 눈 감으신 예수의 모습을 연상하게 한다. 왜냐 하면, 사나이의 죽음은 "실존의 망각이 아니라 새로운 삶을 살게 하는 구원의 방식으로서의 죽음"[16]으로 풀이되기 때문이다. 그런데 이 시에서, "깨어라"고 외치는 예언자의 목소리에는 의식의 각성이나 참회에의 촉구와 더불어 "부끄러움"에 대한 깨달음이 동시에 내포되어 있다고 볼 수 있다. 왜냐 하면, 깨어나려는 몸짓은 곧 깨어나기 이전의 상태에 대해 부끄러움을 느끼는 참회의식을 전제로 해야만 하기 때문이다.

　다음의 시 「羞恥」도 부끄러움의 인식이라는 같은 맥락에서 검토된다.

　　　창경원 철책과 철망 속을
　　　기웃거리며
　　　부끄러움을 아는 동물을 찾고 있다.
　　　여보, 園丁!
　　　행여나 원숭이의 그 빨간 엉덩짝에
　　　무슨 조짐이라도 없소?

　　　혹시는 곰의 연신 핥는 발바닥에나
　　　물개의 수염에나
　　　아니면 잉꼬 암놈 부리에나
　　　무슨 징후라도 없소?

　　　이 都城 시민에게선
　　　이미 퇴화된 부끄러움을
　　　동물원에 와서 찾고 있다.

　　　　　　　　　　　　　　　　　　　　　— 「羞恥」전문

　인간에게서 가장 본래적인 것이면서도 오늘날의 인간에게 결여된 부끄러움을 詩人은 동물들에게서 찾아내려고 함으로써, 부끄러움에 대한 인간 각자의 인식을 상징적으로 촉구하고 있다.

　이 詩에 대해 具常은 다음과 같이 말한 바 있다.

---

16) 박철석, 「具常論」, 『현대시학』 1981. 6. p.145.

이 시는… (중략) 나의 시대관, 사회관, 또는 인간관 같은 것을 단적으로
나타내고 있다. 그러나 이 시의 소재라든가 또 주제가 되고 있는 수치(羞
恥)가 나의 존재론적 명제가 된 것은 퍽 오래 전 일이다. (중략)
　부끄러움이 없다는 것은 인간의 징표인 양심이 잔다는 것이요, 이와 반
대로 부끄러움을 안다는 것은 양심이 깨어남이요, 곧 인간으로서의 회복
을 의미하는 것이리라. (중략) 그래서 나는 수치심이야말로 "인간 최초의
것이요, 본연의 것이요, 인간 救濟의 가능성이요, 모든 규범의 始原이다"
라는 인식에 도달했다.[17]

이 글을 통해서 보면 인간에게 내재한 부끄러움을 일깨워 주는 것이 具常
詩의 存在論的 命題의 하나라는 사실을 알 수 있다. 具常은 인간으로 하여
금 부끄러움을 깨닫게 하여 그 본래의 모습을 되찾아 주고자 하는 것이다.
　이러한 사명감의 발현은 먼저 自我의 성찰로부터 시작된다. 왜냐 하면,
스스로의 부끄러움을 먼저 깨닫지 못한다면 다른 사람의 부끄러움을 일깨
워줄 수 없다는 사실을 그는 깨달았기 때문일 것이다.

　　그 어린애를 치어죽인 운전수도
　　바로 저구요.

　　그 여인을 絞殺한 下手人도
　　바로 저구요.

　　그 銀行 갱 도주범도
　　바로 저구요.

　　(중략)

　　최후의 할 말이 없냐구요?
　　솔직히 말하면 죽는 이 순간에도
　　저는 최소한 4천만과 共犯이라는
　　이 느낌을 버리지 못해 안타까운 것입니다.

—「自首」에서

---

17) 구상, 「羞恥」, 『구상문학선』, pp.387-388.

　　모든 죄의 책임이 자신에게 있다고 하면서 "기꺼이 포승을 받으며/고요히 교수대에 오르렵니다"라고 자기의 희생을 결의한 후, 그러나 그것은 결국 "4천만과 共犯"한 것이라고 말함으로써 우리 모두가 죄인이라는 사실을 스스로 인정해야 한다는 것을 강조한다. 따라서 "「自首」와 같은 참회의 詩는 이 땅 문학의 정신 풍토와 수준에 있어 한 충격이라 할 것이다. (중략) 그것은 모두가 '내 탓'인 가톨릭적 고백에 해당한다."[18]고 하겠다.

　　具常이 지닌 이러한 자아성찰의 모습은 그의 詩 여러 곳에서 발견된다.

　　　　오늘도 신비의 하루를
　　　　구정물로 살았다.
　　　　오물과 폐수로 찬 나의 暗渠 속에서
　　　　그 淸冽한 水精들은
　　　　거품을 물고 죽어갔다.

　　　　(중략)

　　　　나의 현존과 그 의미가
　　　　저 바다에 흘러들어
　　　　영원한 푸름을 되찾을
　　　　그 날은 언제일까?

　　　　　　　　　　　　　　　　　　　　　　　—「하루」에서

　　　　내 영혼은 본시부터
　　　　눈멀어 태어났는가?

　　　　날이면 날마다
　　　　전신의 눈알을 죄다 밝히고
　　　　너 하늘을 쳐다보지만
　　　　오오, 無明과 虛無의 遭遇—

　　　　　　　　　　　　　　　　　　　　　　—「밭일기(29)」전문

---

18) 김봉군, 「시와 믿음과 삶의 일치」, 구상 시집 「모과 옹두리에도 사연이」 (현대문학사, 1984), p.170.

너 영혼의 문둥이 요한아!
만일 네가 네 안에 참된 기쁨을 누리자면
너의 오늘날 삶의 모든 것이 신비의 샘임을
깨달아 그 과분함을 감사히 여길 때 이루어지리니
그래서 일찍 너의 형제 아씨시의 프란치스코는
〈천주께서 내게 주신 은혜를 거두어 도적들에게 주셨더라면
하느님은 진정 감사를 받으실 것을!〉 하고 갈파하셨더니라.
—「요한에게」에서

오오, 만물은 저마다
現身과 내일의 의미를 알고
서로가 서로를 지성으로 도와
저렇듯 어울리며 사는데

(중략)

사람인 나 홀로 이 밤
울타리에 썩어가는 말뚝이듯
아무것도 모르며 섰는가?
—「造化」에서

앓아 누워야만.
천국행 공부를 한다

(중략)

그래서 再修를 마음먹는
수험생처럼
〈다시 한번만 기회를 주신다면〉 하지만
번번이 헛다짐이다.

이러다간 영원한
낙제생이 되지 싶다.
아니! 그건 안 된다.
—「病床偶吟」에서

> 돌이켜 보아야 착오투성이 한평생
> 영원의 동산에다 꽃피울 사랑커녕
> 땀과 눈물의 새싹도 못 지녔다.
>
> —「臨終豫習」에서

　자신의 내면을 이렇듯 샅샅이 성찰한 뒤 具常은 對他的, 對社會的 회개를 촉구하는데, 그것은 다분히 격앙조의 음색을 띠고 있다. 즉 출애급기에서 연유하는 그의 예언자적 지성의 목소리는 1970년대 우리의 정치 및 사회 풍조를 향해 그 볼륨을 높이고 있는 것이다.[19]

> 내가 모세의 先知와 震怒를 빌어서 말하노니
> 새해 너희가 사람다운 삶을 되찾으려면
> 너희가 지금 우러러 섬기고 있는 황금송아지를
> 먼저 몰아내야 한다.
>
> 너희가 너희 식탁에서 유해식품을 사라지게 하려면
> 너희는 먼저 그 황금송아지를 몰아내야 하고
>
> 너희가 너희 고장에서 매연을 없애려면
> 너희는 먼저 그 황금송아지를 몰아내야 하고
>
> 너희가 너희 집안에서 단란을 누리려면
> 너희는 먼저 그 황금송아지를 몰아내야 하고
>
> —「내가 모세의 先知와 震怒를 빌어서」에서

　이것은 일견 詩라기보다는 단상에서 이루어지는 목청 높은 설교의 글에 가깝다. 具常은 필요에 따라서 그의 시에 여러 가지 형식의 시도를 꾀하며 필요하다면 같은 말을 웅변조로 반복하는 것을 사양하지 않기 때문에,[20] 자신의 생각을 전달하기 위해서라면 詩라기보다는 설교에 가까운 이런 류의

---

19) 김봉군, 앞의 글, p.184.
20) 성찬경, 「현존에서 영원을」, 구상시집 『드레퓌스의 벤취에서』 (고려원, 1984), pp.265-
　　266.

詩創作에도 망설임이 없었을 것이다. 이것은 결국, 그의 시에 아아티전(匠人)적인 면보다 프리이스트(司祭)적인 면이 더 두드러진다는 것[21]을 증명하는 셈이며, 오늘날 우리 시에는 匠人的인 면은 아주 숙련되어 있는데, 司祭的인 면은 아주 低下되어 있다[22]고 개탄했던 具常이고 보면, 이런 류의 詩創作이 그 자신이 지향하는 바의 創作 方向과 일치하는 것임을 알 수 있다. 격앙된 목소리의 단조로운 리듬으로 이루어진 이 詩를 읽노라면 마치 우리 자신이, 출애굽의 기적을 체험했음에도 불구하고 가나안에 이르는 도정에서 우상숭배로 혼란을 거듭하던 이스라엘 백성이 된 듯한 느낌을 받는다. 철저히 회개하지 않으면 안 될 존재들처럼 우리의 처지가 인식되면서, 이런 처지를 벗어나 사람다운 삶을 살기 위해서는 "모세의 先知와 震怒를 빌어서" 말하는 詩人의 목소리에 귀를 기울여야만 할 필연성에 도달한다.

이러한 격앙된 목소리는 다음의 시에서도 대동소이한 형태로 나타난다.

> 너희는, 영혼의 渴求와 涕泣으로
> 영영 잠겨버린 나의 목소리가
> 불길을 몰아온다고 오해하지 말라
> 오직 나는 靈通한 내 心眼에 비친
> 너희의 不義가 빚어내는 재앙을
> 미리 알리고 일깨워 줄 따름이다.
>
> 까옥 까옥 까옥 까옥
>
> 오늘도 나는 北岳허리 고목가지에 앉아
> 너희의 눈뒤집힌 세상살이를 굽어보며
> 저 요르단 강변 세례자 요한의
> 그 豫知와 震怒를 빌어서 우짖노니
>
> 이 독사의 무리들아 회개하라!
> 하느님의 때가 가까이 왔다.
> 속옷 두 벌을 가진 자는 한 벌을 헐벗은 사람에게 주고

---

21) 김봉군, 「시와 믿음과 삶의 일치」, p.167.
22) 구상, 「오늘의 우리 시, 시인」, 『구상문학선』, p.460.

먹을 것이 넉넉한 사람은 굶주린 이와 나누어 먹고
권세가 있는 사람은 약한 백성을 협박하거나 속임수를 쓰지 말 것이요
나라의 세금은 헐하고 공정하게 매겨야 하며
거둬들임에 있어도 부정이 없어야 하느니라—

—「까마귀 3」에서

具常은 까마귀를 "終身誓願의 苦行 修道를 하는 새"로 인식하면서, 그 까마귀의 우짖음에 先知者의 예언을 담아 회개를 촉구하고 있다. 이러한 까마귀의 우짖음에 우리가 귀를 기울일 때 필경 우리는 인간 본래의 모습을 되찾게 될 것이며, 우리가 상실한 낙원의 삶을 다시 이룰 수 있을 것이다.

그렇기 때문에 "具常은 시인의 꿈과 믿음과 사랑이 각박한 현실에서 인간적 휴머니티를 회복해 주고 소외감을 극복하게 해 주며 서로를 결집, 화해의 장으로 이끈다고 본다. 그러기에 그의 시는 미적 감각이나 다양한 비유, 난해한 상징 등 고도의 기교에 의지하지 않고 지성과 신념과 사명감 등의 확신에 찬 분위기를 느낄 수 있게 하는 엄숙성을 띠고 있다"[23]고 평가된다. 이러한 회개의 결과로 이루어질 救援, 그리고 그 救援의 성취를 위한 具常의 自己犧牲은 「受難의 章」에서 가장 극명한 형태로 묘사된다.

우 몰려온다. 돌팔매가 날은다.
머슴애들은 수수깡에 쇠똥을 꿰매달고
어른들은 곡괭이를 휘저으며 마구 쫓아오는데
돌아서서 눈물을 찔끔 흘리고
선지피가 쏟아지는 이마를 감싸 쥐고서
어머니 얼굴도 떠오르지 않는데
나는 이제 어디메로 달려가야 하는가.

(중략)

상여 속에 송장처럼 잠들은
사나이 얼굴은 십상 달 같이 흴게다.
어쩌면 상달 같이 깜찍한 여인이 별 같은 두 눈을 반짝이며

---

23) 신익호, 「한국현대기독교시연구」, 전북대 대학원 박사논문 1987, p.145.

내 상처에 향기로운 기름을 바르고 있을 풍경
나의 달가운 꿈 속의 꿈이여.

(중략)

꽃수레처럼 화려한 상여를 타고
림보로 향하는 길 위엔
곡성마저 즐겁구나
소복한 나의 여인아
사흘만 참으라

―「受難의 章」에서

이 詩는 곧 작중의 인물(작가자신)이 십자가의 길을 再演했음을 노래한 것이 아닐 수 없다.[24] 따라서 예수의 행적 가운데에서 가장 記念碑的이고도 必然的인 두 가지 사건 "죽음과 부활" 모두를 그 자신 스스로 體現하려는 대담성을 이 詩에서 그는 露出시키고 있다. 죽음의 문제도 문제이려니와 더욱이 예수의 부활을 빌어 "사흘만 참으라"고 당부하는 저 대담성이야말로 철저한 "크리스트의 모방"[25]이라 말할 만하다.

그렇기 때문에 「受難의 章」은 "榮光의 章"이란 뜻으로 脫殼한다. 이 노래는 결국 具常이 겪은 현세의 고난을 가톨릭 신앙으로 극복하겠다는 "信心告白의 글"[26]임과 아울러, 초창기의 그의 詩 「黎明圖」에서 언약한 바, 그리스도적인 自己犧牲을 통해 인류의 救援을 성취하겠다던 그의 詩와 그의 삶의 존재 이유, 즉 참회의식을 基底로 하여 救贖的 價値志向의 삶을 향해 외치는 외로운 광야의 소리가 그의 詩世界임을 확인케 해 준다.

3. 結語

이상으로 具常의 시에 나타난 참회의식 및 그것으로 결과되는 自己犧牲

---

24) 이인복, 『죽음과 구원의 문학적 성찰』 (우진출판사, 1989), p.375.
25) 김윤식, 위의 책, p.313.
26) 이인복, 위의 책, p.376.

과 救援의 문제를 살펴보았다.

"정녕 어떤 뮤즈(藝神)도 靈魂의 外部에는 없다. 詩的 體驗과 詩的 直觀은 靈魂의 內部에 있으며, 槪念的 理性 위에서 詩人에게 온다"[27]라고 쟈끄 마리땡이 말했듯이, 具常이 추구한 바 詩的 體驗으로서의 예수 그리스도는 그의 삶의 理想的 自我이며, 그것이 곧 그가 이루고자 하는 자기 삶의 幻想的 追求의 實體이다.

그의 詩는 곧 그의 삶이며, 그것은 예수 그리스도의 길을 따르는 것이기에 "물에 빠진 자는 헤엄을 잘 친다든가 못 친다든가가 문제가 아니라 어찌해서든지 헤어서 살아 나와야 한다"는 저 必死의 결단으로 그는 지금도 詩作에 임하고 있는 것이다.

이런 의미에서, "현대의 비극이 사람의 사물화, 사물의 사람화, 나아가 사람과 사람의 분리, 사람과 유일신(존재 근거로서)과의 분리에 있다면, 삶과 詩와의 일치를 통하여 〈만남〉에 도달하려는 具常의 詩學은 〈구원의 빛〉일 수 있을 것이다."[28]

필자는 다른 논문에서 鄭芝溶과 崔玟順과 具常을 비교하였었는데, 具常 詩의 특징을 명백히 하기 위해 그 비교의 핵심을 인용해 보고자 한다.[29]

> 芝溶이 파악한 하느님의 실체는 다분히 추상적인 존재였고, 崔玟順이 파악한 하느님은 극히 개인적인 의미에서의 '님'이었다.
>
> 이에 반해 具常이 파악한 하느님은 현실적이고 구체적인 존재이며, 한 역사 안에서 인간조건을 지니고 살다가 죽어 다시 부활한, 인간이면서 神이신 예수 그리스도이다. 그러므로 具常에게 있어 예수 그리스도를 따른다는 것은 그 분을 본받는 것이며, 나아가 그리스도가 이룩한 人類 救贖事業에 동참하는 것이다.

이상의 논의를 통해 우리는, 鄭芝溶이 파악한 '天上의 하느님'과 崔玟順이 파악한 '나의 님'이 具常에 이르러 '天上과 나'를 연결하는 예수 그리스도로 化함으로써, "永遠 超越的인 實在內容을 可視的 藝術形式으로 表現"

---

27) 쟈끄 마리땡, 『詩와 美와 創造的 直觀』, 김태관 역 (성바오로출판사, 1984), p.267.
28) 김봉군, 「시와 믿음과 삶의 일치」, p.188.
29) 이인복, 「한국문학에 나타난 가톨리시즘」, pp.263-264.

하는 가톨릭 문학의 進展이 具常의 詩에서 이루어짐을 본다.

이상의 내용을 도표화하면 다음과 같다.

詩人名	하느님의 실체	하느님과의 관계
鄭芝溶	畏敬의 님 (worship)	멀리 있음(distance):天上의 님, 精神的 대상
崔玟順	思慕의 님 (love)	함께 있음(togetherness):共存의 님, 靈性的 대상
具 常	模倣의 님 (become)	하나로 됨(oneness):受容一體의 님, 進化의 대상

위와 같은 비교에서도 분명히 나타나듯이 具常은 그리스도를 닮아, 그리스도 안에서 하나 되어, 그리스도를 통하여, 참회와 犧牲과 救贖的 價値志向의 삶을 추구하는 가톨릭 文人이요, 가톨릭 詩人이라는 결론에 도달할 수 있겠다.

■ 參考文獻
1. 구 상, 『까마귀』, 홍성사, 1981.
2. _____, 『구상 문학선』, 성바오로출판사, 1983.
3. _____, 『그분이 홀로서 가듯』, 홍성사, 1982.
4. _____, 『드레퓌스의 벤취에서』, 고려원, 1984.
5. _____, 『말씀의 실상』, 성바오로출판사, 1980.
6. _____, 『모과 옹두리에도 사연이』, 현대문학사, 1984.
7. _____, 『실존적 확신을 위하여』, 홍성사, 1982.
8. _____, 『永遠 속의 오늘』, 중앙출판사, 1975
9. _____, 『沈言浮言』, 민중서관, 1961.
10. 김윤식, 『한국근대문학사상비판』, 일지사, 1980.
11. 박철석, 「具常論」, 『현대시학』, 1981, 6.
12. 신익호, 『한국현대기독교시연구』, 전북대 대학원 박사논문, 1987.
13. 이인복, 『죽음과 구원의 문학적 성찰』, 우진출판사, 1989.
14. _____, 『한국문학과 기독교사상』, 우신사, 1987.
15. _____, 「한국문학에 나타난 가톨리시즘」, 『雲堂 丘仁煥先生 華甲記念論文集』, 도서 출판 한샘, 1989.
16. 쟈끄 마리땡 저, 김태관 역 『詩와 美와 創造的 直觀』, 성바오로출판사, 1984.

金永郎─「모란이 피기까지는」에
나타난 悲哀의 超克化 過程

1. 詩는 *存在*로서의 *事物*

詩人이 자기의 詩에 대하여 즐겨 말하지 않는 이유는 詩라는 것이 우리가 흔히 생각하는 평범한 言語組織의 *産物*이 아니기 때문이다. 그러면 詩란 무엇인가? 詩는 말에서 나온 하나의 *存在*일 뿐, 그리하여 우리 앞에 그 모습을 고요히 드러내 보일 뿐인 것이다. 따라서 詩는 "말씀으로 表現된 하느님"과 비슷하기도 하며, 삼라만상의 *自然*과 비슷하기도 하다. 요컨대 詩는 *事物*이라 할 수 있으나 그냥 *事物*이 아니라, 우리의 *意識* 안에서 *生命*으로 *復活*하여야만 *存在 意味*를 부여받는 그러한 *存在*로서의 사물이다.

이러한 *意味*에서 金永郎은 누구보다도 詩의 *特性*을 깊이 *認識*한 詩人이라 하겠다. 왜냐하면 그는 열심히 詩를 써서 發表했을 뿐 詩에 대하여 말한 적이 없기 때문이다. 더더구나 永郎이 자기 자신의 詩에 대해서 말한 것을 찾을 수 없을 것임은 너무도 분명한 사실이다.

이제 永郎의 詩 「모란이 피기까지는」을 이해하고자 하는 이야기의 첫머리에서, 이렇게 "詩가 말이 아님"을 새삼스럽게 주장하고, 또 "永郎이 詩에 대하여, 特히 자기 詩에 대하여 침묵하였음"을 確認하는 까닭이 있다. 그것은 이제부터 「모란이 피기까지는」에 대하여 아주 자유롭게 말함으로써 이 作品이 숨기고 있는 새로운 모습을 생각해 보고자 해서이다.

　　그러니까 우리는 永郎이나 「모란이 피기까지는」에 대하여 지금까지의 말과는 전혀 다른 말을 하게 될지도 모른다. 어쩌면 보다 더 많이 다른 말을 함으로써 「모란이 피기까지는」의 참 모습에 더 가까이 접근할 수 있을 지도 모른다.

　　그러나 필자의 이 전혀 다르게 하는 말이 그렇다고 하여 「모란이 피기까지는」을 마치 새장 안에 새를 잡아 넣고 玩賞하듯 그렇게 가까운 거리로 접근하는 것은 아니다. 아마도 우리는 영원히 새장 안의 새처럼 이 詩를 잡아 가둘 수는 없을 것이다. 거듭 말하지만 詩는 말이 아니라 말에서 나온 말없는 存在이기 때문이다.

　　여기에서 우리가 ‘말’이라는 낱말로 표현했던 意味는 言語의 가장 보편적이고 일상적 기능으로서의 說明的 言語였으며, "詩가 말이 아닌 存在"라는 命題的 表現이 意味했던 바는 默示的 言語로서의 詩 機能을 강조하는 것이다. 默示的 言語는 說明的 言語로 바뀌지 않는 한 침묵을 계속하는 것이며, 그러나 또 그 默示的 言語가 說明的 言語로 바뀌는 순간 그 存在는 屈折과 歪曲을 甘受하면서 그 모습의 一部를 우리 앞에 내 보이는 것이다.

　　얼마나 많은 굴절과 왜곡 끝에 그 모습의 전부를 바라보게 될 것인가는 우리들의 말이 스스로 말이 아니고자 하는 곤혹스러운 矛盾을 극복할 때에 가서나 가능할 것이다.

2. 精巧한 對稱 構造

　　永郎의 詩를 말하는 사람들은 그의 詩가 意味보다는 音聲構造에 각별한 신경을 쓰고 있다고 한다. 이러한 통념은 바꾸어 말한다면 永郎의 詩에 대해서 음성구조는 조금 理解하지만 그 意味는 잘 모르겠다고 말하는 것으로 해석될 수도 있다. 그러나 詩 구성 요건의 첫째가 음성구조이니만큼 이러한 論評은 永郎의 詩가 詩의 첫째 구성 요건을 갖추었다고 말하는 설명에 지나지 않는다. 그것도 유연한 느낌을 준다는 막연한 표현 정도에 머물고 있었을 뿐이다.

그러면 우리는 어떻게 좀 더 이 詩로부터 具體的인 形式美를 찾아볼 수 있을 것인가? 우리의 論議를 「모란이 피기까지는」에만 국한시킬 때 무엇보다도 먼저 지적해야만 할 사항은 이 詩가 형성하고 있는 精巧한 對稱構造(Symmetrical Structure)이다. 2 行씩 1 聯이 되어 모두 6 聯으로 이루어진 이 詩는 다시 제 1 聯과 제 6 聯, 제 2 聯과 제 5 聯, 그리고 제 3 聯과 제 4 聯이 對稱으로 맞서고 있는 幾何學的 造形美를 나타내고 있다. 이 詩 全篇을 初刊本『永郎詩集』의 表記대로 옮겨 본다.

모란이 피기까지는
나는 아즉 나의 봄을 기둘리고 잇슬테요.

모란이 뚝뚝 떠러져버린 날
나는 비로소 봄을 여흰 서름에 잠길 테요.

五月 어느날 그 하로 무덥든 날
떠러져 누은 꼿닙마져 시드러버리고는

천지에 모란은 자최도 업서지고
뻐처오르든 내 보람 서운케 문허졌느니

모란이 지고말면 그뿐 내 한 해는 다 가고말아
三百 예순날 하냥 섭섭해 우옵내다.

모란이 피기까지는
나는 아즉 기둘리고 잇슬테요, 찰란한 슬픔의 봄을.

永郎이 이 詩에서 추구하고자 했던 내용에 대해서는 아직 보류해 두고 우선 어떻게 이 詩가 대칭구조로 이해될 수 있는가를 확인하기로 하자.

제 1 聯과 제 6 聯은 "모란이 피기까지는"이라는 副詞語로 시작되어 "기둘리고 잇슬테요" 라는 誓約의 動詞로 마무리된다. 누가 보아도 제 6 聯은 제 1 聯의 반복과 강조로 理解된다. 다만 제 1 聯의 目的語 '나의 봄'은 제 6

聯에서는 '찬란한 슬픔의 봄'으로 재해석되었고 제 6 聯은 目的語를 後置
하여 그것을 돋보이게 하고 있다.

제 2 聯과 제 5 聯은 '모란이'로 시작되는 副詞節의 主語만이 완전한 일치
를 보이지만 그 두 문장의 서술어는 "서름에 잠길테요"와 "섭섭해 우옵내
다"가 비슷한 상황을 제시한다는 점에서 공통성을 보여주고 있다.

제 3 聯과 제 4 聯은 편의상 2 行이므로 구분지어 각기 하나의 聯을 이룬
다고는 하겠으나 제 3 聯의 둘째 줄과 제 4 聯의 첫째 줄이 모두 모란의 사
라짐을 노래한 동어반복이므로 결국 제 3 聯의 "꽃닢마저 시드러 버리고는"
과 제 4 聯의 "모란은 자최도 업서지고"가 맞서는 짝의 對句라고 하겠다.

이와 같은 구조적 안정감은 이 詩를 보다 깊이 吟味하는 데 어느 정도 장
애가 되어 온 듯하다. 그것은 마치 외모의 아름다움 때문에 가슴 속에 간직
한 참다운 마음은 슬쩍 지나쳐 버리게 되는 그릇된 '사람됨 보기' 態度에
비유됨직 하다. 그리하여 우리는 이 詩의 律調的 매력에 이끌린 나머지 도
대체 '나의 봄'이 무엇인가를 解明하는 데에는 지금껏 아주 未洽하였다.

3. 默示的 言語에 대한 올바른 理解

그러면 우리는 이 詩에서 과연 무슨 말을 들어야 하는 것일까? 세 개의
同心圓을 꿰뚫고 지나가면서 永郞이 제시한 默示의 言語를 어떻게 日常的
인 說明의 言語로 바꿔볼 것인가? 우리는 이 詩의 대칭구조를 우측의 圖表
로 요약해 보기로 한다.

詩 속의 人物 '나'는 봄을 기다리면서 살아가고 있다고 말한다. 그러나
'봄'은 固定的인 實體가 아니요, 時間 속에 흐르고 있는 과정에 지나지 않
는다. 보이기는 하지만 잡히지 않고 존재하기는 하지만 머물지 않는다. 여
기에서 '봄'은 곧 '인생'의 同義語로 해석될 수 있겠다. 그런데 '나'는 모란

이 피기를 기다리면서 살아가고 있다. 모란은 화려하고 아름다운 꽃이다.

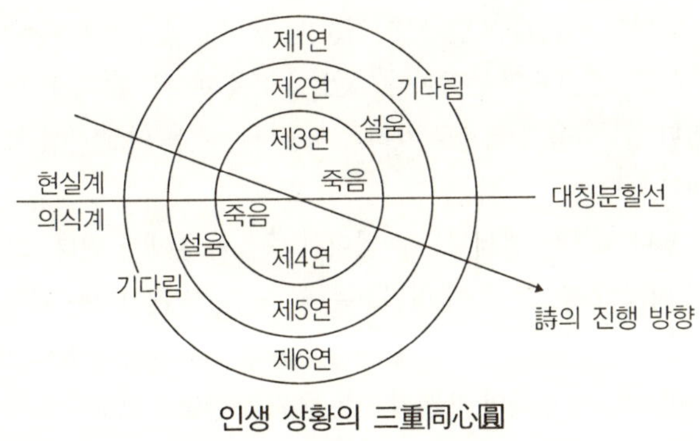

인생 상황의 三重同心圓

　　그러면 人生의 꽃은 무엇인가? 아마도 ‘젊음’ 이라고 하면 좋을 것이다.
그러나 단순히 한 人間의 일정한 生活年齡 기간을 뜻하는 그러한 젊음은 아
닐 것이다. 약동하는 생명력, 생식력, 추진력 등을 포괄하는 무한한 가능성
으로서의 젊음일 것이다. 그것은 이른바 업적이나 성과로 인정되기도 하며
成功이란 名目으로 羨望되기도 하는 것이어야 한다. 다시 말하여 ‘모란’ 은
人生에 있어서 마땅히 꽃피워야 할 理想이요, 꿈이다. 그것은 꿈이기 때문
에 일시적인 성취욕을 느낄 수는 있으나 영원히 보다 높은 성취를 위해 갈
증나는 발돋움으로 머물고 있는 그러한 ‘젊음의 꿈’ 이다.
　　그리하여 이 첫째 聯에서 ‘나’ 는 영원히 만족될 수 없는 꿈을 기다리는
人生의 意味를 묻고 있다. 요컨대 永郎은 人生이 끝없는 기다림으로 점철되
어 있음을 간파하고, 그렇듯 기대와 희망 속에 속아 사는 人生을 어떻게 정
의하면 좋겠느냐고 묻는 셈이다. 永郎이 만일 일찍이 出家하여 道를 닦는
禪僧이었다면 이 詩는 분명 悟道頌이라 부르게 되었을 법하다.
　　둘째 聯에 이르러 결국 ‘나’ 는 人生의 꿈이 霧散되어 버렸다고 판단되었
을 때 ‘나’ 의 人生에 다가온 終末에 대한 두려움을 고백한다. 人生을 청산
하는 일이 곧 ‘봄을 여읜’ 것이요, 그것은 아직도 ‘나의 꿈’, ‘나의 모란’ 임
을 의식하는 한, 어쩔 수 없는 설움이 된다. 그러나 아직 봄을 완전히 여읜
것은 아니니까 설움에 잠김으로써 과연 人生의 비애가 무엇인가를 묵상하

여야겠다는 의지가 감추어져 있다.

그러나 드디어 셋째 聯에 와서, 막연하게 바라보고 있던 한 줄기의 희미한 기대 (꿈)마저 사라져 버린다. 이것은 다름 아닌 生命力의 終熄이요, 희망의 단절이요, 곧 '나'의 종말이다. 人生이 꿈을 바라고 살다가 "어느날 그 하로 무덥던 날" 죽음의 세계로 자리를 바꾼다는 것을 이 聯은 실로 유연하게 나타내고 있다.

그래서 일단 '나'는 현세에서는 없어진 죽음의 존재가 된다. 그러나 이 셋째 연의 마지막 말, "시들어 버리고는"의 '~는'이 지시하는 연결 어미는 現世에서의 '나'의 存在가 사라져 버리기는 했으나 그것이 실로 완전하게 없어진 것이 아니라 意識의 世界 내지는 종교적 관념의 來世와 같은 곳에서 다시 부활되어 논의될 수 있다는 여지를 남겨 주고 있다.

그리하여 곧 넷째 聯에서 그 셋째 聯의 마지막 行과 同義的인 詩行 "天地에 모란은 자최도 업서지고"에 의해 연결된다. 그러나 앞서 말한 바와 같이 이 넷째 聯의 世界는 이미 셋째 聯과 같은 차원이 아니다. '나'(自己自身)와 人生 全般을 겸허하게 觀照하는 意識의 世界이다. 그렇다고 하여 人間的인 情感을 완전히 배제한 純粹理性의 世界만은 아니다. 차라리 죽어서도 울고 웃는 전통적 韓國人의 '저승'과도 같은 世界라고 하면 좋을 것이다. 그리하여 "뻐처오르든 내 보람 서운케 문허졌느니"라고 하여 표면적으로는 悲哀感의 極致를 묘사한 것 같으나 여기서도 셋째 聯과 마찬가지로 종결어미로 完結짓지 않고 '문허졌느니'라는 連結語尾를 使用함으로써 그 비애가 단순한 비애에서 끝나지 않았다는 여운을 남겨 준다. 現世的 無常과 비애를 어떤 형식으로든지 超克하겠다는 意志의 餘韻이라 하겠다.

다섯째 聯에 와서 의식의 '나'는 現實의 '나', 젊음의 꿈을 完全히 상실한 '나'의 죽음을 스스로 弔喪하며 삼백 예순날을 울며 지샌다. 이것은 일생동안 자신의 죽음을 묵상하고 조상할 준비를 하며 살아야 하는 우리들 모든 人間의 모습을 보여준다.

人間 삶의 行路가 바로 그러한 설움이요, 울음의 行進임을 永郞은 아주 쉽게 그리고 겸허하게 표현하고 있다. 이러한 겸허는 비애를 內密化하게 되고 超克化하게 되는 실마리를 제공할 것임에 틀림없다.

우리가 우리 부모, 우리 이웃의 죽음을 조상할 때마다 성숙하는 우리 삶의 자세를 생각해 보기로 하자. 죽음을 지속적으로 묵상하는 生活의 경건함을 느끼고도 남음이 있을 것이다.

이제 드디어 우리는 이 詩의 종착역인 여섯째 聯에 이른다. 애초에 人生이 하나의 기다림이라고 宣言했던 '나'는 그 人生 곧 '나의 봄'이 어떤 봄이기에 기다릴만한 가치가 있는 것인가를 밝혀야 할 단계에 도달한 것이다.

울음을 그친 '나'는 아주 簡明하게 '봄'을 正義한다. "봄은 찬란한 슬픔이다"라고. 다시 말하여 "인생은 찬란한 슬픔"이라고 言明한 셈이다. 찬란하다는 점에서 밝으며, 슬프다는 점에서 어둡다. 인생은 明暗의 交叉일 뿐, 집착해야 할 對象이 아님을 永郎은 우리에게 담담한 표정으로 말해 주고 있다. 더 이상 무엇을 말할 것인가?

人生을 무지개에 비유해 보자. 무지개는 찬란하지만 무지개라는 實物 自體는 작고 작은 물방울 알맹이들의 집합에 지나지 않는다. 그것을 어떤 지점에서 어떤 각도로 바라보느냐 하는 것이 물방울의 집합을 아름다운 무지개로 보이게 한다. 한 걸음 더 나아간다면 태양의 존재를 전제로 했을 때에만 그 햇빛에 의해 물방울들이 무지개로 나타나는 것임을 생각할 필요가 있겠다.

그렇다면 찬란하다든지 슬프다든지 하는 감정을 느끼게 하는 우리들 마음의 근원까지도 이 詩는 은근히 생각하게 하는 것은 아닐까?

우리는 여기에서 永郎이 찬란함과 슬픔을 느끼는 主體, 그리고 또 느끼게 하는 主體의 存在에 對해서도 말하려 했다고 한다면 지나친 想像일까?

그러나 이 詩를 우리의 말로 다시 읽는 우리들은 어쩔 수 없이 거기까지 생각이 미치게 된다. 무지개 形成에 있어서 태양이 절대로 요청되는 것이라면 人生 完成에 있어서 태양은 하늘인가? 마음인가? 神인가?

4. 찬란한 슬픔을 노래한 人生詩

이상으로 우리는 永郎의 詩 「모란이 피기까지는」을 하나의 人生詩로 풀이하여 보았다. 지금까지의 論述을 圖式으로 간추리면 다음과 같다.

의미진행 형식구조		인생의 상황	중심 내용
현실세계	제 1 연	기다림	인생의 의미 제시
	제 2 연	설움	인생의 현실적 비애
	제 3 연	죽음	인생의 현실적 좌절
의식세계	제 4 연	죽음	인간 무상을 재확인
	제 5 연	설움	비애의 내밀화 · 초극화
	제 6 연	기다림	인생을 정의함

흔히 건강한 육체에 건강한 精神이 깃든다고 말한다. '겉 볼 안'이라는 말도 있다. 형식구조가 제대로 짜여져 있을 때에 내용이 제대로 자리 잡을 수 있다는 意味의 말들이다. 이 말은 바로 永郎의 「모란이 피기까지는」을 위해서도 적절한 표현이다. 형식의 완전성 때문에 속을 들여다 볼 여유가 없었을 정도로 아름다운 詩이다.

나이 서른을 갓 넘겨 이토록 爛熟한 詩를 쓸 수 있었던 詩人을 6.25가 일어나던 해에 잃게 되었던 것은 우리의 詩文學을 위해서도 哀惜한 일이었다. 그러나 어찌하랴. 人生은 어차피 찬란한 슬픔인 것을.

盧天命-缺損意識 克服과 救援의 道程

1. 序言

人間的 不幸과 文學的 優秀性이 上昇作用을 해서 그동안 盧天命을 硏究하는 사람들은 대체로 同情的 次元에서 그의 作品을 대하여 왔다.

우리 나라 現代文學史에서 本格的으로 論議할 수 있는 最初의 女流詩人이라는 점이 우선 作品의 긍정적인 요소를 클로즈업 시킬 必要가 있었는지 모른다.

그러나 다른 한편, 그의 人生旅程 속에서 不可避했던 汚點을 根據로 하여 그의 文學世界까지도 稱讚보다는 否定的 要素를 擴大 解釋하여 그의 文學과 더불어 人間을 極度로 最小化시킨 硏究도 없지 않다. 지금까지 盧天命에 대한 이러한 두 가지 方向의 硏究는 모두 그의 人生도 文學도 올바르게 評價하거나 把握한 것이라고는 볼 수 없다. 本稿는 이러한 불만으로부터 執筆動機가 싹튼 것이다. 어떻게 盧天命을 보다 正當하게 評價하는 方法이 없을까? 평가한다거나 비난한다는 次元을 넘어서, 盧天命의 人間과 文學을 總體的으로 眞實스럽게 理解한다는 觀點을 지키면서 이 글을 進行하고자 한다.

2. 盧天命의 生涯

文學作品을 바르게 理解하기 위한 補助手段으로 作家의 生涯를 살펴보는 것만큼 直接的이고도 基本的인 資科를 提供하는 것은 없을 것이다. 그래서 우리도 盧天命의 人生을 살펴보고자 한다. 便宜上 그의 生涯를 네 시기로 나누어 본다.

(1) 초년기

1歲. 1911年 9月 1日 出生
7歲. 1917年 普通學校 入學
8歲. 1918年 父親 死亡
　　　서울로 이주, 進明普通學校 再入學
16歲. 1926年 普通學校 卒業

　그는 黃海道 長淵郡 蓴澤面 碑石浦(里) 281番地에서 아버지 盧啓一, 어머니 金鴻基 사이의 둘째 딸로 태어났다. 위로는 오빠 盧基哲과 언니 盧基用이 있었고, 그의 아래로는 아버지의 小室이 낳은 異腹 남동생 盧基淑이 있었다.

　盧天命은 本名을 基善이라 했었으나 6歲 때에 紅疫을 앓아 죽다가 살아난 후로 病弱한 몸이 하늘이 주신 命으로 살게 되었다 하여 天命이라고 改名하여 이것이 그대로 戶藉名이 되었다. 아버지는 그 地方의 小地主로서 學識은 별로 없었으나 溫厚하고 篤實한 農民이었다고 한다. 한때 인천에서 貿易에 손을 대어 成功할 程度로 有能하였다. 特히 일찍이 가톨릭에 入敎하였음을 보아 아버지의 人品이 짐작된다. 특히 어머니 金氏는 서울 胎生의 전형적인 兩班家庭 규수였다. 書藝와 墨畵를 할 정도였으므로 그분의 교양을 짐작할 수 있다. 홍역을 앓고 난 뒤 자주 앓는 딸에게 『玉樓夢』을 읽어 주어 천명으로 하여금 문학적 상상력을 키우는 데 크게 기여하였다. 그는 7 歲까지 이곳 碑石浦에 살면서 보통학교에 입학하였다. 이 무렵 아들을 더 두고 싶은 부모님들의 소망이 늘 그에게 男裝을 시키고 머리도 넘겨 빗고 다니게 하였다. 그 이듬해 아버지의 사망으로 가족들은 모두 外家가 있는 서울로 이사하여 처음에는 體府洞에 머물다가 뒤에 昌信洞 81의 2호로 옮겼다. 여기에서 진명보통학교를 졸업하게 되었다.

　그와 평생토록 우애가 두터웠던 그의 언니 基用은 그가 보통학교 3학년 때 崔斗煥과 결혼하였다. 그 형부는 변호사였으며 죽기까지 언니 基用과 더불어 천명의 후견인이었다. 언니는 독실한 가톨릭 신자로서 후에 천명이 領洗入敎하는 데 큰 영향을 미친다.

우리는 그가 태어난 해가 丙戌 國恥를 당한 지 만 일년이 지난 뒤 라는 점
에 주목해야 한다. 그는 태어나서면서부터 국가 없는 민족의 딸이었다. 식
민지 시대의 식민지 교육만 받으면서 그는 당시로서는 최고의 지식인으로
성장하게 된다.

(2) 학창기

　　16세. 1926년 진명여자고등보통학교 입학
　　20세. 1930년 진명여학교 졸업. 이화여전 영문과 입학. 모친 사망
　　24세. 1934년 이화여전 졸업

1920년대와 1930년대에 걸쳐 우리 나라 여성으로서 女高普와 女專을 다
닌다는 것은 그 자체만으로서도 특별한 선택을 받은 것이었다. 그런 의미에
서 노천명의 학창시절은 축복의 시절이기도 하다. 더구나 그가 이화여전을
들어간 해에 그의 어머니 金鴻基 女史는 57세를 일기로 세상을 떠난다. 그
러나 그의 언니와 형부는 그를 女專에 진학시킬 만큼 든든한 후견인이었다.
　진명여학교 시절의 학업성적은 상당히 우수한 편이었다. 매학년 평가점
수는 86.5, 82, 83, 88로 항상 80점을 웃돌았으며, 석차도 4/56, 5/56,
4/38, 13/73으로 상위권을 유지하였다. 학적부의 資性欄에 '從順'이라고
적힌 점으로 보아 차분하고 내성적이었던 그의 면모를 짐작하게 한다. 그러
나 그렇게 병약했던 천명이지만 여학교 때에 100미터 달리기 선수였다는
사실은 그의 또 다른 면모를 보여 주는 것이기도 하다.
　四年間의 女專時節은 노천명에게 있어서 단순한 대학생활만을 뜻하는 것
은 아니었다. 이미 이 재학시절에 그의 文才는 세상의 주목을 모았다. 이제
재학 중에 발표된 작품을 보면 다음과 같다.

　　시.　　1932년　　「밤의 讚美」(『新東亞』 8호)
　　　　　　　　　　　「斷想」(『新東亞』 7호)
　　　　　　　　　　　「浦口의 밤」(『新東亞』 12호)
　　　　　　1934년　　「除夕」(『新家庭』)
　　소설.　1932년　　「닭 좇든 개」(『新東亞』 10호)
　　수필.　1932년　　「新綠」(『新東亞』 8호)

1930년대 초반에 女專학생으로 잡지에 글이 실린다는 것은 女流文士로
서의 行勢를 가능하게 하는 것이었다. 그러나 바로 이것이 끝내 노천명을
세속적 명성으로부터 초연하게 하지 못하는 계기를 만들어 주었다. 그는 그
후 평생토록 그 거치장스런 文士意識에서 헤어나지 못한다.

(3) 청년기

> 24세. 1934년 조선중앙일보 학예부기자로 입사.
> 27세. 1937년 조선중앙일보를 사직하고 북간도로 여행.
> 28세. 1938년 조선일보 편집기자로 입사.
> 32세. 1942년 조선일보 사직.
> 33세. 1943년 매일신보 문화부 기자로 입사.
> 35세. 1945년 해방으로 매일신보가 서울신문으로 바뀜. 문화부에 서
>   계속 일함.
> 36세. 1946년 서울신문 사직하고 부녀신문사 편집차장으로 일함.
> 37세. 1947년 부녀신문사 사직.

이화여전을 졸업한 노천명은 거처를 종로구 안국동 107번지의 2호로 옮
기고 조선중앙일보에 입사하여 학예부기자로 그리고 여류문사로서 신문잡
지에 글을 발표하며 독자적인 인생을 출발한다. 그후 10여 년간 네 군데 신
문사 기자생활과 문필생활로 그의 생애가 펼쳐진다. 1937년 조선중앙일보
를 사직한 뒤에 龍井, 二頭講, 延吉 등 북간도 지역을 여행하고 돌아온다.
고향을 등지고 男負女戴하여 만주 벌판으로 살 길을 찾아 이주해 간 우리
동포들을 보면서 그는 어떤 사념에 젖었었을까? 망국의 설움과 민족애의
뜨거운 가슴을 안고 돌아왔을 법하다. 그러나 그의 작품을 보면 그러한 사
회의식은 별로 두드러지지 않는다. 다만 이국정서에 곁들여 노스탈쟈를 경
험하는 정도이었다. 그 후 그는 직장을 바꾸기는 하지만 비교적 순탄한 기
자생활과 문필생활을 영위한다.

그가 문단에 본격적으로 진출한 것은 1935년 동인지 『詩苑』 창간호에
「내 청춘의 배는」이라는 시를 발표한 때부터라고 할 수 있으나 앞서 언급한
바와 같이 이미 梨專時節부터 그는 시, 소설, 수필을 여기저기 발표해서 알

만한 문인들은 그를 주목하고 있었다. 그는 梨專을 졸업하던 당년에 「결혼
전후」라는 소설을 『中央』誌에 발표하고 있다.[1]
  이 기간에 그는 두 권의 시집을 간행한다.

    1938년의 처녀시집 『珊瑚林』
    1945년의 제2시집 『窓邊』

  『珊瑚林』이 출간된 뒤에 천명은 회현동 경성호텔에서 호화로운 출판기념
회를 열고 운집한 문인들로부터 '마리 로랑상' 이라는 칭송의 말을 듣는다.
문사로서의 지위가 확고하게 굳어진 것이다. 이 무렵이 그에게는 인생의 황
금기라고 해도 과언은 아닐 만큼 여러 가지로 다채로웠다. 〈극예술연구회〉
에 가입하여 咸大勳, 李軒求, 徐恒錫 등과 더불어 연극에 출연하였고, 그의
생애의 처음이자 마지막인 연애를 하기도 하였다. 그러나 이 시기의 명성은
그에게 돌이킬수 없는 함정을 파고 있었다. 물론 그 함정은 노천명 개인에
게 국한한 것이라고는 보기 어렵지만 투철한 시대감각과 역사의식 그리고
건전한 문학정신의 소유자라면 능히 벗어날 수 있고, 또 한국인이라면 당연
히 벗어나야 할 함정이었다. 이 문제는 노천명을 사랑하는 나머지 많은 평
자들이 의식적으로 빗겨 지나가는 부분으로서 그의 親日行脚을 指稱한다.
조금 장황하지만 這間의 사정을 알리기 위해 다음과 같은 사실에 주목할 필
요가 있다.

  두 번째 시집인 『窓邊』이 나온 것은 『珊瑚林』으로부터 7년이 지난 1945년
이 된다. 판권을 보면 昭和 20년 2월 25일 每日申報社 출판부 발행으로 되
어 있고, 저자명에도 창씨개명이 아닌 노천명으로 나와 있다. 아마 그는 창
씨개명을 하지 않았던 것으로 추측된다. 이때는 일본 제국주의가 패전을 앞
두고 마지막 포악을 다할 때로서, 우리 나라 말이나 글자는 전면적으로 폐
지당했으며, 국내의 문인들은 지하로 숨어 붓을 꺾거나 일제의 강요에 못
이겨 마지못해 친일적 글을 끄적거리고 있었다. 이런 판에 버젓이 우리말

---

1) 『한국문학』 (1976. 11.)에 이 작품이 발굴 · 소개되었음.

시집이 나올 수 있었다는 것은 참으로 묘한 느낌이 들지만 저간의 사정은
잘 알려져 있지 않다. 다만 천명이 여류시인이라는 점이 도움이 되었겠지만
이 시집의 초판본에 들어 있다가 후에 삭제한 「승전의 날」, 「출정하는 동생
에게」, 「鎭魂歌」, 「흰 비둘기를 날리며」 등 일제의 침략전쟁을 노래한 친일
적 시들을 지나칠 수는 없다.

　　노천명의 친일행각은 널리 알려져 있다. 1942년에 문화의 內鮮一體를 모
토로 내세우면서 조직된 〈朝鮮文人協會〉에 그는 毛允淑, 崔貞熙 등 다른 여
류문인과 함께 新人의 신분이건만 幹事로 참여하고 있으며, 그곳이 일제의
침략전쟁 수행에 총력을 경주할 목적으로 〈朝鮮文人報國會〉로 개편 조직되
었을 때도 역시 다른 여류문인과 함께 적극적으로 가담했었다는 사실이 여
러 기록에 나타나고 있다. 또한 皇軍의 慰問使節團에 끼어 北支를 돌기도
했고 일본의 침략전쟁을 기리는 시도 여러 편 발표했다.[2]

　　8.15 해방을 맞은 천명은 일본을 찬양하던 같은 손으로 해방의 감격을 노
래하는 시들을 쓰게 되는데, 그것은 공허하고 허황하기 이를 데 없는 言語
遊戱라는 생각을 갖게 한다. 감정의 整理도 어려울 처지에 성급하게 붓을
들어야만 했던, 文士意識을 우리는 다소 애처로움을 갖고 지켜보지 않을 수
없다.

(4) 장년기

　　　38세. 1948년 일본 체류.
　　　39세. 1949년 안국동에서 누하동으로 이주.
　　　40세. 1950년 부역 혐의로 투옥됨.
　　　41세. 1951년 부산에서 出監. 公報室 中央放送局 촉탁으로 근무. 가톨
　　　　　　　릭으로 領洗入敎.
　　　43세. 1953년 대학에 出講. 이화여대 출판부에 관여.
　　　47세. 1957년 6월 16일 누하동 자택에서 운명.

　　〈婦女新聞社〉를 사직한 천명은 일본에 밀항하여 일년간 일본에 머물다가

---

2) 신경림, 『모가지가 길어서 슬픈 짐승은』 (지문사, 1981), pp.314~315.

돌아온다. 일본에서 무엇을 했는가는 잘 알려져 있지 않다. 귀국 후 수필집 『산딸기』, 시집 『노천명시집』(『現代詩人全集』第二券) 등을 간행하고 새로이 누하동에 집을 마련하여 옮기는 등 안정된 생활기반을 구축하는 듯이 보인다. 그러나 그의 불행은 민족의 불행인 6.25와 함께 다시 한번 그의 인생을 얼룩지게 만든다. 피란을 떠나지 못한 그는 赤治下의 서울에서 문학가 동맹에 가입하여 별로 하는 일도 없이 불안한 나날을 보낸다. 그렇다고 공산당의 눈에 잘 보이지도 못하여 南下를 결심하지만, 9·28수복 후 부역의 혐의는 또한 벗을 수가 없어서 체포, 20년의 실형을 언도받는다.

　1950년 10월부터 1951년 4월까지 만 6개월간의 囹圄생활은 그를 육체적으로 정신적으로 극도로 피로하게 만든다. 그후 그의 심경의 변화는 그를 가톨릭 신자가 되게 하였다. 물론 그의 부모가 신자였고 언니 내외도 신자였다. 또 조카딸 龍子가 젊은 나이에 병사할 때 (1947년), 그리고 형부 崔斗煥 氏가 돌아가실 때(1947년)에 그는 가톨릭에 입교할 것을 약속하기도 하고 권유를 받기도 했었다. 그러므로 그의 입교는 출감 이후의 심경변화만이라고는 할 수 없지만, 역시 옥중생활이 그의 영성에 깊이 관여한 것만은 사실일 것이다. 1956년 이대출판부에서 간행한 『이대 70년사』를 집필하면서 극도로 쇠약해진 천명은 1957년 3월 7일 街頭에서 貧血로 쓰러져 청량리 위생병원에 입원했으나 경제적 궁핍으로 퇴원 후 병세가 악화되어 결국 1957년 6월 16일 새벽 1시 30분 자택(누하동 225의 1)에서 영면한다.

　이 기간에 그의 제3시집 『별을 쳐다보며』(1953년)가 간행되고, 제4시집 『사슴의 노래』(1958년)는 그의 작고 뒤에 遺詩集으로 간행된다. 그 외에 『나의 생활백서』(1954년), 『여성서간문독본』(1955년) 등 산문집이 간행되었고, 이들 산문을 대부분 거두어 모아 『사슴과 고독의 대화』(1973년)라는 산문집이 그의 사후에 간행되었다. 이들 업적은 20세기 전반기의 불행했던 한국의 역사와 함께 고달프게 살다 간 천명의 정직한 인생편력의 고백으로 우리에게 허심탄회하게 이야기를 걸어오고 있다.

3. 노천명의 문학정신

어떤 사람이 시인이나 소설가가 되고자 할 때, 그에게는 두 가지 욕구가 가슴에 불타오른다. 하나는 세속적 명예이며 또 하나는 순수한 작가의식이다. 대개의 경우 세속적 명리를 자신의 의식 속에서 빼버리려고 노력하지만, 이 세상에 발을 붙이고 사는 한 그것을 완전히 벗어날 수는 없다. 물론 그 정도가 미약하여 전혀 논의의 대상이 되지 않을 수는 있다. 그렇지만 어떤 시인, 소설가이건 그 세속적 명예욕으로부터 완전히 자유로운 무중력 상태의 작가는 존재하지 않을 것이다. 그런데 노천명의 경우, 그는 처음부터 이 세속적 명예심으로부터 자유롭지 못했던 것으로 보인다. 그것은 노천명의 인간성이 그렇게 세속적이기 때문에서가 아니고, 남성 위주의 우리 나라 사회가 그의 출세를 비범한 사태로 주시하기 때문에서였다. 다시 말하면 '여류'라고 하는 희귀성이 일단 그의 문학적 진출을 비상식적인 사태로 바라보았기 때문에 그가 의식하건 의식하지 않건, 그리고 그가 좋아하건 싫어하건, 그의 의사와는 상관없이 그를 세속적으로 특수시하는 환경에 집어넣었다. 그것이 결국은 세상에 이름이 알려진 사람으로 행세하게 하였고, 드디어는 노천명의 의식 속에 '여류시인'이라고 하는 좀 거치장스럽기는 하지만 결코 싫지 않은 그리고 갈망하기까지 했던 표찰을 달고 살아가게 하였다. 가령 1980년대 쯤이라면 '여류시인'이라는 말이 그렇게 세속적으로 거치장스럽다고 할 정도로 거창한 표찰이라고는 할 수 없을 것이다. 그러나 1930년대 우리 나라 사정은 지금과는 전혀 다른 것이었다. 이러한 연유로 하여 노천명은 '여류시인'이라는 세속적 유명세를 몹시 무겁게 의식하면서, 그리고 한편으로 그 부담을 운명인 양 아끼고 사랑하면서 살아가는 시인이 되었다.

시인은 본질적으로 세속으로부터 자유롭고자 하는, 문자 그대로 탈속한 자유인이어야 한다. 그럼에도 불구하고 세상이 바라보는 눈을 항상 민감하게 의식하면서 살아야 했던 노천명은 그런 의미에서 그야말로 세속적 차원의 불행을 지니고 있었다고 하겠다.

그러면 노천명의, 시인으로서의 작가의식은 무엇이었는가? 다시 말하면 그는 시 속에 무엇을 담고자 하였는가? 이 문제는 세상 사람들에게 "왜 사느냐?" 하는 질문에 해당하는 것으로 냉엄하고 준열하기 이를 데가 없다. 물론 평범한 匹夫匹婦라면 왜 사느냐는 질문에 대답을 보류하면서 인생을 끝마칠 수도 있다. 그러나 시인은 시 자체가 왜 시를 쓰느냐에 대한 해답의 구실을 하기 때문에, 그 대답은 촌분의 여유도 없는 것이다. 흔히 시인들은 무엇인가를 추구하기 위해서라고 말한다.

노천명도 이때에 두 가지 추구의 대상을 가정하였다고 대답할 것이다. 하나는 자기존재에 대한 추구요, 또 하나는 사회현실에 대한 추구였다. 대개의 경우 이러한 규명작업은 진상을 파헤치는 것으로부터 시작하여 이상적인 모델을 설정하고 그곳에 도달하기 위한 피눈물나는 노력을 기울인다. 그런데 노천명은 어떠하였는가? 우선 두 가지의 탐구목표를 설정한 것은 상찬에 값하는 행위였다. "너는 누구냐?" 라는 질문에 대답하고자 하는 자기존재에 대한 추구와 "이 세상을 어떻게 살겠느냐?"라는 질문에 대답하고자 하는 사회현실에 대한 추구, 이 두 가지는 당연히 시인이 붙들고 늘어져야 할 근원적인 과제였다. 그런데 노천명은 이 두 가지 과제를 정면으로 파고들지 못한다. 자기존재에 대한 존재론적 추구가 진지하게 수행될 때, 우리는 인간에 대한 외경감으로 감동하기도 하며 인간의 비열성에 좌절하기도 하면서 인간이 근원에 있어 그래도 존귀함을 증명하고자 안간힘을 쓰게 될 것이다. 그러나 노천명은 자기의 외모와 성품이 다른 사람과 같지 않음을 한탄하는 불만으로부터 자기존재에 대한 탐구를 시작하고 있다.

그는 자기존재에 대한 불만으로부터 생성된 '결손의식' 속에서 자기를 합리화하여 '고독' 이라는 첫번째 속성에 귀착한다. 그리고 사회현실에 대해 그 불만의 '결핍의식' 을 시에 담고자 할 때 '지금 여기' 라고 하는 현장성을 벗어나 '언젠가 저기' 라는 새로운 시간과 공간 속으로 도피해 버린다. 그것이 곧 그의 두 번째 시정신을 이루는 '향수' 이다. 향수야말로 그가 사회현실로부터 벗어나는 탈출구였던 것이다. 사회 현실의 우회적 탐구책으로서 향수는 노천명이 설정한 결손의식의 두번째 속성이 되어 그의 시를 성공적으로 만드는 요소가 된다.

그의 첫번째 시집 『珊瑚林』에 실린 첫번째 작품 「自畵像」을 읽어보자.

대자 한치 오푼 키에 두 치가 모자라는 불만이 있다.
부얼부얼한 맛은 전혀 잊어버린 얼굴이다.
몹시 차 보여서 좀체로 가까이 하기를 어려워한다.
그린 듯 숱한 눈섶도 큼직한 눈에는 어울리는 듯도 싶다마는
전시대 같으면 환영을 받았을 삼단 같은 머리는
클럼지한 손에 예술품답지 않게 얹혀서 가냘픈 몸에 무게를 준다.
조그마한 거리낌에도 밤잠을 못 자고 괴로워하는 성미는
살이 여물지 못하게 학대를 했다.
꼭 다문 입은 괴로움을 내뿜기보다
흔히는 혼자 삼켜 버리는 서글픈 버릇이 있다.
세 온스의 살만 더 있어도
무척 생색나게 내 얼굴에 쓸 데가 있는 것을 알지만
무디지 못한 성격과는 타협하기가 어렵다.
처신을 하는 데는 산도야지처럼 대담하지 못하고
조그만 유언비어에도 비겁하게 삼간다.
대처럼 꺾어는 질망정 휘어지기가 어려운 성격은 가끔 자신을 괴롭힌다.

「자화상」이라고 제목을 붙인 이 시는 사슴이라는 시에 나타난 나르시즘 적인 자기탐구가 구체화된 시라고 할 수 있다. 이 시는 "대자 한치 오푼 키에"로부터 "가냘픈 몸에 무게를 준다"까지의 전반부와 "조그마한 거리낌에도"로부터 "가끔 자신을 괴롭힌다"까지의 후반부로 양분해 볼 수 있다.

전반부에서 노천명은 두 치가 모자라는 키에 대한 불만과 두상에 대한 인상묘사를 통해 自愛 집념으로부터 詩를 시작한다. 외부인상으로부터 유도된 성격을 묘사하고 있는 후반부에 가서는 "학대하고 괴롭힌다"는 두 단어를 사용하여 "끔찍하게 사랑한다"는 말을 반어적으로 표현한다. 늘 삼가며 까다롭게 살아가려는 의지는 결국 자신의 인생에 때를 묻히지 않겠다는 순결주의 나르시즘의 선언으로서, 바로 자기애에 바탕을 두고 있다.

어쩌면 이렇게까지 철저한 자기부정을 통하여 문학적 입신을 도모할 수 있단 말인가? 우리는 노천명의 과감성과 솔직성에 우선 경이로움을 감출 수가 없다. 외모와 성격을 거의 전면적으로 거부하고 나서는 용기는 아무리 스스로 대담하지 못하다고 말하지만 오히려 대담한 행위가 아닐 수 없다.

그런데 주의해야 할 점은 노천명이 판단하는 자신의 외모나 성격의 기준이 결코 노천명이 마련한 것이 아니라는 사실에 있다. "몹시 차 보여서 좀체로 가까이 하기를 어려워한다"라 했는데, 도대체 이 어려워하는 주체는 누구인가? 그것은 바로 세상 사람들이다. 이 점이 노천명이 세속적 명성을 의식한다는 앞서의 논술과 결코 무관하지 않은 사항이다. 이 세상에 자기자신만큼 자기를 사랑하는 사람은 없는 법이다. 그런데 노천명은 그토록 사랑하는 자기를 이렇게 철저하게 불만스러운 존재로 강조한다. 이것은 자아의 탐구를 촉발시키는 이른바 창작의욕으로서, 완전을 지향하는 의지라는 기본방향에서는 좋은 것이었으나, 그것이 타인의 눈을 기준점으로 하여 불만의 토로라는 형식을 취했기 때문에 그 뒤에 전개될 그의 시가 부단히 자기부정적 정서를 바탕에 깔게 되어, 결국은 헤어날 수 없는 '고독'을 시의 내포적 속성으로 갖게 되었다. 우리는 노천명의 이러한 정서적 취향을 그의 창작의식, 곧 시정신으로 보고 그것을 '무엇인가 모자란다는 생각', 곧 '결손의식'이라 이름하고자 한다. 설사 노천명의 자아탐구가 '결손의식'을 바탕에 깔고 있었다고 해도 그것을 벗어나고자 하는 방향으로 詩作 目標를 잡았다면 사정은 또 좀 달라질 수도 있었다.

그러나 앞의 「자화상」에서 본 바와 같이 그 '결손'은 아이러니칼하게도 일종의 자애적 성격을 띠고 있는 것이다. 만일에 이 시가 순수한 의미에서 자기 존재, 즉 자기의 외모와 성격에 대한 불만으로 끝난 것이라면 그것은 절대로 성공한 시가 될 수 없었을 것이다. 그런데 사실에 있어서 이 시는 그 불만스러운 자아의 결손사항이 반어적 의미를 띠고 자애의 선언으로 재해석 되기 때문에 작품으로서도 성공을 거두게 되었고 우리는 그러한 '결손의식'을 시정신으로 이해하게 되는 것이다.

그러나 자기존재를 '결손의식'으로 계속 합리화하게 될 때 도달하게 되는 정서적 귀착점은 무엇인가? 그것은 '고독'일 수밖에 없다. 내가 남과 같지 않으며 그렇기 때문에 남과 어울리지 못할 때 '고독'은 필연적인 것이다. 그리하여 노천명은 불만으로부터 생성된 '결손의식' 속에 '고독'이라는 속성을 마련하게 된다.

그러면 이제는 사회현실에 대한 노천명의 추구가 또 어떻게 정면대결에

서 빗나가는가를 살펴보자. 물론 노천명은 사회현실에 대해서도 '결손의
식'을 발동시킨다. 어느 사회, 어떤 현실도 인간에게 만족스럽게 보인 적은
없었다. 따라서 온 세상 구석구석이 모두 불만의 대상이요 改善의 표적이
다. 이러한 사회현실을 보다 완전한 세계로 만들려면 과감한 개혁의지를 펴
나가야 한다. 그러나 노천명의 '결손의식'은 이번에는 불만조차 제대로 발
설하지 못하는 연약한 여심으로 움츠러든다. 현실세계를 아름답게 바라볼
마음의 여유조차 지니지 못한다. 다시 말하면 세상을 곧바로 직시하지 못한
다. 만일 그가 세상을 바라보는 투철한 역사의식으로 그의 당대를 살아가고
있었다면 식민지 상황하의 조국의 모습을 의식했을 것이고, 인고 속에서 새
역사를 창조하려는 민족의 저력을 확인하고자 애썼을 것이다. 그러나 노천
명은 그렇게 높은 시야를 갖추기에는 너무나 부족한, 그저 여류시인이라는
사회적 명칭이 힘겨운 여인일 뿐이었다. 그리하여 그가 설정한 사회현실의
탐구는 '지금 여기'라고 하는 현장성을 벗어난 곳을 선택한다. 물론 노천명
은 그가 살고 있는 '지금 여기', 즉 1930년대 이래의 서울을 중심한 도시사
회에 결코 만족하지는 않는다. 그러니까 그 불만의 '결손의식'을 시에 담고
자 할 때, '지금 여기'가 아닌 '언젠가 저기'라는 새로운 시간과 공간 속으
로 도피해 버린다. 그것이 곧 그의 두번째 시정신을 이루는 '향수'이다. '향
수'야말로 그가 사회현실로부터 피해 가는 돌파구였던 것이다. 이렇게 하
여 사회현실의 우회적 탐구책으로서 '향수'는 노천명이 설정한 '결손의식'
의 두 번째 속성이 되어 상당수의 그의 시를 성공작으로 만들게 한다. 『산호
림』에 실린 「장날」을 읽어보기로 하자.

> 대추밤을 돈사야 추석을 차렸다.
> 이십리를 걸어 열하룻장을 보러 떠나는 새벽
> 막내딸 이뿐이는 대추를 안 준다고 울었다.
> 송편같은 반달이 싸릿문 우에 돋고
> 건너편 성황당 사시나무 그림자가 무시무시한 저녁
> 나귀 방울이 지꺼리는 소리가 고개를 넘어 가차워지면
> 이뿐이보다 삽살개가 먼저 마중을 나갔다.

과거형 종결어미 세 개('차렸다', '울었다', '나갔다')로 구성된 이 「장

날」의 세계는 노천명이 살아가고 있는 현장의 세계가 아니라 그의 유년시절, 가난한 이웃집 이뿐이네의 어느해 추석차림의 세계이다. 추억 속에 담겨진 과거의 시간, 과거의 공간이다. 현재에 불만을 품는 사람들이 흔히 도망해 가는 화법 속에 "小時적 우리집 앞 뜰에 매어 놓았던 금송아지" 이야기가 있다. 과거의 영화를 반추함으로써 현재의 비운을 상쇄시키려는 위장된 의식작용이다. 그러나 노천명은 그와 같은 저차원의 위장은 벗어나고 있다. 과거의 슬픔을 솔직하게 고백하고 나온다. 마치 「자화상」에서 자신의 못생긴 외양과 모난 성격을 고발하듯이, 이뿐이네의 추석차림이 빈한 속에서 어떻게 이루어지고 있는가를 사실대로 그리고 있다. 울바자 옆에 한 그루 대추나무에서 제삿상에 올려 놓을 왕대추 한 접시를 골라 놓은 뒤에 그 나머지는 열하룻장에 내다 팔아, 다른 祭需감을 구해와야 하는, 그래서 어린 딸이 철없이 달라고 보채도 대추 한 웅큼 선뜻 내주지 못했던 그 가난을 담담하게 서술한다. 그러나 이러한 고백은 시간의 경과에 의해 그리운 정감으로 표백되어 우리에게 기쁨이 되어 돌아온다. 노천명은 이처럼 시간과 공간의 거리를 이용한 반어법을 통해서 현실로부터 도피한 '언젠가 거기'에다 그의 이상을 세우려 한다. 이것이 사회현실에 대한 노천명의 '결손의식'의 표출방식, 곧 향수가 존재하게 되는 所以然이라 하겠다.

　노천명은 위에서 논술한 바와 같은 '결손의식'의 두 가지 존재양식, '고독'과 '향수'를 문학정신(시세계)의 양대 지주로 하여 창작활동을 전개한다. 그런데 그 두 개의 '결손의식'이 가장 성공적으로 배합된 작품이 바로 인구에 회자되는 「사슴」이다. 이번에는 이 작품을 세밀하게 분석해 보기로 하자.

　　　　모가지가 길어서 슬픈 짐승이여
　　　　언제나 점잖은 편 말이 없구나.
　　　　관이 향기로운 너는
　　　　무척 높은 족속이었나보다.

　　　　물 속의 제 그림자를 들여다보고
　　　　잃었던 전설을 생각해 내고는
　　　　어찌할 수 없는 향수에
　　　　슬픈 모가지를 하고 먼 데 산을 바라본다.

이 시는 한 마리 사슴을 스케치한 그림 한 폭이다. 이 한 폭의 그림은 4행 1연씩 2연으로 되어 있다. 형용사로 구성된 제1연은 주어가 되고 동사로 구성된 제2연이 서술어가 되어 노천명의 시정신을 밝힌다. 그리하여 그것은 곧 그의 인생과 문학을 한 마디로 요약한 대표시가 되었다.

첫째 연에서 시인은 사슴에게 거는 일방적인 대화를 통하여 사슴이 누구인가를 밝힌다. 이 대화는 앞서 말한 바 자기존재의 탐구 – "너는 누구냐?"라는 질문에 대답하는 형식을 취한다. 시인이 어떤 대상을 지적할 때 이미 그 대상은 시인과 대립관계를 가지거나 대등유추를 통해 자기동일화가 이루어지게 되는 것이다. 그러므로 지금 노천명이 사슴을 향해 말을 걸었다는 것은 자기 스스로를 사슴에 동일화시킨다는 것과 같은 행위가 될 수 있다. 그는 이렇게 자기존재를 자기 스스로 사슴에 일치시킴으로써 자신의 실상을 밝힌다. 이러한 수법은 시가 지닌 은유적 특성 때문에 가능한 것이려니와, 노천명이 그 많은 동물 가운데 사슴을 자기동일화의 수단으로 선택한 이유는 모가지가 길다는 것과 점잖다는 것과 관이 향기롭다는 세 가지였다. 그리고 그 "길다. 점잖다. 향기롭다"는 세 가지 형용사로부터 자기존재의 고독을 풀이한다.

상징문학론은 사슴의 상징성을 여러 가지로 말한다.

첫째, 사슴의 뿔이 때를 맞추어 새롭게 바뀌고 또 마치 나무가지처럼 생겼으므로, 사슴은 뿔이 때를 맞추어 반복되는 '재생'과 '성장'을 상징한다. 이것은 매일매일의 재생 속에서 부단한 수련으로 성장하고자 했던 노천명의 의식 세계에 유추된다.

둘째, 사슴은 그 어떤 짐승도 근접하지 못할 아름답고 우아한 외모를 가졌기 때문에 인간 세상에서는 하늘과 땅 사이의 매개자를 상징한다. 이것은 고독하고 순결한 생활로만 일관하여 결벽과 초연으로 세상을 살고자 한 노천명의 인생에 유추된다.

셋째, 사슴은 행동이 민첩하여 신과 인간 사이를 중개하는 신의 使者를 상징하는데, 이것은 노천명이 늘 자기 생명의 진원을 신의 아주 가까운 곳에 두고 그 잃어버린 고향에 멀리 눈길을 보내며 전설의 실현을 그리워한 태도에 유추된다. 이렇게 노천명은 자기를 사슴에 유추한다.

먼저 모가지가 길다는 사실로부터 주의해 보자. 목이 길다는 육체적 조건이 슬프다는 정감적 결과를 가지고 와야 할 필연성은 존재하지 않는다. 그럼에도 불구하고 "모가지가 길어서 슬프다"고 말한다. 이 과감한 단언에 빨려듦으로써 우리는 이미 노천명의 논리에 압도되는 것이다. 그리하여 그 다음에 전개되는 '점잖다'는 속성과 '말없다'는 속성이 슬픈 짐승, 곧 노천명의 특성이라고 강조할 때 우리는 아무런 이의도 내세울 수가 없게 된다. 목을 길게 늘이고 항상 슬픈 마음 때문에 말도 없이 점잖은 표정을 짓고 있는 시인은 이제 자신의 정신적 고고성을 관이 향기롭다는 공감각적 수법으로 나타낸다. '녹용'이라는 이름의 관, 곧 사슴의 뿔은 특별히 한국인에게 있어서는 그 신령한 약효 때문에 향기롭다는 후각적 영역으로까지 확대될 수 있을는지도 모르겠다. 그러나 그 향기는 차라리 정신이 지니는 고고성 때문에 향기로운 것이라고 보아야 한다는, 한 단계 더 높은 비밀을 감추고 있다. 따라서 시인 노천명은 스스로를 높은 족속, 즉 세속의 잡인과는 쉽게 어울릴 수 없는 귀족이라고 선언한다. 귀족이기에 잡인과 섞일 수 없고 섞일 수 없으니 점잖치 않으려고 해도 점잖치 않을 수 없으며 또 번접스레 말이 많을 수도 없다. 그래서 스스로 만든 소외감 때문에 고독을 안고 슬퍼하는 시인! 이것이 제1연의 내용이다.

두 번째 연에서 노천명은 사회현실의 탐구 – 즉 "왜 사느냐?" 내지는 "어떻게 살겠느냐?"라는 인생고난을 밝히는 문제에 대해 언급한다. 삶의 양상은 동사로 표현되는 것이 보통이다. '태어난다, 사랑한다, 죽는다'를 인생을 표현하는 가장 압축된 세 개의 동사라고 하거니와, 가령 누군가가 이 세 개의 동사를 인생관을 밝히는 데 사용했다면 그는 '죽으려고 산다', '사랑하면서 살겠다'고 대답한 셈이 되는 것이다. 그런데 이제 노천명은 인생관에 대한 해답으로 '들여다본다, 생각한다, 바라본다'는 세 개의 동사를 마련하고 있다. 이들 동사로부터 우리는 직시, 회고, 전망이라는 일반적 의미를 추출하고 거기에서 동작의 발전적 양상을 발견할 수 있다면 얼마나 좋을 것인가?

사실은 그렇지가 않다. 목을 길게 늘이고 다시 한 번 자기존재를 확인하는 것이 그가 행하는 첫번째 동작이다. 사회현실을 직시하는 것이 아니라 자기의 모습, 그것도 그림자의 형태를 바라봄으로써 자애적 정체성에 빠지는 것이다.

이러한 나르시즘에서 도출해 낼 수 있는 것은 잊혀졌던 전설, 잃어버린 과거의 시간밖에는 없는 법이다. 그리하여 물 속에서 건져 올린 전설은 아무리 반추해 보았자 돌아갈 수 없는 먼 옛날의 세계일 뿐, 슬픈 모가지를 더욱 슬프게 외로 꼬고 먼 산을 바라보았자 이미 과거로 돌이킨 방향은 더욱 더 먼 과거로 소급하여, 점점 더 현실사회와는 괴리현상을 빚게 된다.

어쩌자고 노천명은 '향수'를 삶의 양식으로 선택한 것일까? 제 모습을 들여다보고 지나가 버린 시절을 생각해 내고는, 슬픔조차도 시공의 거리 때문에 기쁨과 아름다움으로 여과되어 나타나는 假幻의 영상을 바라보면서 이 세상을 어떻게 헤쳐 나간다는 말인가?

우리의 회한이 아무리 깊어도 점잖은 노천명은 영원히 말이 없이 이 시만을 바라보고 있을 것이지만, 우리는 그의 세속적 생애가 불운과 오점으로 점철되는 所以를 다름 아닌 이 향수에서 발견하는 것이다. 만일에 그의 결손의식이 고독 하나에만 그쳤다면, 그리고 향수 대신에 억압이라든가 정신적 빈곤에 두었다면, 그의 문학세계와 인생은 전혀 그 궤적이 달랐을 것이라는 가정을 해 본다. 그러나 성공을 거둔 그의 시를 보면 예외 없이 고독과 향수를 시정신으로 가지고 있다. 그 중에서도 사슴은 그런 것들의 대표격이 된다. 지금까지의 논술을 간략히 도표로 살펴보자.

<사슴>의 구조

표면구조		의미구조		
제1연	1. (모가지가) 길다-슬프다 2. 점잖다-말이 없다 3. (관이) 향기롭다 4. ― 높은 족속이다	나는 누구인가? 형용사 ――― 주어	자아의 실상	고독한 존재
제2연	1. 들여다본다― 제 그림자 2. 생각해 낸다― 잃었던 전설 3. 향수 4. 바라본다― 먼데 산	어떻게 살 것인가? 동사 ――― 서술어	생활의 실상	향수의 세계

이상으로 우리는 노천명의 문학과 인생이 고독과 향수라는 두 개의 결손 의식을 바탕으로 형성되고 영위되었음을 그의 제1시집 『산호림』에 발표된 세 편의 작품, 「자화상」, 「장날」, 「사슴」을 가지고 검토하였다. 그 중에 서도 「사슴」은 그 은유적 기교의 완미함이 그의 문학세계를 일목요연하게 관찰 할 수 있게 하는 작품으로 주목하였다.

이제 우리는 이상의 논의를 토대로 하여 시작품을 시대별로 나누어 살펴 보기로 하자.

4. 詩世界의 諸樣相

(1) 『珊瑚林』시대

고독과 향수를 결손의식의 정서적 기저로 삼았을 때 노천명은 그의 창작 이 가능하였음을 우리는 앞에서 검토하였다. 그 검토의 결과를 바꾸어 표현 한다면, 노천명은 고독과 향수를 집중적으로 다루었을 때에만 좋은 작품을 쓸 수 있었다는 말이 된다. 실제로 그의 처녀시집 『산호림』에서 가장 좋은 시를 고른다면 누구나 「자화상」, 「장날」, 「사슴」을 꼽는 데 주저하지 않을 것이다.

앞에서 살펴본 바와 같이 「자화상」은 독특한 자기존재를 다루었기 때문이 며, 「장날」은 현실사회를 직시하지 않고 향수의 세계로 도망하였기 때문이 었다. 따라서 노천명의 시세계는 「사슴」이 제시하는 은유의 범주를 벗어나 지 않는다고 말할 수 있다. 결국 「사슴」은 노천명이 그리고자 하는 세계가 응축되어 있는 작품이라고 생각되는 것이다. 그러니까 「사슴」을 중심으로 놓고 그 좌우에 「자화상」과 「장날」이 가깝게 자리하여 「사슴」을 호위한다.

그리고 그 외의 작품은 이들 주위에 방사적으로 자리를 잡고 있다고 생각 하면 좋을 것이다. 그가 그리고자 하는 대상이 때로는 실체요, 때로는 추상 적 개념의 정서이며, 또 때로는 시간에 초점이 맞추어지기도 하고 혹은 공 간을 대상으로 삼기도 하지만, 그 어떤 것이건 정태적 묘사 속에서 과거로 의 의식의 침잠을 수반한다. 그렇지 않으면 고독과 향수를 긍정적으로 살려 낼 수 없을 것이기 때문이다.

『산호림』의 경우, 고독과 향수는 '생략의 묘'라 할 수 있는 문체적 기교를 통하여 보다 밀도 있는 작품을 만들어 내고 있다. 그래서 『산호림』의 작품들은 대체로 좋은 것이 되었고, 예상 외의 찬사를 받게 되어 시인으로서의 출범은 화려할 수가 있었다.

그 서곡은 崔載瑞의 다음과 같은 평문이었다.

> 정서를 솔직하게 토로하는 것이 시의 임무라면 정서를 절제함은 그 수련이다. 나는 노천명의 『산호림』을 읽으며 아리스 메이넬을 늘 연상하였다. 정서를 감추고 아껴서 미화하고 순화하려는 점에 있어 이 두 여류시인은 기질적으로 비슷한 점이 있지 않은가 생각한다.
>
> 초기작품엔 문학소녀다운 센티멘탈리즘이 없는 것도 아니나 그들에서 흔히 보는 空疏한 감정의 유희와 허영된 언어의 과장은 발견할 수 없다. 그의 가슴 속엔 늘 알뜰살뜰한 감정의 호수가 고여 있고 그의 언어는 이 비밀을 표시하기에 수다스럽지 않다. 아마도 그는 자기의 혼을 시 이외엔 아무에게도 주지 않으려고 하였을 것이다.[3]

1930년대 평단에서 가장 지성적이고 날카로운 필봉의 소유자였던 崔載瑞로부터 이런 정도의 호평을 받는다는 것은 노천명에게 있어 시인으로서의 洋洋한 전도를 보장받는 것이었다. 실제로 노천명의 시들은 때로는 향수조차 내밀한 의식 속으로 감추면서 포근한 人情의 靜物畵 노릇을 애교스럽게 해내는 것이었다. 그것은 1930년대 후반기였다. 역사적으로 보면 일제의 승승장구하는 기개는 조만간 대동아전쟁으로 치달을 자세였고, 우리 민족은 그야말로 이제는 일본인의 그늘에서 헤어날 길 없지 않겠느냐는 거의 완벽한 절망감으로 빠져들던 시기였다. 이러한 때에 향수를 정서적 기저로 삼는 情的 風物詩가 노천명에 의해 불리어졌던 것이다. 다음 「玉黍蜀」을 읽어보자.

> 우물 가에서도 그는 말이 적었다.
> 아라사 어디메로 갔다는 소문을 들은 채
> 올해도 수수밭 깜부기가 패어 버렸다.

---

3) 崔載瑞, 「文學과 知性」, 『詩壇展望』 (1938). pp.240.

샛노란 강냉이를 보고 목이 메일 제
울안의 박꽃도 번잡한 웃음을 삼갔다.
수국꽃이 향기럽든 저녁
처녀는 별처럼 머언 얘기를 삼켰드란다.

이 시 속의 처녀는 언어도 웃음도 절제하면서 아라사 어디메로 떠난 사람과의 추억을 목구멍 속으로 삼키고 있다. 생략의 수법이 노골적으로 드러난 예의 하나이다. 그런데 작자는 그 마지막 부분에 가서 '삼켰다'가 아니고 '삼켰드란다'라고 표현하여 報告者의 處地로 얼굴을 내보임으로써 처녀의 사건, 처녀의 그리움을 다시 대상화시켜 이 시가 전체적으로 다른 시에서와 마찬가지로 과거의 사건이었음을 나타내고 있다. 그 결과 처녀의 사건은 또 하나의 추억으로 작자에게 반추되는 사랑의 노래가 된다. 여기에서 우리는 '별처럼 머언 얘기'가 무엇이었는지를 구태여 상상할 필요가 없다. 미래가 불확정적이던 시대의 사람들은 이미 그것이 희망이 상실된 좌절의 표정임을 너무나 잘 알고 있기 때문이다. 특별히 주목을 받은 바도 없는 이「玉黍蜀」이라는 한 편의 시를 가지고도 노천명이 주목을 끌고 사랑을 받았을 충분한 이유를 발견한다. 조금만 주의 깊게 읽는 독자라면 거기에서 민족의 슬픔 같은 것으로 의식을 확대시킬 수 있지 않을까 하는 기대를 걸 수 있기 때문이다. 물론 우리의 이러한 기대는 무산되고 말지만 일련의 村落 風物詩로부터, 우리는 우리의 처지가 고독하다는 것과 고향의 추억이나마 아름답게 간직해야겠다는 정감이 과감한 생략에 의해 오히려 지성적 분위기조차 느끼게 한다는 사실에 놀라게 된다. 이것이 『산호림』에 발표된 수작들의 중요한 장점이다. 「조그만 정거장」하나만 더 읽어 보자.

땡볕에 채송화가 영악스럽고
코스모스는 외로운
조그만 정거장……

수건 쓴 능금장수 여인은 말이 거세고
나는 아는 이가 없어 서글펐다.
젊은 양주가 데리고 나간

제목이 가리키는 바와 같이 어느 시골 기차역의 풍경이다. 여기에는 서로 대칭을 이루는 세 쌍의 사물이 있다. 첫째 쌍은 꽃이요, 둘째 쌍과 셋째 쌍은 사람이다. 채송화 : 코스모스, 능금장수 : 나, 젊은 양주 : 사내애기, 이들 세 쌍의 존재는 깊은 동질성을 바탕으로 하고 있으면서도 대립되어 있다. 첫째 쌍은 함께 피어 있는 꽃이라는 점, 둘째 쌍은 오다가다 만난 나그네라는 점, 셋째 쌍은 한 가족이라는 점에서 동질성을 보인다. 그런데 영악스럽다는 것과 외롭다는 것은 상반되는 특성이다. 말이 거센 여인과 수줍어 머뭇거리는 '나' 와는 진취성과 퇴영성으로 대립을 이룬다. 끝으로 좋아라 뛰는 어린 사내아이의 심정과 그 부모의 심정이 대립되어 있다. 이때 그 아이를 데리고 妻家에 가는 젊은 남편과 그 부인은 전혀 감정이 노출되지 않고 있다. 그러나 '좋아서 뛰는' 감정의 반대편에 있음이 그 위 시행의 논리에 의해 충분히 감지된다. 이렇게 각기 다른 세계를 걷고 있는 사물의 並置로부터 우리는 인간의 절대고독을 유추하는 일이 그렇게 어렵지 않다. 노천명은 이처럼 단순한 並置를 통해 많은 언어를 절약한다. 놀라운 생략의 묘라고 하겠다. 그 외에도 村景을 소재로 하고 있는 「장날」, 「연잣간」 등 비교적 짧은 시에서 생략의 수법은 성공을 거둔다.

한편 고독과 향수를 내포적 속성으로 했을 때, 그 외연의 지시하는 대상이 무엇이 될 것인가 하는 문제로부터 노천명이 추구하게 된 또 다른 세계에 대하여 살펴보기로 하자. 고독은 인간존재의 불가피한 속성이요, 절대적인 속성이다. 이 속성은 인간들이 아무리 서로 사랑하는 사이라고 할지라도 누구든 각자의 생명을 지니고 '혼자 죽어간다' 는 사실을 일깨워 준다. 여기에서 '죽음' 이라는 인생의 최후를 고독의 외연으로 규정할 수 있다. 그리하여 노천명은 아주 당연히, 그리고 자연스럽게 이 '죽음' 의 문제에 관심한다. 『산호림』에는 「斷想」, 「구름같이」, 「수녀」, 「粉伊」, 「喪章」, 「성묘」, 「輓歌」 등에서 죽음의 어두운 그림자를 다루고 있다. 그러나 지극히 유감스러운 것은 죽음이 우리에게 주는 의미를 시인 특유의 시점으로 재조명해 내지 못

하고 그 슬픔과 두려움을 직설적으로 토로하거나 외면적인 정경을 묘사하는
것으로 끝내 버리고 마는 사실이다. 「輓歌」에서 "검은 포장 속엔 벌써 屍體된
그대가 냄새납니다.", 「구름같이」에서 "뜻 모를 이 生, 구름같이 왔다 가나
보오", 「斷想」에서 "공장의 싸이렌, 寺院의 晩鐘, 얼크러진 광란 속에 또 하
루 해가 죽어 간다"같은 표현은 시가 되기에는 멀리 미치지 못하고 있다.

　고독과 향수를 노래할 때에 구사했던 반어와 생략의 기교가 죽음이란 대
상 앞에서는 어째서 제대로 활용되지 못하는 것일까? 일상언어의 관습적인
표현이 생경하게 노출된 죽음의 시를 보면 거기에는 범상한 여인이 죽음이
두려워 내뱉는 상스런 푸념이 있을 뿐이다.

　노천명은 '喪章'이란 단어를 아주 즐겨 쓴다. 그러나 그는 喪章이 내포하
는 의미를 인내라든가 고통의 초극, 또는 영원과 합치되는 침묵 같은 것으
로 승화시키지 못하고 고독을 장식하는 액세서리의 기능밖에는 나타내지
못하고 있다. 열려진 의미를 통하여 情緒의 순수화를 꾀할 수 있을 때 시가
생명을 갖는다는 시학의 기초적인 개념이 노천명의 죽음 시, 내지는 그가
즐겨 쓴 喪章에 오면 무참하게 무너져 버린다.

　그러면 향수를 내포적 속성으로 했을 때 그 외연이 지시하는 대상은 무엇
인가? 그리고 이때에 노천명이 생각했던 대상은 무엇이었는가를 살펴보자.
향수는 마땅히 고향이라는 공간질서의 세계를 전제로 한다. 따라서 고향이
라는 땅 덩어리, 그 자연과 거기에 살고 있는 정든 사람을 대상으로 한다.
그러니까 향수가 지시하는 외연의 극점에는 두말할 것도 없이 민족과 국가
가 자리잡고 있어야 한다. 그래서 노천명은 구체화된 대상으로 인간을 설정
한다. 그런데 그 인간이 앞에서도 누차 논의한 바와 같이 사회적 역사적 의
미를 띤 인간으로 부각되지 않는다. 다음에 「校庭」의 일부를 보자.

　　　향수가 물이랑처럼 꿈틀거린다.
　　　퍼득이는 기빨에 이국정경이 아롱진다.
　　　지향 없는 곳을 마음은 더듬었다.

　　　낯선 거리에서 금발의 처녀를 만났다.
　　　깊숙이 들어간 정열적인 그 눈이

이국소녀를 응시하면
형제여!
은근히 뜨거운 손을 내밀리라.

　여기에서 작자는 눈이 움푹 들어간 금발의 이국소녀가 맹목적인 악수를
청하며 '형제'라고 부르는 장면을 묘사한다. 액면대로 받아들인다면 코스
모폴리탄적인 인간애를 노래한 듯이 보인다. 그러나 왜 그런 행위에까지 이
르렀는가를 살펴볼 필요가 있다. 이 시에서 악수 신청을 받은 작자자신은
"지향 없는 곳을 더듬는 마음"을 가지고 있을 뿐이다. 그렇다면 이것은 감
상 이전의 문제가 된다. 이국 소녀의 다정스런 인사가 나의 막연한 향수와
만났을 때, 그 多情은 그저 단순한 제스쳐 이상의 의미를 가질 수 없기 때문
이다. 그런데 노천명에게 있어서 이러한 정경은 制服(학창시절)과 함께 잊
혀지지 않는 정경으로 인화되어 있다고 그 시에서 말한다. 그러므로,「校
庭」은 단지 추억의 대상, 곧 향수적인 대상이기 때문에 가치가 있는 것이지
이국소녀와의 구체적인 인간관계가 그의 인생에 어떤 의미를 가지기 때문
에 가치가 있는 것은 아니라는 말이다. 내용이 없는 향수, 이것은 감상이라
고 말하기조차 힘이 든다. 만주 땅으로 우리 나라 국경을 넘어 여행한 경험
이 토대가 되어 지은 것으로 보이는「幌馬車」를 살펴보자.

　　기차가 허리띠만한 강에 걸친 다리를 넘는다.
　　여기서부터는 우리 땅이 아니란다.
　　아이들의 세간 놀음보다 더 싱겁구나.
　　幌馬車에 올라앉아 아가위나 씹자.
　　카츄샤의 수건을 쓰고 달리고 싶구나.

　　나는 여기 말을 모르오.
　　胡人의 棺이 널린 벌판으로 마차는 달리오.

　　시가아도 피울 줄 모르고, 휘파람도 못 불고……

　국경을 넘을 때의 감회가 민족이나 국가로 향하는 것이 아니라 지극히 초

연한 자리에 올라앉아 아이들의 세간 놀음에 연결된다. 도무지 이 세상에 살고 있는 사람들의 삶이 모두 시큰둥하게 보여 '아가위'나 씹고 '카츄샤'의 수건이나 두르고 막연히 달리고 싶다는 이 노래에서 우리는 사실상 感傷과 만나는 것이다. 앞에 인용한 崔載瑞의 글 속에 슬쩍 비친 센티멘탈리즘이 실제로는 씻기지 않고 남아 있었음을 우리는 확인하지 않을 수 없다. "엊그제도 이 胡地에선 匪賊이 났단다"로 시작되는 「국경의 밤」도 이끌어 가기에 따라서는 정든 고향산천을 멀리 떠나와 匪賊이라는 이름을 들으며 어쩌면 독립항쟁을 하는 고달픈 동족들에 대한 애정에 연결시킬 수도 있었을 것이다. 그러나 匪賊이라고 하니까 그저 그런 도둑놈 떼라고 생각할 뿐, 「국경의 밤」에서 그 匪賊은 그렇게 을씨년스런 밤의 분위기를 돕는 소도구로 전락하고 만다. 실로 애석한 노릇이다. 진공상태의 시대의식을 가진 한에 있어서 시인의 노래는 구체적인 세상 이야기를 하게 될 때에 空疎하거나 거짓말이 되는 것이다. 노천명이 文士意識에 매달려 일제를 찬양하고 또 해방의 감격을 성급하게 노래할 때 좋은 노래가 나오지 않게 되는 이유를 우리는 이미 처녀시집 『산호림』에 나오는 이들 시편에서 충분히 예견할 수 있다.

(2) 『窓邊』 시대

이상이 1938년까지 노천명이 걸어온 시의 편력이었다. 그러나 고독과 향수만을 자기자신의 실제생활과 결부시켜 노래할 때 노천명의 시는 1945년 해방이 되기 이전까지는 여전히 아름다운 세계를 창조하는 저력을 발휘할 수 있다. 1942년에 발표한 그의 제2시집 『窓邊』에서 가장 우수한 작품으로 꼽히는 시 「男사당」을 먼저 읽어보기로 하자.

> 나는 얼굴에 분칠을 하고
> 삼단 같은 머리를 따아 내린 사나이
>
> 초립에 쾌자를 걸친 조라치들이
> 날나리를 부는 저녁이면
> 다홍치마를 둘르고 나는 향단이가 된다
> 이리하야 장터 어느 넓은 마당을 빌어

람프 불을 돋운 포장 속에선
내 男聲이 十分 굴욕된다.

산 넘어 지나온 저 동리엔
은반지를 사 주고 싶은
고운 처녀도 있었건만
다음날이면 떠남을 짓는
처녀야!
나는 집씨의 피였다.
내일은 또 어느 동리로 들어간다냐.

우리들의 小도구를 실은
노새의 뒤를 따라
山딸기의 이슬을 털며
길에 오르는 새벽은
구경군을 모으는 날나리 소리처럼
슬픔과 기쁨이 섞여 핀다.

이 시는 기·승·전·결의 4연으로 나누어 보는 것이 좋을 듯하다. 제1연
은 '나'가 '사나이' 임을 밝히는 自己紹介의 부분이다. 제2연은 男聲('남자
의 목소리')을 요구하는 상황을 나타내고 있다. 二重性을 띤 자아가 그 이중
성으로 인하여 느끼게되는 갈등이 '굴욕된 男聲' 이라는 말로 극적인 함축성
을 지니게 된다. 이러한 남녀의 갈등이 주인공 '나' 의 현재상황이다. 여기에
서 이 시의 전반부는 끝난다. 제3연에서 '나' 의 과거행적을 돌이켜 본다.

거기에는 정착과 유랑이 갈등의 주제로 등장한다. 정착해야 한다는 것을
너무나 잘 알기 때문에 유랑하지 않을 수 없었던 '집시의 피', 곧 '나' 는 정
착의 상징인 고운 처녀에게 자기의 진짜 목소리 男聲으로 "처녀야! 내일은
또 어느 동리로 들어간다냐?"라고 호소하였음을 회상한다.

그러나 그것이 사실은 마음속으로만 외쳤던 독백이었음을 숨기지 않는
다. 여기에서 재미있는 것은 이 대화체의 두 구절이 제3연의 5행과 7행에
나뉘어 삽입되어 있는 점이다. "다음날이면 떠남을 짓는" 주인공이 한 행
건너 뛰어 있는 '나' 가 아니라 "처녀야!"인 '너'라고 생각할 수 있는 도착과

갈등의 심리가 문법적인 重義性을 띠고 기묘하게 배합되어 있다. 이렇게 하여 제3연은 과거에 대한 회상으로 끝난다.

제4연으로 넘어오면 과거와 현재가 어찌되었건 그런대로 희망을 걸어 보는 미래세계에 도달한다. 산길이란 공간과 새벽이란 시간, 이 두 개의 인간조건은 노새의 뒤를 따르는 동작과 산딸기의 이슬을 터는 동작에 의해서 삶의 실상으로 구체화되는데, 이때에 未知의 장소에서 다른 사람에게 기쁨과 슬픔의 傳令使가 될 날나리 소리에 '나'의 존재를 동일화시킨다. 결국 아직도 남아 있는 것으로 기대되는 기쁨과 슬픔을 위해 우리의 미래가 또 속아야 함을 이 시는 노래하고 있는 것이다.

현재를 중심으로 하여 과거와 미래를 차례로 회고하고 전망해 보면서 매 연마다 긴박하게 대립하는 모순개념의 갈등을 통하여 인간존재의 고독이 어떻게 영원히 실존적인가를 말해 주는 이 「男사당」에서 우리는 노천명이 인간을 꿰뚫어보는 叡智를 발견한다.

이상의 논의를 도표로 요약하면 다음과 같다.

	표면구조		의미구조		
제1연 **(기)**	머리를 땋아 내린…… 사나이 …………	…… 외양 …… 실상	자기 소개1		현재 1
제2연 **(승)**	날나리 부는 저녁(時間), 향단 …… 넓은 마당. 포장속(空間),男聲……	표면, 향단, 여성 내면, 나, 男聲(變身)	자기 소개2 굴욕되는 男聲		현재 2
제3연 **(전)**	고운 처녀 ………… 집씨의 피 ………… '처녀야!' '내일은 또 어느 동리로 들어간다냐?' …	정착 이상 유랑 현실 (독백)	변신과 자아의 갈등 이상과 현실의 괴리 男聲의 독백		과거
제4연 **(결)**	산길 새벽 〉 날나리 소리 〈 기쁨 슬픔	공간 시간 〉 동작 〈 밝은 미래 어두운 미래	속아보는 기대		미래

　이 시를 두고 많은 評者들은 노천명의 소녀시절, 아들을 염원하는 부모가 그에게 男裝을 시켰던 경험과의 연상을 즐겨 말한다. 물론 그러한 과거의 추억이 어느 정도 이 시를 짓는 데 도움은 되었으리라. 그러나 이 시의 우수성을 이해하기 위해서는 지나간 세월의 특이한 경험이 아무런 쓸모도 없다. 인간의 욕망이 어떻게 현실 세계와 멀리 떨어져 있는가 하는 인간의 실존적 상황을 노천명이 「男사당」을 빌어 어떻게 冷嚴하게 그려 낼 수 있었느냐 하는 사실에 우리는 더 깊이 주목하여야 할 것이다.

　이제는 「故鄕」을 읽어 보자.

　　　언제든 가리
　　　마지막엔 돌아가리
　　　목화꽃이 고운 내 고향으로
　　　조밥이 맛있는 내 본향으로
　　　아이들 하늘타리 따는 길 머리엔
　　　鶴林寺 가는 달구지가 조을며 지나가고
　　　대낮에 여우가 우는 산골

　　　등잔 밑에서
　　　딸에게 편지 쓰는 어머니도 있었다.

　　　둥굴레山에 올라 무릇을 캐고
　　　접중아 싱아 뻐꾹새 장구채 범부채
　　　마주재 기룩이 도라지 체니 곰방대
　　　곰 취 참두릅 개두릅 혼닙나물을
　　　뜯는 少女들은
　　　말끝마다 꽈 소리를 찾고

　　　개암쌀을 까며 少年들은
　　　금방맹이 은방맹이 놓고 간
　　　독개비 얘기를 즐겼다.

　　　목사가 없는 교회당
　　　회장직이 전도사가 강도상을 치며

설교하든 산골이 문득 그리워

아프리카서 온 斑馬처럼
향수에 잠기는 날이 있다.
언제든 가리
나중엔 고향 가 살다 죽으리.

모밀 꽃이 하얗게 피는 곳
나뭇짐에 함박꽃을 꺾어 오던 총각들
서울 구경이 원이더니
차를 타 보지 못한 채 마을을 지키겠네.

꿈이면 보는 낮익은 동리
욱어진 덤불에서
찔레 순을 꺾다 나면 꿈이었다.

이 시는 우선 산문의 형식을 취하여 어떻게 시가 될 수 있는가를 실험한
것 같은 인상을 준다. 「男사당」에 비한다면 박진감과 함축미가 한결 떨어지
기는 하지만 향수가 작자에게 얼마나 간절한 소망인가 하는 점이 완벽하게
전달되었다는 점에서 분명히 아름다운 시가 되었다. 동일한 범주에 속하는
단어의 나열(산나물 이름)은 지리하게 보이지 않고 여러 가지 잡다한 추억
을 단순화시키는 효과를 나타냈기 때문에 오히려 돋보이는 수법으로 평가
된다. 어딘가 산만하게 보이는 반복적인 표현은 도시의 일상성을 표출하는
방법으로 해석할 수도 있다. 간간이 무서운 생략의 기법을 발휘한다. "딸에
게 편지 쓰는 어머니"가 나타내고자 하는 의미는 장편소설의 분량을 넘어
설지도 모른다. 그러나 노천명은 여기서 외양적 사실 이외의 문제는 일체
입을 다문다. 그러한 수법이 다른 시의 경우에는 내밀한 세계에 대한 불충
분한 성찰로 평가되지만, 여기에서는 오히려 金값의 침묵이 되었다. 그러면
왜 고향에 가서 살겠다고 하는가? 閑寂한 산천, 순박한 인정 그 배후에는
개발되지 않은 원시성이 도사리고 있다. 세련된 문화에서 벗어나고 싶어하
는 향수는 분명히 脫歷史性을 반영한다. 그럼에도 불구하고 작자자신은 어

디까지나 도시 문화인의 자세와 의식으로 원시성의 시골을 하나의 정신적
奢侈로 거느리려는 의도를 숨기고 있다. 차를 타 보지 못한 고향의 총각들
은 농사에 겉늙어 십 년이나 이십 년쯤은 더 늙어 보일 것이다. 그들 앞에
아프리카의 斑馬(얼룩말)처럼 갑자기 나타나 현란한 의상으로 도시의 냄새
를 풍기며 아담한 古家에서 公主처럼 隱居하는 것, 이것이 작가가 생각하는
귀향의 의미일 것이다. 따라서 향수는 향수라는 정서적 차원에 머물러 있는
한 귀중한 것이지만, 그것이 현실적으로 이루어진다면 무서운 또 하나의 정
신적 사치로 변모할 가능성을 이 시는 말해 주고 있다. 그런데 그 위험을 마
지막 연이 교묘하게 구제하고 있다. "꿈이면 보는 낯익은 동리"에서 '꿈'은
도시생활 속에서 고향을 그리워하는 마음의 세계이다.

그러나 마지막 행 "찔레 순을 꺾다 나면 꿈이었다"에서 '꿈'은 그것이 마
음속의 幻影에 지나지 않는다는 사실을 깨닫고 꿈에서 깨어난 순간을 가리
킨다. 첫번째 "꿈이면 보는"의 꿈 1이 꿈의 시작이라면 "꿈이었다"의 꿈 2
는 꿈의 마지막이다. 그 결과 꿈 2는 실제로는 현실을 가리킨다. 같은 단어
로 정반대의 의미를 표현할 수 있는 이 기법은 이 시 전체를 순수한 정서세
계로 고정시킬 수 있었다. 그리하여 자칫하면 향수를 정신적 사치로 현실
화시킬 수 있는 위험으로부터 이 시는 작가 노천명을 보호하는 것이다. 바
로 이러한 보호 때문에 이 시는 순수성을 지니고 秀作으로 살아 남는다.

이 시에서 천명의 고향은 그가 의식으로 추구하는 미래의 어느 시점, 어
느 지점과 연결된다. 그것은 「사슴」에서 '슬픈 모가질 하고 먼 데 산을 바라
본다' 의 '먼 데 산' 으로 나타나고 있다. 「고향」이 과거를 그린 시라면 「남사
당」은 현재로부터 과거에로의 여정을 미래에 복합시켜 그린 시다.

이처럼 천명에게 있어서 시간개념은 그의 시행 속에 한 연이 끝날 때마다
표현하는 시제에 분명하게 드러나고 있는데, 그것이 결국은 현재의 의식 속
에서 '먼 데 산' 을 바라보는 시점에서만 해석될 수 있는 것들이다.

그의 제2시집 『窓邊』은 고독의 외연으로 문제시되었던 죽음에 대하여 깊
이 있는 진전을 보인다. 즉 첫번째 시집 『산호림』에서는 볼 수 없었던, 죽음
에 관한 성찰의 결정들과 만나게 된다. 「작별」, 「묘지」, 「感謝」에서 몇 줄을
인용해 본다.

그 자그마한 키를 하고
山엘 갔다 해가 지기 전
돌아오실 것만 같았다.

—「작별」에서

　어머니의 喪輿가 눈보라 몰아치던 날 동구 밖을 떠나 산을 향한 뒤에는
다시는 만나볼 수 없는 어머니를 애타게 그리워하는 것이 아니라 아직도 살
아 계시다는 착각을 합리화하는 듯 "돌아오실 것만 같다"고 고백하는 구절
에서 우리는 '어머니의 죽음'을 수락할 뿐만 아니라, 죽었으나 작자의 마음
속에 다시 살아나는 어머니의 재생을 보게 된다. 죽음이 완전한 이별이 아
니라 돌아오시는 존재로 변용될 수 있음을 노천명은 이 시에서 비로소 깨닫
는 듯하다. 죽음이 냄새를 피는 屍體에 연상되던 제1시집 속의 「輓歌」의 표
현과 비교한다면 실로 엄청난 변모를 거친 것이다. 노천명에게 있어서 죽음
은 이제 두려움이 아니라 받아들이지 않을 수 없는 것으로 친숙해진다. 그
것이 「묘지」에 오면 더욱 원숙한 미학적 개념으로 변모한다.

내 안에 피어 오르는
山 모퉁이 한 개 무덤
悲哀가 꽃잎처럼 휘날린다.

—「묘지」에서

　죽음이 현실적으로 비애일 수밖에 없다는 것은 인정한다. 그러나 그 비애
는 꽃잎 같은 비애라고 말한다. 붉은 색이거나 푸른 색 아니면 노란 색조를
띠고 아름다움을 과시하는 비애가 된다. 죽음이 단지 일방적인 고통만 나타
내는 것이 아니라 아름다움의 表象일 수 있음을 이 구절은 밝히는 셈이다.
더욱 놀라운 것은 죽음에 대한 성숙한 사고를 넘어서서 인생전반을 어떤 조
건에서는 전폭적인 긍정으로 받아들이겠다는 '감사'의 표명이다.

太陽을 볼 수 있고
大氣를 마시며
내가 自由롭게 散步할 수 있는 限
나는 充分히 幸福하다.

이것만으로도 神에게 感謝할 수 있다.

— 「감사」에서

이 「감사」를 쓰던 때까지 노천명은 아직 '하느님'을 구체적으로 생각했다는 증거가 없었다. 그러나 이 시에 와서 그는 죽음도 비교적 친숙한 人生事의 하나로 포용하면서 그 속에서 아름다움을 찾고 드디어는 하느님을 진지하게 생각하는 종교적인 분위기에 젖어 들어간다. 이렇게 하여 그의 『창변』 시대는 해방과 더불어 막을 내린다. 그의 인간적 성숙을 보게 되는 기쁨을 우리는 이제 마음놓고 표명해도 좋을 것이다.

(3) 「별을 쳐다보며」 그 이후

1953년 말에 노천명은 제3시집 『별을 쳐다보며』를 간행한다. 평화로운 시대의 평범한 여인이었다면, 황해도 사투리 물큰 풍기는 얼마나 행복한 중년여인이었을까를 가상하면서 그는 그 시집 끝에 다음 같은 跋文을 적어 놓고 있다.

> 6 · 25사변은 실로 내게서 여러 가지를 앗아가 버렸다. 수십 년을 쌓아논 여러 가지들을 – 말할 나위도 없이 내 청춘까지를 앗아가 버렸음에랴 – 그러면서도 빼앗기지 않은 것이 있으니 바로 문학 그것이다. 내게 남아 있는 오직 하나의 幸이 아니랄 수 없다.
>
> 그 담장 높은 집 속에서 나는 몇 번인지 '여기서 나가는 날엔 문학이고 무엇이고 다 집어던져 버리겠다' 고 마음을 먹었던 것이 막상 나와 놓고 보니 문학에의 정열은 不死鳥 모양 잿더미 속에서 퍼덕거리며 일어나 다시 내게 안겨졌다. 잘하나 못하나 幸이든 不幸이든 나는 문학과 더불어 걸어가기로 했다.

이렇게 문학에의 집념을 재천명하지만 그가 시 창작의 기본원소로 사용했던 '고독' 과 '향수' 는 이제 옛날의 威光을 잃은 뒤였다. 시도 어쩔 수 없이 시대상황과 개인의 문학정신이 조화를 이루었을 때에 아름답게 창조되는 것임을 우리는 명심해야 할 것이다. 그래서 그는 고독을 체념과 결합시키는 작업을 시도한다. 고독이 그의 문학정신이라면 체념은 시대상황에 대

한 그의 견해 같은 것이라고 할 수 있기 때문이다. 체념이란 것은 감정의 중
화를 의미한다. 허탈한 것이면서도 짐짓 그 허탈을 위장하는 것이 다름 아
닌 체념이다. 이러한 심성을 거의 노골적으로 표출한 것이 제3시집의 주제
로 삼은 「별을 쳐다보며」이다. 全文을 옮겨 본다.

> 나무가 恒時 하늘로 向하듯이
> 발은 땅을 딛고도 우리
> 별을 쳐다보며 걸어갑시다.

> 친구보다 좀더 높은 자리에 있어 본댔자
> 名譽가 남보다 뛰어나 본댔자
> 또 미운 놈을 혼내 주어 본다는 일
> 그까짓 것이 다 무엇입니까?

> 술 한 잔 만도 못한
> 대수롭지 않은 일들입니다.
> 발은 땅을 딛고도 우리
> 별을 쳐다보며 걸어갑시다.

  인생의 온갖 영욕을 도무지 한 잔 술에 대응시키는 이 논리, 이 인생관은
뒤집어 놓고 보면 "별을 쳐다보며 걸어가 본댔자 그까짓 것이 다 무엇입니
까?"라고 자신의 언어로 마지막의 孤高性조차 쉽게 否定한다는 것을 노천
명은 과연 깨닫지 못했던 것일까? 분명코 그렇지는 않을 것이다. 그렇다면
이 시는 결국 자신의 과거에 대해 전폭적인 容恕를 청하는 시적 제스쳐로
볼 수는 없는 것일까? 다시 말하면 자신의 고독벽을 끈질기게 찾아 주었던
세상 사람들에게 "그까짓 것이 다 무엇입니까? 다 잊어버려 주십시오. 나는
여전히 별을 쳐다보며 살겠지만 아무것도 아닙니다." 이렇게 손을 내밀어
화해의 악수를 청하는 하소연으로 이해할 수 있다는 말이다. 그렇지만 지금
까지의 표정을 갑작스레 바꿀 수가 없기 때문에 고독의 타성으로 화해의 목
소리를 만들자니까 이러한 시를 쓰게 되는 것이다. 물론 향수도 벗어나야
할 장애였다. 그러나 그것 역시 갑작스럽게 벗어 던질 수는 없는 것이어서

「그리운 마을」에서는 거의 기계적인 타성으로 환상의 고향을 노래하지만 「고별」에 와서는 즉시 그러한 향수가 '술 한 잔'에 비길 만큼 하찮은 것으로 변모하고야 만다. 먼저 「그리운 마을」을 읽어 보자.

> 山에 칡덤불 위에 다래와 어 ─ 름이 열렸겠다.
> 머루는 서리를 맞아야 달았다.
> 박우물가엔 언제나 질동이 속 뉘집 도토리가 울거지고
> 좋은 것은 다 邑엘 가야만 사왔다.
> 거렁뱅이도 상을 받쳐 주는 사람들
> 잘생긴 느티나무 아래서 太古然히
> 조바심도 猜忌도 없던 마을
> 銃소리와 말굽소리는 더구나 멀었다.

이 시에서 노천명이 말하고자 하는 것은 "거렁뱅이에게도 床을 바쳐 대접하는 淳厚한 고향의 인심"이다. 6·25의 소용돌이 속에서 자신이 겪었던 무서운 냉대에 대해 고까운 毒舌을 고향 사람들의 그 옛날 인심으로 醇化시키기까지 얼마나 입술을 깨물었을 것인가? 그러나 이렇듯 우회적인 표현에 만족할 수 없었던지 노천명은 「고별」에 이르러 거추장스런 수사법을 동원하지 않고 다음과 같이 正色을 하고 울부짖는다.

> 友情이라는 것 또 信義라는 것
> 이것은 다 어디 있는 것이냐?
> 생쥐에게나 뜯어먹게 던져 주어라.
> 온갖 禍根이었던 이름 석字를
> 갈기갈기 찢어서 바다에 던져 버리련다.
> 나를 어디 떨어진 섬으로 멀리멀리 보내다오.
>
> 눈물어린 얼굴을 돌이키고
> 나는 이 곳을 떠나련다.
> 개짖는 마을들아
> 닭이 새벽을 알리는 村家들아
> 잘 있거라.

별이 있고
하늘이 보이고
거기 自由가 닫혀지지 않은 곳이라면

　세상에 대한 불만, 또 자신의 명예욕에 대한 회한, 그리고 향수에 대한 斷
交의 선언이 매섭게 표명된다. 그러나 애석한 것은 그가 "자유가 닫혀지지
않는 곳"이 어디엔가 현실세계 안에 존재할 것이라고 생각하지나 않았을까
하는 점이다. 그런 곳이 이 세상에는 존재하지 않는다. 그러니까 그와 같은
궁극적인 자유를 갈망하는 노천명이 도달하게 되는 영역은 그가 즐겨 쓰던
語辭 '먼 데' 일 뿐이다. 그 '먼 데' 가 과거지향일 때에는 향수에 결부되었
으나, 향수와 고별한 이제는 미래일 수밖에 없고 그것은 '죽음' 으로 그에게
접근한다. 「검정나비」를 읽어 보자.

너를 避해 다름질치기 열 몇 해
입 축일 샘ㅅ가 하나 없는 길
자갈 돌 발 뿌리 차 피 내며
죽기를 달리다
문득 고개 돌리니
너는 내 그림자 – 나를 따랐구나

내려앉는 꽃잎모양
喪章과도 같이
나 이제
네 앞에 곱게 드리워지나니
오! 나의 마지막 날은 언제냐

　겸허하게 죽음을 대면하는 여류시인 노천명! 이제는 더 이상 세속을 의식
하지 않으며, 살아온 생애를 아름다운 것으로만 결산하려는 의지 속에서 젊
은 시절의 感性이 되살아날 수는 없는 것이었다. 따라서 그의 시는 죽음을
노래하는 자리에서만 그의 감성이 진실스럽게 활동한다. 우리가 그의 제3
시집 『별을 쳐다보며』에서 고작 위에 논의한 몇 편의 시만이 우리의 주목을
끌었던 이유가 바로 이러한 시적 감성의 진실 여부에 기인하는 것이다.

　그의 遺詩集이 된 제4시집 『사슴의 노래』에 오면 우리의 마음을 사로잡는 시는 점점 줄어든다. 민족을 노래하고 조국을 찬양하지만 어쩐지 자신의 附逆 사실을 없는 것으로 돌리려는 過度한 음성으로 생각될 정도이다. 오버액션이 되지 않은 시로서 음미할 만한 것으로는 「6월의 언덕」과 「5월의 노래」를 손꼽을 수 있겠다.

　　아까샤 꽃 핀 六月의 하늘은
　　사뭇 곱기만 한데
　　파라솔을 접드시
　　마음을 접고 안으로 안으로만 들다.

　　이 人波 속에서 孤獨이
　　곧 어름모양 꼿꼿이 어러드러움은
　　어쩐 까닭이뇨.

　　보리밭엔 楊貴妃꽃이 으스러지게 고운데
　　이른 아침부터 밤이 이슥토록
　　이야기해 볼 사람은 없어
　　파라솔을 접드시
　　마음을 접어 가지고 안으로만 들다.

　　薔薇가 말을 배우지 않은 이유를
　　알겠다.
　　사슴이 말을 안 하는 緣由도
　　알아듣겠다.

　　아까샤 꽃 핀 六月의 언덕은
　　곱기만 한데 –

—「六月의 언덕」

　　보리는 그 윤끼나는 머리를 풀어 헤치고
　　숲 사이 철쭉이 이제 가슴을 열었다.

　　아름다운 傳說을 찾아

사슴은 華麗한 孤獨을 씹으며
不老草 같은 午後의 생각을 오늘도 달린다.
부르다 목은 쉬어
山에 메아리만 하는 이름 –

더불어 꽃길을 걸을 날은 언제뇨
하늘은 푸르러서 더 넓고
마지막 薔薇는 누구를 위한 것이냐.

하늘에서 비가 쏟아져라.
그리고 暴風이 불어다오.
이 五月의 한낮을 나 그냥 갈 수는 없어라.

—「五月의 노래」

세상의 영욕이 아무리 술 한 잔만도 못하다고 외쳐 보았자 炎凉의 세태는 그의 주위에 殺風景을 몰아 왔다. 그를 이해하는 사람들이 그를 절대로 공산주의자일 수 없다고 증언하고 그의 결백이 석방으로 증명되었다고 해서 그의 가슴에 박힌 상처가 줄어들 수는 없었다. 거기에 설상가상으로 병마가 그를 괴롭히고 있었다. 이러한 상황에서 이제는 감정적 사치로서가 아니라 모든 것이 귀찮고 서러워서 그는 "파라솔을 접듯이 마음을 안으로" 웅크린다. 물론 「六月의 언덕」에 나타난 이러한 폐쇄적 성향은 「五月의 노래」에서는 다시 한번 대화의 동반자를 외부세계에서 구하려는 적극적 자세로 바뀌기도 하지만 드디어는 아카시아 향기가 온 천지에 가득해도 그것이 나와 아무런 관계도 없다고 외면하는 이 병약한 시인은 성당의 종소리를 들으며 죽음을 향해 기쁨의 행진을 다짐하는 것이다. "보리는 윤기 나는 머리를 풀어헤치고"에서 우리는 "전시대 같으면 환영을 받았을 삼단같은 머리"에 대한 동일개념과, 자기의 身體 구석구석에까지 뻗어가는 강렬한 애정을 다시 한번 확인한다.

"숲사이 철쭉이 이제 가슴을 열었다"에서는 내부의식을 행해서만 줄달음치던 시인의 시선이, 외부에서 그녀를 향해 운운하는 고독과 연민의 정과는 무관하게, 얼마나 눈부시게 찬란한 시선으로 불노초같이 꺼지지 않는 전설을 목이 쉬도록 부르며 살아왔는가를 확인시킨다. "장미가 말을 배우지 않고", "사슴이 말을 안 하는" 너무도 뚜렷한 이유를 지니고 평생을 통해 의식의 공존 속에 함께 숨쉬어 온 누군가를 위해, 절제된 감정을 소낙비처럼 폭풍처럼 쏟아보고 싶다면서 자신의 인생을 철저히 사랑한 이 시인은 "五月의 한낮을 그냥 갈 수가 없다"고 아쉬워한다. 그리하여 결국은 그처럼 뜨거운 불심지를 품고서도 그같이 지성적인 시를 쓸 수 있었던 고독과 향수의 시인 노천명의 시세계를 재확인하게 된다. 제4시집 『사슴의 노래』에 수록된 「새벽」은 비록 秀作의 隊列에는 놓을 수 없으나 인생의 모든 步行이 한 곳으로 흐른다는 사실을 특별한 기교 없이 전달해 주고 있다. 그 전편을 읽어 보자.

> 왼 누리에 그 소리 널리 퍼뜨리며 聖堂 鐘이 웁니다.
> 벌써 몇 차례를 聖堂 鐘이 웁니다.
> 새벽 미사엘 가는 사람들의
> 바쁜 걸음소리가 어둠 속에 들립니다.
>
> 지새는 하늘 아래
> 간밤의 괴로움도 잊어버린 듯
> 客主집 손들은 行裝을 차리노라 수선스럽습니다.
>
> 기다렸던 아침이 왔기에
> 서리 찬 새벽바람을 머리에 이고도
> 사람들은 저마다 기쁨에
> 길을 떠납니다.
>
> —「새벽」

이 「새벽」은 희망에 찬 미래를 약속해 주는 것이라기보다는 인간들이 자기에게 주어진 조건에 충실히 순응하는 모습을 단순하게 받아들이고 그것을 노래하는 것이다. 새벽 미사에 가는 사람들의 바쁜 발걸음과 행장을 차리노라 바쁜 객주집 손님들의 수선스러움을 동격에 놓음으로써 이제 노천명은 종교의식과 생활전선이 분리된 별도의 사건이 아님을 노래한다. 이만큼 인생에 달관하기까지 그는 참으로 살을 깎는 아픔을 겪어 왔다. 그리고 또 끊임없이 죽음의 공포를 극복하여 왔다. 이제 이만큼 초연한 심성을 지니게 되었으니 하느님은 그를 거두어 가시기로 작정하셨을까? "시인은 카나리아가 아니다.

노래를 잊어버렸다고" 나무라지 말 것을 애절하게 호소하면서 그의 시세계는
고요히 아카시아 향기 짙은 1957년 6월에 喪章을 달고 終息을 告한다.

5. 결 어

이상으로 우리는 노천명의 시문학세계를 그의 인생행로를 따라 살펴보았
다. 조금만 의지가 약했더라면 중도에서 무참하게 꺾여 버렸을 생애를 그런
대로 강인하게 버티면서 부끄럽지 않은 죽음을 맞이하였기 때문에 그의 문
학은 독자로 하여금, 세월이 흘러갈수록 더욱 아끼며 재음미하게 된다는 것
을 우리는 이 글에서 확인하고자 하였다.

> 양은 고독한 시인이다. 그리고 지금까지 가시밭을 헤치고 걸어왔다. 幸
> 보다는 不幸이 많았고, 웃음보다는 눈물이 더 양을 괴롭혔던 것이다. 여늬
> 女性 같으면 아마 自決이라도 하였을는지도 모른다. 그러나 양은 한숨으
> 로만 단념하기에는 너머 낙천적이다. 한편 榮華를 꿈꾸기에는 또한 너머
> 비관적이다. 그러기에 "슬픔과 기쁨이 섞여핀다"고 부르짖었다. 自己自身
> 의 苦憫보다는 人生의 참된 意味를 캐어내기에 自己犧牲을 甘受하자는 것
> 이 불타오르는 양의 詩魂 그것이다.[4]

노천명의 시문학을 긍정적인 처지에서 좋게만 말하려 한다면 아마 위와
같은 표현이 적절할 것이다. 그러나 그것은 序文이나 祝辭이지 그것이 곧
문학사가들의 평가일 수는 없다. 그래서 우리는 보다 냉엄하고도 객관적인
검토를 계획하였다. 그렇다고 비판을 위한 비판에 흘러 허물을 찾아내는 작
업에 열을 올리는 것도 우리는 지양코자 하였다. 인간과 문학이 정당하게
이해되어야만 한다는 중용의 자세로 우리는 노천명의 일생을 추적하였다.
이러한 견지에서 우리가 찾아낸 노천명의 문학정신은 흔히 不滿이란 형식
으로 표현되는 缺損意識이었다. 이 결손의식은 고독과 향수라는 두 개의 情
緒的 양식으로 시작품의 형성인자가 되었다. 그리고 고독은 다시 죽음을 외
연으로 하고 향수는 조국 또는 민족을 외연으로 하게 되어 결국 노천명의
시문학세계는 다음과 같은 네 가지 요소를 기본으로 하였음을 검증하였다.

---

4) 李熙昇 님이 『별을 쳐다보며』의 시집 머리에 「서문 대신으로」라는 題하에 쓴 글의 일절.

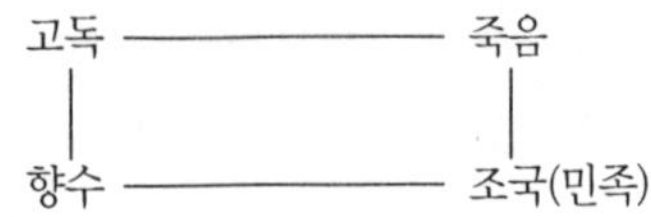

　이들 네 가지가 서로 밀접하게 작용하면서 노천명은 자기 나름의 특유한 시세계를 형성하였다. 초기에는 주로 고독과 향수를 主調로 하면서 조심스럽게 죽음의 문제에 접근한다. 그러다가 해방과 6·25를 겪으면서 죽음과 조국을 보다 많이 의식하고 노래하게 되지만 그 분야에서 시작품으로 성공한 것은 거의 찾아볼 수 없고, 우리가 아끼고 사랑하는 名篇은 고독과 향수를 근간으로 한 해방 이전의 두 개 시집 『珊瑚林』과 『窓邊』에 몰려 있다. 조국을 노래한 시편들은 그의 變節과 附逆을 변명하려는 작위적인 노력의 소산이기 때문에 이 글에서는 단 한 편도 분석검토의 대상으로 삼을 수가 없었다.

　그러나 ‘죽음’의 분야는 비록 시작품으로서는 名篇을 내지 못했으나 나이가 들어감에 따라, 즉 후기작품으로 오면서 인간적 성숙을 진지하게 반영하고 있음이 주목되었다. 이와 같은 변화는 노천명이 신앙인으로 변모된 것과 밀접한 상관성을 나타내는 것이었다. 사실 노천명의 불행과 비운은 그 개인의 것이라기보다는 민족전체의 것이었다. 웬만큼 역사의식이 투철하고 심지가 강건하지 않고서는 소용돌이치던 1940년대와 1950년대에서 생존조차도 어려웠을 것이 우리 나라 현대사의 실상이었다. 그렇다고 노천명의 行蹟이 합리화될 수 있는 것은 아니기 때문에 우리는 연약한 여성으로서 1930년대 이래 여류시인이라는 사회적 명성에 지나치게 집착했던 그의 文士意識을 못내 안타까운 시선으로 관망하였다.

　그럼에도 불구하고 노천명의 인생은 성공적이었다고 말하지 않을 수 없다.

　오욕으로 점철된 생애였지만 가톨릭으로 귀의함으로써 세속적 영욕을 멀리 내려다보는 淨觀의 경지에 올라서서 善終하였기 때문이요, 그 숱한 駄作 속에서 「사슴」과 「男사당」을 정점으로 하는 주옥같은 名篇 10餘首를 우리 문학사의 보고에 덧보탤 수 있었기 때문이다.

　그리하여 우리는 至善을 추구했던 그의 인생과 至純을 추구했던 그의 시 문학을 영구히 기리는 것이다.

金耀燮의 默示主義

1. 序言

　기독교사상을 문학작품 속에 반영시킨 작가들을 섭렵하면서 필자에게 새삼스럽게 다가온 의문은 도대체 한국 사람으로서 가장 대표적인 기독교인이란 어떤 모습의 인물이어야 하는 것일까 하는 점이었다. 고개를 갸웃이 하고 손에는 검정 표지에 금박 채색을 입힌 성경을 들고 길거리에서 "주 예수를 믿으시오!"하고 외치는 사람들은 아닐 터이고, 수도복을 입고 세속과는 등진 산골이나 수도원 골방에서 명상에 잠긴 隱修者도 아닐 것이라면, 분명 한국의 기독교인은 그가 특별히 기독교인이란 겉모습이 드러나지 않더라도 어느 특별한 경우에 아주 강하게 기독교의 정신을 실천하는 사람, 혹은 일상의 생활 속에서 그리스도의 이상을 은은히 반영하는 사람일 것이라는 생각을 하게 되었다. 1980년대도 끝무렵에 이른 현재 4천만이 넘는 우리나라 인구에서 1천만 명 이상이 기독교의 신구교 신자가 되었다. 그러니까 4명중의 한 사람은 적어도 기독교 신자이므로 통계상으로만 생각한다면 가령 백 명의 범죄자 가운데서 25명은 기독교인일 수가 있는 상황에 처해 있다. 다시 말하면 기독교인이라고 해서 특별한 점을 손꼽아야 할 때는 이미 지나가 버린 시대에 우리는 살고 있는 셈이다.

　이러한 생각으로부터 필자가 관심을 기울이게 된 작가는 동화작가요, 평론가요, 시인인 金耀燮이다. 그의 외양은 언뜻 보면 평범한 노신사요, 그의 작품은 그저 깔끔한 언어의 세계라는 인상에 멈추고 말지만, 다시 한번 관심을 가지고 살펴보면 기독교가 제시하는 言語觀에 철저하게 물들어 있음을 발견하게 된다. 필자는 그의 사람됨에 대하여는 쉽게 말할 수 없으나 적어도 그의 작품에 접해서 그들 작품세계에 젖어 있는 동안 '이것이야말로 예수님이 생각했던 화법이요, 修辭요, 증거방법이 아닌가!' 하는 황홀감에 젖을 수 있었다. 특히 그의 詩에서 이러한 느낌은 강한 것이었는데 이러한 강렬한 느낌 때문에 생존 작가임에도 불구하고 그를 논의의 대상으로 삼지 않을 수 없었다.

우선 그는 이름부터 기독교 신자임을 내세운다. 구약성서 창세기(37장 ~50장)에 나오는 인물 요셉과의 관련을 생각하지 않을 수 없다. 다음은 1941년경 나남중학교 입학 면접고사 장면을 이야기하는 그의 회고록의 일 부이다.

> 지원서를 뒤적거리던 시험관은,
> "기독교인가?" "네!"
> 나는 짤막하게 대답을 했다. 그 다음에 물은 것은 내 이름에 대해서다. 그때 소위 내 창씨개명은 '가네야마(金山) 요세후' 라고 되어 있었다. 내 '金耀燮' 이라고 하는 '요섭' 은 우리 집에서 나를 하느님을 믿고 받은 선 물이라고 해서 애굽의 총리대신이 된 요셉을 따라 지은 이름이다. 일본식 으로 창씨개명을 하게 되자 종가에서 알려온 金山에 요섭이란 이름은 역 시 일본 성경에 표시된 요세후를 일본식 '가나다라' 로 표기했던 것이다. 나는 이 이름이 성경에서 따온 이름이라는 것을 말했다. 그는 다시 묻기를 누가 이 이름을 지었느냐고 했다. 나는 얼른 거짓말로 일본사람이라고 했 다. 그는 옆에 있는 동료에게 '나쁜 놈도 있군!' 하고 말했다.
> 다시 시험관은 물었다.
> "아마데라스 오오미가미(일본의 으뜸신 天照大神)하고 예수, 어느 쪽이 훌륭한가?" 나는 서슴없이,
> "예수님이 더 훌륭하다고 생각합니다."
> 부동의 자세로 서서 대답했다. 나의 이 대답은 아무런 머뭇거림이 없이 자연스러운 것이었다.[1]

이 이야기는 그의 한평생이 어떻게 기독교사상과 밀접하게 결속되어 있 는가를 단적으로 표현해 준다. 그러나 김요섭의 일상 언행이나 작품 속에서 는 기독교의 색채가 극도로 절제되어 있다. 열 마디 속에서 한 마디를, 그것

---

1) 「나의 문학적 자전」, 「한국문학」(1986년 6월호.)

도 지극히 조심스럽게 감추어진 뜻으로 은근하게 나타낸다. 필자가 주목한 것은 바로 이 점이었다. 조금 과장하여 표현한다면 기독교인이 아닌 척하는 말씨와 몸짓 속에서 어쩔 수 없이 스며 나오는 기독교의 냄새, 이것이야말로 진정한 한국적 크리스천의 모습이 아닌가 싶었다. 그러나 조금만 주의를 기울여 읽으면 읽을수록 확고한 기독교정신이 감칠맛을 풍기며 우리의 감성을 자극하는 언어의 마법사가 시인 김요섭이요, 동화작가 김요섭이다. 그러면서도 지금까지 비평가에 의해 특별한 관심을 끌지 못했던, 그야말로 문학계의 隱修者를 우리는 이제 살펴보고자 한다.

그의 생애를 검토하면서 분명하게 밝혀질 일이지만, 그는 인생과 문학을 구분지으며 살아오지 않았다. 문학과 연관되지 않은 일상의 생활이 없었고, 또한 문학은 동화와 평론과 詩가 삼위일체가 되어 40여 년 동안 그들 세 분야가 점점 더 넓어지고 깊어졌다. 그러면 이러한 작품의 세계에는 기독교사상, 기독교정신이 어떤 양상으로 숨쉬고 있는가? 우리의 관심은 이 문제를 밝혀보려는 것이다.

그의 문학이 비평가들의 관심권 바깥에 있는 듯한 인상을 갖게 되는 이유는 다음 몇 가지로 요약될 수 있을 듯하다. 첫째로 그가 대단히 겸손하고 과묵한 현역작가라는 점이다. 문학인의 본질이 누군가 자신의 작품세계를 이해해 주기까지 고요히 기다리는 것이지 행여 자신의 작품세계를 선전해서는 안 된다는 자세를 그는 굳게 지키는 것으로 생각된다. 둘째는 그가 아동문학에 평생을 몸바친 분이라는 점이다. 동화의 세계는 어른들의 이른바 '文學'(이 말은 어른들의 문학을 뜻한다)과는 구분되는 것이라는 암묵적인 편견이 고의로 김요섭의 시세계조차 외면하게 하지 않았는가 생각하게 한다. 셋째는 김요섭 시인 자신이 오랜 문단생활을 해오면서 原論的인 관점의 비평을 자주 집필한 것이 원인일 듯싶다. 그의 엄정하고도 고답적인 언어관은 어느 정도 시류에 따르는 비평자들의 기질에 맞을 수가 없었다. 그러나 보다 근본적인 이유는 — 물론 그의 詩를 두고 하는 말이지만 — 그의 언어가 너무 맑고 깨끗하여 섣불리 논의하기가 어렵기 때문이라고 생각된다. 그것은 이 세상의 언어이기는 하지만 이미 이 세상을 벗어난 신령한 세계의 音調이기 때문이다. 다시 말하여 그것은 하느님을 바라보고 있는 사람만의 묵시적인 어조이기 때문이다. 이 글은 이러한 김요섭의 심오한 문학세계를 좀더 세속적이며 설명적인 언어로 이해하려는 작은 시도라 할 수 있다.

2. 金耀燮의 生涯

그의 문학을 간명하게 추상화시킨다면 一貫性, 綜合性, 擴充性이라는 세 마디로 요약할 수 있을 것이다. 한평생을 오로지 외길, 문학과 함께 살아왔다는 점에서 일관성이요, 동화와 평론과 시를 꾸준히 병행시켰다는 점에서 종합성이요, 세월이 갈수록 그의 작품세계가 점점 그윽하고 깊어졌다는 점에서 확충성이란 이름 붙일 수 있다. 이러한 세 가지 특성의 밑바탕에는 우리가 각별히 주목하고자 하는 기독교의 가르침이 지극히 자연스럽게 깔려 있음을 간과할 수 없다.

이해의 편의를 돕기 위하여 다음과 같이 그의 연보를 정리해 보기로 한다.

출생과 10대
1927년 (1세) 함경북도 나남에서 출생.
1941년 (15세) 매일신보 신춘문예에 동화 당선.

20대
1947년 (21세) 청진 교원대학 재학중 월남. 詩誌『竹筍』동인.
1950년 (24세) 『시문학』지 기자.
1951년 (25세) 『詩와 生活』지 기자.
1954년 (28세) 영남일보 문화부장. 제1시집 『體重』 발간.
1955년 (29세) 『문학예술』 편집장.

30대
1957년 (31세) 동화작가협회 간사장. 어린이헌장 제정에 참여.
1959년 (33세) 동화집 『깊은 밤 별들이 울리는 종』 간행.
1960년 (34세) 소년한국일보 취재부장.
1962년 (36세) 동화집 『장미극장』 간행. 『現代詩』 동인.
1965년 (39세) 제1회 小泉文學賞 받음. 제2시집 『달과 機械』 발간.

40대

1968년 (42세) 五月文藝賞 받음. 한국문인협회 이사. 한국시인협회 사무
　　　　국장. 「월간문학」 편집 위원. 동화집「날아다니는 코끼리」간행.
1970년 (44세) 제3시집 「國語의 主人」 발간.
1971년 (45세) P.E.N. 한국본부 이사.
1973년 (47세) 한국문인협회 부이사장. 동화집 「햇빛과 바람이 많은 골
　　　　목」 간행. 제4시집 「빛과의 관계」 발간.
1975년 (49세) 동화집 「어른을 위한 童話集」 간행.

50대

1976년 (50세) 제5시집 「얼굴이 없는 얼굴」 발간.
1977년 (51세) 제6시집 「달을 몰고 다니는 진흙의 巨人」 발간
1978년 (52세) 대한민국 문화예술상 받음. 제7시집「바이킹 155호를 쏘
　　　　다」발간. 산문집「神이 만든 시골」 간행. 중앙대, 목원대 출강 현
　　　　대시 강의.
1979년 (53세) 동화집「地下鐵 속의 童話」 간행.
1980년 (54세) 제8시집「銀빛의 神」 발간. 숙명여대에서 아동문학 강의.
1981년 (55세) 한국시인협회상 받음.
1982년 (56세) 이주홍 아동문학상 받음.
1983년 (57세) P.E.N. 문학상 받음. 제9시집「검은 시간이 무덤을 파고」
　　　　발간. 산문-평론집 「現代詩의 宇宙」 간행.
1986년 (60세) 서울시 문화상 받음. 동화집「이슬꽃」 간행. 산문-평론집
　　　　「현대동화의 환상적 탐험」 간행.

　금년 들어 환갑에 이른 원로 문인 김요섭의 생애 가운데 50여 편에 달하
는 동화를 대부분 생략하고 간추려 놓은 위의 연보를 통하여 우리는 그의
생애가 어쩌면 이렇게 문학일변도에 치우쳐 있을까 새삼 놀라면서 또한 참
으로 이상한 느낌을 갖게 된다. 육십 평생에 7개의 문화예술상을 받았고, 9
권의 시집을 출간했으며, 4권의 산문평론집을 펴냈고, 문단의 중요직책을
두루 거쳐서 겉보기에 그처럼 화려할 수 없는 경력의 소유자임에도 불구하
고 세속적인 영예는 그와 아무 상관이 없는 것 같은 생각이 들기 때문이다.
이것은 필자의 개인적인 느낌일는지 모르나 그의 동화와 시를 읽으면서 그
가 얼마나 집요하게 세상살이와는 일정한 거리를 유지하면서 환상의 동화

와 상징의 詩 속에 파묻혀 있는가를 이해하였기 때문일 것이다.

우리는 위의 연보를 시집 간행을 중심으로 하여 다음과 같이 다시 정리해 보고자 한다.

10代 : 立志時代

이 시절 시인 김요섭은 신춘문예에 「고개 넘어 선생」이라는 동화가 당선된다. 그는 국민학교 2학년 무렵 어린이 잡지 「아이생활」에서 읽었던 詩가 자기의 일생을 이끌어 가는 폭군의 앞잡이였다고 회고한다.

> 첫절은 "물은 흘러흘러 바다로 가고, 세월은 흘러흘러 어디로 가나." 2절은 잘 기억이 나지 않는데 "……연기는 하늘로 사라지는데 사람은 죽어서 어디로 가나"였다. 치졸한 작품이지만 이 시는 내 마음에 각인된 것만은 사실이다. 집 뒤를 얼마 걸어가면 자작나무가 서 있는 나지막한 산이 있었다. 그 산에 오르면 화장터가 보였다. 나는 붉은 벽돌로 지은 화장터 굴뚝에서 피어오르는 연기를 보면서 "……사람은 죽어서 연기가 되고, 연기는 하늘로 올라가 무엇이 되나?"를 곧잘 생각하였다.[2]

이렇듯 시인 김요섭은 열 살 안팎의 어린 시절에 죽음을 생각하며 문학인으로서의 자질을 키웠다.

20代 : '體重' 時代

그가 28세 때 간행한 첫 시집의 이름으로부터 만든 시대 구분의 명칭이다. 그는 21세의 나이에 고향을 등진 실향민의 신세가 된다. 그러한 처지에 동화와 시만 생각하고 살아온 문학청년 김요섭이 의식주를 해결하며 생존을 근심하여야 한다는 것은 얼마나 지겹고 힘겨운 일이었을까? 그가 첫 시집의 제목을 「體重」으로 삼은 것은 자신의 일상인으로서의 존재를 확인하며 그것을 시로서 반성한다는 의도를 나타낸 것임에 틀림없다. 그 20대에 그는 분명 자기 한 몸뚱이가 무겁고 주체스러웠을 것이다. 그러나 「體重」의 전문을 읽어보면 의외로 역설이 기다리고 있다.

---

2) 「詩는 내 인생의 폭군」, 「문학사상」 (1986년 5월호.)

48킬로그램의 人間이
體重器 위에 올라섰다
軍醫官의 찡그리는 표정을 피해
바라보는 먼 하늘

자꾸 가벼워지는 肉體
약하기 때문에 학살당한
스파르타 소년의 먼날의 이야기

끝끝내 무거운 내 정신의 重量을 달 수 없는
體重器 위에
戰爭과 내가 얹혀져 있다.

시인 김요섭이 힘겹게 거느리고 있는 체중은 군의관이 눈살을 찌푸리는
허약 체질이다. 거기에 만일 그의 고뇌로운 의식이 계량될 수만 있다면 그
것은 4억 8천만 톤을 간단히 넘을 수 있을 것임을 우리는 너무도 쉽게 느낀
다. 이 시기에 그는 자기 존재에 대한 무서운 성찰로 점점 더 외형상의 체중
을 감소시켰을 것이다.

30代 : '機械' 時代

그의 두 번째 시집 『달과 機械』로부터 빌어 온 시대명칭이다. 시인 김요
섭의 30대는 동화작가로서의 활약이 시인으로서의 이미지를 앞지르는 시
대이다. 이 무렵에 『젊은 날의 고뇌』, 『비로오드의 손톱』 등의 번역물과 『안
델센 전기』를 집필하고 「따뜻한 밤」, 「오 멀고먼 나라여」, 「깊은 밤 별들이
울리는 종」, 「장미극장」, 「물새 발자국」 등의 동화가 발표된다. 이렇게 동화
와 시를 병립시키면서 그는 인간의 세계가 어떻게 하느님이 계획했던 원래
의 모습에서 멀어가고 있는 가를 『달과 機械』에서 괴로워한다. 체중시대가
자아의 발견과 탐색의 시대라 한다면 기계시대에 와서는 그 자아의 위치를
이 우주와 세계 안에 바르게 정립시키려고 애쓰는 때였다고 하겠다. 평생을
두고 시의 중심 주제를 이루는 삶과 죽음, 그리고 시간의 의미가 기독교 윤
리관에 의해 확고한 기반을 다지는 때이기도 하다. 이 시기에 그의 인생과

문학의 동반자인 그의 아내 李寧熙 여사와의 결혼도 기억해야할 대목이다.

40대 : '國語' 時代

이 시기에 그는 세 권의 시집을 간행한다. 그 첫 번째 시집이 『國語의 主人』이다. 이미 체중시대부터 싹터 온 역사적 실존으로서의 자아에 대한 성찰이 민족 문제로 확산되고 기계시대에 문제삼았던 우주와 자연에 대한 관심이 보다 밀도 있게 천착된다. 『빛과의 關係』에서는 이 거대한 우주 자연 속에 초라하기 이를 데 없는 인간이 어떻게 하느님을 감지할 수 있는가를 검토하는 것이라면 『얼굴이 없는 얼굴』에서는 역사가 超歷史를 더듬어보는 과감한 시도를 감행하는 것이라고 볼 수 있다. 표현과 視點을 달리 했을 뿐 이 기간에 나온 세 권의 시집은 모두 '하느님을 만나보려는 詩的여행' 이라는 공통성을 가지고 있다. 그 중에서도 『國語의 主人』은 시간을 초월하는 스스로의 존재, 곧 하느님이 어떻게 감각적 현상 속에 자신을 드러내는가를 밝혀 보려고 애쓰고 있다. 이 문제가 시인 김요섭의 필생의 과업이 되는데 그러한 과업을 수행하기 위한 수단으로서의 언어가 드디어는 목적을 승화하는 것을 우리는 『國語의 主人』에서부터 발견하게 된다.

이 기간 중에 문단 중진으로서의 활약은 말할 것도 없고 동화의 세계를 확산시켰다는 점을 특별히 주목해야 한다. 그는 동화가 어린이의 전유물이 아님을 입증하기 위하여 『어른들을 위한 童話集』을 내놓기도 한다. 이 시기에 『강재구 소령』, 『날아다니는 코끼리』, 『햇빛과 바람이 많은 골목』, 『곶감과 호랑이』 등의 동화집과 理論書로 『아동문학론』을 출간한다.

50대 : '巨人' 時代

우리는 그의 50대를 여섯 번째 시집 『달을 몰고 달리는 진흙의 巨人』에 나오는 낱말 '巨人' 과 관련짓는다. 대개의 경우 한국의 작가는 3, 40대를 정점으로 하여 50대에 이르면 왕성한 창작의욕이 감퇴되는 모습을 보인다. 그러나 김요섭의 경우는 끝없는 확대와 심화가 있을 뿐이다. 이 50대 10년 간에 그는 세 권의 평론 산문집, 네 권의 시집, 그리고 20권이 넘는 동화집을 간행하였다. 우선 눈에 띄는 대로 동화집의 이름을 열거해 보기로 한다.

『금강산의 호랑이』, 『꾀 많은 머슴』, 『우정의 별무리』, 『달님 해님』, 『地下鐵 속의 童話』, 『곰 푸우』, 『꽃씨들이 잠든 땅』, 『화성에서 만난 아이』, 『소금장 수와 호랑이』, 『독도에서 백두산까지』, 『인형의 도시』, 『봄 기러기』, 『해 돋 는 나라』, 『꽃잎을 먹는 기관차』, 『이야기 주머니』, 『뻐꾸기 우는 마을』, 『한 국 전래동화집』, 『날아다니는 코끼리』, 『이슬꽃』, 『꿈나무』 등이다.

이러한 분량의 작품활동은 문자그대로 거인의 면모가 아닐 수 없다. 이 기간에 다섯 가지의 상을 받은 것은 그의 문학적 업적에 비한다면 오히려 약소하다고 말할 수도 있을 것이다. 70년대 말에서 80년대 초반까지 중앙 대·목원대·숙명여대 등에 출강한 것을 뺀다면 그는 거의 서재에서 동화 와 시를 쓰기 위한 기도의 자세를 흐트리지 않았다. 그가 앞으로 얼마나 더 천수를 누릴 것인지는 모르거니와 가속화한 문학적 정열과 역량을 미루어 본다면 세월이 갈수록 더 많은 성과를 쌓을 것이라고 예측된다.

3. 耀燮의 童話 — 그 幻想의 世界와 基督敎思想

김요섭의 문학을 논의함에 있어서 동화와 시를 분리한다는 것은 인간에 게서 영혼과 육체를 갈라놓는 것만큼이나 무섭고도 무모한 일이다. 그는 기 회 있을 때마다 童話와 詩의 동질성을 주장한다.

> 동화를 쓴다는 것은 시인이 아니면 할 수 없는 작업이라고 일찍부터 생 각해 왔고 지금도 변함이 없다. 이러한 생각은 견고한 논리적인 문학의식 이 아니고, 나의 문학창작 초기부터 자연스레 만들어진 생각의 바탕이다. 지금도 시나 동화를 번갈아 써가지만 창작심리로서는 조금치의 갈등을 느 끼지 않고 있다.[3]

이처럼 김요섭에게 있어서 동화와 시는 일종의 기질적 일체감에 뿌리를 두고 있는 것이기는 하지만 그렇다고 이론적인 일체감이 고려되지 않는 것 은 아니다. 왜냐하면 그의 시적 상상력과 순수성은 동화의 세계가 추구하는 환상적 세계가 지니는 순수성과 본질적으로 다른 것일 수 없기 때문이다.

---

3) 김요섭, 「상상력의 경계와 환타지」, 『현대동화의 환상적 탐험』(한국문연, 1986), p.58.

  그러면 이러한 김요섭의 동화에서 기독교사상은 어떤 모습을 지니고 나타나는가? 우리는 이 문제를 표면적인 작품의 분위기로부터 주제에 이르는 내면구조에 이르기까지 다음과 같은 세 가지 단계로 검토해 보고자 한다.

  첫째, 배경으로서의 기독교적 분위기에 관한 문제이다. 그의 동화의 상당 부분은 6·25의 상처를 아물게 하는 안간힘의 이야기들인데 그러한 슬픈 현실에 바탕을 두고 있는 이야기일수록 크리스마스, 성가대, 새벽찬송, 성모님, 신부님 등이 이야기를 이끌어 가는 중요한 요소로 등장한다.

  둘째, 동화가 만들어내는 꿈과 기독교사상의 핵심을 이루는 미래세계에 대한 꿈(그것을 기독교에서는 소망이란 말로 표현한다)과의 일치문제이다. 동화가 고달픈 현실세계에서 좌절하지 않고 어린 시절의 꿈을 재생시키고 삶의 활력을 찾게 하는 것이라면, 김요섭의 동화 역시 그러한 기능을 목표로 하고 있다. 특히 어른을 위한 동화에서 이러한 목표와 창작의도를 분명히 하고 있다.

  셋째, '말씀'의 생명화에 관한 문제이다. 기독교 교의의 중심목표가 살아 있는 말씀을 현실화시키는 것인 것처럼 김요섭의 동화 가운데에도 이러한 믿음의 언어, 사랑의 언어를 이 세상에 뿌리내리려 하는 철저한 노력이 엿보인다. 의도적으로 언어문제만을 집중적으로 생각한 동화가 몇 편 있다.

1) 배경으로서의 기독교

  흔히 김요섭의 동화는 幻想性과 현실의식이라는 서로 상반되는 두 축의 교차선상에 세워진 구조라고 이야기된다. 그의 동화 어느 부분을 펼쳐 보아도 강렬한 시대정신에서 출발한 현실의식이 발견되지 않는 곳이 없으며 또 그러한 현실의식은 환상적 아름다움으로 감싸이지 않은 곳이 없다. 그런데 이러한 씨줄과 날줄이 만나는 자리에, 다시 말해 환상과 현실이 구체화되는 이야기의 길목에 분명히 현실로서 그리고 꿈처럼 맑고 밝고 고운 빛깔과 소리로 등장하는 것은 예외 없이 찬송과 기도소리요, 반짝이는 별, 그리고 천사의 옷빛을 닮은 눈송이가 등장한다. 『어른을 위한 童話集』에서 눈에 띄는 대로 기독교적인 분위기를 뽑아 보면 다음과 같다.[4]

---

4) 『어른을 위한 童話集』은 1975년 5월에 瑞文文學 182로 刊行되어 지금까지 여러 번 인쇄되었다.

「늙은 나무의 노래」

"하느님이여! 이 노래가, 이 책이 온 땅에 햇빛처럼 퍼지소서" 기쁨을 못 이겨 두 손을 맞쥐고 이렇게 기도하였습니다.

「샛별과 어머니」

"천주님이여! 저 샛별 밑의 나의 소망, 나의 기쁨, 우리 아들을 지켜 주시옵소서"하고 이렇게 새벽마다 꼭 같은 시각에 천리 만리를 사이에 둔 하나의 샛별을 바라보며 동쪽 싸리바자 속의 어머니와 북쪽 밀밭속집 어머니의 기도하는 것을 새벽하늘에 나오는 샛별은 매일 볼 수가 있었습니다.

「푸른 머리의 사나이」

현대의 하느님은 하늘에만 있지 않고 이따금 사람들이 다니는 큰길이나 골목 안을 잘 걸어다녔습니다. 하느님은 큰길을 걷다가 이 사나이의 "흙, 흙, 흙으로"하는 소리를 흑흑흑 흐느끼는 소리로 잘못 듣고 걸음을 멈추었습니다. 하느님은 어둠 속 사나이의 읊조리는 소리를 다 듣고는 "알았다!"하는 순간 이상한 일이 일어났습니다.

「안개와 가스등」

성서 속에 예수님은 목수 일을 했다는데 저 할아버지처럼 가스등을 켜러 다녔으면 좋았겠다고……. 그러면 옛날에 예수님도 이 골목을 한번쯤 다녀갈 수 있지 않았을까 하는 생각이었습니다.

「빛이 되어라」

빛은 하나다. 하나가 되기 위해 모든 사람은 그리고 역사는 고생하고 있다. 아름다움을 보려는 네 눈이 곧 빛이다. 빛을 켜들고 고요히 잠들어라. 새벽이 쉬이 오리라. 네가 빛이 되어라. 네가 빛이 되어라.

「바람과 보석」

성당 뜰에 나뭇잎들이 뒹굴기 시작합니다. 바람이 숨었다가 어둠을 타고 성당의 주변을 한 바퀴 도는 것입니다. 성모 마리아상 앞에 켜 놓은 촛불들이 꽃처럼 아름답습니다. 날씨가 스산하여서인지 그 앞에 꿇어앉아 기도를 드리는 사람들의 모습도 뜸합니다.

「무지개와 시인」

"저 배는 무슨 배예요?"

"아까 쓰러진 노아라는 늙은 시인이 타고 있는 배다."

(중략)

"아이야! 근심 말아라. 곧 비가 멎는다! 이것은 하느님의 슬픈 눈물이
다. 하느님의 눈물로 이 더러운 물을 말갛게 씻어 줄 것이다."

번거로움을 피하기 위해 더 이상의 인용은 생략하거니와 이처럼 김요섭
은 동화 속에서 기독교적 분위기를 즐긴다. 명동성당 성모 마리아상 앞에서
기도하는 소년을 지켜보는 배 신부의 시선에서 이야기를 풀어 가는 「바람
과 보석」, 역시 명동성당 성모상 앞에 꽃다발을 꽂으며 기도하는 장면이 나
오는 「꽃시계」, 성모보육원을 무대로 하고 펼쳐지는 「이슬꽃」, 성탄절 새벽
에 크리스마스 캐롤을 부르며 용서와 화해로 대단원의 막을 내리는 「햇빛
과 바람이 많은 골목」 등을 더 손꼽을 수 있다. 기독교의 분위기를 동화의
배경으로 설정하는 작가의 의도는 무엇인가? 두말 할 것 없이 거기는 현실
과 환상이 만나는 자리요, 우리가 원하는 구원이 구체화되는 공간이기 때문
이다. 그런데 여기서 주목할 것은 김요섭 자신은 개신교 신자임에도 불구하
고 동화 속에서는 가톨릭의 분위기가 더 강하게 묘사된다는 점이다. 아마도
이것은 가톨릭의 분위기가 한국인의 토착적인 종교심성에 개신교보다 더
가깝게 닿아 있는 것이기 때문이 아닐까 추측된다. 그러나 이 문제는 좀더
깊은 고찰이 필요하므로 더 이상의 논의는 유보하기로 한다.

2) 꿈의 현실화로서의 기독교

김요섭의 시가 이 세상의 언어, 보다 구체적으로 말하여 배달민족의 언어
인 한국어로 구성되어 있으나 그 구성이 구축해 놓은 세계는 우리의 인식
속에 숨겨져 있는 지극히 참되고 착하고 아름다운 하느님의 심성, 혹은 그
것과 유사한 어느 세계—어쩌면 은하계를 뛰어넘어, 착하게 살아가는 이 세
상의 몇몇 사람에게만 보여줄 듯싶은 어떤 세상—일 것이라는 생각을 갖게
하는데, 그의 동화 역시 그의 시가 추구하는 그러한 감추어진 세계의 모습
을 어린이의 상상력을 빌어 그려내고 있다. 더구나 그는 어른이 되었다고

해서 어린이의 의식과 심성과 상상력을 잊어버려서는 안 된다는 입장에서 어른의 언어, 어른의 어법으로도 계속해서 동화라는 범주의 문학장르를 즐길 것을 권유하면서 어른을 위한 동화를 집요하게 쓰고 있다. 가령 『地下鐵 속의 童話』에는 다음과 같은 다섯 개의 동화 제목이 나온다.[5]

> 「조금은 불행하고 싶을 때 읽는 동화」
> 「神이 가출한 집에 찾아온 동화」
> 「지하철 군중 속에서 읽는 동화」
> 「호주머니가 빈털터리일 때 읽는 동화」
> 「地震에 대한 정치학적 고찰을 위한 동화」

전통적인 관념으로는 도무지 동화의 제목으로 어울리지 않는다. 그러면 왜 김요섭은 시치미떼고 이러한 동화쓰기를 고집하는가? 이 문제야말로 그의 문학정신을 이해하는 열쇠요, 우리가 그의 문학을 문제삼는 이유이다. 결론부터 말한다면 그가 지니고 있는 기독교적 소망 때문이다. 그는 동화 속에서는 결코 생경한 언어로 '소망을 갖자, 낙심하지 말자' 같은 주장을 하지 않는다. 감성이 사막처럼 메마르고 현실은 한 방울의 눈물조차 사치로 몰아붙일 만큼 각박해진 어른들의 삶의 현장에서, 이제는 더 이상 내디딜 정서적 발걸음마저 멈추어지는 실망과 좌절의 깎아지른 절벽에서, 신음 대신에 한번 눈길을 주어 보라는 이들 어른을 위한 동화는, 그 절망의 마지막 순간, 소년시절의 황홀하던 환상의 세계, 순수하기 그지없던 꿈의 세계로 우리를 손짓하여 부른다. 김요섭이 노리고 있는 것은 다름아닌 이 꿈에로의 復歸이다. 꿈은 인간의 원초적 본질 내지는 本鄕으로 우리의 시선을 돌리게 하는 의식의 감추어진 부분이다. 아늑한 무의식의 보금자리로 돌아가고자 하는 의식의 눈길이 동화에 머무를 때, 어른들은 죽음 속에서 새로운 탄생을 발견하고 살아 있는 동안 끝없이 죽고 끝없이 태어난다는 소망의 세계, 꿈의 세계에서 새롭게 꿈틀거리는 소년시절의 자신을 만나게 된다. 이러한

---

5) 『地下鐵 속의 童話』는 1979년 3월 甲寅出版社에서 刊行된 동화집이다. 이 책 역시 어린이 보다는 어른이 읽기를 권장하는 의미에서 '젊은이를 위한 사랑의 메르헨' 이라는 副題를 붙이고 있다.

관점에서 우리는 그의 동화를 구약성서에 있는 「욥기」에 대응시킬 수 있다. 다시 말하면 절망한 어른들에게, 아니면 절망하기로 마음먹은 현대인들에게 '욥'의 불행을 환기시키며 욥이 갖고 있는 궁극적 소망을 어린이의 話法과 어른의 어휘를 동원하여 이야기를 꾸민다. 이것이 김요섭의 동화이다. 김요섭은 이상과 같은 동화 창작의 의도를 '그림자 찾기'라고 하는 심리학적 관점에서 다음과 같이 말하고 있다.

> 아름다와라 그림자.
> 밤은 비밀에 싸여 있기 때문에 불안하고, 두려운 것이기도 하다. 또한 밤에는 비밀이란 보석이 내장되었기 때문에 아름다우며 우리를 유혹하는 것이기도 하다.
> 우리 인간은 모든 것이 하나였던 것을 둘로 나누어 생각하고 자기 삶도 둘로 분열되어 살게 되었다. 이와같은 이원론은 하루도 낮과 밤으로 세계도 천상과 지상으로 나누어 살게 되었다. 이와 같은 하나에서 둘의 의식은 어린 날의 걸음마 배우기에서 벌써부터 수사를 통하여 범주화한다. 어린 아이가 걸음마를 배울 때 어머니들은 어린이가 한 발짝을 뗄 때마다 하나, 둘을 붙여 준다. 다섯 발짝, 여섯 발짝을 걸어나가도 하나, 둘의 반복이다. 이와같은 의식은 하루의 낮과 밤이 번갈아 돌아오는 리듬이 굳혀 놓은 의식일까?
> 성서적 신화로 비춰보면 에덴동산에서 아담과 하와가 지혜의 열매를 따 먹음으로 선과 악에 눈뜨게 된다. 하나가 갈라져 서로가 충돌하는 둘이 된다. 신의 분노로 사건은 더욱 비극화된다. 영원의 반대인 죽음이 만들어진다. 우리는 모든 사물에서 둘 중 하나를 긍정적으로 보면 다른 하나는 부정적으로 다룬다.
> 우리의 모든 비극은 하나였던 것이 둘로 나누어진 데 있다. 우리 안에 내적 우주인 밤을 탐색하고 그 그림자를 외적 우주에 투사하여 통합되고 조화를 이룬 하나의 우주라는 전체 속에 자기 생명력을 팽창시킬 수는 없을까? 고대인들의 신화적 우주관과 삶을, 우리 안에 살고 있는 위대하고 아름다운 밤을 회복할 수는 없을까?[6]

---

6) 김요섭, 「아름다와라, 그림자」, 『현대동화의 환상적 탐험』 제2부 「동화 속에 나타난 사랑의 우주」 (한국문연, 1986), pp.150~151.

그리하여 김요섭은 어른이나 아이 할 것 없이 어떤 경우에도 낙담하거나
실망하지 말고 소망의 꿈을 지니고 언젠가는 찾아올, 그리고 찾아갈 꿈의
세계를 잊어버리지 않게 하기 위하여 동화를 짓고 있다.

3) 살아 있는 언어로서의 기독교

우리는 앞에서, 전체로서의 자기 생명을 찾기 위하여서는 어린 시절의 꿈
을 간직하는 수밖에 없다는 김요섭의 주장에 귀 기울였다. 그 어린 시절의
꿈이 어른의 세계에서도 지속되는 방법에는 소망의 종교를 지니는 것이 급
선무인데 그러한 방법의 또 다른 길은 동화의 세계라고 김요섭은 말하고 있
다. 그러면 다시 한번 의문을 제기해 보자. 기독교적 소망의 세계에 들어서
는 수단으로서, 그리고 참된 자기(곧 하느님이 원하는 인간으로서의 자기)
를 찾기 위한 수단으로서 동화가 우리에게 필요한 것이라면 동화의 본질은
어떤 면에 있어서 하느님과 공통성을 갖고 있어야 하는 것이 아닐까? 기독
교의 언어관에 따르면 인간에게 계시되는 하느님은 '성서적 말씀'을 벗어
나지 않는다. 즉 언어를 통하여 하느님은 자신을 드러낸다. 그러므로 우리
인간은 일단 그 언어를 하느님으로 바라볼 수밖에 없다. 김요섭은 이러한
기독교의 언어관에 충실하여 언어를 수단으로 삼는 것과 동시에 목적으로
삼는 동화를 만들어낸다. 다음은 『어른을 위한 童話集』의 서문이다.

> 시를 쓸 때와 마찬가지로 동화를 쓸 때도 내가 쓰고 싶은 것으로 내 안
> 의 순수한 文學的 點火로 써 왔다. 다시 말하여 시를 쓰면서 추구해온 문
> 제를 동화를 쓰면서 추구해 보았다고 생각할 수 있다. (중략)
> 「나랑과 나무」, 「청포도」, 「해돋이」 등에서는 외로움과 맑은 아픔 속에
> 서 피는 사랑의 꽃을 동화로 만들려고 했다. 「무지개와 시인」, 「내 말은 살
> 아 있다」, 「앵무새」는 씌어진 시기가 서로 사이를 두고 있으나 언어에 대
> 한 나의 추구이다.
> 하늘과 땅 사이는 본래 비어 있었다. 사람의 마음도 본래 비어 있었다.
> 말이 생기고 말이 하늘과 땅 사이에 채워지면서 우주에는 빛이 넘쳐나기
> 시작했다. 그러나 우리들은 말의 辭典的 의미에만 매달려 있을 뿐, 말이
> 喚起시키는 말의 신령스러운 세계에는 너무 거리가 먼 언어생활을 하고

있다. 언어에의 꿈, 이것은 시만이 꾸는 꿈이 아니라 동화도 이 꿈을 향해
달려야 한다.[7]

　여기에서 강조되고 있는 언어는 곧 살아 있는 언어, 생명의 언어로서의
우리들 삶의 본질을 가리킨다. 바꾸어 말하여 바로 聖書的 언어이다.「무지
개와 시인」,「내 말은 살아 있다」,「앵무새」에서 김요섭이 그려내고자 한 것
은 이러한 성서적 언어의 회복이다. 이들 작품에서 언어의 神聖性, 永續性,
峻烈性 등이 낱낱이 파헤쳐지고 또한 언어가 궁극적으로 사랑과 믿음, 화해
와 평화의 실체이어야 함이 입증된다.

4. 耀燮의 詩 — 그 철저한 黙示主義

　① 言語가 인간구원의 알파요 오메가라는 기독교적인 언어관은 김요섭에
게서 세 가지 방면으로 재확인된다. 하나는 그의 동화에서이고, 둘은 그의
산문에서이며, 셋은 그의 詩에서이다. 그의 詩를 논의하기에 앞서 우선 동
화와 산문에서 그가 언어(詩)를 어떻게 말하고 있는지 살펴보기로 하자.

　그럼 말하마. 우리 수많은 억천의 사람들이 지껄여대는 말. 옛날 죽은
사람들의 말부터 지금 억천의 사람들이 지껄이고 있는 말을 죄다 쌓아 둔
다면 지구에는 이 하늘 아래에는 쌓아둘 곳이 없을 것이다. 사람의 입으로
쏟아놓은 말 이외에도 이번에는 활자로 찍어내는 말, 밤을 새워 찍어내는
말도 얼마나 많겠니. 네가 안고 있는 신문을 봐라! 말이 손으로 만질 수 있
는 그런 물건이었다면 아마 우리들은 여기서 말할 사이도 없이 먼 옛날에
벌써, 이 하늘같이 쌓인 말에 깔려 죽었을 것이다. 그러나 말은 말해 놓고
보면은 이내 눈앞에서 사라져 버린다. 그럼 말이란 영영 이 허공 속에 사
라져 버렸을까? 아니지! 이 공기 어딘가에 내가 말한 한 마디도 빠지지 않
고 풀어져 깃들어 있을 게다. 아름다운 말을 했더라면 아름다운 공기로,
햇빛 같은 이야기를 하였더라면 햇빛같이 이 공기 속에 풀어져 있을 것이
다. 그러나 우리가 하는 말은 주로 무슨 말이었던가? 남을 미워하는 말,
시기하는 말, 남에게 싸움을 거는 일, 남을 해치고, 내게만 이익 되는 이야

---

7) 『어른을 위한 童話集』, '책머리에' 에서 발췌.

기로만 모든 말이 있어 왔다. 그럼, 이 아름답지 못한 말들은 이 허공에서
풀어져 무슨 공기가 되겠니?[8]

구약의 '노아의 홍수' 이야기를 소재로 한 동화 『무지개와 시인』 속에 나
오는 일절이다. 언어의 본질을 생생하게, 그러나 아주 쉽게 풀이하고 있다.
언어가 肉化될 수 있는 실체로서 그것은 창작의 대상일 뿐만 아니라, 시각
과 촉각의 대상일 수도 있는 불멸의 자연임을 강조하는 이러한 이야기에서
우리는 김요섭의 겸허하고도 신념에 찬 언어관을 발견한다. 『앵무새』에서
는 언어가 올바르게 사용되지 않는 비리의 풍토에서 그것이 어떻게 진리를
간직하는 최후의 은신처로 가능한가를 힘들여 그려내고 있다. 이때에 언어
는 곧 시요, 시인이요, 시인의 가슴 속에 감추어져 있는 꿈의 세계이다.

한편 그는 기회 있을 때마다 시가 무엇인가를 산문으로 적어 왔다. 자기
시집의 서문이나 跋文 같은 데서, 혹은 짤막한 단상에서 간명하게 언급한
詩論을 통하여 우리는 그가 시를 궁극적 실재에 얼마나 가깝게 접근시키는
가를 확인할 수 있다. 좀더 과감하게 말한다면 그는 시가 곧 궁극적 실재,
그 자체일 수도 있다는 주장을 한다고 생각한다. 이때 우리가 주목해야 할
것은 그가 시를 말할 때는 그것이 본질적으로 언어 일반에 대하여 말하는
것이라는 사실이다. 그에게 있어서 언어와 시는 사실상 동일한 개념으로 파
악된다. 다음에 몇 구절을 인용해 보자.

시는 한 마리의 새
시는 모닥불
시는 한 방울의 이슬.[9]

우리들의 판에 박은 듯한 하루하루의 풍경은 마치 그림엽서 속의 풍경과
같다. 그러나 시인들은 이러한 풍경 속에서 해방되기를 원한다. 내가 살아
있다는 불꽃 같은 의식을 순간순간 가지고 싶어한다. 이러한 때에 사물에의
인식은 마치 전쟁이 끝난 순간의 兵士의 눈에 비치는 사물처럼 놀랍고 신선

---

8) 「무지개와 시인」, 『어른을 위한 童話集』 p.222.
9) 김요섭의 第九詩集, 『검은 시간이 무덤을 파고』의 自序에서 발췌.

하며 신비로와 살아 있다는 생명력의 충만함을 느낀다. 이때의 시간은 평면적으로 흐르던 것을 멈추고 일단 斷續된 채 마치 분수처럼 분출한다. 비로소 자기의 얼굴을 확인하게 된다. 인간은 누구나 탄생과 죽음 사이에 갇혀 있다고 생각하는 것은 일반인의 思考다. 시인은 오히려 죽음 속에서 탄생을 꾀한다. 그 탄생이 몇 초 뒤에 꺼지는 빛이라 하여도 절망하지 않는다. 그는 죽음 속에서 쉬임없이 탄생을 企圖하는 것이다.[10]

> 시인은 시를 씀으로 자기의 本質을 만들려고 試圖한다. 현재의 막연함에서 탈출하여 일상의 지평 너머로의 꿈을 만들려고 한다. 그 만듦이 本質일 수 있다. 그 꿈은 자유의 의식 속에서 자기를 만들어 간다. 자유는 또한 불안의식을 같이한다. 자유는 책임을 짊어지고 있기 때문이다.[11]

이와 같이 은유와 아포리즘의 형식으로 나타내는 그의 詩觀은 바꾸어 말하면 시를 쓰는 일이 영생을 추구하는 종교적 심성, 더 나아가 기독교적 삶의 자세에 다름아님을 주장하는 것이다. 기독교 교의에 따르면 그리스도는 하느님 말씀의 肉化이다. 따라서 말씀의 화신으로서 그리스도의 생애는 그의 가르침과 더불어 우리들 인류에게 시간과 공간을 초월하여 영원히 살아 있다. 그리하여 '살아 있는 말씀'으로서의 성경은 시대를 초월하고 지역을 구별짓지 않으면서 언제 어디서나 보편타당한 진리를 간직하고 있다. 이렇게 감추어진('저장되었다'는 의미의 감추어짐) 진리는 그것을 찾으려는 사람들에게는 언제나 어디서나 스스로를 아낌없이, 그리고 거리낌없이 드러낸다. 이러한 감춤과 드러냄을 기독교 용어로는 啓示 또는 默示라고 한다. 우리가 이제 김요섭의 시를 기독교 교의의 핵심요소의 하나인 默示主義로 이름 붙이려 하는 까닭은 앞에서도 지적한 바와 같이 그가 언어와 시에 대해서 지니는 숭고한 구도적 자세와, 앞으로 논의되겠지만 그의 詩語가 지니는 고도의 메타언어(meta-language)적 속성이 그대로 성서의 묵시성을 닮고 있기 때문이다. 그는 언어를 떠나서는 잠시도 살 수 없는 시인이면서도 언어를 두려워함에 있어서는 가련한 죄인임을 숨기려 하지 않는다. 그는

---

10) 김요섭, 「탄생의 企圖」, 『現代詩의 宇宙』(文學藝術社, 1985), p.12.
11) 「木炭紙」, 『現代詩의 宇宙』, pp.49~50.

다음과 같이 고백한다.

> 서울에는 이태리에서 온 수도사들이 중심이 되어 세운 조그만 교회가
> 있다. 숲 속의 그 교회에서는 펜으로 神의 正義를 어기고 세계를 타락케
> 한 문필인들의 속죄를 비는 미사가 정기적으로 올려지고 있다고 한다. 그
> 미사의 촛불 밑이야말로 내가 가서 꿇어앉아야 할 자리이다.[12]

이 정도로 겸허한 자세를 지니는 시인에게라면 마음놓고 언어를 내맡길
수 있지 않겠는가! 또한 한국 근대시의 생성 이래 이제야 비로소 성서적 묵
시주의에 바탕을 둔 시인을 논의하게 된다는 것은 다소 늦기는 했으나 얼마
나 다행한 일인가! 그러면 이제부터 그의 시 작품을 통해 묵시주의의 모습
을 밝혀 보기로 하자.

시의 표현양식이 상당부분 은유에 의존하고 있다고 하는 상식을 아무리
잘 알고 있는 독자라고 할지라도 김요섭의 시를 대하면 시의 은유에도 여러
차원이 있음을 깨닫게 될 것이다. 그는 분명 현대 한국어를 사용하여 자신
의 개인적 경험을 토대로 한 20세기 한국인의 꿈을 그리고 있지만, 그 꿈이
지은이의 의도와 꿈에 관계없이 이른바 열려 있는 언어, 곧 묵시적 언어로
독자에게 제시되면서 얼마든지 독자 나름의 꿈을 펼칠 수 있도록 그의 시어
를 고도로 응축시킨다. 내포의미가 다양해지다 못해 폭발할 것 같은 긴장감
이 서리는 것이다. 독자 마음대로 독자의 형편에 따라 해석하고 감상할 수
있도록 시의 세계를 개방하는 시를 대한다는 것은 서투른 독자에게 있어서
는 기쁨인 것만은 틀림없지만 동시에 일종의 공포요 전율이 아닐 수 없다.
그의 시가 자주 논의되지 않는 이유는 이처럼 그의 시가 지니는 多層的으로
농축된 메타언어적 특성 때문이었다. 그러나 그것은 분명 시인이 지향하고
자 하는 꿈의 세계로 視線을 고정시키고 있는 것이요, 그 꿈은 현대의 한국
인이라면 누구나 공감할 수 있는 시대적 민족적 감성과 의지를 그려내고 있
는 것이다. 그러면 그의 시가 발표된 순서에 대체로 따르면서 그의 시를 우
리 나름으로 재구성해 보기로 한다. 첫 번째 시집 『體重』에서 다음 한 편을
고른다.

---

12) 「파도소리, 나팔소리」, 『現代詩의 宇宙』, p.30.

그이를 향해 열린 채
비어 있는 마음
무거운 뉘우침이 고여 간다.

마리아
가난한 花甁 속에
그대의 눈물이라도 채워 주셔요.

환한 아침이 넘칠 듯 고여 가는 花甁
향기로운 이름은
기쁨처럼 활짝 피어난다.

그이에게 바치는
숱한 이슬 내 풍기는 울음.

「花甁」이란 제목을 붙이고 있다. 화병이라는 정물이 시인과 동일화되면서 화병이 눈을 뜨고 손을 벌리며 빈 가슴에 말씀을 채우고자 허기를 느낀다. 마리아를 매개어로 삼지 않았다면 '그이'가 자칫 세속적 그리움의 대상으로 오해됨직도 하다. 그러나 마리아에 의지하면서 인간적인 고뇌와 슬픔이 빛나는 아침, 향기로운 이름으로 변질된다. 인간이 고통 가운데 있으면서도 종국적으로 도달하게 되는 귀착점에서 그이의 이름과 나의 울음이 합치된다는 신앙을 이야기하고 있다. 김요섭의 첫 시집 『體重』에는 20대의 실향민이 도대체 어디쯤 머물러 있는가를 점검하는 역사적, 현실적 자기확인이 중심주제로 되어 있는데 그 가운데에서 이 「花甁」은 그의 의식 안에 정물처럼 고요히 도사리고 있는 기독교신앙을 겸손하게 고백하고 있다. 그가 기독교 시인이라는 명칭을 얻을 수 있는 싹이 발아된 모습이라고 할 것이다.

그의 두 번째 시집은 『體重』이 간행된 지 12년 뒤에 『달과 機械』라는 이름으로 선보인다. 거기에서 「봄밤의 피」를 읽어 보자.

새벽, 어느 먼 마을 위에 눈이 내리고 있는가. 아무런 배반도 없는 순종의 마을에 두려운 새벽닭도 지금 울고 있는가. 잠들기도 싫은 새벽이다. 생각하는 일도 싫은 새벽이다. 일, 쓴다는 일은 더욱 바다처럼 두려운 시

간, 드러누워 있다는 것은 그대로 내가 언덕이 아니면 짐승! 짐승의 **뼈다**
귀가 되어 있는 것 같아서 놀라 일어나 앉으면 벽을 무찌르고 몰려든 바
다. 나는 바다속에 앉은 사람. 내 손에 잡히는 것은 이 무슨 증거인가 마른
명태! 어느 먼 마을 위에는 눈이 내리고 있는데 새벽닭은 울고 있는데 명
태를 찢고 있다. 바다를 질근질근 씹고 있는 것이다.

　　마른 채 찢겨가는 명태의 승리, 肉體의 영광과 기쁨이어. 나에게 이런
기쁨을 다오, 가시에 찔린 俗蟲의 아픔을.

　　시를 쓴다는 것은 실로 교만한 皇帝나 할 노릇, 우리가 詩 쓴다는 것은
殺害를 요구하여 아우성치는 群衆 앞에서 회피하는 빌라도의 푸르고 슬픈
손길. 나의 모든 지체는 부패하여도 좋다. 마지막 남은 나의 王國의 領土,
詩를 쓰고 있는 이 손이나마 봄이면 피어날 줄 아는 나무 잎사귀든지 인간
의 손으로 피 흐르게 해다오.

　　봄밤의 피.
　　크리스토가 탄생하던 절망의 봄밤의 피를.

　제임스 조이스에 의해 소설기법의 하나로 자리를 굳힌 '의식의 흐름'이
어째서 소설에 국한될 일인가! 우리는 위의 시 「봄밤의 피」를 읽으면서 진
실로 자연스럽게 의식의 흐름이 시에서도 기막힌 성공을 거둔다는 사실에
놀란다. 어느 프랑스 시인은 이 시를 읽고 雪山童子의 이야기를 읽는 것 같
다고 말했다 하거니와[13] 과연 그 시인은 「봄밤의 피」를 장편의 서사적 스토
리로 바르게 읽은 셈이다. 이 시에는 두 개의 전혀 다른 서사적 이야기가 중
첩되어 있다. 하나는 2천 년 전에 베들레헴의 마구간에서 태어나 33년의 짧
은 생애 속에 영원한 전 우주를 감싸안은 예수 그리스도의 이야기이고 다른
하나는 예수보다는 조금 더 살았을 30대 후반의 시인 김요섭의 이야기이
다. "自省의 칼끝으로 하루에도 몇 번씩 죽음을 체험하면서 어느 날 밤 不惑
을 바라보는 자신의 생애를 회고한다. 제일 먼저 어린 시절의 고향이 망막
에 펼쳐진다. 추억은 그것이 아무리 슬픈 사연이라도 아름다운 정서로 바뀌

---

13) 閔熹植의 「銀빛의 神」書評, 「한국문학」(1981년 3월호). p.338 참조.

는 법. 그래서 고향 마을에 내리는 눈은 40을 바라보는 시인의 마음을 한없이 순결하고 조용하게 만든다. 밤이 깊어 간다. 누워 있어도 잠이 오지 않는다. 새벽닭이 울 때가 가깝다. 그러자 갑자기 "새벽닭이 울기 전에 나를 세 번 배반하리라"(그러자 예수께서 베드로에게 "내 말을 잘 들어라. 오늘 밤 닭이 울기 전에 너는 세 번이나 나를 모른다고 할 것이다"하고 말씀하셨다. 마태오 26 : 34)하는 음성이 들리는 듯하다. 용수철이 튀듯 일어나 앉는다. 내가 살아 있음은 시를 쓰기 위한 것이 아닌가 하는 생각에서 그동안 써왔던 시가 과연 무엇을 말하고 있는지 또 반성해 본다. 자신의 존재이유가 시를 쓰기 위한 것이라는 그럴듯한 핑계를 대고 있지만 내가 시를 쓰는 행위는 책임회피이거나 현실도피의 자구책이 아니었는가? 그것은 빌라도의 손씻기 같은 교활한 몸짓이나 아니었는가? 이 위선의 몸뚱이를 찢어 버리고 싶다. 엊저녁 대폿집에서 소주잔을 기울이며 마른 안주로 찢기던 명태조각처럼 나도 찢기고 싶다. 죽음을 통해서만 얻게 되는 영광이 어찌 그리스도에게만 한정될 일인가. 나도 이름 없는 또 하나의 작은 그리스도가 될 수는 없는가? 그러나 부끄럽다. 한없이 부끄럽다. 그러나 부끄럽다고 생각하는 나의 마음 한 조각만은 새봄이면 피어나는 파릇한 나무잎사귀로 축복을 받고 싶다. 누군가 그 푸른 잎사귀에서 철철철 피 흘리며 괴로워했던 저 가련한 한 시인의 마음을 읽어줄 것 같기 때문에……" 이렇게 그리스도의 생애에 시인 김요섭은 자신의 생애를 중첩시키면서 그리스도처럼 살다 가는 것의 의미를 가다듬은 시가 「봄밤의 피」라고 하겠다.

　이러한 신앙인의 자세가 좀더 직설적인 화법으로 표출된 시에 「웃음을 위한 素描」가 있다. 거기에서 김요섭은 "나의 평생을 바꾸어도 아예 그 어느 분이 잠시 지어본 웃음보다 실하지 못한 것을. / 나를 깎아 가야 할 것을, 날마다 나를 깎아내야 할 것을, 겨자씨보다 작아져야 할 것을, 그리고 차가운 저 벽에 던지운 나의 그림자도 지우고 마지막 소리 없는 한 점 웃음이 되어 형제들의 가슴에 스며야 하는 것이 아니겠소."하고 한 인생이 세상 사람들에게 한 점 웃음으로 기억될 수만 있으면 얼마나 행복할 것인가를 노래한다. 이처럼 「달과 機械」에서는 작아지기 위한 노력으로 자신을 채찍질한다. 기고만장해야 할 30대 후반의 청년 시인 김요섭은 오히려 좀더 낮게, 좀더 작게를 외치면서 기독교인의 길을 누가 알세라 조심스럽게 걷고 있었다. 크리스천이 무엇인가를 체득한 시인의 참 모습을 우리는 여기에서 분명히 발견하는 것이다.

그의 제3시집 『國語의 主人』은 그가 40대에 접어들면서 간행한 첫 번째 시집이다. 모두 28편인데, 그 가운데 기독교 용어를 표면으로 내세운 작품은 「聖書의 눈」, 「불의 契約」, 「포인세티아」 등 몇 편에 불과하지만 기독교의 냄새를 전혀 풍기지 않고 있는 작품에서 오히려 우리는 그의 크리스찬 정신이 노출되는 것을 보게 된다. 다음은 「해시계」의 전문이다.

해시계 위에
古宮의 햇빛이 모였다

지금은 二月
大理石에서 뿜는 돌향기 같은
二月
손이 차가운 사람들이어
해시계 그늘을
조금씩 손에 받자

빛도 땅에 떨어지면
돌아서 그늘이 된다
땅에 떨어져 온
이 불꽃 같은 말씀을

지금
大理石을 스친 그늘은
내 時間의 內部를
새가 날아간 것이다.

그가 機械時代를 벗어나 國語時代에 오면서 나타낸 신앙상의 변화는 아마도 기계시대에 보였던 자책과 회개로 체중을 축내는 정신적 학대로부터의 해방이 아니었나 생각된다. 작아지는 것은 좋으나 비굴하지 않아야 할 것이요 낮아지는 것은 좋으나 하느님의 위대하심을 찬양하고 그 은총을 노래하지 않는다면 그 낮아짐이 의미가 없다는 것을 깨달은 증거일 것이다. 그래서 김요섭은 국어시대에 이르러 하느님 찾기에 나서는 것이다. 그렇다면 이 세상 어디에나 계시다고 하는 하느님을 우리가 어떤 방법으로 찾을 수 있는가? 김요섭은 추위가 아직도 맹위를 떨치고 있는 2월 어느 날, 시간을 내어 古宮의 뜨락을 거닌다. "立春이 지났다고 하여도 햇빛이 쏟아지는 양지쪽이 아니면 봄이 다가온다는 느낌을 가질 수 없다. 그러나 그렇다고 해도 계절의 변화는 어김없이 찾아오는 약속된 하느님의 표정이다. 우리 인생이 비록 몇 십 년에 지나지 않는 時間內的 存在이기는 하지만 그 속에서도 永遠이 무엇인지를 깨닫도록 허락하신 하느님의 사랑이여! 이제 추위 속에서 봄철을 豫見하듯 그늘 속에서도 햇볕을 깨닫는 슬기를 확인하게 하소서. 저 大理石에서 내뿜는 寒氣가 당신의 사랑스런 봄기운의 前兆임을 찬양하게 하소서. 이 세상에 良心이 없다고 비관하는 사람, 이 세상에 正義가 죽었다고 슬퍼하는 사람들아! 해시계 그늘을 두 손에 받들고 가만히 들여다보아라. 그것은 하느님 사랑의 빛살이 땅에 떨어져 만들어 놓은 그림자가 아니냐? 그 그림자에서 하느님의 말씀이 아니 들리느냐? 나는 지금 내 40년 생애를 한 줄기 햇살처럼 꿰뚫고 흐르는 하느님의 음성이 들리는데……. 아 마침 참새 한 마리가 내 비밀을 알았다는 듯 머리 위를 스쳐 지나가는구나." 「해시계」가 제시하는 시적 상념을 이렇게 제한하는 것이 미안한 일이기는 하지만 이것은 이 시를 이해하기 위한 불가피한 방법론이다. 이러한 방법론을 거치지 않으면 김요섭의 詩語가 지니는 메타언어의 특성을 바로 파악할 수가 없다. 우리는 그의 시어를 놓고 다음과 같이 유추를 시도할 수 있다.

1. 하느님은 하늘에 계시다.
2. 하늘에는 태양이 있다.
3. 그러므로 태양은 하느님을 나타내는 방편이 될 수 있다.
4. 태양은 이 땅위에 빛을 보낸다.
5. 하느님도 이 땅위에 빛을 보낸다.
6. 햇빛을 보면서 하느님의 빛을 생각하는 것도 하나의 방편이다.
7. 햇빛은 그늘을 만든다.

8. 그늘의 원인을 생각하자. 그리고 모든 것의 원인을 생각하자.
9. 따라서 우리는 이 세상 모든 범상한 사물들로부터 하느님을 찾을 수
   있다.

　오류투성이의 삼단논법을 세 번쯤 거쳐서 우리가 얻은 결론은 '하느님=
그늘'이라는 공식이다. 김요섭의 시어는 이러한 의도적 오류를 범하는 다
단계 유추 내지는 은유의 확산으로부터 얻어낸 보석과 같은 낱말들이다. 그
는 상극적인 두 요소간의 갈등 속에서 엄존하는 하느님의 섭리, 그리고 이
세상의 조화로움을 발견하고 어쩔 줄 모르는 어린이가 된다. 그에 자주 나
오는 지극히 단순한 의미의 낱말들, 예컨데 눈(雪)과 피(血), 금빛과 은빛,
꽃과 불같은 낱말들은 그가 여러 단계의 은유과정을 거쳐서 찾아낸 아주 소
박한 어린이의 낱말이다. 한편 거기에는 詩論을 좋아하는 어른들의 낱말이
없지도 않다. '언어, 시간, 소리, 빛깔, 향기' 같은 낱말이 그것이다. 하느님
을 표상할 수 있는 한국어 낱말을 온통 체로 쳐서 걸러낸다면 마지막에는
'언어, 시간, 소리, 빛깔, 향기' 같은 낱말이 아닐까 하고 김요섭은 생각하
는 것 같다. 그러므로 그의 시어에 대한 이해가 깊어지면 깊어질수록 그의
시는 온통 하느님 찬양이라는 오해를 수반한다. 다음은 「梅花」의 전문이다.

　　흰 눈이 무섭다
　　한 瞬間처럼 무섭다
　　瞬間이 터지는 소리
　　梅花나무 속에서 터지는 소리

　　흰 눈이 무섭다
　　할아버지들이
　　할머니들이
　　두 손으로 받은 햇빛처럼

　　죽음에 취한 대지 안쪽에서
　　銀빛 불덩어리로 피어난 뿌리

바람이 나뭇가지에 靜止된 채
한 瞬間이 터진다
梅花나무 속의 時間.

　시 읽기가 아무리 독자의 자유에 맡겨진 것이라 할지라도 위의 「梅花」를
단지 이른 봄, 눈밭 속에서 샘물처럼 향기를 뿜으며 피어난 매화꽃의 아름
다움을 그려낸 것이라는 데에 멈춘다면 그런 사람은 시 읽기를 포기해야 할
것이다. 시인은 분명히 梅花나무의 시간을 주재하시는 초월자의 손길을 이
야기하고 싶었던 것이다. 우리는 달을 가리키는 손가락을 보고 그것이 손가
락이지 어째서 달이냐고 시비를 거는 바보가 아니다. 그래서 김요섭은 부지
런히 손가락을 그리고 있지만 그의 손끝에는 달빛이 은은히 은빛을 비치고
있다. 이 정도에서 우리는 김요섭이 黙示主義의 시인임을 충분히 이해하였
을 것이다. 그러나 김요섭의 시가 온통 하느님 찾기의 일색이 아님은 두말
할 것도 없다. 이 세상을 주재하는 하느님 손길을 느끼며 송구하고 기뻐서
하느님을 찬양하기는 하지만 그런 찬송의 가락들 사이사이에는 한국이라는
나라, 거기에 사는 한국 사람이 무엇인가도 하느님과의 관계없이 고민하고
따져보는 모습을 보이기도 한다. 「內臟」, 「北國의 石炭」, 「密航」 등이 그러
한 한국의 고뇌를 노래한 시편들이다.
　그의 제4시집 『빛과의 關係』로 넘어와 보자. 우리는 이 시집에서 김요섭
의 기독교사상이 보다 깊이 있는 것이 되기 위하여 그가 새로운 탐색의 길
에 들어섰음을 발견한다. 우주 자연의 신비와 생명의 아름다움, 삶의 은총
을 지속적으로 노래하고 있지만 그것이 기독교적인 사고의 틀을 벗어나서
도 가능한 것이 아닌가 하는 쪽으로 그의 시적 상상력은 확대된다. 그리하
여 그는 기독교가 우리 나라에 들어오기 이전, 우리 조상들의 삶의 자세에
눈을 돌리는 것이다. 「구슬」, 「石燈」, 「强한 불」 같은 시들은 우리를 신라의
어느 마을, 가난한 신라인의 토방과 山寺의 뜨락으로 몰고 간다. 한국의 역
사, 한국의 불교가 어떻게 오늘의 기독교와 관계되는가를 『빛과의 關係』라
는 시집의 제목으로 삼게 하였다고 말한다면 지나친 억측이기는 하지만, 이
시집의 성격과는 대체로 걸맞아 떨어진다고 볼 수도 있다. 그러는 동안 그

의 詩는 점점 더 응축된 메타언어로 영글어 간다. 가령 「춤」이란 제목의 시
는 봄철에 진달래 꽃잎을 따다가 술을 담그고, 그 술이 익은 가을 날 그리던
옛 친구가 찾아와 그 술을 마시며, 정담을 나눈다는 한 폭의 그림 같은 이야
기인데 거기에 '춤'이란 제목을 붙이고 있다. '友情, 意氣相合, 有朋自遠方
來 不亦悅乎' 같은 의미를 '춤'으로 바꿔놓을 수 있는 시인이 우리 나라에
그리 흔하지 않다는 사실을 상기하면서 그의 시를 대하면 거기에서 제3, 제
4의 의미가 술렁술렁 춤을 추며 활자 밖으로 튀어나온다. 참으로 놀라운 기
법이다. 그러나 이 제4시집의 특성은 김요섭이 의식상의 크리스찬과 실생
활상의 크리스찬이라는 두 개의 상반된 모습을 그린 「모래의 渴症」이 대표
한다고 볼 수 있다. 그 마지막 부분만을 옮겨 본다.

> 까만 양복을 입은 牧師님도 붉게 취하였으나
> 나갈 때는 끼고 온 영어 성경책을
> 주모의 손에 올려놓는다. 때묻은 눈물 같은
> 삼십대를 좀 넘은 과수댁다운 시름이 낀
> 유방에는 어느 겨울의 안개 속에 핀
> 불빛의 사랑이 透明하고
> 눈사태와 기관차의 투쟁 관계 같은
> 고함소리와 웃음소리 속에 시계소리가 들리고
> 서두르자 서두르자 며칠 남은 여름을
> 태양을 찍어낸다.

"우리는 대개 마음속으로 우리가 크리스찬이라는 생각에 의심을 품지 않
는다. 그러나 삶의 구석구석에서 크리스찬임을 증거하지 못한다. 주일날 교
회에 예배하러 가지 않는다고 해서 크리스찬이 아니라고 생각지는 말자고
스스로를 합리화시키는 많은 크리스찬들, 그 속에 내가 머리를 숙이고 숨어
있다." 이러한 사념들이 몇 개의 비문법적인 문장의 겹침으로, 그리고 지나
친 생략 때문에 의미의 단절과 부조화를 일으키는 문맥으로 표상되어 있다.
「모래의 渴症」은 그대로 '信仰의 渴症'에 통하는 것이라고 생각해도 좋을
지 모르겠다. 물론 그것은 시인 김요섭 개인의 것이라기보다는 한국의 크리
스찬 전체의 것으로서 문제삼아야 할 과제이다.

국어시대의 끝머리에 김요섭은 『얼굴이 없는 얼굴』이라는 장편시집을 출간한다. 그것은 6·25의 아픔을 하느님의 섭리 안에서 어떻게 이해할 것인가를 추구한 노래인데, 그가 불교의 안목으로 하느님의 형상을 그리면서 자조적인 태도를 취하는 대목이 있는 것은 아무리 생각해도 인간의 머리로서는 6·25의 의미가 분명하게 정리되지 않는다는 한국인의 공통적인 심리를 나타내려고 한 때문이 아닌가 생각된다. 모두 24연으로 구성되어 있는데 그 세 번째 연에는 다음과 같은 佛家의 언어가 삽입되어 있다.

여기 한 물건이 있는데
본래부터 한없이 밝고 신령스럽다.
일찍이 나지도 않았고 죽지도 않았다.
이름 지을 길 없고 모양 그릴 수도 없다.

이렇게 淸淨虛明의 밝은 진리의 세계 안에 저 6·25의 전쟁은 무엇이란 말인가! 이러한 의문에서 그는 다음과 같이 외친다. 제3연의 뒷부분이다.

'이름 지을 길 없고 모양 그릴 수도 없다.'
암. 이름 지을 길 없고 모양 그릴 수도 없지.
彈皮가 허리에 박힌 나무는 불의 가지를 흔들어댄다.
아니다 아니다. 彈皮가 소리친다.
아니다 아니다. 풀들이 소리친다.
아니다 아니다. 감자가 소리친다.
동양의 허깨비의 푸른 안개
분명히 고향에는 보리가 피어오르고 있다.
분명히 고향에는 눈송이가 내리고 있다.
분명히 고향에는 토장국이 끓고 있다
祖國에서 흙의 原型으로
戰爭에서 피의 原型으로
죽음에서 울음의 原型으로

어머니 지금은 화톳불에서 감자가 새까맣게 타는 6시 25분입니다.

6·25를 겪은 한국의 크리스찬 시인으로 6·25에 대하여 고뇌하지 않는 다면 그는 시인도 아니요, 크리스찬도 아니라는 강박관념이 이 시를 짓게 하였다고 김요섭은 그 시집 발문에서 다음과 같이 고백하였다.

> ……전략……그렇다고 '무리가 그 칼을 쳐서 보습을 만들고 그 창을 쳐서 낫을 만들 것이며'의 성서적 말씀을 따라 이 땅에 숱하게 박힌 쇳조각에다 몽상을 색칠한 것은 아니다.
> 오로지 이 시작을 쓰면서 눈앞에 그린 것은 자기가 선택한 죽음이 아닌 죽음을 받아들여야만 했던 죽음의 눈빛만이다. 그들이 죽음 속에서 가지고 간 영원한 수수께끼 같은 것! 그 수수께끼를 아직 풀지 못했기 때문에 이 시작은 더 계속되어야 할 것이다.

물론 『얼굴이 없는 얼굴』은 '하느님의 뜻이 무엇인지 헤아릴 길 없는 하느님의 섭리의 조각들'이라는 말로 바꾸어 볼 수 있다. 이러한 관점에서 김요섭의 신앙은 회의와 반항이 아니라 어디까지나 겸허한 물음이요, 기다림의 자세를 취하는 기도의 변형이 시로 나타난 것이라고 하겠다.

이와 같은 기도의 자세에서 김요섭은 50대의 중견시인이 되고 드디어 거인시대의 序章을 여는 여섯 번째 시집 『달을 몰고 달리는 진흙의 巨人』을 출간한다. 여기에 이르러 시인 김요섭은 하느님 찾기 작업을 성급하게 서두르지 않는다. 스스로의 모습을 숨기고 있는 하느님이 보물찾기처럼 찾아내려 한다고 해서 불쑥 나타나는 분이 아니라는 것을 그는 깨달은 것이다. 이러한 깨달음은 그냥 그대로의 자연을 찬양하고, 그 자연의 신비를 노래하면서 평화를 느끼게 한다. 계절을 노래하고 역사의 아픔을 되새기며 한국의 자연과 한국의 하늘을 노래할 때 그렇게 찾아헤매던 하느님이 자연상태의 언어로 거기 그렇게 계셨음을 느끼는 것이다. 그래서 그는 그저 흔한 낱말, 「奇蹟」, 「祝福」같은 것으로 되돌아와서 겸손스레 기도의 언어를 다듬는다. 다음은 「祝福」의 전문이다.

> 우리 마을 교회에는
> 새가 쪼아먹을 이슬이 없다.
> 가을비가 내릴 만한 마당도 없다.
> 교회지붕에만 내리는 가을비

교회 下半身은 말라 있다.
한국동란 때 내린
청년목사의 옆구리에서 내린
사르비아 위에 내리는 비 같은 비를

金曜日 아침
낮달 같은 영혼의 종소리로 부서지면서
마을의 채소밭을 적시는데
우리 마을 교회에
사르비아 위에 내리는 비 같은 비를.

이 시에서 우리가 피상적으로 느끼는 것은 하느님의 사랑이 결핍된 메마른 인간상이다. "교회에서는 공허한 낱말이 허공에서 맴돌 뿐이다. 피 흘리지 않고는 찾아오지 않는 하느님의 은총. 우리는 피 흘리기 위해 최소한 사르비아 꽃 위에 떨어지는 빗방울이라도 바라보아야 한다. 거기에서 아무런 느낌이 없을 때, 다시 6·25때 옆구리가 죽창에 찔려 죽은 청년 목사를 생각하자. 바로 거기에 하느님이 계시지 않았던가! 지금 이 순간, 만일에 우리가 하느님을 바라보고자 원한다면 우리가 누구를 위해 우리의 옆구리를 내놓을까를 생각하면 되는 것이다." 이와 같이 김요섭의 신앙은 거인시대에 이르러 실로 거인답게 변모한다. 그런데 그러한 변모에 중요한 역할을 한 것은 무엇인가? 그것은 그의 폭넓은 독서요 사색이요 고뇌의 결과이겠는데, 또 그렇다면 그 읽기와 생각하기와 괴로워하기의 재료가 되었던 것은 아무래도 불교에서 온 것이 아닌가 싶다. 그는 제6시집 『달을 몰고 달리는 진흙의 巨人』이 高峯和尙神要 속에 나오는 구절 '海底泥牛含月走 崑崙騎象鷺絲牽'에서 따온 것임을 발문에서 아주 겸손하게 밝히고 있다. "바다 밑으로 진흙 소가 달을 물고 달리고, 곤륜산에서 코끼리 타니 백로가 고삐를 끈다."는 식의 자유분방한 상상력을 통하여 靜謐한 가운데 이 우주만상을 가다듬는 하느님의 손길을 느낀다는 것이 얼마나 자연스러운가! 이러한 의미에서 이 시는 한국의 기독교가 불교나 유교로부터 어떤 형태의 빚을 지고 있는가 하는 문제도 어느 정도 해명해 주고 있다. 물론 김요섭의 크리스찬 시인으로서의 특성도 밝혀 준다. 우리 나라 시인들이 알게 모르게 의지하고 있는 시적 상상력의 원천이 불교에 있었음이 좀더 뚜렷하게 밝혀진다면 두 종교 사이의 뛰어넘지 못하는 敎義上의 차이에도 불구하고 두 종교가 우리 나라에서 다같이 세계종교로서 공존하는 이유를 많은 사람들이 좀더 쉽게 이해할 수 있을 것이다.

제6시집 이후 김요섭의 시는 國語時代에 다져놓은 묵시적 시어의 토대 위에 巨人時代에 확충시킨 불교적 이미지의 복합으로 그전보다 더 간결하고 난해한 시가 된다. 그러나 그 어느 시이건 메타언어적 속성들을 몇 겹 벗기고 나면 거기에는 언제나 평범한 시골 마을에서 목수 노릇을 하는 예수님이 나타나곤 한다. 그렇지만 그러한 이미지의 발견은 禪問答을 하는 수도승들의 메타언어적 습성에 익었을 때의 일이기 때문에 쉽게 얻어낼 수 있는 성과가 아닌 것만은 분명하다. 가령 「銀빛의 神」을 놓고 생각해 보자.

<blockquote>

해를 등에 지고
은빛의 神
동녘을 떠나 서녘 땅으로
짐지고 가는 길
한 발을 헛디뎌
푸른 눈물이 담긴
시간을 차버렸다.

마을 씨름판에 쏟아진
소나기
냇물은 불어나고
은빛 여름이 휘감겨 돌아가는
낡은 물레방아 소리 높다

</blockquote>

이 시에서 '은빛의 神'이 달을 가리키는 것임을 찾아내기는 쉽다. 그리고 그 달빛이 소나기처럼 시골 물레방아 도는 마을에 쏟아진다는 繪畵的 이미지를 만들어내기도 쉽다. 그러나 그 다음 그것이 하느님의 은총이요, 눈물임을 찾아내는 것은 禪의 세계요, 믿음의 세계이다. 더구나 거기에서 가령 다음과 같은 불교적 사유의 한 구절을 생각해낸다는 것은 아무 독자에게나 요구할 일이 아니다.

> 감각기관을 넘은 곳에 감각기관의 대상이 있고, 그 대상을 넘은 곳에
> 마음이 있고, 그 마음을 넘은 곳에 깨달음이 있고 그 깨달음을 넘은 곳에
> 큰 나(大我)가 있다. 그 대아를 넘은 곳에 이 세상 모든 것의 근본이 있고,
> 그 근본을 넘은 곳에 靈的 근본이 있다. 그 靈的 근본을 넘은 것은 없으며,
> 그것이 끝이며, 그것은 마지막 목표이다.[14]

그리하여 어째서 김요섭이 「달을 몰고 가는 진흙의 巨人」에서 '빛의 끝'
이라는 말로 시를 끝맺는지를 알게 된다. 그러나 그가 언제나 이렇게 팽팽
한 의미의 응축만으로 시어를 속박하는 것은 아니다. 가끔 누구나 알아들을
수 있는 담박한 수채화의 언어로 하느님과 인간이 하나의 화폭에 겹칠 수
있는가를 보여주기도 한다. 그가 아주 최근에 보여준 시에 「목수 요셉의 아
들」이 있다. 이것은 그의 제9시집에 들어 있다. 그 전문을 옮겨 보자.

마리아는 어디로 갔을까
목마른 나무를 대패질하는 밤
목수 요셉은 문짝을 짠다.
헌 옷을 입은 하느님께서
언제든지 허리를 구부리고
드나들 수 있는 문짝
촛불을 들고 새벽 닭소리 기다리는
아이의 열 손가락에서
핏줄은
아라비아 사막 위에 돋은 별빛보다 밝다.
밝은 올리브 향기로 젖은 어둠
마리아가 맨발로 돌아오고 있다.

그는 자기 시를 해설한 어느 글에서 '어떻게 된 셈인지 12행만 쓰면 저절
로 시가 마무리되었다'고 말한 적이 있는데 이 시도 공교롭게 12행으로 완
결을 보인다. 하느님이 평범한 인간 속에서 어떻게 자신을 드러내고 있으며

---

14) 이 글은 Katha Upanisad에 나오는 구절로 필자가 임의로 뽑은 것이다. 김요섭의 후기 시
   에서 발견되는 불교적 심상은 이러한 내용에 익숙해 있음으로써 가능하게 되었으리라 생
   각되었기 때문이다.

우리들 일상에서 만나는 甲男乙女가 어떻게 하느님의 분신으로 일하고 있는가를 이 시에서처럼 쉽게 설명할 수 없을 것이다. 그는 부제를 붙여 루브르 박물관에서 본 그림을 옮겨놓은 것이라고 겸손해 하고 있지만 그 말을 액면대로 받아들일 필요는 없다. 왜냐하면 그 그림에는 아이의 열 손가락에 '돋은' 핏줄이 아라비아 사막 위에 돋은 별빛을 연상하게 할 필연적인 이유를 간직하고 있지 않을 터이기 때문이다.

김요섭의 시가 앞으로 변화를 보인다면 바로 이러한 좀 더 알기 쉬운 언어 속에서 默示의 신비를 나타내고자 할 것이다.

5. 마무리

이상으로 김요섭의 문학세계를 마무리짓는다. 그가 아직도 왕성한 작품 활동을 하고 있기 때문에 이 마무리는 그가 크리스천 문인으로서의 열려진 세계에 대한 무한한 가능성을 축복한다는 의미를 지닌다. 겉으로는 전혀 기독교인의 티를 내지 않으려 하면서 복음사상을 독특한 默示主義의 방법으로 그만큼 드러낸 시인이, 그리고 아동문학가가 또 있는지 우리는 아직 모른다. 그가 우리 문단에서 좀더 새로운 안목으로 특히 크리스천 문인으로 주목되기 위한 기초작업으로 이 글은 값을 할 것이라 믿는 바이다.

金顯承의 懷疑主義

1. 序 言

한국의 시문학을 기독교사상이라는 창문을 통하여 검토하려고 할 때, 빠뜨릴 수 없는 시인 가운데 한 사람이 詩人 金顯承이다. 그는 목사의 아들로 태어났고, 형님도 목사이었으며 아들 또한 목사가 되었으니 겉보기로는 우선 나무랄 데 없는 기독교 가정의 구성원이다. 따라서 그가 기독교 신자로 태어나, 기독교 신자로 세상을 마쳤다는 傳記的 사실은 그의 시가 어떻게 기독교사상을 반영하고 있느냐는 문제에 무엇보다도 우선하는 전제조건이다. 시작품이 개인신앙의 직접적인 표출은 아님을 두말할 나위가 없지만, 詩的 形象化를 통해 개인의 사상이 용해되고 顯現된다는 것 또한 분명한 사실이므로, 茶兄 金顯承은 한국 시문학사에서 크리스찬 시인이라는 독특한 지위를 그의 시에서 어떻게 드러내고 있는가 하는 문제 때문에 우리는 그를 주목하고자 하는 것이다.

다행스럽게도 茶兄 金顯承은 시작품 이외에도 수필이나 평론 등 산문을 통하여 스스로 자신의 문학적 편력과 사상의 편린들을 발표하였으므로, 작품에만 근거하여 생각의 알맹이를 더듬어 찾는 어려움을 한결 가볍게 해주고 있다는 점에서 일단은 접근하기가 용이한 시인이기도 하다. 논의가 진행되면서 분명하게 밝혀지겠지만, 다형 시인의 시문학적 특성은 그가 기독교 시인이면서 기독교 교의와 사상에 회의적이었다는 점에 있다. 한때 그는 기독교 신앙을 정면으로 거부하는 자세를 취하기도 하였고, 또 그것을 글로 明澄하게 고백하였다. 이점이 그의 시문학의 두드러진 점이요, 시인 김현승의 김현승다움이라고 할 수 있다. 이 글은 바로 이러한 김현승다움을 구체적으로 밝히는 작업이다. 물론 인간으로서의 김현승은 말년에 겸허한 신앙인의 자세로 다시 돌아왔음을 보여주기는 하지만 그것이 완벽한 크리스찬으로의 복귀를 의미하는 것이냐 하는 문제는 그의 작품을 거듭 면밀히 검토함으로써만 밝혀질 문제이다.

지금까지 시인 김현승에 대한 연구는 크게 두 가지 방향에서 진행되어 왔다. 첫째는 시의 형식상의 특성으로부터 그의 시를 이해하려는 움직임이었다. 1968년 『創作과 批評』봄호에 金宗吉 교수가 「堅固에의 執念」이라는 글을 발표하면서 다형 김현승의 시가 스타일 면에서 특이하다는 점이 주목되었다. 현저하게 딱딱한 한자어가 많다는 것, 단단한 물체를 가리키는 말이 많다는 것, 物體化의 경향이 두드러진다는 것 등이 지적되었는데, 이러한 연구는 그 후 이미지의 특성을 해명하는 방향으로 발전하여 崔夏林씨의 「垂直的인 世界」[1]에 이어 郭光秀 교수의 「사라짐과 永遠性」[2]이 발표되면서 김현승의 시세계에 대한 이해의 폭을 넓혔다. 두 번째의 연구방향은 시의 의미 내용을 직접 대면하는 것으로써, 다형이 즐겨, 그리고 끈질기게 붙들고 늘어진 '고독'이 무엇인가 해명하려는 연구들이다. 그리고 金允植 교수의 「信仰과 孤獨의 分離問題」[3]로 이어지면서 역시 다형의 시세계에 대한 이해의 地平을 넓혀 왔다. 이러한 내용면의 탐구에서는 예외 없이 그의 시가 지닌 기독교성이 문제되었다. 다시 말하면 그의 시 속에 나타나는 '고독'이 기독교의 교의나 기독교사상과 어떤 관계를 갖느냐 하는 점이었다.

이와 같이 1968년부터 시작된 다형 김현승의 시 연구는 어언 20년의 연륜을 헤아리면서 이제는 評傳[4]까지 출간을 보았다. 그럼에도 불구하고 김현승 시에 대한 연구는 이제부터라고 하는 느낌 또한 없지 않다. 평범한 문학교수로 일관한 자연인 김현승의 생애와 그의 시세계가 펼쳐 보이는 그 메마르고 딱딱한 이미지가 어떻게 조화를 이루고 또 어떤 면에서 乖離되는가를 해명하려면 그의 詩作 40여 년에 필적하는 연구의 진통이 따르지 않으

---

1) 『創作과 批評』(여름호 1975).
2) 『新東亞』(1981. 10).
3) 『韓國現代詩論批判』(一志社, 1975).
4) 李雲龍 편저, 『地上에서의 마지막 孤獨』(文學世界社, 1984. 3).

면 안되리라는 생각이 있기 때문이다. 이 글은 그러한 진통에 한몫을 거들어 解産의 기쁨을 추구하는 작은 동기가 되고자 한다.

2. 茶兄의 生涯

먼저 다형의 일생을 정리하기로 하자. 그의 문학세계를 이해하는데 도움이 되는 시각에서 가능한 한 간략하게 정리한다면 그의 문학이력서는 自述 年譜로부터 다음과 같이 압축할 수 있을 것이다.

1913년(1세) 4월 4일 부친 金昶國의 신학 유학지 평양에서 출생. 이후 6세까지 부친의 첫 牧會地 濟州에서 성장.

1919년(7세) 전남 光州로 이사. 미션계 崇一學校 입학.

1927년(15세) 평양 崇實中學 입학.

1932년(20세) 평양 崇實專門 文科에 입학.

1934년(22세) 梁柱東 교수의 추천으로 東亞日報 文化面에 「쓸쓸한 겨울 저녁이 올 때 당신들은」, 「어린 새벽은 우리를 찾아온다 합니다」의 二篇이 발표됨으로써 文壇에 나옴.

1936년(24세) 崇實專門 文科 3년 修了 후 위장병 재발로 光州로 歸鄕. 母校인 崇一學校에서 교편을 잡음.

1937년(25세) 神社參拜 문제로 검거되어 고생함.

1938년(26세) 張悶淳과 결혼. 母親喪을 당함.

1945년(33세) 해방과 함께 湖南新聞社 기자로 잠시 근무.

1946년(34세) 崇一中學校 初代 校監. 문학 활동 다시 시작함.

1949년(37세) 崇一中學校 辭任.

1950년(38세) 父親喪.

1951년(39세) 조선대학교 문리과대학 부교수로 취임.

1953년(41세) 光州 문인 중심으로 同人誌 「新文學」 創刊, 主幹이 됨.

1955년(43세) 한국시인협회 제 1회 詩人賞 수상자로 선정되었으나 수상을 거부함. 제 1회 전남 문화상 문학부문상 받음.

1957년(45세) 제1시집 「金顯承詩抄」, 文學思想社 발간.

1960년(48세) 崇實大學 부교수 취임. 서울 생활 시작.

1961년(49세) 한국문인협회 이사 피선.

1963년(51세) 제2시집 「擁護者의 노래」, 宣明文化社 발간.

1966년(54세) 한국문인협회 시분과위원장 피선.
1968년(56세) 제3시집 『堅固한 孤獨』, 關東出版社 발간.
1969년(57세) 장남 金善培 牧師 안수받음.
1970년(58세) 한국문인협회 부이사장 피선. 제4시집 『絕對孤獨』, 成文
　　　閣 발간.
1972년(60세) 崇全大學校 文理科大學長에 임명됨.
1973년(61세) 高血壓으로 졸도. 서울시문화상 문학부문 수상.
1974년(62세) 『金顯承 詩全集』, 關東出版社 발간.
1975년(63세) 4월 11일 별세. 死後 詩集 『마지막 地上에서』, 創作과 批
　　　評社 발간.

　이상 60여 년에 걸친 다형의 생애를 훑어보면 25세로부터 33세까지의
해방 이전 8년간의 공백기를 제외하고는 대체로 평범하고도 순탄한 인생행
로였다. 좀더 壽를 누렸다면 좋았겠다는 아쉬움이 없지 않으나 崇一中學과
崇實大學으로 이어지는 모교의 교사, 교수생활, 문인협회 부이사장, 그리고
전남 文化賞에서 서울시 문화상으로 이어진 시인으로서의 직위와 영예는
이 땅에 명멸한 무수한 무명시인들의 족적에 비한다면 적당히 문학적 업적
에 값하는 경력을 쌓았고 또 누렸다고 해도 좋을 생애였다. 이러한 그의 생
애는 철저하게 기독교적 분위기 속에서 성장한 청소년기를 뺀다면 다시 다
음과 같은 네 단계의 문학활동 시기로 나뉠 수 있겠다.

　　제1기 1934년(22세)~1945년(33세)
　　제2기 1945년(33세)~1960년(48세)
　　제3기 1960년(48세)~1972년(60세)
　　제4기 1972년(60세)~1975년(63세)

　이 구분은 다형의 문학을 이해하기 위한 편의상의 구분이기는 하지만 시
간과 공간이라는 두 가지 기준을 복합시켜 얻은 것이다. 시간으로는 다형의
나이를 고려하여 얻은 것이다. 제2기가 40대를 근간으로 하는 不惑의 시대
라면 제3기는 50대를 근간으로 하는 知天命의 시대요, 제4기는 60대에 해
당하는 耳順의 시대이다. 공간으로는 다형의 생활 근거지가 어디였느냐를

고려한 것이다. 제1기의 처음 2년간이 평양시대이고 그 후반과 제2기는 그의 고향인 光州에서 보낸 시절이다. 그리고 제3기 이후는 崇實大學 교수가 되어 서울로 올라와 지낸 세월에 해당한다. 그러니까 전반기가 평양 광주시대라면 후반기는 서울시대라 할 수 있다. 한편 시집을 출간한 것으로 본다면 제2기에 제1시집 『金顯承詩抄』가 나왔고, 제3기에 이르러 제2시집 『擁護者의 노래』 제3시집 『堅固한 孤獨』 제4시집 『絕對孤獨』이 연이어 출간된다. 가장 활발한 작품활동을 한 기간이었으며 또한 다형의 시적 특성이라고 할 '고독' 의 문제가 집중적으로 詩化된 시기이기도 하다. 제4기에는 『金顯承詩全集』을 펴냈으나 이것은 과거의 詩集을 집대성한 것에 지나지 않는다.

이제 우리는 다형의 시세계를 위에서 구분한 네 시기에 따라 다시 살펴 나가기로 하자.

3. 茶兄 詩의 展開過程

한 시인의 시문학적 업적을 평가함에 있어 연령의 쌓임을 문제삼는다 하는 것이 너무나 평이하고 도식적인 방법론이라 생각될지 모른다. 그러나 돌이켜 생각하면 나이가 들어감에 따라 정신세계의 깊이와 넓이가 비례하여 확산 발전하였다고 한다면 그것처럼 바람직하고 이상적인 인생행로도 다시 없을 것이다. 우리가 공자님의 일생을 간명하게 묘사한 다음 구절을 읽으면서 주의하지 않으면 안 될 것은 그것이 누구나 성취할 수 있는 보편적이고 일반적인 경로가 아니라 공자처럼 일평생을 好學의 자세로 發憤忘食한 결과의 소산임을 잊어서는 안 된다는 사실이다.

내가 열 다섯 살에 眞理探究에 평생 몸바칠 것을 결심하였고, 그러한 노력이 헛되지 않아 서른 살이 될 무렵에는 독자적으로 事理를 窮究할 수 있는 경지에 이르렀으나 學問의 眞境은 보지 못하였더니 10년의 窮理와 涵養하는 공부를 더한 뒤 나이 마흔에 이르러서야 밝게 알고 透徹하게 볼 수 있어서 사물의 당연한 이치와 분별에 막히는 바가 없이 되었다. 그러나 이렇게 疑惑이 없다 하는 것도 사물의 도리가 합당하다는 사실을 알 뿐이요, 그 근원이 어디에서 연유한 것인지를 모르더니 나이 쉰에 가서야 사물의 근본이 하늘의 명한 바임을 알게 되었다. 그러나 하늘과의 관계, 하늘로부터의 음성을 알아들은 것도 깊이 생각하여 얻은 것인즉, 아직 막히고 어긋나는 것이 있더니 나이 예순에 이른즉 무릇 귀에 들리는 것이 그대로 마음에 와 닿고 이치에 통함이 생각할 필요조차 없게 되었다. 그리고 다시 노력하는 것 같기도 하고, 노력하지 않는 것 같기도 한 십 년의 세월을 보내 일흔 살이 되니 마음이 내키는 대로 행동하여도 조금도 法度에 어그러지는 바가 없이 되었다. 그러니 일흔에 이르러 행동하는 모든 것이 그대로 법도가 된다 하겠다.[5]

만일에 우리가 다형의 문학적 업적과 인생의 경륜을 공자님의 그것에 비슷하게라도 대응시킬 수 있다면, 다형의 인간과 문학이 그 이상 영광스러울 수는 없을 것이다. 그러나 또 한편 달리 생각해 본다면 정도의 차이일 뿐 공자님이 걸어간 길을 각자 나름으로 밟아간다고 말할 수도 있을 것이다. 이러한 점에서 필자는 다형의 문학경로를 네 개의 기간으로 설정하였다.

제1기는 다형이 문학으로 입신한 청년기이다. 22세의 약관으로 다형은 민족적 감상과 낭만을 노래하며 그의 전도가 시인으로 전개될 것임을 예고하였다. 이 시기에 그가 발표한 시에는 미지의 미래세계가 열려져 있다. 시의 제목들도 '아침' '새벽' 같은 시간상의 출발점에 편중되어 있다.

제2기는 다형의 해방 이후 10여 년간 광주에서 조선대학교 교수로 문학활동을 벌인 불혹의 시대이다. 다형에게 있어서 이 시기는 문학만이 자신의 삶의 가치를 결정짓는 제1요소임을 확신하였다는 점에서 불혹이란 명칭에 대응한다. 그의 노래는 싱싱한 壯年의 패기가 넘친다. 열려져 있는 세계로 의식의 초점을 맞추는 「窓」, 「新綠」같은 것은 말할 것도 없고 「浪漫平野」, 「五月의 歡喜」, 「週末憧憬」 등 펼쳐져 있는 세계로 쏠린 시선은 맑고 밝고 싱싱하다. 제2시집의 제목이 되기도 한 「擁護者의 노래」도 이 시기의 作品인데, '광활, 약동, 전진'과 같은 어휘를 구사하면서 힘이 넘친다. 심지어 6·25전쟁의 비애를 노래한 「슬픈 아버지」에서조차 어조의 톤이 한 옥타브쯤 높은 자리로 올라가 있다. 몇 줄 인용해 보자.

---

5) 子曰 吾十有五而志于學, 三十而立, 四十而不惑, 五十而知天命, 六十而耳順, 七十而從心所欲 不踰矩. (『論語』 爲政篇 第四章)

아버지는 흙벽을 핥으며 자랐고
너는 外人部隊의 깡통을 가지고 노는구나.

라이프誌에는 오늘도
장남감 없는 나라의 아기야, 네 이야기가 쓰여져 있다.

그것이 반드시 생명의 근원에 궁핍을 가져오는 것도 아니련만,
아기야, 오늘따라 그 값진 장난감 — 경쾌한 에메랄드 빛 세단차와
선연한 저 수은빛 날개들을 갖고파 조르는,
못구멍 난 깡통 따위는 인제는 그만 싫증나 버린
네 마음을 아버지는 알겠구나!

그러나 너를 위하여 너에게 먼저 이 剩餘의 道具들보다
저 보랏빛 산둘레와 진달래빛 구름들을 가리키는 아버지의 마음 —
그것은 떡을 달라고 조르는 아들에게
돌을 쥐어 주는 모진 아버지의 쓰라림일지도 모른다.

그러나 아버지의 아들인 내 사랑하는 아기야,
너는 로우마의 폐허와 히로시마의 티끌 위에서 딩구는
한낱 깨어져 버린 장난감! 금속성의 파편들을 사랑하기전
너는 먼저 저 자연이 완구들을 사랑할 줄 알아라!

저 구름을 보아라, 저 구름너머 더욱 빛나는 얼굴들을 너는 보았느냐.
저 무지개를 보아라, 저 성문 밖에 열린 더욱 황홀한 나라들을 너는 보
았느냐.[6]

　이처럼 슬픔 속에서도 불끈불끈 솟아오르는 힘은 무엇에 연유하는 것일
까? 아마도 그것은 문학에의 열정이 익을 대로 익은 다형의 시적 爛熟이요,
年齡的 圓熟일 것이다. 여기에다 또 하나 첨부하자면 그의 신앙 즉 미래지
향적이요 소망의 종교인 기독교정신이 가열된 때문이라고 풀이할 수 있을
것이다. 요컨대 이 시기는 녹음이 푸르른 「푸라타나스」의 계절이다. 그러나

---

6) 「슬픈 아버지」의 前半部.

조만간 아침 저녁으로 서늘한 바람이 불어오는 입추의 절기를 맞는다. 이때에 이미 「人間은 孤獨하다」고 느끼기 시작하며 一連의 '가을' 노래들을 읊게 된다. 1958년 그러니까 그의 나이 46세 때에 자신의 문학에 대하여 스스로 해명한 다음 글을 읽어보자.

> 不惑이 넘은 나의 詩도 이제부터는 좀 고집을 부려야 할 줄 안다. 내가 믿는 바 信仰과 生命의 세계를 시로써 形象化할 수 없을까 함이 내 최근이 염원이다. 그러면서도 合致되지 않는 神의 意志와 人間의 理性 사이의 모순을 어떻게 극복할 수 있을까 함이 또 내 고민의 主題이다. 물론 그러한 주제들이 형상화에 실패하면 敎義나 觀念의 덩치가 되고 말 것은 있기 쉬운 일이다. 일부의 評者들이 내 최근의 시를 가리켜 說敎的이라 평하는 이유도 나는 알 수 있다.
>
> (中略)
>
> 진정한 力量의 詩人이란 어느 流行性感氣와 같은 詩風을 가지고 5년이나 혹은 10년간을 독특하게 유지하는 시인이기보다는 일생을 통하여 자기의 세계를 변화 발전시켜 나갈 수 있는 꾸준한 시인인 줄 안다.[7]

거듭되는 말이지만 우리가 다형의 시문학을 공자님의 履歷과 대비시키면서 논의할 수 있는 이유는 다형의 윗글에서도 명백하게 드러나 보인다. 그는 제1시집을 간행한 뒤부터 기독교를 보다 심도 있게 관찰하고 검토하자는 결의를 갖는다. 제2기 말의 변화이며 이 변화는 제3기에 점점 더 구체적인 모습을 띠게 된다. 제3기는 서울생활이 시작된 1960년 이후의 10년간이다. 시를 모르고 살아가는 범상한 소시민이라 할지라도 知天命을 짐작하는 나이에 이르러 자신의 삶을 냉철하게 돌아보고 자기의 위치를 객관적으로 파악하고자 노력한다. 하물며 天氣를 헤아리는 시인에게 있어서랴. 그리하여 다형은 자신의 문학, 자신의 종교, 나아가 자신의 인생 전반을 새로운 안목으로 재조명하면서 자기 문학이 어떤 길을 걸어갈 것인가를 깊이깊이 고뇌한다. 그것은 진작에 문제삼았던 '고독'을 더욱 철저하게 해명하려는 작업을 통하여 나타난다. '고독' 속에서 '고독'과 함께 '고독'을 통하여 그의 시와 종교와 인생이 정의되기에 이르는 것이다. 여기에 이르러 다형의

---

7) 「나의 詩作生活 20年記」, 「現代文學」(1958. 4.).

시 예술이 다형다움의 조형미를 완성하는 듯이 보인다. 그의 詩觀, 종교(기독교)관, 인생관이 일단 마무리지어진다. 우리가 다형의 문학을 논의하고자 할 때 문제삼는 시기가 바로 제3기이다. 이때에 그는 드디어 기독교를 부정하는 강한 몸짓을 시도한다. 그러나 그의 문학이 거기에서 끝나는 것은 아니었다.

제4기는 이른바 耳順期로서 다형이 육순에 이른 1972년으로부터 타계하기까지의 짧은 4년 간이다. 이 기간 중 그는 고혈압으로 졸도하여 사경을 헤매는 경험을 갖는다. 죽음을 현실로 받아들여야 하는 상황에 이르러 다형의 시는 '고독'으로부터 '밤' '까마귀' '재' 등 어두운 그늘이 깃든 낱말에 집착한다. 「고요한 밤」, 「영혼이 고요한 밤」, 「산까마귀 울음소리」, 「재」 같은 시를 쓴다.

이상으로 다형의 네 기간에 걸친 평생의 시적 변모를 간략하게 정리하여 보았다. 물론 3백 편 가까운 모든 시를 한 줄로 꿸 수 있었던 것은 아니고 각 시기에 가장 강하게 나타난 시의 주제가 무엇인가를 주의 깊게 살피면서 그러한 주제를 살리기 위한 방편으로 어떤 詩語가 보다 많이, 보다 자주, 그리고 보다 강하게 사용되었는가를 인상적으로 拙出한 것이었다. 그 결과 각 시기를 꿰뚫고 흐르는 일관된 시적 이미지가 기묘하게도 일년 사계를 대표하는 제1기는 봄, 제2기는 여름, 제3기는 가을, 제4기는 겨울이라고 하는 계절의 이름이 기본 이미지를 형성하고 있다는 점이었다. 물론 제2기의 후반부에 이미 가을이 나타난다. 그러나 평생의 시들이 일관하여 흐르는 방향은 어김없이 봄에서 시작하여 여름과 가을을 거쳐 겨울에 이르고 있음을 인정하지 않을 수 없었다. 이것은 무엇을 말하는가? 이것은 다형의 시적 변모가 공자풍의 연령에 따른 인격적 성숙과 궤를 같이 하는 것이 아닌가? 가슴 속으로 피흘리며 성실하게 시를 쓰고 살아온 다형의 시정신의 進化가 이 정도의 일관성을 보여준다는 것이 생각하기에 따라서는 너무도 당연한 현상인지도 모른다.

그러면 이제 우리는 제3기를 중심으로 하여 다형의 시가 어떻게 기독교 사상을 수용하고 있는가를 살펴보기로 하자.

4. 茶兄 詩에 나타난 '가을'의 意味

　시인이고자 하는 젊은 나이에 詩的 감흥을 미래세계에 대한 희망에 쏟아붓는 것처럼 자연스러운 것도 없다. '봄'의 이미지를 主調로 하는 제1기의 시들은 황혼과 이별을 노래하는 것조차 발랄하고 싱싱하다. 그리고 여러 해의 공백기를 지내고 나서 다시 詩業을 평생토록 가꾸어야 할 마음밭으로 삼았을 때 20대의 정열을 되살려 낭만과 환희를 노래하는 것, 그 역시 지극히 정상적인 행로이다. 그러나 무엇 때문에 詩業을 평생의 등반길로 삼았느냐는 물음에 이르면 환희와 낭만은 한 걸음 물러서고 홀연히 자신의 모습을 가만히 거울에 비춰보게 된다. 다형은 해방 후 다시 시업에 착수했을 때 이 점을 분명히 하고 있다. 그가 35세 때에 발표한 「自畵像」을 읽어 보자.

　　　내 목이 가늘어 懷疑에 기울기 좋고,

　　　血液은 鐵分이 셋에, 눈물이 일곱이기
　　　咆哮보담 술을 마시는 나이팅게일……

　　　마흔이 넘은 그보다도
　　　뺨이 쪼들어
　　　戀愛엔 아주 失望이고,

　　　눈이 커서, 눈이 서러워
　　　모질고 사특하진 않으나,
　　　신앙과 이웃들에게 자못 길들기 어려운 나 ―

　　　사랑이고 원수고 몰아쳐 허허 웃어버리는
　　　비만한 모가지일 수 없는 나 ―

　　　내가 죽는 날
　　　단테의 煉獄에선 어느 扉門이 열리려나?

죽어서 煉獄에 떨어지는 한이 있어도 서럽게 울며 실컷 회의에 빠져보겠
다는 詩的 선언을 하고 있다. 그러므로 후반기 초에 나타나는 다형의 낭만
은 하나의 과도적 현상이고 조만간 스스로에게 자문하는 형식의 내면추구
가 그의 시의 주류로 나타나게 된다. 그는 자신의 시가 形而上學的 특성을
지닐 수밖에 없을 것이라는 의미의 詩論을 다음과 같이 밝힌 바 있다.

> 내가 시에 대하여 제한된 지면에서 추려서 하고 싶은 말은 꼭 두 가지가
> 있다. 즉 시는 첫째 價値의 追求라는 말이다. 가치에는 두 가지 종류가 있
> 다. 功利的 價値와 本質的 價値가 그것이다. 그런데 사람들은 흔히 공리적
> 가치를 가지고 인간과 사물을 판단하는 것이 상식처럼 되어 있다. 그러나
> 시는 이 점에서도 상식을 깨뜨린다. 시는 언제나 宇宙, 自然, 人間, 事物의
> 순수한 본질을 파악 하려고 노력하여, 그것들에 부수되고, 그것들을 외면
> 적으로 현혹케 하는 일체의 우연적인 조건들을 배제할 줄 알고 냉소까지
> 할 줄도 안다. 때문에 시인들은 흔히 괴팍하고 비타협적이라는 誹謗을 듣
> 는다. 그러나 그것은 사물을 현상적인 조건으로서밖에 바라볼 줄 모르는
> 상식인들의 수의 힘에 의 한 부당한 비난에 지나지 않는다. 시인이 孤獨한
> 이유도 주로 여기에 있다. 眞理가 다수인에 의하여 逼迫을 받는 것과 마찬
> 가지다.[8]

이와 같이 본질적 가치의 추구를 시업의 기본목표로 설정한 다형은 그러
한 작업을 원만하게 수행하기 위한 배경으로 가을을 선택한다. 낭만의 봄과
열정의 여름을 거쳐 자연스럽게 찾아온 우수의 가을이면서 동시에 그 가을
무대가 밖으로 향하던 의식의 觸手를 안으로 거두어들이게 하는 계기를 만
들어 주었다. 일련의 '가을' 노래들이 내면의 정신세계로 돌아섬을 보이는
까닭이 여기에 있다. 「가을이 오는 시간」에서는 '지금은 릴케의 시와 自身
에 / 입맞추는 시간……' 이라 하여 자아로의 回歸를 노래했고 「가을이 立
像」에서는 '멀리멀리 흘러갔던 / 보라빛 구름들과 바다 거품으로부터 / 그
만 나의 연륜들을 불러들이자. / 나로 하여금 돌아오는 길목에 서게 하여 다
오!' 라고 읊으면서 바깥 세상으로 향했던 시선을 거두어 자기자신을 성찰하
는 데 바치겠다는 결의를 굳힌다. 그렇게 '돌아오는 길목에' 서서 보니 과

---

8) 「나의 詩 나의 詩論」(1960), pp.73-74.

거의 자기 시는 '수요일의 기도보다 가벼웠다'는 사실을 깨닫는다. 그리하여 다형은 가을이 자신에게 주는 의미를 총체적으로 정리하는 「가을의 祈禱」를 읊게 된다. 다음은 그 전문이다.

　　가을에는
　　기도하게 하소서……
　　낙엽들이 지는 때를 기다려 내게 주신
　　겸허한 母國語로 나를 채우소서.

　　가을에는
　　사랑하게 하소서……

　　오직 한 사람만을 택하게 하소서
　　가장 아름다운 열매를 위하여 이 비옥한
　　시간을 가꾸게 하소서.

　　가을에는
　　호올로 있게 하소서……
　　나의 영혼,
　　굽이치는 바다와
　　百合의 골짜기를 지나,
　　마른 나뭇가지 위에 다다른 까마귀같이.

　다형의 대표작 가운데 하나로 손꼽히는 이 시는 형식적으로는 하느님을 상대로 하고 있는 대화이면서 실질적으로는 홀로 있게 해달라고 청원을 드림으로써 일단 하느님과의 이별을 모색하고 있다. 이러한 이율배반은 필연적으로 자신의 기독교 신앙을 재점검하는 작업을 하게 된다. 이것은 하느님에 대한 무조건의 부정이 아니라 한번 다시 생각해 보겠다는 데카르트식의 방법적 懷疑와 비슷한 것이라고 할 수 있다. 다형은 이미 시를 쓰기 시작한 초기에 데카르트나 파스칼류의 생각함에 친숙해 있었다. 1935년 10월, 조선중앙일보에 발표된 「洞窟의 詩篇」의 첫 번째가 「懷疑」라는 제목인데 다음과 같이 파스칼의 말투를 흉내내고 있다.

人生의 언덕 위에 뿌리박은
나는 생각하는 갈대다.

　우리가 지금 「가을의 祈禱」를 분석한다면 그것만으로도 다형의 기독교관
을 헤아릴 수 있겠지만[9] 여기서는 다만 '가을'이 다형에게 있어서 自省의
계기를 마련하고 기독교에 대하여 懷疑를 유발시킨 배경적 이미지가 되었
다는 사실만을 지적해 두기로 하자.

5. 茶兄의 孤獨과 懷疑主義

① 苦惱를 表白한 散文들

　다형의 초기 시세계를 이야기하는 분들이 대체로 합의한 사항을 未堂 徐
廷柱는 다음과 같이 요약한 바 있다.

　　그에게서 基督敎精神은 新約의 苦行과 上代 이스라엘的 光輝의 善妙한
　接線을 이루고 있다. 이것은 朝鮮선 물론, 世界 어느 基督敎人에게 있어서
　도 내게 잘 보이지 않던 그런 것이다. 朴斗鎭씨도 같이 基督敎精神의 사람
　이기는 하지만, 그는 舊約 創世記나 솔로몬의 雅歌 등에서 우리가 보는 上
　代 이스라엘的 潤氣와 光輝에는 길들어 있으나 新約的 苦行探究의 面에
　통해 있지 못했었다. 比較가 선다면 英國의 T. S. 엘리어트氏가 그에게 가
　깝기는 할 것이나 엘리어트氏의 間歇的인 파라다이스는 내 생각에는 아무
　래도 아직 希臘流의 황홀감과 너무나 비슷하다.
　　顯承이 이루고 있는 이 바르게 뵈는 接線은 그가 基督自身과 같이 東洋
　人이기 때문에 德보아 얻은 것일까? 아닌게 아니라 希臘復興이라는 冊으
　로 배우긴 했으나 文藝復興後의 西洋 사람들과 같이 骨髓에 배게 겪어 오
　지는 않은 때문인가도 싶다.[10]

　이 논평은 다형의 제1시집 이후의 변천까지도 예견하였다는 점에서 다형
시의 正鵠을 찌른 것이기는 하나 제3기 이후의 급격한 '회의주의'[11]를 명쾌

----

9) 拙著, 『韓國文學에 나타난 죽음意識의 史的硏究』 悅話堂, pp.185-199 참조.
10) 『金顯承詩抄』 1957.
11) 필자는 다형의 기독교에 대한 반항을 이렇게 부르고자 한다.

하게 설명하지는 못한다. 우리는 未堂의 앞의 말에 다음과 같은 수정 증보를 생각해 볼 수 있다.

"그리스도가 동양인이라면 顯承은 佛陀의 印度를 거치고 공자의 중국을 또 지나온 極東人인 만큼 그리스도의 동양적 색채를 오히려 서양풍으로 보이는 것이 되고, 다시 알게 모르게 불타와 공자에 薰習되어 이 극동의 안목으로 그리스도를 생각하지 않을 수 없게 되었으니 인간이 地理에 예속됨이 이렇게 무서운가 다시 생각하지 않을 수 없다."

문체와 思惟가 미당에 훨씬 못 미치지만 생각의 알맹이를 추리자면 대강 위와 같은 내용의 글이 덧붙어야 할 것이다. 사실 다형의 시에서 동양적인 분위기, 예컨대 禪風의 詞藻나 그 비슷한 이미지를 찾는다는 것은 그렇게 쉬운 일이 아니다. 워낙 태어날 때부터 엄정한 목사의 아들로 태어나 미션계의 학교에서 정통적인 기독교 교육을 받으며 성장하였으므로 그의 생활환경에서 비기독교적인 요소가 끼여들 틈은 거의 없었다고 보아도 좋을 형편이었다. 그러나 다형은 어차피 儒佛思想에 젖어 있는 한국에 태어난 한국인이었다. 그의 시나 글에는 감추고자 하여도 어쩔 수 없이 배어 나오는 純情한 동양의 분위기가 다음과 같이 간간이 내비친다.

> 가을은
> 술보다
> 차 끓이기 좋은 시절
>
> 갈까마귀 울음에
> 산들 여위어 가고
>
> 씀바귀 마른 잎에
> 바람이 지나는
> 남쪽 十二月의 긴긴 밤을
>
> 차 끓이며
> 끓이며
> 외로움도 향기인 양 마음에 젖는다.

「無等茶」라 이름 붙인 짧은 서정시이다. 마치 외로운 山寺에서 어느 禪僧이 늦가을 오동잎 지는 소리를 들으며 茶爐를 끼고 앉아 읊었을 법한 시이다. "새벽이 밤의 밀림을 치는 그윽한 소리가 / 또 다시 머언 사면에서 들려옵니다. / 까아만 남빛 유리밀림 속에 고요히 잠들었던 적운 별들은 / 그만 놀라 깨어 머얼리 날아가 버리느라고 / 아마 새벽마다 이렇게 잔잔한 바람이 이는 게지요!"[12]라고 사뭇 산문조의 饒舌을 특징으로 하던 다형의 초기 시에 비한다면 「無等茶」의 세계는 얼마나 간결하고 조촐하고 그윽한가! 그것은 마치 기승전결이 똑 떨어지게 들어맞는 漢詩의 七言絶句를 풀어 놓은 것 같다. 아무리 철저한 基督敎思想의 굴레 속에서도 다형은 이렇게 은연중 정통적 동양의 禪風 어린 詩趣를 드러내고 있다. 이러한 사실은 그가 기독교사상을 새로운 각도로 조명하고자 할 때에 의지해야 할 사상이 무엇이 될 것인가를 밝히는 장면이기도 하다. 다형은 漢詩를 즐겨 인용하거나 또 잘 아는 체하지 않는 분이다. 그러나 문득 튀어나온 다음과 같은 글은 동양시에 대한 이해가 어느 정도인가를 짐작하게 한다.

> ……시의 본질을 가치 추구에다 뿌리박아 놓으면 시인이 내면에서 일어나는 온갖 喜怒哀樂의 사상과 감정은 이 가치를 중심하여 여러모로 이해되고 해석할 수 있을 것이다. 詩가 한번 純粹의 價値世界에다 자리를 잡으면 인간과 현실의 온갖 문제에 대한 태도와 평가의 기준이 달라질 수밖에 없다.
> 畵意看山無惡石
> 禪意渡江眞生魚
> 라는 예술의 세계를 표현한 말과 같이, 이러한 세계야말로 공리나 세속의 성질을 떠나 사물의 본연을 순수하게 바라보는 것이다.[13]

위에 인용한 두 줄의 對句에 우리의 시선을 멈추어 보자. 난초를 그리는 화필이 무심히 난초잎 한 가닥을 삐치듯, 그렇게 뽑아놓은 七言絶句 열 넉 자는 다형이 기독교의 옷 속에 감추어 두고 있는 동양정신의 보석이 아닐 수 없다. 번역하면 다음과 같이 풀 수 있겠다.

---

12) 「새벽 敎室」의 첫째 연.
13) 「나의 詩 나의 詩論」 중에서(1960).

　　그림 그릴 마음으로
　　바라본 산엔
　　못생긴 돌멩이는
　　하나도 없고
　　참선하는 심정으로
　　강을 건너니
　　뛰노는 고기마다
　　부처님일세. (필자번역)

　다형의 시에는 이러한 禪風 이외에도 유가나 도가의 냄새를 풍기는 語辭들도 없지 않다. '별은 耳順하고 / 이삭들 바람이 익는다.'[14]라든가, '이렇게도 어울리는 / 지금은 羞恥와 謙讓의 계절.'[15]같은 구절에서는 孔孟의 체취가 풍기고 '인생을 말하라면 팔을 들어 / 한조각 저 구름 뜬 흰 구름을 / 가리키는 사람도 있지만'[16]에서는 仙風의 냄새가 풍기기도 한다. 요컨대 다형은 기독교이기는 하여도 동시에 어쩔 수 없는 순수 동양인, 그리고 진짜배기 한국의 지성인이었다. 이러한 다형이 기독교에 회의를 느끼게 되었을 때 그의 神觀은 어떤 모습으로 바뀌게 되었을까? 먼저 고독과 신앙을 술회한 그의 산문을 읽어보기로 하자.

　　고독을 진정으로 아는 사람은 자신으로 돌아올 수밖에 없다. 고독을 진정으로 깨닫는 사람은 고독 속에 빠지는 것이 아니라 그 고독 속에서 자신을 건져내게 된다. 孤獨과 虛無를 草綠은 同色인 양 혼동하는 것은 잘못이다. 허무는 인생의 궁극적 의미를 결론지은 것이라면 고독은 인생의 本質的 狀態를 인식하는 것이 된다. 그러므로 고독감에 사로잡혀 고독의 수렁으로 빠져 버리면 인생의 궁극도 허무할 것이지만, 고독을 慈愛하고 그 고독을 이겨낼 때에는 그 주인공은 허무를 극복하는 인생의 승리자가 될 수 있다.
　　(중략)
　　나의 孤獨은 보다 근원적인 데서 오고 있다. 神을 잃어버렸기 때문이

---

14) 「가을 넥타이」
15) 「가을의 鋪道」
16) 「인생을 말하라면」

다. 나는 어머니의 뱃속에서부터 基督敎 信仰의 胎 속에 있었다. 나는 유아 세례를 받았고 40代까지도 이 基督敎信仰으로 살아왔다. 섭리자로서의 초월적인 神을 믿고, 율법을 존중하고, 양심을 지키고, 내세의 구원을 믿어왔다. 유구한 역사를 신앙의 권외에서 살아온—살아올 수 있었던 동양인으로서는 희귀하고 특이한 이단적 모범청년이었다. (중략) 내가 나의 신앙에 대하여 새로운 자각의 눈을 돌려야 했던 근거는 윤리적인 것보다는 체험적인 데에 있다.

이 체험적인 회의는 내가 50代에 이르러서야 비로소 신앙에 대한 비판적 자각을 일으키게 된 이유이기도 하다. 신은 과연 초월적인 실재자인가? 그러나 나는 神이란 인간들의 두뇌의 소산은 추상적 존재에 지나지 않는다고 점점 확신을 갖게 된다. 인간 생활을 통일하기 위한 절대 진리, 절대의 법칙을 지탱하기 위하여는 초월적인 절대자의 존재가 필요하였기에 만들어 낸, 신이란 두뇌의 所産에 불과하다. 그러므로 절대의 진리가 지속되고 있던 시대에선 신은 절대자로서 숭배되었지만, 그 절대의 진리와 법칙이 산산조각이 난 현대에선 신은 존재하는 것이 아니라 신은 인간의 두뇌에서 사라지고 만 것이다. (중략) 내가 50平生을 체험한 교회의 현실이 나의 이 판단을 어느 사회 현실보다도 더 보증하여 주고 있다. 그 어느 사회의 인심 못지 않게 음흉스러운 교인 심리의 내부, 그 실상은 권력의지에 지나지 않는 권위의식, 그 질투, 그 중상과 그 거짓, 그러한 인간본위의 내부를 표면에서는 신앙으로, 오직 신앙만으로써 회칠하고 있다. 이 이중성이야말로 유일신을 믿는 교회가 다신교 이상의 파벌과 파쟁을 빚어내고 있는 근본적인 원인이기도 하다. (중략) 예수는 舊約神의 世界意志를 계승하러 地上에 내려온 메시아가 아니고 그는 孔子나 釋迦와 같이 한 至上善에 接近한 人間이라고 하지 않을 수 없게 된다. (중략) 내가 불교나 유교를 믿지 않는 까닭은 그들의 宗主는 한결같이 불완전한 인간이기 때문이다. 이와 꼭 같은 이유로써 나는 인간 예수를 신앙의 대상으로 한 기독교라면 이러한 종교에서 도덕적 수양 이상의 가치를 인정할 수 없다.[17]

내가 거의 일생을 믿어 온 기독교에 대하여 회의를 일으키게 된 이유를 여기 짧은 지면에 다 쓸 수는 없지만, 몇 가지 중대한 논리적인 이유와 현실적인 이유로 나눌 수 있다. 무엇보다 하느님은 唯一神이 아닌 것 같다. 만일 유일신이라면 어찌하여 이 세상에는 다른 신을 믿는 유력한 종교가 따로이 있겠는가? 그리고 십계명에는 어찌하여 '나 이외에는 다른 신을

---

17) 「커피를 끓이면서」

공경하지 말라' 하였을까? 그것은 다른 신의 존재를 전제하지 않고서는 표현할 수 없는 말이 아닌가? 一元論은 악마의 영원한 세력인 지옥을 인정함으로써 결국은 二元論이 되고 만다. 그리고 一元論이 되려면 善의 責任과 함께 惡의 責任도 창조주에게 지워져야 한다. 그런데 기독교에서는 행복의 영광은 신에게 돌리고 불행의 책임은 악마에게 돌림으로써 스스로 二元論의 모순을 저지른다. 지상의 종교란 초월적인 신으로부터 근원 되는 것이 아니고, 결국은 인간들 자신이 만든 것을 오랜 세월에 따라 최초의 창시자를 神格化한 것뿐인 것 같다. 우리는 현대에서도 무수히 창시되는 인간이 종교를 목도하고 경험하지 않는가. 그러한 종교도 꾸준히 계속되면 몇 천 년 후에는 그 창시자를 인간이 아닌 신으로 믿을 것이다. 그와 같이 '예수'도 한 인간에 불과한 것을 2천 년 후인 오늘에 와서는 신으로 모시게 되었다고 유추할 수 있다. 그러기에 기독교 내부에서도 차차 하느님 중심의 기독교로부터 인간 예수 중신의 기독교로 변질하여 가고 있는 현상은 심각하고도 주목할 만하다. 그러나 나는 인간을 종주로 하는 종교는 결코 종교가 될 수 없다고 주장한다. 그것은 상대적인 존재를 절대적인 존재로 꾸미는 넌센스에 지나지 않는다. 내가 불교나 유교를 믿지 않고 기독교를 믿는 이유는 기독교의 종주만이 인간이 아닌 초월적인 신으로 알았기 때문이다. (중략) 그것은 한 마디로 神을 잃은 孤獨이다. 내가 지금까지 의지해 왔던 거대한 믿음이 무너졌을 때에 허공에서 느끼는 고독이었다. (중략) 그러나 나의 고독은 구원에 이르는 고독이 아니라, 구원을 잃어버리는, 구원을 포기한 고독이다. 수단으로서의 고독이 아니라 나의 고독은 순수한 고독 자체일 뿐이다. 그러므로 나의 고독이야말로 이 세상에서 진정한 고독이다. 나는 이러한 사상을 주제로 하여 50代에 많은 시를 썼다.[18]

六旬의 노시인이 오십대의 自己詩業을 회고하며 이런 글을 쓸 때에 그의 시적 고독과 종교적 회의가 그래도 의지하고 있는 사상적 배경은 무엇이 있었는가? 다형은 스스로 자신의 정신적 支柱가 '인간의 양심'임을 천명한다. 앞에 인용했던 「나의 孤獨과 나의 詩」에서 조금만 더 인용해 보자.

일견 이와 같이 철저한 孤獨이라면 그것은 虛無로 전환하기 쉬울 것이고 그렇게 되면 社會的 倫理와는 단절상태에 놓이게 되는 것이다. 그러나

---

18) 「나의 孤獨과 나의 詩」

나에게 있어서는 그렇지가 않다. 그 이유는 내가 이와 같은 신앙을 버리고 神을 否定한다면서도, 다만 한 가지 지금도 부정하지 못하는 것이 있기 때문이다. 그것은 人間의 良心이다. 나는 윤리적으로 현실적으로 神을 否定할 수 있으면서도 내 안에서 활동하고 명령하고 있는 양심은 부정할 길이 없다.

이러한 진술을 통하여 우리는 다형의 신으로부터의 逸脫이 분명한 한계가 있음을 확인하게 된다. 인간의 양심을 저버리지 않는 한, 그의 反神的 경향이 아무리 극단으로 치닫는다 해도 그것은 儒家나 佛家에서 말하는 범신론적 범위를 벗어날 수는 없을 것이기 때문이다. 양심이 실존을 주장하는 논조에서 孟子의 性善說의 분위기를 느끼기는 그렇게 어려운 일이 아니다. 그렇다면 다형은 동양의 고전에서 말하는 '天'의 개념 곧 인격신으로서는 아니지만 궁극적 실재로서 萬有의 핵심, 그 존재이유가 되는 절대자로서의 '天'을 부정한 것은 아니었다. 이때에 우리는 하느님과 죽음의 문제에 대하여 언급하기를 지극히 꺼렸던 공자님이 즐겨 '하늘天'에 대하여 말씀하셨던 사실을 상기할 필요가 있다.

공자님이 '하늘'을 언급할 때에는 자기 자신을 하늘과 동일시하지는 않았는가 하는 생각을 갖게 한다. 논어 陽貨篇에는 다음과 같은 이야기가 나온다.

선생님(孔子)께서 말씀하였다. "나는 이제 아무 말도 하지 않을란다." 이 말씀을 들은 子貢이 당황하여 여쭈었다. "아니 선생님, 늘 述而不作이란 말씀을 하시며 옛날 聖賢이 말씀을 받아 後世에 전하는 述은 부지런히 해야 할 일이지만 스스로 내노라 하며 새로운 말을 지어내는 作은 삼간다 말씀하셨습니다. 이제 선생님께서 말씀을 하시지 않는다면 저희들은 누구의 말씀을 받아 뒷사람을 가르치겠습니까?" 이 말을 들은 선생님은 딱하다는 듯이 다시 이렇게 말씀하였다. "참으로 답답하구나. 배운다는 사람들이 聖人을 바라보되 성인이 하신 말씀만 앵무새처럼 뇌까리고 성인의 행하시는 바는 제대로 살피지 못하니 마음으로 본받고 정신으로 깨닫는 바가 심히 부족하구나. 자 보아라! 하늘이 무슨 말씀을 하시더냐? 철따라 四季節이 어김없이 돌아가고 天下의 萬物이 때와 장소를 따라 生成이 되건만 하늘이 구구하게 무슨 말을 하더냐? 나 이제는 아무 말도 하지 않으련다."[19]

 이 말씀이 근본 취지는 공부한다는 사람들이 이론만 따지고 실행에 무딘 것을 나무라는 데 있다고 하나, 슬며시 관점을 바꾸어 보면 하늘이 말없음같이 나 또한 말이 없고자 한다는 그 당당한 힐책에서 스스로 하늘과 다름없음을 나타내고자 한 것이라고도 해석할 수 있다. 공자님은 지극히 사랑하는 제자 顔回가 죽음을 당하여 "아하! 하늘이 나를 버리는구나! 하늘이 나를 버리는구나!" 이렇게 탄식하기도 하였다. 자신의 모든 것을 완벽하게 물려받을 제자요 자신의 분신인 顔回가 먼저 죽자 하늘은 공자님의 뜻이 세상에 꽃피기를 원치 않는다고 생각할 수도 있었을 것이다. 그래서 '아하! 하늘이 나를 버리는구나!' 라고 한탄한 것이지만 이 말도 예수님이 십자가상에서 "나의 하느님 나의 하느님, 어찌하여 나를 버리시나이까? (엘리엘리 라마 사박타니?)"라고 외친 말씀과 너무나 흡사한 표현이다. 물론 공자님은 怪力亂神을 말씀하지 않았으므로 사람들이 종교적 심성으로 기우는 것을 극도로 억제한 분이기는 하지만 공자님 자신은 '하늘' 을 기독교식으로 인격화하지 않았을 뿐 초월의 실재를 결코 부정하지는 않은 분이었다.

 그러면 이제 다형의 문제로 돌아와 보자. 다형도 결국은 신을 부정한다고 뛰쳐나온 反神的 몸부림으로 도달한 곳이 공자류의 궁극적 실재의 테두리를 맴돈 결과가 되었다. 양심의 실재성을 부인하며 그곳에서 도망쳐 나올 수가 없었기 때문이었다. 의식의 한쪽 끄트머리를 양심에다 붙들어매고 아무리 멀리 뛰쳐나간다 해도, 고무줄로 묶은 공을 허공에 던졌을 때처럼 마지막에는 출발점으로 돌아오고 마는 법이다. 그러나 다형의 의식이 신으로부터 멀어지는 동안 그의 시는 가을의 분위기로부터 점점 더 고독의 세계로 빠져들어 갔다. 그 속에서 다형 특유의 메마름과 단단함, 그리고 사라짐과 날아오름의 미학을 구축하게 되었다. 그것은 다시 영원한 실재로 회귀하고 말거니와 이제 우리는 이러한 정신의 편력을 다형의 시작품을 통하여 구체적으로 살펴보기로 하자.

---

19) 子曰 子欲無言, 子貢曰 子如不言 則小子 何述焉, 子曰 天何言哉 四時行焉 百物生焉 天何言哉.

② 두 개의 修辭技法 ― 事物化와 擬人化

  우선 다형이 즐겨 사용한 수사적 기교가 시의 사상과 어떻게 관계지어지
는가부터 살펴보기로 하겠다. 흔히 다형의 시는 事物化(또는 물체화)에 특
출한 재능을 보인다는 것이 지적되어 왔다. 추상적인 관념을 구체물에 비유
하여 선명한 이미지를 창출해 낼 뿐 아니라 생생한 일상의 경험으로 환원시
킨다는 것이다. 다음의 예들을 보자.

> 내 마음은 사라진 것들의
> 푸리즘을 버리지 아니하는
> 보석상자……
>
> ―「古典主義者」

> 내 마음은 마른 나뭇가지
> 주여,
> 나의 머리 위로 산까마귀 울음을 호올로
> 날려 주소서
>
> ―「내 마음은 마른 나뭇가지」

> 빈 하늘만이
> 나의 천국으로 거기 남아 있다
> 사랑과 무더운 가슴으로 쓰던
> 내 詩이 마지막 가지 끝에……
>
> ―「完全 겨울」

  1956년에서 1970년에 걸치는 기간 중에 발표된 시에서 보이는 대로 뽑아
본 몇 줄이다. 「古典主義者」에서는 '내 마음은 寶石箱子' 이고, 「내 마음은
마른 나뭇가지」에서는 '마음이 마른 나뭇가지' 이며, 「完全 겨울」에서는 '詩
가 나뭇가지' 로 되어 있다. 이처럼 추상적이 관념이 보석이나 나뭇가지와
같은 구체적 사물로 置換된다는 것은 무엇보다도 思惟와 존재를 일치시킨
다는 점에서 깊은 주목을 요하는 것이다. 그것은 단순한 시적 형상화를 위
한 수사기교가 아니라 생각함이 곧 있음이라고 하는 다형의 데카르트식 철
학의 반영이요, 그가 세계를 보고 느끼고 생각하는 바의 언어적 대응물이라
고 할 수 있다. 즉 얼마나 세계를 넓게 깊게 바라보며 실재하는 우주의 궁극
을 자신의 것으로 만들어내는가 하는 것이 이와 같은 사물화로 증명된다고

바꾸어 말할 수도 있다. 그런 의미에서 시인의 철학자일 수 있음을 다형은
밝히고 있는 셈이다. 그의 시가 아니었다면 언어를 낡은 磁氣로 (「가을의 鋪
道」)바라보고 어제 그 시간이 눈물로 닦아 두어야 할 보석 (「어제」)으로 생
각할 수 있는 깊이 있는 思惟의 기회를 우리 詩史는 누릴 수가 없었을 것이
다. 이제 事物化의 테크닉이 극명하게 드러난 대표적인 시 「良心의 金屬性」
을 읽어 보자.

> 모든 것은 나의 안에서
> 물과 피로 肉體를 이루어 가도
>
> 너의 밝은 銀빛은 모나고 粉碎되지 않아,
> 드디어는 無形할이만큼 부드러운
> 나의 꿈과 사랑과 나의 비밀을,
> 살에 박힌 파편처럼 쉬지 않고 찌른다.
>
> 모든 것이 연소되고 취하여 등불을 향하여도,
> 너만은 물러나와 호올로 눈물을 맺는 달밤…….
>
> 너의 차가운 금속성으로
> 오늘의 武器를 다져가도 좋을,
>
> 그것은 가장 同志的이고 격렬한 싸움![20]

　　6연 11행의 자유시 형식을 취하여 양심이란 무엇인가를 다루고 있는 形
而上詩(Metaphysical poetry)이다. 추상적 관념인 양심을 감각적 실체인
밝은 은빛, 분쇄되지 않는 금속성의 파편으로 묘사하면서 그 양심의 기능을
자아 내부에서 일어나는 同志的 싸움으로 규정해 놓은 것으로 보아 形而上
詩의 모델이라 할 만한 作品이다. 그런데 이 시는 양심을 기독교사상에 근
거하여 하느님으로부터 받은 無償의 恩寵이라거나 하느님의 음성 같은 것
으로 생각하지 않고 자아의 내부에 원천적으로 존재하고 있는 것으로 파악

---

20) 「知性」(1958. 12).

하고 있어서 기독교사상과는 무관한 듯하다. 흔히 ‘양심에 찔린다’는 말을 한다. 이러한 한국어의 관용적인 표현은 양심이 가시나무 같은 것이거나 예리한 칼날 같은 것으로 비유된다. 이 시의 발상은 이처럼 소박한 한국인의 전통적 思惟方式에 기초를 두고 있다. 거기에다가 6 · 25 이후 전쟁의 경험으로 얻은 아픈 상처가 가미되었다. 50년대 후반은 전쟁터에서 무공훈장과 더불어 몸속 어느 곳에 아직 뽑지 못한 파편 조각을 지니고 있던 상이용사들이 거리를 누비며 구걸행각을 벌이고 있었다. 그러한 체내의 파편은 궂은 날이면 사경을 헤매던 전장터의 기억을 되살리듯 사정없이 육신을 쑤셔댄다는 것이다. 다형이 직접 전투의 경험이 있는 것은 아니지만 1950년대를 살아온 한국인이라면 파편을 지니고 사는 지난날의 勇士를 모르는 사람이 없다. 그러한 시대적 고통으로서의 파편 이미지를 다형은 순수하게 ‘양심’에 결부시키고 있다. 관념의 사물화를 추구하는 시인의 눈이 파편을 思想의 정서적 等價物로 포착한 것이다. 그러나 그 파편이 밝은 은빛인 점은 전쟁터의 파편과는 다른 점이다. 전쟁의 파편이 고통과 분노의 증거품인데 반하여 다형의 파편은 꿈과 사랑의 비밀을 고발하고 분쇄하는 정의의 무기요, 홀로 물러나와 달밤에 흘리는 눈물이다.

　이해의 편의를 위하여 넷째 연을 다음과 같이 3행으로 바꾸고 해석을 시도해 보자.

　　　　모든 것이 연소되고 취하여
　　　　등불을 향하여도,
　　　　너만은 물러나와 호올로 눈물을 맺는 달밤……

　그러면 12행이 되는데 이것을 다시 3행 1연씩으로 재편성하면 1연 3행씩의 4연이 된다. 그러면 첫째 연은 육신을 지탱하기 위하여 우리가 먹는 음식물이 물과 피로 바뀌는 육체와 올바른 정신을 지탱하기 위하여 밝은 은빛을 반짝이며 모난 고체의 형태를 지닌 양심이 대립을 이룬 모습을 제시한다. 둘째 연에서 육체의 안일과 욕정을 추구하는 꿈과 사랑, 그리고 그것을 성취하기 위하여 행하게 되는 음모를 양심이 살 속에 박혀 統御하고 있음을 말한다. 그러나 꿈과 사랑이란 이름으로 부나비처럼 육신을 태워 버릴 위험에 빠진다. 그 불장난이 애처로워 양심으로 돌아온 순간, 욕정에만 쏠렸던 자신을 눈물로 지새우며 뉘우치는 장면이 제3연이 된다. 마지막 제4연에서 의지할 것은 양심뿐이지만 양심과 육신이 원래 하나이고 둘이 아니니 어떻게 하면 양심을 무기로 삼아 천만 번도 더 다짐한 결심을 다지며 육신의 행로를 바로잡을 것인가를 모색한다. 본성적 자아를 꿈과 사랑과 비밀로 묘사하고 초월적 자아를 은빛 금속의 견고한 파편으로 그려낸다. 그리하여 그 두 개의 자아는 운명적으로 동지요, 동시에 상극을 이루며 싸움을 계속한다.

　이와 같이 양심을 토대로 하여 인간을 탐구하는 다형은 어느덧 원죄를 입고 태어나 하느님의 사랑으로 구원에 이른다는 기독교 교의와는 먼 거리에 물러나와 있다.

　다음으로 다형이 즐겨 사용한 수사기교는 무엇일까? 그것은 관념이 물체로 바뀌는 사물화의 逆方向으로서 물체가 관념을 소유하는 기법이다. 관념은 思惟 범주에 속한 것이고 사유는 인간만이 지니고 있는 것이라고 한다면 無情物인 물체가 有情化하는 것이 곧 물체가 관념을 소유하는 현상이라고 할 수 있다. 흔히 擬人法이라고 불러온 수사기교가 다름 아닌 물체의 有情化 내지 觀念所有化라고 하겠다. 다형의 시에서는 이러한 의인화가 사물화와 맞선 기법으로 애용되고 있다. 다음 예들을 보자.

　　너는 울리어 나아간다.
　　오늘 안에 내일이 일고 내일은 또 미래를 향하여
　　퍼지듯……
　　네가 아뢰는 이 시간도 그리하여 영원에 닿을 것이다.[21]

　　별들은 나와
　　自然의 구조에
　　질서있게 못을 박는다.[22]

　　소리 소리조차 없이 온갖 생명의 정체를 — 열렬한 사랑을
　　굳센 포옹을, 오만한 머리를 狂暴의 팔을 占有의 깃발을

---

21)「종소리」,『思想界』(1962. 1).
22)「밤은 영양이 풍부하다」,『現代文學』(1961. 10).

탄식으로 오직 탄식하여 버리는,
羞恥의 道德 — 우울한 東洋이여![23]

역사는 승리자의 편에 서서
발을 굴리고 칭얼거린다.[24]

보다 견고한 완구들이 저 자연의 품안에는
언제나 언제나 새살 돋아나며 있으리라.[25]

가을이 외롭지 않게
차를 마신다[26]

　다형의 시집에서 눈에 띄는 대로 뽑아 본 의인화의 예들이다. 가을의 차를 마시고, 장난감에 새살이 돋으며, 별들이 못질을 하고, 역사가 어린애처럼 칭얼대고, 동양이 우울한 표정을 짓는 세계, 그리고 종소리가 영원을 향하여 타박타박 발걸음을 옮기는 세계에서 다형은 노래를 부르고 있다. 물론 이 의인화의 기법은 시적 상상력을 나타내는 가장 기초적인 것으로서 어린이들의 동심에서도 쉽게 발견되는 것이다. 그러나 다형의 의인화는 그러한 초보적 동화의 세계 이상의 의미를 갖는다. 앞에서도 언급한 바와 같이 事物化의 對稱的 技法으로 사물화와 공존하여 그것과 相補關係를 구성하기 때문이다. 형식적 기교가 내용과 표리관계를 지니며 곧바로 내용을 드러낸다는 상식적인 이야기를 꺼낼 필요도 없을 것이다. 사물화와 의인화가 공존하는 세계 속에서는 인간이 한 포기 풀도 되고 돌덩어리도 되며 또 풀포기는 슬퍼 울기도 하고 돌덩이가 기뻐 용약하는 지성과 감성과 의지의 인간으로 환생한다. 사물과 인간의 구분이 없어지면서 온 우주가 우렁우렁 어울리며 情談을 나누는 하나의 생명이 된다. 다형의 이러한 시세계는 그가 특별히 의도하지 않은 것처럼 보이지만 그렇게 드러내지 않는 가운데 범신적인

---

23)「체념이라는 것」,『思想界』(1961. 5).
24)「책」,『堅固한 孤獨』
25)「슬픈 아버지」,『現代文學』(1957. 8)
26)「茶兄」,『新東亞』(1970. 10).

동양의 정신이 무르녹아 있는 것이다. 바위가 손짓하여 부르면 바위 속으로 저벅저벅 걸어 들어가 그 안에 펼쳐져 있는 桃源境에서 한 사나흘 신선들과 취흥에 겨워 歡談하다가 훌쩍 바위 속을 헤쳐 나오는 老莊의 세계, 업보에 따라 축생과 초목과 山河의 無情物까지도 몇 바퀴씩 생사를 반복하는 佛家의 세계를 다형은 결코 직접적으로 말하지는 않는다. 그러나 기독교에 대한 불만에 대한 농도가 짙어 갈수록 그의 시는 의인화와 사물화의 두 축을 왔다갔다하면서 궁극적 실재를 찾아 방황한다. 그리하여 드디어는 다음과 같이 의식조차 객관화시켜 의인화하기에 이른다. 1965년 10월『기독교시단』에 발표한「길」이란 시이다.

나의 길은
발을 여의고
배로 기어간다.
五月의 가시밭을.

너의 길은
빵을 잃고
마른 혀로 입맞춘다.
七月의 황톳길을.

그대의 길은
사랑을 잃고
꿈으로만 떠오른다.
十月의 푸른 하늘을.

우리의 길은
머리를 잃고
가는 꼬리를 휘저으며 간다.
山河에 머흘한 구름 속으로.

이 시에서 '길'이 표상하는 바가 단순하지 않음을 쉽게 알 수 있다. 그것은 신앙이 추구하는 영성의 길일 수도 있고 양심의 행로일 수도 있으며 또

한 인류의 발길, 역사의 방향일 수도 있다. 어쨌거나 그 '길'이 분명 정신의 흐름인 것만은 틀림없다. 그 '길'에 나선 사람은 '나', '너', '그대', 그리고 '우리' 모두이다. 그렇지만 궁극적으로 문제삼는 대상은 '우리' 모두를 대표할 수 있는 '나'일 수밖에 없을 것인데, 그 '나'란 존재가 발을 잃었다. 활동력과 추진력의 상실이다. 빵을 잃었다. 삶의 기반이 흔들린 것이다. 생활력과 정력의 상실이다. 사랑을 잃었다. 애정결핍증에 빠진 것이다. 그런데 드디어는 머리조차 없어져 버린 것이다. 그것은 사고력의 상실이다. 지나간 세월 5월과 7월은 가시밭이요 황톳길이었으니 그랬었다 하자. 식민지 치하에서 그리고 동족상잔의 혼돈이었으니 어쩔 수 없었다고 하자. 그렇지만 10월의 푸른 하늘이 다가온 현재의 시점에서도 참다운 애정은 없이 환상으로 치달으며 생각도 하지 않고 꼬리를 내저으며 징그러운 파충류처럼 황막한 구름 속에서 무엇을 구할 수 있단 말인가? '우리'에게 초점을 맞추면 종교계 내지는 인류전반에 걸친 정신의 고갈을 고발하는 것이 되겠지만 '나'에게 초점을 맞추면 그것은 다형이 스스로를 준엄하게 힐책하고 괴로워하는 자학의 모습을 冷笑한 것이다.

　이와 같이 1960년대에 이르러 다형은 자기 신앙에 대한 깊은 회의에 빠지면서 끝모를 고독의 세계로 줄달음치게 되는데 그러한 의식의 변화는 앞에서 살펴본 바와 같이 이미 그가 즐겨 사용한 사물화와 의인화의 기법을 통해 시형식상의 문제와도 조화를 보여주고 있었던 것이다.

③ 實存에 이른 孤獨과 懷疑

　다형이 기독교신앙을 언급하고 있는 시들을 몇 개 살펴보는 것으로부터 우리의 생각을 정리하여 보자. 그에게 있어서 신앙은 무엇이었나? 그는 간명하게 그것은 고독이요 슬픔이라고 말한다.

> 信仰을 가리켜 그러나 고독에 나리는 祝福이라면
> 깊은 信仰은 우리를 더욱 孤獨으로 이끌 뿐,
> 내 사랑의 뜨거운 피로도 너의 全體를 녹일 수 없구나!²⁷⁾

---

27)「人間은 孤獨하다」,『現代文學』(1957. 4).

　　　信仰이 무엇인가 나는 아직 모르지만
　　　슬픔이 오고 나면
　　　풀밭과 같이 부푸는
　　　어딘가 나의 영혼…….[28]

　한 사람의 시인이 시인으로 입신하기 위하여 치러야 하는 홍역은 피를 말리는 고행이요, 또한 고독의 길인데 다형은 그 고독을 50대 이후에 이르러서는 시의 주제로 삼음으로써 극복하고 있다. 고독하지 않은 시인이 있을까? 그럼에도 불구하고 다형은 그 고독을 자신의 특허품으로 전용하고 있다. 그런 점에서 다형의 詩는 인생과 예술을 혼합시킨 동일체로서의 의미를 지닌다. 그리하여 다형은 시를 통하여 자신의 전인간적 고뇌를 발산한다. 이와 같이 원래는 기질상의 성품으로부터 발달한 고독을 진실을 탐색하는 시적 도구로 삼았고 더 나아가 기독교 神觀을 회의하는 방편으로까지 활용한다. 고독하였기 때문에 고독이 무엇인가를 문제삼았고 그것이 신으로부터 이탈임을 깨닫게 되면 점점 더 고독의 심연으로 빠져들게 되었다. 그러는 동안 고독의 실체를 만나게 되는데 그것들은 메마름과 단단함, 사라짐과 날아오름[29]의 이미지를 거쳐 실존의 막다른 골목에 이르게 된다.

　다형이 기독교에 대하여 회의를 품게 된 것을 타성적인 신앙생활에 대한 자아반성과 모든 것을 일단 다시 생각하여 본다는 기질적인 요인도 있었지만 보다 근원적인 것은 다음 두 가지가 아닌가 싶다. 첫째는 기독교인에 대한 환멸이요, 둘째는 예수가 철저하게 인간일 뿐이 아닌가 하는 의심이었다. 기독교인에 대한 환멸은 인간본성에 관한 문제로서 어제 오늘의 문제가 아니요, 엄격하게 따지자면 신앙의 본질과는 관계가 없는 것이므로 그것이 신앙을 멀리하는 이유가 될 수는 없다. 그러나 예수를 인간으로만 본다는 것, 저 불교의 석가모니나 유교의 공자처럼 그저 앞서 깨달은 사람이요, 성현이라 이름 붙여 두면 족하다는 생각은 기독교의 삼위일체 교의를 정면으로 부정하는 것으로, 사실 이것을 믿지 않으면 기독교인이

---

28) 「슬픔」, 『現代文學』(1959. 6).
29) 많은 評者들이 乾燥性, 堅固性, 消滅性, 飛翔性이란 말로 표현하였다. 필자는 그것을 고유
　　한 우리말로 바꾸어 본다.

라 할 수가 없다. 그런데 다형은 예수를 인간이라고 생각하면서 신의 반열에서 격하하려고 하였다. 그리고 외로워져서 괴로워하였다. 그의 「堅固한 孤獨」은 이러한 예수관을 시화한 작품으로 생각된다. 예수의 외면 형상을 감각적으로 포착해 보려 했다는 데에 주의하면서 「堅固한 孤獨」을 읽어보기로 하자.

    껍질을 더 벗길 수도 없이
    단단하게 마른
    흰 얼굴.

    그늘에 빚지지 않고
    어느 햇볕에도 기대지 않는
    단 하나의 손발.

    모든 神들의 거대한 正義 앞엔
    이 가느다란 창끝으로 거슬리고,
    생각하던 사람들 굶주려 돌아오면
    이 마른 떡을 하룻밤
    네 살과 같이 떼어 주며,

    結晶된 빛의 눈물,
    그 이슬과 사랑에도 녹슬지 않는
    견고한 칼날 — 발 딛지 않는
    피와 살.

    뜨거운 햇빛 오랜 시간의 회유에도
    더 휘지 않는
    마를 대로 마른 木管樂器의 가을
    그 높은 언덕에 떨어지는
    굳은 열매

    쌉쓸한 滋養
    에 스며드는

에 스며드는
네 생명의 마지막 남은 맛![30]

　이 시가 진정으로 예수님을 감각화하려고만 한 작품이라면(필자는 그렇게 보려는 것이지만) 다형은 예수 사랑에서 한 발자국도 도망쳐 나오지 못한 셈이다. 이 시가 추구하는 反語法은 볼품 없는 예수의 그 메마르고 단단한 외표에도 불구하고 거기에서 샘솟는 영생의 물이 발견된다는 것을 암시하고 있다. 굳이 설명을 붙이자면 예수는 세상 사람들을 존속시키는 피와 살로서 쌉쓸한 자양을 단단한 껍질 속에 감추고 있는데 이것이야말로 이 세상을 건지는 생명의 마지막 맛이요, 그것이 인류에게 끊임없이 반복적으로 스며들고 있다고 해석할 수 있기 때문이다. 그러나 '고독'을 읊은 일련의 시에서 다형은 순간순간 되살아나는 의심을 버리지 못한다. '너를 잃은 것도 / 너를 얻은 것도 아니다'[31]라고 하여 엉거주춤한 신앙을 괴로워한다. 그의 제4시집 『絶對孤獨』은 이러한 고뇌를 여러 곳에서 거듭하고 있다. 「孤獨의 風俗」에서는 '나는 너를 사랑하였다기보다 / 나의 빈 무덤을 따뜻하게 채웠으며'라고 노래하여 그의 신앙이 단순히 공허나 공포를 메꾸는 수단에 지나지 않았음을 고백한다. 또 「고독의 純金」에서는 직설적으로 이렇게 말한다.

　　神도 없는 세상
　　믿음도 떠나,
　　내 고독을 純金처럼 지니고 살아왔기에
　　흙 속에 묻힌 뒤에도 그 뒤에도
　　내 고독은 또한 純金처럼 썩지 않으려가.

　이와 같이 신앙의 자리에 고독을 올려놓고 고독을 순례하던 다형은 고독의 頂點이라고 할 수 있는 「絶對孤獨」에 와서는 '그리고 꿈으로 고이 안을 받친 / 내 언어의 날개들을 / 내 손끝에서 이제는 티끌처럼 날려보내고 만

---

30) 「現代文學」(1965. 10).
31) 「孤獨」, 「創作과 批評」(1968. 봄).

다' 고 하여, 언어조차도 사라짐과 날아오름으로 이별하고, 그 자리에서 '영혼의 옷마저 벗어버린다.'(「孤獨의 끝」) 그러면 이제는 완전한 침묵인가? 지금까지의 시의 흐름으로 보아서는 더 이상 시가 전진할 것 같지 않아 보인다. 이 무렵, 그는 '재' '까마귀' '밤' '검은색' 으로 표상되는 사라짐과 날아오름의 이미지를 붙들고 매달린다. 거기에서 무한에 대한 경외가 되살아나고 근원으로 향하는 원초적 신앙의 싹을 희생시키기는 하지만 그것은 명백한 기독교 신앙으로 되돌아왔음을 의미하는 것은 아직 아니었다. 이러한 시절의 작품으로 「完全 겨울」은 새로운 전환을 예고하는 듯하다. 이 시에서 그는 '섰다 / 입을 다물었다. / 사라졌다 / 빈 하늘만이 / 나의 천국으로 거기 남아 있다. / 사랑과 무더운 가슴으로 쓰던 / 내 詩의 마지막 가지 끝에……' 라고 절망의 자세를 취하는 찰나에 그의 앞에 나타난 것은 '존재' 에 대한 새로운 감동이었다. 그가 1935년에 '나는 생각하는 갈대다.'(「懷疑」)라고 데카르트의 방법론적 회의를 선언한 이래 실로 35년이 지난 1970년 가을에 이르러 그러므로 나는 존재한다는 자아실존의 眞境에 접한다. '고독 이후' 라는 부제가 붙은 「事實과 慣習」을 읽어보자.

나는 차를 앞에 놓고
고즈넉한 저녁에 호올로 마신다.
내가 좋아하는 차를 마신다.
그러나 이것은 다만 사실일 뿐,
차의 짙은 향기와는 관계없이
이것은 물과 같이 담담한 사실일 뿐이다.

누구의 시킴을 받아
참새 한 마리가 땅에 떨어지는 것도 아니고
누구의 손으로 들국화를 어여삐 가꾼 것도 아니다.
차를 마시는 것은
이와 같이 스스로 달갑고 가장 즐거울 뿐,
이것은 다만 사실이며 또 관습이다.
나의 고즈넉한 관습이다.

물에게 물은 물일 뿐
소금물일 뿐.
앞으로 남은 十年을 더 살든지 죽든지
나에게도 나는 나일 뿐,
이제는 차를 마시는 나일 뿐.

이 짙은 향기와는 관계도 없이
차를 마시는 사실과 관습은
내가 아는 내게 대한 모든 것이다.
그리고 모든 것에 대한 모든 것도 된다.[32]

20대 젊은 시절의 饒舌氣가 되살아난 듯한 이 시에서 다형이 힘주어 말하고자 하는 것은 마치 이천 오백 년 전 공자님이 "天何信哉, 四時行焉, 萬物生焉, 天何言哉"라고 갈파하던 것처럼, "내가 지금 차를 마시고 있다. 또 무슨 말이 필요하단 말인가."하고 단지 내가 있음을 외친다. 물론 다형은 자기의 있음이 궁극적 실재를 증명하는 웅변이 된다는 말을 생략하고 있지만 이것도 아직은 기독교 신관으로의 완전한 복귀를 의미하는 것이라고는 볼 수 없다. 10여 년에 걸친 오랜 방법론적 회의를 거치면서 돌아오기로 예정된 신앙의 길에 다시 정착하기 위하여서는 그가 환갑에 이르러 고혈압으로 쓰러졌다가 다시 회생하는 경험을 거쳐야 했었다.

④ 復活하는 信仰

필자는 다형을 논하는 다른 글에서 그가 부활에 대하여 대단히 소극적이었다는 글을 쓴 적이 있다.

거기에서 필자는 다형이 '부활'이란 낱말을 그의 시에서 한 번도 쓰지 않았다고 말하였다.[33] 이것은 대단히 경솔한 결론이었다. 그 당시 필자의 미비한 자료조사를 토대로 그렇게 성급한 推論을 감행한 것에 대해 크게 부끄러움을 느끼고 이 자리에서 是正하는 바이다.

---

32) 『創作과 批評』(1970. 가을).
33) 拙著, 『韓國文學에 나타난 죽음意識의 史的研究』 p.199.

그는 부활을 즐겨 다루지는 않았지만 「復活節에」라는 제목으로, 세 편의 시를 전하고 있다. 첫 번째는 1963년에 크리스찬 신문에, 두 번째는 1975년 3월 『월간문학』에, 그리고 세 번째는 두 번째 것의 초고인 듯 1975년 4월 『한국문학』에 遺稿로 발표된 것이다. 세 편이 모두 비슷한 전개와 표현방식을 보이고 있는 평범한 작품이다. 특별히 작품으로 주목할 만한 가치가 있는 것은 아니다. 그중 나은 것은 75년 3월 『월간문학』에 발표된 것인데 바로 그것의 초고인 듯싶은 유고에서 다형은 신앙의 강도를 과감하게 직설적으로 表白하고 있는 점이 주목된다. 비교를 위하여 먼저 두 편의 끝부분만을 옮겨 보기로 하자.

「63년 復活節에」

四月은 實證의 달,
땅에 떨어져 썩은 밀알 하나이
지금은 그늘이 되어 햇빛이 되어
成長의 바람이 되어 영혼의 詩와 새벽의 슴唱이 되어

이같이 뚜렷이 이같이 우렁차게
가득히 가득히 넘치나이다.
奇蹟을 원하는 地上에도
實證을 외치는 時間에도.

「75년 遺稿 復活節에」

당신은 지금 유대인의 수의를 벗고
모든 땅의 훈훈한 생명이 되셨읍니다.
모든 나라의 모든 사람들이
이웃과 친척들이 기도와 노래들이
지금 이것을 믿습니다!
믿음은 증거입니다.
증거할 수 없는 곳에
믿음은 증거입니다.
증거할 수 없는 곳에

믿음을 증거합니다!!

해마다 四月의 훈훈한 땅들은
밀알 하나이 썩어
다시 사는 기적을 우리에게 보여줍니다.
이 파릇한 새 생명의 눈으로…….

　　63년에 쓴 「復活節에」는 그리스도의 부활이 성장의 바람, 영혼의 시, 새
벽의 합창으로 변형되었음을 언급한 것에서 그치고 있는 데 반하여 75년
유고 「復活節에」는 그리스도가 생명 자체임을 믿는다고 힘주어 말한다. 63
년의 것은 신자의 입장에서 마지못해 쓴 것이라면, 비록 비슷한 내용을 담
고 있다 하여도, 75년의 것은 믿음만이 부활 기적의 증거이며 증거함이라
고 감탄부호를 사용하여 부르짖고 있다. 이것은 고독과 회의의 늪을 헤어나
지 못하던 60년대의 다형의 모습이 결코 아니다. 무엇이 그로 하여금 이러
한 확신의 신앙인으로 돌아오게 하였는가? 그런데 이러한 과감한 신앙의
표백이 시로서는 마땅치 않다고 생각했음인지 「월간문학」에는 다음과 같이
끝부분이 고쳐져 있다.

당신은 지금 유대인의 옛 수의를 벗고
모든 四月의 棺에서 나오십니다.

모든 나라가
지금의 이것을 믿습니다.
증거로는 증거할 수 없는 곳에
모든 나라의 합창은 우렁차게 울려납니다.

해마다 三月과 四月 사이의
훈훈한 땅들은
밀알 하나이 썩어서 다시 사는 기적을
우리에게 보여줍니다.
이 파릇한 새 목숨의 筍으로…….

다시 한번 생각해 보자. 무엇이 그로하여금 60년대의 고독과 회의로부터 70년대의 경건한 신앙으로 돌아오게 하였는가? 그것은 아마도 耳順에 이른 그의 나이일 것이다. 물론 신병의 경험은 그로 하여금 더할 수 없는 겸허의 자세로 이끌어갔지만 그러한 병고가 아니라도 그의 연령이 가리키는 思惟의 이정표는 그로 하여금 生來의 신앙에 안주하여 아름다운 삶의 현장으로 그의 시적 관심을 돌리게 하였을 것임에 틀림없다.

그의 말년에 쓴 것으로 보이는 「감사하는 마음」의 끝부분은 하느님에 대한 절대의 신뢰가 다음과 같이 묘사되어 있다.

감사하는 마음 — 그것은 곧 아는 마음이다!
내가 누구인가를 그리고
주인이 누구인가를 깊이 아는 마음이다.

여기에 이르러 우리는 그의 시가 이제는 그저 청순한 신앙고백으로 변모하고 있음을 보게 된다. 그리하여 1974년 이후에 발표된 시들은 오랜 방황 끝에 차분하게 안정된 신앙의 자세와 아름다운 人性(그러니까 神性)의 회복을 추구하고 있다. 「희망」「샘물」「사랑의 동전 한푼」같은 것은 특별히 꾸미려고도 하지 않고 신앙을 고백한 시편들이다. 맑고 깨끗한 靜觀의 詩心이 잔잔한 물이랑을 이룬다. 그 중에서 「흙 한줌 이슬 한 방울」은 종교적 신심이 이 세상에서 얼마나 아쉬운가를 애타게 읊고 있다.

그러다가 문득 「近況」에 이르러 다형은 자신의 죽음을 감지하고 「마지막 地上에서」는 자신의 죽음을 대면하면서 담담하게 죽음 저쪽을 넘겨다보는 여유를 보인다. 다음은 「마지막 地上에서」의 전편이다.

산 까마귀
긴 울음을 남기고
地平線을 넘어갔다.

四方은 고요하다!
오늘 하루 아무 일도 일어나지 않았다.

넋이여, 그 나라의 무덤은 평안한가.

이렇게 노래할 수 있었던 다형은 비록 耳順의 문지방을 넘어선 나이였지
만 필경 從心所欲 不踰矩의 경지에서 죽음이 그의 앞으로 다가오는 것을 슬
며시 감싸안았던 것이다.

6. 結語

이상으로 茶兄 金顯承의 시를 통한 정신적 旅程의 추적을 마무리짓는다.
필자는 이 글에서 지나치다 싶게 다형의 생애를 공자의 그것에 대비시키려
고 하였다. 가장 성실한 인간은 그가 신앙인이라면 더더욱 시시각각으로 窮
極的 實在에 접근하려고 애쓴다는 점을 다형을 통해 입증해 보고 싶은 욕심
때문이었다. 彷徨한 듯한 정신의 편력이지만 철저한 기독교인이면서 또한
철저히 한국적 전통에 충실한 지성인으로서 다형의 일생은 그의 시와 더불
어 아름답고도 고결한 것이었다. 한국인이라면 당연히 치러야 할 기독교에
대한 회의를 생생하게 드러내 보여주었다는 점에서 다형은 회의주의자라는
명칭을 얻었지만 그러나 그것은 결함으로서보다는 정당한 몸짓이었다는 관
점에서 賞讚에 값하는 것이라고 할 수 있다. 어떤 이는 다형이 '자각하면서
믿고, 믿으면서 자각하려 하는 모순'을 보였다고 말했거니와 이것은 믿음
의 정상적인 모습이라고도 할 수 있다. 다형은 1975년 4월 10일 오전, 그가
봉직하고 있던 숭실대학교 채플 시간에 기도 중 영면하였다. 그러니 지금
이 순간에도 그는 저쪽 나라에서 이 세상을 위하여 기도를 계속하고 있을
것이다.
한국 舊敎 선교 3세기, 그리고 新敎 전래의 2세기에 접어든 오늘날, 한국
의 기독교는 신구교를 막론하고 신앙의 토착화 문제에 관심을 집중하고 있
는데, 끝없는 회의를 거쳐 부활신앙의 단호한 인식과 표명에 도달한 다형
김현승에게서 우리는 한국 기독교사상의 토착화 과정을 보는 듯하다.

尹東柱의 犧牲主義

1. 序言

책 표지의 사진만 보아도 가슴 깊이 통증을 느끼게 하는 강한 매력을 지닌 詩人. 젊은 나이에 요절하였으되 영원히 죽지 않고 살아남아 우리의 온 정신을 휘어잡고 그의 정신세계에 홀린 듯 빠져들게 함으로써 그의 의식공간에 그와 함께 우리를 머물러 있게 하는 사람.

잎새에 이는 연한 바람결에도 아파하는 심약한 사람인 듯 하면서 그러나 실제에 있어서는 피흘리며 십자가에 못박히겠노라는 殉節의 의지를 지녔던 사람. 어느 것 하나를 보아도 卑俗과 육정의 그림자를 찾아볼 수 없는 至聖과 순수의 청정한 시 세계를 보여준 사람.

그가 시인 尹東柱이다.

그에 대하여 이야기하고, 그의 시 세계에 잠기고 그의 인생과 문학을 사랑할 수 있는 위치와 기회를 가졌다는 점만으로도 우리의 생명과 생애를 진심으로 감사하지 않을 수 없다고 느끼게 할 만큼, 시인 윤동주의 생애와 문학이 우리에게 끼친 영향은 우리가 만난 어떤 사람 또 어떤 저자와도 비견될 수 없는 독특하고도 커다란 비중의 지혜와 철학이었다. 그는 다른 어느 시인보다도 철저하게 죽음을 노래했고, 그리고 정의를 위해 殉節함으로 말미암아 영원토록 민족의 정신과 혈맥 속에 깊이 살아 흐르는 영원한 생명으로 다시 탄생하였기 때문이다.

시작품의 표현기교나 작품이 지닌 문학성을 잠시 유보하고 순전히 주제면의 심각성에 초점을 맞추어 본다면, 아마도 죽음의 문제보다 더 큰 것은 없을 것이다. 그런데 우리 시문학사에서 가장 깊이 죽음의 주제에 천착했던 시인이 윤동주였다. 스물 아홉의 나이에 異域의 나라 敵島의 감옥에서 타계하기까지 죽음은 항상 윤동주의 한 분신 내지는 변형된 相對存在 (Counterpart)로서 윤동주의 시 세계를 구축하고 있다. 이미 세상의 통념은 윤동주가 일제말의 암흑기에 우리 시문학사의 공백을 채워 주었을 뿐만 아니라, 그 공백을 찬란하게 장식하였다고 찬양한다. 그러면 그 찬양은 어디에 근거하는가? 필자는 이제 본고에서 그 찬양의 근거가 그의 처절하고도 대담한 죽음의 주제에 있으며, 그 죽음이 기독교의 救贖的 犧牲羊이 지니는 공동체의식에 뿌리박고 있기 때문임을 밝혀 보고자 한다.

만일에 이 假說이 타당한 것으로 증명된다면 아마 우리는 앞으로 이렇게 말할 수도 있을 것이다. 한 시인의 수준을 말하려면 그가 죽음에 어느 정도 접근하였으며 그 죽음이 또한 얼마나 인간구원에 관련하여 救贖的 가치의 메시지를 전달할 수 있느냐를 관찰함으로써 해답을 얻을 수 있을 것이라고 말이다. 물론 이러한 평가기준이 어느 작품, 어느 작가, 어느 시대에나 동일하게 적용되는 절대적인 것은 아니겠지만 그것의 보편타당성을 확립하려는 노력도 또한 윤동주를 위한 이 글의 작은 목적이 되고 있다.

2. 尹東柱의 짧은 生涯

이제 우리는 기독교사상과 관련하여 인간구원을 위한 救贖的 의지와 공동체의식이 어떻게 그의 생애로부터 흘러나오는가를 알아보기 위해 잠시 그의 생애를 鳥瞰해 보고자 한다.

먼저 그의 연보를 간략하게 정리하면 다음과 같다.

제1기(출생과 성장, 소년시절)
1917년(1세) 北間島 明東村에서 출생.
1931년(15세) 明東小學校 졸업.

제2기(중학시절)
1932년(16세) 龍井 恩眞中學校 입학.
1935년(19세) 平壤 崇實中學校에 전입학.

1936년(20세) 龍井 光明中學校에 전입학.
1937년(21세) 間島 延吉에서 발행하던 『가톨릭 少年』에 계속 童詩 발표.

제3기(전문학교시절)
1938년(22세) 光明中學 졸업. 延禧專門 文科 입학.
1939년(23세) 「달을 쏘다」, 「산울림」 등을 조선일보 학생란, 『소년』지
          에 발표.
1941년(25세) 延專 文科 卒業, 自選詩集 출간 계획.

제4기(대학시절)
1942년(26세) 東京 入敎大學 英文科 입학. 京都 同志社大學 英文科 편
          입학.
1943년(27세) 歸鄕 길에 日警에 被逮.
1944년(28세) 2년 言渡받고 九州福岡刑務所 수감.
1945년(29세) 위의 刑務所에서 獄死.

한 인간의 생애가 칼로 자른 듯이 分節的인 삶의 구획으로 나눠지는 것은
아니다. 우리가 어떤 인물의 생애를 시기별로 쪼개는 것은 순전히 그 인간
을 보다 바르게 이해하자는 편법에 불과하다. 그 편법으로 윤동주의 30년
미만의 짧은 세월을 넷으로 나누어 보았다. 제1기는 출생 및 성장기이고,
제2기부터 제4기까지는 학업 및 作詩期에 해당한다. 후반부의 중학, 전문
학교, 대학시절은 각각 5년 안팎으로 나뉘어지는데 문학활동의 관점에서
보면 중학시절이 습작기간에 해당하고 본격적인 시창작은 전문학교 후반
시절이며, 일본 유학시절은 창작을 지속하면서 새로운 도약을 위해 진통하
던 기간이었는데 그만 인생이 거기에서 단절된다. 그러면 이들 네 시기를
좀더 자세히 살펴보기로 하자.

제1기

윤동주는 1917년 12월 30일 만주국 間島省 華龍縣 明東村에서 태어났다.
이 명동촌은 우리 민족의 선각자들이 망명하여 교육과 종교의 힘으로 일제
에 맞서며 자주자립의 투혼을 키우던 독립운동의 요람이었다.

명동촌의 정신적 지도자의 한 분이었던 圭巖 金躍淵의 누이 金龍이 동주의 모친이고, 명동중학의 교원이었던 坡平 尹씨 永錫이 동주의 부친이다. 이들 부모의 장남으로 태어난 동주는 외삼촌인 김약연 목사와 그 교회의 장로이었던 조부 尹夏鉉의 철저한 교육을 받으며 자라났으므로, 기독교정신은 그의 어린 시절을 형성한 제일의 정신적 자양이었다고 할 수 있다.

명동촌 출신으로서 동주의 외사촌 동생인 시인 김정우는 동주의 집 정경을 다음과 같이 술회한 적이 있다.

그의 집은 정남향 큰 기와집으로 후면과 좌우에는 그리 크지 아니한 과수원이 있고, 뒷문으로 나가면 그의 詩「自畵像」에 영향을 주었다고 생각되는, 물맛으로 유명한 수십 길도 더 되는 깊은 우물이 있다. 우리는 동주와 같이 과수원 울타리로 되어 있는 뽕나무 오디를 따 먹고, 물을 길어 입을 닦기도 했으며 그 우물 속을 들여다보고 소리치며 우물 속에 울리는 소리를 듣곤 했다.

그의 집 큰 대문을 나서 좌로 돌아 큰길을 향하면 동쪽 개바위 위로 떠올라 쫓아온 햇빛이 우거진 가랑나무숲 위 교회당 종각의 십자가를 비추고 있는 광경을 언제나 그는 보았을 것이며, 그 십자가는 그리스도의 십자가의 못처럼 그의 마음에 단단히 박혔을 것이다. 우리는 주일학교도 같이 다녔으며 구주 성탄 때는 교회당이 가까운 그의 집에서 새벽송 준비를 하고 밤샘을 하며 꽃종이를 준비하곤 했다. 옷을 두툼하게 껴입고 벙거지를 쓰고 개가죽 버선을 신고 새벽 눈길을 걸어다니며 찬송가를 부르던 것을 생각하면 지금도 한없이 기쁘다.[1]

이와 같은 윤동주의 고향집 정경으로부터 우리는 그가 어릴 적부터 기독교사상과 강한 민족의식의 용광로 속에서 성숙했음을 감지한다. 그가 졸업한 명동소학교는 그의 외삼촌인 김약연 목사가 설립하고 운영한 학교였다. 게다가 동주의 조부 윤하현은 1900년에 명동촌으로 이주하여 생활기반을 굳히고, 동주의 부친인 영석을 북경유학을 시키는 한편, 1910년에는 기독교에 입교하여 교회의 장로로 활약한 사실을 주목할 필요가 있다. 간도로 이주한 것은 1888년 동주의 증조부인 尹在玉에 의한 일이었으니 동주에게 있

---

1) 김정우의 글, 金秀福이 쓴 評傳 「詩人 尹東柱」에서 再引用.

어서는 만주땅 명동촌이 누대에 걸친 고향으로 느껴졌을 것이지만, 그러한 정착된 가정의 長者的 분위기와 기독교적 분위기는 망국의 한을 달래는 지사적 분위기와 겹치면서 동주의 童心을 형성하였을 것이다. 따라서 그에게는 자기도 모르는 사이 첫째 장자집 맏아들, 둘째 기독교 신자, 셋째 이름없는 지사라고 하는 세 가지가 그를 구성하는 기본인자가 되었다고 하겠다.

제2기

1931년 15세에 명동소학교를 졸업한 동주는 외종사촌 김정우, 고종사촌 송몽규 등과 함께 명동에서 20리 동남쪽에 있는 중국인 도시 大拉子에 있는 소학교에 편입하여 1년간을 다녔다. 이국적 정서에 빠지는 최초의 경험이 생겼을 법하다. 많은 평자들은 「별 헤는 밤」에 나오는 '佩, 鏡, 玉 이런 이국소녀들의 이름을 불러봅니다' 라는 구절의 원산지가 大拉子의 소학교라고 말한다.

1932년 4월 동주는 용정의 은진중학교에 입학한다. 그 무렵 명동촌을 중심한 북간도 일대에 공산주의 사상이 유행하면서, 그들 공산주의자들의 행패가 심해지자 중류 이상의 주민들이 모두 용정으로 옮기게 되었기 때문이었다. 은진중학에서는 고종사촌인 송몽규와 함께 습작문집을 만들면서 문학공부에 열을 올렸다. 미션스쿨인 은진중학의 교사들은 특별히 민족의식이 강하였다. 그 가운데 明義朝라는 분은 그가 담당한 동양사와 국사 강의를 통해 우리 민족이 처한 현실을 세계사적 안목에서 바라볼 수 있도록 학생들의 눈을 열어 준 사람이었다. 심지어 그는 3학년이던 송몽규를 상해로 보내 임시정부와 긴밀한 연락을 맺게도 하는데, 이로 인해 송몽규는 일경의 감시를 받는 몸이 된다.

은진중학 1, 2학년은 동주가 윤석중의 동요, 동시에 심취하면서 스스로도 습작에 열중한 시절이었다. 이 무렵이 동주의 시인으로서의 운명이 결정되는 시기였다.

1935년(19세)에 평양 숭실중학교 3학년에 전입학한다. 그의 창작수업은 더욱 가열되어 1936년 1월에 100부 한정판으로 나온 白石의 시집 『사슴』을 하루종일 베낀 일까지 있었다. 1936년 봄 숭실중학이 신사참배 거부문제로 관에 접수되자, 동주는 다시 용정으로 와서 광명중학교에 전입학한다. 이렇게 중학과정을 마치는 동안 동주의 문학적 성숙은 항상 민족의식과 기독교 사상을 바탕으로 전개된다.

제3기

1938년(22세) 봄에 광명중학을 졸업한 동주는 고종사촌 송몽규와 함께 연희전문학교 문과에 입학한다. 송몽규가 이미 일경의 감시 하에 있었으므로 그와 인척으로서 뿐만 아니라 친구로서 또한 정신적으로 호흡을 같이 하던 동주를 일경이 주목하게 된 것은 당연한 결과이었다. 더구나 3·1운동 당시 그 주동적 근거지로서 일제가 주목했던 연희전문에 입학한다는 것은 그 행위 자체가 이미 저항의 의지를 표명하는 것일 수 있었다. 따라서 앞으로 논의되겠지만 연전시절에 쓴 「序詩」를 비롯한 대부분의 시가 보여주는 정신공간은 기독교의 구속적 죽음과 공동체를 위한 희생의식을 보이는 민족애가 그 바탕을 이루게 된다.

태평양전쟁이 터지고 식량사정이 악화되어 연희전문 기숙사의 생활이 어려워지자 동주는 4학년으로 진급하던 해 봄에 기숙사를 떠나 2년 후배인 鄭炳昱과 함께 하숙을 구한다. 1941년 5월 말이었다. 누상동에서 옥인동으로 내려오는 길목 전신주에서 '하숙 있음'이라는 광고를 보고 누상동 9번지를 찾아가니 그 집은 바로 소설가 金松의 집이었다. 동주의 시집 제1부에 실린 많은 작품들이 1941년 5월과 6월에 창작되었는데 그것은 바로 이 무렵에 마음을 주고받을 수 있는 정병욱 같은 친구가 있었고, 또 그 당시의 암울한 세태 속에서도 하숙집의 문학적 분위기에 젖을 수 있었기 때문이었을 것이다.

그러나 하숙집인 소설가 김송의 집에는 서서히 불행이 닥쳐왔다. 주인 자신이 요시찰 인물인데다가 하숙하고 있는 학생들도 연희전문의 문과학생들, 즉 불온한 사상의 소유자들이었기 때문이었다. 일경의 감시가 날로 심해지더니 드디어는 동주와 정병욱의 하숙방에 들어와 서가에 꽂혀있는 책

이름을 적어가고 고리짝을 뒤지고, 편지조차 압수해 가기에 이른다.

1941년(25세) 가을 학기에는 졸업을 앞두고 동주와 정병욱은 부득이 하숙을 옮겨야 했었는데, 그 번뇌로운 상황에서도 동주는 조용히 일련의 시편들을 매만질 수가 있었다. 이때에 「序詩」가 완성되고 自選詩集을 간행할 계획을 세웠으나 때를 기다리기로 한다.

제4기

1942년(26세) 봄, 동주는 기독교 계통의 학교인 일본 입교대학 영문과에 입학한다. 문학에의 열망은 동주로 하여금 平沼東柱라는 이름으로 창씨개명을 감행하면서 일본행을 결심하게 한 것이었다.

따라서 그의 詩作은 더욱 熱度를 높여갔다. 그러나 동시에 민족적 비운이 더욱 절박하게 피부에 닿는다는 자의식이 심화되었고, 그것은 그의 기독교 신앙과 결부되면서 문학과 신앙과의 일체화 작업에 더욱 깊이 침잠하게 된다. 그는 그해 가을 京都에 있는 동지사대학에 편입한다. 이 시절 동주는 송몽규, 고희욱 등과 만나 일제의 압정과 민족의 장래에 대해 이야기를 나누며 괴로워한 적이 많았다.

1943년(28세) 여름방학을 맞아 귀향 날짜를 고향에 알리고 짐은 수하물로 부친 후, 역에서 출발을 기다리던 중에 일경 고로께에게 체포되어 손에 수갑이 채인다. 1943년 7월 14일의 일이었다. 송몽규는 이미 7월 10일에 체포되어 있었다. 윤동주와 송몽규는 1943년 12월 6일에 검찰국에 송치되어 1944년 2월 22일에 기소되고, 1944년 3월 31일에 재판을 받아 징역 2년이 선고된다.

윤동주와 송몽규는 판결을 받은 후, 곧 후꾸오까(福岡)형무소에 투옥되고 1944년 6월 이래 한 달에 한 장씩의 엽서를 보낸다. 그 엽서 중에는 『英和 對照 新約聖書』를 보내 달라는 부탁이 있었다.

매월 오던 엽서가 1945년 2월 중순에는 오지 않더니 적국의 싸늘한 감옥 속에서 '의미 모를 소리를 외치며' 29세의 짧은 생애를 마친다.

'2월 16일 동주 사망' 이란 전보가 그의 사후 여러 날이 지나서야 집에 도착한다. 다시 동주 사망 10일이 지나서야 후꾸오까에 도착한 부친 윤영석과

당숙 윤영춘은 이미 죽은 동주보다 아직 살아있는 송몽규를 면회했는데, 푸른 죄수복을 입은 20대의 한국 청년 50여 명 가량이 주사를 맞으려고 늘어서 있는 것이 보였다. "저놈들이 주사를 맞으라고 해서 맞았더니 이 모양이 되었고 동주도 이 모양으로……"라고 말끝을 흐리던 송몽규도 그 며칠 후에 옥사한다.

동주의 유해는 후꾸오까 화장터에서 한줌 재가 되어 아버지 품에 안겨 고향으로 돌아온다. 할아버지 윤하현과 가족 친지들은 한줌 재로 돌아온 동주의 유해를 놓고 장례식을 치른다. 그 장례식에서「자화상」과「새로운 길」이 낭독되었다.

가족들은 용정의 겨울이 풀리는 5월 초순의 따뜻한 날에 동주의 묘역에 떼를 입히고 꽃을 심어 단장하였다. 그리고 그 해 단오 무렵, 조부 윤하현과 부친 윤영석은 서둘러 묘비를 세웠다. 그 碑에 '詩人 尹東柱之墓'라 하였으니 이것이 동주에게 시인이란 이름을 붙인 시초였다.

이렇게 하여 한 명 失鄕流民의 아들이요, 우국적 志士村의 후예이며 독실한 기독교 교인의 자손이요, 또한 시인에의 열망에 불타던 문학청년 윤동주는 위험한 사상을 지닌 식민지 지식청년의 창백한 몰골로 이역의 감옥에서 30년도 채우지 못한 일생을 마치고 말았다.

해방이 된 다음 다음해, 1947년 2월 16일, 동주가 그리워 못견딘 몇몇 친지들이 '민족시인 윤동주의 3주기 추도회'를 마련하였다. 이때에 遺詩集 발간이 논의되어 1948년 1월 31일에 최초의 유시집『하늘과 바람과 별과 詩』가 정음사에서 발간된다. 다시 1955년 10주기에 즈음하여 그의 아우 윤일주의「先伯의 생애」등을 후기로 실은 증보판『하늘과 바람과 별과 詩』가 간행됨으로써 윤동주에 대한 시사적 조명은 더욱 박차를 가하게 된다.

3. 既存의 論議들

이제 그가 세상을 버린 지 반세기가 넘었다. 그러나 동주에 대한 관심은 날이 갈수록 고조되고 있다. 그의 문학정신의 무엇이 우리로 하여금 동주가 보여주는 문학세계의 늪을 헤어나지 못하게 하는 것일까? 이제는 이 문제를 생각해 보기로 하자.

그동안의 연구는 다음 몇 가지로 나누어 볼 수 있다. 첫째는 동주의 시를 보다 바르게 이해하기 위하여 그의 생애가 어떠했는가를 검토하는 전기적 고찰이다. 동주와 생전에 학업을 같이 했다거나 교분을 가졌던 사람들에 의한 회고적인 서술로부터 픽션에 이르는 평전까지 동주에 대한 인생탐구는 다양한 것이었는데 그 모두는 그의 시가 허구를 구성할 만큼 아름답기도 하려니와 일제 치하라는 특수한 상황에서 독립운동의 혐의로 옥사하였다는 비극성이 시의 아름다움을 더욱 극렬하게 묘사하는 배경이 되었기 때문이었다. 둘째는 동주를 우리 시문학사상의 어느 위치에 둘 것인가 하는 詩史 정리의 관점에서 연구된 업적들이다. 여기에서 가장 크게 부각된 논쟁점은 동주가 저항시인이냐 아니냐, 또 그의 시가 저항시냐 아니냐 하는 것이었다. 삶의 측면에서 보거나 작품의 측면에서 보거나 그를 저항시인의 범주 안에 당당히 못박아 두기에는 불투명한 요소가 있다는 점 때문에 이 논의는 동주의 인간과 시를 이해하는 하나의 관문이 되는 것이었다. 그리하여 어떤 관점에 서느냐에 따라 동주는 저항시인이 되기도 했고 되지 않기도 하였다. 이 때에 대비되는 시인으로서는 한용운, 이상화, 이육사, 심훈, 김광섭, 김소월 등이 있다. 본고는 그동안의 논의를 요약하는 의미에서 조남현 교수의 다음 말을 인용해 보기로 한다.

> 저항시 혹은 저항시인이란 범주의 설정은 한국시인들의 정의감과 민족의식의 높이를 실증해 준다는 의미에서 필연성과 공감을 살 수 있는 것이라 하겠다. 시인의 자기희생적이며 大我的인 삶의 내용은 그 시인을 저항시인으로 끌어올리는 근거가 되기는 하나, 작품이 온전히 삶에 의해 牽引되는 식의 미신이 더 이상 확대되어서는 곤란하다. 그러나 한 시인의 삶과 작품이 별개의 것이라는 극단적인 형식주의의 시각은 특히 일제하 한국시를 대상으로 하는 경우에는 유보되어야 할 것이다.
> 삶에서나 작품에서나 저항의 흔적이 뚜렷해야 받게 되는 저항시인의 숫자는 제한될 수밖에 없지만 저항시에 들 수 있는 작품들은 보다 많아질 것이라고 기대된다. 저항시는 저항시인만이 쓸 수 있고 또 썼던 것만은 아니기 때문이다.[2]

---

2) 조남현, 「한국문학사의 쟁점」, 「城山 장덕순 선생 정년퇴임기념논총」, p.684.

이 논지는 윤동주를 굳이 저항시인의 테두리에 묶을 필요는 없겠으나 그의 시가 저항시로 말하여지는 것은 좋지 않겠느냐는 중도적 수습안이라고 하겠다. 세번째의 연구는 물론 앞의 두가지 연구태도와 대체로 함께 연구된 것이기는 하지만 주로 작품 자체의 미학적 구조, 그 예술성의 깊이를 해명하려는 것이었다. 혹자는 그의 시심이 '부끄러움' 이라 하였고, 또 어떤 이는 '罪業妄想' 이라는 용어를 쓰기도 하면서 윤동주가 극단적인 자의식의 인물로서, 자신의 내면세계를 냉엄하게 객관화시킬 수 있는 시인이었다는 것으로부터 논의의 출발점을 삼고 있다. 최근에 이르기까지 백여 편이 넘는 동주 시의 연구성과들은 그리하여 그것들이 역사비평 내지 사회비평적 관점이거나 정신사적 관점이거나 또 혹은 원형비평이나 상징체계비평이거나 간에 제나름의 접근방법으로 동주의 시세계를 설득력있게 해명하고 있다. 그러나 필자에게 있어서는 그 모든 연구성과들을 섭렵하고 난 뒤에도 여전히 미심쩍은 어떤 핵심이 윤동주의 시 세계, 시 정신을 지배하고 있을 것이라는 생각을 떨쳐버릴 수가 없었다. 그것, 그 핵심 때문에 윤동주의 시가 한 줄로 질서를 이루고, 그것 때문에 윤동주가 시를 써 왔을 것임에 틀림없으리라고 생각되는 것, 그것은 무엇일까?

물론 이에 대한 부분적인 해명이 없었던 것은 아니었다. 기독교사상이 시적 상상력의 원천이었으며 동시에 창작동기를 이루는 근본이었으리라는 논의가 바로 그것이다. 그러나 본고에서는 앞에서도 강조한 바와 같이 윤동주 시 세계의 근거를 온전히 기독교사상에 두고 풀어 보고자 한다.

4. 東柱의 犧牲主義

시인 윤동주를 이해하는 데 있어서 전제가 되는 것은 무엇보다도 일제하의 역사적 문화적 환경이었다고 하는 데에 평자들의 의견이 일치한다. 그리고 그러한 시대의 문학적 요청은 민족회복을 위한 '정신적 공동체를 구현하는 일' 이었다고 말하는 것에 대해서도 대개의 평자들이 동조한다.[3] 그런데 필자는 그러한 정신적 공동체를 구현하기 위하여 동주가 의지했던 무기

---

3) 이상섭,「문학이론의 역사적 전개」(연세대출판부, 1975), p.118.

가 다름 아닌 기독교사상이었다고 하는 외곬의 관점을 취해 보려고 한다.

기독교의 유입 정착이 윤동주가 속해 있던 개신교의 경우로 말하더라도 그가 세상에 태어난 1917년은 1885년을 기점으로 하여 30년을 웃도는 세월이니 이 정도면 그 사상의 핵심이 보편적으로 일반화되어 있었을 법도 하다. 더구나 동주의 조부 윤하현이 1910년에 입교하여 집안의 가치기준을 기독교의 가르침으로 확립하였다는 사실을 주목할 필요가 있다. 우리 민족에게 체질적으로 전해 내려오는 유교나 불교의 이념들이 동주의 집안이라고 해서 없었던 것은 아니었겠지만 생활양식과 의식구조를 기독교적인 것으로 새로이 쇄신한 집안의 분위기는 관습적인 도덕률이나 가치기준에 따라 생활하는 집안에 비하여 훨씬 생동적인 것이었으리라 짐작된다. 그리고 동주 자신이 중학시절에 주일학교 교사로 적극성을 띠고 있었다는 것, 후꾸오까 형무소에 있을 때에도 『英和對照 新約聖書』를 차입해 달라고 부탁했다는 점은 동주의 기독교에 대한 애착을 입증하고도 남음이 있다.

그러면 이제 남은 문제는 동주가 그의 시작품을 통하여 나타내려고 하였던 기독교사상의 색채를 무어라고 이름 붙일까 하는 것을 실제의 작품 속에서 찾아내는 일, 그리고 그런 작업과정에서 동주의 기독교사관을 보다 깊이 꿰뚫어 보는 일이라고 하겠다. 만일에 그가 예수의 고난과 한국이 처한 그의 생존 당시의 역사적 현실을 연관시켰다고 한다면, 우리는 그를 일컬어 기독교 시인이란 명칭을 주저 없이 붙일 수가 있으며, 더 나아가 그러한 명칭으로 그를 특징지울 수 있을 것이다.

필자는 다른 글에서 윤동주의 시의 특성을 죽음의식에 관련시켜 논의한 적이 있다. 그 글에서 「서시」에 대하여 언급한 부분을 몇 구절 다시 읽어보기로 하자.

> 이 「서시」는 윤동주가 스스로 왜 시인이어야 하느냐는 자기존재의 당위성을 밝힌 시적 선언이다. 이 선언은 그의 시를 이해하는 출발점이 될 것인데, 아마도 이 선언은 동시에 그의 시 세계의 종착점이 될지도 모를 일이다.…… 그는 이 첫 번째의 표백으로서 인간으로서는 더 이상 올라갈 수 없는 높은 인격의 차원을 구가하고 있는 셈이다. 죽음을 눈에 보듯이 확인하고 있는 사람과 그것을 회피하거나 보류하려는 사람과의 차이는 애

정과 이상, 예지와 양심, 감동과 신앙을 확고하게 가진 사람과 또 그런 것
에 접근하기를 유보하는 사람과의 차이라고 할 수 있는 것이다. 따라서 대
부분의 일반인과 대부분의 평범한 작가가 구축한 세계는 그만큼 불확실성
을 내포할 수밖에 없는 것이고 반대로 윤동주의 시 세계에서는 애정과 이
상, 예지와 양심, 감동과 신앙의 양면적 성격이 추구되는 것을 발견한다.
…… 둘째로 그는 죽어가는 것을 사랑해야 하겠다고 천명한다. 죽음을 동
반하게 되는 모든 존재에 대해 눈을 돌리는 것이다. 분명코 사랑의 이유가
그 모든 것들이 죽어가는 현상 때문이라고 말한다. 만일에 죽어가는 것이
아닐 때 윤동주는 거기에 아무런 흥미도 관심도 느끼지 못한다.[4]

필자는 이 글에서 윤동주의 시적 상상력이 죽음의식이라는 종교성에 강
하게 밀착되어 있음을 강조하였다. 그러나 아직 그것이 기독교사상의 용어
로 해석될 수 있음을 말하고 있지는 않다. 그러면 기독교의 어떤 면모가 윤
동주의 시를 형성하고 있다고 말할 수 있을까? 이때에 우리는 윤동주의 시
들이 기독교 복음사상의 총체적인 모습을 드러내 주었으면 얼마나 좋을 것
인가 하고 생각할 수 있다. 하지만 그것은 욕심일 것이다. 비록 동주의 생애
가 고결하고 그의 시가 청정하기는 하지만 그 짧은 생애와 몇십 수의 시로
서는 기독교의 복음사상이 고루 반영되었다고 말하기는 어렵다. 그가 처했
던 시대적·사회적 조건에서 가장 핍절하게 요구되었던 복음사상의 일면이
그의 시 속에 녹아들어 있다고 보는 것이 가장 무난한 생각일 듯 싶다. 그래
서 필자는 그것을 '犧牲主義'라는 용어로 정리해 보고자 한다.

'희생'이란 무엇보다도 공동체의식을 전제로 한 개념이다. 개인과 자아
의 문제에만 집착할 때, 희생은 생각할 수도 없다. 가장 소박한 차원에서 말
한다 하더라도 내가 손해를 보면서도 상대방에게 이익이 돌아가도록 하는
것이며, 좀더 높은 차원에 이르면 개인의 행위나 개인 자신이 그 개인이 속
한 집단이나 사회의 공동선을 추구하기 위하여 제물화하는 것을 가리킨다.
이러한 관점에서 윤동주의 시는 기독교적 희생주의를 비교적 겸허하게 제
시하고 있다. 그러면 그의 시를 읽기 전에 그가 인간적으로도 상당히 희생
적이었음을 확인할 필요가 있겠다.

---

4) 拙著, 『한국문학에 나타난 죽음의식의 史的 硏究』(열화당, 1979).

먼저 윤동주의 아우 一柱의 증언을 들어 보자.

> 지금도 눈앞에 선한 그 정답던 모습은 사각모에 교복을 입은 형님이 아니라, 베바지 베적삼에 밀짚모자를 쓰고 황소와 나란히 서 있는 형님입니다. 고향에 돌아오면 그날로 양복은 벗어놓고 우리 옷으로 바꾸어 입고는 할아버지와 어머니의 일을 도왔습니다. 소꼴도 베고, 물도 긷고, 때로는 할머니와 마주앉아 맷돌도 갈며 과묵하던 그도 유우머를 섞어가며 서울 이야기를 하던 것입니다.
> 이러한 생활 속에서도 남몰래 쉬는 한숨을 나는 옆에서 가끔 들은 듯합니다. 그것은 사소한 일로 상함을 입는 끓어오르는 詩興과 독서시간의 아쉬움에서 였을 것입니다.[5]

이 글에서 우리는 윤동주가 항상 자기 자신의 문제보다는 주위의 사정을 앞세우는 성품임을 보게 된다. 다음은 윤동주와 동향이요, 연전의 후배인 장덕순 교수의 회고이다.

> 내가 C전문학교에 입학시험 보러 상경하였을 때의 일이다. 그때 그 학교 3학년에 재학중인 동주는 나를 위해 하숙방을 얻어 놓고 역까지 마중 나왔다. 저녁 늦게까지 내 하숙방에서 이야기하다가 동주는 기숙사로 돌아간다고 나갔다. 아마 자정도 훨씬 넘는 시간이었다. 나는 여독을 풀자고 자리에 누워 깜박 잠이 들었다. 밖에서 창문 두드리는 소리에 소스라쳐 깼다. 동주가 다시 온 것이다.
> 방에서 냇내가 나니 창을 좀 열고 자라고 이르는 것이다. 내가 들창문을 조금 열어놓는 것을 보고는 그대로 어둠 속으로 사라져 갔다. 뒤에 들으니 동주는 가깝지 않은 기숙사까지 다 갔다가 걱정이 되어서 다시 왔더라는 것이다.[6]

이 글 역시 고인의 인품을 미화하기 위한 단순한 회고담이 아니다. 적어도 이러한 이야기는 윤동주가 기독교정신으로 무장했을 때, 무엇보다 희생주의를 앞세울 수밖에 없었으리라는 필연성을 예고하는 것으로 받아들여야 할 것이다.

---

5) 윤일주, 「先伯의 생애」, 『하늘과 바람과 별과 시』(정음사, 1955).
6) 장덕순, 「인간 윤동주」, 앞의 책.

그러면 이제 그의 작품에 접해 보자. 「序詩」를 먼저 읽는 것이 순서일 듯
싶다.

> 죽는 날까지 하늘을 우러러
> 한 점 부끄럼이 없기를
> 잎새에 이는 바람에도
> 나는 괴로워했다
> 별을 노래하는 마음으로
> 모든 죽어가는 것들을 사랑해야지
> 그리고 나한테 주어진 길을
> 걸어가야겠다.
>
> 오늘밤에도 별이 바람에 스치운다.

우리는 이 시의 총체적인 해석을 위하여 긴 이야기를 할 수 없다. 왜냐하
면 이 시 한 편을 성실하고 정중하게 이해하는 것 하나만으로서도 비평의
언어는 한없이 무력하다는 것을 깨달아야 하기 때문이다. 그러나 우리 나름
의 언어로 다시 말하지 않을 수 없는 것이 우리의 처지이므로 가장 요긴한
몇가지 사항만을 지적해 보기로 한다.

앞서 언급한 바와 같이 윤동주에게 있어서 시를 짓게 하는 동기가 '죽음
의식'에 있음은 두말할 필요가 없다. 처음 4행은 '나'의 죽음을 통찰하고
예견하면서 부끄럼 없기를 갈망하는 고뇌로운 자아와의 대결을 이야기한
다. 더구나 그 '나'의 고뇌는 잎새에 이는 '바람' 때문에 더욱 처절한 것이
되었다. 그래서 만일 '나'의 순결, 곧 '부끄럼 없기'가 보장된다면 '나'의
행위는 그 다음에 이어지는 四行의 앞날을 설계하겠다는 것이다. 그 앞날에
도 끊임없이 이 세상 곳곳에 두루 흩어져 있는 죽음과 만나게 될 것이고, 그
것들은 또한 끊임없이 '나'의 사랑하는 대상이 될 것임을 밝힌다. 그리고
그 죽어가는 존재들을 사랑하는 것이 '나'에게 주어진 길임을 분명히 한다.
그런데 문제는 마지막 아홉 번째 줄에 나오는 '별'과 '바람'의 공존이다.
아니 단순한 공존이 아니라 '바람'에 시달리는 '별'의 아픔이 '나'의 아픔
으로 바뀌는 괴로운 '나'와 시달리는 '별'과의 공존이다. 그래서 '부끄럼

없이, 죽어가는 것 사랑하기'는 내 앞에 놓인 영원한 길로 '나' 앞에 놓인다.

우리는 여기서 '별, 바람' 같은 낱말이 무엇을 상징한 것이냐를 번거롭게 생각할 필요가 없다. 분명한 것 한 가지는 '나'라고 명시한 시인 윤동주가 자신의 사업을 수행하기 위하여 '부끄럼 없기'의 선행작업을 선언하였다는 사실이다. 이 사실은 그가 독실한 크리스찬으로서의 자아확립을 모든 일의 대전제로 삼았음을 말하는 것으로 보아 좋을 것이다. 그가 즐겨 읽었을 성경 구절에서 '부끄럼 없기'의 방향설정이 어떻게 언급되어 있는가를 보자. 이때에 필립비서 2장이 우리에게 많은 말을 절약하게 한다. 그 중에서도 다음 몇 절이다.

> 여러분 안에 계셔서 여러분에게 당신의 뜻에 맞는 일을 하고자 하는 마음을 일으켜 주시고 그 일을 할 힘을 주시는 분은 하느님이십니다. 무슨 일을 하든지 불평을 하거나 다투지 마십시오. 그리하여 여러분은 나무랄 데 없는 순결한 사람이 되어 하늘을 비추는 별들처럼 빛을 내십시오.[7]

나무랄 데 없는 순결한 사람이 되어 하늘을 비추는 별들처럼 빛을 내자는 성서의 메시지가 윤동주의 시심을 통과했을 때 「서시」의 모습으로 나타난 것이라고 볼 수는 없는 것일까? 만일에 그렇다면 순결한 사람이 되는 것은 부끄럼이 없어야 하는 것이며, 하늘을 비추는 별들처럼 빛을 내는 것은 모든 죽어가는 것을 사랑함으로써 성취된다고 말할 수 있을 것이다. 그래서 동주는 부끄럼 없애기 작업을 위하여 자학에 이를 정도의 무서운 자아성찰을 감행하면서, 또 한편으로는 죽어가는 것 사랑하기 작업을 위하여 자기 주위에 있는 사물들, 그 중에서도 슬픈 족속들을 위하여 애정어린 눈길을 보내며 괴로워한다. 그리고 그 사랑하기 작업이 결국은 그리스도의 희생에 귀일하는 것이라는 깨달음에 도달한다. 이것은 그의 시에 그대로 반영되어 對自的 자아성찰을 고백하는 「자화상」, 「소년」, 「눈오는 지도」, 「돌아와 보는 밤」, 「또다른 고향」, 「흰 그림자」, 「쉽게 쓰여진 시」, 「참회록」같은 시를 썼고, 주위의 사물에 애정의 눈길을 쏟는 「병원」, 「간판없는 거리」, 「슬픈 족속」, 「아우의 인상화」 같은 시를 쓰기도 한다. 그리고 드디어는 암시와 상징

---

7) 필립비 2 : 13-15.

의 언어를 내던지고 비교적 담박한 직설체로 그리스도의 십자가를 자신의
것으로 삼겠다는 희생주의를 「십자가」에서 외치게 된다. 다음은 「십자가」의
전문이다.

    쫓아오든 햇빛인데
    지금 교회당 꼭대기
    십자가에 걸리었습니다.

    첨탑이 저렇게도 높은데
    어떻게 올라갈 수 있을까요.

    종소리도 들려오지 않는데
    휘파람이나 불며 서성거리다가

    괴로웠던 사나이
    행복한 예수 그리스도에게
    처럼
    십자가가 허락된다면

    목아지를 드리우고
    꽃처럼 피어나는 피를
    어두워가는 하늘 밑에
    조용히 흘리겠습니다.

    우리는 이 시를 이해하기 위하여 많은 시간을 허비할 필요가 없다. 거의
일상의 언어로 동주의 희생주의 선언을 듣게 되기 때문이다.

    자유와 평화, 정의와 양심은 교회를 제외하고는 이 세상 어디에서도 찾
을 수가 없다. 그러나 그 교회의 가르침은 우리들 범속한 인물이 따르기에
너무도 멀고 높은 자리에 있는 것만 같다. 교회의 목소리가 세상에 울려퍼
지는 것 같지도 않다. 그러면 어떻게 할 것인가? 세상 물결에 휩쓸리고 말
까? 그러나 나의 양심이 그것을 허락하지 않는다. 무슨 방도가 없을까? 끝
없이 괴로워하면서도 교회의 언저리를 벗어나지 아니하는 것은 저 역설적

승리자 예수 그리스도에 대한 매력 때문이다. 그는 괴로움을 행복으로 바꿀 줄 아는 파라독스의 주인, 세상의 주인이었다. 그렇다. 나도 예수처럼 십자가에 매달릴 수는 없을까? 허나 내가 십자가를 찾아갈 수는 없다. 십자가가 나에게 접근한다면 나는 그 쓴 잔을 피하지는 않으리라. 그리고 끝내 나는 내가 순절한다는 의식을 지니려 하지 않겠다. 다만 예수가 그랬던 것처럼, "저들은 지금 저들이 하는 일을 모르고 있으니 저들을 용서하소서"라고 저들을 위하여 기도하면서, 꽃처럼 피어나는 피를 흘리리라.

대체로 이러한 문맥으로 필자는 이 시의 의미세계를 분석해 본다.

그런데 이 「십자가」는 제4연에서 '괴로움'과 '행복'의 동질성을 은유적 표현으로 강조하면서 동주의 희생주의가 매우 겸손하고 소극적인 희생주의임을 보여준다. 이 시에서도 앞서 인용한 필립비서 2장이 연상된다.

여러분이 바치는 믿음의 제사와 제물을 위해서라면 나는 그 위에 내 피라도 쏟아부을 것이며 그것을 나는 기뻐할 것입니다. 아니 여러분과 함께 기뻐할 것입니다. 그러니 여러분도 기뻐하십시오. 나와 함께 기뻐하십시오.[8]

피를 흘리면서도 기뻐하겠다는 비장하기 이를 데 없는 결의가 그토록 소극적인 것처럼 표현된 이유는 기독교인에게 있어서는 실상 자명하고도 자연스런 논리에 근거한다. 역시 필립비서 2장의 첫머리를 읽어 보아야 한다.

여러분은 그리스도를 믿음으로써 힘을 얻습니까? 그리스도의 사랑에서 위안을 받습니까? 성령의 감화로 서로 사귀는 일이 있습니까? 서로 애정을 나누며 동정하고 있습니까? 그렇다면 같은 생각을 가지고 같은 사랑을 나누며 마음을 합쳐서 하나가 되십시오. 그렇게 해서 나의 기쁨을 완전하게 해주십시오. 무슨 일에나 이기적인 야심이나 허영을 버리고 다만 겸손한 마음으로 서로 남을 자기보다 낮게 여기십시오.[9]

그리스도와 일치하되 가장 낮은 자리에 있어야 한다는 것은 기독교적 윤리의 바탕을 형성한다. 예수가 하느님과 동격이면서 스스로 인간의 비천한

---

8) 필립비 2 : 16-18.
9) 필립비 2 : 1-3.

자리를 택했고 "당신 자신을 낮추셔서 죽기까지, 아니 십자가에 달려서 죽기까지 순종하셨다"[10]는 것이 기독교 교의의 핵심이기 때문에 윤동주가 「십자가」에서 예수처럼 순절이라도 감수하겠다고 지고의 희생정신을 표백했을 때, 그 표백의 표현양식이 겸허하고 수줍음을 띠는 것은 당연하고 자연스런 것일 수밖에 없다.

이렇게 하여 윤동주는 기독교적 희생주의를 표방하고 나서는 우리나라 최초의 시인이 되었다. 그렇지만 「십자가」에서 부끄러운 듯 밝힌 그 희생주의가 다른 시에서는 더욱 감싸고 감추어져서 표현되기 때문에 가볍게 읽어 갈 때에는 자칫 놓쳐 버릴 우려도 없지 않다. 성서 내용을 직접 소재로 삼고 있는 「八福」도 사실은 고통받는 사람과 함께 슬퍼하는 동주의 희생적 연민이 강하게 표출된 것이지만 동어반복의 수사기교를 사용하여 그러한 의도를 감추고 있는 대표적인 시이다. 「八福」의 전문을 다시 보자.

　　　슬퍼하는 자는 복이 있나니
　　　슬퍼하는 자는 복이 있나니
　　　슬퍼하는 자는 복이 있나니
　　　슬퍼하는 자는 복이 있나니
　　　슬퍼하는 자는 복이 있나니
　　　슬퍼하는 자는 복이 있나니
　　　슬퍼하는 자는 복이 있나니
　　　슬퍼하는 자는 복이 있나니

　　　저희가 영원히 슬플 것이오.

마태오복음 5장 3절에서 12절까지라는 부제를 달아놓은 이 「八福」은 일상의 언어로서는 다양할 수밖에 없으나 그리스도와의 일치를 체험한 사람들에게 있어서는 극단으로 탈색되고 단순화한 동일한 표현이 쓰일 수밖에 없음을 나타낸다. 더 나아가 반의어끼리의 경계도 무너지고 급기야는 너와 나도 구분되지 않는 완벽한 합일의 세계가 무엇인가를 제시하고 있다. 여덟 번 슬퍼하는 자는 각각, 마음이 가난한 자, 슬퍼하는 자, 온유한 자, 옳은 일

에 주리고 목마른 자, 자비를 베푸는 자, 마음이 깨끗한 자, 평화를 위하여 일하는 자, 그리고 옳은 일을 하다가 박해를 받는 자들이다. 그러한 자가 누구인가? 동주의 주위에는 이 여덟 가지로 구분된 동족들이 영원히 슬픈 운명에 허덕일 것만 같다. 결국 슬퍼하는 자는 일제 하의 한국민족이다. 이 한국민족이 영원히 슬플 것이라고 단언한다. 보기에 따라서는 저주하는 말처럼 들릴 수도 있다. 그러나 역설을 기본구조로 하고 있는 기독교의 논리로 보면 고통을 앞세우지 않는 영광이란 있을 수가 없다. 따라서 먼저 고통을 받고 슬퍼해야만 영광과 기쁨에 도달하는 것이다. 그러므로 「八福」의 마지막 행은 겉보기에는 영원히 슬픈 것 같지만 오히려 영원한 기쁨을 약속한다는 기독교적 역설을 단일한 표현, 즉 슬픔이 곧 기쁨이라는 양면적 의미로 나타낸 것이라 보아야 한다. 이러한 先苦痛 後榮光의 개념이 잘 반영된 복음의 일절을 읽어 두자.

> 너희는 어리석기도 하다! 예언자들이 말한 모든 것을 그렇게 믿기가 어려우냐? 그리스도는 영광을 차지하기 전에 그런 고난을 겪어야 하는 것이 아니냐![11]

윤동주가 기독교 신자의 생활에 익숙해지면 익숙해질수록 역설적 언어에 대한 인식은 그 깊이를 더해 갔을 것이다. 특히나 천성적으로 언어미학에 민감한 시인의 감수성은 성서의 표현이 그대로 시의 온상임을 터득하지 않을 수 없었을 것이다. 이러한 상황에서 동주가 기독교적 희생이 자기가 걸어가야 할 새로운 길임을 깨달았을 때, 역시 기독교적 겸허로 그는 자기자신이 정말로 희생적일 수 있는가를 냉철하게 점검하는 것이다.

시인은 본성적으로 언어의 인간이지 행위의 인간은 아니다. 그러나 그는 운명적으로 기독교인이 되었고, 기독교인 최고의 행동지침이 희생에 있음을 배우고 따르게 되었다. 그래서 희생주의를 부르짖는 「십자가」를 노래하게 되었다.

그렇지만 그는 어디까지나 언어의 인간이고자 했다. 그는 어쩔 수 없이 언어와 행위 사이에서 방황한다. 어디까지나 그의 뿌리는 언어에 있다. 1939

---

11) 루가복음 24 : 25-26.

년 연희전문시절에 쓴 것으로 되어 있는 산문 「투르게네프의 언덕」을 보면
그가 언어의 위치에서 희생하는 행위의 위치로의 자리바꿈을 위해 얼마만큼
애쓰고 있는가가 아주 흥미있게 묘사되어 있다. 그 전문을 인용한다.

> 나는 고개길을 넘고 있었다.…… 그때 세 소년 거지가 나를 지나쳤다.
> 첫째 아이는 잔등에 바구니를 둘러메고, 바구니 속에는 사이다병, 간즈
> 메통, 쇳조각, 헌 양말짝 등 폐물이 가득하였다.
> 둘째 아이도 그러하였다.
> 셋째 아이도 그러하였다.
> 텁수룩한 머리털, 시커먼 얼굴에 눈물 고인 충혈된 눈, 색 잃어 푸르스
> 럼한 입술, 너들너들한 남루, 찢겨진 맨발.
> 아아! 얼마나 무서운 가난이 이 어린 소년들을 삼키었느냐!
> 나는 측은한 마음이 움직이었다.
> 나는 호주머니를 뒤지었다. 두툼한 지갑, 시계, 손수건.…… 있을 것은
> 죄다 있었다.
> 그러나 무턱대고 이것들을 내줄 용기는 없었다. 손으로 만지작만지작
> 거릴 뿐이었다.
> 다정스레 이야기나 하리라 하고 ‘애들아’ 불러 보았다.
> 첫째 아이가 충혈된 눈으로 흘끔 돌아다볼 뿐이었다.
> 둘째 아이도 그러할 뿐이었다.
> 셋째 아이도 그러할 뿐이었다.
> 그리고는 너는 상관없다는 듯이 자기네들끼리 소곤소곤 이야기하면서
> 고개로 넘어갔다.
> 언덕 우에는 아무도 없었다.
> 짙어가는 황혼이 밀려올 뿐.

이 산문을 쓴 시기는 물론 「십자가」보다 앞서 있다. 그러나 우리는 연전
시절 이후 윤동주의 의식세계는 선후를 특별히 문제삼을 수 없다는 관점에
서 위의 산문과 「십자가」의 희생주의를 대비해 보는 것이다. 여기에서 윤동
주의 지나치리만큼 심한 수줍음과 겸손이 노출된다. 그것이 심화되어 “과
연 나는 남을 위하여 희생을 감내할 만한 자격이 있는가”를 따지기에 이른
다. 그 따지기 작업이 앞에서 언급한 바와 같은 내면적 자아와의 투쟁을 노

래한 일련의 시들이「자화상」,「돌아와 보는 밤」,「또다른 고향」,「쉽게 쓰
여진 시」,「참회록」등이다. 그는「십자가」와「팔복」을 제외하면 기독교의
이미지를 직접으로 환기시키는 시를 쓰지는 않았다.「태초의 아침」,「또 태
초의 아침」,「새벽이 올 때까지」,「무서운 시간」,「바람이 불어」,「별 헤는
밤」,「사랑의 전당」같은 것들이 기독교적 내세관과 관련이 없다고는 할 수
없으나 그보다는 절박한 현실 속에서 정상의 지성인이라면 누구나 가졌을
법한 현실적 역사의식의 시적 변용으로 보는 것이 더 좋을 시들이다. 그리
고 이러한 것들도 결국 자아성찰이라는 일종의 자학, 자책하는 고백의 테두
리를 크게 벗어나지 않는다. 반복되는 말이거니와 윤동주는 왜 이러한 자기
모멸의 학대를 계속하는가? 그것은 기독교적 희생주의가 진실로 자신의 목
소리인가를 거듭해서 확인하는 東柱 式의 희생행위를 위하여서이다.
　「십자가」를 쓴 1941년 5월 이후 특히 일본 유학 중에 쓴 시편 가운데서
극도의 자학을 노래한 한두 편을 검토해 보자. 다음은「참회록」이다.

　　　　파란 녹이 낀 구리 거울 속에
　　　　내 얼골이 남어 있는 것은
　　　　어느 왕조의 유물이기에
　　　　이다지도 욕될까

　　　　나는 나의 참회의 글을 한 줄에 줄이자.
　　　　— 만 이십사년 일개월을
　　　　　무슨 기쁨을 바라 살어 왔든가?

　　　　내일이나 모레나 그 어느 즐거운 날에
　　　　나는 또 한 줄의 참회록을 써야 한다.
　　　　— 그 때 그 젊은 나이에
　　　　　왜 그런 부끄런 고백을 했든가.

　　　　밤이면 밤마다 나의 거울을
　　　　손바닥으로 발바닥으로 닦어 보자.

　　　　그러면 어느 운석 밑으로 홀로 걸어가는

　　슬픈 사람의 뒷모양이
　　거울 속에 나타나온다.

　흔히 이 시를 두고 창씨개명을 하면서까지 일본으로 유학한 작자의 자기
모멸이라고 말한다. 그것은 물론 틀린 말은 아니다. 그러나 그러한 역사적
현실, 다시 말하면 시대상황에 대한 시인의 자의식 이상의 것이 여기에 감
추어져 있다. 「참회록」이란 말이 이미 이 시의 기독교적 심상을 드러내기
때문이다. 4세기말, 초대 기독교의 성자로 손꼽히는 아우렐리우스 아우구
스티누스 (Aurelius Augustinus)가 자기 인생의 방황과 편력을 회고하면
서 종국적으로 자기 죄를 자각하여 하느님 안에서 자유로와졌음을 고백한
수상록을 '고백록' 또는 '참회록' 이라고 명명한 이래 '참회록' 이라는 말은
무엇보다도 기독교적 신앙의 굳은 증언이라는 함축의미를 지니게 되었다.
그러므로 이 시는 시인 윤동주의 매우 복잡한 정신적 갈등을 반영한다. '파
란 녹이 낀 구리 거울' 은 오랜 역사와 전통을 지닌 한민족의 과거 전부일 수
가 있으며 동시에 시인에게 있어서는 양심이 멍들고 진정한 의미의 희생정
신이 결여된 껍데기만의 크리스찬이라는 허울일 수가 있다. 그러니까 시인
은 자기 자신을 이중으로 부정한다. 즉 한민족의 후예로서 치욕의 식민지
청년이라는 사실과 기독교 사상을 전폭적으로 긍정하면서도 그 실천에는
더없이 무력하고 나약한 문학도라는 사실, 이 두 가지에 대한 욕스러움이
제1연에서 토로된 것이다. 허망한 일이 아닐 수 없다. 무언가를 해내겠다는
굳은 의지와 밝은 미래에의 신앙을 바탕으로 하였다면 당연히 지나간 24년
1개월이 떳떳해야 하지 않는가? 이 문제를 제2연에서 반문한다. 그러면서
기독교정신이 추구하는 또 하나의 덕목, 샘솟는 희망, 지치지 않는 소망, 어
떠한 경우에도 기쁨을 유지하는 슬기, 이러한 것이 자기에게 얼마나 있었는
가? 하기야 막연하게 문학에의 열망을 키우던 중학시절, 맑고 아름다운 동
심의 세계를 동시의 형식으로 노래한 적이 없지는 않았으나 그런 속에서도
인생의 종착점이 죽음이라는 강박관념에서 벗어나 보지 못했고, 삶의 밝은
면보다는 어두운 면이 더 잘 눈에 띄었던 지난날의 경험은 무어라고 설명을
해야 좋을지 모르겠다. 이것이 제2연의 숨은 말이다. 그리하여 자연스럽게

제3연에 가서는 지금 이렇게 지난 세월의 어차피 돌이킬 수 없는 사건에 대해 괴로워했던 사실이 또다시 잘못이었음을 후회하는 고백을 또 쓰게 되리라는 각성에 도달한다. 이처럼 반복되는 후회와 반성의 순환은 사실 「자화상」에서 이미 시작되었던 것이다. 그런 의미에서 「참회록」은 윤동주의 수사학을 이용하여 표현한다면 '또 다른 자화상'으로 이름 붙일 수도 있는 것이다. 그러나 우물 속의 한 사나이를 반복하여 미워하고 그리워하는 행위는, 일제나 세속과의 야합에 유혹을 느끼는 반쪽 자아와 절대선·절대가치의 정의를 동경하는 다른 반쪽의 자아가 벌이는 팽팽한 갈등에 머물고 있는 상태를 보여줄 뿐이었다. 그런데 이제 그때로부터 2년 4개월이 지나, 만 24세를 넘긴 「참회록」의 시점은 상황이 사뭇 달라졌다. 문학공부를 더 하겠다고 부질없이 학자금을 축내면서 이역의 낯선 거리를 방황하고 있는 것이 정말로 잘하는 일인지 잘못하는 일인지 곰곰 따져 보아야 할 일이다. 이처럼 밤마다 자기 모습을 닳아 없어질 만큼 꿰뚫어보는 작업을 한다는 것이 제4연의 사연이다. "너는 누구냐?"를 천만 번도 더 묻는 작업을 일컬어 손바닥으로 발바닥으로 거울을 닦는다고 노래한다. 진실로 무서운 자아와의 투쟁이다. 그렇다고 이 처절한 자학의 시인 윤동주가 그 해답을 얻지 않은 것은 아니다. 「참회록」을 쓰기 두 달 전, 그는 「肝」이란 시에서 이미 자의식을 파먹는 자기학대 그리고 현실 속에 생존한다는 것 자체가 희생이 될 수 있다는 삶의 논리를 노래하고 있는 것이다. 이 「간」에 대하여는 김흥규 교수의 명쾌한 해명이 있기로 그 일부를 인용해 보기로 하겠다.

> 「肝」에 설정된 극적 상황은 토끼(話者)가 지상(갈등의 현실)에 돌아온 장면이다. 1연에 보이는 바, '간'을 바닷가에서 말리는 것이 이를 입증한다. 2연으로 넘어가면서 토끼설화의 맥락에 푸로메디어스 이야기가 접속되는데, 이에 따라 '간'은 의미심장한 상징이 된다. 코카서스에서의 간은 매일 쪼아먹히면서도 끊임없이 새로 돋아나는 '인간적 고통의 핵심'이기 때문이다. 그러면 간을 지키는 이유는 무엇인가? 고통을 피하기 위해서? 아니다. 여기서부터 윤동주의 시적 변용력은 설화적 맥락을 넘어선다. 話者(토끼로 형상화된 자신)는 '독수리'를 스스로 길렀으며, 자기 간을 뜯어 먹도록 요구한다. 이때 '독수리'는 화자의 밖에 있는 존재가 아니라, 자기

의 생명(肝)을 쪼아내며 스스로에게 아픔을 주는 자아의 예리한 의식이다. 자신의 삶을 쪼아내는 자아의 의식활동이 치열한 아픔을 주지만 그는 안식이 아니라 고통을 선택한다. 오히려 고통을 주는 반성적 의식이 살 질 것을 기대하는 것이다. 여기서 다시 토끼설화의 맥락이 의미깊게 되살아난다. '용궁'이라는 환상적 세계의 평화를 거부하는 것이 그것이다. 그는 어떤 초월적 희망도 인간을 구제할 수 없는 환상에 불과함을 깨닫고, '지금-여기'(갈등의 현실세계)에서의 고통스런 자기 응시와 긴장을 선택한다. 이러한 의지는 고유한 의미에 있어서 비극적인 인간상이며, 마지막 연에서 우리는 이를 확인하게 된다.[12]

공감의 폭이 크기 때문에 길게 인용했으나 여기에 사족을 붙이자면, 윤동주가 선택한 고통스런 자기응시와 긴장이 다름 아닌 기독교적 희생의 윤동주식 표현이라는 점이다. 기독교는 분명 희망의 종교요, 미래의 종교이다. 그러나 그 어떤 경우에도 '지금-여기'의 상황을 외면하지 않으며 '지금-여기'를 벗어나려고 하지도 않는다. 그러니까 윤동주는 자기의 처지를 그대로 그리스도 수난의 현장으로 삼는 것이다. 이러한 논리에서 볼 때 그가 자신의 존재상황을 탐구하고 거기에 의문을 제기하는 것은 훌륭한 희생이 되는 것이다. 그러면 다시 「참회록」의 마지막 연으로 돌아가 보자. 끝없이 바람직한 자아(시원스럽게 속죄양의 제물 노릇을 할 수 있는 실질적 희생자)가 되기를 갈구하면서 자기자신의 엉거주춤한 상태가 못내 불만스러워 손바닥으로 발바닥으로 거울을 닦던 어느 날, 드디어 운석 밑으로 외롭게 걸어가는 슬픈 사람의 뒷모양을 찾아내고 만다. 그것은 「자화상」에서 이원적 자아를 고뇌하고 갈등하던 사나이의 발전적 성장의 모습이다. 「자화상」에서는 사나이가 전면으로 보였는지 후면으로 보였는지 확연하게 알 수가 없었다. 거기에서는 그 사나이를 애증의 병존 속에 노래하는 시인과 일체화가 이루어지지만 이번에는 그토록 갈구하여 마지않던 또 하나의 자아가 슬픈 뒷모습으로 나타나는 것이다. 뒷모습을 보이며 걸어가는 중이니까 '나타나온다'고 말하고 있지만 사실은 사라지는 모습을 확인한 것에 지나지 않는다. 여기에서 시인은 자신의 의식내부에서 자신으로부터 분리하여 떨어져

---

12) 김홍규, 「윤동주론」, 「창작과 비평」, 1974. 가을), p.673. 윗점은 필자가 덧붙임.

나가는 또 하나의 자기존재를 말하고 있다. 그 또 하나의 자기는 아무 때라도 그리스도를 닮아 십자가를 질 수 있는, 진정한 의미의 희생제물인 것이다. 윤동주의 희생주의는 이와 같이 '죽어가는 또 하나의 자기'를 설정함으로써 확립된다. 어째서 죽어간다고 말하는가? 그것은 운석 밑으로 외롭게 걸어간다고 말했기 때문이다. 운석은 시인 윤동주가 사랑하여 마지않는 '별'의 다른 이름이다. 그런데 운석은 살아 있는 별, 하늘에 떠 있는 별이 아니라 죽어가는 별, 아니 죽은 별의 시신이라고 할 수 있다. 고승이 다비를 마친 뒤에 남긴 사리 같은 것이라고 할까? 운석은 별이 죽으면서 우리에게 남기는 유언의 결정이다. 따라서 운석 밑으로 걸어가는 사람은 분명코 죽은 사람이요, 무언가 代贖의 십자가를 지고 죽은 사람이기 때문에 슬픈 사람이지만 그러나 또한 기쁨의 인물이다.

이와 같이 '희생의 십자가'를 마련한 윤동주는 「흰 그림자」,「흐르는 거리」,「사랑스런 추억」을 거쳐 「쉽게 쓰여진 시」에 이르러 '죽은 분신'과의 자연스런 '악수'까지 하게 된다. 「쉽게 쓰여진 시」를 읽어보자.

> 창밖에 밤비가 속살거려
> 육첩방은 남의 나라.
>
> 시인이란 슬픈 천명인 줄 알면서도
> 한줄 시를 적어볼까.
>
> 땀내와 사랑내 포근히 품긴
> 보내주신 학비봉투를 받아
>
> 대학 노-트를 끼고
> 늙은 교수의 강의 들으려 간다.
>
> 생각해 보면 어린 때 동무를
> 하나, 둘, 죄다 잃어버리고
> 나는 무얼 바라
> 나는 다만 홀로 침전하는 것일까?

인생은 살기 어렵다는데
시가 이렇게 쉽게 씌어지는 것은
부끄러운 일이다.

육첩방은 남의 나라
창밖에 밤비가 속살거리는데,

등불을 밝혀 어둠을 조곰 내몰고
시대처럼 올 아침을 기다리는 최후의 나.

나는 나에게 적은 손을 내밀어
눈물과 위안으로 잡는 최초의 악수.

우리는 이 시를 놓고 긴 이야기를 반복할 필요를 느끼지 않는다. 그 마지막 연에서 분명하게 밝히고 있는 두 개의 '나'를 해명하는 데 집중해 보자. 두말할 것도 없이 하나의 '나'는 현실 속에서 엉거주춤 살아가는 '나'이다. 부모님이 보내주신 학비봉투에 눈물겨워 하며 하나둘 잃어가는 친구들을 그리워하는 세속의 '나'이다. 그러나 또 하나의 '나'는 아침을 기다리는 '나'요, 최후의 '나'이며, 언제라도 세상의 위하여 죽을 수 있는 '나', 아니 이미 의식상으로는 예수처럼 십자가에 달려 천만 번도 더 죽은 정의의 '나'이며 진리의 '나'이며 사랑과 희망의 '나'이다. 그래서 슬플 수밖에 없는 '희생'의 '나'이기도 하다. 이 '죽음'의 '나'가 현실적으로는 살아있는 '나'에게 눈물과 위안으로 악수를 청했을 때, 자연인 윤동주에게 死神의 그림자가 덮쳤으리라는 것은 의심할 여지가 없는 일이다. 그것은 우발적 사건이 아니라 그러한 시대상황에서는 윤동주 같은 영감의 시인에게는 전율처럼 엄습하는 예감이었을지도 모른다. 아무튼 이 「쉽게 쓰여진 시」는 날짜가 확인된 것으로는 그의 최후의 작품이 되었다. 이 작품으로 하여 그의 '희생주의'는 명실상부한 매듭을 짓게 되었다.

5. 마무리

　이상으로 우리는 윤동주의 기독교적 희생주의를 검토하였다. 윤동주의 시 세계를 논의하는 많은 논저에서 기독교적 특징이 언급되지 않은 바는 아니나, 그것은 극히 부분적이고 단편적인 사례로서의 지적이었지, 시 세계 전반을 꿰뚫는 원리로서의 기독교사상이 아니었다. 그러나 우리는 이 글에서 윤동주의 시 세계가 전적으로 기독교사상을 모태로 하여 성숙하고 발전한 것이며 그것은 기독교사상 가운데서도 특별히 희생을 강조하는 부분에 깊이 뿌리내려 있었음을 힘주어 말했다. 이것을 일컬어 희생주의라 이름하였다.

　그런데 이 마무리 단계에서 덧붙여 밝혀야 할 마지막 한가지 사항이 있다. 그것은 다름 아닌 윤동주의 죽음의식이다. 우리는 이 글의 첫머리에서 죽음에 천착하는 시인이야말로 훌륭한 시인이 될 수 있을 것이라는 전제조건을 누누이 강조하였다. 이제 우리는 마음의 여유를 가지고 윤동주가 지은 최초의 시가 무엇인가를 살펴보기로 하자. 창작 일자가 대부분 확실하게 밝혀져 있다고 하는 사실은 윤동주의 시를 이해하는 데 있어 움직일 수 없는 중요성이거니와 그의 나이 18세, 문학에의 집념을 응축시키며 1934년 12월 24일 크리스마스 전날 밤에 적은 것으로 되어있는 시는 「초 한 대」, 「내일은 없다」, 「삶과 죽음」의 세 편이다. 물론 하루 저녁에 세 편을 다 완성했다고는 볼 수 없고, 적어도 그 크리스마스 전날 밤에 이 세 편 시에 최종 마무리를 했다고 하겠는데, 거기에 「삶과 죽음」이라는 일견하여 당돌하고도 생경하고, 평범하고도 거창한 제목이 등장한다. 시인이 되겠다고 꿈꾸는 첫날 죽음의 문을 열어 본 사람은 아마 한국 시문학사에서 윤동주가 처음이 아닐까 싶다. 「삶과 죽음」을 읽어 보자.

> 삶은 오늘도 죽음의 서곡을 노래하였다.
> 이 노래가 언제나 끝나랴.
>
> 세상 사람들은—
> 뼈를 녹여내는 듯한 삶의 노래에
> 춤을 춘다.
> 사람들은 해가 넘어가기 전

이 노래 끝의 공포를
생각할 사이가 없었다.

하늘 복판에 알새기듯이
이 노래를 부르는 자가 누구뇨.

그리고 소낙비 그친 뒤같이도
이 노래를 그친 자가 누구뇨.

죽고 뼈만 남은
죽음의 승리자 위인들!

　이 세상을 살아온 수백 억의 후기 십대를 생각해 보자. 건전하고 견실한
사람이래야 고작 아름다운 이상을 설계하고 희망에 찬 미래를 상상하느라고
가슴 속에 영롱한 무지개빛 유토피아를 생각하는 것이 전부일 것 아닌가! 그
누가 나이 스물도 되기 전에 삶의 중심에서 죽음의 싹을 발견한단 말인가!
그런데 윤동주는 열 여덟 살 중학생의 나이에 (물론 지금의 학제에 따른다면
고등학교에 해당한다) 삶 속에 감추어져 있는 죽음을 응시한다. 이렇게 글을
쓰기 시작한 사람이 훌륭한 시인이 되지 않는다는 것이 이상하지 않은가?
　윤동주는 그 후 20세를 전후한 중학시절 습작기에 해맑은 동시를 쓰기도
하지만 그런 동시들도 자세히 보면 어둠의 그림자, 고통의 그림자, 좀더 확
대해석한다면 죽음의 그림자를 완전히 배제했다고는 볼 수 없는 고뇌를 내
비치고 있다. 동시 중에 아무거나 하나 집히는 대로 읽어 보자.

바닷가 사람
물고기 잡아 먹고 살고

산골엣 사람
감자 구워먹고 살고

별나라 사람
무얼 먹고 사나.

「무얼 먹고 사나」라는 제목의 동시이다. 윤동주는 보내오는 학비를 받아 대학공부를 하였으니 그 시절에도 일본유학생 가운데에는 흔히 있었던 고학 같은 것은 전혀 경험해 보지 못한 長者집의 아들이었다. 생각하기에 따라서는 배고프고 헐벗은 사람을 의식 밖에 내몰고도 충분히 살 수 있는 地主의 아들이었다. 그러나 그는 천성적으로 타인의 아픔을 자기의 아픔으로 바꾸지 않고는 견딜 수 없는 사랑의 주인이었다. 세인의 평은 윤동주의 시가 그 개인의 사적 고뇌를 그렸음에도 불구하고 그것이 시대상황과 합치되어 대중적 공감을 형성할 수 있었기 때문에 좋은 시가 될 수 있었다고 말한다. 그러나 이러한 비평은 하나를 건지고 열을 빠뜨리는 우를 범하는 발언이다. 그렇게 말하기보다는 윤동주의 문학정신이 애초부터 죽음의식이라는 인류 보편의 운명적인 명제로부터 출발하였기 때문에 그의 시는 자연스럽게 기독교적 희생주의로 옮겨가면서 어떤 상황의 노래이거나 그것이 곧바로 동시대를 살고 있는 이웃의 아픔을 고발하는 공동체의식의 부르짖음이 된 것이라고 해야 할 것이다. 그리하여 우리가 서언에서 세운 가설-죽음의 주제에 집착하는 시인은 좋은 시인일 수 있다-이 윤동주의 경우에 완전하게 부합한다는 기쁨을 발견한다.

그러면 우리는 조심스럽게 다음과 같은 상상을 덧붙일 수도 있다.

윤동주가 만일에 생존하여 광복을 맞고 이 시대를 우리와 함께 살아왔다면, 그는 또 얼마나 더 살아남은 것을 부끄러워하면서 자의식 속에서 박해와 시련을 견디느라 비지땀을 흘리는 시를 읊었을 것인가? 민족의 분단과 離散의 아픔, 불신과 부조리의 시대상황에 그는 또 어떤 對應受難을 마련하면서 피땀을 닦아내는 시를 지었을 것인가? 동주가 그 때 그렇게 서글프게 죽어간 것은 오히려 지금 그의 暝目이 축복이라 일컬을 수도 있는 이유가 되는지도 모르겠다. 아직도 여전히 다음 싯귀는 소리 높여 읊을 때가 이르지 않았음이리라.

> 그러나 겨울이 지나고 나의 별에도 봄이 오면
> 무덤 우에 파란 잔디가 피어나듯이
> 내 이름자 묻힌 언덕 우에도
> 자랑처럼 풀이 무성할 게외다.[13]

---

13) 「별 헤는 밤」의 마지막 부분.

崔玟順의 靈性主義

1. 序 言

　대학강의에서, 교회 내의 信心避靜 강좌에서, 또 개인적 담화나 신앙수필에서, 필자보다 더 많이 더 자주 崔玟順 신부님의 시와 영성에 대하여 말하고 써 온 사람이 과연 있을까? 분명 없을 듯하다. 내 생애와 사상과 신앙이 그분으로 말미암아 다져지고 비옥해지고, 거기에 복음의 씨앗이 뿌리어져 싹을 내고 열매를 맺게 된 여정의 순간 순간에, 그 분의 시 한 수와 그 시 속의 영성이 지속적으로 내 방향잡이의 나침반 역할을 해 주었기 때문이다. 나는 그분의 시 한 수를 먹고 살며 쉰 해 이상을 살아 온 내 삶의 여정을 그지없이 감사하여 마지않는다.

　그 분을 처음 만났던 40년 전을 나는 어느 글에선가 이렇게 회고하였다.[1]

　　내가 대학교 1,2학년에 재학중이던 때, 나는 안개와 폭풍과 파도의 심연, 그리고 의식의 카오스 속에서 미쳐 살았다.

　　내 생애의 가장 괴롭던 시절인 그즈음의 어느 여름 한철 동안, 나는 혜화동 대신학교(현재 가톨릭 신학대학의 전신)에서 개최한 평신도 하기 교리대학에 참석하였다.

　　나는 그때 그곳에서 성덕이 출중하신 많은 사제 교수님들을 뵈올 수 있었다. 그리고, 전쟁이 휘몰고 간 운명적 상실에 신앙적 의미를 부여하는 신앙적 승복의 자세, 주어진 생명의 순간 순간을 애써 완성시켜야 할 삶의 의무, 고통과 은총이란 因果의 상관성으로 이어지는 것이어서 마치 시소게임처럼 오르내리며 물결무늬를 이룬다는 삶의 리듬 등을, 나는 거기서

---

1) 李仁福, 「고통이 있는 곳에 행복을」(우진출판사, 1992), pp.94~99.

교수 신부님들의 강의를 통하여 터득할 수 있었다.

그 중의 한 분이 최민순 신부님이셨다.

나는 신부님의 시집을 애송하였고 많은 시 중에서 「두메꽃」을 제일 좋아하였다. 수도생활을 동경은 하되 성취시키지 못한 내 그리움과 간망이 그 시 한 편에 완벽하게 드러나 있기 때문이다.

외딸고 높은 산꼴짜구니에
살고 싶어라
한송이 꽃으로 살고 싶어라

벌나비 그림자 비치지 않는
첩첩산중에
값없는 꽃으로 살고 싶어라

햇님만 내님만 보신다면야
평생 이대로
숨어서 숨어서 피고 싶어라.

참으로 이 시는 완덕을 위해 전생애를 불태우는 모든 성직자와 모든 수도자의 간절한 기도라고 할 수 있다.

육신의 목숨과 쾌락을 추구하는 세속적 삶에 대한 기대치보다 영혼의 신비와 기쁨을 추구하는 영성적 삶에 대한 기대치에 더 깊이 정진하는 삶을 살도록, 내 삶의 방향 정립에 불가시적인 운명의 끈으로 작용해 온 신비의 힘. 최민순 신부님과 그의 시 「두메꽃」은 내 생애 안에서 그러한 생명적 존재로 서식하여 왔다.

2. 生涯와 思想

사제요 시인이요 영성신학자인 최민순 신부는 1912년 1월 29일에 전북 진안에서 출생하였다.

13세에 형과 누이의 만류를 마다하고 소신학교에 입학하여 사제의 삶을 결심하였으며 그때 "천주께 바친 자식이거니 부질없는 눈물을 흘려서는 안된다"고 눈물을 아니 보이신 어머니의 아픔[2]을 항상 헤아리며 "천재는 노력이 그 90퍼센트"라는 신념을 지니고[3] 그는 학문과 영성의 세계에 정진하였다. 그에게 있어서 가톨릭 신부란 세자 요한과 같은 존재이다. 기도와 희생과 천주의 말씀으로 한평생을 늙히어도 죽는 순간까지 영혼의 어둔 밤을 거쳐가기 마련이다. "내 천주의 제단으로 나아가리로다. 나의 청춘을 기꺼이 해 주시는 천주께 나아가리로다" 하며 첫 미사를 올리면서부터, 춘풍추우 긴 세월을 그 가슴이 찢겨야 하고 잃어진 양을 찾기에 목자의 수고가 커야 한다. 사랑은 주는 것이요 바치는 것이기에 사랑하느라고 가난해지고 야위어지다가 마침내 병들어 눕게 되면 침대는 그야말로 고독한 십자가, 신부란 쓰디쓴 죽음의 잔을 최후의 한방울까지 마셔야 한다[4]는 것을 그는 한 순간도 잊지 않고 실천에 옮긴 사제였다. 그는 신학교에 가던 때를 회고하여 이렇게 쓰고 있다.

시방 생각하면 그것이 主의 聖召였었지만—내가 열두 살 났을 때 웬일인지 신학교에 갈 생각이 문득 나서 그런 말을 입 밖에 내었다가 부모님들의 꾸지람, 누이들의 조롱을 듣던 토요일 오후, 아무도 몰래 시오리를 뛰어가서 본당 신부님께 그 사정을 여쭙고 돌아왔었다.

이듬해 9월 내가 신학교에 들어가기까지 나는 파란곡절을 치러야만 하였다.

"최참봉 아들이 양고자학교(그들은 신학교를 이렇게 불렀다)를 간대." 하고 온 동리가 쑤군거리기 시작하였고 사랑에 놀러오시던 儒林들은 그들대로 아버지를 붙들고 말리시는 것이었다.

"그 놈이 철따구니가 없어 그렇지. 인제 철이 나 봐. 후회 막급일걸."

이렇게 혀를 차며 걱정해 주는 사람들은 중늙은이들이었고 덮어놓고 '고자학교' 라고 비양대는 아이들은 소학교 동무들이었다.

나는 외로웠다. 어머니조차 신앙 깊으신 아버지에게 꾹 눌리어 입을 다무신 채 그저 측은히 여기는 눈치였다.

두 누이는 안방에서 나를 달래며 "너 신품공부가 얼마나 어려운데 그러

---

2) 崔玟順,『永遠에의 길』(가톨릭출판사, 1977), p.83.

3) 崔玟順, 위의 책, p.98.

4) 崔玟順, 위의 책, p.136.

냐?……그러지 말고 우리 말 들어. 가지 말고 우리랑 살면 이 다음에 아주
예쁜 꽃각시랑 재미나게 살걸 응." 이렇게 꾀는 것이었다.
　　그러나 누가 무어라 하든 나도 모르는 어느 힘에 나는 이끌리었다.[5]

　　그는 1936년 6월에 司祭敍品을 받고 동년 8월에 전북 김제 천주교회 주
임신부로 갔다가 1939년 2월에 전주 海星小學校 교장이 된다. 1945년 3월
에 대구 대신학교 교장에 피임되나, 곧 동년 5월에 경성 천주교 신학교 교
수로 부임하고 1947년 5월에 가톨릭대학 교수가 된다. 1948년 9월 가톨릭
대학 부학장으로 일하다가 1950년 봄에 형을 여의고 곧 6·25를 맞더니,
그 해 가을에 어머니를 여읜다. "여러 애들 중에도 신부가 제일 걱정이다.
혼자 사는 몸이 앓지나 않나 하고. 다른 사람들이야 무슨 걱정이여, 계집 자
식들 있는데." 늘 이렇게 말씀하시던 어머니가 6·25를 당해 공산당이 신
부를 해치었으리라는 말을 풍문에 듣고 이내 병석에 누워 "신부 아들은 못
보고 가는구나." 하시며 운명하시었으니 자신의 불효가 어머니의 운명을
재촉하였노라고 그는 술회한다.[6] 어머니 보듯 형님을 뵙듯, 애틋이 사랑하
던 장조카 레문도마저 6·25 이듬해 5월에 일선에서 전사하자 최민순 신부
는 십자가가 영광의 길이요 죽음이 부활에 이르는 人苦脫出의 관문임을 깊
이 묵상하는 長嘆의 서사장시 『生命의 曲』을 지어 큰조카 레문도의 靈을 위
로하기 위해 출판하고[7] 이어서 해바라기처럼 오직 주천주께만 영육을 불태
워 봉헌하리라는 영성의 시들을 묶어 『님』이라는 이름으로 출판한다.[8] 이어
서 1960년에 단테의 『神曲』 전편을 완역 출판하는데, 이로 하여 한국 펜클
럽 번역문학상을 1960년 3월에 수상한다. 1963년에 가톨릭출판사 刊으로
영성생활의 고된 길을 묵상하는 시집 『밤』을 세상에 내놓고, 1965년에는 성
아우구스티누스의 『고백록』 번역판을 세상에 내놓는다. 1967년에 깔멜 수
녀원의 꽃이요, 가톨릭의 학자인 예수의 데레사가 쓴 『完德의 길』을 번역
출간하고 이어서 서울 성모 영보 깔멜 수녀원의 지도신부로 부임, 1968년

---

5) 崔玟順, 위의 책, p.139.
6) 崔玟順, 위의 책, p.142.
7) 崔玟順, 『生命의 曲』(가톨릭출판사, 1954).
8) 崔玟順, 『님』(성바오로출판사, 1955).

에는 구약의 시편을 우리말로 옮겨 출간하고, 1971년에는 깔멜 수도회의 개혁자인 십자가의 성 요한이 쓴 『깔멜의 산길』을, 1973년에는 같은 성인의 『어둔 밤』을 번역 출간함으로써 명실공히 가톨릭 영성의 代父 代母인 요한과 데레사의 영성을 닦으시며 가르치시더니, 1974년 11월에는 로마 깔멜회 총장으로부터 깔멜 수도회의 명예회원 표창장을 받으시고, 1975년 8월 19일에 가톨릭대학 교수 숙사에서 선종하셨다.

한국 가톨릭의 첫 司祭 詩人이요 가장 뛰어난 영성신학자이며 또한 그 삶이 完德을 지향하고 실천했던 최민순 신부의 생애와 사상은 그의 일기 속에서 "있고 가져서 멋, 없고 안 가져 멋. 가져야만 부리는 멋은 下. 일부러 안 가지고 부리는 멋이라야. 처를 안 가지는 멋"[9] 등으로 나타나는데, 이러한 희생적 봉헌과 청빈의 영성이 그의 遺詩에 분명히 드러나 있다. 다음은 「받으시옵소서」라는 유시의 전문이다.

> 받으시옵소서
> 황금과 유향과 몰약은 아니라도
> 여기 육신이 있습니다. 영혼이 있습니다.
>
> 본시 없던 나 손수 지어 있게 하시고
> 죽었던 나 몸소 살려 주셨으니
> 받으시옵소서
> 님으로 말미암은 이 목숨 이 사랑
> 오직 당신 것이오니 도로 받으시옵소서
>
> 갈마드는 세월에 삶이 비록 고달팠고
> 어리석던 탐욕에 마음은 흐렸을망정
> 님이 주신 목숨이야 늙을 줄이 있으리까
> 심어 주신 사랑이야 금갈 줄이 있으리까
> 받으시옵소서 받으시옵소서
> 당신의 것을 도로 받으시옵소서
> 가멸고 거룩해야 바쳐질 수 있다면

---

9) 崔玟順, 『永遠에의 길』, 서두에.

永遠이 둘이라도 할 수 없는 몸
이 가난 이 더러움을 어찌하오리까
이 가난 이 더러움을 어찌하오리까

님께 바칠 내것이라곤
이밖에 또 없사오니
받으시옵소서 받아 주시옵소서

가난한 채 더러운 채
이대로 나를 바쳐드리옴은
오로지 님을 굳이 믿음이오라
전능하신 자비 안에 이몸이 안겨질 때
주홍 같은 나의 죄 눈같이 희어지리라
진흙 같은 이 마음이 수정궁처럼 빛나리이다.

우리는 최민순 신부의 일생이 어떻게 영성적이었는가를 살피기 위하여 영결식장에서 그를 추도한 金壽煥 추기경의 영결사 한 구절을 살펴보도록 하자.

隱修者와 같이 숨어 살다시피 하시고 좀처럼 大衆 앞에 나서기를 싫어 하셨지만 神父님은 그 名講論을 통해서 수많은 求道者, 信者, 修道者, 聖職者에게 하느님의 사랑과 生命을, 그 빛을 전달해 주셨습니다.
한 마디로 신부님께 하느님은 사랑하는 '님'이십니다. 몽매에도 잊을 수 없는 보고 싶은 그 '님'이십니다. 신부님의 시집 「님」 또는 「밤」 그리고 '받으시옵소서'로 시작되는 遺詩는 이를 잘 증명하고 있습니다.
이제 靈性이 메말라 가고, 靈性에 굶주리는 韓國 敎會는 참으로 아쉬운 때에 아쉬운 분을 잃었습니다.
이 시간 우리는 물론 神父님의 작고를 애도하면서 신부님을 위해서 기도를 드려야 하겠습니다. 그러나 동시에 신부님께 우리를 위해 기도해 주실 것을 빌어야 하지 않을까 생각합니다.
아직은 죽음의 桎梏와 어두움을 벗어나지 못한 우리를 위해 주님께 기도해 주실 것을, 주님 대전에 나아가신 崔 요한 玟順 신부님께 祈願합시다.

1975년 8월 23일[10]

---

10) 崔玟順, 앞의 책, p.3

　이처럼 한국 천주교회와 모든 교우와 최고 성직자가 다같이 존경하여 마지않은 사제 중의 사제요 신학대학 교수요 영성신학자였던 고 최민순 신부의 문학이 그의 종교인 가톨릭 사상과 어떻게 接脈되어 있는가를 살펴보고자 한다.

　이 작업은 가톨릭 문학이 기독교 문학 일반과 어떻게 다르며 그 상이점은 무엇인가에 대한 탐구도 아울러 수행해 주리라고 믿는다.

3. 가톨릭 護敎神學論

　첫째 최민순 신부의 문학론이나 산문은 거의 다 가톨릭을 옹호하는 護敎의 차원에서 씌어지고 있다. 가톨릭을 비난하는 프로테스탄트에게 답하는 호교신학의 성격을 강하게 띠고 있다.

> 　가톨릭의 聖事가 敎會生命의 外部的 發現인 줄을 모르고 프로테스탄트는 그것이 무내용하고 형식적인 儀式主義라고 부릅니다만……부모님의 사진을 소중히 하고 위국충신들의 상 앞에 절을 아끼지 않는 그들이 가톨릭의 성사와 聖畵에 대한 공경은 우상숭배라 하고……요즈음 가톨릭의 전례를 시늉내는 것은 무서운 자기 모순일 수밖에 없습니다……
> 　루터가 가톨릭 성직자의 영구 동정제도를 '비그리스도교적 폭군적인 惡徒의 所爲'라고 욕했거니와 수도원을 탈출한 수녀 카타리나 보오라와 맺었다는 그의 연애는 아무래도 聖者의 행위라고 보아주기 어렵습니다……
> 　그래서 옥스퍼드 대학에 선풍을 일으킨 존 헨리 뉴맨이 영국 교회에서 가톨릭으로 개종하였을 때 그는 신앙 상 개인주의 및 자유주의를 止揚함으로써 초개인적인 전통, 초인간적인 가톨릭의 권위를 발견하고 나서 거듭거듭 이렇게 외쳤습니다. "역사에 깊이 들어간다는 것은 프로테스탄트이기를 그친다는 것이다"라고.[11]

　여기에서는 領洗, 堅振, 告解, 婚配, 終傅, 神品 등 가톨릭의 일곱 가지 聖事와, 예배의 고유전례 그리고 사제와 수사 수녀의 永久 童貞制 등을 역설 주장하고 있다.

---

11) 崔玟順, 위의 책, p.263.

둘째로 崔玟順의 호교신학은 예수 그리스도의 부활 기적을 다른 차원에
서 이야기하는 모든 異說에 대하여 강렬한 저항을 보인다.

> 부활의 사실을 말살하거나 무력화시키고자 꾸며낸 모든 반대론들은 예
> 수의 假死說, 사도의 幻想說 등 反事實的일 뿐 아니라 생리학 심리학 논리
> 학과 배치되는 것이니 세기가 흐를수록 木乃伊化[12]하여 가는 이따위 廢說
> 에 비하여 豫言 성취와 기적으로서의 예수 부활 사실은 그의 神人的 사명
> 을 날로 더 명증하고, 이 사명의 기관으로서 生命事實 위에 창건된 가톨
> 릭 교회는 언제나 무덤을 깨치고 일어나는 生命의 共同體가 아닐 수 없
> 다.[13]

셋째로 그의 호교신학은 성모 마리아를 공경하여야 할 타당성과 또 성모
가 발현했던 현대의 계시 기적들이 지닌 의의에 대하여 논증한다.

> 교황 비오 9세는 1849년 12월 8일을 기하여 聖都 로마 회의에 主敎들
> 을 소집하시매 이날 추기경과 주교 총수 2백 명이 참여한 석상에서 "지극
> 히 복되신 동정녀 마리아가 인류의 구속주 예수 그리스도의 공로로 말미
> 암아 전능 천주의 각별하신 성총과 특은으로써 원죄의 모든 더러움에서
> 보호를 받으셨다는 교의는 천주께서 계시하신 바이요, 그 때문에 모든 신
> 자들은 공고히 또한 항구히 이를 믿어야 된다"고 선언 판정하시었다.……
> 盛儀를 갖춘 이 역사적 聖座의 선언이 발표된 지 4년 되는 해이었다. 즉
> 1858년 2월 11일 사순절을 앞둔 謝肉祭의 퇴폐된 분위기가 천주의 의노
> 를 부르게 될 때 불란서 삐레네 산 발치 마사비엘 암굴에서는 14세 된 촌
> 소녀 벨라데따에게 성모님이 발현하셨으니 이것이 바로 루르드의 기적인
> 것이다. 2월 11일부터 그 해 7월 16일까지 성모님은 열아홉 번 나타나셨
> 다…… 반종교적 사조가 사회를 풍미하던 당시인지라 루르드의 기적을 에
> 워싸고 맹렬히 거부한 사람들도 있었으나……해마다 과학하는 세계에서
> 순례열차로 참배하는 전 세계 신자 대중은 기적의 동굴 앞에 꿇어 '원죄
> 없으신 성모님'을 찬미함으로써 간접적으로 기적의 가능성(전능하신 천
> 주의 존재)에 대한 신앙고백을 하는 것이다……현대가 이 위기에서 구출

---

12) 필자 註. '미이라 化'의 뜻임.
13) 여기서 崔玟順 신부는 현대의 知性이 끝내 수렴을 주저하는 예수의 부활신앙을 '예언성취
　　와 기적'이라는 개념으로 단호하게 역설 주장한다.(崔玟順,『永遠에의 길』, p.298)

될 수 있는 유일한 길은 루르드의 소녀와 같이 무릎을 땅에 꿇고 이성의 머리를 조아려 원죄 없으신 성모 마리아께 겸손한 기도를 드리는 것이다.

더우기 한국은 '원죄 없으신 성모님'을 주보로 모신 만큼 조국의 운명이 焦眉로 急을 고하는 차제에 우리에게 내린 지상명령은 꿇는 기도와 꾸준한 희생의 보속이 아니면 아니 될 것이다.[14]

그러면 이제 마지막으로 그의 호교적 발언이 주장하는 가톨릭 문학의 개념과 그가 생각하는 가톨릭 문인의 범주를 살펴봄으로써 일반 기독교 문학과 가톨릭 문학의 차이가 무엇이라고 주장하는지 탐색하기로 한다. 崔玟順은 이렇게 말한다.

가톨릭 예술이란 어떠한 법칙에 의하여 조절되는 것입니까? 단적으로 말씀드리자면 그것은 인류 구제의 기관인 가톨릭의 이념과 원칙에 봉사하여야 할 것입니다. 그러므로 가톨릭 예술의 임무는 단지 소극적으로 진리와 최고선에 배치되지 아니함에 그칠 것이 아니라 그의 종국적 예상은 가톨릭 신앙과 적극적 조화를 맞추어야 하는 것입니다……그러나……가톨릭 문학을 종교적 교훈으로 착각할 위험이 있을까 싶습니다. 작품에 있어 예술적 형식적 방면이 결정적인 한 요인이라면 이러한 미적 성분이 없이 어찌 문학이 구성될 수 있겠습니까? 永遠超越的인 實在內容을 可視的 藝術形式으로 표현하는 데만 비로소 가톨릭 문학의 본질이 있겠습니다. 이러므로 아무리 놀라운 예술적 천재가 한두 마디 가톨릭 숙어를 그 작품에 섞어 넣는다 하여 가톨릭 작품일 수 없고 성자 같은 가톨릭 신자가 가톨릭 내용을 취재하여 작품을 쓴다 할지라도 예술적 형식이 결여되었다면 역시 가톨릭 작품이 될 수 없을 것입니다……오늘날 한국 가톨릭에 섬마섬마도 못하는 아마츄어들이 마라톤의 월계관을 따려는 현상을 더러 볼 수 있는 것은 슬픈 일일 수밖에 없습니다……

그러기에 교부 아우구스티누스가 "나는 전인류에게 말하노라. 비록 독자가 아주 적더라도, 나와 독자가 서로 얼마나 깊은 데서 신을 찾지 않으면 아니 된다는 생각에 도달키 위해서……"라고 한 말은 가장 떳떳한 것입니다…… 딱 잘라서 말씀드린다면 가톨릭 작가의 창작태도는 저 경건한 미술가 프라 안젤리꼬가 「통고의 성모」를 그리면서 눈물로 캔버스를 아롱지은 것과 같이 그것은 아름다운 제사로써 신에게 봉사하는 사제의 태도

---

14) 앞의 책, pp.290-292.

라야 할 것입니다. 영화 「보이스 타운」(소년의 도시)에 신부로 분장한 배우가 출연에 앞서 3일간을 수도원에서 묵상으로 수업하였다거든 하물며 "글이 사람"일진대 가톨릭 문학을 닦는다 함이 신께 봉사함이 아니고 무엇이겠습니까?[15]

이렇게 시인은 가톨릭 문학인은 바로 司祭的인 自己奉獻과 기도의 자세에서만 집필할 수 있을 것임을 강조한다. 최민순 신부는 또 人間認識, 인간적 양심의 파악은 가톨릭적 의지로써만 가능함을 역설하면서 가톨릭 작가는 마치 신과 인간 사이의 중재자다운 역할을 감당해야 한다는 것을 이렇게 말한다.

> 파스칼의 아주 高雅한 表現 "그리스도로 말미암아 인간의 혼은 再生된 것이다"라는 말에 의하여야만 한 줄기 광명을 얻을 수 있다. 훌륭한 소설가의 작품이란 神의 친손으로 정돈되고 떠받친 물건 같은 인상을 주어야 할 것이다. 그러나 여기에 '가톨릭적' 이란 것은 頑迷固陋한 교육자 같은 엄격하기 짝이 없는 것을 뜻함이 아니다. 가톨릭 작가는 우리의 내부에 존재하는 神의 王國에 쫓아갈 것이다. 그리고 타락되지 않도록, 속이지 않도록, 육체적 욕구를 자극하지 않도록, 실생활을 僞造하지 않도록 약진할 것이다.[16]

비록 그리스도교인들이라 하더라도 거기에는 유교적 기독교인이나 불교적 기독교인, 또는 예수의 모친인 성모 마리아 공경을 부당시하는 기독교인, 또는 그리스도와 인간의 사후부활을 전혀 믿지 않는 현세중심적 기독교인들이 비일비재한 가운데 유독 최민순 신부는 성모공경과 사후부활을 주장하는 호교론적 사상을 문학의 주제로 담고 있을 뿐만 아니라, 의심이나 갈등이 전혀 없는 완벽한 신뢰와 믿음의 자세를 일관되게 견지하는 철저한 호교 신앙인의 자세를 보여 주고 있다.

그래서 필자는 이러한 신앙의 모습을 靈性이라는 개념에 담아 그의 문학적 특징을 靈性主義라는 이름으로 살펴보고자 한다.

---

15) 위의 책, pp.264-268.
16) 위의 책, pp.279-280.

필자의 생각으로는 인간이 지니고 있는 의문과 의혹과 갈등의 지적 추구 본능과 능력을 인간정신의 영역에서 의도적으로 제거하고 봉헌하고 마비시 킨, 오직 그리스도교 교회의 교리와 지침을 완벽하게 믿고 수행하며 의심조 차 해 보는 일이 없는 믿음의 상태가 영성적 차원이 아닐까 생각된다.

4. 司祭와 修道者의 길-그의 靈性主義

영성이란 무엇인가? 서강대학교 종교학과 교수 金勝惠수녀는 영성의 개 념에 대하여 이렇게 기술한다.

> 요사이 우리는 靈性이라는 말을 많이 쓰고 있다. 예를 들어 성프란치스 꼬의 영성이라든가 성이냐시오의 영성……등을 지칭하고 있다. 곧 이들이 하느님을 향하는 길에서 풍기는 향기와 이런 신적 관계에 기초를 두고 있 는 이웃과 세상과의 관계까지를 온통 다 포함하는 말이다.
>
> 영성이란 초월자에 대하여 개방될 수 있는 가능성 혹은 영적 능력을 말 하는 것이다……영혼의 개념이 그리스도교 전통 안에서도 시대마다 새롭 게 해석된다는 사실을 전제로 하고 우리는 영성이라는 말을 오늘 다음과 같이 해석할 수 있겠다. 첫 번째 글자인 '靈'은 神과 같이 인간이 不滅性 을 지닌다는 사실을 지적하며 따라서 신과 인간과의 관계 및 그에 기초를 둔 인간의 존엄성을 나타낸다. 두번째 글자인 '性'은 인간을 구체적 관계 안에서 인간되게 하는 성품을 지적하기 때문에 인간적 수양과 문화적 표 현을 총괄한다. 따라서 우리가 영성의 깊이를 더해야 한다는 말을 오늘의 각도에서 동서양의 인간이해를 종합하여 해석하면 다음과 같은 뜻을 갖게 된다. 곧 한편으로는 天道에 맞게 인간을 인간으로 살게 하는 原理, 곧 本 然的인 正義와 尊嚴性이 보장되는 생활을 확립하여 하느님의 모습을 닮을 수 있어야 됨을 말하고, 다른 한편으로는 인간을 인간되게 하는 人道의 구 체화로 문화 전통 속에서 자기의 모습을 찾는 것이라고 할 수 있을 것이 다. 물론 人道는 天에서 주어진 것이기에 天道와 人道는 둘이 아니다. 전 자는 보편적 원리요, 후자는 구체적 인간과 그 관계 안에 天理가 실현되는 것을 말하므로 결국 둘은 일치하는 것이다.[17]

---

17) 김승혜, 「哲學과 神學의 만남」, 「鄭義采 神父 華甲論文集」, 성바오로출판사, 1985, pp.327-
328.

여기서 金勝惠 수녀는 인간의 사후 불멸성을 확신하면서 천도와 인도에 정진하는 修德의 향기를 가리켜 영성이라고 풀이한다.

또 최민순 신부가 번역한 아우구스티누스의 「고백록」, 예수의 데레사가 쓴 「完德의 길」, 「영혼의 성」, 십자가의 성 요한이 쓴 「깔멜의 산길」, 「어둔 밤」, 「영혼의 찬가」 등을 미루어보면, 그는 수도자의 영성이 바로 모든 인류 개개인의 당연한 임무요, 인생이 지향할 바 당연한 삶의 모습인 것으로 알고 사셨던 분임을 알 수 있다. 아우구스티누스 「고백록」의 주 사상은, "하느님은 인간을 하느님께로 향하도록 창조하셨기 때문에 인간이 하느님 안에 일치하기까지는 항상 허전하다"는 것이고, 또 하나는 "오랜 방황과 방탕 끝에 어느 날 문득 하느님의 현존을 느끼게 되자, 인간이 선택할 가치추구의 길은 오직 수도자의 삶일 뿐임을 깨닫고 실천하게 되었다"는 것이다. 또 예수의 데레사와 십자가의 성 요한은 각기 새 깔멜 남자수도회와 여자수도회의 개혁자요, 새 공동체의 창설자요 영성 지도자였으니, 이들의 영성을 마치 그리스도 닮기의 지름길로 삼아 배우고 익히고 실천한 데다가, 1967년에는 스스로가 깔멜 수녀원의 지도신부직을 맡게 되었고 끝내는 1974년에 로마 깔멜회 총장으로부터 깔멜 명예회원 표창을 받은 최민순 신부는 결국 깔멜의 영성에 매진했던 수도자였음을 알 수 있다.

1970년 9월 27일에 주일 미사에서 교황 바오로 6세는 아빌라의 성녀, 예수의 데레사를 '교회의 학자'로 명명하면서 이렇게 말씀하신다.

> 성녀는 다섯 세기가 지나간 지금도 당신의 영성적 사명과 교회의 보편성을 갈구하는 갸륵한 마음씨와 자신을 온전히 교회에 바치고자 이승의 모든 욕망을 끊어 버리는 그 사랑의 자취를 남기고 계십니다. 마지막 숨을 거두시기 전에 마치 당신 생애의 요약이나 되듯 '결국 나는 교회의 딸'이라고 하신 것처럼 오늘 우리도 "우리는 교회의 자식이다"를 성녀와 함께 되풀이할 수 있어야 하겠습니다.[18]

예수의 데레사는 그 생애 전반에 걸친 성덕으로 1622년 3월 12일에 교황 그레고리오 15세에 의하여 성녀로 시성되었다. 그는 수도회의 개혁자요 새

---

18) 예수의 데레사 지음, 崔玟順 譯, 「영혼의 성」, 성바오로출판사, 1983, p.19.

수도원의 창설자였고 천재적 저술가였고 영성생활의 스승이었으며, 관상기도의 위대하고 독자적인 길을 개척하였다. 성녀 데레사는 맨발로 살며 엄격한 봉쇄생활을 하는 새로운 개혁의 새 수도원을 창설하고 지도하였으며 임종에 이르러 이렇게 유언하였다.

> 사랑하는 따님들, 부디 회헌과 규칙을 충실하게 지키십시오. 각자가 할 일을 어김없이 다한다면, 성녀가 되는 데에 딴 기적이 필요치 않을 것입니다.……내 주, 내 님이시여, 이제야 그 바라던 때가 왔습니다.……귀양살이에서 풀려날 시간이 왔사오니, 그리던 님을 뵈오리이다.……주여, 저는 교회의 딸입니다.[19]

이 예수의 데레사는 방부제를 전혀 쓰지 않았는데도 몸과 함께 그 심장이 고스란히 썩지 않은 채 안눈씨아씨온 수도원에 봉안되어 있는 것을 직접 보고 왔다고 최민순 신부는 진술하고 있다.[20]

데레사의 영성은 기도를 통한 하느님과의 일치라 할 수 있다. 그는 데레사의 기도에 대하여 이렇게 쓰고 있다.

> 아버지와의 재회-이것이 곧 아구스띤이 종교 Religio를 Re-eligere(재선택)에서 비롯한다고 본 의미 내용일 것이고 이것이 곧 기도행위일 것입니다.
>
> '치마 두른 아구스띤'이라 일컬어지도록 아구스띤의 정신을 꿰뚫은 당신이 기도를 정의하여 '나를 사랑하시는 님과 단둘이 이야기하면서 정답게 사귀는 것'이라 하시고, 기도 없는 인생은 잃어진 인생, 참다운 인간은 기도로써 되어가고 기도로써 완전한 인간이 되는 것이라 깨치신 것도 이 때문인가 합니다. 그렇습니다. '님과 정답게 사귀는' 기도로써 인간은 자기를 '당신 모습 따라 창조하신' 그 하느님을 닮을 수 있고, 하느님을 완전히 닮게 될 때 인간 완성의 절정에 도달하게 될 것입니다.[21]

> 성녀는 아구스띤의 고백록을 탐독하시고, 거기 제 10권 27장 "늦게야 님을 사랑했습니다.……내 안에 님이 계시거늘, 나는 밖에서, 나 밖에서

---

19) 예수의 데레사 지음, 崔玟順 譯, 『完德의 길』, 성바오로출판사, p.27.
20) 위의 책, p.26.
21) 위의 책, p.38.

님을 찾아 당신의 아름다운 피조물 속으로 더러운 몸을 쑤셔 넣었사오
니……님은 나와 같이 계시건만 나는 님과 같이 아니 있었나이다." 이런
대목에서 당신을 이렇게 적으시었습니다. "성아구스띤이 하신 말씀을 생
각해 보십시오. 그는 여러 군데에서 하느님을 찾다가 마지막에는 자기의
안에서 하느님을 발견하기에 이르렀습니다." 이만했으면 아구스띤이나
당신의 글에서 무엇을 더 바라겠습니까? 다만 몇 마디, 이 말씀을 뒷받침
하는 당신의 '작은 세네까' 십자가의 성 요한의 노래풀이가 듣고 싶습니
다. 그는 「어디에 그대를 숨기신고?」의 싯귀를 이렇게 풀었습니다.
　"온갖 피조물 중에 짝없이 아름다운 영혼아, 님은 당신이 숨어 계시는 곳
이, 바로 네 자신이라고 내게 말씀하시는구나. 이것이야말로 크게 기쁘고
흐뭇한 일, 너 바라는 모든 행복이 이렇듯 네 가까이 아니 네 안에 있다니.
　대죄 중에 있는 영혼이라도 하느님이 떠나시지 않는다는 사실을 깨치
는 것은 너무나 흐뭇한 일이다."[22]

　이렇게 최민순 신부는 아우구스띠누스와 십자가의 성 요한과 예수의 데
레사가 지닌 영성을 동일시하면서 자기 자신의 영성을 그 안에 합일시키고
자 애썼다.
　우리는 최민순 신부의 영성이 바로 예수의 데레사가 쓴 시 「못 죽어 죽겠
음을」이란 시 속에서 그 淵源을 가져오고 있음을 쉽게 알 수 있다. 「못 죽어
죽겠음을」은 최민순 신부의 번역인데, 이 구절은 '죽고 싶어 못살겠네' 라
는 의미로 바꾸어 이해하면 더 의미전달이 분명해지리라고 생각된다. 예수
의 데레사가 「영혼의 성」에서 말한, 하느님과 예수님이 뵙고 싶어 "죽고 싶
어서 죽을 지경이 되는"[23] 바로 그러한 내적 상태를 묘사한, 예수의 데레사
가 쓴 「죽고 싶어 못살겠네」(필자역)를 옮겨 보면 다음과 같다.

　　사오나 내 안이 아니오라
　　높이 주 안에 살기가 원이오니
　　아아 죽고 싶어 못살겠네
　　……………
　　지루한 이승살이

---

22) 위의 책, p.26.
23) 예수의 데레사 지음, 「영혼의 성」, p.224.

멀고 험한 귀양살이
영혼이 묶인 옥살이
벗어나자 기다림에
뼈저리는 고통이여
아아 죽고 싶어 못살겠네
⋯⋯⋯⋯⋯⋯

님 두고 내 사랑 또 없느니
차라리 죽어서 뵙고지고
아아 죽고 싶어 못살겠네

이렇게 노래한 예수의 데레사를 생각하면서 최민순 신부는 죽음에 앞서 몇 번이나 그의 죽음을 예언하였고 드디어 그의 영성을 대변하는 遺詩 "여기 육신이 있습니다. 영혼이 있습니다. 받으시옵소서"로 시작되는 영성의 노래를 남기며 하느님께로 귀일하였다. 이제 필자는 최민순 신부의 시집 속에서 그의 영성을 드러내는 시들을 찾아 살펴보고자 한다.

5. 崔玟順의 詩에 나타난 向主愛

그는 1954년 9월에, 전사한 장조카 레문도에게 바치는 장편 수상문 『生命의 曲』을 출간하고 곧 이어 그의 첫 시집 『님』을 1955년 12월에 출간하였다. 첫 시집은 21편의 시를 담고 있다. 제2시집 『밤』이 1963년 12월에 출간되는데 여기에는 29편의 창작시, 그리고 예수의 데레사와 십자가의 성 요한과 아씨시의 프란치스꼬의 시를 번역해서 담고 있으니 그가 사랑한 성인들이 누구인지를 다시 한번 확인케 해 준다. 마지막으로 1975년 8월 19일에 그가 善終한 후 유고집 『영원에의 길』이 세상에 나온다. 우리는 이 네 권의 저서를 통하여 최민순 신부의 영성이 어떻게 시종일관되고 있는가를 살펴볼 수 있다.

시인의 첫 시집 『님』은 산문으로 봉헌된 序詩로 시작되는데, 이 서시의 내용이 바로 시집 전체의 기본사상이라고 할 수 있다. 서시의 전문을 읽어보자.

갈대올시다.

구중궁궐 뜰 한복판의 곤룡포의 그늘을 마시고 자라나는 화사로운 植物이 아니옵고, 그윽한 至密의 보드라운 손길에 웃음을 아로새기는 金蘭 같은 幸運도 지니지 못했답니다.

이건 한낱 갈대, 그나마 부러진 갈대일 따름입니다. 부러진 몸일망정 이를 불살라 버리지 못하는 님의 사랑이 두터우시기에 님의 다스한 그 두 잎 입시울에 물리어서 언제나 노래를 불러야 하는 피리올시다.

피리라도—사우나운 들짐승의 발굽에 마구 깔려지기도 하고, 때로는 된 바람의 후려침에 가냘픈 허리가 접혀지기도 하였던 갈대피리!
피리란들 이런 몸이고서야 어찌 아리따운 소리를 생심이나 하오리까.
비록 다 헐어진 나일지라도 끝내 노래하는 사명을 저 버릴 수 없음은 죽고 살기를 오로지 님 하나께 걸고 있는 때문이오니 진실로 그이는 내 영혼이 아픈 때일수록 더욱 살뜰하옵신 님이십니다.
찌그러진 나의 모습이 몹시 안타까워, 억지로 눈감아 아끼시는 그이가 아니오라 미워졌던 나 그를 말미암아 다시 고와지고, 스러졌던 내 해골이라도 환희용약할 수 있는 그이의 전능하신 慈悲이거늘 내 어찌 스스로의 모자람만을 탓하여 목쉰 소리나마 님께 바칠 노래를 주저하오리까.

'거룩하시다 거룩하시다'를 끝없이 천사들은 읊조리고, 오직 님의 자비만을 영원토록 노래함이 나의 至福이어야 할 저 나라에 들기까지 이승의 갈피리는 어느제나 아름다운 가락을 들려줄는지 모를 일입니다.
그러나 피리는 피리대로의 님이 마련해 주신 테두리 안에서 목청이 가장 맑을 수 있도록 가다듬어 나아갈 것입니다.

이 서시의 핵심을 한 문장으로 수용하면 "저는 갈대, 그나마 부러진 갈대여서, 님의 입술에 물리어야만 노래 소리를 내옵는데, 님이 자비하시어, 찌그러진 내 몸을 어여삐 여겨 주시오니, 내 모자람을 탓하지 아니하고 언제 어느 때나 주님 안에서, 아름다운 가락을 가다듬어 노래하는 갈피리이고자 합니다"라는 내용이 된다.
이러한 시인의 의식이 한 편의 韻文詩로 탄생되어 태어난 것이 바로 이 글의 서두에서 인용한 「두메꽃」으로 顯現되었다고 볼 수 있다.

이 「두메꽃」의 세계가 보여 주는 隱遁 避世와 靜靈淨心이 그리스도적 救世求靈의 救贖的 차원으로 지양될 때에 그는 세속 안에서 피흘리며 수난하는 그리스도의 이미지인 헐벗은 나무에 자신을 投影시키게 된다. 그의 시 「겨울나무」는 결국 「두메꽃」의 세계가 지향해 낸 변증법적 합일의 차원이라 할 수 있다.

> 그렇듯 무성히 내 젖꼭지에 매달리어
> 파르라니 생명을 나붓거리던 잎새들이
> 훌훌이 異端者마냥 떠나가 버렸다
>
> 행복인 양 綠陰을 즐기던 族屬이
> 나의 그림자마저 罪이런 듯 사위하는 季節
> 팔을 벌리운 채 나 또 하나의 十字架로라
>
> 내사 차라리 훨훨 벗고야 짜정 오붓하구나
> 목숨 안으로 스며스며 거세게 용솟음치나니
> 터질 듯 노는 나의 심장!
> 님만이 아시는 비밀을 그는 지녔다
>
> 이젠 나 땅의 그 누구와도 벗하지 않으리니
> 항시 저 푸른 하늘 별들과 다못 살고파
> 겨우내 눈비 맞으며 이렇듯 서 있노라.

열 두 제자들에게 철저히 버림받고, 수종도 베드로에게마저 "나 그를 모르노라"라고 부인당한 그리스도. 십자가에 매어달려서야 더욱 긴밀히 님과의 합일에 이르러, 심장이 기쁨으로 뛴 그리스도. 그와 자신을 동일시하여, 세상의 어떤 것에도 애착하지 않으리라는 시인의 영성이 궁극으로 도달하는 神人一致의 경지는 무엇인가? 그것은 생명조차도 하느님께 봉헌하며 님의 영광을 위해 祭物이 되겠다는 결단과 기원, 즉 고통과 죽음의 신앙적 수용이라고 하겠는데, 詩集 『님』의 둘째장 「祭物」에 수록된 詩, 北伐가는 조카 秉昌에게 바친 「가거라」에는 이미 조카의 죽음조차도 하느님께 바치는 봉헌의 영성이 함유되어 있음을 넉넉히 알 수 있다.

零下 十二度!
이 밤이 새면 北으로 떠나리라 찾아온 너

얇은 戎衣를 어루만지며
나는
입시울 깨미노라

지난 겨울 아버지를 여읜 뒤
고향엔
七旬 넘은 할머니
맏손자 너를 믿고 살으시더니

외로운 어머니며 정든 동생들 모두 떼어 버리고
급기야 너는
일어섰구나 달려왔구나

그렇다!
오오래 침묵한 祖國의 땅에
새로운 歷史의 바퀴는 움직이었다
인류 평화와 자유를 위하여
十字軍의 總進擊은 시작되었다

보라 우리의 선지피 노리던 검은 날개가
하늘을 거슬러 가리운 지 몇 해이었느뇨
羊을 가장한 시랑이의 떼울음에
얼마나 가슴 졸인 우리였더뇨

오냐 가거라 이제야 때는 왔다
너……將軍 崔榮의 피를 받은
大韓의 씩씩한 花郎이어니

시퍼렇게 불 붙은 그 심장 앞에
얼음장 城壁이 무어겠느냐
옆구리에 우는 '바요넷' 뽑아들고

무찌르려마 무찌르려마
'사탄'의 隊列을 무찌르려마

오랑캐 피로 더러인 네 칼을
豆滿江 맑은 물에 씻어 차고
白頭山 上上峰에 태극기 꽂거들랑
꿇어라 손을 모아 中世의 騎士처럼
새하얀 눈 위에 고이고이 꿇어라

그리고
妖雲 걷히운 하늘을 우러러
'평화의 임자'께 영광을 드려라
南北統一! 民族의 영광을……

　이제 이승의 목숨조차도 님께 봉헌하며 님의 영광을 찬미하는 시인은 세속의 권세와 부귀 속에서라도, 님과 합일되어 있지 않은 삶은 불행이요 지옥이며, 가난과 身苦와 무소유 속에서라도, 님과의 합일을 누린다면 바로 그것이 행복이요 천국임을 「님 없는 삶」이라는 제목으로 노래하기에 이른다.

온 세상이 나를 받들어
영롱한 면류관 씌어 주고
내 영광은 태양 같이 땅 끝을 적시어도
님이여
그대 없는 삶은 섧도소이다.

있는 것 밖에는 아무것도 없이
사철 푸르른 에덴 동산에

뭇 별의 비밀을 궤뚫어보는
파라다이스의 知性

아플 수도 죽을 수도 없는
내 청춘이

꽃보다 아리따울 이브를 영원히 품는대도
님이여
그대 없는 삶은 섧도소이다.

없는 것밖에는 무엇도 있지 않은
그러한 가난 속에서일지라도
온갖 죄악과 고통이 어울려
죽음을 合奏하는 골고타일지라도

거기—
진실로 님만 곧 계시오면
그는 나의 나자렛
꽃 피는 동산

오오 님이여
그대 없는 삶은 죽음이옵니다.

1963년 11월에 출간된 그의 두 번째 시집 『밤』의 서두에는 「책머리에」라는 獻辭가 담겨 있는데, 이 글의 핵심 역시, 제 1시집 『님』의 서문과 일치된다. 목숨과 인생과 죽음의 목적이 오직 님을 찬미함에 있는지라, 못나고 너절한 몸이 오직 님의 빛과 맑음을 사랑하여 시의 노래를 읊사오며, 예수의 데레사와 십자가의 성 요한이 남기고 간 시를 번역하여 책에 담음으로써 님의 맑고 거룩하심을 사모하고자 한다는 내용이다. 독자들의 편의를 위하여 그 전문을 옮겨 싣는다.

책머리에

야훼 하느님의 법궤가 聖都 예루살렘으로 들어올 적에 임금 다윗이 자기의 몸을 드러내고 야훼 앞에서 뛰놀며 춤을 추었습니다.
사울의 딸 미콜이 그 거동을 창으로 내다보다가 드디어 그를 업신여겼다는 얘기가 있습니다.

살아갈수록 역겹고 처절한 나의 人生歷程—먼지 일고 숨막히는 나그네

길에서 애오라지 삶의 보람을 느끼는 순간들이 있었다면 찢어지고 더럽혀
느졌을망정 내 마음을 님의 앞에 드러내는 틈틈이라 하겠습니다.

본디 너절한 가슴인 것을 남들이 비웃는단들 어찌 꺼릴 바 되리까마는,
님은 가엾음이 있는 곳에 가엾이 여김이신지라, 더러움이 진할수록 깨끗
함을 더 그리워하고 어둠이 짙을수록 빛을 바라는 마음의 애절함이사 어
쩔 수 없는 노릇이 아니오리까!

여기 그 빛과 맑음을 아쉬워하는 영혼의 비웃음거리로 드러난 것이 바
로 나의 詩라는 것들입니다.

더욱이 누리를 들어서 얻어볼 수 없는 두 분 神秘家의 시를 옮김에 이르
러서는 스스로 헤아려도 무엄하기 짝이 없는 어릿광대 놀음이 아닐 수 없
습니다.

거의 卽興詩로 그다지 예술품이 못 된다는 大 데레사의 것은 차치하고
라도, 碩學 Menéndez Pelayo 가 翰林院에서 "하느님의 신이 거쳐가신
천사의 詩"라고 일컫던 십자가 요한의 詩야말로 거룩한 뜻이 神韻에 얹혀
져 울려 나오는 것이어늘 무딘 붓 세례 받지 못한 말들로써 어찌 시늉인들
낼 수 있으리까?

다시 한번 '나' 와 '나의 것'의 모자람을 님 앞에 드러내고 어릿광대로
뛰놀며 춤을 출 따름입니다.

그러나 靈神은 날래어도 육신은 약한지라 생명을 님께 봉헌하고 修道聖
職에 든 司祭 崔玟順은 단 한번만, 오직 단 한번만 그 모습을 顯示하여도 천
만 번 다시 태어나 또다시 司祭의 길을 걷겠다는 그 님의 모습을, 한번도 뵈
올 길 없는 영혼의 어둔 밤을 「젯세마니의 밤」이라는 제목으로 노래한다.
영성의 신비를 체득 실현하며 살아가는 童貞의 성직자들이 필연으로 거치
게 마련인 通過祭儀의 아픔 같은, 그 서럽고 갈증나는 그리움의 밤들을 묘
사하고 있다.

필자는 救世救靈의 그리스도적 소명의식을 지니고 수도성직에 드신 분들
의 삶에 감사하면서, 이런 글을 쓴 일이 있다.

간간이 기타를 뜯으면서, 애잔한 현대 팝송을 부르면서, 춤을 추면서
수사님은 만능 재주를 다 동원하여 사람들의 다치고 아픈 영혼을 쓰다듬
으며 피정을 지도하셨습니다.

천지가 잠들어 야심한 밤, 산골 하늘 끝의 별들마저도 졸리워 하품하며 잠들려는 시각에야, 수사님은 피정자들 한 명 한 명 손을 일일이 씻어 주시는 의식을 마치시고는 지친 몸을 끌고 십자가의 길을 묵상하며 침실 쪽으로 사라지셨습니다.

우이동 '명상의 집'의 수사님은 그 안에서 피곤으로 빳빳해진 눈을 깜빡이며 비로소 말했을 것입니다.

"주여 어디 계시나이까? 온종일 주님의 현존을 느끼며 살라고 세상 사람들에게 가르쳤습니다만, 주여 지금 당신은 어디 계시나이까?"

주님이 대답하셨을 것입니다.

"방금 네가 손을 닦아 주고 침실로 들여보낸 바로 그 사람들을 지키려 지금 그들과 함께 있느니라."

그렇습니다. 수사님은 예수님을 밤에도 차지하지 못하십니다. 때묻은 사람들의 때를 닦으러 주님은 항상 세상 사람들을 찾아가시고, 조용히 기도생활을 하며 님과만 살겠다고 수도자가 된 수사님은 온종일 사람들의 세속 때를 닦아주느라 지치고 또 지친 뒤, 밤중에 침실에 들어서도 세상 사람들에게 예수님을 양보하고 철저히 혼자이십니다. 인간의 숨길이나 온기라곤 하나 없는 쓸쓸한 방안에서 사방 흰 벽면에 오직 수난의 십자가 하나 달랑 걸어놓고 철저히 춥고 배고프고 목마르십니다.

바로 이 사람, 이러한 수도자가 예수님의 얼굴이요 부활한 그리스도요 살아서 움직이는 성령의 몸이 아니겠습니까?

나는 왜관 분도수도원의 피정에 참여했을 때에도 똑같은 감동을 느꼈습니다.

피정의 집을 운영하시는 원장신부님이나 그 분을 보좌하여 온종일 피정 신자들을 위해 봉사하는 수사님, 그리고 세상 나그네들에게 문을 열어 주시는 소임을 맡고 수도원 문을 온종일 지키는 문지기 수사님이나 모두가 고맙기 이를데 없는 주님의 재현자들로 보였습니다.

기도만 하며 조용히 주님과만 지내려고 수도원에 왔더니, 주님은 온종일 밤에도 죄악의 거리에만 나가 계시고 수도자는 수도원 문 앞이나 피정의 집에서 때묻은 세상 사람들을 닦아 주는 일만을 온종일 해야 하는, 이율배반의 나날을 살아가고 계십니다.[24]

바로 이러한 산문이 詩로 형성될 때 최민순 신부는 「젯세마니의 밤」을 탄

---

24) 이인복, 『하느님을 체험한 성서의 여인들』, 신약편(우진출판사. 1987), pp.262-264.

생시킨다.

한 겹을 닫습니다
또 한 겹을 닫습니다
다 열고 기두려야
오시지 않는 님
세 겹 네 겹
다섯 겹마저 문을 닫아 버립니다

돌아앉아서, 혼자 돌아앉아서
묵묵히 있노라면
겨울처럼 벗은 영혼이
어두움 속에 흐느껴집니다

속으로 속으로 그윽한 속으로
밤이 이슥이 깊어갈수록
가난한 나의 하늘에
별 하나 없고

죽도록 보고 싶은
님이 그리워
외로움 한 덩어리
미친 듯 몸부림칩니다

님은 오시지 않습니다
오실 리 없습니다
태양이 숨질 때라야
오신다던 님

안 오시는 님이
보이 실리 있었으리까
안 오시는 님을
만져볼 수 있으리까

옷자락만 살짝 스쳐 주셔도
그 향내에 까무러칠 목숨이건만
님의 얼굴 한번 뵈옵는 그 순간
당장 눈이 멀으리람을 모르지 않건만

아으, 진정 못 살겠사옵니다
허구헌 날
지루한 날
캄캄한 어둠 속에
진정 안달이 나 못 살겠사옵니다

그러나
어찌하오리까
님은 말씀하시었습니다
'보지 않고 믿는 자 복된 자' 라고
'하늘과 땅은 변할지라도
내 말은 변치 않으리라' 고
님의 말씀 이러하시니
내 어찌하오리까

보지 않고 믿음이 복됨이라면
허전한 가슴 안고 이냥 살으려노니
그리움도 내일을 몸가지는 한낱 기쁨
고독이 쥐어짜는 방울방울
핏 방울에 어두움이 물들고
까마득히 새벽은 멀리 있어도

나는 밤을 새우렵니다
님 하나 믿으며, 믿으며
겟세마니의 밤을 새우렵니다

드디어 시인은 극기와 승리의 사제생활 銀慶祝을 맞아 긴긴 세월 祭物되
어 至福의 쓴 잔을, 첫 사제 그리스도와 더불어 봉헌했음을 하느님께 감사

하며 「銀婚의 曲」을 부르게 된다.

하루하루 살얼음을 밟으며
긴긴 세월이 흘렀습니다

님에게 시집가던 날
땅에 엎드려 죽기를 기약하고
이 한몸 바쳐서
祭物로 살기를 빌었삽더니

나날이 새벽마다
祭壇에 나아가기 무릇 25周年……
그러하오나
어느 하론들 새맑음 없이
때묻은 영혼이
무엄하였음을 어찌 다 깁사오리까

하염없이 해는 돋고
하염없이 달은 지고
몇 번이고 꽃이 피고
낙엽이 흩날리는 사이
내 손에 씻기어진 아기
어느덧 자라 아버지 되고
첫 영성체 모시어 준 어린이
새 신부님 되어 납시는 사이
울며 웃으며 논다니같이
속절없는 세월이 지새었삽니다

돌아보면 아슬아슬
골고타의 굽이굽이!
살뜰히도 돌보아주신
고마울손 님의 손길!
서리서리 銀祝의 花環에
엉키어진 숨은 시름!

詩와 종교 491

하리의 구름 하늘을 뒤덮고
님은 별만치 멀으시올 제
내 진정 님 아닌 사람에 기대어 살았던들
님 아닌 누구의 괴임을 바라 살아왔던들
아! 구원은 얼마나 아득할 뻔했삽더이까

가시 아래 피 번지신
당신의 '거룩한 얼굴'을
밝으신 태양 삼아 우러렀사옵니다
유다스 손에 팔려가신
당신의 몸값 서른 닢을
마음을 조아려 흐느꼈사옵니다

결국 司祭로 산다는 건
십자가에 죽는 것
나를 몸소 살라 살라
燔祭의 흰 재로 남을수록
님 사랑 안에 삶이라 함을
늦게야 익히 배웠삽니다
이제 청춘은 가고
엠마우스의 노을이 타는 저녁
님이여, 銀婚의 잔치에
무엇을 빌으라 하시나이까
검은 머리 새도록 역사가 늙는 동안

逆天이 송두리째 뽑히옴을
내 역력히 보아왔거니
님이 아니 심으신 어느 씨앗도
끝끝내 온전함을 보지 못하였거니
님이여!
주시옵소서, 당신을 주시옵소서
당신만이 다함 없는 내것이오니다
至福의 하늘나라
聖三位의 품속에서

그립던 천사들이 우리
金婚의 曲을 노래하는 날까지
여기 젯세마니의 한 외로운 司祭
'아빠'의 뜻이 담긴 죽음의 잔을 들고

첫 司祭 님과 더불어
올리리이다
피 흐름 없는 香火를 올리리이다
(1960. 6. 15 司祭가 된 지 스물다섯 돌에)

드디어 그는 사제의 삶 은혼을 경축한 후 그가 할 일은 오직, 죽어 님과 합일되는 일일 뿐임을 「죽여 주소서」에서 노래하고, 그리하여 이제 늙어 오직 남은 생명 그것 하나뿐이오니 그것마저 님께 받아 달라고 노래하는, 「古木의 祈禱」에 이르게 된다.

죽여 주소서

겨울이 짙은 뫼부리 위에
외포기 나무십니다
골고타의 십자가

가지에 떠는 한잎 잎새마냥
오뚝 매달리신 알몸뚱이
나래를 편 독수리처럼
휜출도 하시옵니다

본디 홀으로 계옵시며
스스로 넉넉함이시라
한 오라기의 실조차 그 고우심에
그늘이려든 五爪龍 수놓은
곤복이 어디 당키나 하오리까
열두 구슬을 꿴 면류관은 커녕
가시 눌러 쓴 머리에서 흘러내리는

홍옥보다 아름다우신 핏방울
짜장 젊으신 그 바탕에 산 무늬 아롱지고
남 없이 맑으신 목숨 하나
겹겹이 쌓아진 죄와 벌 씻어 주시오니

님하, 죽여 주소서
날 십자가에 못박아 죽여 주소서
죽어 오직 사랑이신
당신 안에 묻히고지움이 소원입니다
사랑은 하나
둘일 수 없음이니이다.

古木의 祈禱

님이여, 받아 주소서
겨우내 찬 하늘에
애원이듯 쳐들었던 빈 손이
하이얀 꽃송이를 받쳐 들었사옵니다

실로 이 한 송이를 위하여
서러운 年輪이 아로새겨졌사오니
제비들 아득히 날아가 버린 계절
늦은 가을 서릿 바람에
그 푸르던 잎새들 다 앗기고
죽음같이 침묵하는 몸뚱이 위에

낮이면 가마귀
밤이면 부엉이가 울 뿐이었사옵니다
함박눈이 무릎을 덮고
가지마다 고드름이 열렸을 때
지나는 사람마다 손가락질을 하며
다시는 푸르를 날이 없으리라 예언했사옵니다
외롭던 시절
밤은 길 대로 길어가고
햇님마저 싸늘한 웃음으로 나를 외면할 제

골고타의 님처럼
쓸개와 '미르라'를 마시던 마음!
그럴수록 믿음은 뿌릴 앙버티고
'아말렉'과 싸우는 '모이세'의 팔 모양
'야흐훼' 님을 향해
빈손을 쳐들고 있었삽니다

이제 갈 것은 모조리 가버리고
남은 것 하나
생명의 꽃이 이 손에 피었사오니
받아 주소서
분향처럼 오르는 맑은 향기
오로지, 오로지
님만을 위하여
간직해 왔사옵나이다.

　시인의 시집 「밤」에는 예수의 데레사와 십자가의 성 요한이 쓴 시편들이 번역 수록되어 있는데 그 중에서 데레사 성녀의 「못 죽어 죽겠음을」, 「귀양살이의 하소연」, 「十字架頌」, 그리고 성요한의 「어둔 밤」, 「사노라」, 「그래도 밤이러라」 등 몇 편만 인용해 보아도, 최민순 신부의 영성이 바로 예수의 데레사와 十字架의 성 요한이 지향한 영성에 接脈되어 있음을 쉽게 알 수 있다.
　필자는 독자들의 편의를 위하여 예수의 데레사가 쓴 최민순 신부 譯의 詩「못 죽어 죽겠음을」, 「귀양살이의 하소연」, 「十字架頌」과 십자가의 성요한이 쓴 최민순 신부 譯의 詩「어둔 밤」, 「사노라」, 「그래도 밤이어라」 등을 여기 전재한다.

못 죽어 죽겠음을
Muero Porque No Muero

사노라 나 안에 아니 살며
높이곰 살기가 원이로라
어져 못 죽어 죽겠음을

사랑으로 죽은 뒤론

이미 나 밖에 사노매라
당신 위해 날 사랑하신
님 안에 사는 탓이어라

님께 내 마음 바쳤을 때
그 속에 이 글을 적었노라
"어져 못 죽어 죽겠음을"

내가 사는 하늘스런
사랑의 이 옥살이로
님은 내 포로 되어주고
내 맘은 풀려 놓였노라
님이 내 포로 되시는 꼴
보고지고, 보고지고
어져 못 죽어 죽겠음을

아으, 지루타 이승살이
머흐도 머흘사 귀양살이
항쇄 족쇄 이 감옥에
영혼이 묶여 사노매라

벗어날 일 기다림만도
뼈저리는 아픔일라
어져 못 죽어 죽겠음을

님 못 누리는 그 살이가
아으, 얼마나 쓰거운고
사랑이 긔 좋다 한들

지리한 기다림은 아닌 것을
강철도곤 무지근한
이 짐을 님하, 벗기소서
어져 못 죽어 죽겠음을

언젠가는 죽으리란
믿음 하나로 사노매라
죽으면서 사는 길이
내 소원을 다짐하나니
죽음아 너로 해 삶이 오거니
더디지 말라 바자니노라
어져 못 죽어 죽겠음을

굳셀손 사랑이로다
목숨아 내게 번거로이 말라
너를 얻으려 널 버리는 것
이것만이 네 차지란다

오려므나 달가운 죽음아
거뜬한 죽음아 오려므나
어져 못 죽어 죽겠음을
거짓 없는 참스런 살이
저승살이가 그 아닌가
이승살이 죽기 전엔

살아서는 못 누리나니
죽음아 나를 외면치 말라
먼저 죽어서 살자꾸나
어져 못 죽어 죽겠음을

나 안에 사시는 내 님에게
목숨아 무엇을 내드리겠나
살뜰히 그 님을 모시려니

너를 버려야 하겠구나
님 두고 내 사랑 또 없느니
차라리 죽어서 뵙고지고
어져 못 죽어 죽겠음을

십자가송
Loas A La Cruz

십자가! 내 삶의 安息
어서 잘도 오시라

아 깃발! 그 감싸 줌에
연약한 몸 굳세어지고
오, 우리 죽음의 생명
죽음을 어이 되살리신고

사자도 길들여 순히 만들어서
너로 해 목숨을 버리게 하느니
어서 잘도 오시라

널 아니 사랑하면 사로잡힌 몸
자유와는 등진 몸
너를 향해 나아가면
언제나 빗가지 않으리라

오, 사막이 몸둘 바 없는
상서로운 힘이여
어서 잘도 오시라

호된 우리 종살이에
너는 해방이었어라
너로 해 짜장 귀한 약 있어
몹쓸 내 악이 고쳐졌어라

너는 님께로 가는 길
영광을 얻게 하였나니
어서 잘도 오시라.

사노라
Vivo Sin Vivir En Mi

사노라 내 안에 아니 살며
애틋이 바라는 내 마음 —
아니 죽어져 죽겠노라

1

이미 나 안에 아니 사는 나
님 없이는 살지 못하겠노라
나 없이, 그이 없이 있는 것이라면
산다는 이것이 무엇이겠느냐
즈믄의 죽음이나 다름이 없나니
실상 내 삶을 바라는 탓이로다
아니 죽어져 죽겠으면서도

2

내가 사는 이 삶이란
차라리 삶을 앗음이어니
그대와 같이 살기까진
그러기 끊임없는 죽음입니다
님이여, 이 말씀 들으옵소서
이런 삶이 싫사오니
아니 죽어져 죽겠음을

3

그대 없이 있으면서
내 어이 살 수 있으리까
죽음 중에도 큰 죽음을
치르는 것이 아니오리까
가여울손 이 내 신세
매양 같은 꼴이로다
아니 죽어져 죽겠노라

4

물을 나온 물고기는
죽는 고생 할지라도
급기야 죽어지니
차라리 덜하련만
애달픈 내 살이에
어느 죽음을 비길런가
살수록 더 죽겠음을

5

성체 안의 님을 뵈오며
마음을 달래려 하다가도
실카장 누릴 수 없음에
서글픔만 더해 오니
모든 것이 쓰거울 뿐
원대로 님을 못 뵘이로다
아니 죽어져 죽으리로다

6

그대 뵈올 바람으로
님하, 이 마음 즐거워도
잃을 수도 있다는 생각에
마음은 곱으로 아리옵니다
살면서도 무서워 떨고
바랄 대로 또 바라자니
아니 죽어져 죽겠소이다

7

저 죽음에서 날 건지시고
님하, 생명을 내게 주소서
억세고 질긴 이 오라에
묶인 채 나를 두지 마옵소서
보고지워 못 살겠음을
너무나 알찬 내 시름이니이다

아니 죽어져 죽겠사옴을

8
이제금 죽음을 울으리다
내 죄 때문에
아리따운 목녀에게 버림을 받은
이 생각 하나만도 못 견딜 고통
낯설은 고장에서 구박도 많다
사랑에 가슴만 애타 하면서……

목동이 하는 말 아으, 가엾어
내 사랑 마다고 차버린 사람
나랑 함께 즐기기 싫다는 사람
사랑에 가슴만 애타는 나를……

급기야 그는 한 나무에 올라
꽃다운 두 팔을 한껏 벌리고
묶인 채 그대로 죽어가누나
사랑에 가슴만 애타 하면서……

그래도 밤이어라
Aunque Es De Noche

솟아오르는 샘을 잘 아노라
그래도 밤이어라

영원한 저 샘이 숨어는 있어도
나는 잘 아노라 그 자리 어딘 줄을
그래도 밤이어라
이승의 캄캄한 밤 속에서도
나는 잘 아노라, 그 용솟음을
그래도 밤이어라

그 비롯음—없으니—내 몰라도
온갖 비롯음 그에서 옴을 아노라
그래도 밤이어라

그 아닌 아름다움 없는 줄을
하늘과 땅이 그를 마시는 줄 내 아노라
그래도 밤이어라

그 바닥 없으신 줄을
그를 건너 뉘 없는 줄을 내 잘 아노라
그래도 밤이어라

어느 제 그 맑음 흐린 적 없으니
그로써 온갖 빛 좇아남을 아노라
그래도 밤이어라

흐름은 콸콸 가디록 벅차
지옥들 하늘들 세상들 씻음을 아노라
그래도 밤이어라

흐름 하나 이 샘에서 솟아나와
전능하고 가멸짐을 내 잘 아노라
그래도 밤이어라

이 둘에서 좇아난 또하나 흐름
둘의 누구도 그를 앞서지 않음을 잘 아노라
그래도 밤이어라

영원한 저 샘이 우리게 생명을 주고저
살으신 이 빵 안에 감추여 계시느니
그래도 밤이어라

여기 피조물을 부르고 있어
이 물에서 저들은 배부르노라 어두워도 밤이기에

내 목말라 하는 저 산 샘을
생명의 이 빵 안에 나는 보노라
그래도 밤이어라

6. 結語

가톨릭 신자인 시인이 쓴 시이면 모두 가톨릭 문학의 범주에 들어가는 것이 아니다. 가톨릭 신자인 소설가가 쓴 소설이면 모두 가톨릭 문학의 범주에 들어가는 것도 아니다.

가톨릭 문학은 가톨릭을 프로테스트하면서 분열된 프로테스탄트를 향하여, 가톨릭 護敎와 그리스찬 신앙인의 일치를 지향케 해주는 내용, 프로테스탄트가 비난하는 성모 신심의 당위성을 인식시켜 주는 내용, 가톨릭만이 지닌 告解와 聖體와 神品과 堅振 등, 7 聖事의 신비를 통한 인류 구원의 길을 증거하는 내용, 하느님 성령의 해방과 자유와 평화 등, 영성적, 내적, 육체적 치유의 신비를 깨닫게 하는 내용, 사탄의 인간 억압을 무찌를 수 있는 능력이 구세주 그리스도께서 주시는 靈藥임을 설파하는 내용, 악과 부정과 타락으로 치닫기 쉬운 이승의 인간을 끊임없이 하느님께로 回頭시켜 무한의 선의와 정의감과 聖性을 계도하는 내용이 예술적 언어미의 표현기교에 담겨 생명적 존재로 창조될 때, 우리는 비로소 가톨릭 문학을 운운할 수 있을 것이다.

이러한 논지에서 미루어볼 때 필자는 작고 시인 소설가 중에서 철두철미한 가톨릭 신자요 사제였던 고 최민순 신부에게서 유독 열절한 가톨릭 문학의 정수를 찾아볼 수 있었다. 성사와 전례, 예언 성취와 기적의 개념으로 확신하는 예수 부활 신심, 성모 마리아의 원죄 없음과 발현 기적과 성령으로 인한 수태, 수도자와 사제의 獨身 童貞 및 聖化의 靈性 등이 최민순 신부의 문학세계요 시의 주제라 할 수 있다.

최민순 신부의 문학은 善을 지향하는 소극적인 기독교 정신에 머무르는 것이 아니라, 가톨릭이 인류 구원의 하느님 이념이요 원칙이요 봉사의 길임을 강조하는, 적극적 가톨리시즘을 통해, 영원 초월자의 實在를 가시적 문학 예술 형식에 담아 표현함이 가톨릭 문학이며, 따라서 가톨릭 문인은 神에게 자아를 봉헌하는 사제적 자세로서만 생성가능한 세계임을, 작품의 주제로서 주장해 왔다고 말할 수 있다. 작고 문인이나 생존 문인 중에서 참다운 가톨릭 문인을 찾는 일을 앞으로의 과제로 남겨 두는 바이다.

■ 參考文獻
李仁福, 『하느님을 체험한 성서의 여인들』, 우진출판사, 1987.
李仁福, 『고통이 있는 곳에 행복을』, 우진출판사, 1992.
『鄭義榮 神父 華甲論文集』, 성바오로출판사, 1985.
崔玟順, 『永遠에의 길』, 가톨릭출판사, 1977.
崔玟順, 『生命의 曲』, 가톨릭출판사, 1954
崔玟順, 『님』, 성바오로출판사, 1955.
예수의 데레사 지음, 崔玟順 譯, 『영혼의 성』, 성바오로출판사, 1983.
예수의 데레사 지음, 『完德의 길』, 성바오로출판사, 1983.

'민족적 에고이즘'을 극복한 순수 人間愛의 詩人
— 오구마 히데오(小熊秀雄)의 「長長秋夜」

I

한일 근대문학의 관련 양상과 관련하여, 김윤식 교수께서 쓰신 글을 읽은 일이 있다. 오에 겐자부로(大江健三郎)씨의 다음 같은 말을 인용하였다. "내 작품 속에 반한적(反韓的)인 표현이 있다고 지적하는 분이 있는데, 아마 사실일지 모르겠습니다. 일본인인 내 무의식 속에 그러한 요소가 있었는지 모르지 않겠습니까?" 라고. 그러면서 김 교수는 "그때 제 머리를 스친 것이 있었습니다. 후쿠자와 유키치(福澤喻吉)의 자서전인 『福翁自傳』의 후반부에 나오는 소제목의 하나, 「본번(本藩)에 대해서는 그 비열함이 조선인과 같다.」가 그것"이라 했다. 그리고 결론하여, 나카노 시게하루(中野重治, 1902-1979)의 「비 내리는 品川驛」에 담긴 한 구절 "조선 프롤레타리아트가 일본 프롤레타리아트의 앞잡이요 뒷군이다."를 인용하면서 '반한(反韓)' 감정을 이야기한 것이다.

이 글을 대하면서 필자는 조선 프롤레타리아트와 일본 프롤레타리아트가 어떻게, 그리고 누가 누구에게, 또 혹은 상호간에, '앞잡이요 뒷군' 인지를 살피는 가운데, 다른 한 일본시인 오구마 히데오(小熊秀雄, 1901-1940)의 시(詩)를 나카노 시게하루와 동시대 상황 안에서 찾아내었다. 오구마 히데오(小熊秀雄)의 「長長秋夜」 안에서 친한적(親韓的) 순수 인류애를 발견한 것이다.

II-I

　1930년대는, 힘의 원리가 세상을 지배하던 시대였다. 36년간이라는 일제의 통치기간을 겪으며, 우리 민족은 지배받는 약자의 처지에서, 한없는 저항적 의지에도 불구하고 비참한 생활을 해야 했다. 이 시간들은 스산한 바람만이 황량한 우리의 국토 삼천리 금수강산을 휘몰아치는, '끝없이 긴 가을밤' 과 같았다.

　이러한 시기에 오구마 히데오는 1930년대라는 강압적인 일본 제국주의 시대에 문화적 관용을 위하여 저항한 시인이었다. 그는 제국주의의 정치세력이 횡행하는 시대에 침략국의 한 양심적 지식인으로서 가지게 되는 고뇌와 비판의식을 작품화하고자 노력하였으며, 그 소재로서 당시 조선의 현실을 택하기도 하였다. 그 대표적인 예로 「長長秋夜」를 들 수 있다. 이 시는 일본인인 그가 식민지 상태의 한민족(韓民族)이 받는 고통을 묘사했다는 외면적 이유 외에도 그 전개에 있어서 한국의 정서에 맞는 한국적 시어(詩語)를 사용하고 있다는 점에서 주목된다. 그러나 「長長秋夜」는 일본이나 우리나라에서는 거의 논의된 바가 없고, 연 전에 내가 미국에 갔던 때, 어바나 샴페인 일리노이 주립대학 동양학부의 일본문학교수 David Goodman에게서 그 자료를 구해올 수 있었다.

　오구마 히데오는 일본 역사상 가장 어두운 시대에 살았던 사람이다. 그러나 히데오는 시대와 타협하지 않았다. 그는 1901년 9월 9일 홋카이도 오타루에서 태어났고, 1928년에 도쿄로 이주하여 프롤레타리아 시인협회에 가입하였다. 그러나 협회에 가입한 지 2년도 채 못 된 1932년에 협회가 강제 해산되고, 나카노 시게하루를 포함한 400여 명의 좌익 지식인들이 사상범으로 투옥되었다. 그 후의 경제불황은 오히려 히데오의 문학적 생산성(生産性)을 높여주어 1933년에서 3년 사이에 그는 많은 작품을 발표하였고, 1935년에 작품집 2권을 내고, 1940년에 39세로 세상을 떠났다. 그가 임종 당시에 준비 중이던 세 번째 시집은 1947년에 나카노 시게하루가 편집한 유고집으로 발간되었는데 그 후 오구마 히데오를 사랑했던 학자와 시인들이 오구마 히데오의 시를 집대성하여 1977년과 1978년에 총 5권으로 전집을 냈고, 이 전집 안에 「長長秋夜」가 수록되었으며, 1980년에는 오구마 히데오의 수필집이 발간되었다.

그가 세상을 떠난 후 40년만에 전집이 나왔으니, 여기서 그가 당대 일본 사회에서 대우받지 못한 이유를 생각해 보는 것은, 또한 오구마 히데오가 나카노 시게하루의 '민족적 이기주의'를 극복한 순수 인간애 내지는 순수 인류애의 시인임을 대변해 주기도 한다.

II-II

나카노 시게하루의 「비 내리는 品川驛」에 담긴 한 구절 "조선 프롤레타리아트가 일본 프롤레타리아트의 앞잡이요 뒷군이다"를 인용하여 '반한' 감정이 이야기되는 터에, 바로 그 사람 나카노 시게하루가 오구마 히데오의 세 번째 시집을 편집하여 유고집으로 발간해 주었다는 사실을 생각해 보면, 나카노 시게하루의 '반한' 감정이라는 것도 어떤 정도의 것인지를 다시 한 번 생각하게 한다.

오구마 히데오는 프롤레타리아 문학운동에 참여한 후 『프롤레타리아의 시』라는 잡지를 통하여 시를 발표하였다. 오구마 히데오가 프롤레타리아 문학운동에 참여한 것은 그의 시세계에 긍정적 영향과 부정적 영향을 동시에 주었으며 막시스트 이데올로기가 오구마 히데오의 시에 수용되었다. 「나에게 재능을」이라는 시에서 히데오는 가난하고 헐벗고 불우한 민중의 대변자 역할을 한다. 흘러 넘치는 문학적 영감을 억누를 길이 없어 "나는 먹을 수가 없다. 시를 계속 쓰고 싶을 뿐이다!"라고 외친다. 그는 극심한 가난에도 불구하고 죽을 때까지 시를 쓰겠다고 결심한다. 한편으로는 사회주의 입장에 서 있으면서, 다른 한편으로는 문학과 정치가 별개의 것임을 주장하였다. 따라서 이 시기의 시는 프롤레타리아 이념을 배경으로 하고 있으면서 결과적으로는 독립적 비공산주의적 좌익 지식인으로의 자리를 굳혀 주었다.

1935년에 발표된 장편 서사시 「長長秋夜」에서 히데오는 자신의 시를 이념적인 치장이 없는 상태로 보여준다. 식민지 조선에 가한 일제의 통치 정책에 저항한 시이다. 조선의 여인인 노파의 위치에 서서, 일본 문학사상 전무후무하게 무서운 칼날의 비판을 담은, 반일 반제국주의 작품이다.

오구마 히데오는 진정으로 인간을 위하는 다문화적(多文化的) 세계관을 가진 시인이었다. 그의 「長長秋夜」는 누구나 쉽게 읽고 이해할 수 있다. 그러나 오구마 히데오를 진정으로 이해하고 그의 용기와 업적을 제대로 평가하기 위해서는 당시의 일본 정치 상황과 그러한 상황이 다른 문인들에게 미친 영향을 알아야만 한다.

1895년에 일본은 중일전쟁에 승리하고 대만을 흡수하였다. 1910년에는 조선도 일본의 식민지가 되었다. 1931년 9월 18일 일본의 공격으로 말미암아 만주 지역은 1년도 못 되어 완전히 점령되고, 일본은 1932년 3월 1일에 부이를 황제로 내세워 정권을 장악하였다. 그 후 일본은 중국에 대한 공격을 늦추지 않고 중국과 전쟁을 계속하고 1941년 12월 7일, 진주만 공격으로 미국과 전쟁을 시작한 일본의 팽창정책은 극에 달한다.

이 시대를 살았던 일본의 지성인들은 대부분 일본 제국주의 정책을 지지하고 문학작품을 통하여 일본의 행위를 정당화하려고 애썼다. 그러나 오구마 히데오는 중일전쟁을 처음부터 반대했고, 피해국들이 처한 상황에 대하여 동정하는 시를 썼다. 그의 시는 일본 제국주의 정책의 피해자들이 처한 실존 상황을 이해하는, 순수 인간애의 형상화였다.

인류애적인 그리고 다문화적인 세계관을 극명하게 보여주는 「長長秋夜」는 시 자체도 내적으로 강할 뿐만 아니라 그 시를 1935년에 발표했다는 사실에서 특별한 용기와 정의감을 보여준다.

주지하는 바와 같이 일본의 식민조선정책 제3기(1936-1945)는 "일본화 정책의 시기"라고 불릴 만큼 일본의 식민조선탄압이 극심했던 때였다. 이 시기에 일본은 조선의 문화를 말살하려 했다. 그래서 1935년에 오구마 히데오가 전통 한복착용을 불법화한 일본정책에 항의하는 내용을 담은 시

「長長秋夜」를 썼다는 것은 다만 인권운동으로서가 아니라 보다 적극적인 의미에서, 문화말살정책에 대한 강경한 저항으로 보아야 한다. 조선의 노파가 전통 한복을 입을 수 있는 권한을 지키기 위해 투쟁하는 시 구절은 가슴 저미는 감동을 준다.

> 오, 조선이여!
> 노파들이 죽음도 마다 않고
> 낡은 백의의 전통을 지킨다 해도
> 자연도 사람도 누구도
> 그 전통을 이어 나가지는 못하리라.
> 황폐한 조선이여!

오구마 히데오는 자신이 암흑기에 살고 있음을 알고 있었다. 그러나 시대의 암흑이 그를 저지하지는 못하였다. 오히려 그는 그 암흑을 도전으로 해석하였다. 그의 말기시 중 「마차를 출발하며」라는 시에서 그는 암흑기를 살아가는 시인의 책임과 의무를 예언자적 수사(修辭)로 이렇게 밝힌다.

> 나는 암흑을 알고 있다.
> 그러기에 암흑 저편에는
> 광명이 있음을 믿는다.
> 그러니 사람들이여,
> 광명을 향한 열망으로
> 암흑을 헤치고 나가자.

비록 39세의 나이로 생애를 마감했지만 오구마 히데오는 그 시대의 암흑에 광명을 주었다. 「長長秋夜」에서 오구마 히데오가 우리 한민족에게 주는 '인류애적 사랑'도 그러한 맥락에서 이해할 수 있다. 정의를 사랑하고 불의를 미워하며 탈 민족적 초국가적 이념을 중시하는 시를 썼고, 그리하여 고난받는 사람이면 누구에게나 연민과 보호의식을 느끼는 오구마 히데오의 「長長秋夜」는, 바로 그러한 이유 때문에 일본의 문학사에서는 의식적으로 은폐되어 온 듯하고, 일리노이 주립대학의 동양학부 강의실에서만 이야기되는 실정이다.

그러면 이제 낙동강 가의 한 마을에서 일어난 사건을 서사적이고 극적인 언어로 형상화한 시 「長長秋夜」를 기승전결(起承轉結)의 서사적 구조로 나누어 살펴보고자 한다.

길고 긴 가을밤
조선이여, 울지 마라!
울지 마라, 노파여!
꽃다운 처녀들아, 울지 마라!
다듬잇돌이 비웃겠다!
똑딱, 똑딱, 똑딱.
무슨 소리인가?
그대들 손에 쥐고 있는
나무 방망이에서 나는 소리인데.
밤이 되면
온 마을 집집마다
소리를 낸다.
똑딱, 똑딱, 똑딱.
조선의 야산에는 나무가 없댄다.
정말? 불행하구나!
집에는 끼니꺼리가 없댄다.
참 슬프구나.
"우리 아기 착한 아기, 천지신명 보살피네."
익숙한 박자로
이리저리 흔들면서
노파가 다듬이질을 한다.
다듬잇돌 위에 흰 천을 놓고.

기(起)에 해당하는 이 부분은 마지막과 연결되는 내용이다. 시인은 울고 있는 조선을 달래고, 제국주의 지배 하에서 황폐한 야산과 끼니거리 없는 생활난을 겪는 조선의 현실을 안타까워한다. 그리고 밤이 되면 온 마을 집집마다에서 울려나오는 전통적인 다듬이 소리를 거론하여 조선민족의 과거와 현재를 상기시킨다. 그리고 "노파가 다듬이질을 한다. 다듬잇돌 위에 흰 천을 놓고"라는 구절에서 조선민족의 전통과 저항을 내포하는 조선 민족의 힘을 은유적으로 표현한다.

> 내 딸들과 아들들의 일은 알 수 없어도
> 그러나, 내 아버지와 선조의 것
> 옛 조선의 이야기는
> 이 늙은이의 더럽혀진 귓가에
> 한없이 둥둥 맴돈다.
> 으스름 달빛
> 온 마을 집집마다
> 길고 긴 가을 밤
> 아낙들이 다듬이질을 한다.
> 까마귀 소리 없이 하늘을 날고
> 낙동강은 평화롭게 흘렀다.
> 전에는 이렇지 않았지.
> 오늘날은 마을 이장들이
> 구실만 있으면
> 서류 한 장 들고 소리 치며
> 아무 집에나 들이닥친다.
> 자식들은 이 마을에서 안락했지.
> 웃사람 말도 잘 들었지.
> 그러나 이제는 어두운 바람이 불어
> 흰 치마 속에 바람이 들어
> 마을을 떠나 산을 넘어가려 한다.
> 저 산을 넘어만 가면
> 저 산너머에는 행복이 있다는데
> 그리고는 산을 넘는다.
> 귀신에라도 홀린 듯이.
> 그렇겠지
> 약혼자가 이 가난한 마을을 떠나
> 동경에서 땀 흘리며 일한다지
> 꽃다운 소녀야.
> 아, 언제 그런 날이 올까

떠나는 사람은 많아도
돌아오는 이는 없어.
그 옛날 조선은 어디로 갔나?
천지신명이시여
하늘은 조선을 다시 살리시겠지요?

　화자(話者)가 노파로 전이되면서 구체적인 조선의 현실이 승(承)에서 서술된다. 시인은 조선을 노파의 입을 빌려 과거 평화로웠던 조선과 일제 하에서 달라져버린 조선을 탄식에 가까운 독백으로 처리한다. 마을 이장들이 아무 집이나 들이닥쳐 횡포를 부리고, 자식들은 이제 어른 말을 제대로 듣지 않게 되었으며, 처녀의 약혼자들은 징용 가서 돌아올 기약이 없다. 당시 일제의 압박을 견디다 못해 떠나간 유민들과 징용간 젊은이들의 모습을 보여준다. 일본의 부(富)를 위해 금을 캐는 조선인의 아픔이 전이된다.
　그러나 이러한 비참한 현실 속에서도 끊이지 않고 계속되는 것은 다듬이질하는 소리이다. 이것은 우리 민족의 과거 · 현재 · 미래에 모두 존재하는 소리로, 언젠가는 반드시 풍요롭게 가을을 맞이하던 옛날의 조선으로 다시 돌아갈 수 있으리라는 기대를 갖게 한다. 또한 다듬이질은 우리 민족 공동체의 전통적 행위이며 구원의 기도 행위로 이어진다.

노소를 막론하고
밤새도록 다듬이질을 하네.
똑딱, 똑딱, 똑딱!
다듬이질 소리도
예전같이 즐겁지 않다.
청년들은 지주와 싸우고
뜻도 모르면서
'농민조합'을 결성하고는
마을을 떠난다.
이장은 소리치며 온몸을 떨었다.
젊은이들은 그 자리를 떠났으나
노파들은 떠나지 못했다.
백로처럼 몸을 웅크리고

학처럼 고개를 숙였다.
그들은 목청껏 소리 내어 울었다.
불쌍히 여기시오, 이장님!
우리가 살면 얼마나 더 살겠소?
어찌 이럴 수 있소?
흰옷을 입지 말라니
우리를 불쌍히 여기시오!
검정옷을 입으라니
차라리 우리를 죽여주시오.
아!
어찌 흰옷을 버릴 수 있겠소?
하느님께서 주신 이 옷을.
아, 열성조와 조상님들이여!
이장이 흰옷을 가져가고
까마귀처럼
검정옷을 입으라고 합니다.
벼락 맞아 죽을 놈들 같으니
난 절대 그리 못한다.
흰옷 말고 다른 옷을 입으라니
차라리 죽고 말지.
이 일을 어찌 할거나.

며칠 전에도 와서는
울고불고 난리 치고
무슨 핑계라도 대서는
우리(일본인)가 시행하는
개혁을 거부하니
누구든 흰옷을 벗어버리고
검정옷 입기를 거부하는 자는
천황폐하의 길을 막는
쓸모 없는 인간이니
거꾸로 십자가에 못박을 테다.
온갖 꼬드김과 감언이설로 이장은
흰옷 입는 전통을 버리라 한다.

그러나 깊은 샘에서 물이 흐르듯
슬픔도 마음 속 깊은 곳에서 솟아난다.
비탄과 분노의 행렬로
노파들은 기운 없이 집을 향한다.
나막신을 신은 아낙들이
중얼거리며 이장 집을 떠나
밤 안개 사이로 걸어갈 때
갑자기 한밤을 가르는 비명소리,
한 떼의 남자들과 아낙들의 몸싸움
아낙들은 산길을 따라 도망가려 하지만
놈들이 길을 가로막는다.
개같은 년들! 흰옷을 입어야만 하겠다고?
이 더러운 뚝딱년들아!
당장 벗지 않으면
옷 입은 채로 검게 물들여 주마
쓰러지는 노파들을 젊은 놈들 군화가 짓밟는다.
젊은이들은
주먹을 휘두르고
그리고 젊은이들은 와 하고 고함을 치며
개들이 늙은 닭을 쫓듯 아낙들을 쫓는다.
붓을 들어
검은 물감을
어깨에서부터 그대로
아낙들의 흰옷에 뿌린다
머리는 헝클어지고 놈들 습격으로
검게 물들었다.
노파들은 일그러진 얼굴로
간신히 몸을 일으켜 돌아간다.

전(轉)에 이르러 시인은 노파들이 당한 일과 귀가 도중에 겪은 수모를 서
술한다. 이장은 마을 사람들을 그의 사무실로 모이게 해서 규칙을 지키라고
하고, 노파들에게 다듬이질과 흰 옷 입기를 그만두라고 한다. 다듬이질이
필요 없는 검정 옷을 입으라는 명령에, 노파들은 통곡하며 하느님이 주셔서

조상 대대로 입었던 옷을 벗을 수 없으니 차라리 죽여 달라고 한다. 이에 이 장은 십자가에 거꾸로 못박아 버리겠다며 협박한다. 어쩔 수 없이 노파들은 슬픔과 분노를 안은 채 귀가하다가, 한 떼의 젊은 남자들에게 군화로 짓밟힌다. 젊은이들은 흰 한복에 잉크를 뿌리며 주먹을 휘두른다. 그리고 끝까지 쫓아가 잔인하게 노파들의 흰옷을 검게 더럽힌다. 일제 통치의 잔악함을 극단적으로 드러내었다.

> 새벽이 되어, 마을의 노파들은
> 아무 일 없었다는 듯
> 이웃들을 불러
> 낙동강가로 내려간다.
> 더럽혀진 옷을 강물에 넣자
> 강물은 한 순간 검은 빛이 되지만
> 검은 물은 흘러 다시 깨끗해진다.
> 똑딱, 똑딱, 똑딱.
> 다듬이 방망이질을 시작하며
> 간밤에 있었던 일을 확인하려 한다.
> 얼굴에는 슬픈 미소를 짓고
> 연약한 손을 들어
> 다듬잇돌을 내리친다.
> 조선을 노래하며
> 때를 벗은 옷을 방망이질한다.
> 방망이가 소리내어 운다.
> 다듬잇돌 위의 옷도 소리내어 운다.
> 노파들도 소리내어 운다.
> 다듬잇돌도 소리내어 운다.
> 조선이 운다.

　결(結)에 해당하는 이 부분은 시간적 공간을 새벽으로 하며, 기(起) 부분과 연결된다. 새벽이 되어 노파들은 아무 일 없다는 듯 이웃과 함께 낙동강 가에 가서 더럽혀진 옷을 강물로 빨아 정화(淨化)한다. 강물은 한 순간 검은 빛이 되지만 곧 검은 물은 빠지고 옷은 다시 깨끗해진다. 다듬잇돌에 검은 물감 묻

은 옷들을 올려놓고, 조선을 노래하며 다시 방망이질을 한다. 그러나 노랫소
리와 다듬이소리는 방망이, 흰옷, 노파들, 다듬잇돌의 울음소리로 바뀐다.
  결국 조선이 운다.

  그러나 전반부에서 조선의 현실을 슬퍼하여 울던 울음은 아니다. 검게 물
들었던 흰옷이 강물에 의해 깨끗해지는 것을 보고, 노파들은 우리의 현실도
세월 즉 역사의 수레바퀴 안에서 끈질기게 살아가노라면 평화로운 세상이
돌아와 고통과 울분은 사라지고 즐겁던 조선의 시절이 되돌아올 것이라는
예감을 갖게 한다.
  「長長秋夜」는 이렇게 식민지 상황의 비극적이고 참기 힘든 조선인의 시
간과 공간을 보여준다. 옛 조선 시절의 시간과 공간이 아름답고 풍요로운
전통으로 묘사되어 있다. 1930년대의 한민족은, 평화와 여유가 충만하던
시절을 희구하면서, 바람이 찰수록 옷을 더욱 여미게 되듯이, 일본의 탄압
이 심할수록 우리의 얼을 지키려는 노력과 인내를 아끼지 않는 민족으로 묘
사되고 있다. 그리고 이를 용납하지 않는 일본인의 잔인함이 일본인 시인에
의해 한국적 정서의 시어들로 표현되어 있다.

III-I

  우리 한국인이, 한일 관계를 오로지 가해자와 피해자라는 이분법적 이해
관계로만 인식하여 과거의 한(恨)만을 내세우고, 일본 총리의 대 한국 발언
이 일본 대선에 큰 영향을 끼치는 일본적 정서를 일본인들이 지속하는 한,
대승적(大乘的)이고 인류적(人類的)인 화해(和解)와 상생(相生)과 평화(平
和)의 공동 발전은 기약할 수 없으며, 나카노 시게하루의 '민족적 에고이
즘'은 극복될 수 없을 것이다.
  그런데 1930년대에 일본의 저항시인 오구마 히데오는 자국을 초월한 인
류애적 시를 씀으로써, 생존 당대에 소외당한 작가로 살아야 했다. 무엇이
자신의 조국이나 동족들에게서까지 미움받는 시인으로 고난을 받으면서 그
로 하여금 한민족의 아픔을 절절이 노래하게 했을까?

시인은 자신이 일본인이기 이전에 인류 중의 한 사람임을 깨달았음에 틀림없다. 또한 어떠한 수탈과 탄압 하에서도 다듬이 소리를 조선 여성들에게서 빼앗아갈 수 없듯이, 조선인의 혼이 담긴 언어와 정신은 말살할 수 없음을 시인은 인지(認知)했음에 틀림없다.

인류애에 기반한 그의 시 세계는 조선인의 고통을 묘사하는 데 그치지 않고 그 생명력과 미래적 전망마저도 제시하여 주고 있다. 즉 흰옷을 '하늘이 주신 옷'이라고 표현하고, 검은 물감을 퍼부었지만 강물에 담그자 검은 물은 빠지고 강물과 흰옷이 다시 깨끗해진다는 시상(詩想)의 전개를 통해, 끈질긴 조선인의 생명력과 밝은 미래를 예언(豫言)한다.

그리고 일본이 아무리 한국을 탄압하고 조선인의 혼이 담긴 문화를 말살하려 해도 반만 년을 이어 온 한민족의 정서와 생명력, 그리고 전통은 말살할 수 없다는 사실을 선포한다.

제국주의 시대에서도 아름답게 피어난 그의 인류애와 정의로운 비판정신은 현재에 와서도 자국의 이익추구를 위해 힘의 원리를 따르는 신 식민지 정황에 각성의 계기를 마련해 준다.

그러므로 오구마 히데오는 그의 조국에 아주 큰 공헌을 한 셈이다. 일본 제국주의가 저지른 온갖 침략행위에 대해 일본인 스스로도 부끄럽게 여기고 있다는 사실을 이 한 편의 시가 보여주고 있기 때문이다.

비록 일본인에 의하여 씌어졌으나 이 시 「長長秋夜」가, 시각의 왜곡이나 편향성을 벗어나 객관적인 시각에서 타민족의 수난을 생생한 리얼리즘의 언어로 극명하게 형상화하고 있다는 점은, 문학이 사회적 역할을 감당한다는 필자의 주장을 손색없이 지지(支持)해 준다.

그리고 바로 이 시 「長長秋夜」를 필자는 문학의 사회적 역할을 감당한 詩의 한 예로서 제시하는 바이다.

「長長秋夜」에서 오구마 히데오가 인류애를 보여주었다면 그 사랑은 수난받는 모든 사람들에게 바치는, 인간애적·인류애적 사랑이라고 이름 붙일 수 있겠다.

III-II

금년에는 수세기 동안이나 전쟁 혹은 침략으로 인해 불목 관계에 있어 왔던 한일 관계 초극의 한 양상이 표면화되어, 일본 대중문화의 한국 내 전면 개방이 조심스럽게 시행되었다.

2000 대희년의 새 봄 3월 12일에, 로마의 교황 요한 바오로 2세는 온 세계를 향하여 장엄하게 '용서 청함의 날'을 선포하시고, 2000년 세월을 통하여 가톨릭이 유대인을 대해 온 태도가 잘못되었었음을 용서 청하였다. 그리고 이어서 이스라엘을 방문하였다. 교황청의 자문기구와 자문위원들은 이 일을 만류하였지만, 교황은 겸손과 순종과 정직함의 덕성으로 인류의 미래를 위해서 이 일을 해야 한다고 주장하고, 그리스도의 사랑을 실천으로 보여 주었다.

교황의 이 용감한 결단과 실천을 보고 이스라엘의 한 장관이 "교황의 이스라엘 방문은 2000년 동안 기독교와 유대교 사이에 흘러 온 피의 강물 위에 화해와 일치의 새 다리를 놓아주었다"고 말했고, 대학살 때 살아남은 유태인 생존자 한 사람은 "이제 유대교와 기독교 사이의 반목과 증오는 과거의 것이 되었다"라고 논평하였다.

80 고령을 넘긴 병들고 쇠약하신 교황님께서 온 인류에게 보여 주신 이용감한 복음 정신의 실천은 새 천 년 새 세기를 사는 이 시대의 인류 한 사람 한 사람에게 화해(和解)와 상생(相生)과 평화(平和)의 소중함을 가르쳐주기에 넉넉하다.

이러한 차제에 우리 한일 양국의 학자나 문인들도 '반한(反韓)'이냐 '친한(親韓)'이냐를 저울질하는 정서의 갈래를 말함에서 떠나, 새 밀레니엄을 맞이한 인류의 새 봄, 새 하늘, 새 땅, 새 인류, 새 생명, 새 인류 생명공동체의 새 시대를 추구하는, 평화 공존 화합의 차원으로 전진해야 할 것이다.

물론 이러한 화합의 정신을 무시하는 일본 정부의 '역사 교과서 왜곡사건'은 이 시대를 살아가는 우리의 마음을 어둡게 하지만, 이런 난관을 헤쳐 나가는 슬기와 혜안이 우리 모두에게 넉넉하기를 소망한다.

오늘 필자가 오구마 히데오(小熊秀雄)의 「長長秋夜」를 살펴보는 이 일도,
새 천 년의 새 세기를 시작하는 시대적 요청에, 작게나마 기여하는 일이 되
기를 염원함에 기인한다.

■ 參考圖書
Oguma Hideo 著, David G Goodman 譯, 「Long, Long Autumn Nights」, Ann
Arbor : Center for Japanese Studies, University of Michigan, 1989.
岡田雅勝, 「小熊秀雄 - 人と作品」, 淸木書院, 1991.
岩田宏 編, 「小熊秀雄 詩集」, 岩波書院, 1982.
小熊秀雄, 「小熊秀雄全集」 第一卷, 創樹社, 1977.

鄭芝溶과 崔珉順과 具常을 比較하여
— 한국문학과 가톨리시즘

1. 序言

인간은 모든 시대, 모든 곳에서 현세를 넘어 초월적인 것을 추구하도록 충동을 받는다.[1] 이 땅에 天主敎가 傳來된 것은 시대의 潮流에 따른 이러한 人間思考의 보편적 확산과 그 脈을 같이 한다.

18세기가 가까울 무렵, 當代를 지배하던 조선조의 中世紀的 理念인 朱子學이 士大夫層의 관심 밖으로 밀려나가면서 새로운 학풍을 추구하려는 움직임이 그들 사이에 일어났는데, 이것이 바로 實學運動이다. 이때에 李睟光을 비롯한 몇몇 선각자들이 새로운 학문 연구의 대상으로 접하게 된 것이 북경에서 저술된 마태오릿치 신부의 학문 교리서『天主實義』등 몇 권의 西學 關係 서적들이다.[2]

이 책에서 그들은 주자학에서 찾아볼 수 없었던 우주의 주재자, 창조, 인간의 영원한 행복, 불사불멸하는 영혼의 존재 등 차원이 전연 다른 새로운 지식을 배우게 됨으로써[3] 근대적인 思考에 눈뜬다. 이후 한 세기가 넘은 시간이 흘러, 이 무르익은 思考의 溫床에 복음의 씨가 뿌려지면서 비로소 天主敎가 信仰의 대상으로 등장한다.

1787년에 李承薰이 그의 부친을 따라 북경에 갔다가, 다음 해 2월에 베드로라는 이름으로 세례를 받고 돌아오면서 교리 책, 십자가, 성화, 로사리오 등의 귀중한 물품을 가지고 왔으니, 이때가 우리나라에 최초로 하느님의 복

---

1) 아우구스트 브룬너 외 저, 김윤주 역, 『종교란 무엇인가』(분도출판사, 1975), p.25.
2) 이인복, 『한국문학과 기독교사상』(우신사, 1987), p.12.
3) 박도식, 『순교자들의 신앙』(성바오로출판사, 1981), p.15.

음이 선포된 해이다.[4]

이렇게 시작된 天主教는 주로 정치적인 이유로 하여 무수한 殉教者를 가진 종교로서 이 땅과 인연을 맺었으나, 수차에 걸친 邪獄에도 불구하고 천주교는 점점 교세를 확장하여 꾸준히 우리 精神史의 한 가닥을 지배하여 왔다.

本稿에서는 이렇게 순교의 피로써 얻어진 천주교 신앙이 韓國文學 作品 속에서 어떻게 形象化되어 있는가를 살펴보고자 한다.

수많은 作家, 詩人들이 다양한 목소리로 우리의 文學史를 장식했고 또 나름의 위치를 차지했건만, 여기에서는 그 作品이 文學史의 한 章을 차지했는가의 與否나 또는 作品의 成敗와 상관없이, 가톨릭 사상을 抽出할 수 있다고 생각되는 作品에만 注意를 기울이고자 한다. 論議의 대상이 될 수 있는 가톨릭 文人들이 많이 있지만, 여기서는 다만 鄭芝溶, 崔玟順, 具常 세 사람의 作品에만 국한하여 언급하기로 한다.

2. 가톨릭 문학의 개념

문학은 가치있는 사상과 예술적인 언어표현의 합작예술이다.

'무엇을 어떻게'가 모든 예술 구성의 기본 조건이라면, 사상적 감동을 줄 수 있는 가톨릭적 주제 내용에 문학적 이미지를 창출해 낼 수 있는 언어표현으로 이루어진 예술을 우리는 가톨릭 문학이라고 정의할 수 있을 것이다.

그러면 가톨릭적 주제 내용이란 무엇인가?

생명을 넘어 생명으로 길이 전해야 할 생명진화의 힘을 작가가 자기의 생명과 혈액을 짜내어 가톨릭 신앙으로 여과해서 기록한 것이라 할 수 있다.

따라서 가톨릭 문학은 예술의 일반적 기능인 쾌락보다는 지식을, 그리고 지식보다는 생명진화의 힘을 추구한다.

떼이야르 드 샤르뎅[5]은 인간 생명의 목적을 하느님 닮기에 두고, 하느님을 닮은 진화의 극치점에 도달한 인간을 그리스도라 하였으며, 따라서 인생의 목적은 그리스도 닮기 곧 생명의 진화에 있다는 논리를 전개하였다.

진화의 힘은 자아를 변모, 발전, 상승시켜 이웃까지도 변모, 개선하게 하는 영혼개조의 힘이다.

그러므로 희망적인 상황에서는 물론 고통과 죽음의 상황에서도 하느님의 뜻과 섭리를 깨달아 신앙이 주는 행복과 기쁨을 누리고, 그리스도께서 걸으신 救贖的 價値의 生死觀을 지니고 그 실천적 힘을 받아 자아와 이웃 공동 생명체의 변모 발전에 공헌하는 사람을 우리는 진화인이라고 말할 수 있다.

진화인은 개인주의와 육체적 욕구와 세속주의를 극복한 자유인이고, 하느님과의 관계를 사랑과 신뢰의 터전 위에 두고 사는 치유 받은 사람이다.

그렇다면 치유 받고 진화된 자유인의 모습을 추구하도록 자아와 이웃을 감동·개선하게 하는 내용을 예술적 언어표현의 그릇에 담은 문학의 한 영역을 가톨릭 문학이라고 정의할 수 있겠다.

가톨릭 사제인 최민순 시인은 가톨릭 문학을 이렇게 정의한다.

> 가톨릭 예술이란 어떠한 법칙에 의하여 조절되는 것입니까? 단적으로 말씀드리자면 그것은 인류구제의 기관인 가톨릭의 이념과 원칙에 봉사하여야 할 것입니다. 그러므로 가톨릭 예술의 임무는 단지 소극적으로 진리와 최고 선에 배치되지 아니함에 그칠 것이 아니라 그의 종국적 예상은 가톨릭 신앙과 적극적으로 조화를 맞추어야 하는 것입니다.…그러나 가톨릭 문학을 종교적 교훈으로 착각할 위험이 있을까 싶습니다. 작품에 있어 예술적, 형식적 방면이 결정적인 한 요인이라면 이러한 미적 성분이 없이 어찌 문학이 구성될 수 있겠습니까? 永遠超越的인 實在內容을 可視的 藝術形式으로 表現하는 데만 비로소 가톨릭 문학의 본질이 있겠습니다. 이러므로 아무리 놀라운 예술적 천재가 한두 마디 가톨릭 숙어를 그 작품에 섞어 넣는다 하여 가톨릭 작품일 수 없고 성자 같은 가톨릭 신자가 가톨릭 내용을 취재하여 작품을 쓴다 할지라도 예술적 형식이 결여되었다면 역시 가톨릭 작품이 될 수 없을 것입니다.…오늘날 한국 가톨릭에 섬마섬마도 못하는 아마츄어들이 마라톤의 월계관을 따려는 현상을 더러 볼 수 있는 것은 슬픈 일일 수밖에 없습니다.[6]

---

4) 박도식, 앞의 책, p.16.

5) 요셉 콥저, 변기영 역, 『떼이야르 드 샤르뎅의 사상』(성바오로출판사, 1978).

6) 최민순, 『永遠에의 길』(가톨릭출판사, 1977), pp.254-266.

3. 畏敬 · 思慕 · 模倣의 님

3.1. 鄭芝溶의 경우 : 畏敬의 대상이신 하느님

鄭芝溶의 詩集으로는『鄭芝溶詩集』(詩文學社, 1935), 『白鹿潭』(文章社, 1941) 및『지용詩選』(乙酉文化社, 1946) 등이 있는데, 『지용詩選』은 『鄭芝溶詩集』과 『白鹿潭』에 수록된 詩들 중에서 朴斗鎭이 25편을 뽑아 편집한 것[7]이기 때문에, 실제로 芝溶의 詩作品은 『鄭芝溶詩集』과 『白鹿潭』에 수록된 122편, 그리고 이 두 詩集에 실리지 않은 20여 편이 그 전부라고 하겠다.[8]

芝溶의 詩作品 가운데에서 직접적으로 信仰과 관련된 시는 10여 편 내외[9]인데, 이들 종교적 性向의 詩는 대개 芝溶이 『가톨릭 靑年』에 관계했던 시절에 창작되어 주로 『가톨릭 靑年』지를 통해 발표되었다. 이렇게 볼 때 이들 종교적 性向의 詩가 芝溶의 詩作品을 통틀어 양적으로 그다지 큰 비중을 차지하는 것은 아니지만, 初期詩가 지니고 있는 감각적 인상의 언어 유희성을 극복하고 시에 사상을 도입하는 새로운 지평이 되었다는 점[10]에서 몇몇 評者들에 의해 주목의 대상이 되어 왔다.

그러나 그의 宗敎詩는 가톨리시즘의 수용태도와 이것의 詩的 형성 면에서 많은 문제점과 결함을 지니고 있다[11]고 지적된다. 評者들의 견해를 한 마디로 요약하면, 가톨릭이라는 思想性에의 傾倒와 그것의 詩的 形象化가 균형을 이루지 못했다는 것이다.

詩가 詩 이외의 요소를 그의 세계로 끌어들일 경우, 가령 詩를 압도할 만큼 종교적 요소가 강하면 詩가 종교적 이념에 敗北하는 것은 당연하다.[12] 따라서, 종교적 이념의 우세한 表現 熱情을 어떻게 詩로써 形象化시켜 詩와 思想의 緊張美를 획득하느냐가 宗敎詩의 成敗 與否를 결정짓는 關鍵이 될 것이다.

---

7) 김학동, 『정지용연구』(민음사, 1987), p.173.

8) 김학동, 위의 책, 같은 곳.

9) 「그의 반」(시문학 3호, 1931. 10). 「슬픈 偶像」(조광 29호, 1938. 3.) 이외의 8편은 모두 1933-1934년 사이에 『가톨릭 靑年』지에 발표되었음.

10) 김준오, 「지용의 종교시」, 김학동외, 『정지용연구』(새문사, 1988), p.41.

11) 김준오, 위의 책, 같은 곳

12) 홍기삼, 『상황문학론』(동화출판사, 1975), p.115.

芝溶은 다음과 같이 자신의 생각을 이야기한 바 있다.

> 정신적인 것은 만만치 않게 풍부하다. 자연, 人事, 사랑, 죽음 내지 전생, 개혁 더욱이 德義的인 것에 멍이 든 육체를 시인은 차라리 평생 지녀야 하는 것이, 정신적인 것의 가장 우위에는 학문, 교양, 취미 그러한 것보다도 〈愛〉와 〈기도〉와 〈감사〉가 據한다. 그러므로 신앙이야말로 시인의 일용할 神的 糧道가 아닐 수 없다.[13]

이 글을 통해서 보면 시인으로서의 지용의 정신세계를 이루는 기반은 信仰이라는 사실을 알 수 있다. 가톨릭 신자였던 부친의 영향으로 지용은 이미 어린 시절부터 어느 정도 가톨릭적 思考에 젖어 있었으리라 짐작되는데, 그가 언제부터 가톨릭을 정식으로 신봉하게 되었는지에 대해서는 정확히 알려진 바 없지만, 6·25로 인해 납북될 때까지 그는 독실한 가톨릭 신자였고, 또 그의 영향을 받아 자녀들을 포함한 전 가족이 가톨릭 신자였다[14]고 한다.

그러면, 신앙이야말로 "시인의 일용할 신적 糧道"라고 말한 지용은 이러한 자신의 신념을 어떻게 詩로써 形象化하였을까.

> 내 무엇이라 이름하리 그를?
> 나의 영혼 안의 고흔 불.
> 공손한 이마에 비추는 달.
> 나의 눈보다 갑진 이.
> 바다에서 솟아올라 나래 떠는 金星.
> 쪽빛 하늘에 흰꽃을 달은 高山植物.
> 나의 가지에 머물지 않고
> 나의 나라에서도 멀다.
> 홀로 어여삐 스사로 한가로워-항상 머언 이.
> 나는 사랑을 모르노라 오로지 수그릴 뿐.
> 때없이 가슴에 두손이 염으여지며
> 굽이굽이 돌아나간 시름의 黃昏길 우-

---

13) 정지용, 「시의 옹호」, 『정지용전집 2 산문』(민음사, 1988), p.245.
14) 김학동, 앞의 책, pp.44-45.

　　나— 바다 이편에 남긴
　　그의 반임을 고히 진히고 것노라.
—「그의 반」 전문

이 詩는 芝溶이 발표한 최초의 종교시인데,[15] 여기에서 보면 신앙에 대한 지용의 태도는 경건함 그것이다.

"나의 영혼 안의 고흔 불"인 그분은 감히 무엇으로도 견주어질 수 없는 존재이다. 그분은 "나의 눈보다" 더 값진 존재이며, 신비스럽게도 "바다에서 솟아"오르는 별이며, 먼 산 꼭대기에 있는 '高山植物'과 같은 존재이다. 따라서 지용에게는 그분이 "항상 머언 이"로 느껴진다. 그렇기 때문에 그분 앞에 '오로지' 머리를 수그릴 뿐이다.

신앙에 대한 芝溶의 이러한 자세는 「슬픈 偶像」에도 잘 나타난다.

　　이 밤에 安息하시옵니까.
　　내가 홀로 속엣 소리로 그대의
　　起居를 問議할삼어도 어찌
　　홀한 말도 붙일 법도 한 일이오니까.
　　무슨 말씀으로나 좀더 높일만한
　　좀더 그대께 마땅한 言辭가 없사오리까.

　　(중략)

　　敬虔히도 조심조심히 그대의 이마를 우러르고 다시 뺨을 지나
　　그대의 黑檀빛 머리에 겨우겨우 숨으신 그대의 귀에 이르겠나이다.
—「슬픈 偶像」에서

이 시는 성모마리아를 자연의 이미지로 형상화하여 完美한 신의 모습으로 나타낸[16] 산문시이다. 이 시에서도 지용이 파악하는 神의 모습은 감히 "홀한 말로 붙일"수 없는, 그리고 "무슨 말씀으로나 좀더 높일만한" 경건한 존재로 나타난다.

---

15) 주 9) 참조.
16) 김학동, 앞의 책, p.52.

지용은 스스로가 '그의 반' 임을 확신하지만, 그 분은 '항상 머언 이' 이기 때문에 '바다 이편에' 남겨진 고독을 체험할 수밖에 없다. 그렇기 때문에 지용의 영혼 안에 있던 '고흔 불'은 때때로 '외로운 불'이 되기도 한다.

　　　누어서 보는 별 하나는
　　　진정 멀-고나.

　　　(중략)

　　　문득 영혼 안에 외로운 불이
　　　바람처럼 앓는 悔恨에 피어오른다.

—「별」에서

멀리서 빛나는 별은 그에게 외로움만을 심어주고, 그를 회한에 잠기게 할 뿐이다. 따라서 이런 비애와 고독의 연장선상에 지용의 신앙시가 있다.[17]

　　　悲哀! 나는 모양할 수도 없도다.
　　　너는 나의 가장 안에서 살었도다.

　　　너는 박힌 화살 날지 안는 새.
　　　나는 너의 슬픔 울음과 아픈 몸짓을 진히노라.

　　　(중략)

　　　이제 나의 靑春이 다한 어느날 너는 죽었도다.
　　　그러나 너를 묻은 아모 石門도 보지 못하였노라.

　　　스사로 불탄 자리에서 나래를 펴는
　　　오오 悲哀! 너의 不死鳥 나의 눈물이여!

—「不死鳥」에서

---

17) 김환태, 「정지용론」, 「삼천리문학」, 1938. 4.(양왕용, 「정지용시연구」(삼지원, 1988), p.15 에서 재인용)

芝溶은 '나의 가장 안에서' 사는 '박힌 화살', '날지 안는 새'와도 같은 비애의 '슬픈 울음과 아픈 몸짓'을 지니며 살고 있다. 그런데 그 비애는 끊임없이 再生·復活하는 不死鳥의 形象으로 인간의 내면세계를 지배한다는 것이 지용이 깨닫고 있는 바, 인간조건에서 기인하는 숙명적 비극이다. 따라서 이 詩는 芝溶의 종교시 중에서 내면적 고민에 닿아 있는 작품[18]이라고 하겠다.

지용의 宗敎詩는 이렇게 인간조건의 숙명적 비극을 깨닫는 것에서 시작되기 때문에, 그의 詩를 읽으면 신앙생활의 출발이 깊은 悔恨에서 비롯된 것임을 알 수 있다.[19] 이렇게 지용의 신앙적 自我는 自身의 實存에 대한 한계의식으로부터 출발하는데[20], 이러한 인간적인 한계의식을 신앙의 차원에서 극복하려는 의지를 담은 시가 「臨終」이다.

나의 림종하는 밤은
귀또리 하나도 울지 말라.

나종 죄를 들으신 神父는
거룩한 산파처럼 나의 영혼을 갈르시라.

聖母就潔禮 미사때 쓰고 남은 황촉불!

담머리에 숙인 해바라기꽃과 함께
다른 세상의 태양을 사모하며 돌으라.

영원한 나그네길 路資로 오시는
聖主 예수의 쓰신 圓光!
나의 령혼에 七色의 무지개를 심으시라.

나의 평생이오 나종인 괴롬!
사랑의 백금 도가니에 불이 되라.

---

18) 김윤식, 「가톨리시즘과 미의식」, 『한국근대문학사상사』(한길사, 1984), pp.431-432.
19) 이숭원, 「정지용 시집에 나타난 시세계」, 『정지용－시와 산문』(깊은샘, 1988), p.271.
20) 김준오, 앞의 책, p.46.

달고 달으신 聖母의 일흠 불으기에
나의 입술을 타게 하라.

—「臨終」 전문

　이 시에서 지용의 모습은 '다른 세상의 태양을 사모하며' 도는 해바라기로 表象된다. 그가 파악한 하느님은 '항상 머언 이' 었기 때문에, 그는 먼 곳의 그분을 사모하여 도는 해바라기일 수밖에 없는 것이다. 따라서, 육신은 비록 현세에 머물지라도 그 영혼만은 天上의 세계를 우러르고 있기 때문에 자신의 삶이 결코 욕되지 않다는 것이 지용의 생각이다.

얼굴이 바로 푸른 한울을 울어럿기에
발이 항시 검은 흙을 향하기 욕되지 않도다.

—「나무」에서

　그렇기 때문에 지용은 때때로 느껴져 오는 悔恨조차도 은혜로 받아들인다.

悔恨도 또한
거룩한 恩惠

간곡한 한숨이 뉘게로 사모치느뇨?
질식한 영혼에 다시 사랑이 이실 나리도다.

—「恩惠」에서

이렇게 다짐하면서 芝溶은

나의 가슴은
조그만 갈릴레아 바다

—「갈릴레아 바다」에서

그의 옷자락이 나의 五官에 사모치지 안었으나
그의 그늘로 나의 다른 한울을 삼으리라.

—「다른 한울」에서

라고 노래하는 한편, 다음과 같이 완벽한 믿음을 고백하기에 이른다.

>   이제 다시 태양을 금시 잃어버린다 하기로
>   그래도 그리 놀라울 리 없다.
>   실상 나는 또 하나 다른 태양으로 살았다.
>
> —「또 하나 다른 태양」에서

이상으로 芝溶의 詩 중에서 종교적인 性向을 지닌 詩들을 살펴보았다.

芝溶의 宗敎詩篇들은 그의 초기시들에 비해 완벽한 詩句 形象化를 이루지 못했다는 아쉬움이 없지는 않지만, 그가 주로 話者 '나'와 신앙의 대상인 '그' 혹은 '그대'와의 관계에서 '나'가 어떻게 '그'를 신앙의 대상으로 수용하는가 하는 관점에서[21] 詩에 宗敎性을 賦與하고 있는 것으로 미루어 보아, 그러한 내면의식의 치열함이 어느 정도 詩와 信仰의 緊張關係를 獲得했다고 말할 수 있겠다.

따라서 芝溶은, 畏敬의 대상이신 하느님께 향한 경건한 기도와 감사, 그리고 성모마리아께 대한 공경의 신심을 詩로써 形象化했던 詩人이라 할 수 있겠다.

3.2. 崔玟順의 경우 : 思慕의 대상이신 하느님

>   외딸고 높은 산골짜구니에 살고 싶어라. /한송이 꽃으로 살고 싶어라.
>   벌나비 그림자 비치지 않는 /첩첩산중에 값없는 꽃으로 살고 싶어라.
>   햇님만 내 님만 보신다면야 /평생 이대로 숨어서 숨어서 피고 싶어라.
>
> —「두메꽃」전문

이 시는 완덕을 위해 전생애를 불태우는 모든 성직자와 모든 수도자의 간절한 기도라고 할 수 있다.[22]

司祭詩人 崔玟順은 이렇게 '외딸고 높은 골짜구니'에서 오로지 님(하느님)만을 그리며 '한 송이 꽃으로' 고결하게, '값없는 꽃으로' 모든 것을 버리고 '숨어서 숨어서' 살다 갔다.

---

21) 양왕용, 앞의 책, p.155.
22) 이인복,「한국문학과 기독교사상」, p.197.

崔玟順에게 있어 하느님의 존재는 이렇듯 언제나 사모의 대상인 '님'으로 表象되었는데, 그의 永訣式場에서 말씀하신 金壽煥 樞機卿의 追悼辭에도 이 사실이 언급되어 있다.

> 신부님의 하느님은 엄위한 造物主, 形而上學的 絕對者만이 아니었습니다. 착한 牧者이시고 아버지이시었습니다. 하느님은 신부님의 憧憬, 신부님의 꿈, 신부님의 所望, 신부님의 사랑 전부였습니다.…한마디로 신부님께 하느님은 사랑하는 〈님〉이십니다.[23]

그러면 崔玟順은 언제부터 그의 가슴에 사모하는 '님'을 간직했는가?

崔玟順은 1912년 1월 29일에 전북 진안에서 출생하였다. 신앙심 깊은 부모 슬하에서 다복한 어린 시절을 보냈던 그는 한창 꿈 많을 12살 어린 나이에 그의 일생을 바쳐 사모하는 '님'의 부르심을 받고 단호한 결심을 한다.

> 내가 열두 살 났을 때 웬일인지 신학교에 갈 생각이 문득 나서 그런 말을 입 밖에 내었다가 부모님들의 꾸지람, 누이들의 조롱을 듣고 토요일 오후 아무도 몰래 시오리를 뛰어가서 본당 신부님께 그 사정을 여쭙고 돌아왔던 그 길! 시방은 팔십 고령으로 학같이 늙으신 그때의 본당 신부님은 이 못난이를 어떻게 보셨던지 나의 소망을 들어 주시었던 것이다.[24]

이렇게 하여 최민순은 "예쁜 꽃각시랑 재미나게" 살게 해 주겠다는 누이의 만류도 뿌리치고, '고자학교'라고 비아냥대던 동무들의 놀림도 무시하고, "누가 무어라 하든 나도 모르는 힘에 끌리어"[25] 신학교의 문을 두드린다. 그날 이후 최민순의 삶은 오로지 '님'께 바쳐진 것이었다. 1936년에 司祭敍品을 받고, "아무래도 신부란 세자 요한과 같은 존재! 기도와 희생과 천주의 말씀으로 한 평생을 늙히어도 죽는 순간까지 영혼의 어둔 밤을 거쳐가기 마련"[26]이라고 생각하며, 고독한 십자가의 길, 司祭의 길에 들어선다.

이후 최민순은 김제 천주교회 주임신부를 거쳐 전주 海星小學校, 대구大

---

23) 최민순, 위의 책, p.2.
24) 최민순, 위의 책, pp.138-139.
25) 최민순, 위의 책, p.139.
26) 최민순, 위의 책, p.136.

神學校 校長을 역임하고 가톨릭대학 교수로 재직하게 된다. 그리고 1960년 대에는 세르반테스의 『돈끼호테』를 번역하여 한국 펜클럽 번역 문학상을 受賞하기도 한다. 그 뒤, 서울 성가수녀회 지도신부를 역임, 다시 가톨릭대 학의 교수로 부임하여 재직하던 중, 1975년 8월 19일에 가톨릭대학 敎授 宿舍에서 善終하였다.

그러면, 평생을 '님'에 대한 그리움으로 일관했던 최민순은 과연 어떤 자 세로 그 '님'의 모습을 詩로 形象化했는가? 시인은 말한다.

> 가톨릭 예술이란 어떠한 법칙에 의하여 조절되는 것입니까? 단적으로 말씀드리자면 그것은 인류 구제의 기관인 가톨릭의 이념과 원칙에 봉사하 여야 할 것입니다. 그러므로 가톨릭 예술의 임무는 단지 소극적으로 진리 와 최고선에 배치되지 아니함에 그칠 것이 아니라, 그의 종국적 이상은 가 톨릭 신앙과 적극적 조화를 맞추어야 하는 것입니다.[27]

윗 글을 통해 보면 가톨릭 예술의 임무는 한마디로 "가톨릭 신앙과의 적 극적 조화"를 추구함에 있다. 그럴 때에만 진정한 의미의 가톨릭 예술이 탄 생하는 것이며, 따라서 "아무리 놀라운 예술적 천재가 한두 마디 가톨릭 숙 어를 그 작품에 섞어 넣는다 하여 가톨릭 작품일 수 없고 성자 같은 가톨릭 신자가 가톨릭 내용을 취재하여 작품을 쓴다 할지라도 예술적 형식이 결여 되었다면 역시 가톨릭 작품이 될 수 없을 것"[28]이라고 최민순은 주장한다.

이렇게 확고한 문학이론을 바탕으로, 내면세계의 充溢한 信仰的 熱情과 '님'께 대한 그리움이 기도로 表象되는 자리에서 최민순은 詩를 잉태한다.

> 주여 오늘의 나의 길에서 /험한 산이 옮겨지기를 /기도하지 않습니다.
> 다만 저에게 고갯길을 /올라가도록 힘을 주소서.
>
> — 「기도」에서

> 이제 갈 것은 모조리 가 버리고/남은 것 하나
> 생명의 꽃이 이 손에서 피었사오니/받아 주소서
> 분향처럼 오르는 맑은 향기/오로지, 오로지

---

27) 최민순, 위의 책, pp.264-265.
28) 최민순, 위의 책, p.265.

님을 위하여/간직해 왔사옵나이다.

—「古木의 祈禱」에서

내 영혼의 겨울이 깊어/하늘의 새들이
이 마른 가지에 깃들이기를 사위할 때
나는 다시 해님을 바라옵나니/아버지/이 메마름의 찬미를 받으시옵소서.

—「아버지 뜻이라면」에서

그러나 不可視的인 '님' 께 대한 사모의 정이 때때로 고통으로 여겨질 때 최민순은 이렇게 스스로 다짐하기도 한다.

하느님이

날

사랑하심과

人生이

영원치 않다 함을

생각하라.

—「괴로울 때」 전문

그러나 하루의 삶을 마감하며 비치는 晩禱는 사뭇 애절하기까지 하다.

이마 조아려 땅에 입맞추고
고요히 자리에 오르나이다.
또 하루가 '永遠' 을 아로새기고
끝을 맺는 밤.

(중략)

마지막처럼 성호를 긋고 나서
등불을 끄며
반듯이 누워서 눈을 감아 봅니다.
이렇게 감는 눈을 아주 딱 감아 버리면
다시는 아무것도 슬프지 않을 세상.

—「晩禱」에서

　마지막인 양 눈을 감으면 '영원을 아로새기고' 하루는 끝나지만, 이대로 눈을 감는다 해도 영원 속에 함께 있을 '님'이기에 삶이 조금도 슬프지 않다고 느끼던 최민순은 드디어 그 최후의 순간을 눈앞에 두고 '님'께 받은 목숨이오니 그것은 다시 '님'께 드리겠노라는 완벽한 봉헌의 노래를 부른다.

<blockquote>

받으시옵소서
황금과 유향과 몰약은 아니라도
여기 육신이 있습니다. 영혼이 있습니다.

본시 없던 나 손수 지어 함께 하시고
죽었던 나 몸소 살려 주셨으니
받으시옵소서
님으로 말미암은 이 목숨 이 사랑
오직 당신 것이오니 도로 받으시옵소서.

갈마드는 세월에 삶이 비록 고달팠고
어리석던 탐욕에 마음은 흐렸을망정
님이 주신 사랑이야 늙을 줄이 있으리까
심어 주신 사랑이야 금갈 줄이 있으리까
받으시옵소서 받으시옵소서
당신의 것을 도로 받으시옵소서.

가멸고 거룩해야 바쳐질 수 있다면
永遠이 둘이라도 할 수 없는 몸
이 가난 이 더러움을 어찌하오리까
이 가난 이 더러움을 어찌하오리까.

님께 바칠 것이라곤
이밖에도 또 없사오니
받으시옵소서 받아 주시옵소서.

가난한 채 더러운 채
이대로 나를 바쳐드리옴은

</blockquote>

오로지 님을 굳이 믿음이오라
전능하신 자비 안에 이 몸이 안겨질 때
주홍 같은 나의 죄 눈 같이 희어지리라.
진흙 같은 이 마음이 수정궁처럼 빛나리이다.

—「받으시옵소서」 전문

한국 가톨릭의 첫 司祭 詩人이요, 가장 뛰어난 영성 신학자이며, 또한 그 삶이 完德을 지향하고 실천했던 최민순 신부의 희생적 봉헌과 청빈의 영성은 그의 遺詩인 이 詩「받으시옵소서」에 분명히 드러나 있다.[29]

'본시 없던 나'를 '손수 지어 있게 하시고', '죽었던 나'를 '몸소 살려 주셨으니', '님으로 말미암은 이 목숨 이 사랑'은 '오직 당신 것이오니 도로 받으시옵소서'라고 하면서, 생명을 주신 '님'께 다시 그 생명을 바치겠노라는 굳은 봉헌의 意志를 표명하고 있기 때문이다.

그런데 최민순이 '님'께 바치는 그 생명은 인간의 意志대로 꾸미거나 덧입혀진 것이 아니라 "가난한 채 더러운 채" 있는 그대로의 모습이다. 그는 "전능하신 자비 안에" 그 더럽고 가난한 몸이 안겨진다면 모든 죄악과 더러움은 사라져, "주홍 같은 죄"가 "눈 같이 희어지고" "진흙 같은 마음이 수정궁처럼 빛나게" 되리라는 것을 임종의 순간까지도 굳게 믿고 있었던 것이다.

인간에게 있어서 참된 불행이 하나 있다면 그것은 하느님의 사랑을 받지 않고 또한 그 사랑에 참여치 않으려는 것이다. 다시 말해서 자기 자신을 모든 것의 중심으로 삼고 자신의 이익만을 위해 행동하고, 사랑을 위해서가 아닌 자신을 위해서 산다는 것이다. 이와 같은 인간은 살아있다지만 실은 죽은 사람과 같은 것이다. 왜냐하면 사랑만이 영원한 생명이기 때문이다.[30]

위의 논리를 逆으로 解釋하면, 하느님의 사랑을 믿고 그 사랑에 참여하는 사람이야말로 가장 행복한 사람이며, 그런 사람은 비록 현세에서 죽어도 영원히 살아 있는 것이나 다름없다는 것이다.

이렇게 볼 때, 평생을 하느님의 사랑을 간구하며 그 사랑 안에 머물고자

---

29) 이인복, 『한국문학과 기독교사상』(우진출판사, 1995), p.201.
30) P. 네메세기 저, 김태호 역, 『그리스도교란 무엇인가』(성바오로출판사, 1981), p.29.

노력한 崔玟順이야말로 가장 행복한 사람, 영원히 살아있는 사람이며, 따라서 그 삶의 存在樣相이었던 信仰詩들도 그와 함께 영원히 살아남을 것이다.

3. 3. 具常의 경우 : 模倣의 대상이신 예수 그리스도

나는 시를 존재에 대한 제 나름의 새로운 의미를 부여하는 것이라는 신념 하나로 써 왔기 때문에 나의 시를 한마디로 말한다면 그 주제가 강렬한 편이다. 시란 감상하는 편에서도 그렇지만 작가에게 있어서도 시 속에 사상적 요소를 보다 많이 담는 이와 감각적 경험의 요소를 보다 많이 담는 두 가지 경우가 있는데 나는 앞쪽이라 하겠다. 그러나 이것은 미의 대상이 되는 정서의 표상 위에서의 이야기임은 두말할 것도 없다.[31]

위 글을 통해서 보면, 詩人 具常의 시세계를 이끌어 가는 것은 어떤 '사상적 요소' 이며, 그의 시가 주제의 강렬함을 지닌다는 것을 알 수 있다. 그렇다면 具常이 志向하는 바 그 '사상' 이란 무엇인가?

나의 문학적 감수성은 어머니로부터 길러진 것 같다. (중략)
나는 어머니가 마흔 넷에 난 晩得이요, 내가 知覺이 날 무렵에는 단 두 형제 중 열한 살 위인 맏이는 이미 종교적 出家를 하여 가톨릭 神學校엘 가 있었으므로, 어머니의 저러한 문학적 好尙 취미의 상대가 그 시대 속에선 나밖엔 없었던 것이다.(중략)
저렇듯 나는 일찍 문학에 감염되어 있었고 또 實作을 해 오면서도 또 하나 남다른 것이 있었는데, 그것은 어려서부터 너무나 종교적 분위기에서 자란 때문인지(나는 神學校 중학과정을 3년이나 다녔다.) 문학은 항시 인생의 부차적인 것이요, 第一義的인 것은 종교요, 그 생활이었다.[32]

위 글에 나타난 詩人 自身의 告白에 의하면, 具常이 추구하는 바는 종교, 즉 가톨릭이며, 이것이 그의 시를 이끌어 가는 '사상적 요소' 이다. 이런 이유로 하여 "그는 늘 자신을 하느님의 포로인 양 의식하며"[33] 지낸다.

具常이 추구하는 바 이러한 '사상적 요소' 의 詩的 發顯으로 제일 먼저 注目되는 시는 「受難의 章」이다.

---

31) 구상, 『드레퓌스의 벤취에서』(고려원, 1984), 自序.
32) 구상, 『말씀의 實相』(성바오로출판사, 1980), pp.127-130.
33) 구중서, 『求道의 言語』(가톨릭출판사, 1975), p.103.

우 몰려온다. 돌팔매가 날은다./ 머슴애들은 수수깡에 소똥을 꿰매달고
어른들은 곡괭이를 휘저으며 마구 쫓아오는데
돌아서서 눈물을 찔끔 흘리고

선지피가 쏟아지는 이마를 감싸쥐고서
어머니 얼굴도 떠오르지 않는데/나는 이제 어디메로 달려야 하는가.

쫓기다가 쫓기다가 숨었다./도가집으로 숨었다.
애비욕 에미 망신 고래고래 터뜨리며/ 벌떼처럼 에워싸고 빙빙 돌아가
는데
나는 얼른 상여 뚜껑을 열어 제치고/ 벌떡 드러누워 숨을 꼭 죽였다.

피를 토한 듯 후련해지는 가슴이여/ 술 취한 듯 흥그러워지는 마음이여
사람도 도까비도 얼씬 못하는 상여 속에서
나는 어느새 달디단 꿈 한 자락을 엮고 있고나.

상여 속에서 송장처럼 잠들은/ 사나이 얼굴은 십상 달같이 흴 게다.
어쩌면 상달같이 깜찍한 여인이 별같은 두 눈을 반짝이며 내 상처에
향기로운 기름을 바르고 있어야 할 풍경/ 나의 달가운 꿈 속이여

추억의 연못가엔 사랑의 연꽃도 한 송이 피었으리.
다홍신을 벗어놓고 외로움에 장승처럼 못박혀 있는/ 또 나의 사랑

꽃다발처럼 화려한 상여를 타고/림보로 향하는 길 위엔
곡성마저 즐겁구나/ 소복한 나의 여인아/ 사흘만 참으라.
—「受難의 章」 전문

　具常에 의하면 이 시는 "日帝下 나의 정신적 假死 상태를 상징적 비유로
詩化"[34] 했다고 하는데, 여기에서 具常은 예수 그리스도의 受難 및 復活을
자신의 현실체험으로 形象化하고 있다. 따라서 이 시는 "작중인물(시인 자
신)이 십자가의 길을 재연했음을 노래한 것"[35]이라 할 수 있다. 그렇기 때문
에 '소복한 나의 여인아 사흘만 참으라' 며 受難 뒤의 復活을 확신하는 詩人

---

34) 구상, 『말씀의 실상』, p.132.
35) 이인복, 『죽음과 구원의 문학적 성찰』(우진출판사, 1989), p.375.

의 그 復活은 '크리스트의 모방'[36]으로 받아들여질 수 있는 것이다.

이렇게 具常은 투철한 신앙으로 자신의 삶을 그리스도의 그것과 일치시키려 한다. "예수 그리스도를 따른다는 것은 단순히 본받는 것, 모방하는 것을 뜻하지 않는다. 그것은 일치를 위한 對應관계, 깊은 상관관계를 의미함"[37] 일 때, 具常이야말로 진정한 의미에서 '그리스도를 따르는 사람'이라 하겠다.

그렇기 때문에 「受難의 章」은 '榮光의 章'이란 뜻으로 脫殼, 현세의 고난을 가톨릭 신앙으로 극복하겠다는 具常의 信仰 告白이라고 하겠다.[38]

이 시는 具常이 함흥에 있는 北鮮 每日新聞 기자로 있을 때에 쓴 詩라고 한다. "학교를 나와 첫 발을 내딛은 것이 총독부 기관지의 어용기자 노릇이라 결코 떳떳하지 못했지만 당시 학병이니 징용이니 하는 판에 목숨을 부지하기에는 딴 도리가 없었고 오직 붓을 든다는 그 매력에 그거나마 다행으로 여기며"[39] 지내던 중, 具常은 1946년 12월에 원산 文藝總에서 발간한 해방 1주년 기념 시집 『凝香』에다 「길」,「黎明圖」, 「밤」 등을 발표했다가 筆禍를 입고[40] 1942년 2월에 탈출 월남한다.

具常으로 하여금 '액소더스적 탈출'[41]을 감행케 한 문제의 作品 중에서 「黎明圖」를 보면, 이 詩에도 예의 '사상적 요소'가 드러남을 알 수 있다.

　　　　동이 트는 하늘에
　　　　까마귀 날아

---

36) 김윤식, 『한국근대문학사상비판』(일지사, 1980), p.313.
37) 아우구스트 브룬너 외, 김윤주 역, 『종교란 무엇인가』, p.117.
38) 이인복, 『죽음과 구원의 문학적 성찰』, p.376.
39) 구상, 『그분이 홀로서 가듯』(홍성사, 1982), p.176.
40) 『凝香』事件은 1946년 12월 원산 문예총서에서 간행한 시집 『凝香』이 1947년 1월 北朝鮮 문학예술총연맹 상임위원회에 의해 전면적으로 규탄된 일을 말한다. 그들 중앙상임회의 결정서에 따르면 『凝香』의 집필자가 거의 모두 원산 문학가동맹의 중심인물이라는 점, 수록된 작품 모두 해방된 새로운 현실에 대한 회의적 · 공상적 · 퇴폐적 현실도피적 심하게는 절망적인 경향이라는 점, 이러한 이단의 유파는 內로는 북조선 예술운동을 좀먹는 것이며, 外로는 아직 문학적으로 弱體인 인민대중에게 惡氣流를 유포하는 것 등의 이유에서 4항목으로 규탄, 견책한 것이다. (김윤식, 『한국근대문학사상비판』(일지사, 1980), p.312. 참조)
41) 김윤식, 위의 책, p.312.

밤과 새벽이 갈릴 무렵이면
카스바 마냥 수상한 이 거리는
기인 그림자 배회하는 무서운
골목.......

이윽고
북이 울자
원한에 이끼 낀 성문이 뻐개지고
구렁이 잔등 같이 독이 서린 한길 위를
횃불을 든 시빌이
깨어라!
외치며 白馬를 달려
말굽소리
창칼 부딪치어
殺氣를 띠고
백성들의 아우성
또한 凄然한데

떠오는 태양 함께
피 토하고
죽어가는 사나이의 미소가
곱다.

—「黎明圖」 전문

　이 詩에 나타나는 具常의 모습은 "詩人이자 예언자적 知性에만 멈추지 않고, 나아가 가장 본래적 의미의 자기희생을 안고 있음으로 특징"[42] 된다.
　이 시에서 '동이 트는 하늘에' 나는 까마귀는 '횃불을 든 시빌'과 동격의 존재이다. 그는 또한 '원한에 이끼 낀 성문'을 부수고, '구렁이 잔등 같이 독이 서린 한길'에 빛을 밝힐 先知者이며, 아우성 치는 백성들에게 '떠오르는 태양'과 같은 희망을 안겨 주고 끝내는 '피 토하고 죽어가는 사나이'이기도 하다. 그러나 그의 죽음은 스스로 소망한 '자기 희생'의 결과이기에

---

42) 김윤식, 앞의 책, p.305.

'죽어 가는 사나이의 미소' 는 곱기만 하다.

　신앙인으로서의 이러한 '자기희생' 은 구상의 표현을 빌리면 "기독교적 인간의 命題인 하느님께 향한 認知와 이웃에 대한 사랑에 부합하려는 詩人의 意志"[43]인데, 이러한 그의 의지는 「焦土의 詩」에서도 명백히 드러난다.

> 땅이 꺼지는 이 요란 속에서도
> 언제나 당신의 속삭임에
> 귀기울이게 하옵소서
>
> (중략)
>
> 저기 다가오는 불장마—속에서
> '노아' 의 배를 타게 하옵소서
> 그러나 꽃잎마냥 스러져 가는
> 어린 양들과 한 가지로 있게 하옵소서.
>
> ―「焦土의 詩」 8에서

　「焦土의 詩」는 1956년에 刊行된 그의 시집 『焦土의 詩』에 실린 15편의 연작시로서 '상황비극과 구원에의 빛을 형상화한'[44] 시이다.

　이 詩는 "그 전쟁 속에서도 섭리와 자유, 선과 악, 이념과 민족 등의 실존의식과 감정을 具象的으로 표출하려 한 것"[45]인데, 이것은 우리 역사적 현실에 대한 증언이자 또한 시로서의 승리이기도 하다.[46]

　이후로도 具常은 계속 그의 詩를 통해 하느님께 향한 認知와 이웃에 대한 사랑을 추구하지만, 때때로 자신의 한계에 부딪쳐 회의에 빠진다.

> 까옥 까옥 까옥 까옥
> 친구여!
> 나는 어쩌면

---

43) 구상, 『말씀의 실상』, p.133.
44) 정한모, 김재홍 편저, 『한국대표시평설』(문학세계사, 1983), p.371.
45) 구상, 『말씀의 실상』, p.134.
46) 성찬경, 「현존에서 영원을」, 구상, 『드레퓌스의 벤취에서』, p.269.

그대들에게
미안하이.

내가 그대들에게 돌려줄 노래사
그지없건만
오직 내 가락이 이뿐이라서
미안하이.
까옥 까옥 까옥 까옥

—「까마귀」1 전문

이 시에서 詩人은 '까옥 까옥' 거친 울음을 우는 까마귀로 表象된다. '영혼의 갈구와 涕泣으로' (「까마귀」 3에서) 목이 잠겨 거친 울음을 울어야 하는 까마귀는 '비탈산, 거친 들판을 헤매면서 썩은 고기와 죽은 벌레로 배를 채우며 終身誓願의 苦行修道를 하는 새' (「까마귀」 3에서)이며 '이 독사의 무리들아 회개하라. 하느님의 때가 왔다' (「까마귀」 3에서)고 외치는 예언자의 목소리다.

「焦土의 詩」에 비친 이런 詩魂은 「까마귀」에 와서 절정을 이루는데, 이것은 세례명 요한인 具常의 존재로서의 意義가 그의 예언자적 지성과 예술정신에 의해서만 성립된다는 극한 경지에 이르렀음을 실증[47]한다고 하겠다.

4. 結語

가톨릭 문학은 가톨릭을 프로테스트하면서, 분열된 프로테스탄트를 향하여, 가톨릭 護敎와 크리스찬 신앙인의 일치를 지향케 해주는 내용, 가톨릭만이 지닌 告解와 聖體와 神品과 堅振 등, 7 聖事의 神秘를 통한 인류구원의 길을 증거하는 내용, 하느님 성령의 해방과 자유와 평화 등 영성적, 내적, 육체적 치유의 신비를 깨닫게 하는 내용, 사탄의 인간 억압을 무찌를 수 있는 능력이 구세주 그리스도께서 주시는 靈藥임을 설파하는 내용, 악과 부정과 타락으로 치닫기 쉬운 이승의 인간을 끊임없이 하느님께로 回頭시켜

---

47) 정한모, 김재홍 편저, 앞의 책, p.371.

무한의 선의와 정의감과 聖性을 계도하는 내용이 예술적 언어미의 표현기교에 담겨 생명적 존재로 창조될 때, 우리는 드디어 가톨릭 문학을 운운할 수 있을 것이다.[48]

本稿에서는 鄭芝溶, 崔玟順, 具常 등 세 명의 가톨릭 시인의 시를 대상으로 하여 그들의 宗敎詩를 분석해 보았는데, 그 결과 이들의 시는 모두 진정한 가톨릭 문학의 범주에 든다는 사실을 알 수 있었다.

결과를 종합해 보면 다음과 같다.

첫째, 1930년대에 주로 활동했던 정지용은 대부분 그가 관여했던 『가톨릭 靑年』紙를 통해 종교적인 경향의 시를 발표하였는데, 이들 시편에서 나타나는 바 지용이 파악한 하느님의 실체는 '畏敬의 대상이신 하느님' 이었다.

지용에게 있어 그분은 "항상 머언 이"로 表象되었기에, 하느님의 존재는 언제나 그에게 畏敬의 대상으로 파악될 수밖에 없었을 것이다.

둘째, 최민순은 주로 50년대부터 70년대까지 활동했던 司祭 詩人인데, 하느님께 일생을 바친 司祭라는 특수 신분에 충실하게, 그에게 있어 하느님은 언제나 가슴 깊이 그리워하는 '思慕의 대상이신 하느님' 이었다. 그는 '님' 의 사랑 안에 영원히 머물고자 하였으며, 그 사랑을 얻기 위해 일생을 '값없는 꽃으로', '숨어서 숨어서' 살다가 죽어도 좋다고 '님' 을 향한 항구한 사모의 정을 노래했다.

셋째, 주로 50년대에 활동을 시작하여 현재까지도 꾸준히 작품활동을 하고 있는 具常의 경우 '기독교적 인간의 命題인 하느님께 대한 認知와 이웃에 대한 사랑'[49]을 주제로 시를 쓴다고 시인 자신이 고백했듯이, 그에게 있어 하느님은 '模倣의 대상이신 예수 그리스도' 이다. 예수는 스스로 피를 흘림으로써 인류를 죄악에서 구원한 인간이었으며, 따라서 그 분을 따르고자 하는 具常 자신의 삶도 필연적으로 그런 '자기 희생' 의 길일 수밖에 없다. 그러기에 具常은 '떠오르는 태양' 을 인류에게 안겨다 주고 스스로는 미소를 지으며 죽어가는 사나이가 되고자 하며 "이 독사의 무리들아 회개하라. 하느님의 때가 가까이 왔다"고 거칠게 울어대는 예언의 까마귀가 되고자 한다.

---

48) 이인복, 『한국문학과 기독교사상』, p.240.
49) 구상, 『말씀의 실상』, p.133.

　이렇게 볼 때, 芝溶이 파악한 하느님의 실체는 다분히 추상적인 존재였
고, 崔玟順이 파악한 하느님은 극히 개인적인 의미에서의 '님'이었다. 이에
반해 具常이 파악한 하느님은 현실적이고 구체적인 존재이며, 한 역사 안에
서 인간 조건을 지니고 살다가 죽어 다시 부활한, 인간이면서 神이신 예수
그리스도이다. 그러므로 具常에게 있어 예수 그리스도를 따른다는 것은 그
분을 본받는 것이며, 나아가 그리스도가 이룩한 人類 救贖 事業에 동참하는
것이다.

　이상의 논의를 통해 우리는, 鄭芝溶이 파악한 '天上의 하느님'과 崔玟順
이 파악한 '나의 님'이 具常에 이르러 '天上과 나'를 연결하는 예수 그리스
도로 化함으로써, "永遠 超越的인 實在內容을 可視的 藝術形式으로 表現"[50]
하는 가톨릭 문학의 진전이 具常의 詩에서 이루어짐을 본다.

　이상의 내용을 도표화하면 다음과 같다.

詩人名	하느님의 실체	하느님과의 관계
鄭芝溶	畏敬의 님 (worship)	멀리 있음(distance):天上의 님, 精神的 대상
崔玟順	思慕의 님 (love)	함께 있음(togetherness):共存의 님, 靈性的 대상
具 常	模倣의 님 (become)	하나로 됨(oneness):受容一體의 님, 進化의 대상

■ 參考文獻
　具 常, 『말씀의 實相』, 성바오로출판사, 1980.
　＿＿, 『까마귀』, 홍성사, 1981.
　＿＿, 『그분이 홀로서 가듯』, 홍성사, 1982.
　＿＿, 『드레퓌스의 벤취에서』, 고려원, 1984.
　김윤식, 『한국근대문학사상비판』, 일지사, 1980.
　＿＿, 『한국근대문학사상사』, 한길사, 1984.
　김주연 편, 『현대문학과 기독교』, 문학과 지성사, 1984.

---

50) 최민순, 『영원에의 길』, p.265.

김학동, 『정지용연구』, 민음사, 1987.

_____ 외, 『정지용 연구』, 새문사, 1988.

문덕수, 『한국 모더니즘 시연구』, 시문학사, 1981.

박도식, 『순교자들의 신앙』, 성바오로출판사, 1981.

박철희, 『한국시사연구』, 일조각, 1982.

분도출판사편집부, 『종교란 무엇인가』, 분도출판사, 1975.

심재언, 『정지용시론』, 민중서각, 1988.

양왕용, 『정지용시연구』, 삼지원, 1988.

요셉 라싱거 저, 이승우 역, 『신앙과 미래』, 가톨릭출판사, 1975.

요셉 콥 저, 변기영 역, 『떼이야르 드 샤르뎅의 사상』, 성바오로출판사, 1978.

이인복, 『죽음과 구원의 문학적 성찰』, 우진 출판사, 1989.

_____, 『한국문학과 기독교사상』, 우신사, 1987.

정지용, 『정지용시집』, 시문학사, 1935.

_____, 『백록담』, 문장사, 1941.

_____, 『지용시선』, 을유문화사, 1946.

_____, 『전집 1 시』, 민음사, 1988.

_____, 『전집 2 산문』, 민음사, 1988.

_____, 『시와 산문』, 깊은샘, 1988.

정한모, 김재홍 편저, 『한국대표시평설』, 문학세계사, 1983.

최민순, 『영원에의 길』, 가톨릭출판사, 1977.

_____, 『밤』, 성바오로출판사, 1983.

P. 네메세기 저, 김태호 역, 『그리스도교란 무엇인가』, 성바오로출판사, 1981.

이인복

경력
말레이시아 싸인즈 국립대학교 조교수 역임, 숙명여대에서 문학박사 박사학위 받음.
숙명여대 평생교육원장 역임. 숙명여대 박물관장 역임. 한국문학비평가협회장 역임.
숙명여대 문인회 숙문회장 역임, 한국여성문학인협회 이사.
숙명여대 국어국문학과 교수, 사회복지법인 나자렛 성가원 원장.

수상경력
1987년 11월 7일 동포문학상
1989년 11월 18일 대한민국 문학상
1990년 4월 25일 오늘의 여성상
1994년 11월 29일 서울 성도 600년, 자랑스런 서울시민 패 수상.
2001년 12월 5일 F.G.I(Fashion Group International) 그룹상 수상.

저서
죽음의식을 통해 본 소월과 만해// 문학의 이해 // 비평문학의 이해 //
죽음과 구원의 문학적 성찰 // 한국문학과 기독교 사상 //
한국문학과 카토리시즘 // 한국현대시 연구
하느님을 체험한 성서의 여인들 // 슬픔이 있는 곳에 기쁨을 //
고통이 있는 곳에 행복을 // 막내딸의 혼인날 // 사랑과 은총의 세월

영문 수상집
Joy, Where there is sadness

그 외 번역서
치유를 위한 복음의 열쇠 // 죽음과 임종에 관한 의문과 해답 //
죽는이와 남는이를 위하여 // 람부딴 나무에 열매가 익을 때 //
좋은 사람들에게 나쁜 일이 일어날 때 외 10여권

우리 시인의 방황과 탐색

인쇄일 초판 1쇄 2002년 02월 21일
            2쇄 2015년 02월 20일
발행일 초판 1쇄 2002년 02월 27일
            2쇄 2015년 02월 23일

지은이 이 인 복
발행인 정 찬 용
발행처 **국학자료원**
등록일 1987.12.21. 제17-270호

서울시 강동구 성내동 447-11 현영빌딩 2층
Tel : 442-4623~4 Fax : 442-4625
www.kookhak.co.kr
E- mail : kookhak2001@hanmail.net
ISBN 978-89-8206-656-6 93810
가 격 25,000원